UNIVERSALE
ECONOMICA
FELTRINELLI / CLASSICI

Gaia Panfili, traduttrice e curatrice, vive e lavora a Roma. Tra i suoi ultimi lavori *Salvare Mozart* (e/o, 2013) di Raphaël Jerusalmy, *L'amaca rossa* (e/o, 2011) di Jean-Luc Payen, *Vita sessuale di un fervente musulmano a Parigi* (e/o, 2009) di Leïla Marouane, *Il piccolo Nicolas* (Donzelli, 2008) di René Goscinny e Jean-Jacques Sempé e *Aglio, menta e basilico* (e/o, 2006) di Jean-Claude Izzo. Di Alexandre Dumas ha tradotto anche *Madame Sylvandire* (Donzelli, 2008) e *Il conte di Montecristo* ("Classici" Feltrinelli, 2012). Per Feltrinelli ha tradotto anche *Il diavolo. Tentatore. Innamorato*, (2012) di Jacques Cazotte e Andrea Camilleri.

ALEXANDRE DUMAS
La guerra delle donne

Traduzione di Gaia Panfili

Titolo dell'opera originale
LA GUERRE DES FEMMES

Traduzione dal francese di
GAIA PANFILI

Prima edizione nell'"Universale Economica" – I CLASSICI
luglio 2020
Seconda edizione maggio 2021

Stampa Elcograf S.p.a. – Stabilimento di Cles (TN)

ISBN 978-88-07-90366-3

La guerra delle donne

Nanon de Lartigues

I.

A una qualche distanza da Libourne, la ridente città che si rimira nelle rapide acque della Dordogna, tra Fronsac e Saint-Michel-la-Rivière, si ergeva un tempo un grazioso villaggio dai muri bianchi e i tetti rossi, sepolto per metà sotto i sicomori, i tigli e i faggi. La strada da Libourne a Saint-André-de-Cubzac passava in mezzo alle case simmetricamente allineate, e costituiva l'unico panorama di cui queste ultime godessero. Dietro una fila di case, a un centinaio di passi, scorreva sinuoso il fiume, la cui larghezza e la cui possanza già preannunciano in quel luogo la vicinanza del mare.

Tuttavia di lì è passata la guerra civile: dapprima ha raso al suolo gli alberi, poi spopolato le case che, esposte a tutti i suoi capricciosi furori, incapaci di fuggire alla stregua degli abitanti, si sono abbattute via via sui prati, protestando a modo loro contro la barbarie delle guerre intestine. Eppure poco a poco la terra, che sembra creata per essere tomba di tutto ciò che è stato, ha ricoperto il cadavere di quelle case un tempo così allegre e gioiose. Infine, su quel terreno artifizioso è spuntata l'erba, e oggi il viandante che percorra quella strada solitaria è lungi dall'immaginare, vedendo pascere sui monticelli irregolari uno di quei grandi greggi che si incontrano a ogni passo nel Sud della Francia, che pastore e pecore scalpicciano il cimitero in cui dorme un villaggio.

Ma al tempo di cui noi parliamo, ossia all'incirca nel maggio dell'anno 1650, il villaggio in questione prosperava su entrambi i lati della strada, che lo alimentava come una grande arteria, con un rigoglio di vegetazione e di vita tra i più deliziosi: il forestiero che all'epoca vi fosse passato avrebbe trovato di suo gradimento i contadini intenti a legare e slegare i cavalli dal carretto, i barcaioli che tiravano a riva le reti in cui guizzavano i pesci bianchi e rosa della Dordogna, e i maniscalchi che battevano con veemenza sull'incudine, dai cui martelli si sprigionava un getto multiforme di scintille che illuminava la fucina a ogni colpo assestato.

Tuttavia, ciò che più di ogni altro lo avrebbe incantato, soprattutto se il cammino gli avesse regalato quell'appetito divenuto proverbiale tra quanti percorrono lunghe vie, sarebbe stata, a cinquecento passi dal villaggio, una casa bassa e lunga, composta da pianoterra e primo piano solamente, dal cui comignolo si spandevano certi vapori e dalle finestre certi odorini che ancor meglio della sagoma di un vitello dorato dipinta su una targa di lamiera rossa, la quale cigolava su un'asticella di ferro fissata al cornicione del primo piano, indicavano che si era infine giunti a una di quelle case ospitali i cui abitanti, dietro un certo compenso, provvedono a rifocillare le forze dei viaggiatori.

Per quale motivo, mi si chiederà, la locanda del Vitello d'Oro era situata a cinquecento passi dal villaggio, invece di essere naturalmente allineata in mezzo alle ridenti case raccolte ai due lati della strada?

Tanto per cominciare, per quanto sperduto in quella remota landa, l'oste era, in fatto di cucina, un artista di prim'ordine. Ordunque, prendendo posto dall'estremità verso il centro, o anche al termine di una delle due lunghe file di case che formavano il villaggio, egli rischiava di vedersi confuso con qualcuno di quei bettolieri che era forzato a riconoscere come colleghi, ma che non riusciva a risolversi a considerare suoi pari: viceversa, isolandosi, attirava su di sé gli sguardi dei buongustai, i quali, non appena avevano assaporato anche solo una volta la sua cucina, si dicevano gli uni con gli altri: «Quando andrete da Libourne a Saint-André-de-Cubzac, o da Saint-André-de-Cubzac a Libourne, non mancate di fermarvi per colazione, pranzo o cena alla locanda del Vitello d'Oro, a cinquecento passi dal paesino di Matifou».

E i buongustai si fermavano, ne uscivano contenti, mandavano altri buongustai, dimodoché il brillante oste faceva poco a poco fortuna, e ciò non gli impediva, evento raro, di mantenere la propria casa sempre al medesimo tenore gastronomico: la qual cosa prova, come abbiamo già detto, che mastro Biscarros era un vero e proprio artista.

Ebbene, in una di quelle belle sere di maggio in cui la natura, già desta nel Sud, comincia a risvegliarsi anche al Nord, dai comignoli e dalle finestre della locanda del Vitello d'Oro si sprigionavano fumi più densi e profumi ancora più soavi che di consueto, mentre sulla soglia della sua dimora mastro Biscarros in persona, di bianco vestito secondo l'uso degli immolatori di ogni tempo e paese, spennava con le sue auguste mani pernici e quaglie destinate a qualcuna delle sue raffinate pietanze che era così abile ad allestire e, sempre in virtù dell'amore che nutriva per la sua arte, solito curare fin nei minimi dettagli.

Il giorno affievoliva, dunque, e le acque della Dordogna, che in una delle tortuose deviazioni di cui è costellato il loro corso si scostavano dalla strada per un quarto di lega circa e andavano a passare ai piedi del fortino di Vayres, cominciavano a impallidire sotto il fogliame nero. Assieme alla brezza della sera si spandeva nella campagna un che di calmo e melanconico; i contadini rientravano con i loro cavalli liberi dal giogo, i pescatori con le loro reti gocciolanti; i rumori del villaggio si smorzavano, e dopo che ebbe riecheggiato l'ultimo colpo di martello a chiusura della laboriosa giornata, in una fratta lì nei pressi cominciò a udirsi il primo canto dell'usignolo.

Alle prime note che sgorgarono dall'ugola del musico piumato, mastro Biscarros attaccò anch'egli a cantare, di certo nell'intento di accompagnarvisi; da una tale discrepanza armonica, e dall'attenzione che l'oste profondeva nel suo operato, risultò che quest'ultimo non notò affatto una brigata di sei cavalieri, che faceva capolino sul limitare del villaggio di Matifou e avanzava in direzione della sua locanda.

Tuttavia, a un'esclamazione lanciata da una finestra al primo piano, e dopo il lesto e fragoroso gesto con cui la finestra venne richiusa, il degno oste levò il naso; a quel punto vide che il cavaliere a capo della brigata marciava diritto verso di lui.

Diritto non è affatto il termine giusto, e in tutta fretta ci correggiamo, giacché ogni venti passi l'uomo si fermava, lanciando a destra e a manca occhiate inquisitrici, frugando con lo sguardo sentieri, alberi e cespugli; si teneva con la mano un moschetto sul ginocchio, per essere pronto ad attaccare così come a difendersi, e di quando in quando faceva cenno ai compagni, che lo seguivano in ogni movimento, di mettersi in marcia. Poi arrischiava di nuovo qualche passo, e riprincipiava l'identica manfrina.

Biscarros seguì con gli occhi il cavaliere, preoccupato così furiosamente dalla sua andatura singolare che per tutto quel tempo tralasciò di scippare dal corpo del volatile il ciuffo di piume che teneva tra pollice e indice.

«È un gentiluomo in cerca della mia casa», disse Biscarros. «Quel degno signore di certo è miope; eppure il mio Vitello d'Oro è ridipinto a nuovo e l'insegna sporge di molto. Suvvia, mettiamoci in bella vista».

E mastro Biscarros andò a piazzarsi in mezzo alla strada, e lì continuò a spennare i volatili con gesti colmi di ampiezza e maestosità.

Lo spostamento sortì l'effetto che l'oste si attendeva: non appena lo intravvide, il cavaliere spronò il cavallo puntando nella sua direzione, e salutando con cortesia:

«Perdonate, mastro Biscarros – disse – non avete visto da queste parti un drappello di uomini di guerra, che sono miei amici e con ogni probabilità sono alla mia ricerca? Uomini di guerra è una parola grossa, uomini di spada è il termine giusto, uomini armati, insomma! Sì, uomini armati, ciò rende meglio l'idea. Avreste visto quindi un drappello di uomini armati?».

Biscarros, quanto mai lusingato di essere chiamato per nome, salutò a sua volta con affabilità; per nulla si era avveduto che, con una sola occhiata alla locanda, il forestiero ne aveva letto il nome e la qualifica sull'insegna, così come aveva appena letto sul viso l'identità del proprietario.

«Per quel che riguarda uomini armati – rispose l'oste dopo aver riflettuto un istante – ho visto solo un gentiluomo e il suo scudiero, che sono fermi in casa mia da circa un'ora».

«Ah ha!», esclamò il forestiero carezzandosi la parte inferiore del viso pressoché imberbe eppure già improntato alla virilità. «Ah ha! Nella vostra locanda vi sono un gentiluomo e il suo scudiero! Ed entrambi armati, mi dite?».

«Oddio, sì. Volete che mandi a dire al gentiluomo che voi desiderate parlargli?».

«Ma siamo sicuri sia decoroso?», ribatté il forestiero. «Disturbare in tal modo uno sconosciuto forse è usare troppa familiarità, soprattutto se lo sconosciuto è di rango. No, no, mastro Biscarros. Descrivetemelo soltanto, vi prego, o meglio ancora indicatemelo senza che mi veda».

«È difficile indicarvelo, giacché egli stesso ha tutta l'aria di nascondersi, visto che ha richiuso la finestra nello stesso momento in cui voi e i vostri compagni siete apparsi sulla strada. È più facile descrivervelo, quindi: è un esile giovanotto biondo e delicato, di soli sedici anni, che sembra abbia a malapena la forza di portare lo spadino al cinturone».

Il forestiero corrugò la fronte all'ombra di un ricordo.

«Benissimo – disse – so cosa intendete: un giovane di lignaggio, biondo ed effeminato, in sella a un cavallo berbero, seguito da un vecchio scudiero impettito come un fante di picche. Decisamente non è colui che cerco».

«Ah, non è la persona che il signore cerca», fece eco Biscarros.

«No».

«Ebbene, nell'attesa dell'uomo che cercate, e che non può mancare di passare da qui, giacché non v'è altra strada all'infuori di questa, il signore e i suoi compagni potrebbero entrare in casa mia e rinfrescarsi».

«No, grazie. Non mi resta che ringraziarvi, solo questo, e chiedervi che ore sono».

«All'orologio del villaggio scoccano le sei. Sentite la campana che batte a gran voce?».

«Bene. Mi rendereste ora un ultimo servigio, mastro Biscarros?».

«Con piacere».

«Ditemi, di grazia, come potrei procurarmi una barca e un barcaiolo?».

«Per giungere all'altra riva?».

«No, per una passeggiata al fiume».

«Niente di più facile: il pescatore che mi fornisce il pesce... Gradite il pesce, signore?», chiese Biscarros a mo' di parentesi, tornando all'idea di trattenere a cena il forestiero nella propria locanda.

«È una carne di poco conto – rispose il viaggiatore – ma se è condita a dovere non la disdegno».

«Io ho sempre pesce di ottima qualità, signore».

«Me ne compiaccio, mastro Biscarros. Ma torniamo all'uomo che vi rifornisce».

«Giusto. Ebbene, a quest'ora ha finito la giornata e probabilmente è a cena. Da qui potete vedere la sua barca legata a quei salici, laggiù, vicino all'olmo. Quanto alla sua casa, è nascosta dietro il vincheto. Di certo lo troverete a tavola».

«Vi ringrazio, mastro Biscarros, grazie», rispose il forestiero e, facendo cenno ai suoi compagni di seguirlo, spronò lesto il cavallo in direzione degli alberi e andò a bussare al capanno indicatogli.

Venne ad aprire la moglie del pescatore.

Come aveva detto mastro Biscarros, il pescatore era a tavola.

«Prendi i remi e seguimi», disse il cavaliere. «C'è da guadagnare uno scudo».

Il pescatore si alzò con una precipitazione che rivelava la scarsa generosità di cui faceva impiego l'oste del Vitello d'Oro nei propri affari.

«Vi devo portare giù a Vayres, allora?», chiese.

«Dovete solo condurmi al centro del fiume e rimanere lì assieme a me per qualche minuto».

All'annuncio di quel bizzarro capriccio il pescatore sgranò gli occhi; ma poiché vi era da guadagnarci uno scudo, e a venti passi dal cavaliere che aveva bussato alla porta vide fare capolino le sagome dei compagni, non sollevò alcuna difficoltà, pensando bene che una scarsa sollecitudine avrebbe comportato il ricorso alla forza e che nel duello avrebbe perduto la ricompensa offertagli.

Quindi si affrettò a proclamarsi agli ordini del forestiero insieme a barca e remi.

A quel punto la brigata si avviò immediatamente al fiume, e mentre il forestiero si spingeva fino alla riva, gli uomini si fermarono in cima alla scarpata disponendosi, di certo nel timore di una qualche sorpresa, in modo da poter vedere da ogni parte. Dal punto in cui si trovavano erano in grado di dominare la pianura che si estendeva alle loro spalle, e al contempo proteggere l'imbarco che aveva luogo ai loro piedi.

E così il forestiero, un giovanotto alto e biondo, pallido e nervoso, sebbene snello, e di aspetto vispo malgrado gli occhi cerulei fossero cerchiati di nero e sulle labbra gli aleggiasse un'espressione di volgare cinismo, il forestiero, dicevamo, ispezionò le sue pistole con cura, si mise il moschetto a tracolla, diede gioco a un lungo spadone nel fodero e fissò con occhi attenti la riva opposta, una vasta prateria solcata da un sentiero che si dipartiva dall'argine del fiume e conduceva diritto al borgo di Isson, di cui si intravedeva nella bruma dorata della sera il campanile brunito e il fumo bianco.

Dall'altro lato ancora, all'incirca a mezzo quarto di lega di distanza, si ergeva sulla destra il fortino di Vayres.

«Ebbene – esclamò il forestiero, prossimo a perdere la pazienza, rivolgendosi ai suoi compagni di vedetta – sta arrivando? Lo vedete finalmente spuntare a destra o a sinistra, davanti o dietro?».

«Mi sembra di scorgere una massa nera sulla strada per Isson», disse uno degli uomini. «Ma non sono ancora sicuro, giacché il sole mi abbaglia. Aspettate! Sì, sì, è così: uno, due, tre, quattro, cinque uomini, un copricapo orlato in testa e un mantello blu. È il messaggero che attendevamo, si sarà fatto scortare per maggior sicurezza».

«Ne ha tutto il diritto», rispose flemmatico il forestiero. «Venite a prendere il mio cavallo, Ferguzon».

L'uomo al quale era stato rivolto l'ordine in tono in parte amichevole e in parte imperioso si affrettò a obbedire e scese giù per la scarpata. Nel frattempo il forestiero metteva piede a terra e, nel momento in cui l'altro lo raggiungeva, gli gettò le briglie sul braccio e si apprestò a salire in barca.

«Ascoltate», disse Ferguzon poggiandogli una mano sul braccio. «Niente prodezze inutili, Cauvignac. Se vedete il minimo movimento sospetto da parte del vostro uomo, cominciate col piazzargli una pallottola in testa; vedete bene che si porta dietro una truppa intera, il furbo compare!».

«Sì, ma meno forte della nostra. E oltre a essere superiori per coraggio, siamo anche superiori per numero. Quindi non v'è nulla da temere. Ah, ah, ecco che si cominciano a distinguere i volti».

«Questa poi! Ma come faranno?», disse Ferguzon. «Non riusciranno a procurarsi una barca. Ah, e invece sì, come per incanto ve n'è una proprio lì nei pressi!».

«È quella di mio cugino, il nocchiero di Isson», disse il pescatore, il quale sembrava vivamente interessato ai preparativi, ma tremava tuttavia all'idea che a bordo della sua scialuppa e di quella del cugino avesse luogo una battaglia navale.

«Bene, ecco che il mantello blu sale in barca», disse Ferguzon. «È solo, parola mia, nel rispetto delle rigorose condizioni dell'accordo».

«Non facciamolo attendere, allora», ribatté il forestiero, e saltando a sua volta a bordo fece segno al pescatore di collocarsi al suo posto.

«Fate bene attenzione, Roland», riprese Ferguzon tornando alle sue prudenti raccomandazioni. «Il fiume è largo, non accostatevi all'altra riva per ricevere una sventagliata di moschetto a cui non potremmo rispondere. Rimanete al di qua della linea di demarcazione, se possibile».

L'uomo che Ferguzon aveva chiamato sia Roland sia Cauvignac, e che rispondeva a entrambi i nomi, naturalmente perché uno era il nome di battesimo e l'altro il cognome ovvero il nome di battaglia, fece un cenno con il capo.

«Non temere, ci pensavo in questo istante: fare imprudenze val bene per chi non ha nulla da rischiare; ma l'affare è troppo vantaggioso per espormi scioccamente a perderne i frutti. Quindi, se in questa occasione verrà commessa un'imprudenza, di certo non sarà da parte mia. In marcia, barcaiolo!».

Il pescatore slegò gli ormeggi, immerse la lunga gaffa nell'erba, e la barca cominciò a staccarsi da riva proprio mentre dall'argine opposto partiva la scialuppa del nocchiero di Isson.

In mezzo all'acqua vi era un piccolo sbarramento con tre legni sormontati da una bandiera bianca, che serviva a segnalare alle lunghe navi da trasporto che scendono lungo la Dordogna un banco di roccia di accesso periglioso. Nelle acque basse si riusciva perfino a scorgere, nera e liscia al di sopra del corso del fiume, la cima di tali rocce; ma quando la Dordogna era in piena, solo il piccolo vessillo e un lieve rimestio dell'acqua indicavano la presenza dello scoglio.

I due barcaioli compresero di certo che lì poteva aver luogo l'abboccamento dei due parlamentari; di conseguenza diressero le imbarcazioni verso quel punto. Fu il nocchiero di Isson ad accostare per primo e, seguendo gli ordini del passeggero, legò la barca a uno degli anelli dello sbarramento.

In quel momento il pescatore, che era partito dalla riva opposta, si voltò verso il proprio passeggero per prendere ordini, e si stupì non poco quando a bordo della barca non trovò altri che un uomo mascherato avvolto nel mantello.

A quel punto lo spavento, che non lo aveva mai abbandonato, si fece ancora più intenso, e fu solo in un balbettio che egli chiese ordini al bizzarro personaggio.

«Lega la barca a quel legno», disse Cauvignac tendendo la mano verso uno dei pali. «Il più vicino possibile alla barca del signore».

E dal palo designato la mano passò a indicare il gentiluomo trasportato dal nocchiero di Isson.

Il barcaiolo obbedì, e con le due barche allineate fianco a fianco per via della corrente i due plenipotenziari ebbero modo di aprire la seguente conferenza.

II.
La conferenza

«Che cosa? Voi siete mascherato», esclamò con sorpresa mista a stizza il nuovo arrivato, un uomo corpulento di cinquantacinque-cinquantotto anni, lo sguardo severo e fisso come quello di un uccello predatore, i mustacchi e la mosca ingrigiti, il quale, sebbene non avesse indosso maschere, ciononondimeno si era nascosto il più possibile i capelli e il viso sotto un ampio copricapo gallonato, e il corpo e gli abiti sotto un mantello azzurro dalle lunghe pieghe.

Cauvignac, scrutando più da vicino il personaggio che gli aveva appena rivolto la parola, non poté fare a meno di tradire il proprio stupore con un movimento involontario.

«Orsù – chiese il gentiluomo – ma che avete?».

«Niente, per poco non perdevo l'equilibrio. Ma se non sbaglio mi facevate l'onore di rivolgermi la parola. Cosa dicevate, prego?».

«Vi chiedevo perché vi siete mascherato».

«La vostra domanda è franca – disse il giovane – e risponderò con pari franchezza: mi sono mascherato per nascondervi il mio viso».

«Dunque vi conosco?».

«Non credo, ma avendolo visto una volta potreste riconoscerlo in seguito; e ciò, quantomeno a mio avviso, è perfettamente inutile».

«Eppure mi sembrate franco almeno quanto me».

«Sì, quando la franchezza non può arrecarmi nocumento».

«E siete così franco da arrivare a svelare i segreti altrui?».

«Perché no, quando il disvelamento può apportarmi qualcosa».

«È una curiosa affermazione la vostra».

«Diamine! Si fa quel che si può. Sono stato volta a volta avvocato, medico, soldato e gabelliere. Come vedete, non manco di professioni».

«E ora cosa siete?».

«Sono il vostro servitore», disse il giovanotto inchinandosi con affettato rispetto.

«Avete con voi la missiva in questione?».

«Avete con voi la procura richiesta?».

«Eccola».

«Volete procedere allo scambio?».

«Un momento», disse il forestiero dal mantello azzurro. «Mi piace il vostro eloquio, e non vorrei perderne così presto il piacere».

«Ma come! È interamente al vostro servizio, al pari di me», rispose Cauvignac. «Allora conversiamo, se la cosa vi può essere gradita».

«Volete che passi sulla vostra barca, o preferite passare voi sulla mia, così da tenere a distanza i nostri nocchieri nella barca che rimarrà vuota?».

«Inutile. Parlerete di certo una lingua straniera».

«Parlo lo spagnolo».

«Anch'io. Allora conversiamo in spagnolo, se questa lingua vi conviene».

«A meraviglia! Quali ragioni – proseguì il gentiluomo adottando da quel momento l'idioma convenuto – vi hanno spinto a rivelare al duca d'Épernon l'infedeltà della dama in questione?».

«Ho voluto rendere servigio a quel degno signore ed entrare nelle sue grazie».

«Siete quindi in collera con mademoiselle de Lartigues?».

«Io? Tutt'altro! Ho persino qualche obbligo nei suoi confronti, devo ammetterlo, e mi rincrescerebbe non poco se le accadesse una sventura».

«Allora il vostro nemico è il barone di Canolles!».

«Non l'ho mai visto, lo conosco solo di fama, che, devo dire, è di galante cavaliere e gentiluomo coraggioso».

«Quindi non siete mosso da alcun odio?».

«Perbacco! Se fossi adirato con il barone di Canolles, lo pregherei di farsi saltare le cervella o di tagliarsi la gola insieme a me, ed egli è troppo galantuomo per rifiutarmi un partito del genere».

«Devo dunque attenermi a quanto avete detto?».

«Credo sia quanto di meglio possiate fare».

«Bene! E così voi avete la missiva che prova l'infedeltà di mademoiselle de Lartigues».

«Eccola! Sia detto senza alcun rimprovero, ma è la seconda volta che ve la mostro».

Da lontano il vecchio gentiluomo gettò uno sguardo colmo di tristezza sul foglio sottile attraverso cui si intravvedevano i caratteri.

Il giovanotto dispiegò lentamente la missiva.

«Riconoscete la grafia, non è vero?».

«Sì».

«Allora datemi la procura, e avrete la missiva».

«Tra breve. Permettete una domanda?».

«Fate pure», e il giovanotto ripiegò placidamente il foglio e se lo ripose in tasca.

«Come vi siete procurato questo biglietto?».

«Ve lo dico volentieri».

«Vi ascolto».

«Saprete che a causa del suo governo a dir poco sperperatore il duca d'Épernon si è attirato grandi disagi in Guienna».

«Bene, passiamo oltre».

«Saprete che a causa del suo governo terribilmente avaro Mazzarino si è attirato grandissimi disagi nella capitale».

«Cosa c'entrano in tutto questo Mazzarino e monsieur d'Épernon?».

«Aspettate. Da questi due opposti governi è nata una situazione che somiglia molto a una guerra generale, in cui ognuno prende le parti di qualcuno. In questo momento Mazzarino è in guerra in favore della regina; voi siete in guerra in favore del re; il coadiutore è in guerra in favore di monsieur de Beaufort; monsieur de Beaufort è in guerra in favore di madame de Montbazon; monsieur de La Rochefoucauld è in guerra in favore di madame de Longueville; il duca d'Orléans è in guerra in favore di mademoiselle Soyon; il parlamento è in guerra in favore del popolo; e infine hanno imprigionato monsieur de Condé, che era in guerra in favore della Francia. A questo punto io, che non guadagnerei granché a essere in guerra in favore della regina, del re, del coadiutore, di monsieur de Beaufort, di madame de Montbazon, di madame de Longueville, di mademoiselle Soyon, del popolo o della Francia, ho avuto questa idea: non schierarmi con nessuno, ma seguire colui verso il quale mi sento portato in un dato momento. Per me quindi è tutta una questione di opportunità. Che ne dite di questa mia trovata?».

«È ingegnosa».

«Di conseguenza ho riunito un esercito. Lo potete vedere disposto sulla riva della Dordogna».

«Cinque uomini, perbacco!».

«Uno in più di quanti ne abbiate voi, e quindi sareste alquanto scortese a disprezzarli».

«Alquanto mal abbigliati», ribatté il vecchio gentiluomo, che era di malumore e quindi incline al disdegno.

«Vero è che sembrano un po' i compari di Falstaff», ribatté l'interlocutore. «Non fateci caso, Falstaff è un gentiluomo inglese di mia conoscenza; ma stasera indosseranno abiti nuovi, e se li incontrerete domani vedrete che sono davvero dei bei ragazzi».

«Torniamo a voi, non mi curo dei vostri uomini».

«Ebbene! Dunque, mentre combattevo per mio conto, incontrammo l'esattore del distretto, che andava di villaggio in villaggio a rimpinguare la borsa di Sua Maestà. Fintantoché gli rimase una sola tassa da riscuotere, fummo la sua fedele scorta; e lo confesso, alla vista di quella saccoccia sempre più gonfia mi venne voglia di schierarmi dalla parte del re. Ma gli eventi dannatamente confusi, un moto di malumore nei confronti di Mazzarino, le lamentele che udivamo da ogni parte contro il duca d'Épernon ci fecero tornare sui nostri passi. Pensammo che ci fosse del buono, e non poco, nella causa dei principi, e parola mia, l'abbracciammo con ardore; l'esattore terminava il suo giro in quella cascina isolata che vedete laggiù, perduta in mezzo ai pioppi e ai sicomori».

"È quella di Nanon!", mormorò il gentiluomo. "Sì, la vedo".

«Ci appostammo all'uscita, lo seguimmo come ormai usavamo da cinque giorni, varcammo assieme a costui la Dordogna, poco sotto Saint-Michel, e quando fummo in mezzo al fiume lo misi a parte della nostra conversione politica, invitandolo, con tutta la gentilezza di cui siamo capaci, a consegnarci il denaro che aveva con sé. Mi credete se vi dico che rifiutò? Allora i miei compagni lo perquisirono, e poiché gridava al punto da creare scandalo, il mio luogotenente, giovanotto di grandi risorse, colui che vedete laggiù con il mantello rosso, e che tiene il mio cavallo, rifletté che l'acqua, intercettando le correnti d'aria, interrompeva così la continuità del suono; è un assioma di fisica che, in qualità di medico, io compresi e al quale plaudii. Colui che aveva emesso tale enunciato, dunque, spinse la testa del recalcitrante verso il fiume e la mantenne sott'acqua di un piede, non di più. Difatti l'esattore non gridò più, o per meglio dire nessuno lo udì più gridare. A quel punto, in nome dei principi, potemmo mettere mano su tutto il denaro che quell'uomo trasportava e sulla corrispondenza di cui aveva incarico. Ho consegnato il denaro ai miei soldati i quali, come con grande assennatezza avete notato, avevano bisogno di un nuovo equipaggiamento, e ho tenuto per me le carte, tra cui la presente; a quanto pare il bravo esattore fungeva da galante Mercurio per mademoiselle de Lartigues».

«In effetti – mormorò il vecchio gentiluomo – se non erro era una creatura di Nanon. E cosa ne è stato di quel miserabile?».

«Ah, adesso vedrete se abbiamo fatto bene a metterlo a mollo quel miserabile, come dite voi! In realtà, senza una tale precauzione costui avrebbe smosso il mondo intero. Figuratevi che quando lo tirammo fuori dal fiume, sebbene vi fosse rimasto un quarto d'ora appena, era morto per la rabbia».

«E naturalmente voi ce lo avete rituffato dentro!».

«Proprio così».

«Ma se il messaggero è stato affogato...».

«Non ho detto che è stato affogato».

«Non stiamo a discutere sulle parole. Se il messaggero è morto...».

«Oh, quanto a questo... Sì, morto per davvero!».

«...monsieur de Canolles non sarà stato avvisato, e di conseguenza non verrà certo all'appuntamento».

«Oh, un momento! Io sono in guerra contro le potenze, non contro i privati. Monsieur de Canolles ha ricevuto un duplicato della missiva in cui gli veniva dato appuntamento; soltanto che io, pensando che quella originale e autografa avesse un qualche valore, me la sono tenuta per me».

«Cosa penserà monsieur de Canolles, non riconoscendo la grafia?».

«Che la persona che lo invita all'incontro è ricorsa a una mano estranea per maggior precauzione».

Il forestiero guardò Cauvignac con una certa ammirazione, di fronte a tanta impudenza mista a una così grande presenza di spirito.

Volle appurare se vi fosse modo di intimidire l'ardito giocatore.

«Ma il governo? E le inchieste?», esclamò. «Non ci pensate mai?».

«Le inchieste!», ribatté il giovanotto ridendo. «Ah, certo, monsieur d'Épernon ha ben altro da fare che qualche inchiesta. E poi non vi ho forse detto che ho fatto tutto questo per entrare nelle sue grazie? Sarebbe davvero un ingrato se non me ne accordasse».

«Non capisco bene», commentò allora il vecchio gentiluomo con ironia. «Come vi è venuta questa strana idea di voler rendere un servigio a monsieur d'Épernon, proprio voi che per vostra stessa ammissione avete abbracciato la causa dei principi!».

«Ma è la cosa più semplice al mondo: ispezionando le carte trovate addosso all'esattore, mi sono convinto della limpidezza delle intenzioni del re. Ai miei occhi Sua Maestà è pienamente giustificata, e il duca d'Épernon ha mille volte ragione contro i suoi amministrati. È questa la buona causa: e così facendo io ho sposato la buona causa».

"Ecco un lestofante che manderò alla forca, se mai mi finirà tra le mani", bofonchiò il vecchio gentiluomo tirandosi i peli irsuti dei mustacchi.

«Come dite?», chiese Cauvignac strizzando gli occhi sotto la maschera.

«Niente. E ora una domanda: cosa farete con la procura che esigete?».

«Che il diavolo mi si porti se ho preso una decisione al riguardo! Ho chiesto una procura perché è la cosa più comoda, più maneggevole, più duttile. È probabile che la terrò da conto per qualche circostanza estrema; è possibile che la sprechi per il primo capriccio che mi passerà per la mente. Magari ve la presenterò io stesso prima della fine della settimana, magari vi tornerà solo fra tre o quattro mesi con una dozzina di giranti, come una banconota messa in commercio. Ma in ogni caso state tranquillo, non ne abuserò per fare cose di cui io e voi avremmo di che arrossire. Dopo tutto, siamo gentiluomini».

«Voi siete un gentiluomo?».

«Sissignore, e dei migliori».

"Allora lo getterò sulla ruota", mormorò lo sconosciuto. "Ecco a cosa gli servirà la procura!".

«Vi siete deciso a darmi questa procura?», chiese Cauvignac.

«Devo pur farlo», rispose il vecchio gentiluomo.

«Non vi sto costringendo, intendiamoci. Quel che vi propongo è uno scambio. Tenetevi il vostro foglio, io mi terrò il mio».

«La missiva?».

«La procura?», e Cauvignac porse la missiva con una mano, mentre con l'altra caricava una pistola.

«Lasciate a riposo la vostra pistola – disse il forestiero aprendo il mantello – giacché ne ho anch'io di pistole, e anche ben cariche. Patti chiari per entrambi: eccovi la vostra procura».

A quel punto lo scambio delle carte avvenne lealmente, e ognuna delle parti esaminò in silenzio, a proprio piacimento e con attenzione, quella che aveva appena ricevuto.

«E ora – disse Cauvignac – che strada prendete?».

«Devo andare sulla riva destra del fiume».

«E io sulla riva sinistra», rispose Cauvignac.

«Come faremo? I miei uomini sono dalla parte dove siete diretto voi, e i vostri dove sono diretto io».

«Ebbene, niente di più facile: rispeditemi i miei uomini nella vostra barca, e io vi rispedirò i vostri a bordo della mia».

«Avete la mente lesta e una certa inventiva».

«Ero nato per essere un generale dell'esercito».

«Lo siete».

«Ah, è vero – esclamò il giovanotto – me ne ero dimenticato».

Il forestiero fece cenno al nocchiere di sciogliere gli ormeggi della barca e di condurlo alla riva opposta a quella da cui era partito, in direzione di un boschetto che si estendeva fino alla strada.

Il giovanotto, che forse si attendeva un qualche tradimento, si raddrizzò per metà a seguirlo con lo sguardo, la mano sempre sul grilletto della pistola, pronto a far fuoco al minimo movimento sospetto del forestiero; ma questi non si degnò neppure di notare la diffidenza di cui era oggetto, e volgendo le spalle al giovanotto con noncuranza, reale o simulata che fosse, cominciò a leggere il foglio e ben presto rimase completamente assorto nella lettura.

«Ricordatevi bene l'ora», disse Cauvignac. «Stasera, alle otto».

Il forestiero non rispose e non parve nemmeno aver udito.

"Ah!", si disse Cauvignac a bassa voce, carezzando al contempo il calcio della pistola. "E pensare che, se la cosa mi aggradasse, potrei aprire la successione al governo della Guienna e fermare la guerra civile! Ma una volta morto il duca d'Épernon, a cosa mi servirebbe la sua procura? E una volta finita la guerra civile, di che vivrò? In verità vi sono momenti in cui mi sembra di impazzire! Viva il duca d'Épernon e la guerra civile!".

«Forza, barcaiolo. Ai tuoi remi, e raggiungiamo l'altra riva. Non possiamo far attendere la scorta di quel degno signore».

Un istante dopo, Cauvignac accostava alla riva sinistra della Dordogna, proprio nel momento in cui il vecchio gentiluomo gli rispediva Ferguzon e i cinque banditi nel burchiello del nocchiere di Isson. Non volle essere da meno quanto a precisione, e ripeté al barcaiolo l'ordine di prendere a bordo e condurre sulla riva destra i quattro uomini dello sconosciuto: in mezzo al fiume, le due barche si incrociarono e si salutarono con cortesia; poi ognuna attraccò nel punto in cui era attesa. Allora il vecchio gentiluomo si inoltrò assieme alla sua scorta nel bosco che si estendeva dalle rive del fiume fino alla strada maestra. E Cauvignac, alla guida del suo esercito, si avviò lungo il sentiero che conduceva a Isson.

III.

Una mezz'ora dopo la scena che abbiamo testé raccontato, la stessa finestra della locanda di mastro Biscarros che si era richiusa così di colpo si aprì di nuovo con cautela, e sul davanzale di tale finestra, dopo aver guardato attentamente a destra e a sinistra, venne ad appoggiarsi un giovane di sedici-diciott'anni vestito di nero, con le maniche a sbuffo sui polsi secondo la moda dell'epoca; una camicia di fine batista ricamata gli usciva orgogliosa dal giustacuore e ricadeva ondeggiante sulle brache tutte rigonfie di nastri. Una mano piccola, elegante e paffuta, una vera mano di rango, stropicciava con impazienza un paio di guanti scamosciati dalle impunture ricamate; un feltro color grigio perla, piegato all'estremità sotto l'arco di una magnifica piuma azzurra, ombreggiava i capelli lunghi e cangianti dai riflessi dorati, che incorniciavano splendidamente un ovale dall'incarnato bianco, le labbra rosa, le sopracciglia nere. Eppure, occorre dirlo, tutto il grazioso insieme, che con ogni probabilità rendeva il giovane uno dei cavalieri più affascinanti che si potessero vedere, era in quel momento quantomeno oscurato da un piglio di malcontento che di certo nasceva da un'attesa inutile, giacché il giovane scrutava a occhi sgranati la strada che già si perdeva in lontananza nella bruma della sera.

Il giovane batteva la mano sinistra sui guanti per l'impazienza. Al rumore così originatosi, l'oste, intento a ultimare la spennatura delle sue pernici, levò il capo e togliendosi il berretto:

«A che ora cenerete, mio gentiluomo?», chiese. «Per servire attendiamo solo i vostri ordini».

«Sapete bene che non cenerò da solo e che attendo un commensale», rispose questi. «Quando lo vedrete arrivare, potrete preparare».

«Ah – rispose mastro Biscarros – non per censurare il vostro amico, ovviamente è liberissimo di venire o non venire. Ma è una pessima abitudine farsi attendere».

«Eppure non è da lui, e sono sorpreso di un tale ritardo».

«Io sono più che sorpreso, sono costernato. L'arrosto si brucerà».

«Toglietelo dallo spiedo».

«Allora si fredderà».

«Mettetene sul fuoco un altro».

«Non si cuocerà».

«In tal caso, amico mio, fate come volete», disse il giovane lasciandosi sfuggire un sorriso, malgrado il malcontento, di fronte alla disperazione dell'oste. «Rimetto la faccenda alla vostra suprema saggezza».

«Nessuna saggezza, foss'anche quella del re Salomone – rispose l'oste – potrebbe rendere mangiabile una cena riscaldata».

E su questo assioma che vent'anni dopo Boileau avrebbe messo in versi, mastro Biscarros rientrò nella locanda scuotendo mestamente il capo.

Il giovane a quel punto, come per ingannare l'impazienza, rientrò nella stanza, fece risuonare per un istante gli stivali sull'impiantito riecheggiante; poi, al rumore lontano di uno scalpiccio di cavalli che gli pareva di aver udito, tornò lesto alla finestra.

«Eccolo, finalmente!», esclamò. «Sia lodato Iddio».

In effetti dietro alla fratta nella quale cantava l'usignolo, ai cui toni melodiosi, di certo per via della grande inquietudine, non aveva prestato alcuna attenzione, il giovane vide spuntare la testa di un cavaliere; tuttavia, con suo grande stupore, invano attese che il cavaliere apparisse sulla strada: il nuovo arrivato svoltò a destra ed entrò nella fratta, dove ben presto sprofondò il feltro, a riprova certa che il cavaliere aveva messo piede a terra. Un attimo dopo l'osservatore intravvide attraverso i rami scostati con prudenza una casacca grigia, nonché il bagliore di uno degli ultimi raggi del sole al tramonto che si rifletteva sulla canna di un moschetto.

Il giovane rimase alla finestra cogitabondo; evidentemente il cavaliere celato nella fratta non era il commensale atteso, e all'espressione di impazienza che gli corrugava il viso mutevole subentrò un'espressione di curiosità.

Ben presto dietro la curva della strada comparve un secondo copricapo; il giovane si nascose in modo da non essere visto.

Medesima casacca grigia, medesima manovra del cavallo, medesimo moschetto rilucente: il secondo arrivato rivolse al primo qualche parola che il nostro osservatore non poté udire in ragione della distanza, e in seguito ai ragguagli che di certo gli fornì il compagno si inoltrò nel boschetto parallelo alla fratta, scese a sua volta da cavallo, si rannicchiò dietro una roccia e attese.

Dal punto elevato in cui si trovava, il giovane vedeva il feltro al di sopra della roccia. Accanto al feltro baluginava un punto luminoso: era l'estremità della canna del moschetto.

Il gentiluomo, che guardava la scena nascondendosi sempre più alla vista, fu pervaso da un senso di vago terrore.

"Oh! Oh! – si chiese – ce l'hanno con me e i mille luigi che porto meco? Ma no, giacché, sempre che Richon arrivi e io possa mettermi in viaggio stasera, io sono diretto a Libourne e non a Saint-André-de-Cubzac; di conseguenza non passo affatto dove si sono imboscati quei gaglioffi. Se il mio vecchio Pompée fosse qui, chiederei consiglio a lui. Eppure, se non erro, sì, parola mia, vi sono altri due uomini! Già, ha tutta l'aria di essere un agguato".

E il giovane fece ancora un passo indietro.

In effetti proprio in quel momento, nello stesso punto rialzato della strada, facevano capolino altri due cavalieri; ma questa volta solo uno dei due indossava una casacca grigia. L'altro, in sella a un possente cavallo nero e avvolto in un grande mantello, portava un feltro gallonato ornato da una piuma bianca, e sotto il mantello gonfiato dalla brezza della sera si vedeva scintillare un ricco ricamo che serpeggiava su un giustacuore rosso chiaro.

Pareva quasi che il giorno si protraesse per illuminare quella scena, giacché gli ultimi raggi di sole, filtrando da uno di quei banchi di nubi nere che talvolta si allungano in guisa tanto pittoresca all'orizzonte, accesero improvvisamente di mille rubini i vetri di una graziosa dimora situata a un centinaio di passi dal fiume, che altrimenti il giovane non avrebbe affatto notato, tanto era perduta fra i rami di un fitto bosco d'alto fusto. Con l'ausilio di tale nuovo fulgore si vide innanzitutto che le spie guardavano alternativamente all'ingresso del villaggio e alla cascina dai vetri sfolgoranti; in secondo luogo che le casacche grigie parevano nutrire il più grande rispetto per la piuma bianca, alla quale parlavano solo a capo scoperto; e infine che, dopo che si fu aperta una delle finestre rilucenti, al balcone si affacciò una donna, si sporse un istante, come se aspettasse anch'ella qualcuno, poi rientrò subito, di certo per il timore di essere vista.

Mentre costei tornava dentro, dietro la montagna calava il sole, e, mano a mano che calava, il pianoterra della casa sembrava sprofondare nell'ombra, e la luce che si ritraeva poco per volta dalle finestre montava al tetto di ardesia, per scomparire infine dopo aver giocato un ultimo istante a farsi fascio di frecce d'oro a girandola.

Per una mente intelligente vi era lì un numero sufficiente di indizi, e su tali indizi si potevano costruire, se non delle certezze, quantomeno delle probabilità.

Era probabile che quegli uomini sorvegliassero la cascina isolata al cui balcone si era affacciata per un istante una donna; era probabile inoltre che quella donna e quegli uomini attendessero una stessa persona, ma con intenzioni assai diverse; era probabile poi che la persona attesa dovesse giungere traversando il villaggio e di conseguenza passare davanti alla locanda a metà strada tra il villaggio e la fratta, essendo la fratta stessa situata a metà strada tra la locanda e la cascina; era probabile infine che il cavaliere dalla piuma bianca fosse il capo dei cavalieri dalle casacche grigie, e che, dall'ardore con cui si alzava sulle staffe per vedere in lontananza, tale capo fosse geloso e scrutasse di certo per proprio interesse.

Nello stesso momento in cui il giovane portava a termine nella mente questa serie di ragionamenti che si concatenavano gli uni agli altri, la porta della stanza si aprì ed entrò mastro Biscarros.

«Caro il mio oste!», esclamò il giovane, senza lasciare il tempo a colui che entrava così a proposito di esporre il motivo della propria visita, motivo che peraltro egli indovinava. «Venite qui, e ditemi, se tuttavia nella mia domanda non vi è indiscrezione, a chi appartiene quella cascina che si intravvede laggiù come un punto bianco in mezzo ai pioppi e ai sicomori».

L'oste seguì con lo sguardo la direzione indicatagli, e grattandosi la fronte:

«Parola mia, un po' a tutti», disse con un sorriso che cercava di rendere beffardo. «A voi, se avete una qualche ragione per cercare la solitudine, che desideriate nascondere voi stesso o desideriate semplicemente nascondere qualcun altro».

Il giovane arrossì.

«Ma oggi – chiese – chi abita in quella casa?».

«Una giovane dama che dice di essere vedova, e che di tanto in tanto riceve in visita l'ombra del primo e fors'anche del secondo marito. Va notata una cosa, però: il fatto è che le due ombre probabilmente si intendono tra loro, e non giungono mai nello stesso momento».

«E da quanto tempo – chiese il giovane sorridendo – la bella vedova abita in quella casa isolata, così propizia alle apparizioni?».

«All'incirca da due mesi. Peraltro si tiene parecchio in disparte, e credo che nessuno in questi due mesi possa vantarsi di averla vista; difatti esce ben di rado, e quando esce è sempre velata. Ogni mattina una giovane cameriera, alquanto graziosa, parola mia, viene qui alla locanda a ordinare i pasti della giornata. Noi glieli rechiamo; costei riceve i piatti nel vestibolo, paga profumatamente il conto, e chiude subito la porta in faccia al garzone. Oggi, per esempio, è serata di convivio, ed è per la dama che preparavo le quaglie e le pernici che mi avete visto spennare».

«E chi siede alla sua tavola?».

«Di certo una delle due ombre di cui vi ho parlato».

«Voi le avete viste qualche volta queste ombre?».

«Sì, ma solo di passaggio, a sera, quando il sole era già calato, oppure al mattino, prima che facesse giorno».

«Sono sicuro che ciononostante voi le avrete viste, mio caro mastro Biscarros, giacché sin dalla prima parola che dite si capisce che siete un osservatore. Orsù, cosa avete notato di particolare nelle fattezze delle due ombre?».

«Una è quella di un uomo di sessanta-sessantacinque anni, e ho idea che sia del primo marito, giacché arriva come un'ombra sicura della prelazione dei propri diritti. L'altra è quella di un giovanotto di ventisei-ventott'anni, e questa, devo dire, è più timida e ha tutta l'aria di essere un'anima in pena. E quindi giurerei che è quella del secondo marito».

«E per che ora avete ricevuto ordine di servire la cena, oggi?».

«Per le otto».

«Sono le sette e mezza», disse il giovane estraendo dal taschino un graziosissimo orologio che aveva già più volte consultato. «Non avete tempo da perdere, allora».

«Oh! Sarà tutto pronto, state tranquillo; ero solo salito per parlarvi della vostra cena, e dirvi che ho testé ricominciato da capo. Quindi adesso provvedete a che il vostro commensale, giacché tanto ha fatto per essere in ritardo, arrivi solo fra un'ora».

«Ascoltatemi, caro oste – esclamò il giovane cavaliere con l'aria di chi considera la seria faccenda di un pasto servito puntuale una mera questione secondaria – non angustiatevi per la nostra cena quand'anche la persona che aspetto dovesse arrivare, giacché dobbiamo parlare. Se la cena non sarà pronta, parleremo prima, se invece sarà pronta, parleremo poi».

«Siete davvero un gentiluomo assai accomodante – rispose l'oste – e giacché avete la compiacenza di fare assegnamento su di me, rimarrete soddisfatto, statene tranquillo».

Così dicendo mastro Biscarros fece una profonda riverenza, alla quale il giovane rispose con un lieve cenno del capo, e uscì.

"Adesso capisco tutto", si disse il giovane riguadagnando curioso la sua postazione alla finestra. "La dama aspetta qualcuno in arrivo da Libourne, e gli uomini nel bosco hanno intenzione di accostare il visitatore prima che questi abbia avuto il tempo di bussare alla sua porta".

Nel frattempo, quasi a legittimare le previsioni del nostro sagace osservatore, sulla sinistra si udì lo scalpiccio di un cavallo. Lesto come una saetta, il giovane scrutò nel bosco per spiare il comportamento degli uomini ivi nascosti. Sebbene il buio cominciasse a confondere gli oggetti, egli ebbe l'impressione che alcuni scostassero i rami e altri si drizzassero per guardare al di là della roccia, tutti preparandosi a un'azione che aveva tutta l'aria di essere un'aggressione. In quello stesso istante un rumore secco, come di un moschetto che venisse armato, giunse per tre volte a picchiargli alle orecchie e a dargli il batticuore. Allora egli si voltò rapidamente in direzione di Libourne per tentare di scorgere chi fosse minacciato dal micidiale rumore, e su un cavallo assai prestante lanciato al trotto vide apparire, il naso al vento, l'aria trionfante, il braccio ad arco su un fianco, un bel giovanotto al quale il corto mantello dal risvolto di raso bianco lasciava graziosamente scoperta la spalla destra. Da lontano la figura sembrava permeata di eleganza, tenera poesia e allegra fierezza. Più da vicino si rivelò un viso dai lineamenti fini, il colorito vivace, l'occhio fiammeggiante, la bocca schiusa per l'abitudine al sorriso, i mustacchi neri e delicati, i denti bianchi e sottili. Un trionfante mulinare del frustino, un lieve fischiettio simile a quello cui erano usi i moscardini dell'epoca, e che Gaston d'Orléans aveva portato in auge, concorrevano a rendere il nuovo arrivato un perfetto cavaliere secondo le regole dei damerini in vigore alla corte di Francia, che già principiava a dettar legge in tutte le corti d'Europa.

Cinquanta passi alle sue spalle, in sella a un cavallo di cui stabiliva l'andatura in base a quella del cavallo del suo padrone, avanzava un lacchè molto pretenzioso e molto vanitoso, che sembrava occupare tra i domestici un rango non meno distinto di quello del suo padrone tra i gentiluomini.

Il bell'adolescente alla finestra della locanda, di certo ancora troppo giovane per assistere con distacco a una scena simile a quella cui era promesso, non poté fare a meno di rabbrividire al pensiero che quei due sacripanti, che avanzavano così incuranti e sicuri di sé, con ogni probabilità di lì a poco sarebbero stati passati per le armi giungendo all'imboscata che li attendeva. Nel giovane parve aver luogo un repentino duello tra la timidezza dovuta all'età e l'amore per il prossimo. Alla fine fu la generosità ad avere la meglio, e mentre il cavaliere era sul punto di passare davanti alla porta della locanda senza neppure guardare dalla sua parte, il giovane, cedendo a un impeto subitaneo, a una determinazione irresistibile, si slanciò in avanti e interpellando il bel viaggiatore:

«Ehi!», gridò. «Fermatevi, vi prego. Ho da dirvi una cosa importante».

A tale voce e a tali parole il cavaliere alzò il capo e, vedendo il giovane alla finestra, fermò il cavallo con un gesto della mano che avrebbe reso onore al migliore scudiero.

«Non fermate il cavallo – continuò il giovane – e anzi avvicinatevi a me senza affettazione, come se mi conosceste».

Il viaggiatore esitò un istante ma, vedendo dall'aspetto del suo interlocutore di avere a che fare con un gentiluomo di buon portamento e dal bel viso, si prese in mano il copricapo e gli si fece incontro sorridente.

«Eccomi ai vostri ordini», gli disse. «In cosa posso rendermi utile?».

«Avvicinatevi ancora – proseguì lo sconosciuto dalla finestra – giacché quel che ho da dirvi non può esser detto a voce alta. Rimettete il copricapo, poiché dobbiamo dare a credere che ci conosciamo da lungo tempo, e che sono io la persona che venite a trovare alla locanda».

«Ma non capisco», esclamò il viaggiatore.

«Capirete tra poco... Nel frattempo rimettetevi il copricapo... Bene, avanzate ancora, più vicino, più vicino! Porgetemi la mano, ecco. Lieto di vedervi! Adesso non oltrepassate la locanda, o per voi sarà la fine».

«Ma che succede? In verità mi spaventate», azzardò il viaggiatore sorridendo.

«Succede che voi siete diretto alla cascina dove brilla quella luce, non è così?». Il cavaliere fece un movimento. «Ma lungo il tragitto per giungere a quella casa, presso la curva della strada, nei pressi del bosco buio, sono nascosti quattro uomini, e vi stanno aspettando».

«Ah!», esclamò il cavaliere guardando a occhi sgranati il pallido ed esile giovanotto. «Ah, davvero! Ne siete sicuro?».

«Li ho visti arrivare uno dopo l'altro, scendere da cavallo, nascondersi, chi dietro gli alberi chi dietro le rocce. E infine, quando poco fa siete sbucato fuori dal villaggio, ho sentito che caricavano i moschetti».

«Ma...», disse il cavaliere, che a sua volta cominciava a spaventarsi.

«Sissignore, è proprio come vi dico», continuò il giovane dal feltro grigio. «E se ci fosse più luce, magari potreste vederli voi stesso e riconoscerli».

«Oh! – ribatté il viaggiatore – non mi occorre riconoscerli, so perfettamente chi sono quegli uomini. Voi, piuttosto, chi vi ha detto che io stia andando a quella casa e che costoro tendano un agguato proprio a me?».

«L'ho indovinato».

«Siete un Edipo molto affascinante, vi ringrazio. E così vogliono fucilarmi... E quanti sarebbero per questa bella operazione?».

«Quattro, di cui uno a quanto pare è il capo».

«E questo capo è più vecchio degli altri, vero?».

«Sì, per quel che ho potuto vedere da qui».

«Curvo?».

«Spalle tonde, piuma bianca, giustacuore ricamato, mantello scuro; i gesti rari ma imperiosi».

«Per l'appunto, è il duca d'Épernon».

«Il duca d'Épernon!», esclamò il gentiluomo.

«Ah, bene! Ecco che vi racconto i miei fatti», disse il viaggiatore ridendo. «Ne combino spesso di cose simili, ma non importa: voi mi rendete un servigio piuttosto importante perché io non vi badi più di tanto. E coloro che lo accompagnano come sono abbigliati?».

«Casacche grigie».

«Per l'appunto, sono i suoi bastonieri».

«Che oggi portano il moschetto».

«È inevitabile, parola d'onore. Sapete ora che dovreste fare, mio caro gentiluomo?».

«No, ma ditemi il vostro parere, e se quel che devo fare potrà rendervi servigio sono disposto fin da ora».

«Avete delle armi?».

«Certo... ho la mia spada».

«Avete un lacchè?».

«Naturalmente, ma non è qui: l'ho spedito incontro a una persona che attendo».

«Ebbene, mi dovreste dare una mano».

«Per far cosa?».

«Per dare l'assalto a quei miserabili e costringerli a chiedere pietà, costoro e il loro capo».

«Siete impazzito?», esclamò il giovane in un tono che dimostrava quanto per nulla al mondo fosse disposto a una simile spedizione.

«Vi chiedo perdono, in effetti», ribatté il viaggiatore. «Dimenticavo che la cosa non vi riguarda». Poi, voltandosi verso il suo lacchè il quale, vedendo che il padrone si era fermato, si era a sua volta arrestato mantenendosi a distanza: «Castorin – disse – venite qui».

E nel mentre portò le mani alle fondine della sella, come per accertarsi che le pistole fossero in buono stato.

«Ah!», esclamò il giovane gentiluomo allungando il braccio come a fermarlo. «In nome del cielo, non rischiate la vita in una simile avventura. Entrate nella locanda, piuttosto, per non destare alcun sospetto in chi vi attende; pensate che v'è in gioco l'onore di una donna».

«Avete ragione – disse il cavaliere – sebbene nella presente circostanza non si tratti propriamente di onore, ma di patrimonio. Castorin, amico mio – aggiunse rivolgendosi al lacchè che lo aveva raggiunto – per il momento non andremo oltre».

«Ma come!», proruppe Castorin, deluso quasi quanto il suo padrone. «Cosa dice il signore?».

«Dico che questa sera mademoiselle Francinette non avrà il piacere della vostra compagnia, dal momento che trascorreremo la notte alla locanda del Vitello d'Oro. Entrate dunque, ordinatemi la cena e fatemi preparare un letto».

E accorgendosi che di certo Castorin avrebbe a breve replicato, accompagnò le sue ultime parole con un cenno del capo che non ammetteva oltremodo discussioni.

Così Castorin scomparve a orecchie basse sotto il portone, senza arrischiare una sola parola.

Il viaggiatore seguì per un istante Castorin con gli occhi, poi dopo aver riflettuto parve risolversi, mise piede a terra, varcò il portone alle spalle del suo lacchè, al cui braccio gettò le briglie del cavallo, e d'un balzo arrivò alla stanza del giovane gentiluomo, il quale, vedendo aprirsi d'improvviso la porta, si lasciò sfuggire un gesto di sorpresa mista al timore che il nuovo arrivato non vedesse bene per via del buio.

«E così – disse il viaggiatore avvicinandosi con allegria al giovane e stringendogli cordialmente la mano che questi non gli aveva porto – siamo intesi: vi devo la vita».

«Ah! Esagerate il servigio che vi ho reso», ribatté il giovane indietreggiando d'un passo.

«No, nessuna modestia; le cose stanno come dico io. Conosco il duca, è dannatamente brutale. E voi siete un modello di perspicacia, una fenice di carità cristiana. Ma ditemi, voi che siete così amabile, così compassionevole, avete avuto finanche la cortesia di avvisare in casa?».

«Quale casa?».

«La casa a cui mi stavo recando, perdiana! La casa dove sono atteso».

«No, non vi ho pensato affatto, lo confesso», rispose il giovane. «E d'altronde, quand'anche vi avessi pensato, non avrei avuto modo. Io stesso mi trovo qui da due ore appena, e non conosco nessuno in questa locanda».

«Diavolo!», esclamò il viaggiatore in un moto di inquietudine. «Povera Nanon! Speriamo non le accada nulla».

«Nanon? Nanon de Lartigues?», esclamò stupito il giovane.

«Questa poi! Ma allora siete uno stregone», ribatté il viaggiatore. «Vedete uomini che si imboscano lungo la strada e indovinate chi hanno preso di mira; vi dico un nome e indovinate il cognome. Presto, spiegatemi la questione, altrimenti vi denuncio e vi faccio condannare al fuoco dal parlamento di Bordeaux».

«Ah – rispose il giovane – converrete con me che stavolta non occorreva essere tanto furbi per stanarvi. Una volta nominato il duca d'Épernon in quanto vostro rivale, era evidente che se nominavate una Nanon non poteva essere che Nanon de Lartigues, così bella, così ricca, così ingegnosa, dicono, da stregare il duca e governare nel suo governatorato, tanto da farsi esecrare in tutta la Guienna quasi quanto costui... E voi andavate da quella donna?», proseguì il giovane in tono di biasimo.

«Ebbene sì, lo confesso. E visto che ho fatto il suo nome, non ritratto. D'altronde tutti calunniano Nanon e mal la conoscono. Nanon è una fanciulla deliziosa, fedelissima alle sue promesse fintantoché gradisce mantenerle, devotissima a colui che ama fintantoché è innamorata. Dovevo cenare da lei questa sera, ma il duca ha mandato tutto in fumo. Volete che domani ve la presenti? Diavolo! Il duca dovrà pur tornarsene ad Agen prima o poi».

«Vi ringrazio», rispose in tono secco il giovane gentiluomo. «Conosco mademoiselle de Lartigues solo di nome, e non desidero conoscerla oltremodo».

«Eh, perbacco, siete in torto! Nanon è fanciulla degna di essere conosciuta in tutti i modi».

Il giovane si accigliò.

«Ah, perdonatemi», aggiunse il viaggiatore stupito. «Eppure credevo che alla vostra età...».

«Indubbiamente alla mia età si è soliti accettare proposte simili», riprese il giovane notando il disappunto che suscitava il suo rigore. «E in effetti accetterei volentieri, se non fossi qui di passaggio e costretto a rimettermi in viaggio stanotte».

«Oh, perdiana! Non andrete via senza prima avermi detto qual gentile cavaliere mi ha così galantemente salvato la vita».

Il giovane parve esitare; poi, dopo un istante:

«Sono il visconte di Cambes».

«Ah, ah!», esclamò il suo interlocutore. «Mi è giunta voce di una deliziosa viscontessa di Cambes che possiede numerose terre intorno a Bordeaux ed è amica della principessa».

«È una mia parente», ribatté prontamente il giovane.

«Parola d'onore, vi faccio tutti i miei complimenti, visconte, giacché dicono che non abbia eguali; spero che, se la sorte vorrà favorirmi in tal senso, mi presenterete a costei. Sono il barone di Canolles, capitano a Navailles, attualmente beneficiario di un congedo che il duca d'Épernon ha avuto la compiacenza di concedermi su raccomandazione di mademoiselle de Lartigues».

«Il barone di Canolles!», esclamò a sua volta il visconte, guardando l'interlocutore con tutta la curiosità che gli destava quel nome reputato nelle avventure galanti dell'epoca.

«Mi conoscete?», chiese Canolles.

«Solo di fama», rispose il visconte.

«Cattiva fama, vero? Cosa volete, ciascuno segue la sua natura. Io amo la vita movimentata».

«Siete perfettamente libero di vivere come più vi aggrada», rispose il visconte. «Tuttavia permettetemi una riflessione».

«Quale?».

«Che vi è una donna terribilmente compromessa per causa vostra, e su cui il duca vendicherà la delusione che voi gli avete cagionato».

«Diavolo! Credete davvero?».

«Non ho dubbi. Per quanto... leggera... mademoiselle de Lartigues ciononondimeno è una donna, e voi l'avete compromessa. Spetta a voi vegliare sulla sua incolumità».

«Perbacco, avete ragione, mio giovane Nestore, e nel piacere della vostra conversazione dimenticavo i miei doveri di gentiluomo. Qualcuno ci avrà tradito, e con ogni probabilità il duca sa tutto. Vero è che se solo Nanon fosse al corrente... È una donna accorta, mi rimetterò a lei per domandare perdono al duca. Orsù, vediamo... Conoscete la guerra, giovanotto?».

«Non ancora», rispose il visconte ridendo. «Ma credo che là dove sono diretto la conoscerò».

«Ebbene, eccovi una prima lezione. Sappiate che, in una guerra come si conviene, quando la forza è inutile bisogna ricorrere all'astuzia. Aiutatemi dunque ad agire d'astuzia».

«Non chiedo di meglio. Ma in che modo, ditemi?».

«La locanda ha due porte».

«Di questo non so nulla».

«So io. Una che dà sulla via maestra, l'altra che dà sulla campagna. Io uscirò da quella che dà sulla campagna, compirò un mezzo giro e andrò a bussare a casa di Nanon, che ha a sua volta una porta sul retro».

«Sì, per farvi scoprire in quella casa!», esclamò il visconte. «Siete davvero un fine tattico!».

«Per farmi scoprire?», ribatté Canolles.

«Certo. Il duca, stanco di aspettare e non vedendovi uscire di qui, tornerà da quelle parti».

«Sì, ma io entrerò e uscirò soltanto».

«Una volta entrato... non ne uscirete più».

«Decisamente voi siete un mago, giovanotto», disse Canolles.

«Vi scopriranno lì, magari vi uccideranno sotto i suoi occhi, ecco».

«Bah!», rispose Canolles. «Ci sono gli armadi».

«Oh!», esclamò il visconte.

Quell'*oh* venne pronunciato in maniera tale, con un'intonazione così eloquente, e racchiudeva così tanti rimproveri velati, tanta pudica vergogna, tanta soave delicatezza che Canolles si interruppe di colpo e, nonostante l'oscurità, fissò con sguardo penetrante il giovane appoggiato con i gomiti al davanzale della finestra.

Il visconte avvertì tutto il peso di quello sguardo, e riprese con aria gioviale:

«In realtà avete ragione voi, barone. Andate, ma nascondetevi bene, in modo da non farvi scoprire».

«Ebbene no, mi sbaglio», esclamò Canolles. «Siete voi ad aver ragione. Ma come avvisarla?».

«Credo che una missiva...».

«Chi la porterà?».

«Mi pareva di avervi visto un lacchè. In simili circostanze un lacchè rischia tutt'al più qualche legnata, mentre un gentiluomo rischia la vita».

«Sto davvero perdendo la testa», disse Canolles. «Castorin svolgerà la commissione a meraviglia, tanto più che sospetto abbia qualche conoscenza nella casa, il marpione».

«Vedete bene che vi è un rimedio a tutto», disse il visconte.

«Sì. Avete carta, inchiostro e penne?».

«No – rispose il visconte – ma ce n'è dabbasso».

«Perdonate – riprese Canolles – ma in realtà non so cosa mi prenda stasera, commetto una sciocchezza dopo l'altra. Non importa! Grazie per i vostri buoni consigli, visconte, vi darò seguito seduta stante».

E senza distogliere lo sguardo dal giovane che osservava già da qualche istante con singolare tenacia, Canolles raggiunse la porta e scese le scale, mentre il visconte, inquieto, pressoché turbato, mormorava: "Come mi guarda! Mi ha forse riconosciuto?".

Tuttavia Canolles era sceso e, dopo aver guardato per un attimo con profonda afflizione le quaglie, le pernici e le leccornie che mastro Biscarros impilava personalmente nella cesta sul capo del suo aiuto cuoco, e che qualcun altro forse avrebbe mangiato al suo posto quantunque fossero sicuramente destinate a lui, chiese la stanza che Castorin aveva dovuto preparargli, si fece portare inchiostro, penne e carta, e scrisse a Nanon la missiva seguente:

Cara Signora,

a cento passi dalla vostra porta, se la natura ha regalato ai vostri begli occhi il dono di vedere al buio, potrete scorgere il duca d'Épernon che mi attende in un fitto d'alberi per farmi fucilare e in seguito compromettervi terribilmente. Tuttavia non è mio interesse perdere la vita né far perdere a voi il riposo. A questo riguardo potete star tranquilla. Per quel che mi concerne, mi avvarrò del congedo che l'altro giorno faceste firmare per me perché fossi libero di farvi visita. Dove andrò non so, ignoro perfino se andrò in qualche luogo. Sia come sia, richiamate il vostro fuggiasco quando la tempesta sarà passata. Al Vitello d'Oro vi diranno dove mi sarò diretto. Mi sarete grata, spero, del sacrificio che mi impongo. Ma i vostri interessi mi sono più cari del mio piacere. Dico il mio piacere, poiché avrei trovato piuttosto sollazzevole dare una bella lezione a monsieur d'Épernon e ai suoi sgherri in maschera. Come sempre, cara Signora, vostro devotissimo e soprattutto fedelissimo.

Canolles firmò il biglietto, ribollente della smargiasseria guascona di cui conosceva gli esiti sulla guascona Nanon. Quindi, chiamando il suo lacchè:

«Venite qui, Castorin – gli disse – e confessatemi candidamente a che punto siete con mademoiselle Francinette».

«Ma signore...», rispose Castorin parecchio stupito dalla domanda. «Non so se devo...».

«State tranquillo, vanesio che non siete altro, non ho alcuna mira su costei, non avete l'onore di essere mio rivale. Vi chiedo solo un piccolo ragguaglio».

«Ah, allora è tutt'altra cosa. Mademoiselle Francinette ha avuto l'intelligenza di apprezzare le mie qualità».

«Allora siete in eccellenti rapporti, non è vero, vecchio briccone? Benissimo. Prendete questo biglietto, allora. Passate per la prateria».

«Conosco la strada, signore», rispose Castorin con aria di sufficienza.

«Giusto. E andate a bussare alla porta sul retro. Di certo conoscerete anche quella porta».

«Perfettamente».

«Di bene in meglio. Allora andate per quella strada, bussate alla porta e consegnate la presente missiva a mademoiselle Francinette».

«Stando così le cose – disse Castorin allegro – allora mi è concesso...».

«Vi è concesso partire seduta stante, avete dieci minuti per andare e tornare. Questa missiva deve essere consegnata immediatamente a mademoiselle Nanon de Lartigues».

«Ma signore – obiettò Castorin, fiutando una sventura – e se non mi aprissero alla porta?».

«Sareste uno sciocco, giacché di certo avrete un qualche modo di bussare che garantisca udienza a un galantuomo; se così non è, sono un gentiluomo da commiserare, visto che mi tengo a servizio un mascalzone da par vostro».

«Un modo ce l'ho», affermò Castorin con aria quanto mai trionfale. «Prima batto due colpi a intervalli regolari, poi un terzo...».

«Non vi sto chiedendo in che modo bussate; poco m'importa, purché vi sia aperto. Andate, allora. E se vi scoprono, mangiate il biglietto, altrimenti al vostro ritorno vi taglierò le orecchie, casomai qualcuno non avesse già provveduto».

Castorin partì in un baleno. Arrivando ai piedi della scala tuttavia si fermò e, a dispetto di ogni regola, si infilò il biglietto nella parte alta dello stivale; poi, uscendo dalla porta sul cortile e compiendo un lungo giro, attraversando cespugli al pari di una volpe, scavalcando fossati al pari di un levriero, giunse a bussare alla porta nascosta in quella maniera particolare che aveva tentato di spiegare al suo padrone, e che era talmente efficace che la porta si aprì immediatamente.

Dieci minuti dopo, Castorin era di ritorno senza alcuna disavventura e annunciava al padrone che il biglietto era stato consegnato nelle belle mani di mademoiselle Nanon.

Canolles aveva impiegato quei dieci minuti per aprire il portamantello, preparare la veste da camera e farsi apparecchiare la tavola. Ascoltò con visibile soddisfazione il resoconto di Castorin, andò ad affacciarsi in cucina, impartendo ad alta voce gli ordini per la notte e sbadigliando esageratamente come chi attenda impaziente il momento di andare a coricarsi. L'espediente, qualora il duca d'Épernon lo avesse fatto spiare, mirava a dimostrare che egli non aveva mai avuto intenzione di oltrepassare la locanda dove era giunto, da modesto e innocuo viaggiatore, a chiedere vitto e alloggio. E difatti il piano ottenne gli effetti che il barone auspicava: una sorta di contadino che beveva nell'angolo più buio della sala chiamò il garzone, pagò il dovuto, si alzò e uscì come se niente fosse, farfugliando una terzina. Canolles lo seguì fino alla porta e vide che si dirigeva verso il bosco. Dieci minuti dopo, udì lo scalpiccio di diversi cavalli che si allontanavano: l'agguato era cessato.

A quel punto il barone rientrò e, con la mente completamente sgombra riguardo a Nanon, pensò solo a trascorrere una serata quanto più dilettevole possibile. Ordinò quindi a Castorin di preparare carte e dadi e, una volta compiuta l'operazione, di andare a chiedere al visconte di Cambes se volesse fargli l'onore di riceverlo.

Castorin obbedì, e sulla soglia della stanza trovò un vecchio scudiero canuto che, tenendo la porta appena socchiusa, rispose ai suoi ossequi in tono quanto mai arcigno:

«Impossibile per ora, il visconte è impegnato».

«Molto bene – disse Canolles – aspetterò».

Udendo però un gran baccano provenire dalle parti della cucina, per ingannare il tempo andò a dare un'occhiata a quanto accadeva in quella zona importante della casa.

Era il povero sguattero, di ritorno più morto che vivo. Alla curva della strada era stato fermato da quattro uomini, i quali lo avevano interrogato riguardo al motivo della sua passeggiata notturna e, venuti a sapere che il giovane recava la cena alla dama della casa isolata, lo avevano spogliato del berretto, della giacca bianca e del grembiale; poi il più giovane dei quattro aveva indossato gli orpelli del mestiere, si era posto la cesta in equilibrio sul capo e aveva proseguito alla volta della cascina facendo le veci dell'apprendista cuoco. Dieci minuti dopo era tornato e aveva parlottato a bassa voce con colui che sembrava il capo della brigata. A quel punto gli uomini avevano restituito allo sguattero la giacca, il berretto e il grembiale, gli avevano riposto la cesta sul capo, e poi gli avevano assestato un calcio nel didietro per rimetterlo sulla via che doveva prendere. Il povero diavolo non aveva chiesto altro. Era partito di corsa ed era venuto ad accasciarsi mezzo morto di paura sulla soglia della locanda, dove era stato appena raccolto.

L'avventura risultò assolutamente incomprensibile a tutti, fuorché a Canolles; ma poiché costui non aveva alcun motivo di fornire spiegazioni, lasciò oste, garzoni, serve, cuoco e sguattero a perdersi nelle loro congetture sull'accaduto e, mentre questi ultimi battevano a più non posso la campagna, salì dal visconte. Immaginando che la prima domanda che il visconte gli aveva rivolto tramite Castorin lo dispensasse da una seconda impresa di tal genere, aprì la porta senza tanti convenevoli ed entrò.

Al centro della stanza vi era una tavola illuminata apparecchiata per due coperti, in attesa, per essere completa, solo dei piatti di cui doveva essere adorna.

Canolles notò i due coperti e li trovò di buon auspicio.

Tuttavia, nel vedere il barone, il visconte si alzò con un movimento così brusco che fu facile notare quanto la visita lo avesse colto di sorpresa, e che il secondo coperto non fosse affatto destinato a lui, come Canolles da principio si era illuso.

Il dubbio trovò conferma dalle prime parole che gli rivolse il visconte.

«Posso sapere, barone – gli chiese costui venendogli incontro sempre cerimonioso – a quale nuova circostanza devo l'onore della vostra visita?».

«Ma a un evento del tutto naturale», rispose Canolles, lievemente sbalordito di fronte a quell'accoglienza scortese. «Mi è venuta fame. Ho pensato che fosse venuta anche a voi. Voi siete solo, io sono solo, e volevo avere l'onore di proporvi una cena in mia compagnia».

Il visconte guardò Canolles con manifesta diffidenza e parve provare un certo imbarazzo nel rispondergli.

«Parola d'onore – riprese Canolles ridendo – si direbbe che vi incuto paura... Siete forse un cavaliere di Malta? Siete destinato alla Chiesa, o la vostra rispettabile famiglia vi ha forse cresciuto nel disgusto per i Canolles? Orsù, perdio! Non vi comprometterò di certo per un'ora trascorsa insieme ognuno a un lato della tavola!».

«Impossibile scendere giù da voi, barone».

«Ebbene, non scendete giù da me. Ma visto che sono salito io su da voi...».

«Ancora più impossibile. Attendo qualcuno».

Questa volta Canolles rimase esterrefatto.

«Ah, attendete qualcuno?», chiese.

«Sì».

«Vi giuro, parola mia – disse Canolles dopo un attimo di silenzio – vorrei quasi quanto voi che mi aveste lasciato proseguire per la mia strada, malgrado tutto quel che poteva derivarmene, piuttosto che guastare così, con la repulsione che manifestate nei miei confronti, il servigio che mi avete reso e per il quale mi sembrava di non avervi ancora ringraziato abbastanza».

Il giovane arrossì e si avvicinò a Canolles.

«Perdonate – disse con voce tremante – sono perfettamente consapevole della mia scortesia. Eppure, se non si trattasse di faccende serie, di faccende di famiglia di cui devo discutere con la persona che attendo, per me sarebbe al contempo un onore e un piacere includervi come terzo convitato, sebbene...».

«Oh, terminate!», esortò Canolles. «Qualunque cosa steste dicendo, ho deciso che non mi adirerò affatto».

«...sebbene – riprese il giovane – la nostra conoscenza sia uno di quegli esiti imprevisti del caso, uno di quegli incontri fortuiti, uno di quei legami effimeri...».

«E perché mai?», chiese Canolles. «È in siffatto modo, invece, che si stringono amicizie lunghe e sincere: possiamo solo rendere merito alla Provvidenza per ciò che voi attribuite al caso».

«La Provvidenza – ribatté il visconte ridendo – vuole che io parta tra due ore e che con ogni probabilità prenda una strada del tutto opposta alla vostra. Vi esprimo quindi tutto il mio rammarico per non poter accettare come vorrei l'amicizia che così cordialmente mi offrite e che apprezzo nel suo giusto valore».

«Parola mia – esclamò Canolles – siete un giovanotto decisamente singolare, e sulle prime, dal vostro slancio di generosità, mi ero fatto un'idea completamente diversa del vostro carattere. Ma sia dato seguito alla vostra volontà: non ho certo il diritto di essere esigente, giacché sono io a essere in debito con voi, e giacché avete fatto per me molto più di quanto avessi il diritto di aspettarmi da uno sconosciuto. Me ne torno alla mia cena solitaria; ma a dire il vero, visconte, tutto ciò mi pesa: il monologo non rientra affatto nelle mie abitudini».

E difatti, malgrado il suo discorso e la decisione di andarsene annunciata a parole, Canolles non se ne andava. Qualcosa di cui non si capacitava lo teneva inchiodato lì in quel luogo; si sentiva invincibilmente attratto dal visconte. E invece questi, prendendo un candelabro, si avvicinò a Canolles e con un incantevole sorriso:

«Sia come sia – disse porgendogli la mano – e per quanto breve sia stato il nostro incontro, credetemi, sono lieto di esservi stato utile in qualcosa».

Canolles colse solo il complimento: strinse la mano che il visconte gli porgeva e che, invece di rispondere alla stretta amichevole e virile, si ritrasse tiepida e tremante. Poi, rendendosi conto che, per quanto avvolto in una frase gentile, il congedo che il giovane gli stava dando era pur sempre un congedo, si ritirò delusissimo e soprattutto assai meditabondo.

Sulla porta si imbatté nel sorriso sdentato del vecchio domestico, il quale prese il candelabro dalle mani del visconte, ricondusse cerimoniosamente Canolles fino al suo appartamento e tornò immantinente dal padrone, che lo attendeva in cima alla scala.

«Cosa fa?», chiese il visconte a voce bassa.

«Credo si stia risolvendo a cenare da solo», rispose Pompée.

«Allora non tornerà».

«Lo spero, quantomeno».

«Ordinate i cavalli, Pompée, guadagneremo pur sempre un po' di tempo. Ma cos'è questo baccano?», aggiunse il visconte tendendo l'orecchio.

«Sembrerebbe la voce di monsieur Richon».

«E quella di monsieur de Canolles».

«Stanno litigando, mi pare».

«Tutt'altro, si stanno riconoscendo. Prestate ascolto...».

«Sempre che Richon non apra bocca».

«Oh, non vi è timore, è un uomo molto circospetto».

«Silenzio!».

I due tacquero in ascolto, e a quel punto si udì la voce di Canolles.

«Due coperti, mastro Biscarros – gridava il barone – due coperti! Monsieur Richon cena assieme a me».

«No, invece, vi prego», rispose Richon. «Impossibile».

«Questa poi! Ma insomma, volete cenare da solo al pari di quel giovane gentiluomo?».

«Quale gentiluomo?».

«Quello al piano di sopra».

«Come si chiama?».

«Il visconte di Cambes».

«Conoscete dunque il visconte?».

«Perdio! Mi ha salvato la vita».

«Lui?».

«Sì, lui».

«E come?».

«Cenate assieme a me e vi racconterò tutto mentre ceniamo».

«Non posso. Devo cenare con lui».

«In effetti attende qualcuno».

«È me che attende. E giacché sono in ritardo, barone, voi permettete che vi lasci, non è così?».

«No, perdiana! Non permetto», esclamò Canolles. «Mi sono messo in testa che cenerò in compagnia, e voi cenerete assieme a me, oppure io cenerò assieme a voi. Mastro Biscarros, due coperti!».

Tuttavia, mentre Canolles si voltava per vedere se venisse dato seguito al suo ordine, Richon aveva infilato le scale e saliva rapido i gradini. Arrivato all'ultimo scalino, incontrò con la sua una graziosa mano, che lo tirò all'interno della stanza del visconte di Cambes. La porta si richiuse alle sue spalle e, per maggior sicurezza, vennero a rinforzare la chiusura i due chiavistelli.

"In realtà – mormorò Canolles cercando invano con lo sguardo lo scomparso Richon e sedendosi a tavola da solo – in realtà non so cos'abbiano contro di me in questo maledetto paese: chi mi corre dietro per uccidermi, chi mi sfugge come se avessi la peste. Perbacco! Mi scema l'appetito, sento che mi intristisco, stasera potrei ubriacarmi come un lanzichenecco".

«Ehi, Castorin. Venite qui, ché vi do una bella ripassata!».

"Questa poi! Ma si rinchiudono lassù come se cospirassero! Stolto che non sono altro! E difatti stanno cospirando, è così: adesso mi spiego tutto. Ma in favore di chi cospirano? In favore del coadiutore? Dei principi? Del parlamento? Del re? Della regina? Di Mazzarino? Parola mia, cospirino pure contro chi vogliono, la cosa mi è del tutto indifferente. E mi è tornato l'appetito".

«Castorin, fate servire e versatemi da bere. Siete perdonato».

E Canolles affrontò con filosofia la prima cena che era stata approntata per il visconte di Cambes e che, in mancanza di nuove disposizioni, mastro Biscarros fu costretto a servirgli riscaldata.

IV.

Mentre il barone di Canolles cercava invano qualcuno con cui cenare, e stanco delle sue ricerche infruttuose si decideva infine a cenare da solo, ecco quel che accadeva in casa di Nanon.

Checché ne abbiano detto e scritto i suoi nemici – nel novero dei quali vanno inclusi la maggior parte degli storici che si sono occupati di costei – Nanon a quell'epoca era una deliziosa creatura sui venticinque-ventisei anni, piccola di statura, scura di incarnato, ma con un portamento agile e aggraziato, il colorito fresco e vivace, occhi di un nero profondo e la cornea limpida che si tingeva, parimenti a quella dei gatti, di ogni fuoco e ogni riflesso. Allegra in superficie, ridente all'apparenza, Nanon tuttavia era ben lungi dall'abbandonarsi in spirito a tutti i capricci e le futilità che ricamano di folli arabeschi la trama setosa e dorata di cui si compone solitamente la vita di una dama d'alto bordo. Viceversa, le decisioni più gravi, a lungo maturate e soppesate nella sua mente ostinata, sembravano al contempo lucide e seducenti, manifestandosi tramite una voce vibrante e marcata da un forte accento guascone. Nessuno, sotto quella maschera rosea dai lineamenti fini e sorridenti, dietro quello sguardo pieno di voluttuose promesse ed esuberante di vivaci ardori, avrebbe indovinato l'infaticabile perseveranza, l'invisibile tenacia e la profondità di vedute degne di uno statista. Eppure tali erano i vizi o le virtù di Nanon, a seconda che si voglia esaminarli pel dritto o il rovescio della medaglia, tale era la mente calcolatrice, tale era il cuore ambizioso a cui un corpo ricolmo di eleganza fungeva da guscio.

Nanon era di Agen. Il duca d'Épernon, figlio dell'inseparabile amico di Enrico IV che si trovava a bordo della vettura quando il sovrano fu raggiunto dal coltello di Ravaillac, e sul quale si addensarono i sospetti che riecheggiarono fino a Caterina de' Medici... il duca d'Épernon, nominato governatore della Guienna, dove la sua tracotanza, le sue insolenze e le sue esazioni lo avevano reso ovunque esecrabile, aveva adocchiato la piccola borghese, figlia di un modesto avvocato. Le aveva fatto la corte, e aveva trionfato a gran fatica e su una difesa condotta con l'abilità di una grande tattica che voglia far sentire al vincitore tutto il prezzo della sua vittoria. Ma come ricompensa per la sua reputazione ormai perduta, Nanon aveva rubato al duca potere e libertà. In capo a sei mesi di relazione con il governatore della Guienna, era costei in realtà a governare la bella provincia, restituendo con gli interessi a quanti un tempo l'avevano lesa o umiliata i torti e le offese che aveva ricevuto. Regina per caso, si fece tiranna per calcolo, presentendo con la sua acuta intelligenza che occorreva supplire con l'abuso alla probabile brevità del regno.

Di conseguenza mise le mani su ogni cosa: tesori, prestigio, onori. Fu ricca, assegnò incarichi, ricevette le visite di Mazzarino e dei primi signori della corte. Combinando con mirabile destrezza i diversi elementi di cui disponeva, ne ottenne un amalgama utile per la sua influenza, vantaggioso per il suo patrimonio. Ogni favore che Nanon concedeva era quotato al proprio prezzo. Una nomina nell'esercito, un incarico nella magistratura avevano la loro tariffa: Nanon faceva accordare la nomina o la funzione, ma si faceva pagare in denaro sonante o con un ricco e principesco regalo. In tal modo, privandosi di una briciola di potere a beneficio di qualcuno, recuperava tale briciola in altra forma, conferendo autorità ma tenendosi per sé il denaro, che ne è il nerbo.

Ciò spiega la durata del suo regno, giacché nel loro odio gli uomini esitano a rovesciare un nemico al quale rimanga una qualche consolazione. Quel che la vendetta esige è una rovina totale, una prostrazione completa. I popoli cacciano a malincuore un tiranno che si portasse via l'oro e se ne andasse ridendo. Nanon de Lartigues possedeva due milioni!

E così viveva in una sorta di incolumità sopra al vulcano che senza requie scuoteva ogni cosa tutt'attorno. Aveva percepito l'odio del popolo montare come una marea, crescere e abbattere con i suoi flutti il potere di monsieur d'Épernon, il quale, cacciato da Bordeaux in un giorno di collera, si era tirato dietro Nanon come una scialuppa segue il vascello. Nanon sotto la bufera si piegò, salvo poi risollevarsi quando la tempesta fosse passata: aveva preso a modello Mazzarino e, da umile scolara, praticava da lontano la politica dell'accorto e malleabile italiano. Il cardinale notò la donna, che cresceva e si arricchiva con gli stessi mezzi che lo avevano reso un Primo ministro in possesso di cinquanta milioni. Ammirò la piccola guascona, anzi, fece di più: la lasciò fare. Forse un giorno sapremo il perché.

Malgrado tutto, e sebbene alcuni che si dicevano più al corrente sostenessero che intrattenesse una corrispondenza diretta con Mazzarino, degli intrighi politici della bella Nanon si parlava poco. Lo stesso Canolles il quale, giovane, bello e ricco, non capiva peraltro a qual pro occorresse essere intriganti, non sapeva affatto cosa pensare in proposito. Quanto ai suoi intrighi amorosi, sia che Nanon, alle prese con faccende più importanti, li avesse procrastinati, o che il clamore suscitato dall'amore di monsieur d'Épernon avesse coperto il clamore che potevano suscitare amori secondari, fatto sta che perfino i suoi nemici non erano stati prodighi di scandali nei suoi riguardi, e Canolles era in qualche modo in diritto di credere, nel suo amor proprio personale e nazionale, che Nanon prima del suo arrivo fosse inespugnabile. Che Canolles fosse stato effettivamente il primo empito amoroso di quel cuore fino ad allora accessibile solo all'ambizione, o che la prudenza avesse consigliato ai predecessori discrezione assoluta, fatto sta che Nanon da amante doveva essere una donna deliziosa; Nanon da offesa doveva essere una nemica terribile.

La conoscenza tra Nanon e Canolles si era fatta nel modo più naturale. Canolles, luogotenente nel reggimento di Navailles, aspirava a diventare capitano; a tal fine dovette scrivere a monsieur d'Épernon, colonnello-generale di fanteria. Fu Nanon a leggere la missiva: rispose come al suo solito, credendo di dover negoziare un affare e fissando a Canolles un appuntamento d'affari. Canolles scelse tra i gioielli di famiglia uno splendido anello che, se anche poteva valere cinquecento pistole, era pur sempre meno caro dell'acquisto di una compagnia, e si recò all'appuntamento. Ma quella volta il vincente Canolles, preceduto dal suo magniloquente corteo di successi, mise in rotta i calcoli e la fiscalità di mademoiselle de Lartigues. Era la prima volta che egli vedeva Nanon, era la prima volta che Nanon vedeva costui: entrambi erano giovani, belli e di grande spirito. L'incontro si svolse all'insegna dei reciproci omaggi; dell'affare in questione non si fece parola, eppure l'affare venne concluso. L'indomani Canolles ricevette la sua nomina a capitano, e quando il prezioso anello passò dal suo dito a quello di Nanon non fu più come prezzo di un'ambizione appagata, ma come pegno dell'amore felice.

V.

Quanto ai motivi per cui Nanon risiedeva in prossimità del villaggio di Matifou, farà testo la storia. Come abbiamo detto, il duca d'Épernon si era fatto odiare in Guienna. Nanon, alla quale si era tributato l'onore di trasformarla in genio maligno, si era fatta esecrare. La sommossa li cacciò da Bordeaux e li respinse ad Agen. Tuttavia, ad Agen la sommossa conobbe un nuovo inizio. Un giorno, su un ponte, la carrozza dorata a bordo della quale Nanon si recava dal duca venne rovesciata. Senza che si capisse come, Nanon si ritrovò nel fiume, e fu Canolles a tirarvela fuori. Una notte divampò un incendio nella casa in città di Nanon, e fu Canolles a entrare giusto in tempo fin nella stanza da letto e a trarla in salvo dalle fiamme. Nanon ritenne che al terzo tentativo gli abitanti di Agen sarebbero potuti riuscire nel loro intento. Sebbene Canolles la lasciasse sola il meno possibile, sarebbe stato un miracolo se fosse stato sempre presente al momento opportuno per salvarla dal pericolo. Nanon approfittò di un viaggio del duca, che avrebbe tentato una visita nel suo governatorato, e di una scorta di milleduecento uomini, parte dei quali era stata assicurata dal reggimento di Navailles, per lasciare la città contemporaneamente a Canolles, intenta a schernire dalla portiera della carrozza il volgo, il quale avrebbe ben gradito ridurre in pezzi la carrozza ma era lungi dall'azzardarsi.

A quel tempo Nanon e il duca scelsero, o meglio, Canolles aveva segretamente scelto per entrambi la graziosa campagna in cui fu deciso che Nanon avrebbe abitato, mentre per sé il barone avrebbe fatto allestire una casa a Libourne. Canolles ottenne un congedo, all'apparenza per andare a concludere nelle sue terre d'origine alcuni affari di famiglia, in realtà per avere il diritto di lasciare il reggimento, rientrato ad Agen, e non allontanarsi troppo da Matifou, dove la sua presenza tutelare era più urgente che mai. Gli eventi, infatti, cominciavano a farsi di una gravità allarmante. I principi di Condé, Conti e Longueville, arrestati il 17 gennaio e rinchiusi a Vincennes, offrivano ai quattro o cinque partiti che all'epoca dividevano la Francia un ottimo pretesto per la guerra civile. L'impopolarità del duca d'Épernon, che tutti sapevano devoto alla corte, cresceva sempre più, sebbene a rigor di logica fosse lecito aspettarsi che non potesse crescere oltremodo. Si preannunciava una catastrofe imminente, auspicata da tutti i partiti, i quali nella bizzarra situazione in cui versava la Francia non sapevano essi stessi raccapezzarsi. Nanon, al pari degli uccelli che vedono approssimarsi il temporale, scomparve all'orizzonte e rientrò nel suo nido di fogliame per attendere lì, all'oscuro, ignorata, l'evento.

Lasciò credere di essere una vedova in cerca di rifugio. Era così, ve lo ricorderete, che l'aveva definita mastro Biscarros.

Quindi monsieur d'Épernon era venuto a trovare l'incantevole reclusa, annunciandole che sarebbe partito per un viaggio di otto giorni; e non appena costui era partito, Nanon, tramite l'esattore, un suo protetto, aveva inviato un biglietto a Canolles, il quale in virtù del suo congedo si trovava nei paraggi. Solo che, come abbiamo detto, il biglietto originale era scomparso tra le mani del messaggero ed era divenuto, sotto la penna di Cauvignac, la copia di un invito. Era a tale invito che l'ignaro gentiluomo si affrettava a recarsi, quando il visconte di Cambes lo aveva fermato a quattrocento passi dalla meta.

Il resto è noto.

Nanon quindi attendeva Canolles così come attende una donna innamorata, ossia tirando fuori di tasca l'orologio dieci volte ogni minuto, recandosi tutti i momenti alla finestra, tendendo l'orecchio a ogni rumore, scrutando il sole rosso e meraviglioso che si nascondeva dietro la montagna per lasciare il posto alle prime ombre della notte. Dapprima qualcuno bussò alla porta d'ingresso, e Nanon spedì Francinette. Ma si trattava solo del presunto sguattero che recava la cena di cui era assente il convitato. Nanon allungò lo sguardo nell'anticamera e vide il falso messaggero di mastro Biscarros, che dal canto suo stava perscrutando la stanza da letto dove era apparecchiata una piccola tavola con due coperti. Nanon raccomandò a Francinette di tenere le carni in caldo, richiuse mestamente la porta e tornò alla finestra, che le mostrava, per quanto ella riuscisse a vedere nelle prime tenebre, la strada deserta.

Alla porticina sul retro si udì di nuovo bussare, una maniera di bussare particolare, e Nanon esclamò: «È lui!». Ma nel timore che anche stavolta non fosse il barone, se ne stette in piedi e immobile a metà strada. Un istante dopo la porta si aprì, e sulla soglia comparve Francinette con aria costernata, muta, il biglietto in una mano. La giovane donna notò il foglio, fece un balzo verso la cameriera, glielo strappò di mano, lo aprì rapida e lesse con angoscia.

Alla lettura Nanon fu come folgorata: amava molto Canolles, ma in costei l'ambizione era un sentimento pressoché pari all'amore, e perdendo il duca d'Épernon ella perdeva non solo tutta la sua fortuna a venire, ma fors'anche la sua fortuna passata. Tuttavia, essendo donna di raziocinio, cominciò innanzitutto con lo spegnere la candela, che avrebbe rivelato la sua ombra, poi corse alla finestra. Il momento era giunto: alla casa si stavano appropinquando quattro uomini, ormai distanti solo una ventina di passi. Per primo veniva avanti l'uomo con il mantello, e nell'uomo con il mantello Nanon riconobbe senza ombra di dubbio il duca. In quell'istante entrò mademoiselle Francinette con una candela in mano. Nanon gettò un'occhiata disperata alla tavola, ai due coperti, alle due poltrone, ai due guanciali ricamati che sfoggiavano il loro insolente candore sullo sfondo cremisi delle tende damascate, e infine all'invitante negligé per la notte, così in armonia con tutto quell'apprestamento. "È la fine!", pensò.

Eppure quasi subito quella mente sagace ritrovò lucidità, e un sorriso le comparve sulle labbra. Più veloce di un fulmine, ella afferrò il bicchiere di cristallo destinato a Canolles e lo scagliò alla cieca nel giardino, estrasse da un astuccio il boccale d'oro con le insegne del duca, predispose accanto al suo piatto il coperto di vermeil; poi, gelida di terrore, ma con un sorriso acconciato alla bell'e meglio, si precipitò giù per gli scalini e giunse davanti alla porta nel momento in cui era appena riecheggiato un colpo grave e solenne.

Francinette avrebbe voluto aprire, ma Nanon la afferrò per il braccio, la spinse da parte e con quello sguardo rapido che nelle donne colte di sorpresa completa così bene il pensiero:

«Attendo il duca – disse – non monsieur de Canolles. Servite».

Poi tirò ella stessa i chiavistelli e gettandosi al collo dell'uomo dalla piuma bianca, il quale parava un'espressione quanto mai scontrosa:

«Ah – esclamò Nanon – allora il mio sogno non mi ha ingannato! Venite, mio caro duca, la cena è servita, pasteggeremo assieme».

D'Épernon rimase stupefatto; ma poiché la carezza di una bella donna è sempre gradevole da ricevere, si lasciò abbracciare. Tuttavia, subito memore della prova compromettente di cui era in possesso:

«Un momento, signorina», disse. «Intendiamoci bene, per cortesia».

E facendo un cenno con la mano ai suoi accoliti, che si scostarono rispettosi senza però allontanarsi del tutto, entrò nella casa solo e con passo grave e compassato.

«Ma che avete, mio caro duca?», gli chiese Nanon con un'allegria così ben simulata che si sarebbe potuta credere naturale. «Avete forse dimenticato qualcosa l'ultima volta che siete venuto qui, visto che guardate in ogni dove con così tanta premura?».

«Sì – disse il duca – ho dimenticato di dirvi che non sono uno sciocco, un geronte al pari di quelli che Cyrano de Bergerac infila nelle sue commedie, e avendo dimenticato di dirvelo torno per darvene di persona una dimostrazione».

«Non vi capisco, mio signore», ribatté Nanon con aria quanto mai calma e sincera. «Spiegatevi allora, ve ne supplico».

Lo sguardo del duca si soffermò sulle due poltrone, passò ai due coperti, dai due coperti ai due guanciali. Lì rimase fisso più a lungo, e il duca avvampò di collera.

Nanon aveva previsto tutto, e attendeva l'esito della perlustrazione con un sorriso che le scopriva i denti bianchi come perle. Solo che tale sorriso era di molto simile a una smorfia, e i denti così bianchi avrebbero cozzato gli uni contro gli altri se non fossero stati serrati per l'angoscia.

Lo sguardo irritato del duca tornò su costei.

«Attendo ancora disposizioni da parte di Vossignoria», proclamò Nanon con una graziosa riverenza.

«Vossignoria – ribatté il duca – dispone che mi spieghiate il motivo di tale cena».

«Il motivo, ve l'ho già detto, è che ho fatto un sogno, il quale mi annunciava che, sebbene mi aveste lasciato ieri, sareste ritornato oggi. Ebbene, i miei sogni non mi ingannano mai. E così ho fatto preparare tale cena in vostro onore».

Il duca fece una smorfia, che tentò di camuffare da sorriso ironico.

«E i due guanciali?».

«Il mio signore intenderebbe dunque rientrare a dormire a Libourne? Stavolta il sogno mi avrebbe mentito, giacché mi annunciava che il mio signore sarebbe rimasto».

Il duca fece una seconda smorfia ancora più eloquente della prima.

«E quel delizioso negligé, e i profumi sopraffini?».

«È uno di quelli che sono solita indossare quando attendo il mio signore. I profumi provengono dai sacchetti di cuoio spagnolo che ripongo negli armadi e che il mio signore mi ha sovente detto di preferire a ogni altro aroma, dal momento che è la fragranza favorita della regina».

«E così è me che attendevate?», riprese il duca con un sogghigno carico di ironia.

«Ah, questa poi! Mio signore – esclamò Nanon accigliandosi a sua volta – che Dio mi perdoni, ma mi sembra abbiate voglia di guardare negli armadi! Sareste per caso geloso?», e Nanon scoppiò a ridere.

Il duca assunse un contegno solenne.

«Geloso io? Oh, nient'affatto! Grazie a Dio non possiedo una tale ridicolaggine. Vecchio e ricco, so che per natura sono fatto per essere tradito. Ma a quanti mi tradiscono voglio quantomeno provare che non sono un allocco».

«E come lo proverete?», chiese Nanon. «Sono curiosa di saperlo».

«Oh, non sarà difficile. Dovrò solo mostrare il presente foglio». Il duca tirò fuori di tasca un biglietto. «Non faccio sogni, io», disse. «Alla mia età non si sogna più, nemmeno a occhi aperti. Però ricevo missive. Leggete questa, è interessante».

Nanon, tremante, prese il biglietto che le porgeva il duca e nel vedere la grafia trasalì; il trasalimento tuttavia fu impercettibile, ed ella lesse:

Mettiamo sull'avviso il duca d'Épernon che questa sera un uomo che da sei mesi intrattiene commerci con mademoiselle Nanon de Lartigues si recherà a casa di costei e ivi rimarrà a cena e a dormire.

Giacché è nostra intenzione non lasciare il duca d'Épernon in incertezza alcuna, lo mettiamo sull'avviso che il fortunato rivale è il barone di Canolles.

Nanon impallidì: il colpo le giungeva diritto al cuore.

"Ah, Roland! Roland!", mormorò. "Eppure credevo alfine di essermi liberata di te".

«Corrispondono al vero tali informazioni?», chiese il duca trionfante.

«Piuttosto corrispondono al falso», rispose Nanon. «E se la vostra polizia politica non è migliore di quella amorosa, io vi compatisco».

«Mi compatite?».

«Sì, giacché il tale monsieur de Canolles, al quale concedete l'onore gratuito di essere considerato vostro rivale, non si trova affatto qui. D'altronde potete attendere e vedere se arriverà».

«È già arrivato».

«Costui?», esclamò Nanon. «Ma non è affatto vero!».

Questa volta vi era un accento di profonda verità nell'esclamazione dell'accusata.

«Intendo dire che è arrivato a quattrocento passi da qui e si è fermato, per sua fortuna, alla locanda del Vitello d'Oro».

Nanon comprese che il duca sapeva molto meno di quanto inizialmente ella avesse creduto; si strinse nelle spalle, poi un'altra idea, di certo suggeritale da quella missiva che seguitava a rigirarsi tra le mani, cominciò a germogliarle nella mente.

«È mai possibile – disse – che un uomo d'ingegno, uno dei politici più abili del regno dia credito a una missiva anonima?».

«Ma insomma, anonima quanto vi pare, ma come la spiegate questa missiva?».

«Oh, la spiegazione non è affatto difficile: si tratta di un gesto di cortesia dei nostri amici di Agen. Monsieur de Canolles per affari di famiglia vi ha chiesto un congedo, che voi gli avete accordato; si è sparsa la voce che sarebbe giunto da queste parti, e su tale viaggio è stata montata questa ridicola accusa».

Nanon notò che il duca, anziché distendersi, si accigliava vieppiù.

«La spiegazione sarebbe soddisfacente – disse – se la famosa missiva che voi attribuite ai vostri amici non avesse un certo post-scriptum che nel vostro turbamento avete omesso di leggere».

La giovane donna fu percorsa in tutto il corpo da un brivido ferale; costei sentiva che, se il caso non le fosse venuto in soccorso, non avrebbe potuto sostenere la lotta ancora a lungo.

«Un post-scriptum!», ripeté.

«Sì. Leggete qui», disse il duca. «La missiva è in mano vostra».

Nanon abbozzò un sorriso, ma percepì ella stessa che i suoi lineamenti contratti non si sarebbero prestati oltremodo a un tale sfoggio di calma. Si limitò dunque a leggere, con il tono più fermo che riuscisse ad assumere.

Ho qui tra le mani la missiva di mademoiselle de Lartigues a monsieur de Canolles, nella quale l'appuntamento che vi annuncio è fissato per questa sera. Farò dono di questa missiva in cambio di una procura, che il duca farà consegnare da un solo uomo a bordo di una barca sulla Dordogna, di fronte al villaggio di Saint-Michel-la-Rivière, alle sei di sera.

«E voi siete stato così imprudente da...», proruppe Nanon.

«La vostra grafia mi è così preziosa, diletta signora, che mai ho pensato che avrei potuto pagare troppo cara una missiva vostra».

«Esporre un simile segreto all'indiscrezione di un confidente! Ah, duca!».

«Questo genere di confidenze si riceve di persona, ed è così che io ho ricevuto la presente. L'uomo che si è recato sulla Dordogna sono io».

«Allora avete voi la mia missiva?».

«Eccola».

Con un rapido sforzo di memoria, Nanon cercò di richiamare alla mente il contenuto della missiva. Ma le fu impossibile, il cervello iniziava ad annebbiarlesi.

Fu giocoforza quindi prendere la missiva e rileggerla; essa constava di un paio di righe appena. Nanon le scorse con sguardo avido, e con gioia indicibile riconobbe che tale missiva non la comprometteva completamente.

«Leggete ad alta voce», esortò il duca. «Sono come voi, ne ho dimenticato il contenuto».

Nanon ritrovò il sorriso che invano aveva cercato qualche istante prima e, cedendo all'invito del duca, lesse:

Cenerò alle otto. Siete libero? Io sì. In tal caso siate puntuale, mio caro Canolles, e non abbiate timori per il nostro segreto.

«Questa missiva parla chiaro, mi sembra», esclamò il duca livido di furore.

"Questa missiva mi assolve", pensò Nanon.

«Ah ha!», proseguì il duca. «Tra voi e monsieur de Canolles vi è un segreto!».

VI.

Nanon capì che l'esitazione di un istante avrebbe sancito la sua fine. D'altronde, aveva avuto tutto l'agio di maturare nella mente il piano che le aveva suggerito la missiva anonima.

«Ebbene sì – disse guardando fisso il duca – tra me e quel gentiluomo vi è un segreto».

«Ah, lo ammettete!», esclamò il duca d'Épernon.

«Vi sono costretta, visto che non vi si può nascondere nulla».

«Oh!», inveì il duca.

«Sì, attendevo monsieur de Canolles», proseguì tranquilla Nanon.

«Lo attendevate?».

«Lo attendevo».

«Osate confermare?».

«Pienamente. Orbene, sapete chi è monsieur de Canolles?».

«È un vanesio, e lo punirò crudelmente per la sua impudenza».

«È un gentiluomo nobile e coraggioso al quale continuerete a prodigare le vostre generosità».

«Oh, questa poi! Giuro su Dio che non sarà affatto così!».

«Niente giuramenti, duca, almeno non prima che io abbia parlato», rispose Nanon sorridendo.

«Parlate allora, ma parlate in fretta...».

«Non avete notato, voi che sondate i più profondi recessi del cuore – proseguì Nanon – la mia predilezione per monsieur de Canolles, le mie richieste presso di voi al suo riguardo, quella nomina a capitano che gli ho fatto ottenere, quella concessione di fondi per un viaggio in Bretagna in compagnia di monsieur de La Meilleraie, il recente congedo, in breve la mia premura costante nel compiacerlo?».

«State oltrepassando i limiti», proruppe il duca.

«Per l'amor di dio, duca, attendete fino alla fine».

«Cos'altro devo attendere, e cos'altro avete da dirmi?».

«Che nutro per monsieur de Canolles il più affettuoso interesse».

«Lo so bene, perdio!».

«Che gli sono devota anima e corpo».

«State approfittando...».

«Che lo servirò fino alla morte, e questo perché...».

«...perché è il vostro amante. È tutt'altro che difficile da indovinare».

«...perché – riprese Nanon afferrando con gesto teatrale il braccio del fremente duca – perché è mio fratello!».

Il duca lasciò ricadere il braccio lungo la coscia.

«Vostro fratello!», esclamò.

Nanon fece un cenno del capo accompagnato da un sorriso trionfante.

Poi, dopo un istante:

«Tutto questo esige una spiegazione», gridò il duca.

«E io ve la fornirò», disse Nanon. «Quando è morto mio padre?».

«Ma... otto mesi fa, poco più poco meno», rispose il duca mentre calcolava.

«Quando avete firmato la nomina a capitano per monsieur de Canolles?».

«Eh... all'incirca nello stesso periodo», continuò il duca.

«Quindici giorni dopo», dichiarò Nanon.

«Quindici giorni dopo, è possibile».

«Mi è triste – proseguì Nanon – mettere a nudo la vergogna di un'altra donna, divulgare un tale segreto, il nostro segreto, capite? Ma vi sono spinta dalla vostra strana gelosia, vi sono costretta dai vostri modi crudeli. Sono come voi, duca: sono priva di generosità».

«Continuate, continuate!», esclamò il duca, il quale cominciava già a farsi abbindolare dalle invenzioni architettate dalla bella guascona.

«Ebbene, mio padre era un avvocato non privo di una certa notorietà. Ventotto anni fa era ancora giovane. Mio padre è sempre stato bello. Ancora prima di sposarsi, amava la madre di monsieur de Canolles, che gli era stata rifiutata in quanto ella era nobile ed egli di umili origini. Come spesso accade, provvide l'amore a rimediare all'errore della natura, e durante un viaggio del marito... Capite ora?».

«Sì. Ma come mai quest'amicizia per monsieur de Canolles vi è presa così tardi?».

«Perché solo alla morte di mio padre ho scoperto il legame che ci univa. Perché il segreto era custodito in una missiva che il barone in persona mi ha consegnato chiamandomi sorella».

«E dov'è questa missiva?», chiese il duca.

«Avete dimenticato l'incendio che ha divorato ogni cosa nella mia dimora? I miei gioielli più preziosi, le mie carte più segrete!...».

«È vero», ammise il duca.

«Venti volte avrei voluto raccontarvi questa storia, certissima che avreste fatto di tutto per colui che a bassa voce chiamo fratello... ma egli mi ha sempre trattenuta, sempre supplicata di risparmiare la reputazione della madre, che è ancora in vita. Ho rispettato i suoi scrupoli, giacché li comprendevo».

«Ah, è così!», proruppe il duca quasi intenerito. «Povero Canolles!».

«Eppure – continuò Nanon – rifiutava la sua fortuna».

«Ha un animo delicato – ribatté il duca – e un tale scrupolo gli fa onore».

«Io avevo fatto di più: avevo giurato che mai il mistero sarebbe stato rivelato a chicchessia; ma i vostri sospetti hanno fatto traboccare il vaso. È la mia maledizione! Ho dimenticato il giuramento... È la mia maledizione! Ho tradito il segreto di mio fratello...».

E Nanon scoppiò in lacrime.

Il duca si precipitò ai suoi piedi e baciò le graziose mani che ella lasciava penzolare costernata, mentre, con gli occhi al cielo, sembrava chiedere perdono a Dio per il suo spergiuro.

«Voi dite: è la mia maledizione», esclamò il duca. «Dite piuttosto: è una benedizione per tutti! Voglio che il caro Canolles recuperi il tempo perduto... Non lo conosco, ma ho voglia di conoscerlo. Presentatemelo, e lo amerò come un figlio!».

«Dite piuttosto come un fratello», ribatté Nanon sorridendo. Poi, passando ad altro: «Delatori senza scrupoli!», gridò stropicciando la missiva, che fece finta di gettare nel fuoco ma invece si infilò accuratamente in tasca per riacciuffarne più tardi l'autore.

«Ora che ci penso – disse il duca – perché non viene questo giovanotto? Perché dovrei attendere per incontrarlo? Mando immediatamente a chiamarlo al Vitello d'Oro».

«Sì, certo – ribatté Nanon – perché sappia che non posso nascondervi nulla, e che in spregio al mio giuramento vi ho detto ogni cosa».

«Sarò discreto».

«Questa poi, duca! Ora sta a me rimbrottarvi», rispose Nanon con il sorriso che i demoni rubano agli angeli.

«E perché mai, bella mia?».

«Perché un tempo eravate più ghiotto di rendez-vous privati di quanto non siate ora. Credete a me! Ceniamo, e domattina verrà il momento di mandare a chiamare Canolles».

"Da qui a domani – si diceva Nanon – avrò tutto il tempo di avvisarlo".

«E sia. Mettiamoci a tavola», disse il duca. Poi, spinto da un dubbio residuo, aggiunse a bassa voce: "Da qui a domani non la lascerò sola un istante. O è una strega, o non avrà modo di avvertirlo".

«E così – disse Nanon al duca posandogli un braccio sulla spalla – mi sarà concesso sollecitare il mio amico in favore di mio fratello?».

«Ma come!», ribatté d'Épernon. «Tutto quel che vorrete... Denaro?».

«Oh, non è di denaro che abbisogna», dichiarò Nanon. «Mi ha regalato lui questo splendido anello che avete notato, e che appartiene a sua madre».

«Una promozione, allora?».

«Oh sì, una promozione. Lo nomineremo colonnello, non è vero?».

«Perbacco! Colonnello! Avete la mano pesante, mia diletta!», rispose il duca. «A tal fine sarebbe opportuno che avesse reso un qualche servigio alla causa di Sua Maestà».

«È pronto a rendere tutti i servigi che gli verranno indicati».

«Oh», disse il duca guardando Nanon con la coda dell'occhio. «Avrei giusto una missione di fiducia per la corte...».

«Una missione per la corte!», esclamò Nanon.

«Sì», proseguì il vecchio cortigiano. «Ma sareste separati».

Nanon vide che bisognava abbattere quell'ultima diffidenza.

«Oh, non temete, mio caro duca. Che importa essere separati, se una tale separazione gli sarà vantaggiosa! Da vicino lo servirei male, giacché ne siete geloso, ma da lontano voi protenderete su di lui la vostra potente mano. Esiliatelo, espatriatelo, se è per il suo bene, e non curatevi di me. Purché mi rimanga l'amore del mio caro duca! Non è forse più di quanto mi occorra per farmi felice?».

«Allora è deciso», riprese il duca. «Domattina manderò a chiamarlo e gli fornirò tutte le istruzioni. E adesso, come avete detto...», proseguì il duca gettando un'occhiata ben più benevola alle due poltrone, ai due coperti e ai due guanciali. «Adesso ceniamo, fiore mio».

Ed entrambi si misero a tavola, i volti sorridenti. Tanto che la stessa Francinette, quantunque fosse avvezza, in quanto cameriera di fiducia, ai modi del duca e al carattere della padrona, credette che la padrona fosse perfettamente tranquilla e il duca pienamente rassicurato.

VII.

Il cavaliere che Canolles aveva salutato con il nome di Richon era salito al primo piano della locanda del Vitello d'Oro e stava cenando in compagnia del visconte.

Era costui che il visconte attendeva impaziente, quando il caso lo aveva reso testimone dei preparativi ostili di monsieur d'Épernon e lo aveva messo in condizione di rendere al barone di Canolles l'insigne servigio che abbiamo raccontato.

Richon aveva lasciato Parigi otto giorni prima, e Bordeaux quel giorno stesso; recava quindi notizie recenti sulle vicende alquanto ingarbugliate che da Parigi a Bordeaux si tessevano all'epoca in trame inquietanti. Mano mano che egli parlava – dell'incarcerazione dei principi, che era la questione del giorno, ovvero del parlamento di Bordeaux, che era la potenza del luogo, ovvero di Mazzarino, che era il re del momento – il visconte osservava in silenzio il viso bruno e virile, gli occhi penetranti e colmi di sicurezza, i denti bianchi e appuntiti che trasparivano sotto i lunghi mustacchi neri, tutti segni che conferivano a Richon l'aspetto di un vero ufficiale di ventura.

«E così – disse il visconte dopo un istante – la principessa in questo momento è a Chantilly».

Sappiamo che tale era l'appellativo delle due duchesse di Condé: solo che alla duchessa madre di Condé veniva aggiunto il titolo di principessa vedova.

«Sì – rispose Richon – e vi attende lì quanto prima».

«E in che situazione si trova?».

«Ma in un vero e proprio esilio; ella e la suocera sono sottoposte alla più attenta sorveglianza, giacché a corte immaginano che non si limitino a fare richieste al parlamento ma tramino qualcosa di più fruttuoso in favore dei principi... Come sempre il denaro, purtroppo... A proposito di denaro, avete incassato quanto vi era dovuto? È una domanda che mi hanno caldamente raccomandato di porvi».

«A dire il vero ho radunato a gran fatica le circa ventimila sterline d'oro che ho qui adesso», rispose il visconte. «Nient'altro».

«Nient'altro? Accidenti, ma voi esagerate, visconte! Si vede bene che siete milionario. Parlare con un simile spregio di una simile somma di denaro in un simile momento! Ventimila franchi! Saremo meno ricchi di Mazzarino, ma saremo più ricchi del re».

«Credete allora che la principessa accetterà quest'umile offerta, Richon?».

«Con gratitudine: le donate abbastanza da pagare un esercito!».

«Pensate dunque che ne avremo bisogno?».

«Di cosa? Di un esercito? Certo che sì, e stiamo provvedendo ad allestirne uno. Monsieur de La Rochefoucauld ha arruolato quattrocento gentiluomini con il pretesto che assistessero alle esequie del padre. Il duca di Bouillon partirà con un numero simile, se non superiore, alla volta della Guienna. Monsieur de Turenne promette di fare una puntata a Parigi per giungere a sorpresa a Vincennes e rapire i principi con un colpo di mano: avrà trentamila uomini, il suo intero esercito del Nord che sottrae al servizio reale. Oh, le cose sono a buon punto – proseguì Richon – state tranquillo. Non so se faremo un gran lavoro, ma di certo faremo un gran baccano...».

«E non avete incontrato il duca d'Épernon?», lo interruppe il giovane, gli occhi sfavillanti di gioia a quell'elenco di forze che gli promettevano il trionfo del partito cui era legato.

«Il duca d'Épernon?», chiese l'ufficiale di ventura sgranando gli occhi. «E dove volete che lo abbia incontrato? Non vengo da Agen, bensì da Bordeaux».

«Potreste averlo incontrato a qualche passo da qui», ribatté il visconte sorridendo.

«Ah, giusto! La bella Nanon de Lartigues non abita forse da queste parti?».

«A due tiri di moschetto da questa locanda».

«Bene, ecco spiegata la presenza del barone di Canolles alla locanda del Vitello d'Oro».

«Lo conoscete?».

«Chi, il barone?... Sì... Potrei quasi dire che sono suo amico, se monsieur de Canolles non fosse di eccellente nobiltà mentre io altri non sono che un povero plebeo».

«I plebei come voi, Richon, valgono come principi nel frangente in cui ci troviamo. D'altronde, saprete che l'ho salvato da una bella legnata, se non da qualcosa di peggio, il vostro barone di Canolles».

«Sì, mi ha accennato qualcosa al riguardo, ma non ho prestato granché ascolto: avevo premura di salire qui da voi. Siete sicuro che non vi abbia riconosciuto?».

«È difficile riconoscere chi non si è mai visto».

«In tal caso avrei dovuto dire "fiutato"».

«In effetti – riprese il visconte – mi guardava non poco».

Richon sorrise.

«Lo credo bene», disse. «Non s'incontrano tutti i giorni gentiluomini della vostra levatura».

«Quel cavaliere mi pare gioviale», disse il visconte dopo un istante di silenzio.

«Gioviale e buono, un animo amabile e un gran cuore. I guasconi, lo sapete, non sono mediocri: o sono eccellenti o non valgono nulla. Costui è di buona fattura. In amore come in guerra, è al contempo un uomo raffinato e un prode capitano. Mi rincresce che sia schierato contro di noi. Dal momento che il caso vi aveva posto in relazione con lui, in realtà avreste dovuto approfittare della circostanza per guadagnarlo alla nostra causa».

Sulle pallide gote del visconte balenò al pari di una meteora un fuggevole rossore.

«Eh, buon Dio! – rispose Richon con la melanconica filosofia che si incontra talvolta negli uomini dalla tempra vigorosa – siamo dunque così seri e assennati noialtri che maneggiamo con le nostre imprudenti mani la fiaccola della guerra civile come fosse un cero di chiesa? È un uomo così serio il coadiutore, che con una parola placa o aizza Parigi? È un uomo così serio monsieur de Beaufort, che è così influente nella capitale da essere chiamato il re dei mercati? È una donna così seria madame de Chevreuse, che fa e disfa i ministri a suo piacimento? È una donna così seria madame de Longueville, che tuttavia ha troneggiato per tre mesi in municipio? E poi, è una donna così seria la principessa di Condé, che ancora ieri si curava solo di abiti, gioielli e diamanti? E ancora, è un capopartito così serio il duca d'Enghien, che è ancora una marionetta tra le mani delle donne e forse indosserà le sue prime brache per mettere a soqquadro la Francia intera? E infine io, se permettete che il mio nome giunga dopo tanti altri nomi illustri, sono forse così solenne io, il figlio di un mugnaio di Angoulême, io, un tempo servitore di monsieur de La Rochefoucauld, io, che un giorno dal mio padrone invece di una spazzola o di un mantello ho ricevuto una spada che audacemente mi sono posto sul fianco, improvvisandomi uomo di guerra? Eppure ecco che il figlio del mugnaio di Angoulême, il cameriere di monsieur de La Rochefoucauld, diventa capitano. Ecco che allestisce una compagnia, riunisce quattrocento o cinquecento uomini con la vita dei quali giocherà a sua volta, come se Dio gliene avesse dato il diritto; ecco che percorre la via della gloria, ecco che sarà colonnello, governatore di piazzaforte, chissà! Ecco che giungerà forse a tenere nelle sue mani per dieci minuti, un'ora, perfino un giorno il destino di un regno. Lo vedete anche voi, tutto ciò sembra davvero un sogno, eppure io penserò che sia reale fino al giorno in cui una grande catastrofe non mi risveglierà...».

«E quel giorno – riprese il visconte – guai a chi vi risveglierà, Richon. Giacché sarete un eroe...».

«Un eroe o un traditore, a seconda che saremo noi i più forti o i più deboli. Sotto l'altro cardinale ci avrei pensato due volte, perché mi sarei giocato la testa».

«Suvvia, Richon, non vorrete farmi credere che un uomo da par vostro si lasci frenare da simili considerazioni, voi che avete fama di essere uno dei più valenti soldati dell'esercito!».

«Eh – ribatté Richon con un intraducibile movimento delle spalle – di certo sono stato valente quando il re Luigi XIII, con il volto pallido, il cordon bleu e gli occhi brillanti come carbuncoli, gridava con la sua voce stridente mordicchiandosi i mustacchi: "Il re vi vede: avanti, signori!". Ma quando sarò costretto a rivedere, non più alle mie spalle ma di fronte a me, sul petto del figlio, lo stesso cordon bleu che ancora vedo sul petto del padre, e a gridare ai miei soldati: "Fate fuoco sul re di Francia", quel giorno – proseguì Richon scuotendo il capo – quel giorno, visconte, ho paura che avrò paura e sparerò di traverso...».

«Su quale erba avete marciato oggi, giacché vedete le cose così al peggio, mio caro Richon?», chiese il giovane. «La guerra civile è cosa triste, lo so, ma talvolta necessaria».

«Sì, come la peste, la febbre gialla, la febbre nera, la febbre di tutti i colori. Credete per esempio sia così necessario, visconte, che io, dopo che con così grande piacere stasera ho stretto la mano al valoroso Canolles, vada domani a piantargli la spada nel ventre perché io sono al servizio della principessa di Condé, la quale di me non si cura, ed egli di Mazzarino, che di egli non si cura? Eppure sarà così».

Il visconte ebbe un moto d'orrore.

«A meno che tuttavia io non sia in errore – proseguì Richon – e non sarà egli a trapassarmi il petto in un modo o in un altro. Ah, voialtri non capite la guerra! Vedete solo un mare di intrighi, e vi ci tuffate dentro come nel vostro elemento naturale; ascoltate, lo dicevo l'altro giorno a Sua Altezza ed ella ne conveniva: voi vivete in una sfera, dalla quale i fuochi d'artiglieria che ci uccidono vi paiono semplici fuochi d'artificio».

«A dire il vero, Richon, voi mi fate paura – ribatté il visconte – e se non fossi sicuro di avervi con me a proteggermi, non oserei mettermi in viaggio. Ma sotto la vostra scorta – aggiunse il giovane tendendo l'esile mano al compagno – non temo nulla».

«La mia scorta?», esclamò Richon. «Ah sì, è vero, e adesso che ci penso: dovrete fare a meno della mia scorta, visconte, la partita è sospesa».

«Ma non dovete tornare con me a Chantilly?».

«In realtà dovevo tornare solo in un caso, qualora non fossi necessario qui; ma come vi dicevo, la mia importanza si è così accresciuta che ho ricevuto l'ordine affermativo dalla principessa di non lasciare i dintorni del forte, su cui pare che qualcuno abbia delle mire».

Il visconte lanciò un'esclamazione di spavento.

«Partire così, senza di voi», proruppe. «Partire con il degno Pompée, che è cento volte più vigliacco persino di me, attraversare mezza Francia da solo o quasi... Oh no, io non partirò, lo giuro! Morirei di paura prima di essere arrivato».

«Oh, visconte – replicò Richon scoppiando a ridere – ma non pensate più alla spada che portate appesa al fianco?».

«Ridete pure... Pazienza!... Ma io non partirò. La principessa mi ha promesso che mi avreste accompagnato, ed è solo a tale condizione che ho dato la mia parola».

«Come desiderate voi, visconte», dichiarò Richon con simulata gravità. «Tuttavia a Chantilly fanno assegnamento su di voi; e badate bene, i principi non impiegano molto a spazientirsi, soprattutto quando attendono del denaro».

«E per colmo di sventura – esclamò il visconte – devo partire di notte...».

«Meglio così», ribatté Richon ridendo. «Nessuno si accorgerà che avete paura, e incontrerete gente più vigliacca di voi e la metterete in fuga».

«Credete davvero?», chiese il visconte poco rassicurato malgrado la promessa.

«D'altronde – suggerì Richon – un modo per risolvere la questione ci sarebbe. È per il denaro che voi temete, non è così? Ebbene, lasciate a me il denaro, e io lo invierò con tre o quattro uomini fidati. Ma credetemi, il modo più sicuro per farlo giungere è che lo portiate voi stesso».

«Avete ragione. Partirò, Richon. E giacché occorre essere coraggiosi sotto ogni aspetto, porterò con me il denaro. Credo che Sua Altezza, da quel che mi dite, abbia ancora più bisogno del denaro che di me. Magari non sarei il benvenuto se arrivassi senza».

«Ve lo avevo detto entrando che sembravate un eroe! D'altronde vi sono soldati del re ovunque, e ancora non siamo in guerra; comunque non fidatevi troppo, e raccomandate a Pompée di caricare le pistole».

«Mi parlate così per rassicurarmi?».

«Naturalmente. Chi conosce il pericolo non si lascia cogliere di sorpresa. Andate dunque», proseguì Richon alzandosi. «La notte sarà tersa e potrete essere a Monlieu prima che faccia giorno».

«E il nostro barone non spierà la nostra partenza?».

«Oh, in questo istante sta facendo ciò che abbiamo appena fatto noi, ossia è a cena, e se la sua cena è stata almeno all'altezza della nostra, è un convitato troppo cortese per alzarsi da tavola senza un motivo rilevante. Peraltro scenderò dabbasso e lo distrarrò».

«Allora porgetegli le mie scuse per avergli usato scortesia. Non vorrei, se mi incontrasse un giorno in una predisposizione d'animo meno generosa di quanto non fosse oggi, che mi attaccasse briga. Tanto più che deve essere un vero raffinato il vostro barone!».

«L'avete detto, e sarebbe uomo da seguirvi finanche in capo al mondo solo per incrociare la spada con voi. Ma state tranquillo, gli porterò i vostri omaggi».

«Sì, attendete solo che io sia partito».

«Diamine, non mancherò di certo».

«E non avete alcuna commissione per Sua Altezza?».

«Certo che sì. Mi rammentate la cosa più importante».

«Le avete scritto?».

«No, ho solo due parole da trasmetterle».

«Quali?».

«*Bordeaux – Sì*».

«Saprà ella cosa significa?».

«Assolutamente, e su queste due parole potrà partire in tutta fiducia. Ditele che garantisco io».

«Orsù, Pompée», disse il visconte al vecchio servitore, il quale in quel momento si affacciava nel vano della porta che aveva appena dischiuso. «Orsù, amico mio, dobbiamo partire».

«Oh, oh, partire!», esclamò Pompée. «Il visconte ci sta pensando? A breve vi sarà un terribile temporale».

«Ma che dite, Pompée!», ribatté Richon. «Non v'è nemmeno una nube in cielo».

«Ma di notte potremmo sbagliare tragitto».

«Sarebbe arduo, dovete solo seguire la strada maestra. Peraltro v'è uno splendido chiaro di luna».

«Chiaro di luna, chiaro di luna!», mormorò Pompée. «Capite bene che non è per me che parlo, monsieur Richon».

«Naturalmente!», rispose Richon. «Un vecchio soldato...».

«Quando si è fatta la guerra contro gli spagnoli e si è rimasti feriti in battaglia a Corbie...», proseguì Pompée pavoneggiandosi.

«...non si ha più paura di nulla, vero? Ebbene, tutto questo capita a proposito, giacché il visconte non è affatto rassicurato, vi avviso».

«Oh, oh», esclamò Pompée impallidendo. «Avete paura?».

«Non assieme a te, mio prode Pompée», ribatté il giovane. «Ti conosco, e so che ti faresti uccidere prima che giungessero a me».

«Certo, certo», riprese Pompée. «Tuttavia, qualora aveste troppa paura, sarebbe meglio attendere fino a domani».

«Impossibile, mio buon Pompée. Riponi l'oro sulla groppa del tuo cavallo, dunque, ti raggiungerò tra un istante».

«È una bella somma per esporsi di notte», osservò Pompée soppesando la saccoccia.

«Non v'è alcun pericolo, almeno stando alle parole di Richon. Vediamo: le pistole sono nelle fondine, la spada nel fodero, il moschetto al gancio?».

«Voi dimenticate – ribatté il vecchio scudiero impettendosi – che, quando si è stati soldati tutta la vita, non ci si lascia cogliere in fallo. Sì, visconte, ogni cosa è al suo posto».

«Vedete se è lecito aver paura con un compagno simile!», esclamò Richon. «Allora buon viaggio, visconte!».

«Grazie dell'auspicio, ma la strada è lunga», rispose il visconte con un fondo di angoscia che l'aria marziale di Pompée non riusciva a dissipare.

«Bah, ogni cosa ha un principio e una fine», proclamò Richon. «I miei omaggi alla principessa: ditele che fino alla morte apparterrò a Sua Altezza e a monsieur de La Rochefoucauld. E non dimenticate le due parole in questione: *Bordeaux* – *Sì*. Io faccio ritorno da monsieur de Canolles».

«Dite, Richon», riattaccò il visconte fermandolo per un braccio nel momento in cui questi metteva il piede sul primo gradino della scala. «Se questo Canolles è un capitano così valente e un buon gentiluomo come dite, perché non fate un tentativo per attirarlo al nostro partito? Potrebbe raggiungerci a Chantilly, oppure durante il viaggio; conoscendolo già un po', lo presenterei».

Richon guardò il visconte con un sorriso così bizzarro che quest'ultimo, leggendo di certo sui lineamenti del compagno quel che gli passava nella mente, si affrettò a dire:

«Ebbene, Richon, fate finta che non vi abbia detto niente, e agite lì come credete di dover agire. Addio».

E, porgendogli la mano, rientrò velocemente in camera, nel timore che Richon vedesse il rossore repentino che gli aveva ricoperto il viso, o che fosse stato udito da Canolles, le cui chiassose esternazioni giungevano fino al primo piano.

Lasciò quindi che il compagno scendesse per la scala seguito da Pompée, che portava la valigia con apparente incuranza per non destare sospetti sul possibile contenuto. E, dopo aver atteso qualche minuto, si palpò per vedere se avesse dimenticato qualcosa, spense le candele, scese a sua volta con precauzione, azzardò una timida occhiata attraverso lo spiraglio illuminato di una porta al pianoterra; quindi, avvolgendosi in un mantello spesso che gli porgeva Pompée, mise il piede nella mano dello scudiero, saltò leggiadro sul cavallo, con un sorriso rimbrottò per un istante la lentezza del vecchio soldato e scomparve nell'ombra.

Nel momento in cui Richon entrò nella stanza di Canolles, con l'intento di intrattenerlo mentre l'esile visconte provvedeva ai preparativi per la partenza, il grido di gioia che il barone, a metà riverso sulla sedia, gli lanciò fu la prova che costui non serbava rancore.

Sulla tavola, in mezzo a due corpi diafani che erano stati bottiglie piene, si ergeva, tarchiato e orgoglioso della sua tondezza, un fiasco foderato di giunchi, dai cui interstizi la vivida luce di quattro candele sprigionava bagliori di topazi e rubini: era una boccia di quei vecchi vini di Collioure di cui un palato già caldo ama assaporare le spezie mielate. I bei fichi secchi, le mandorle, i biscotti, i formaggi piccanti, l'uva candita rivelavano il calcolo interessato del locandiere, calcolo di cui due bottiglie vuote e una terza per metà piena denotavano la sapiente precisione. Costui difatti era certo che chiunque avesse gustato quel dessert tentatore necessariamente avrebbe consumato, per quanto sobrio fosse, liquidi a profusione.

Ebbene, Canolles non si piccava di essere un anacoreta. Fors'anche in quanto ugonotto (Canolles era di famiglia protestante e professava alla bell'e meglio la religione dei suoi padri), forse, diciamo noi, in quanto ugonotto Canolles non credeva nella canonizzazione di quei devoti solitari che si erano guadagnati il cielo bevendo acqua e mangiando radici. E così, per quanto rattristato o anche innamorato fosse, Canolles non rimaneva mai insensibile agli effluvi di una buona cena e alla vista di quelle bottiglie dalla forma particolare con i tappi rossi, gialli o verdi che imprigionano sotto un sughero fedele il più puro sangue di Guascogna, della Sciampagna o di Borgogna. In quella circostanza, quindi, Canolles aveva come suo solito ceduto alle malie della vista; dalla vista era passato all'odorato, dall'odorato al gusto, e giacché sui cinque sensi di cui lo aveva dotato la buona madre comune che tutti chiamano Natura tre erano completamente satolli, gli altri due pazientavano placidamente e attendevano il proprio turno con una rassegnazione tutta beata.

Fu in quel momento che Richon entrò e trovò Canolles a dondolarsi sulla sedia.

«Ah, guardate un po'», esclamò questi. «Arrivate al momento giusto, mio caro Richon. Avevo bisogno di trovare qualcuno a cui tessere le lodi di mastro Biscarros, e mi sarei ridotto a decantarlo a quello zuccone di Castorin, che non sa cos'è il bere e al quale non sono mai riuscito a insegnare a mangiare. Ecco, guardate questo ripiano, caro amico, e gettate uno sguardo a questa tavola alla quale vi invito a sedervi. Non è forse un vero artista l'oste del Vitello d'Oro, un uomo da raccomandare al mio amico duca d'Épernon? Sentite il menù nel dettaglio e giudicate da voi, Richon, voi che siete un estimatore: potage di gamberi, antipasto di ostriche marinate, alici e piedini, cappone alle olive con una bottiglia di médoc di cui abbiamo qui il cadavere; perniciotto tartufato, piselli al caramello e gelatina di visciole, innaffiati con una bottiglia di chambertin qui adagiata; e inoltre questo dessert, e questa bottiglia di collioure che tenta di difendersi e farà la fine delle altre, soprattutto se l'attaccheremo in due. Perdinci! Sono di umore eccellente, e Biscarros è un gran maestro. Accomodatevi, Richon. Anche se avete cenato, che importa! Anch'io ho cenato, ma non fa nulla, ricominceremo».

«Grazie, barone – rispose Richon ridendo – non ho più fame».

«A rigor di logica ve lo concedo, è possibile non aver più fame, ma si deve sempre aver sete; assaggiate un po' questo collioure».

Richon porse il bicchiere.

«E così avete cenato – proseguì Canolles – cenato con quello stolto del visconte! Ah, vi chiedo perdono, Richon... Certo che no, mi sbaglio... un giovane delizioso, invece, al quale devo il piacere di assaporare la vita in tutto quel che offre di gradevole, invece di rendere l'anima per i tre o quattro bucherelli con cui il bravo duca d'Épernon pensava di farmi la pelle. Sono riconoscente a quell'esile visconte, a quel superbo Ganimede. Ah, Richon! Davvero siete la riprova di quel che si dice di voi, il vero servitore di monsieur de Condé».

«Suvvia, barone!», esclamò Richon scoppiando a ridere. «Non fatevi di queste idee, mi fareste morir dal ridere».

«Morir dal ridere! Voi? Ma no, giammai, carissimo. *Igne tantum perituri, quia estis, Landeriri.* Conoscete la litania, non è così? È un canto natalizio del vostro signore composto sul germanico fiume *Rhenus*, un giorno in cui egli era intento a rassicurare uno dei suoi compagni che temeva di morire per via dell'acqua. Diavolo di un Richon, accidenti! Ma non importa, il vostro esile gentiluomo mi fa orrore: interessarsi così al primo bel cavaliere di passaggio!».

E Canolles si abbandonò sulla sedia in uno scoppio di risa, arricciandosi i mustacchi con un accesso di ilarità a cui Richon non poté fare a meno di unirsi.

«E così, mio caro Richon – disse Canolles – parliamo seriamente: state cospirando, non è così?».

Richon continuò a ridere, ma di un riso meno franco.

«Sapete che avevo una gran voglia di farvi arrestare, voi e il vostro esile gentiluomo? Perbacco! Sarebbe stato divertente, e facile, soprattutto. Avevo a disposizione i bastonieri del mio compare d'Épernon. Ah! Richon in caserma e l'esile gentiluomo pure! *Landeriri*!».

In quel momento si udì lo scalpiccio di due cavalli che si allontanavano al galoppo.

«Ehi!» esclamò Canolles tendendo l'orecchio. «Cosa significa, Richon? Ne sapete qualcosa?».

«Credo di averne un'idea».

«Parlate, allora».

«È l'esile gentiluomo che se ne va».

«Senza dirmi addio!», esclamò Canolles. «È davvero un bifolco».

«Nient'affatto, mio caro barone; è un uomo che ha premura, nient'altro».

Canolles corrugò la fronte.

«Che maniere bizzarre!», commentò. «E dove è stato cresciuto quel giovanotto? Richon, amico mio, vi avviso che vi sta facendo un torto. Non ci si comporta così tra gentiluomini. Diamine! Credo che se lo avessi qui gli farei una bella tirata d'orecchi. Che vada al diavolo quel buonuomo di suo padre, che per lesinare di certo non gli avrà dato un precettore».

«Non vi adirate, barone», disse Richon ridendo. «Il visconte non è villano come credete, giacché partendo mi ha incaricato di mettervi a parte del suo più sincero rammarico e mi ha raccomandato di porgervi i suoi omaggi».

«Va bene, va bene», ribatté Canolles. «Benedetta acqua di corte, che fa di una grande impertinenza una piccola scortesia! Basta! Perdiana! Sono di umore terribile! Attaccate briga, Richon! Non volete? Aspettate... Accidenti! Richon, amico mio, mi parete davvero malfatto!».

Richon scoppiò a ridere.

«Con questo umore, barone – disse – se giocassimo stasera sareste in grado di vincermi cento pistole. Lo sapete, il gioco favorisce i grandi crucci».

Richon conosceva Canolles, e sapeva quel che faceva offrendo un'imbeccata del genere al malumore del barone.

«Ah, perdio! Il gioco!», esclamò Canolles. «Sì, il gioco, avete ragione. Amico mio, ecco una parola che mi riconcilia con voi. Richon, mi parete davvero avvenente; Richon, siete bello come un Adone, e concedo a monsieur de Cambes il mio perdono. Castorin, le carte!».

Castorin accorse, accompagnato da Biscarros: entrambi prepararono un tavolo, e i due compagni si misero al gioco. Castorin, che sognava da dieci anni una martingala sul trenta e il quaranta, e Biscarros, che covava il denaro con sguardo bramoso, rimasero in piedi a guardare, ciascuno a un lato del tavolo. In meno di un'ora, malgrado la profezia che aveva proferito a Canolles, Richon vinse al suo avversario ottanta pistole. A quel punto Canolles, non avendo più denaro con sé, ordinò a Castorin di andare a prenderne dell'altro nella valigia.

«Inutile», dichiarò Richon, che aveva udito l'ordine. «Non ho tempo per concedervi la rivincita».

«Come sarebbe non avete tempo?», esclamò Canolles.

«No», confermò Richon. «Sono le undici, e a mezzanotte devo essere al mio quartier generale».

«Orsù, Richon! State scherzando?», disse Canolles.

«Barone – disse Richon solenne – voi siete un militare, indi conoscete il rigore del servizio».

«Eppure non siete partito prima di vincermi il denaro!», ribatté Canolles con fare in parte gioviale e in parte burbero.

«Mi rimproverate forse per essere venuto in visita?», chiese Richon.

«Dio non voglia! Eppure... ecco: non ho la benché minima voglia di andare a coricarmi, e qui mi annoierò terribilmente. Se vi proponessi di venire con voi, Richon?».

«Rifiuterei un tale onore, barone. Gli affari come quelli di cui sono incaricato si trattano senza testimoni».

«Benissimo! Siete diretto... dove?».

«Vi stavo per supplicare di non chiedermelo».

«E dove era diretto il visconte?».

«Mi vedo costretto a rispondervi che non ne ho idea».

Canolles guardò Richon per accertarsi che in quelle risposte sgarbate non v'entrasse alcuna canzonatura; ma lo sguardo così buono e il sorriso così franco del governatore di Vayres disarmarono, se non l'irritazione, quantomeno la curiosità.

«Orsù – disse Canolles – stasera siete ammantato di misteri, mio caro Richon! Ma libertà assoluta! Io stesso mi sarei indisposto non poco se tre ore fa qualcuno mi avesse seguito, sebbene in fin dei conti colui che mi avesse seguito sarebbe rimasto deluso quanto me. Suvvia allora, un ultimo bicchiere di questo collioure, e buon viaggio!».

Ciò detto Canolles empì i bicchieri, e Richon, dopo aver brindato e bevuto alla salute del barone, prese congedo, senza che a Canolles pungesse vaghezza di provare a sapere quale strada costui avrebbe imboccato. Tuttavia, rimasto solo fra le candele mezzo consumate, le bottiglie vuote, le carte sparpagliate, il barone avvertì una di quelle tristezze che si comprendono bene solo a provarle, giacché l'allegria dell'intera serata si era costruita su una delusione dalla quale egli aveva cercato di stordirsi, senza esservi riuscito del tutto.

Si trascinò dunque verso la stanza da letto, lanciando dai vetri del corridoio un'occhiata colma di rammarico e stizza verso la cascina isolata, di cui una finestra, illuminata da un riflesso rossastro e attraversata di quando in quando da ombre, indicava piuttosto chiaramente che mademoiselle de Lartigues trascorreva una serata meno solitaria della sua.

Al primo gradino della scala, Canolles con la punta dello stivale urtò qualcosa; si chinò e raccolse uno degli esili guanti grigio perla del visconte, che questi aveva perduto nella fretta di abbandonare la locanda di mastro Biscarros, e di certo non aveva ritenuto abbastanza prezioso da prendersi la briga di tornare a recuperarlo.

Qualsiasi cosa Canolles avesse pensato in un momento di misantropia ben scusabile in un amante indispettito, nella casa isolata il sollazzo non era più vivo che alla locanda del Vitello d'Oro.

Nanon, preoccupata e irrequieta tutta la notte, rimuginando tra sé mille piani per avvisare Canolles, aveva attinto a tutto l'ingegno e alle furberie che albergano nella mente di una donna ben organizzata per trarsi dalla situazione precaria in cui si trovava. Si trattava solo di carpire un minuto al duca per parlare con Francinette, ovvero un paio di minuti per scrivere due righe a Canolles su un pezzo di carta.

Pareva invece che il duca, immaginando quanto accadesse in ella e leggendole nell'anima l'inquietudine al di là della maschera ilare di cui si era coperta il viso, si fosse ripromesso di non lasciarle quell'istante di libertà, che le era invece così necessario.

Nanon ebbe un'emicrania; monsieur d'Épernon non acconsentì affatto che si alzasse per procurarsi il flacone di sali, e andò egli stesso a prenderlo.

Nanon si punse con uno spillo, che d'un tratto dischiuse un rubino sulla punta del dito di madreperla, e volle andare a prendere nel nécessaire un brandello di quel famoso taffettà rosa che all'epoca si principiava ad apprezzare. Monsieur d'Épernon, infaticabile nella sua sollecitudine, si alzò, tagliò il brandello di taffettà rosa con disperante abilità e richiuse il nécessaire a doppia mandata.

Nanon a quel punto finse di dormire profondamente; quasi subito il duca prese a russare. Allora Nanon riaprì gli occhi e, al bagliore del lume da notte posto sul comodino nel suo involucro di alabastro, cercò di tirar fuori le tavolette del duca dal suo giustacuore, che si trovava accanto al letto a portata di mano; ma proprio quando teneva già il lapis in pugno e aveva strappato un foglio, il duca aprì un occhio.

«Che fate, mia diletta?», chiese.

«Stavo guardando se nelle vostre tavolette non vi fosse un calendario», rispose Nanon.

«Per fare cosa?», chiese il duca.

«Per vedere in che giorno cade il vostro onomastico».

«Mi chiamo Louis, e il mio onomastico è il 25 agosto, come sapete: quindi avete tutto il tempo per prepararvi, mia cara».

Quindi le riprese di mano le tavolette e le ripose nel giustacuore.

Con quest'ultima manovra Nanon aveva guadagnato almeno un lapis e della carta. Si infilò entrambi sotto il traversino e con grande destrezza rovesciò il lume da notte, sperando di riuscire a scrivere al buio; ma il duca scampanellò subito per chiamare Francinette e chiese a gran voce che facesse luce, proclamando che non poteva dormire senza. Francinette accorse mentre Nanon non aveva ancora avuto il tempo di vergare metà della frase, e il duca, temendo un incidente simile a quello appena verificatosi, ordinò a Francinette di poggiare le due candele sul camino. A quel punto fu Nanon a dichiarare che non poteva dormire con la luce, e frementе di stizza si girò con il viso rivolto al muro, attendendo il sorgere del sole con ansia facilmente comprensibile.

Il sole tanto paventato alla fine rischiarò la cima dei pioppi e smorzò il bagliore delle due candele. Il duca d'Épernon, che si piccava di seguire i costumi della vita militare, si alzò al primo raggio che filtrò tra le persiane, si vestì da solo per non abbandonare un istante la sua beneamata Nanon, indossò una veste da camera e suonò per chiedere se ci fossero novità.

Francinette rispose alla domanda consegnando al duca un fascio di dispacci che Courtauvaux, il suo bracchiere preferito, aveva recapitato durante la notte.

Con un occhio il duca cominciò ad aprirli e a leggerli; con l'altro, che si sforzava di rendere quanto più amorevole possibile, continuava a fissare Nanon.

Nanon avrebbe fatto a pezzi il duca, se avesse potuto.

«Sapete – le disse il duca dopo aver letto una parte dei dispacci – cosa dovreste fare, cara amica?».

«No, mio signore», rispose Nanon. «Ma se voleste dare i vostri ordini, tutti noi vi obbediremmo».

«Dovreste mandare a chiamare vostro fratello», disse il duca. «Ricevo or ora da Bordeaux una missiva contenente le informazioni che desideravo, ed egli potrebbe partire seduta stante, dimodoché al suo ritorno avrei un pretesto per conferirgli il comando che desiderate».

Il duca esprimeva in volto la sua più sincera benevolenza.

"Coraggio – si disse Nanon a voce bassa – facciamoci forza! Per mia fortuna Canolles mi leggerà negli occhi, oppure capirà al volo".

Poi, ad alta voce:

«Mandate voi qualcuno, mio caro duca», rispose, giacché immaginava che se avesse voluto provvedere di persona alla commissione il conte non glielo avrebbe permesso.

D'Épernon chiamò Francinette e la spedì alla locanda del Vitello d'Oro senza altre istruzioni fuorché tali parole: «Dite al barone di Canolles che mademoiselle de Lartigues lo attende a colazione».

Nanon lanciò un'occhiata a Francinette; ma per quanto eloquente tale occhiata fosse, Francinette non poteva leggervi: «Dite al barone di Canolles che sono sua sorella».

Francinette partì, comprendendo che lì gatta ci covava, e che in quel caso forse era vero che gatto rinchiuso diventa leone.

Nel frattempo Nanon si alzò e si collocò alle spalle del duca in modo da poter mettere in guardia Canolles al primo sguardo, e nel frattempo approntò una frase fittizia con cui informare sin dalle prime parole il barone di quanto v'era da sapere, al fine di non steccare nel terzetto di famiglia che stava per andare in scena.

Con la coda dell'occhio Nanon teneva sotto controllo l'intera strada, fino alla curva dove alla vigilia monsieur d'Épernon si era nascosto assieme ai suoi sgherri.

«Ah – esclamò all'improvviso il duca – ecco di ritorno Francinette».

E fissò negli occhi Nanon, che a quel punto dovette distogliere lo sguardo dalla strada per rispondere alle occhiate del duca.

Nanon si sentiva battere il cuore fino a rompersi il petto; aveva potuto vedere solo Francinette ed era Canolles che avrebbe voluto vedere, per scorgere nei suoi lineamenti un qualche segno rassicurante.

Salirono le scale; il duca acconciò un sorriso al contempo nobile e amichevole. Nanon ricacciò il rossore che le saliva alle gote e si spronò alla lotta.

Francinette bussò lieve alla porta.

«Entrate», disse il duca.

Nanon affilò la famosa frase con cui doveva salutare Canolles.

La porta si aprì; Francinette era sola. Nanon scrutò con sguardo avido l'anticamera; nell'anticamera non vi era nessuno.

«Signora – disse Francinette con l'imperturbabile sicurezza di una fantesca da teatro – il barone di Canolles non si trova più alla locanda del Vitello d'Oro».

Il duca sgranò gli occhi e si incupì.

Nanon rovesciò la testa all'indietro e trasse un respiro.

«Come?», esclamò il duca. «Il barone di Canolles non si trova più alla locanda del Vitello d'Oro?».

«Vi sbagliate di certo, Francinette», intervenne Nanon.

«Signora – ribatté Francinette – io ripeto quel che mi ha detto lo stesso mastro Biscarros».

"Il caro Canolles avrà intuito tutto", mormorò Nanon. "Tanto ingegnoso e scaltro quanto bello e coraggioso".

«Andate subito a chiamare mastro Biscarros», ordinò il duca con il viso dei suoi giorni foschi.

«Oh, presumo abbia saputo che eravate qui e avrà avuto paura di disturbare», si affrettò a dire Nanon. «È così timido il povero Canolles!».

«Timido costui!», esclamò il duca. «Eppure non è questa la fama che gli hanno tributato, mi pare».

«Nossignora», disse Francinette. «Il barone se n'è proprio andato».

«Ma com'è possibile che il barone avesse paura di me, visto che Francinette aveva incarico solo di invitarlo da parte vostra? Gli avete forse detto che ero qui, Francinette? Rispondete».

«Non ho potuto dirgli niente, duca, visto che non c'era».

Malgrado la replica di Francinette, che giungeva con tutta la solerzia della franchezza e della verità, il duca parve ripiombare nella sua diffidenza. Nanon, tutta allegra, non aveva più la forza di dire altro.

«Devo comunque andare a chiamare mastro Biscarros?», chiese Francinette.

«Ora più che mai», disse il duca facendo la voce grossa. «O magari... sì, aspettate. Rimanete qui, la vostra padrona potrebbe aver bisogno di voi. Manderò Courtauvaux».

Francinette scomparve. Cinque minuti dopo, Courtauvaux grattava alla porta.

«Andate a dire all'oste del Vitello d'Oro che venga qui a parlare – disse il duca – e che venendo porti il menù della colazione. Dategli questi dieci luigi, affinché il manducare sia buono. Andate!».

Courtauvaux ricevette il denaro sulle baschine della veste, e uscì immantinente per andare a eseguire gli ordini del padrone.

Era un domestico di buon casato, e conosceva il proprio mestiere tanto da poter dare lezioni a tutti i Crispini e i Mascarille dell'epoca. Andò da Biscarros e gli disse:

«Ho convinto il signore a comandarvi un pranzo raffinato. Mi ha dato otto luigi; naturalmente me ne tengo due per la commissione, ed eccone sei per voi. Venite subito».

Fremente di gioia, Biscarros si annodò ai fianchi un grembiale bianco, intascò i sei luigi, e stringendo la mano a Courtauvaux si lanciò sulle orme del bracchiere, che lo condusse di corsa alla cascina.

VIII.

Stavolta Nanon non tremava, il piglio risoluto di Francinette l'aveva completamente rassicurata; avvertiva perfino il più vivo desiderio di conversare con Biscarros. Questi quindi, non appena arrivò, venne subito fatto accomodare.

Biscarros entrò, il grembiale galantemente rimboccato nella cintura e il berretto in una mano.

«Ieri avevate ospite alla vostra locanda un giovane gentiluomo», esordì Nanon. «Il barone di Canolles. Non è così?».

«Che ne è stato di lui?», chiese il duca.

Biscarros, alquanto inquieto giacché dal bracchiere e dai sei luigi d'oro aveva fiutato un illustre personaggio sotto la veste da camera, sulle prime rispose in maniera evasiva:

«Ma è partito».

«Partito», fece eco il duca. «Partito davvero?».

«Davvero».

«Dove è andato?», chiese a sua volta Nanon.

«Questo non sono in grado di dirvelo, giacché in verità lo ignoro».

«Sapete almeno che strada ha preso?».

«La strada per Parigi».

«E a che ora ha preso tale strada?», chiese il duca.

«All'incirca a mezzanotte».

«E senza dire nulla?», chiese timidamente Nanon.

«Senza dire nulla. Ha solo lasciato una missiva, raccomandandosi che venisse consegnata a mademoiselle Francinette».

«E perché non le avete consegnato la missiva, lestofante?», esclamò il duca. «È questo il rispetto che riservate alle raccomandazioni di un gentiluomo?».

«Gliel'ho consegnata, signore. Gliel'ho consegnata».

«Francinette!», inveì il duca.

Francinette, che era in ascolto, si precipitò d'un balzo dall'anticamera alla stanza da letto.

«Perché non avete consegnato alla vostra padrona la missiva che monsieur de Canolles le aveva lasciato?», chiese il duca.

«Ma mio signore...», mormorò la cameriera tutta spaventata.

"Mio signore", pensò Biscarros sconvolto rannicchiandosi nell'angolo più remoto dell'appartamento. "Mio signore! Dev'essere un qualche principe sotto mentite spoglie!".

«Sono stata io a non richiedergliela», si affrettò a dire Nanon pallidissima.

«Date qui», sentenziò il duca allungando la mano.

La povera Francinette porse lentamente la missiva rivolgendo alla sua padrona uno sguardo che voleva dire: "Vedete bene che non è colpa mia; è quest'imbecille di Biscarros che ha mandato tutto all'aria".

Dalla pupilla di Nanon balenò una duplice saetta che andò a pugnalare Biscarros nel suo angolino. Il poveretto era madido di sudore e avrebbe dato i sei luigi che teneva nella tasca per essere davanti ai fornelli con il fondo di un tegame in mano.

Nel frattempo il duca aveva preso la missiva, l'aveva aperta e stava leggendo. Durante la lettura Nanon, in piedi, più pallida e fredda di una statua, si sentiva vivere solo nel cuore.

«Che significa questo scarabocchio?», esclamò il duca.

Da quelle poche parole Nanon capì che la missiva non l'avrebbe compromessa.

«Leggete ad alta voce, e forse vi potrò spiegare», disse.

«"Cara Nanon"», lesse il duca.

E dopo tali parole si voltò verso la giovane donna la quale, riprendendo sempre più i colori, sostenne il suo sguardo con mirabile audacia.

«"Cara Nanon – riprese il duca – approfitto del congedo di cui vi sono debitore, e per svagarmi farò una galoppata verso Parigi. Addio. La mia sorte è nelle vostre mani"».

«Questa poi! Ma è pazzo quel Canolles!».

«Pazzo? E perché mai?», chiese Nanon.

«Ma è questo il modo di partire, a mezzanotte, senza un motivo?», chiese il duca.

"In effetti", disse Nanon parlando tra sé.

«Orsù! Spiegatemi questa partenza».

«Oddio – disse Nanon con un delizioso sorriso – niente di più facile, mio signore».

"Anch'ella lo chiama mio signore!", mormorò Biscarros. "Allora è davvero un principe".

«Quindi?».

«Ma come! Non indovinate di cosa si tratta?».

«Non ne ho la più pallida idea».

«Ebbene, Canolles ha ventisette anni; è giovane, bello, spensierato. A quale follia pensate che accordi la sua preferenza? All'amore. Ebbene, avrà visto passare alla locanda di mastro Biscarros una graziosa viaggiatrice e l'avrà seguita».

«Innamorato? Dite che è questo?», esclamò il duca, sorridendo all'idea del tutto naturale che, se Canolles era innamorato di una qualsivoglia viaggiatrice, allora non era innamorato di Nanon.

«Ma certo, innamorato. Non è così, mastro Biscarros?», chiese Nanon, lieta di vedere che il duca faceva propria la sua idea. «Suvvia, rispondete francamente. Ho visto giusto, non è così?».

Biscarros pensò che fosse giunto il momento di entrare nelle grazie della giovane donna sposando appieno la sua causa, e lasciandosi sbocciare sulle labbra un sorriso a trentadue denti:

«In effetti la signora potrebbe davvero aver ragione», disse.

Nanon fece un passo verso l'oste e disse, tremando suo malgrado:

«È così?».

«È quel che penso», rispose Biscarros con aria sagace.

«È quel che pensate?».

«Sì... Ma attendete. A dire il vero mi state aprendo gli occhi».

«Ah, raccontate, mastro Biscarros», insistette Nanon, che cominciava ad abbandonarsi ai primi sospetti della gelosia. «Orsù, dite, quali viaggiatrici si sono trattenute da voi stanotte?».

«Sì, diteci», aggiunse d'Épernon allungando le gambe e poggiando i gomiti su una poltrona.

«Non è giunta nessuna viaggiatrice», disse Biscarros. Nanon trasse un respiro. «Soltanto – continuò l'oste, senza immaginare che a ognuna delle sue parole il cuore di Nanon sobbalzava – un esile gentiluomo biondo, minuto, formoso, che non mangiava, non beveva, e aveva paura di mettersi in viaggio di notte... Un gentiluomo che aveva paura», continuò Biscarros facendo un cenno del capo colmo di sagacia. «Voi mi capite, no?».

«Ah ah ah!», proruppe il duca con somma ilarità, abboccando in pieno all'amo.

A quella risata Nanon rispose con una specie di stridio.

«Continuate – disse – tutto questo è affascinante. E di certo l'esile gentiluomo attendeva monsieur de Canolles».

«Assolutamente no. Attendeva a cena un signore alto e con i mustacchi, che si è perfino rivolto a monsieur de Canolles con un certo malgarbo quando questi ha voluto cenare in sua compagnia. Ma il prode gentiluomo non si è scoraggiato per così poco... È un compare intraprendente, a quel che sembra... e parola mia, dopo la partenza di quello alto che aveva svoltato a destra, lui è corso dietro a quello basso che aveva svoltato a sinistra».

E su questa conclusione rabelaisiana Biscarros, vedendo l'espressione soddisfatta del duca, credette di potersi lanciare in una formidabile gamma di risate così stridule da far tremare i vetri.

Il duca, pienamente rassicurato, si sarebbe abbracciato Biscarros se non fosse stato affatto un gentiluomo. Quanto a Nanon, pallida e con un sorriso convulso raggelato sulle labbra, ascoltava ogni parola che pioveva dalle labbra dell'oste con quella fede divorante che spinge i gelosi a bere a lunghi sorsi, e sino alla feccia, il letale veleno.

«Ma cosa vi fa pensare che quell'esile gentiluomo fosse una donna, che monsieur de Canolles fosse innamorato di costei, e che egli abbia imboccato la strada maestra per noia e per capriccio?».

«Cosa me lo fa pensare?», rispose Biscarros, che aveva a cuore di far passare tale convincimento nella mente dei suoi ascoltatori. «Aspettate, ora ve lo dico...».

«Sì, ditecelo, mio caro amico», rincarò il duca. «Siete davvero di gran diletto...».

«Il mio signore è troppo buono», disse Biscarros. «Ecco». Il duca divenne tutto orecchi. Nanon ascoltò serrando i pugni. «Non nutrivo sospetto alcuno, e avevo semplicemente pensato che l'esile cavaliere biondo fosse un uomo, quando a metà della scala incontrai monsieur de Canolles con una candela nella mano sinistra e nella destra un piccolo guanto, che osservava e annusava appassionatamente...».

«Oh oh oh!», esclamò il duca, che più cessava di temere per la sua sorte e più si sollazzava.

«Un guanto!», ripeté Nanon cercando di rammentarsi se non avesse lasciato un simile pegno in possesso del cavaliere. «Un guanto come questo?».

E mostrò all'oste uno dei propri.

«Assolutamente no», rispose Biscarros. «Un guanto da uomo...».

«Un guanto da uomo?... Monsieur de Canolles che guarda e annusa appassionatamente un guanto da uomo! Voi siete uscito di senno!».

«Nient'affatto. Era un guanto dell'esile gentiluomo, del bel cavaliere biondo che non beveva, non mangiava e aveva paura di notte... un piccolissimo guanto in cui la mano della signora sarebbe entrata a fatica, quantunque la signora abbia una bella mano, naturalmente...».

Nanon lanciò un gridolino sordo, come fosse stata colpita da un dardo invisibile.

«Spero – disse costei con uno sforzo violento – che abbiate avuto ragguagli a sufficienza, mio signore, e che ora sappiate tutto quel che desideravate sapere».

E con le labbra frementi, i denti serrati, lo sguardo fisso, Nanon indicava la porta a Biscarros il quale, notando sul viso della giovane donna tali segni di collera, non riusciva più a raccapezzarsi e se ne stava lì a bocca aperta e occhi spalancati.

"Se l'assenza di quel gentiluomo è una così grande sciagura – pensò – il suo ritorno sarebbe una gran cuccagna. Allettiamo questo nobile signore con una dolce speranza, cosicché gli venga un bell'appetito".

Facendo leva su un tale ragionamento, Biscarros assunse la sua espressione più aggraziata e, portando avanti con un movimento colmo di grazia la gamba destra:

«Dopo tutto, il cavaliere se n'è andato – s'insinuò – e può tornare da un momento all'altro...».

A questo spiraglio il duca sorrise.

«È vero», concesse. «Perché non dovrebbe tornare? Magari è già tornato... Andate a vedere, mastro Biscarros, e datemi risposta».

«E la colazione?», proruppe Nanon. «Io sto morendo di fame...».

«Giusto», confermò il duca. «Andrà Courtauvaux. Venite qui, Courtauvaux: andate alla locanda di mastro Biscarros e vedete se il barone di Canolles per caso non sia tornato. Se non dovesse esserci, prendete informazioni, cercate nei paraggi... Ci tengo a pranzare con quel gentiluomo. Andate».

Courtauvaux partì. E Biscarros, che notava il silenzio imbarazzato dei due personaggi, fece finta di proporre un nuovo espediente.

«Ma non vedete che la signora vi fa cenno di ritirarvi?», gli si rivolse Francinette.

«Un momento! Un momento!», esclamò il duca. «Che diavolo! State perdendo anche voi la testa, mia cara Nanon... E il menù? Sono come voi: anch'io ho una fame da lupi... Tenete, mastro Biscarros, aggiungete questi sei luigi agli altri: questo per pagarvi l'amabile storia che ci avete testé raccontato».

Poi ordinò al novellatore di lasciare il posto al cuoco; e, diciamolo senza indugio, nella seconda mansione mastro Biscarros non eccelse meno che nella prima.

Tuttavia Nanon aveva riflettuto e colto con uno sguardo d'insieme l'intera situazione in cui la poneva la supposizione di mastro Biscarros. Tanto per cominciare, tale supposizione era davvero esatta? E poi, quand'anche infine lo fosse stata, Canolles non era forse scusabile? In effetti, che delusione crudele per un prode gentiluomo da par suo quell'appuntamento mancato, e che affronto la vigilanza del duca d'Épernon, e la necessità imposta a lui, Canolles, di assistere per così dire al trionfo del rivale! Nanon era così infatuata che, attribuendo la fuga a un accesso di gelosia, non soltanto scusò ma compatì Canolles, rallegrandosi quasi di essere abbastanza amata da aver suscitato nel barone quella piccola vendetta. Eppure occorreva innanzitutto estirpare il male alla radice, occorreva troncare il prosieguo di quell'amore appena agli albori.

A questo punto nella mente di Nanon balenò una terribile riflessione, e la povera donna ne parve fulminata. E se l'incontro tra Canolles e l'esile gentiluomo fosse stato un appuntamento? Ma no, era una follia, visto che l'esile gentiluomo era in attesa di un signore con i mustacchi, visto che aveva trattato con malgarbo Canolles, e visto che lo stesso Canolles probabilmente aveva riconosciuto il sesso dello sconosciuto solo grazie al piccolo guanto trovato per caso.

Non importava! Occorreva osteggiare Canolles. Quindi, sfoderando tutta la propria energia, ella tornò dal duca, che aveva appena congedato Biscarros colmandolo di complimenti e raccomandazioni.

«Che sciagura – disse la donna – che per colpa della sua sbadataggine quello sconsiderato di Canolles si privi di un onore al pari di quello che eravate sul punto di offrirgli! Quando era qui, il suo avvenire era assicurato; adesso che non è qui, forse perde tutto il suo futuro».

«Tuttavia se lo ritroviamo...», disse il duca.

«Oh, non vi è pericolo!», esclamò Nanon. «Se di una donna si tratta, non sarà tornato».

«Che volete farci, diletta mia!», rispose il duca. «La giovinezza è l'età del piacere; egli è giovane e si diverte».

«Ma io – ribatté Nanon – io che sono più assennata di lui, sarei ben del parere di turbare in qualche modo la sua gioia intempestiva».

«Ah, che sorella rampognosa!», commentò il duca.

«Forse sul momento me ne vorrà – continuò Nanon – ma di sicuro dopo mi renderà grazie».

«Ebbene, suvvia, avete un piano? Non chiedo di meglio, qualora ne aveste uno, che adottarlo».

«Naturalmente».

«Parlate, allora».

«Non volete spedirlo dalla regina per recare una notizia urgente?».

«Certo, ma se non è tornato...».

«Mandate di gran carriera a cercarlo, e giacché egli è diretto a Parigi sarà sempre del tragitto guadagnato».

«Avete ragione, perdiana!».

«Lasciate che provveda io, e Canolles riceverà l'ordine stasera stessa o al più tardi domani. Ve lo garantisco».

«Ma chi manderete?».

«Avete bisogno di Courtauvaux?».

«Io? Nient'affatto».

«Datelo a me, allora, e lo invierò con le mie istruzioni».

«Oh, che mente arguta la diplomatica! Voi farete strada, Nanon».

«Tutto ciò a cui aspiro è poter rimanere sempre a imparare da un così bravo maestro», ribatté Nanon, e passò il braccio intorno al collo del vecchio duca, il quale trasalì di gioia. «Che burla deliziosa per il nostro Celadon!», commentò.

«Sarà stupendo da raccontare, mia cara».

«A dire il vero vorrei andarlo a cercare io stessa, per vedere l'espressione che assumerà di fronte al messaggero».

«Per nostra sventura, o forse per nostra ventura, ciò non è possibile, e voi siete costretta a rimanere accanto a me».

«Sì, ma non perdiamo tempo. Orsù, duca, scrivete il vostro ordine e mettetemi a disposizione Courtauvaux».

Il duca prese una penna e scrisse su un pezzo di carta queste due sole parole:

Bordeaux – No.

E firmò.

Poi, come destinatario di tale laconico dispaccio, scrisse il seguente indirizzo:

A Sua Maestà la regina Anna d'Austria, reggente di Francia.

Dal canto suo, Nanon scrisse due righe e le accluse al foglio, dopo averle mostrate al duca.

Ecco le due righe:

Mio caro barone, come vedete il dispaccio qui allegato è per Sua Maestà la regina. In nome della vostra vita, portatelo seduta stante, è in gioco la salvezza del regno!

La vostra amata sorella

Nanon

Nanon stava giusto ultimando il biglietto quando ai piedi della scala si udì un rumore di passi affrettati, e Courtauvaux, salendo precipitosamente, aprì la porta con il viso compiaciuto di chi reca una notizia che sa essere attesa con impazienza.

«Ecco monsieur de Canolles, l'ho incontrato a un centinaio di passi da qui», dichiarò il bracchiere.

Il duca lanciò un'esclamazione di benevola sorpresa. Nanon impallidì e si avventò verso la porta mormorando: "È proprio scritto che non riuscirò a scamparne!".

In quel momento comparve sulla porta un nuovo personaggio, che aveva indosso un magnifico abito, teneva il cappello in una mano e sorrideva con aria quanto mai aggraziata.

IX.

A Nanon un fulmine cadutole ai piedi di certo non avrebbe arrecato sorpresa maggiore di quell'apparizione inattesa, e probabilmente non le avrebbe strappato esclamazione più dolorosa di quella che suo malgrado le sfuggì di bocca.

«Costui!», gridò.

«Certo, mia bella sorellina», rispose una voce tutta aggraziata. «Ma vi chiedo perdono – continuò l'uomo al quale apparteneva quella voce scorgendo il duca d'Épernon – perdonate! Forse vi importuno?».

E salutò inchinandosi fino a terra il governatore della Guienna, che lo accolse con un gesto benevolo.

"Cauvignac!", mormorò Nanon, ma a voce così bassa che tale nome venne pronunciato dal cuore più che dalle labbra.

«Siate il benvenuto, monsieur de Canolles», disse il duca con il miglior piglio del mondo. «Io e vostra sorella non facciamo altro che parlare di voi da ieri sera, e da ieri sera vi desideriamo».

«Ah, davvero? Mi desiderate!», ribatté Cauvignac rivolgendo a Nanon uno sguardo da cui trapelava un'indicibile espressione di ironia e dubbio.

«Sì – rispose Nanon – il duca ha avuto la bontà di desiderare che gli foste presentato».

«Solo il timore di essere inopportuno, mio signore, mi ha impedito di reclamare anzitempo un tale onore», disse Cauvignac facendo un inchino al cospetto del duca.

«Difatti ho ammirato la vostra delicatezza, barone», ribatté il duca. «Ma sarà per voi motivo di rimbrotto».

«Un rimbrotto a me, mio signore, per la mia delicatezza! Ah ah!».

«Sì, giacché se la vostra amata sorella non si fosse presa cura dei vostri affari...».

«Ah», commentò Cauvignac gettando un'occhiata di eloquente biasimo a Nanon. «Ah, la mia amata sorella si è presa cura degli affari di...».

«...di suo fratello», intervenne prontamente Nanon. «Cos'altro vi è di più naturale?».

«E ancor oggi, a cosa devo il piacere di vedervi?».

«Sì – fece eco Cauvignac – a cosa dovete il piacere di vedermi, mio signore?».

«Ebbene, al caso, semplicemente al caso, che ha permesso che voi tornaste».

"Ah! – commentò Cauvignac tra sé – e così me ne ero andato".

«Sì, ve ne eravate andato, fratello sciagurato! E senza avvisarmi se non con due parole, che hanno solo raddoppiato la mia inquietudine».

«Cosa volete, mia cara Nanon, bisogna pur perdonare qualcosa agli innamorati», intervenne il duca sorridendo.

"Oh oh, qui le cose si complicano", si disse Cauvignac tra sé. "E così sarei innamorato".

«Suvvia – si intromise Nanon – confessate».

«Non negherò», ribatté Cauvignac con un sorriso trionfante, cercando di cavare da tutti gli sguardi un qualche brandello di verità con cui poter apparecchiare una sostanziosa menzogna.

«Sì, sì», commentò il barone. «Ma ora facciamo colazione, vi prego. Ci racconterete i vostri amori mentre pasteggiamo, barone. Francinette, un coperto per monsieur de Canolles. Non avrete fatto colazione, capitano, spero».

«No, mio signore, e confesso perfino che l'aria fresca del mattino mi ha formidabilmente stuzzicato l'appetito».

«Dite piuttosto l'aria della notte, gaglioffo», disse il duca. «Giacché è da ieri che correte per le vie maestre».

"Parola mia, questa volta il cognato ha visto giusto", si disse a voce bassa Cauvignac.

«E sia, d'accordo. Ne convengo, l'aria della notte...».

«Ebbene», esclamò il duca offrendo il braccio a Nanon e passando nella sala da pranzo seguito da Cauvignac. «Ecco quel che spero farà fronte al vostro appetito, per quanto robusto esso sia».

In effetti Biscarros si era superato: le pietanze non erano numerose, però squisite e succulente. Il bianco della Guienna e il rosso della Borgogna scorrevano giù dalla bottiglia come perle d'oro e cascate di rubini.

Cauvignac mangiava a quattro palmenti.

«Quel ragazzo si dà da fare di buona lena», commentò il duca. «E voi non toccate nulla, Nanon?».

«Mio signore, non ho più fame».

«Cara sorella!», gridò Cauvignac. «E pensare che è per il piacere di vedermi che avete perso l'appetito! A dire il vero sono adirato con costei, mi ama così tanto».

«Quest'ala di francolino, Nanon?», propose il duca.

«A mio fratello, mio signore, a mio fratello», rispose la giovane donna, che vedeva il piatto di Cauvignac svuotarsi con spaventosa celerità e temeva gli sberleffi dopo che i viveri fossero spariti.

Cauvignac porse il piatto con un sorriso quanto mai riconoscente. Il duca depositò l'ala nel piatto, e Cauvignac il piatto davanti a sé.

«Orsù, cosa fate di bello, Canolles?», chiese il duca con una familiarità che parve a Cauvignac più che mai di delizioso auspicio. «Va da sé che non parlo affatto d'amore».

«Parlatene invece, mio signore, parlatene. Non fatevi scrupoli», ribatté il giovane, cui il médoc e lo chambertin, combinati assieme a dosi pari e consecutive, cominciavano a sciogliere la lingua, e che d'altronde, al contrario di quelli da cui si prende il nome, non temeva di essere disturbato dal suo sosia.

«Oh, mio signore, gli sberleffi li coglie benissimo», disse Nanon.

«Possiamo dunque farne menzione a proposito dell'esile gentiluomo?», chiese il duca.

«Sì – rispose Nanon – dell'esile gentiluomo che avete incontrato ieri sera».

«Ah sì, sulla mia strada», disse Cauvignac.

«E poi alla locanda di mastro Biscarros», aggiunse il duca.

«E poi alla locanda di mastro Biscarros», confermò Cauvignac. «È vero, parola mia».

«E così lo avete incontrato davvero?», chiese Nanon.

«L'esile gentiluomo?».

«Sì».

«Com'era? Suvvia, parlate con franchezza».

«Parola mia – ribatté Cauvignac – era un buonuomo delizioso: biondo, snello, elegante, viaggiava come fosse uno scudiero».

«Addirittura!», esclamò Nanon serrando le labbra.

«E ne siete innamorato?».

«Di chi?».

«Dell'esile gentiluomo biondo, snello ed elegante».

«Oh, mio signore», esclamò Cauvignac pronto a rompere il ghiaccio. «Che intendete dire?».

«Portate sempre sul cuore il piccolo guanto grigio perla?», continuò il duca ridendo sornione.

«Il piccolo guanto grigio perla?».

«Sì, quello che ieri sera annusavate e baciavate così appassionatamente».

Cauvignac non comprendeva più nulla.

«Insomma, quello che vi ha fatto subodorare l'inganno, la meta-morfosi», proseguì il duca calcando su ogni sillaba.

A quell'unica parola Cauvignac capì ogni cosa.

«Ah – esclamò – il gentiluomo era dunque una donna? Ebbene, parola d'onore, qualche dubbio mi era venuto».

«Più nessun dubbio», mormorò Nanon.

«Datemi da bere allora, sorella mia», disse Cauvignac. «Non so chi abbia svuotato la bottiglia che ho qui accanto, ma dentro non vi è più nulla».

«Suvvia, andiamo – esortò il duca – un rimedio c'è, dal momento che l'amore non gli impedisce né di bere né di mangiare; e gli affari del re non ne patiranno».

«Patirne gli affari del re!», esclamò Cauvignac. «Giammai! Gli affari del re vengono prima di tutto! Gli affari del re sono sacri! Alla salute di Sua Maestà, mio signore».

«Allora possiamo fare assegnamento sulla vostra lealtà, barone?».

«Sulla mia lealtà nei confronti del re?».

«Sì».

«Certo che potete fare assegnamento. Mi farei in quattro per lui... a volte».

«È semplicissimo», intervenne Nanon, temendo che nel suo entusiasmo per il médoc e lo chambertin Cauvignac dimenticasse il personaggio che doveva recitare e si calasse di nuovo nella sua individualità. «È semplicissimo. Non siete forse capitano al servizio di Sua Maestà grazie ai favori del duca?».

«E mai me ne dimenticherò!», proclamò Cauvignac con lacrimevole commozione portandosi una mano sul cuore.

«Faremo di meglio, barone, in futuro faremo di meglio», disse il duca.

«Grazie, mio signore, grazie».

«E abbiamo già cominciato».

«Davvero?».

«Sì. Voi siete troppo timido, mio giovane amico», riprese il duca d'Épernon. «Quando avrete bisogno di protezioni, dovrete venire da me; ora che è inutile ricorrere ai sotterfugi, ora che non avete più bisogno di nascondervi, ora che so che siete il fratello di Nanon...».

«Mio signore – esclamò Cauvignac – d'ora in poi mi rivolgerò direttamente a voi!».

«Me lo promettete?».

«Vi do la mia parola».

«E farete bene. Nel frattempo vostra sorella vi spiegherà di cosa si tratta: ha una missiva da affidarvi per mio conto. Forse la vostra sorte è nel messaggio che vi affido dietro sua raccomandazione. Seguite i consigli di vostra sorella, giovanotto, seguite i suoi consigli; ha una mente acuta, uno spirito raffinato, un cuore generoso. Amate vostra sorella, barone, e godrete dei miei favori».

«Mio signore – proruppe Cauvignac – mia sorella sa quanto io l'ami, e che non desidero niente più che vederla felice, potente... e ricca...».

«Mi compiaccio di un tale fervore», disse il duca. «Allora restate assieme a Nanon, mentre io mi occuperò di un certo marpione. Ma a proposito, barone – proseguì il duca – forse mi potreste fornire voi qualche ragguaglio su quel bandito».

«Volentieri», rispose Cauvignac. «Solo che devo sapere di quale bandito parlate, mio signore; ve ne sono parecchi e di ogni sorta, con i tempi che corrono».

«Avete ragione, ma questo è uno dei più impudenti che abbia mai incontrato».

«Dite davvero?», chiese Cauvignac.

«Pensate che quel miserabile, in cambio della missiva che vostra sorella vi ha scritto ieri, e che costui si è procurato per mezzo di una violenza infame, mi ha estorto una procura».

«Una procura! Veramente?», chiese con aria ingenua Cauvignac. «Ma allora che interesse avevate a tenervi la missiva di una sorella al proprio fratello?».

«Dimenticate che ignoravo la vostra parentela».

«Ah, è vero».

«E che ero così stolto... mi perdonate Nanon, non è vero?», proseguì il duca tendendo la mano alla giovane donna. «Ero così stolto da essere geloso di voi».

«Veramente? Geloso di me? Ah, mio signore, vi sbagliavate di grosso!».

«Quindi vi volevo chiedere se nutrivate un qualche sospetto su chi abbia potuto rivestire con me i panni del delatore».

«A dire il vero no... Ma capite, mio signore, azioni di tal natura non rimangono impunite, e un giorno saprete chi se ne sarà macchiato».

«Sì, certo, un giorno lo saprò, e ho preso le mie precauzioni all'uopo», disse il duca. «Ma avrei preferito saperlo subito».

«Ah!», riprese Cauvignac tendendo le orecchie. «Ah, avete preso le vostre precauzioni all'uopo, mio signore?».

«Sì sì. E il malandrino si potrà dire fortunato se per quella procura non finirà impiccato».

«Oh», esclamò Cauvignac. «E come distinguerete quella procura dagli altri ordini che date, mio signore?».

«A quella ho fatto un segno».

«Un segno?».

«Sì, invisibile a tutti, ma che io riconoscerò grazie a un procedimento chimico».

«Ma sentite un po'!», commentò Cauvignac. «Questa è opera di un sublime ingegno, mio signore; però occorre fare attenzione a che costui non sospetti della trappola».

«Oh, non vi è pericolo! Chi volete che glielo dica?».

«Ah, è vero», rispose Cauvignac. «Non sarà Nanon, non sarò io...».

«E nemmeno io», concluse il duca.

«E nemmeno voi. Allora avete ragione, mio signore, vi sarà impossibile non sapere un giorno chi è costui, e a quel punto...».

«E a quel punto, dal momento che mi sarò sdebitato nei suoi confronti, giacché in cambio della procura gli sarà dato quel che desiderava, a quel punto lo farò impiccare».

«Amen!», chiosò Cauvignac.

«E ora – riprese il duca – visto che non siete in grado di fornirmi alcun ragguaglio su quel briccone...».

«A dire il vero no, mio signore, non sono in grado».

«Ebbene, come vi dicevo, vi lascio con vostra sorella. Nanon – aggiunse il duca – date a questo giovanotto istruzioni precise, e soprattutto che non perda tempo».

«State tranquillo, mio signore».

«A voi due».

E il duca fece con la mano un grazioso saluto a Nanon, un cenno cordiale al fratello e scese giù per la scala, promettendo che con ogni probabilità sarebbe stato di ritorno in giornata.

Nanon accompagnò il duca sul pianerottolo.

«Accidenti! – disse Cauvignac – ha fatto bene a mettermi in guardia quel degno signore! Orsù, non è così ingenuo come sembra. Ma cosa ne farò della procura? Diamine! Quel che si fa con una banconota: la riscuoterò».

«E ora – disse Nanon rientrando e chiudendo la porta – ora, come ha detto poc'anzi il duca d'Épernon, a noi due».

«Sì, mia cara sorellina – rispose Cauvignac – a noi due; difatti sono venuto qui solo per discutere con voi. Ma per discutere come si conviene occorre essere seduti. Sedete dunque, vi prego».

E Cauvignac tirò a sé una sedia e con la mano fece cenno a Nanon che la sedia era destinata a lei.

Nanon sedette accigliandosi, la qual cosa non preannunciava nulla di buono.

«Innanzitutto – esordì la giovane donna – perché non siete ove dovreste essere?».

«Ah, sorellina cara, ma questo non è galante. Se fossi ove dovrei essere, non sarei qui, e di conseguenza voi non avreste il piacere di vedermi».

«Non desideravate entrare negli ordini?».

«No, tutt'altro. Dite piuttosto che alcune persone che si interessano a me, e voi in particolare, avevano espresso il desiderio che io vi entrassi; ma personalmente non ho mai nutrito per la Chiesa una vocazione granché marcata».

«Eppure avete ricevuto un'educazione prettamente religiosa».

«Sì, sorella, e credo di averne sacrosantamente approfittato».

«Niente sacrilegi, non scherziamo sulle cose sante».

«Io non scherzo, sorellina cara; racconto, tutto qui. Sentite, mi avete mandato dai frati minimi di Angoulême perché studiassi».

«E allora?».

«E allora ho studiato. Conosco il greco al pari di Omero, il latino al pari di Cicerone e la teologia al pari di Jean Hus. E così, non avendo più nulla da imparare da quei degni frati, sono passato, sempre conformemente alle vostre intenzioni, ai carmelitani di Rouen, per prendere i voti».

«Dimenticate che avevo promesso di fornirvi una rendita annuale di cento pistole, e che ho tenuto fede alla mia parola. Cento pistole per un carmelitano erano, mi sembra, più che bastevoli».

«Non lo nego, cara sorella. Ma con il pretesto che ancora non ero carmelitano, la rendita l'ha sempre riscossa il convento».

«E quand'anche fosse, non avete forse fatto voto di povertà consacrandovi alla Chiesa?».

«Sorella mia, se ho fatto voto di povertà vi giuro che il voto l'ho rispettato rigorosamente: nessuno è stato più povero di me».

«Ma in che modo siete uscito dal convento?».

«Ah, ecco! Nello stesso modo in cui Adamo è uscito dal paradiso terrestre: è la scienza che mi ha compromesso, sorella. Ero troppo sapiente».

«Come? Eravate troppo sapiente?».

«Sì. Figuratevi che tra i carmelitani, che non sono certo rinomati per essere un Pico della Mirandola, un Erasmo o un Cartesio, ero considerato un prodigio, di scienza ovviamente. Di conseguenza quando il duca di Longueville venne a Rouen per sollecitare la città a dichiararsi in favore del parlamento, fui spedito da monsieur de Longueville per perorare la causa al suo cospetto, cosa che feci in termini così eleganti e forbiti che monsieur de Longueville si dimostrò non soltanto estremamente soddisfatto dalla mia facondia, ma mi chiese perfino se gradissi essere il suo segretario. Tutto ciò è avvenuto proprio quando ero in procinto di pronunciare i voti».

«Sì, me ne ricordo, tanto che con il pretesto di dire addio al mondo mi domandaste cento pistole, che feci consegnare direttamente in mano vostra».

«E sono le uniche che ho visto, parola di gentiluomo!».

«Ma dovevate rinunciare al mondo!».

«Sì, tali erano le mie intenzioni; ma tali non erano della Provvidenza, che probabilmente ha delle mire su di me. Ha disposto di me altrimenti, per mezzo di monsieur de Longueville; non ha voluto che rimanessi monaco. Quindi mi sono adeguato alla volontà della buona Provvidenza e, lo ammetto, non me ne pento».

«Allora non siete più uomo di chiesa?».

«No, quantomeno per adesso, sorella cara. Non oso dirvi che non vi rientrerò un giorno, giacché quale uomo può dire alla vigilia cosa farà il giorno dopo? Monsieur de Rancé non ha forse testé fondato l'ordine della Trappa? Forse farò al pari di monsieur de Rancé e inventerò un qualche nuovo ordine. Ma per il momento ho toccato con mano la guerra, sapete, e per qualche tempo ciò mi ha reso profano e impuro; alla prima occasione mi monderò».

«Voi un uomo di guerra?», esclamò Nanon facendo spallucce.

«Perché no? Diamine! Non vi dirò che sono un Dunois, un Duguesclin, un Bayard, un cavaliere senza macchia e senza paura. No, non ho la pretesa di dire che non ho qualche lieve rimprovero da farmi, e non chiederò, come l'illustre condottiero Sforza, cosa sia la paura. Sono un uomo, e come dice Plauto: *Homo sum, et nihil umani a me alienum puto*, che vuol dire: "Sono uomo, niente di ciò che è umano mi è estraneo". Quindi ho paura, nella misura in cui a un uomo è concesso aver paura; la qual cosa non mi impedisce a buon bisogno di essere coraggioso. Maneggio con una certa grazia, anche quando vi sono costretto, la spada e la pistola. Ma la mia vera inclinazione, la mia risoluta vocazione, sapete, è la diplomazia. Mi sbaglierò pure della grossa, mia cara Nanon, ma io diventerò un grande politico. È una bella carriera la politica; prendete Mazzarino: farà molta strada, sempre se non finirà impiccato. Ebbene, io sono come Mazzarino: e difatti una delle mie paure, forse la più grande, è di finire impiccato. Per fortuna che siete qui, cara Nanon, e che ciò mi infonde grande sicurezza».

«E così voi sareste un uomo di guerra!».

«E un uomo di cuore, alla bisogna. Ah, il mio soggiorno presso monsieur de Longueville mi è stato di grande giovamento!».

«E cosa avete imparato presso costui?».

«Quel che si impara presso i principi: a guerreggiare, a brigare, a tradire».

«E tutto ciò vi ha condotto...».

«...alla più alta posizione».

«Che poi avete perso!».

«Diamine! Anche monsieur de Condé ha perso la sua. Non siamo padroni degli eventi. Cara sorella, così come mi vedete, ho governato su Parigi. Io!».

«Voi?».

«Sì, io!».

«Per quanto tempo?».

«Un'ora e quarantacinque minuti, orologio alla mano».

«Avete governato su Parigi?».

«In veste di imperatore».
«Come sarebbe a dire?».
«Semplicissimo. Saprete che il coadiutore, monsieur de Gondy, l'abate di Gondy...».
«Certamente».
«...era padrone assoluto della città. Ebbene, all'epoca io prestavo servizio presso il duca d'Elbœuf. È un principe della Lorena, e non vi è alcuna vergogna a prestare servizio presso monsieur d'Elbœuf. Insomma, a quel tempo monsieur d'Elbœuf era nemico del coadiutore. Quindi ho messo in atto una sommossa in favore di monsieur d'Elbœuf, durante la quale ho catturato...».
«Chi? Il coadiutore?».
«No, non avrei saputo cosa farmene, e mi sarebbe stato alquanto d'intralcio. Ho catturato la sua amante, mademoiselle de Chevreuse».
«Ma è orribile!», esclamò Nanon.
«È orribile che un prete abbia un'amante, vero? È per l'appunto quel che mi sono detto anch'io. E così la mia intenzione era rapirla e condurla così lontano che il coadiutore non l'avrebbe più rivista. Allora gli feci sapere cosa intendessi fare: ma quell'indiavolato ha delle ragioni a cui non si resiste: mi fece offrire mille pistole».
«Povera donna! Vedersi mercanteggiata in tal guisa!».
«Ma come? Sarà stata felicissima, invece; tutto ciò le ha dimostrato quanto monsieur de Gondy l'amasse! Solo gli uomini di Chiesa hanno una devozione simile per la propria amante. Credo dipenda dal fatto che non possono averne».
«Allora siete ricco?».
«Io?», ribatté Cauvignac.
«Certo, grazie a quei brigantaggi».
«Non me ne parlate. Ecco, Nanon, sono stato sfortunato. L'ancella di mademoiselle de Chevreuse, che nessuno aveva pensato a riscattarmi, e che di conseguenza era rimasta con me, mi ha portato via il denaro».
«Almeno vi rimane l'amicizia di coloro a cui rendevate servigio oltraggiando il coadiutore, spero».
«Ah, Nanon, come si vede che non conoscete i principi! Monsieur d'Elbœuf si è rappacificato con il coadiutore. Nell'accordo che hanno concluso mi hanno sacrificato. Quindi mi sono visto costretto a entrare al soldo di Mazzarino; ma Mazzarino è un pusillanime. E così, giacché non mi corrispondeva una ricompensa

pari al mio servizio, accettai l'offerta di preparare una nuova sommossa in onore del consigliere Broussel, allo scopo di far nominare il cancelliere Séguier. Ma i miei uomini, quei maldestri, lo accopparono solo a metà. È stato in mezzo a quel trambusto che corsi il più grande rischio che mai mi abbia minacciato. Monsieur de La Meilleraie mi sparò un colpo di pistola quasi a bruciapelo. Per fortuna mi chinai; la pallottola mi passò sopra il capo, e l'illustre maresciallo uccise solo una vecchia».

«Qual tessuto di orrori!», esclamò Nanon.

«Ma no, cara sorella; sono le esigenze della guerra civile».

«Ora capisco come un uomo capace di simili azioni abbia osato fare ciò che avete fatto ieri».

«Ma che avrei fatto, dunque?», chiese Cauvignac con l'aria più innocente del mondo. «Che avrei osato fare?».

«Avete osato raccontare menzogne al cospetto di un personaggio illustre come monsieur d'Épernon. Ma quel che non capisco, che mai avrei pensato, lo confesso, è che un fratello ricolmo dei miei favori abbia concepito a mente fredda il progetto di compromettere sua sorella».

«Compromettere mia sorella... io?», esclamò Cauvignac.

«Sì, voi!», ribatté Nanon. «Non ho dovuto aspettare che mi raccontaste tutto questo, e che mi dimostra che siete capace di tutto, per riconoscere la grafia di quel biglietto. Eccolo qui! Neghereste forse che questa missiva anonima sia di vostro pugno?».

E Nanon, indignata, pose sotto gli occhi del fratello la missiva di delazione che le aveva consegnato il duca la sera prima.

Cauvignac la lesse senza battere ciglio.

«Ebbene – disse – cosa avete contro questa missiva? Sarebbe forse mal scritta? Mi rincrescerebbe per voi; ciò proverebbe che non avete affatto istruzione».

«Non si tratta del modo in cui è stata scritta, ma si tratta del fatto in sé. Siete stato voi o non siete stato voi a scrivere questa missiva?».

«Sono stato io, certo. Se avessi voluto negarlo, avrei contraffatto la grafia. Ma era inutile: non ho mai avuto intenzione di nascondermi ai vostri occhi; desideravo perfino vi accorgeste che ero io l'autore della missiva».

«Oh», esclamò Nanon con un gesto d'orrore. «Lo ammettete!».

«Ho ancora un briciolo di umiltà, cara sorella. Sì, ve lo devo proprio dire, ero mosso da una sorta di vendetta...».

«Vendetta!».

«Sì, del tutto naturale».

«Vendetta nei miei confronti, sciagurato! Ma pensate un po' a quel che dite... Cosa vi ho fatto di male perché vi venisse in mente di vendicarvi a mie spese?».

«Cosa mi avete fatto? Ah, Nanon, mettetevi nei miei panni... Lascio Parigi perché avevo troppi nemici: è la sventura di tutti i politici... Torno da voi... vi imploro... Ricordate? Avete ricevuto tre missive... Non oserete dire che non avete riconosciuto la grafia... Era esattamente la medesima del biglietto anonimo, e d'altronde le missive erano firmate... Vi scrivo tre missive per chiedervi cento misere pistole... Cento pistole! A voi che avete i milioni! Era un'inezia... Ma lo sapete, cento pistole è la mia cifra... Ebbene, mia sorella mi respinge... Mi presento a casa di mia sorella, mia sorella mi fa cacciare!... Naturalmente prendo informazioni... Forse è nell'indigenza, mi dico; è il momento di dimostrarle che le sue buone azioni sono cadute in un terreno tutt'altro che ingrato... Forse ha perso addirittura la libertà... In tal caso è scusabile... Vedete, il mio cuore vi cercava delle attenuanti, ed è a questo punto che vengo a sapere che mia sorella è libera, felice, ricca, ricchissima, e che un certo barone di Canolles, un estraneo, usurpa i miei privilegi e ottiene protezione al posto mio... Allora la gelosia mi ha fatto perdere la testa...».

«Dite piuttosto la cupidigia... Voi mi avete venduta a monsieur d'Épernon, così come avete venduto mademoiselle de Chevreuse al coadiutore... Che cosa importava a voi, dite un po', che io intrattenessi relazioni con il barone di Canolles?».

«A me? Niente, e non avrei nemmeno pensato a curarmene, se voi aveste continuato a intrattenere relazioni con me».

«Sapete bene che, se solo facessi un accenno al duca d'Épernon, se confessassi senza grandi giri di parole, per voi sarebbe la fine?».

«Certo».

«L'avete udito con le vostre orecchie poc'anzi, e dalla sua bocca, quale sorte riserva a colui che gli ha preso quella procura».

«Non me ne parlate! Sono rabbrividito fin nel midollo, e mi è occorsa tutta la padronanza di me stesso per non tradirmi».

«E non ne tremate, voi che tuttavia ammettete di conoscere la paura?».

«No, giacché una confessione senza grandi giri di parole proverebbe che monsieur de Canolles non è affatto vostro fratello; a quel punto i termini della vostra epistola, essendo rivolti a un estraneo, assumerebbero un significato increscioso. Credetemi, è meglio un'ammissione a mezze parole come quella che avete appena fatto, ingrata... E non oso dire cieca, vi conosco troppo bene. Ma riflettete dunque su quanti giovamenti da me previsti derivano da questo piccolo scandalo che ho approntato con grande cura. Innanzitutto voi eravate non poco in ambasce, e tremavate all'idea di veder giungere monsieur de Canolles il quale, non essendo stato avvisato, avrebbe orribilmente sguazzato in mezzo al vostro romanzetto di famiglia. Viceversa, la mia presenza ha salvato ogni cosa. Vostro fratello non è più un mistero. Monsieur d'Épernon l'ha adottato, e perfino con grande galanteria, devo ammettere. Ora il fratello non ha più bisogno di celarsi: è di casa. Da ciò conseguono corrispondenza, appuntamenti fuori e perfino in casa; a condizione, tuttavia, che il fratello dai capelli e gli occhi neri non sia così inopportuno da spingersi fin qui a guardare il duca d'Épernon in pieno volto. Tutti i mantelli si somigliano parecchio, diavolo! E quando monsieur d'Épernon vedrà un mantello uscire da casa vostra, chi gli dirà se è o meno un mantello da fratello? Siete libera come l'aria. Solo che per rendervi servigio ho mutato nome; mi chiamo Canolles, e la cosa mi rincresce. Dovreste essermi grata di un simile sacrificio».

A un tale flusso ridondante, frutto di un'incredibile impudenza, Nanon, impietrita, non sapeva più quali argomenti opporre. Così Cauvignac, approfittando di quella vittoria conquistata d'assalto, proseguì:

«E poi, cara sorella, giacché siamo di nuovo insieme dopo un'assenza così lunga, giacché dopo tante traversie avete ritrovato un vero fratello, ammettete che ormai dormirete sogni tranquilli grazie allo scudo che l'amore estenderà su di voi. Vivrete placida come se tutta la Guienna vi adorasse, e non è questo il caso, lo sapete: ma occorre che essa si pieghi ai nostri voleri. Quindi io alloggerò alla vostra soglia; monsieur d'Épernon mi farà nominare colonnello: invece di sei uomini ne avrò duemila. Con duemila uomini rinnoverò le dodici fatiche di Ercole; sarò nominato duca e pari; madame d'Épernon morirà, monsieur d'Épernon vi sposerà...».

«Prima di tutto ciò, due cose», lo interruppe Nanon con voce lapidaria.

«Quali, sorella cara? Parlate, vi ascolto».

«Innanzitutto restituirete la procura al duca, altrimenti sarete impiccato. Avete udito il verdetto dalla sua bocca. E poi uscirete di qui seduta stante, o altrimenti sarà la mia rovina, la qual cosa per voi non significa nulla; tuttavia insieme a me sarete rovinato anche voi, ragion per cui spero che terrete in considerazione la mia rovina».

«Due risposte, cara signora: quella procura è di mia proprietà, e voi non mi potete impedire di impiccarmi, se così mi aggrada».

«Poco importa!».

«Vi ringrazio! Ma non accadrà, state tranquilla. Poc'anzi vi ho manifestato il mio ribrezzo per questo genere di morte. Quindi mi tengo la procura, a meno che non abbiate qualche velleità di acquistarmela, nel qual caso potremmo negoziare».

«Non ne ho bisogno. Sono io che do le procure».

«Fortunata Nanon!».

«Allora ve la tenete?».

«Sì».

«Con tutti i rischi che ciò può comportare?».

«Non abbiate alcun timore, so come farne investimento. Quanto a ritirarmi, non commetterò un tale errore, visto che sono qui grazie al duca. E c'è di più: nel vostro desiderio di sbarazzarvi di me dimenticate qualcosa».

«Cosa?».

«L'importante incarico di cui mi ha parlato il duca, e che deve fare la mia fortuna».

Nanon impallidì.

«Ma sciagurato!», esclamò. «Voi sapete bene che quell'incarico non è destinato a voi. Sapete bene che abusare di una tale posizione sarebbe un crimine, un crimine che un giorno o l'altro recherebbe la sua punizione».

«È per questo che non voglio farne abuso. Vorrei solo farne uso, tutto qui».

«Peraltro, nell'incarico viene menzionato monsieur de Canolles».

«Ebbene, io non mi chiamo forse barone di Canolles?».

«Sì, ma a corte il barone è noto non solo di nome, ma anche di persona. Monsieur de Canolles vi si è recato più volte».

«Alla buon'ora, questo sì che è un buon motivo. È il primo che mi fornite; quindi, come vedete, io andrò».

«Peraltro lì ritrovereste i vostri nemici politici – aggiunse Nanon – e forse la vostra persona, sebbene sotto altre sembianze, non è meno nota di quella di monsieur de Canolles».

«Oh, questo non cambierebbe nulla se, come ha detto il duca, la missione ha lo scopo di rendere un grande servigio alla Francia. Il messaggio aprirà le porte al messaggero. Un servigio di tale importanza implica una grazia, e l'amnistia del passato è sempre il requisito primo delle conversioni politiche. Credetemi dunque, cara sorella, non sta affatto a voi dettare le condizioni, ma a me proporre le mie».

«E quali sarebbero?».

«Innanzitutto, come vi dicevo poc'anzi, la prima di ogni accordo, ossia l'amnistia generale».

«Nient'altro?».

«E poi il saldo dei nostri conti».

«E così a quanto pare sarei in debito con voi».

«Mi dovete le cento pistole che vi ho chiesto e che mi avete spietatamente rifiutato».

«Eccovene duecento».

«Alla buon'ora. Adesso sì che vi riconosco, Nanon».

«Ma a una condizione».

«Quale?».

«Che voi ripariate al torto che avete commesso».

«Giustissimo. Cosa devo fare a tal fine?».

«Monterete in sella al cavallo e correrete sulla strada per Parigi fino a quando non avrete trovato monsieur de Canolles».

«Così perderò il suo nome».

«Glielo restituirete, invece».

«E cosa devo dirgli?».

«Dovete consegnargli il presente ordine, e assicurarvi che parta seduta stante per eseguirlo».

«È tutto?».

«Assolutamente».

«È necessario che egli sappia chi sono?».

«Al contrario, è di vitale importanza che ne rimanga all'oscuro».

«Ah, Nanon, vi vergognereste forse di vostro fratello?».

Nanon non rispose, era assorta nella riflessione.

«Ma come farò a essere sicura che eseguirete fedelmente la mia commissione?», aggiunse dopo un istante. «Se esistesse qualcosa di sacro per voi, vi chiederei un giuramento».

«Fate di meglio».

«Che cosa?».

«Promettetemi altre cento pistole a commissione eseguita».

Nanon fece spallucce.

«Affare fatto», disse.

«Ebbene, guardate. Non vi chiedo giuramenti, io, mi basta la vostra parola. Diciamo allora cento pistole a colui che vi consegnerà da parte mia la ricevuta di monsieur de Canolles».

«Sì, ma voi parlate di una terza persona: prevedete forse di non tornare?».

«Chissà. Ho una faccenda da sbrigare nei dintorni di Parigi».

Nanon si lasciò sfuggire un moto involontario di gioia.

«Questo non è gentile da parte vostra», disse Cauvignac ridendo. «Ma non importa, sorella cara. Senza rancore».

«Senza rancore, ma a cavallo».

«Subito a cavallo, giusto il tempo di bere il bicchiere della staffa».

Cauvignac si versò nel bicchiere quel che rimaneva della bottiglia di chambertin, salutò la sorella con un gesto colmo di deferenza, e balzando a cavallo scomparve dopo un istante in un nugolo di polvere.

X.

Principiava a sorgere la luna quando il visconte, seguito dal fedele Pompée, lasciò la locanda di mastro Biscarros e si lanciò sulla strada per Parigi.

Dopo un quarto d'ora circa trascorso interamente a riflettere, durante il quale fu coperta quasi una lega e mezza, il visconte si voltò verso lo scudiero, che sobbalzava pesante sulla sella tre passi indietro al cavaliere suo padrone.

«Pompée – chiese il giovane – avete per caso il mio guanto destro?».

«Non che io sappia, signore», rispose Pompée.

«Allora cosa fate lì con la vostra valigia?».

«Guardo se è ben assicurata, e serro le cinghie per timore che risuoni. Il rumore dell'oro è fatale e attira brutti incontri, soprattutto di notte».

«Davvero ben fatto, Pompée», disse il visconte. «Mi compiaccio nel vedervi così prudente e coscienzioso».

«Sono qualità del tutto naturali in un vecchio soldato, visconte, che si sposano mirabilmente al coraggio. Tuttavia, giacché coraggio non vuol dire affatto temerarietà, vi confesso che mi rincresce che monsieur Richon non abbia potuto accompagnarci, giacché ventimila sterline sono di difficile salvaguardia, soprattutto in tempi burrascosi come questi».

«Quel che dite è molto sensato, Pompée – replicò il visconte – e concordo appieno con voi».

«Oserei perfino dire – continuò Pompée, imbaldanzito nella sua paura dall'approvazione del visconte – che è imprudente avventurarsi così come facciamo noi. Accostiamo, vi prego, ché controllo il mio moschetto».

«E allora, Pompée?».

«La ruota è in buone condizioni, e chiunque volesse fermarci passerebbe un brutto quarto d'ora. Oh oh, cosa vedo laggiù?».

«Dove?».

«Davanti a noi, all'incirca a cento passi, sulla nostra destra... guardate, da quella parte».

«Vedo qualcosa di bianco».

«Oh oh – esclamò Pompée – qualcosa di bianco: forse una buffetteria. Parola d'onore, ho proprio voglia di raggiungere quella siepe lì a sinistra. In termini di guerra questo si chiama trincerarsi: trinceriamoci, visconte».

«Se sono delle buffetterie, Pompée, sono i soldati del re a indossarle, e i soldati del re non depredano i viandanti».

«Non vi fate illusioni, visconte, non vi fate illusioni: anzi, non si sente parlar d'altro che di taluni corridori i quali dietro l'egida dell'uniforme di Sua Maestà commettono mille bassezze, una più riprovevole dell'altra; e ultimamente a Bordeaux hanno condannato alla ruota due cavalleggeri che... Mi par di scorgere l'uniforme dei cavalleggeri...».

«L'uniforme dei cavalleggeri è blu, Pompée, e quella che vediamo è bianca».

«Sì, ma spesso sopra l'uniforme indossano una casacca, così avevano fatto quegli spregevoli condannati di recente a Bordeaux. Si sbracciano alquanto, mi pare. Minacciano. È la loro tattica, visconte, capite? Si imboscano in tal modo lungo il tragitto, e da lontano, con la carabina in pugno, costringono il viaggiatore a lanciar loro la bisaccia».

«Mio buon Pompée – disse il visconte il quale, sebbene anch'egli di molto spaventato, conservava la presenza di spirito – se minacciano da lontano con la carabina, fate altrettanto voi con la vostra».

«Sì, ma costoro non mi vedono», disse Pompée. «Il mio gesto sarebbe inutile».

«Se non vi vedono non possono minacciarvi, mi sembra», ribatté il visconte.

«Voi non vi intendete affatto di guerra», replicò lo scudiero contrariato. «Mi accadrà qui ciò che mi è già accaduto a Corbie».

«Speriamo di no, Pompée, giacché se ben ricordo è a Corbie che siete stato ferito».

«Sì, una ferita terribile. Mi trovavo con monsieur de Cambes, un temerario. Pattugliavamo di notte per una ricognizione dei luoghi in cui si sarebbe svolta la battaglia. Vediamo delle buffetterie. Io lo esorto a non lanciarsi in ardimenti inutili; egli si ostina e marcia diritto verso le buffetterie. Io volto le spalle per stizza. In quel momento una maledetta pallottola... Visconte, siamo prudenti!».

«Siamo prudenti, Pompée, non chiedo di meglio. Eppure mi sembra davvero che non si muovano».

«Fiutano la preda. Attendiamo».

I viaggiatori, per loro fortuna, non attesero a lungo. Dopo qualche istante la luna sbucò fuori da una nube nera di cui inargentava l'orlatura e illuminò di tutto il suo splendore, a una cinquantina di passi dai due compagni di viaggio, un paio di camicie poste ad asciugare dietro un cespuglio, le maniche tese.

Tali erano le buffetterie che avevano rammentato a Pompée la fatale pattuglia di Corbie.

Il visconte scoppiò a ridere e spronò il cavallo; Pompée lo seguì gridando:

«Quale fortuna non aver seguito il mio primo pensiero! Avrei fatto fuoco in questa direzione e sarei parso un don Chisciotte. Vedete, visconte, a cosa servono la prudenza e l'esperienza della guerra!».

Alle grandi emozioni segue sempre un momento di requie. Oltrepassate le camicie, i viaggiatori percorsero due leghe alquanto tranquille; il tempo era splendido, dalla cima di un bosco che costeggiava uno dei lati del sentiero l'oscurità si estendeva ampia e nera come l'ebano.

«Il chiaro di luna proprio non mi aggrada», disse Pompée. «Quando si è scorti da lontano, si rischia di essere colti di sorpresa. Ho sempre udito dire dalle genti di guerra che, tra due uomini che si cercano, la luna ne favorisce sempre uno solo. Siamo in piena luce, visconte, non è prudente».

«Ebbene, poniamoci in ombra, Pompée».

«Sì, ma se vi fosse qualcuno in agguato sul limitare del bosco, finiremmo letteralmente nelle sue fauci... In guerra non ci si approssima mai a un bosco senza aver proceduto alla ricognizione».

«Per nostra sventura – disse il visconte – siamo sprovvisti di battitori. Non è così che si chiamano coloro che vanno in ricognizione nei boschi, mio buon Pompée?».

«È vero, è vero», mormorò lo scudiero. «Diavolo di un Richon, perché non è venuto? L'avremmo spedito in avanscoperta, mentre noi saremmo stati il corpo dell'esercito».

«Allora, Pompée, cosa decidiamo? Rimaniamo al chiaro di luna? Ci poniamo in ombra?».

«Poniamoci in ombra, visconte, è ancora quanto di più prudente vi sia, credo».

«Poniamoci in ombra».

«Voi avete paura, visconte, non è così?».

«Assolutamente no, mio caro Pompée, ve lo giuro».

«Sareste in errore, giacché io sono con voi, e veglio. Se fossi solo, capite, tutto ciò mi inquieterebbe assai poco. Un vecchio soldato non teme né Dio né il diavolo. Ma voi siete un compagno arduo da proteggere quanto il tesoro che reco sulla groppa, e questa duplice responsabilità mi spaventa. Ah, ah! Cos'è quell'ombra nera che vedo laggiù? Questa volta si muove».

«È innegabile», ammise il visconte.

«Vedete cosa vuol dire essere nelle tenebre? Noi vediamo il nemico ed egli non ci vede. Non vi sembra che quel disgraziato abbia un moschetto?».

«Sì, ma è un uomo solo, e noi siamo in due».

«Visconte, quelli che se ne vanno da soli sono i più temibili, giacché la solitudine è segno di un carattere risoluto. Il famoso barone des Adrets andava sempre solo. Eh, guardate, ci prende di mira, mi sembra. Sta per sparare, chinatevi!».

«Ma no, Pompée, si sta solo passando di spalla il moschetto».

«Non fa nulla, chiniamoci comunque, è la regola; attendiamo lo sparo con il naso sull'arcione».

«Ma vedete bene che non spara, Pompée».

«Non spara?», esclamò lo scudiero tirandosi su. «Bene, avrà avuto paura, e il nostro fare determinato lo avrà intimidito. Ah, ha paura! Lasciate che gli parli, allora, e voi parlerete dopo di me facendo la voce grossa».

L'ombra continuava a venire avanti.

«Ehi, amico, chi siete?», gridò Pompée.

L'ombra si fermò con un moto di terrore visibilissimo.

«Gridate anche voi», disse Pompée.

«Inutile», disse il visconte. «Quel povero diavolo ha già abbastanza paura».

«Ah, ha paura», esclamò Pompée lanciandosi con la carabina in pugno.

«Pietà, signore!», proruppe l'uomo mettendosi in ginocchio. «Pietà. Sono un povero mercante di strada e da otto giorni non ho venduto nemmeno un fazzoletto, non ho neppure un denaro».

Ciò che Pompée aveva preso per un moschetto era in realtà l'auna con cui il povero diavolo misurava la sua mercanzia.

«Sappiate, amico mio – disse solenne Pompée – che non siamo affatto dei ladri bensì uomini di guerra, e viaggiamo di notte perché non abbiamo tema di nulla; continuate tranquillo per la vostra strada, siete libero».

«Prendete, amico – aggiunse con voce dolcissima il visconte – ecco mezza pistola, per lo spavento che vi abbiamo arrecato. E che Dio sia con voi».

E il visconte con la sua piccola mano bianca porse mezza pistola al povero diavolo, il quale si allontanò ringraziando il cielo per quel felice incontro.

«Avete commesso un errore, visconte, avete commesso un grave errore», disse Pompée dopo una ventina di passi.

«Un errore? Un errore? E come?».

«Dando mezza pistola a quell'uomo. Di notte non bisogna mai ammettere che si ha con sé del denaro. Vedete, quel calabrache non ha gridato subito che non aveva neppure un denaro?».

«È vero – rispose il visconte sorridendo – ma era un calabrache, come dite voi; mentre noi, come avete detto, siamo gente di guerra e non abbiamo tema di nulla».

«Tra aver tema e diffidare, visconte, il passo è lungo come tra paura e prudenza. Ebbene, ripeto, non è prudente mostrare a uno sconosciuto incontrato per strada che abbiamo dell'oro».

«Ma se lo sconosciuto è solo e disarmato?».

«Può esser parte di una masnada armata; può trattarsi di una spia mandata in avanscoperta per una ricognizione del luogo... Può tornare armato di mazze, e cosa volete che facciano due uomini soli, per quanto coraggiosi, contro delle mazze?».

Questa volta il visconte riconobbe la bontà del rimbrotto che gli rivolgeva Pompée, o piuttosto, per abbreviare la mercuriale, parve fare ammenda; giunsero così sulle rive del fiumiciattolo di Saye, nei pressi di Saint-Gènes.

Non vi erano ponti, ed era necessario passare il guado.

Allora Pompée sciorinò al visconte una sapiente teoria sul valico dei fiumi; ma poiché una teoria è ben altra cosa che un ponte, una volta illustrata la teoria fu ciononondimeno necessario passare il guado.

Fortunatamente il fiume non era profondo, e quel nuovo evento diede nuova conferma al visconte che, viste da lontano e soprattutto di notte, le cose sono molto meno spaventevoli di quanto non siano viste da vicino.

Il visconte cominciava quindi a quietarsi realmente, e d'altronde mancava solo un'ora circa allo spuntar del sole, quando, giunti nel mezzo del bosco intorno a Marsas, i due viaggiatori si arrestarono di colpo: avevano appena udito alle loro spalle, in lontananza ma ben distinto, lo scalpiccio di diversi cavalli.

In quello stesso istante i loro ronzini sollevarono il capo e uno dei due nitrì.

«Questa volta – disse Pompée con voce soffocata afferrando la briglia del cavallo del compagno di viaggio – questa volta, visconte, spero vi mostrerete docile e rimetterete la faccenda all'esperienza di un vecchio soldato. Odo una truppa di gente a cavallo: ci inseguono. Ecco, vedete, è la masnada di quel vostro finto mercante... Ve l'avevo detto, imprudente che non siete altro! Orsù, niente false spavalderie, salviamo la vita e il denaro! Spesso la fuga è un espediente per la vittoria: Orazio fece finta di fuggire».

«Allora fuggiamo, Pompée», disse il visconte tutto tremante.

Pompée lanciò il cavallo a spron battuto: la sua cavalcatura, un magnifico roano, balzò sotto lo sperone con una solerzia tale da fomentare l'ardore del berbero su cui era in sella il visconte, ed entrambi fecero a gara nel far tuonare sul selciato, dove zampillavano le scintille, i colpi cadenzati dei loro zoccoli.

La corsa durò all'incirca una mezz'ora; ma lungi dal guadagnare terreno, i due fuggiaschi avevano l'impressione che i nemici fossero sempre più vicini.

All'improvviso dal cuore delle tenebre si levò una voce, una voce che, mista al sibilo originato dal vento che i due cavalieri fendevano, pareva la lugubre minaccia degli spiriti della notte.

Nell'udire quella voce a Pompée si drizzarono i grigi capelli in testa.

«Gridano: "Fermatevi!"», mormorò. «Gridano: "Fermatevi"».

«Dobbiamo forse fermarci?», chiese il visconte.

«Certo che no», esclamò Pompée. «Raddoppiamo la velocità, se possibile. Avanti! Avanti!».

«Sì, sì, avanti! Avanti!», gridava il visconte, stavolta terrorizzato quanto il suo paladino.

«Si avvicinano, si avvicinano», diceva Pompée. «Li sentite?».

«Ahimè, sì...».

«Sono più di trenta... Ecco, ci interpellano di nuovo... È la fine!».

«Stremiamo i cavalli, se occorre», disse il visconte, più morto che vivo.

«Visconte! Visconte!», gridava la voce. «Fermatevi! Fermatevi! Fermati, vecchio Pompée».

«È qualcuno che ci conosce, qualcuno che sa che portiamo del denaro alla principessa, qualcuno che sa che cospiriamo: ci condanneranno alla ruota!».

«Fermatevi! Fermatevi!», continuava la voce.

«Ci gridano di fermarci», disse Pompée. «Hanno qualcuno più avanti: siamo circondati!».

«Se ci gettassimo da questa parte, nel campo, e lasciassimo sfilare gli inseguitori?».

«È un'idea», disse Pompée. «Forza!».

I due cavalieri fecero sentire alle cavalcature sia la briglia sia il ginocchio, e queste ultime svoltarono a sinistra: il cavallo del visconte, innalzato con maestria, saltò il fossato; ma il cavallo di Pompée, più greve, prese troppo poco margine, la terra gli cedette sotto gli zoccoli e l'animale caracollò a terra, trascinandosi dietro nella caduta anche il padrone. Il povero scudiero lanciò un grido di profonda disperazione.

Il visconte, che si era già inoltrato di una cinquantina di passi fra le terre, udì il grido d'aiuto e, sebbene assai atterrito, voltò briglia e tornò dal compagno.

«Pietà!», gridava Pompée. «Un riscatto! Mi arrendo. Sono a servizio dei signori di Cambes».

Al patetico appellativo rispose solo un'enorme risata; e il visconte, giungendo in quel momento, vide Pompée aggrappato alla staffa del vincitore il quale, con voce strozzata dal ridere, cercava di rassicurarlo.

«Barone di Canolles!», esclamò il visconte.

«Ebbene sì, perdiana! Suvvia, visconte, non sta bene far correre così chi vi cerca».

«Il barone di Canolles», fece eco Pompée dubitando ancora della sua buona sorte. «Il barone di Canolles e Castorin».

«Eh sì, Pompée», disse Castorin drizzandosi sulle staffe per guardare oltre il suo padrone, accasciato a ridere sull'arcione della sella. «Ma cosa fate in quel fossato?».

«Lo vedete da voi», rispose Pompée. «Il mio cavallo è stramazzato proprio nel momento in cui, scambiandovi per nemici, mi trinceravo per approntare una strenua difesa! Visconte – proseguì Pompée rialzandosi e scrollandosi – si tratta di monsieur de Canolles».

«Cosa? Voi qui?», mormorò il visconte con una sorta di gioia che trapelò suo malgrado dal tono di voce.

«Ebbene sì, parola mia, sono proprio io», rispose Canolles scrutando il visconte con un'insistenza che nasceva dal guanto ritrovato. «Mi annoiavo a morte in quella locanda. Richon mi aveva abbandonato dopo avermi vinto il mio denaro. Venni a sapere che eravate partito alla volta di Parigi. Per mia ventura avevo delle questioni da sbrigare lì nei dintorni. Allora mi sono messo in viaggio per raggiungervi. Non avrei mai immaginato che per arrivare qui avrei dovuto correre a perdifiato! Accidenti che cavaliere, mio gentiluomo!».

Il visconte balbettò qualcosa sorridendo.

«Castorin – proseguì Canolles – aiutate Pompée a rimettersi in sella. Vedete bene che, malgrado la sua abilità, non riesce a venirne a capo».

Castorin smontò e diede una mano a Pompée, che infine riconquistò il suo arcione.

«E ora – disse il visconte – rimettiamoci in marcia, vi prego».

«Un momento», frenò Pompée alquanto a disagio. «Un momento, visconte. Mi sembra mi manchi qualcosa».

«Lo credo bene», rispose il visconte. «Vi manca la valigia».

«Oddio», esclamò Pompée fingendo profondo stupore.

«Sciagurato! Non avrete perso...», proruppe il visconte.

«Non può essere lontana», rispose Pompée.

«È forse questa?», chiese Castorin raccogliendo l'oggetto agognato e sollevandolo a fatica.

«Per l'appunto», disse il visconte.

«Per l'appunto», esclamò Pompée.

«La colpa non è sua», dichiarò Canolles, volendo farsi amico il vecchio scudiero. «Nella caduta i legacci si saranno rotti e la valigia si sarà divelta».

«I legacci non sono rotti, ma tranciati di netto», disse Castorin. «Guardate qui».

«Oh oh, Pompée», esclamò Canolles. «Che significa tutto ciò?».

«Significa – ribatté severo il visconte – che nel timore di essere inseguito dai ladri, Pompée avrà accuratamente reciso la valigia per non avere la responsabilità di essere il tesoriere. In termini militari come si chiama questo stratagemma, Pompée?».

Pompée volle scusarsi giurando sul suo coltellaccio che aveva inavvertitamente dato uno strattone; ma poiché non riuscì a spiegarsi a sufficienza, agli occhi del visconte rimase marchiato dal sospetto di aver voluto sacrificare la valigia in nome della propria incolumità.

Canolles fu più conciliante.

«Suvvia, andiamo – disse – sono cose che succedono. Ma assicurate di nuovo la valigia. Castorin, aiutate Pompée. Avevate ragione, Pompée, nel temere i ladri: la bisaccia è pesante e sarebbe un bel bottino».

«Non scherzate», disse Pompée rabbrividendo. «Di notte gli scherzi sono sempre equivoci».

«Avete ragione, Pompée, voi avete sempre ragione», continuò Canolles. «È per questo che voglio farvi da scorta, a voi e al visconte; due uomini di rinforzo non vi saranno inutili».

«Certo che no!», esclamò Pompée. «Più siamo, più al sicuro saremo».

«E voi, visconte, cosa pensate della mia offerta?», chiese Canolles, vedendo che il visconte accoglieva la cortese offerta che egli presentava con meno trasporto dello scudiero.

«Riconosco la vostra consueta gentilezza – dichiarò il visconte – e ve ne ringrazio davvero con sincerità. Tuttavia non andiamo nella stessa direzione, e temerei di arrecarvi disturbo».

«Come?», fece Canolles deluso, vedendo che la battaglia della locanda stava per riprendere sulla strada. «Come? Non andiamo nella stessa direzione? Ma non siete diretto a...».

«...a Chantilly», si affrettò a dire Pompée, tremando all'idea di proseguire il viaggio senza altra compagnia all'infuori del visconte.

Questi, dal canto suo, ebbe un ben netto moto di stizza, e se fosse stato giorno tutti avrebbero notato la vampa della collera montargli alle gote.

«Ohibò...», esclamò Canolles, che sembrò non far caso allo sguardo furente con cui il visconte fulminava il povero Pompée. «Ohibò, ma per l'appunto vado anch'io a Chantilly. Sono diretto a Parigi, o piuttosto...», aggiunse ridendo. «Insomma, visconte, non ho nulla da fare e non so proprio dove sto andando. Voi andate a Parigi? Io vado a Parigi. Andate a Lione? Io vado a Lione. Andate a Marsiglia? Da tempo ho una voglia matta di vedere la Provenza, e vado a Marsiglia. Andate a Stenay, dove sono gli eserciti di Sua Maestà? Andiamo a Stenay. Sebbene sia nato nel Sud, ho sempre avuto una predilezione per il Nord».

«Occorre proprio che ve lo dica?», proruppe il visconte con una certa fermezza, dovuta di certo all'irritazione che gli aveva cagionato Pompée. «Viaggio senza compagnia, per questioni private della massima importanza, per ragioni assolutamente gravi. E perdonate, ma se insistete mi vedrò costretto a dirvi con gran rincrescimento che mi intralciate nei miei affari».

Sarebbe bastato il ricordo del piccolo guanto che teneva nascosto sul petto, tra il giustacuore e la camicia, perché Canolles, vivace e impetuoso come un guascone, esplodesse. Tuttavia si contenne.

«Non ho mai sentito dire – riprese con fare più serio – che la strada maestra appartenesse a qualcuno più che a un altro. La chiamano perfino, se non erro, "il sentiero del re", a riprova che tutti i sudditi di Sua Maestà hanno pari diritto di servirsene. Dunque mi trovo sul sentiero del re senza intenzione di arrecarvi disturbo; sono qui addirittura per rendervi servigio, giacché siete giovane, debole e alquanto indifeso. Non pensavo avessi l'aria di un predone. Ma poiché voi così mi definite, farò ammenda per il mio aspetto deplorevole. Perdonatemi quindi per la mia importunità. Onorato di presentarvi i miei omaggi. Buon viaggio!».

E Canolles, facendo compiere un leggero scarto al cavallo, dopo aver salutato il visconte passò dall'altro lato della strada, dove Castorin lo seguì nei fatti, e Pompée nelle intenzioni.

Canolles recitò la scena con tale cortese gentilezza, con movenze così seducenti, coprendosi con l'ampio feltro la fronte così immacolata, ombreggiata da capelli così neri e setosi che il visconte fu colpito più dal suo aspetto altero che dal suo operato. Il barone si era allontanato nel modo che abbiamo descritto; Castorin lo seguiva dritto e saldo sulle staffe. Pompée, rimasto sul lato opposto della strada, emetteva sospiri tali da spezzare i ciottoli della strada; dal canto suo allora il visconte, dopo aver proceduto a copiose riflessioni, affrettò il passo del cavallo e raggiungendo Canolles, il quale fingeva di non vedere né sentire, gli sussurrò queste due parole con voce appena percettibile:

«Monsieur de Canolles!».

Canolles trasalì e si voltò: un brivido di piacere gli corse per le vene, egli ebbe l'impressione che tutte le musiche delle sfere celesti si riunissero per donargli un concerto divino.

«Visconte!», disse a sua volta.

«Ascoltate», proseguì il primo con voce dolce e vellutata. «A dire il vero temo di usare scortesia a un gentiluomo del vostro merito. Perdonate la mia timidezza; sono stato cresciuto da genitori colmi di apprensione in ragione del loro affetto nei miei riguardi: ve lo ripeto, perdonatemi, non ho mai inteso offendervi. E come prova della nostra riconciliazione sincera, permettetemi di marciare al vostro fianco».

«Ma come!», esclamò Canolles. «Ma cento volte, mille volte! Io non serbo rancore, visconte, e a riprova di ciò...».

E gli porse la mano, nella quale venne a posarsi, o piuttosto si infilò una mano sottile, leggera e fuggevole come la graziosa zampetta di un passerotto.

Il resto della notte trascorse tra le sfrenate ciarle del barone. Il visconte ascoltava sempre e rideva talvolta.

I due domestici venivano dietro: Pompée spiegava a Castorin come la battaglia di Corbie fosse stata persa mentre avrebbe potuto agevolmente essere vinta, se qualcuno non avesse dimenticato di convocarlo al consiglio che aveva avuto luogo la mattina.

«Ma come avete risolto la faccenda con il duca d'Épernon?», chiese il visconte a Canolles quando spuntarono le prime luci del giorno.

«Non è stato arduo», rispose Canolles. «Da quel che mi avete detto, visconte, è lui che aveva una faccenda in sospeso con me, e non io con lui: o si sarà stancato di aspettarmi, e si sarà ritirato, oppure si sarà incaponito, e mi sta ancora aspettando».

«E mademoiselle de Lartigues?», aggiunse il visconte con una lieve esitazione.

«Mademoiselle de Lartigues, visconte, non può trovarsi al contempo in casa propria assieme a monsieur d'Épernon e al Vitello d'Oro assieme a me. Non si può pretendere l'impossibile dalle donne».

«Questa non è una risposta, barone. Vi chiedo, innamorato come siete di mademoiselle de Lartigues, come abbiate potuto separarvi da ella».

Canolles guardò il visconte con sguardo fin troppo nitido, giacché faceva giorno e sul viso del giovane non vi era altra ombra se non quella del suo feltro.

Allora venne colto da una voglia folle di dire quel che pensava. Tuttavia si trattenne, di fronte a Pompée, di fronte a Castorin, di fronte all'aria solenne del visconte; d'altronde fu poi frenato da un dubbio: "E se mi sbagliassi? E se, nonostante quel guanto piccolo e la piccola mano, fosse un uomo... Potrei anche morire sotto un abbaglio del genere!".

Di conseguenza portò pazienza e rispose alla domanda del visconte con uno di quei sorrisi che sono una risposta a ogni cosa.

Si fermarono a Barbezieux per fare colazione e lasciar riposare i cavalli. Canolles questa volta pasteggiò assieme al visconte, e durante il pasto rimirò la mano il cui involto muschiato gli aveva cagionato una così intensa emozione. Inoltre, al momento di sedere a tavola, il visconte non poté far altro che levarsi il copricapo, e scoprire i suoi capelli così lisci e belli, disposti così fieramente su una pelle così fine che qualsiasi uomo che non fosse innamorato, e quindi già cieco, sarebbe stato scevro dalla propria incertezza; ma Canolles temeva troppo il risveglio per non voler prolungare il sogno. Vi era qualcosa di affascinante nelle mentite spoglie del visconte, e ciò consentiva una miriade di piccole intimità che un appalesarsi completo o una confessione totale gli avrebbero vietato. Di conseguenza il barone non disse una parola che potesse indurre il visconte a sospettare che le sue mentite spoglie fossero state tradite.

Dopo colazione si rimisero in viaggio, e proseguirono fino a sera. Di quando in quando il visconte si tingeva in viso di un colorito madreperlaceo dovuto a una stanchezza che principiava a non poter più dissimulare, ovvero era pervaso in tutto il corpo da piccoli brividi di cui Canolles amichevolmente gli chiedeva motivo. Allora monsieur de Cambes sorrideva e pareva non più sofferente, e proponeva addirittura di raddoppiare il passo, ciò a cui Canolles si opponeva giacché il viaggio da compiere era ancora lungo ed era quindi essenziale risparmiare i cavalli.

Dopo cena, il visconte ebbe qualche difficoltà a risollevarsi. Canolles accorse e gli venne in aiuto.

«Avete bisogno di riposo, mio giovane amico», gli disse. «Continuare il viaggio in queste condizioni vi sarebbe letale alla terza tappa. Questa notte non cavalcheremo, anzi, ci riposeremo. Voglio che dormiate bene. La migliore stanza della locanda sarà per voi, lo giuro sulla mia testa!».

Il visconte guardò Pompée con aria talmente sgomenta che Canolles non poté trattenere l'impulso di una risata.

«Quando, al pari di noi, si intraprende un lungo viaggio – disse Pompée – ciascuno dovrebbe disporre di una propria tenda».

«O di una tenda per due», aggiunse Canolles con l'aria più naturale del mondo. «Sarebbe più che bastevole».

Il visconte fu percorso da un brivido in tutto il corpo.

Il colpo era stato assestato, e Canolles se ne avvide; con la coda dell'occhio notò che il visconte faceva segno a Pompée. Pompée si avvicinò al suo padrone; questi gli disse qualcosa a voce bassa, e ben presto Pompée, con un pretesto qualsiasi, si mosse per primo e sparì.

Un'ora e mezza dopo la sua dipartita, per la quale Canolles non chiese nemmeno delucidazioni, i viaggiatori scorsero lo scudiero all'ingresso di un grande borgo, sulla soglia di una locanda di bell'aspetto.

«Ah ah!», esclamò Canolles. «A quanto pare è qui che trascorreremo la notte, visconte».

«Ma sì, se la cosa vi è gradita, barone».

«Come sarebbe! Io gradisco tutto quel che gradite voi. Ve l'ho detto, io viaggio per diletto, mentre voi, me lo avete detto, viaggiate per questioni vostre. Temo solo che non vi troverete per nulla a vostro agio in questa bicocca».

«Oh!», rispose il visconte. «Una notte passa in fretta».

Si fermarono, e Pompée, più lesto di Canolles, accorse e prese la staffa del suo padrone; Canolles rifletté che in ogni caso una tale solerzia da parte di un uomo in favore di un altro uomo sarebbe stata ridicola.

«Presto, la mia stanza», ordinò il visconte. «A dire il vero avete ragione, monsieur de Canolles», proseguì voltandosi verso il compagno di viaggio. «Sono davvero molto stanco».

«Ecco qui, signore», disse la locandiera mostrando una stanza al pianterreno piuttosto ampia che affacciava sul cortile ma aveva le sbarre alle finestre, mentre al disopra troneggiavano i solai della casa.

«E la mia?», chiese Canolles. «Dove si trova?».

E costui gettava occhiate bramose su una porta attigua a quella del visconte, in cui la sottile parete divisoria era un baluardo troppo fragile contro una curiosità affilata come la sua.

«La vostra?», disse la locandiera. «Da questa parte, signore, vi conduco io».

In effetti, apparentemente senza notarne il malumore, ella condusse Canolles in fondo a un corridoio esterno gremito di porte, che l'intero, vasto cortile separava dalla stanza del visconte.

Il visconte aveva seguito l'operazione dalla soglia della sua stanza.

"Adesso – disse Canolles – sono sicuro del fatto mio; ma mi sono comportato da sciocco. Orsù, a mostrarmi scontento mi comprometterei irrimediabilmente; sfoggiamo il nostro piglio più amabile".

E, tornando su quella sorta di balcone formato, come abbiamo detto, dal corridoio esterno:

«Buona serata, caro visconte», esclamò. «Dormite bene, ne avete davvero bisogno; volete che vi svegli domani? No? Ebbene, mi sveglierete voi all'ora vostra. Buonanotte».

«Buonanotte, barone», rispose il visconte.

«A proposito – proseguì Canolles – abbisognate di qualcosa? Volete che vi mandi Castorin per slacciare le cordelline?».

«Grazie, ho Pompée; dorme nella stanza accanto alla mia».

«Saggia precauzione; farò altrettanto con Castorin. Misura prudente, non è così, Pompée? Non si prendono mai troppe precauzioni in una locanda... Buonasera, visconte».

Il visconte rispose con identico auspicio, e la porta si chiuse.

"Bene bene, visconte", mormorò Canolles. "Domani provvederò io all'alloggio, e mi prenderò la mia rivincita. Bene – continuò – tira perfino le doppie tende; stende un drappo per trattenere persino la sua ombra. Accidenti! È un giovanotto davvero pudibondo quell'esile gentiluomo; ma fa lo stesso. A domani".

E Canolles rientrò bofonchiando, si svestì assai irritato, si coricò tutto scontroso, e sognò che Nanon gli trovava nella tasca il guanto grigio perla del visconte.

XI.

L'indomani Canolles fu di umore ancora più ilare della vigilia; anche il visconte di Cambes dal canto suo si concedeva un'allegria più aperta. Lo stesso Pompée motteggiava raccontando le sue campagne a Castorin. L'intera mattinata trascorse in scambi di reciproche amabilità.

A pranzo Canolles si scusò di dover abbandonare il visconte giacché, così diceva, aveva una lunga missiva da scrivere a un amico che risiedeva nei paraggi, e avvisò inoltre che si sarebbe recato in visita presso un altro amico, la cui dimora doveva essere a tre o quattro leghe da Poitiers, pressoché ai margini della via maestra. Canolles chiese informazioni su tale amico, di cui diede il nome all'oste, e gli venne risposto che poco prima del villaggio di Jaulnay ne avrebbe trovato la dimora, che avrebbe riconosciuto per via di due torrette.

A quel punto, giacché Castorin doveva lasciare la truppa per recapitare la missiva, giacché lo stesso Canolles dal canto suo doveva fare una capatina altrove, il visconte venne pregato di indicare in anticipo il luogo in cui avrebbero dormito. Il visconte diede un'occhiata a una cartina che Pompée serbava in una custodia e propose il villaggio di Jaulnay. Canolles non mosse alcuna obiezione, e fu addirittura così perfido da dire ad alta voce:

«Pompée, se vi inviano in veste di sovrintendente agli alloggi, parimenti a ieri, riservatemi se possibile una stanza accanto a quella del vostro padrone, in modo da poter conversare un po' a nostro agio».

Il sornione scudiero scambiò un'occhiata con il visconte e sorrise, ben risoluto a non fare nulla di quanto gli chiedeva Canolles. Castorin, dal canto suo, il quale aveva già ricevuto le sue istruzioni, venne a prendere la missiva e ricevette l'ordine di raggiungerli a Jaulnay.

Quanto a sbagliare locanda, non vi era alcun pericolo, giacché a Jaulnay ne esisteva una sola, il Grande Carlo Martello.

Si misero in moto. A cinquecento passi da Poitiers, dove avevano cenato, Castorin imboccò un sentiero laterale sulla destra. Camminarono all'incirca altre due ore. Alla fine Canolles, grazie ai ragguagli ottenuti, riconobbe la dimora dell'amico: la indicò al visconte, prese congedo da quest'ultimo, rinnovò a Pompée l'invito a provvedere al suo alloggio e imboccò un sentiero laterale sulla sinistra.

Il visconte era del tutto rassicurato; la scena della vigilia era incontestabilmente alle spalle, e ai suoi occhi la giornata era trascorsa senza la più lieve allusione: quindi non temeva più il minimo intralcio ai propri voleri da parte di Canolles, e dal momento che questi rimaneva un semplice compagno di viaggio piacevole, allegro e spiritoso, egli non chiedeva di meglio che giungere a destinazione in sua compagnia. Di conseguenza, che il visconte ritenesse inutile la precauzione, o che non volesse separarsi dal suo scudiero e rimanere solo lungo la via maestra, fatto sta che Pompée non venne nemmeno mandato in avanscoperta.

Giunsero al villaggio di notte; pioveva a dirotto. Fortuna volle che una delle stanze fosse riscaldata; il visconte, avendo fretta di cambiarsi gli abiti, la prese per sé e incaricò Pompée di curarsi dell'alloggio di Canolles.

«Già fatto», rispose l'egoista Pompée, che ardeva dalla voglia di andare anch'egli a coricarsi. «La locandiera ha promesso che provvederà».

«Sta bene. La mia sacca?».

«Eccola qui».

«I miei flaconi?».

«Eccoli qui».

«Grazie... Dove dormirete voi, Pompée?».

«In fondo al corridoio».

«E se ho bisogno di chiamare?».

«Eccovi una campanella: verrà la locandiera».

«Sarà sufficiente. La porta chiude bene, vero?».

«Il signore può controllare».
«Mancano i chiavistelli!».
«Sì, però v'è una serratura».
«Bene, mi chiuderò dentro. Non vi sono altri ingressi?».
«Non che io sappia».
E Pompée prese la candela e fece il giro della stanza.
«Verificate che le imposte siano solide».
«I ganci sono inseriti».
«Bene. Andate, Pompée».
Pompée uscì, e il visconte diede una mandata alla serratura.
Un'ora dopo Castorin, che era giunto per primo alla locanda e alloggiava accanto a Pompée senza che questi ne fosse al corrente, uscì dalla sua stanza in punta di piedi e andò ad aprire la porta a Canolles.
Canolles, con il cuore palpitante, entrò di soppiatto nella locanda e, lasciando a Castorin il compito di richiudere la porta, si fece indicare la stanza del visconte e salì.
Il visconte stava per mettersi a letto, quando udì dei passi nel corridoio.
Il visconte, si sarà già notato, era oltremodo pavido: quindi al rumore dei passi trasalì e si pose attento in ascolto.
I passi si arrestarono davanti alla sua porta.
Un istante dopo qualcuno bussò.
«Chi è?», chiese una voce così spaventata che Canolles non ne avrebbe riconosciuto il timbro, se di tale voce non avesse già avuto più volte l'occasione di studiare le variazioni.
«Io», disse Canolles.
«Ma come! Voi?», riprese la voce passando dallo spavento al terrore.
«Sì. Pensate un po', visconte, che nella vostra locanda non vi è più alcun posto, neppure una stanza libera... Quell'imbecille del vostro Pompée si è dimenticato di me... Nessun'altra locanda in tutto il villaggio... e dal momento che la vostra stanza è a due letti...».
Il visconte, atterrito, gettò uno sguardo sui due letti gemelli posti uno accanto all'altro in un'alcova, separati soltanto da un tavolo.
«Insomma, capite?», proseguì Canolles. «Sono qui per reclamarne uno. Apritemi subito allora, vi prego, sto morendo di freddo...».
A quel punto nella stanza si udì un gran tramestio, un fruscio di abiti e passi precipitati.

«Sì, sì, barone...», disse il visconte con voce sempre più sgomenta. «Sì, arrivo, corro...».

«Attendo... Ma di grazia, amico caro, fate in fretta, se non volete ritrovarmi congelato».

«Perdonatemi, è che stavo dormendo, capite...».

«Ma guarda, mi sembrava che nella vostra stanza ci fosse luce...».

«No, vi sbagliate».

E la luce fu subito spenta. Canolles non ebbe a lamentarsene.

«Eccomi... Non trovo la porta», disse il visconte.

«Lo credo bene», rispose Canolles. «Sento la vostra voce all'altro capo della stanza... Da questa parte...».

«Ah, il fatto è che sto cercando la campanella per chiamare Pompée».

«Pompée si trova dall'altra parte del corridoio e non vi sentirà affatto... Volevo svegliarlo per cavargli qualcosa, ma... Bah, impossibile... Dorme come un sordo, quale egli è, peraltro...».

«Allora vado a chiamare la locandiera...».

«Mah, la locandiera ha ceduto il letto a un viaggiatore ed è andata a coricarsi in solaio... Quindi non verrebbe nessuno, caro amico... D'altronde, perché mandare a chiamare qualcuno? Non mi occorre nessuno».

«Ma io...».

«Voi mi aprite la porta, di grazia. Io cerco tastoni il letto, mi corico e la cosa finisce lì. Apritemi allora, vi prego».

«Ma insomma – proruppe il visconte disperato – occorre trovare altre stanze, fossero anche prive di letto... È impossibile che non vi siano altre stanze. Chiamiamo, cerchiamo...».

«Ma caro visconte, sono appena scoccate le dieci e mezzo... Sveglierete tutta la locanda... crederanno che vi sia un incendio... sarà un evento da rimaner desti tutta la notte, e sarebbe un peccato, perché sto morendo di sonno...».

A quest'ultima rassicurazione il visconte parve in parte rassicurato. Si udirono alcuni passettini avvicinarsi alla porta, e la porta si aprì.

Canolles entrò e si chiuse la porta alle spalle. Il visconte, dopo aver aperto, si era allontanato precipitosamente.

A quel punto il barone si ritrovò in una stanza pressoché buia, giacché gli ultimi tizzoni del focolare, che andava spegnendosi, gettavano solo un misero bagliore. L'aria era tiepida e profumata di tutti quegli odori che rivelano una ricerca quanto mai ossessiva della cura della persona.

«Ah! Grazie, visconte!», disse Canolles. «A dire il vero si sta meglio qui che in corridoio».

«Volete dormire, barone?», chiese il visconte.

«Sì, certo... Allora indicatemi il mio letto, voi che conoscete la stanza... o altrimenti permettetemi di riaccendere la candela».

«No no, non ve n'è bisogno!», esclamò prontamente il visconte. «Il vostro letto è qui a sinistra».

Poiché la sinistra del visconte era la destra del barone, il barone andò a destra, trovò una finestra, accanto alla finestra un tavolino, e sul tavolino la campanella che il visconte in preda all'agitazione aveva così a lungo cercato. Per ogni evenienza se la infilò in tasca.

«Ma cosa dite?», esclamò. «Suvvia, visconte, giochiamo forse a moscacieca? Almeno dovreste gridare "Fuochino, fuochino, fuoco". Ma che diavolo andate rovistando al buio?».

«Cerco la campanella per chiamare Pompée».

«Ma che diavolo volete da Pompée?».

«Voglio... voglio che prepari un letto vicino al mio...».

«Per chi?».

«Per sé».

«Per sé... ma che dite, visconte! I lacchè nella nostra stanza! Suvvia! Avete modi da bimbetta paurosa. Orsù! Siamo abbastanza grandicelli per difenderci da soli. No, datemi solo la mano e guidatemi al mio letto, ché non riesco a trovarlo... Oppure... riaccendiamo la candela».

«No, no, no!», esclamò il visconte.

«Dal momento che non volete darmi la mano – disse Canolles – dovreste passarmi almeno un capo del filo, sono in un vero e proprio labirinto».

E venne avanti, le braccia protese, verso il punto da cui aveva udito la voce; ma accanto a sé vide scivolare come un'ombra e avvertì passare come un profumo. Strinse a sé le braccia; ma al pari dell'Orfeo di Virgilio, aveva abbracciato solo aria.

«Da questa parte! Da questa parte!», disse il visconte all'estremità opposta dell'appartamento. «Siete al vostro letto, barone».

«Quale dei due è il mio?».

«Non ha importanza, io non mi coricherò».

«Ma come! Non vi coricherete?», chiese Canolles voltandosi a quelle parole imprudenti. «E cosa farete allora?».

«Trascorrerò la notte su una sedia».

«Suvvia!», esclamò Canolles. «Non sopporterò di certo una simile bambinata. Venite, visconte, venite!».

E Canolles, guidato da un ultimo barlume che si sprigionò dal focolare e svanì, intravvide il visconte rannicchiato in un angolo tra la finestra e il cassettone, avvolto nel suo mantello.

Il barlume fu solo un lampo, ma bastò a far da guida al barone e far capire al visconte che era la sua fine. Canolles venne diritto nella sua direzione con le braccia tese e, sebbene la stanza fosse ripiombata nelle tenebre, il povero gentiluomo capì che questa volta non sarebbe sfuggito a colui che lo perseguitava.

«Barone! Barone – balbettò il visconte – non avvicinatevi, vi scongiuro. Barone, non muovetevi da dove siete... non un passo in più, se siete un gentiluomo».

Canolles si fermò; il visconte gli era così vicino che ne sentiva il battito del cuore, e avvertiva il tiepido vapore del suo respiro affannoso. Al contempo un profumo delizioso, inebriante, composto da tutti gli effluvi che si sprigionano dalla giovinezza e dalla beltà, un profumo mille volte più delicato di quello dei fiori, sembrò avvolgerlo per privarlo di ogni possibilità di obbedire al visconte, posto che ne avesse mai avuto intenzione.

Tuttavia rimase un istante dove si trovava, le mani protese verso quelle mani che già lo respingevano, sentendo che sarebbe bastato un solo gesto per toccare quel corpo delizioso di cui così tante volte in quegli ultimi due giorni aveva ammirato la flessuosità...

«Pietà! Pietà!», mormorò il visconte con una voce in cui si mescolavano terrore e una punta di voluttà. «Pietà!», e la voce gli morì sulle labbra, mentre Canolles sentì che quel corpo delizioso scivolava lungo il lambrì e cadeva in ginocchio.

Il petto gli si allargò; vi era nella voce implorante un tono che gli fece comprendere che l'avversario era già vinto per metà.

Quindi mosse ancora un passo, protese le mani e incontrò le due mani giunte e supplichevoli del giovane, il quale stavolta, non avendo nemmeno più la forza di lanciare un grido, si lasciò sfuggire un sospiro quasi doloroso.

D'improvviso sotto la finestra si udì lo scalpiccio di un cavallo, alla porta della locanda riecheggiarono colpi precipitosi, poi ai colpi seguirono grida e voci. Si bussava e si chiamava alternativamente.

«Barone di Canolles!», urlava una voce.

"Oh, grazie a Dio sono salvo", mormorò il visconte.

“Accidenti a quell’animale!”, disse Canolles. “Non poteva venire domattina?”.

«Barone di Canolles!», urlava la voce. «Barone di Canolles! Devo parlargli in questo preciso istante».

«Orsù, che succede?», chiese il barone indietreggiando d’un passo.

«Signore, signore!», chiamò Castorin alla porta. «Vi reclamano, vi cercano».

«Ma chi, mascalzone?».

«Un corriere».

«Da parte di chi?».

«Da parte del duca d’Épernon».

«Cosa vuole da me?».

«Servizio del re».

A quella parola magica alla quale bisognava obbedire, Canolles, mugugnando tra sé, aprì la porta e scese giù per le scale.

Si udiva Pompée che russava.

Il corriere era entrato e attendeva in una saletta. Canolles lo raggiunse e lesse, sempre più pallido, la missiva di Nanon; difatti, come il lettore avrà già indovinato, il corriere era Courtauvaux in persona il quale, partito quasi dieci ore dopo Canolles, per quanto avesse allungato il passo, aveva potuto raggiungerlo solo alla seconda tappa.

Le poche domande che Canolles pose a Courtauvaux non lasciarono alcun dubbio sulla necessità di allungare il passo. Canolles rilesse una seconda volta la missiva, e dalla formula *La vostra amata sorella Nanon* capì quel che era accaduto, ossia che mademoiselle de Lartigues si era tratta d’impaccio dando a intendere che egli fosse suo fratello.

Più volte Canolles aveva udito la stessa Nanon far menzione in termini poco lusinghieri di quel fratello di cui egli aveva preso il posto. Tutto ciò contribuì non poco al malgarbo con cui obbedì al messaggio del duca.

«Sta bene», disse a Courtauvaux, senza aprirgli un credito alla locanda né svuotargli la borsa in mano, cosa che non avrebbe mancato di fare in qualsiasi altra occasione. «Sta bene. Dite al vostro padrone che mi avete raggiunto e che obbedisco seduta stante».

«E a mademoiselle de Lartigues non dico nulla?».

«Sì, al contrario: ditele che suo fratello apprezza i sentimenti da cui è stata mossa e le è grandemente debitore. Castorin, sellate i cavalli!».

E, senza dire altro al messaggero, assai sbalordito di fronte alla ruvida accoglienza, Canolles risalì dal visconte e lo trovò rivestito, pallido, tremante. Sul caminetto ardevano due candele.

Canolles lanciò un'occhiata di profondo rimpianto all'alcova, e soprattutto ai due letti gemelli, uno dei quali rivelava una lieve e fugace pressione. Il giovane seguì lo sguardo con un senso di pudore per via del quale avvampò in viso.

«Rallegratevi, visconte», commentò Canolles. «Ecco che vi siete liberato di me per il resto del viaggio. Parto di gran carriera per andare al servizio del re».

«E quando?», chiese il visconte con voce ancora malcerta.

«In questo stesso istante; vado a Mantes, dove a quanto pare si trova la corte».

«Addio», poté appena rispondere il giovane, poi si lasciò cadere su una sedia senza osare levare lo sguardo sull'altro.

Canolles mosse un passo nella sua direzione.

«Di certo non vi rivedrò più», disse con voce colma di commozione.

«E chi può saperlo!», esclamò il visconte abbozzando un sorriso.

«Promettete una cosa a un uomo che serberà in eterno il vostro ricordo», disse Canolles portandosi la mano sul cuore, con un'armonia di voce e gesti che non dava adito a dubbi sulla sua sincerità.

«Cosa?».

«Che qualche volta penserete a costui».

«Ve lo prometto».

«Senza... collera».

«Sì».

«Una prova a conferma della promessa?», chiese Canolles.

Il visconte gli tese la mano.

Canolles prese quella mano tutta tremebonda senza altro intento se non stringerla tra le sue; ma con un movimento più forte della volontà se la premette ardentemente sulle labbra, e si precipitò fuori della stanza mormorando: "Ah, Nanon! Nanon! Potrete mai risarcirmi per quel che mi fate perdere?".

XII.
Chantilly

Ora, se seguiamo le principesse del casato dei Condé nel loro esilio a Chantilly di cui Richon ha tratteggiato al visconte un ritratto alquanto orripilante, questo è quel che vedremo.

Sotto i bei viali di ippocastani spruzzati da una neve di fiori, sui prati erbosi che si estendono fino agli stagni azzurri, si agita incessantemente uno sciame di gente a passeggio che ride, guarda e canta. In mezzo alla folta erba, smarriti tra i flutti di verzura, appaiono qua e là lettori sparsi, dei quali si scorge nitidamente solo la candida pagina che divorano e che appartiene alla *Cleopatra* di de la Calprenède, ovvero all'*Astrea* del d'Urfé, ovvero al *Grand Cyrus* di mademoiselle de Scudéry; in fondo alle culle di caprifoglio e clematidi si odono liuti che si accordano e invisibili voci che cantano. Infine, nel vialone che conduce al castello, di quando in quando, con la rapidità di un fulmine, passa un cavaliere che corre a portare un ordine.

In quel mentre, sulla terrazza, tre donne in abiti di raso seguite a distanza da scudieri rispettosi e silenti, passeggiano solenni con gesti colmi di maestosità e cerimoniosità. Al centro, una dama di nobile aspetto malgrado i cinquantasette anni discetta magistralmente di questioni di Stato; alla sua destra, una giovane donna tutta rigida nella sua toletta scura ascolta accigliata la dotta teoria della donna che le è accanto; alla sua sinistra infine, un'altra vecchia, la più rigida e compassata delle tre, in quanto è di rango meno illustre, parla, ascolta e medita al contempo.

La dama al centro è la principessa vedova, madre di colui che ha vinto a Rocroy, Norlingen e Lens e che, da quando è perseguitato e per via di tale persecuzione è stato condotto a Vincennes, principia a essere chiamato il Gran Condé, titolo che i posteri gli conserveranno. Tale dama, sui cui lineamenti si possono riconoscere ancora le vestigia della bellezza che la rese l'ultimo e forse il più folle amore di Enrico IV, è stata da poco lesa sia nel suo amore di madre sia nel suo orgoglio di principessa da un facchino italiano che si chiamava Mazarini quando era un domestico del cardinale Bentivoglio, e ora si chiama Sua Eminenza il cardinale Mazzarino da quando è l'amante di Anna d'Austria e Primo ministro del regno di Francia.

È costui che ha osato imprigionare Condé ed esiliare a Chantilly la madre e la moglie del nobile prigioniero.

La dama sulla destra è Claire-Clémence de Maillé, principessa di Condé, che, in virtù di un'abitudine aristocratica dell'epoca, tutti chiamano semplicemente la principessa, a indicare che la moglie del capofamiglia dei Condé è la prima principessa di stirpe, la principessa per eccellenza: è sempre stata fiera, ma da quando viene perseguitata la sua fierezza si è nutrita della sua persecuzione tanto da renderla superba.

In effetti, condannata a un ruolo secondario fintantoché il principe era libero, grazie all'incarcerazione del marito è assurta al rango di eroina: è diventata più pietosa di una vedova, e il figlio, il duca d'Enghien, che compirà a breve sette anni, è più interessante di un orfano. Tutti gli occhi sono puntati su costei, che si parerebbe a lutto senza tema del ridicolo. Da quando Anna d'Austria ha imposto l'esilio alle due afflitte dame, le loro grida penetranti si sono tramutate in sorde minacce: da oppresse quali sono si faranno ribelli. La principessa, un Temistocle in cornetta, ha il suo Milziade in gonnella, e gli allori di madame de Longueville, regina di Parigi per un istante, le impediscono di dormire.

La dama di compagnia a sinistra è la marchesa di Tourville, che non s'azzarda a scrivere romanzi ma ordisce trame in politica: non ha fatto la guerra di persona al pari del prode Pompée, e al pari di costui non ha ricevuto una pallottola nella battaglia di Corbie; ma il marito, che era un capitano alquanto stimato, è rimasto ferito a La Rochelle e ucciso a Friburgo. Ne consegue che, erede della sua fortuna patrimoniale, costei ha pensato di ereditarne al contempo anche il genio militare. Da quando ha raggiunto le principesse a Chantilly, ella ha già architettato tre piani di guerra che hanno poi suscitato l'ammirazione delle donne del seguito, e che non sono stati abbandonati bensì procrastinati al momento in cui si sguaineranno le spade e si scaglieranno via i foderi. Non s'arrischia a indossare l'uniforme del marito, sebbene talvolta ne abbia una certa qual voglia; ma tiene la sua spada appesa in camera, al disopra del comodino, e di quando in quando, nei momenti di solitudine, la sguaina con piglio tutto marziale.

Chantilly quindi, malgrado il suo aspetto festoso, in fondo potrebbe essere nient'altro che una grande caserma, e a ben cercare si troverebbero polvere nelle cantine e baionette sotto i pergolati.

Durante la loro lugubre passeggiata le tre dame si dirigono a ogni tornata alla porta principale del castello, e sembrano spiare l'arrivo di un qualche messaggero di rilievo. Già più volte la principessa vedova ha detto, scuotendo il capo e sospirando:

«Falliremo, figlia mia; verremo umiliate».

«Vi è un piccolo prezzo da pagare per una grande gloria», sentenziò madame de Tourville senza perdere in nulla il suo fare spigoloso. «E non vi è vittoria senza lotta».

«Se falliremo, se verremo sconfitte – commentò la giovane principessa – ci vendicheremo».

«Se falliremo – disse la principessa vedova – sarà stato Dio a sconfiggere il principe. Vorreste dunque vendicarvi di Dio?».

La giovane principessa si inchinò di fronte alla superba umiltà della suocera, e i tre personaggi, salutandosi in tal modo e incensandosi vicendevolmente, somigliavano non poco a un vescovo scortato da due diaconi che prendano a pretesto Dio per scambiarsi convenevoli gli uni con gli altri.

«Né monsieur de Turenne né monsieur de La Rochefoucauld, e neppure monsieur de Bouillon», mormorò la principessa vedova. «Non abbiamo nulla».

«E neppure il denaro», aggiunse madame de Tourville.

«E su chi fare affidamento – riprese la principessa – se la stessa Claire si dimentica di noi?».

«Chi vi dice, ragazza mia, che madame de Cambes si dimentichi di voi?».

«Non torna».

«Forse ha qualche impedimento; le strade sono sorvegliate dall'esercito di monsieur de Saint-Aignan, lo sapete».

«Potrebbe almeno scrivere».

«Come volete che affidi alla carta una risposta così rimarchevole? L'adesione di una città intera come Bordeaux al partito dei principi... No, non è tale aspetto a inquietarmi di più».

«D'altronde – riprese madame de Tourville – uno dei tre piani che ho avuto l'onore di sottoporre a Vostra Altezza aveva come scopo imprescindibile una sollevazione della Guienna».

«Sì, sì, e vi rimetteremo mano, alla bisogna», rispose la principessa. «Ma concordo con l'opinione della mia signora madre, e comincio a credere che Claire sia stata vittima di una qualche sventura: altrimenti sarebbe già qui. Forse i suoi fattori non sono stati di parola: i bifolchi profittano sempre dell'occasione per non pagare, quando possono esimersi. E poi sappiamo forse ciò che gli abitanti di Guienna avranno o non avranno fatto a dispetto di tutte le loro promesse? Dei guasconi!...».

«Dei gran parolai», disse madame de Tourville. «Coraggiosi uno a uno, è vero, ma mediocri soldati quando sono in truppa; bravi a gridare "Viva il principe" quando hanno paura dello spagnolo, e nient'altro».

«Eppure detestavano non poco monsieur d'Épernon – disse la principessa vedova – giacché lo hanno impiccato in effigie ad Agen e hanno promesso di impiccarlo di persona a Bordeaux casomai vi tornasse».

«Vi sarà tornato e li avrà fatti impiccare lui», ribatté la principessa con stizza.

«E tutto ciò – riprese madame de Tourville – per colpa di monsieur Lenet. Monsieur Pierre Lenet – ripeté con affettazione – quel consigliere pervicace che vi ostinate a tenervi e che è buono solo a contrastare tutti i nostri progetti. Se non avesse rifiutato il mio secondo piano che mirava, ve lo ricorderete, a conquistare di sorpresa il castello di Vayres, l'isola Saint-Georges e il forte di Blaye, ora terremmo Bordeaux sotto assedio. E avremmo davvero bisogno che Bordeaux capitolasse».

«Preferisco, salvo parere contrario delle Loro Altezze, che Bordeaux si offra sua sponte», disse alle spalle di madame de Tourville una voce il cui tono rispettoso non era affatto scevro da una vena di ironia. «Una città che capitola cede alla forza e non s'impegna in nulla; una città che si offre si compromette, è costretta a seguire fino in fondo le sorti di coloro a cui si è offerta».

Le tre dame si voltarono e scorsero Pierre Lenet il quale, mentre erano intente in una delle loro passeggiate verso la grande porta del castello sulla quale tornavano costantemente i loro sguardi, era invece uscito da una porticina che dava direttamente sulla terrazza e si era accostato da tergo.

In parte madame de Tourville diceva il vero. Pierre Lenet, consigliere del principe, uomo freddo, savio e solenne, aveva ricevuto incarico dal prigioniero di sorvegliare amici e nemici e, va detto, penava ben più a impedire agli amici del principe di comprometterne la causa che a combattere le malevolenze dei suoi nemici. Ma abile e scaltro al pari di un avvocato, avvezzo ai cavilli e alle astuzie di palazzo, trionfava regolarmente, o in virtù di una qualche felice contromossa oppure in virtù di una qualche inamovibile inerzia. Del resto era proprio a Chantilly che conduceva le sue battaglie più sapienti. L'amor proprio di madame de Tourville, l'impazienza della principessa, l'inflessibilità aristocratica della principessa vedova valevano l'astuzia di Mazzarino, l'orgoglio di Anna d'Austria e le indecisioni del parlamento.

Lenet, incaricato della corrispondenza dai principi, si era imposto il dettame di fornire notizie alle principesse solo a tempo utile, ed era egli che si faceva giudice di una tale tempestività; giacché infatti la diplomazia femminile non sempre procede nel mistero, principio primo della diplomazia maschile, un buon numero di piani di Lenet erano stati rivelati ai nemici dai suoi amici.

Le due principesse che, malgrado l'opposizione che ne ricevevano, riconoscevano cionondimeno la devozione e soprattutto l'utilità di Pierre Lenet, accolsero il consigliere con un gesto amichevole; sulle labbra della principessa vedova affiorò addirittura un lieve sorriso.

«Ebbene, mio caro Lenet, l'avete appunto udito», esordì quest'ultima. «Madame de Tourville si doleva di noi, o piuttosto si doleva per noi. Le cose vanno di male in peggio. Ah, i nostri affari, mio caro Lenet, i nostri affari!».

«Io sono lungi dal vedere la situazione così sinistra al pari di Vostra Altezza», rispose Lenet. «Confido molto nel tempo e nei mutamenti della sorte. Conoscete il proverbio "chi va piano va sano e va lontano"».

«Il tempo, i mutamenti della sorte... tutto ciò è filosofia, monsieur Lenet, e non politica!», esclamò la principessa.

Lenet sorrise di rimando.

«La filosofia è utile in ogni circostanza, e soprattutto in politica. Insegna a non insuperbirsi del successo e a non perdere la pazienza quando la sorte muta».

«Poco importa!», ribatté madame de Tourville. «Preferirei un buon corriere a tutte le vostre massime. Non è così, principessa?».

«Sì, lo riconosco», rispose madame de Condé.

«Allora Vostra Altezza verrà esaudita, giacché oggi ne riceverà tre», replicò Lenet con identico sangue freddo.

«Come sarebbe tre?».

«Sissignora. Il primo è stato visto sulla strada di Bordeaux, il secondo giunge da Stenay e il terzo proviene da La Rochefoucauld».

Le due principesse proruppero in un'esclamazione di gioioso stupore. Madame de Tourville serrò le labbra.

«Mio caro monsieur Pierre – disse con mille moine per dissimulare la sua stizza e avvolgere in un foglio dorato l'amarezza del discorso che stava per sferrare – mi sembra che un abile negromante da par vostro non dovrebbe rimanere così a mezza via, e che dopo aver annunciato i corrieri dovrebbe dirci il contenuto dei dispacci».

«La mia scienza non si spinge così lontano come credete – ribatté egli con modestia – ma si limita a essere un fedele servitore. Io annuncio, ma non indovino».

In quello stesso istante, come se in effetti Lenet fosse stato servito da un famiglio, comparvero due cavalieri che varcavano il cancello del castello e avanzavano al galoppo sulle loro cavalcature. Subito uno stuolo di curiosi, abbandonando le aiuole e il prato, si riversò presso le grate per ottenere la propria parte di notizie.

I due cavalieri misero piede a terra e uno dei due, lasciando all'altro che sembrava il suo lacchè la briglia del cavallo madido di sudore, corse anziché incamminarsi verso le principesse, le quali gli venivano incontro e che egli notò in fondo alla galleria mentre entrava dalla parte opposta.

«Claire!», gridò la principessa.

«Sì, Vostra Altezza. Vi porgo umilmente i miei omaggi».

E mettendo un ginocchio a terra, il giovane cercò di prendere la mano della principessa per baciarla rispettoso.

«Nelle mie braccia, cara viscontessa, nelle mie braccia!», esclamò madame de Condé facendola rialzare.

E dopo essersi lasciata abbracciare, con tutte le attestazioni di rispetto possibili, dalla principessa, il cavaliere si volse verso la principessa vedova e fece un profondo inchino.

«Presto, parlate, Claire», la esortò quest'ultima.

«Sì, parla», rincarò madame de Condé. «Hai visto Richon?».

«Sì, Vostra Altezza, e mi ha affidato un messaggio per voi».

«Fausto o infausto?».

«Non lo so nemmeno io; è composto da due parole».
«Quali? Presto, muoio d'impazienza».
E sul volto delle due principesse si dipinse l'ansia più viva.
«*Bordeaux – Sì*», pronunciò Claire, preoccupata ella stessa dell'effetto che avrebbero sortito le due parole.
Tuttavia fu ben presto rassicurata, giacché le principesse risposero alle due parole con un grido di trionfo che fece accorrere Lenet dall'estremità della galleria.
«Lenet! Lenet! Venite, venite», gridò la principessa. «Non sapete quale notizia ci reca la nostra brava Claire?».
«Sì, invece – rispose Lenet sorridendo – io so; ed ecco la ragione per cui non mi affrettavo».
«Ma come? Voi sapete?».
«*Bordeaux – Sì*. O sono in fallo?», chiese Lenet.
«Mio caro Pierre, siete davvero uno stregone!», commentò la principessa vedova.
«Ma se sapevate, Lenet – disse in tono di biasimo la principessa – perché, vedendo la nostra inquietudine, non trarcene fuori con le due parole?».
«Perché volevo lasciare alla viscontessa di Cambes la ricompensa alle sue fatiche», rispose Lenet inchinandosi di fronte a un'emozionatissima Claire. «E poi perché temevo inoltre l'esplosione di gioia delle Vostre Altezze sulla terrazza, sotto gli sguardi di tutti».
«Avete ragione, avete sempre ragione, Pierre, il mio bravo Pierre!», esclamò la principessa. «Taciamo».
«Eppure è al prode Richon che dobbiamo tutto ciò», commentò la principessa vedova. «Non è vero che ne siete contento, e che si è ben adoperato, caro il mio compare Lenet?».
«Compare» era la carezzevole parola della principessa vedova, la quale aveva ereditato il termine dal re Enrico IV, che lo utilizzava di frequente.
«Richon è uomo di testa e di azione – proclamò Lenet – e Vostra Altezza non dubiti, se non fossi stato sicuro di lui al pari di me stesso, non glielo avrei raccomandato».
«Cosa faremo per lui?», chiese la principessa.
«Occorrerà affidargli un qualche incarico importante», dichiarò la principessa vedova.
«Un qualche incarico importante!...», sottolineò aspramente madame de Tourville. «Vostra Altezza non riflette, e dimentica che monsieur Richon non è un gentiluomo».

«E nemmeno io sono tale», rispose Lenet. «Ma ciò non impedisce al principe di riporre, suppongo, una qualche fiducia nei miei riguardi. Certo, io ammiro e rispetto i nobili di Francia; ma vi sono circostanze in cui oserei dire che un gran cuore vale più di un vecchio blasone».

«E perché il buon Richon non è giunto di persona ad annunciare la prospera notizia?», chiese la principessa.

«È rimasto in Guienna al fine di riunire un certo numero di uomini. Mi ha detto che poteva già contare su circa trecento soldati: dice soltanto che, in mancanza di tempo, saranno mal addestrati per far fronte alla guerra, e preferirebbe che si ottenesse per lui il comando di una piazzaforte come Vayres o l'isola Saint-Georges. Lì, dice, sarebbe sicuro di tornare pienamente utile alle Loro Altezze».

«Ma come ottenerne?», chiese la principessa. «In questo momento siamo troppo invisi per raccomandare qualcuno, e chiunque raccomandassimo diventerebbe subito sospetto».

«Forse un modo ci sarebbe», propose la viscontessa. «Me lo ha suggerito lo stesso monsieur Richon».

«E quale?».

«A quanto pare, monsieur d'Épernon si è infatuato di una certa donzella», proseguì la viscontessa arrossendo.

«Ah, sì, la bella Nanon!», intervenne sprezzante la principessa. «Ne siamo al corrente».

«Ebbene, pare che il duca d'Épernon a quella donna non rifiuti nulla, e che quella donna conceda qualsiasi cosa le venga acquistata. Non potremmo acquistare da costei una nomina per monsieur Richon?».

«Sarebbe denaro ben speso», commentò Lenet.

«Sì, ma la cassa è vuota: voi lo sapete bene, consigliere», disse madame de Tourville.

Lenet si volse verso madame de Cambes con un sorriso.

«È giunto il momento – le disse – di provare alle Loro Altezze che avete provveduto a tutto».

«Che intendete dire, Lenet?».

«Intende dire che sono bastevolmente fortunata da potervi offrire una piccola somma, che a gran fatica ho cavato ai miei fattori; l'obolo è davvero modesto, ma non ho potuto fare di meglio. Ventimila sterline», continuò la viscontessa chinando lo sguardo ed esitando, vergognosa com'era di offrire una somma così esigua alle prime due signore del regno dopo la regina.

«Ventimila sterline!», esclamarono le due principesse.

«Ma coi tempi che corrono è una fortuna», aggiunse la principessa vedova.

«La nostra cara Claire!» proruppe la principessa. «Come potremo mai sdebitarci con costei?».

«Vostra Altezza se ne curerà poi».

«E dov'è la somma?», chiese madame de Tourville.

«Nella stanza di Sua Altezza, dove il mio scudiero Pompée ha ricevuto l'ordine di portarla».

«Lenet – disse la principessa – tenete a mente che dobbiamo tale somma a madame de Cambes».

«È già riportata sul nostro passivo», rispose Lenet tirando fuori le sue tavolette e mostrando alla data di quel giorno le ventimila sterline della viscontessa registrate in una colonna il cui totale avrebbe spaventato alquanto le principesse, se si fossero prese la briga di fare la somma.

«Ma come siete riuscita a passare, bella cara?», chiese la principessa. «Qui in effetti ci dicono che monsieur de Saint-Aignan controlla la strada e ispeziona uomini e cose, né più né meno che un gabelliere».

«Grazie alla sapienza di Pompée – dichiarò la viscontessa – abbiamo evitato un tale rischio compiendo un giro lunghissimo, che ci ha portato a tardare di un giorno e mezzo ma ci ha garantito un viaggio sicuro. Senza un tale inconveniente sarei al cospetto di Vostra Altezza già dall'altroieri».

«Tranquillizzatevi – disse Lenet – non tutto il tempo è perduto; si tratta solo di mettere a profitto la giornata di oggi e di domani. Oggi, che le Vostre Altezze se ne rammentino, attendiamo tre corrieri: uno è già giunto, rimangono gli altri due».

«E si possono conoscere i nomi degli altri due?», chiese madame de Tourville sperando sempre di cogliere in fallo il consigliere, contro il quale conduceva una guerra che, seppur non dichiarata, non per questo era meno reale.

«Se le mie previsioni non mi ingannano – rispose Lenet – il primo sarà Gourville; giunge da parte del duca di La Rochefoucauld».

«Da parte del principe di Marsillac, intendete dire», rimbeccò madame de Tourville.

«Il principe di Marsillac ora è il duca di La Rochefoucauld».

«Il padre è dunque morto?».

«Otto giorni or sono».

«E dove?».

«A Verteuil».

«E il secondo?», chiese la principessa.

«Il secondo è Blanchefort, il capitano delle guardie del principe. Giunge da Stenay e viene da parte di monsieur de Turenne».

«In tal caso – intervenne madame de Tourville – credo che per stornare ogni perdita di tempo potremmo far riferimento al primo piano che io avevo ideato, nella probabile eventualità di un'adesione di Bordeaux e di un'alleanza tra monsieur de Turenne e monsieur de Marsillac».

Lenet sorrise come suo solito.

«Perdonate – disse costui in tono quanto mai gentile – ma in questo momento sono in via di esecuzione i piani ideati dal principe in persona, e promettono pieno successo».

«I piani ideati dal principe!», ribatté aspra madame de Tourville. «Principe che si trova nel torrione di Vincennes e non comunica con nessuno...».

«Ho qui gli ordini di Sua Altezza, vergati di suo pugno e recanti la data di ieri», replicò Lenet tirando fuori di tasca una missiva del principe di Condé. «Li ho ricevuti stamane. Siamo in corrispondenza».

Le due principesse quasi strapparono il foglio di mano al consigliere e con lacrime di gioia divorarono tutto ciò che esso racchiudeva.

«Ah, questa poi! Ma nelle tasche di Lenet vi è tutto il regno di Francia!», esclamò ridendo la principessa vedova.

«Non ancora, non ancora», rispose il consigliere. «Ma con l'aiuto di Dio farò in modo di ingrandirle abbastanza a tal fine. Ora – proseguì indicando intenzionalmente la viscontessa – ora la viscontessa avrà bisogno di riposo, giacché il lungo viaggio...».

La viscontessa comprese che Lenet desiderava rimanere solo con le due principesse e, dopo un sorriso della principessa vedova che la confermò nella sua opinione, fece un rispettoso inchino e si allontanò.

Madame de Tourville non si era mossa, e si riprometteva un'ampia messe di misteriosi ragguagli; ma a un cenno impercettibile della principessa vedova alla nuora, le due principesse spontaneamente, con un'augusta riverenza eseguita in conformità a tutte le regole dell'etichetta, annunciarono a madame de Tourville che la seduta politica cui era stata chiamata a partecipare volgeva al termine. La dama dalle mille teorie colse perfettamente l'invito, restituì alle due dame una riverenza più solenne e cerimoniosa ancora, e si ritirò prendendo Dio a testimone dell'ingratitudine dei principi.

Le due principesse si diressero al loro gabinetto, e Pierre Lenet le seguì.

«Ora – disse Lenet dopo essersi accertato che la porta fosse ben chiusa – se le Vostre Altezze vogliono ricevere Gourville, è arrivato e si sta cambiando d'abito, non osando presentarsi a voi nella sua tenuta da viaggio».

«E che notizia reca?».

«La notizia che monsieur de La Rochefoucauld sarà qui stasera o domani, assieme a cinquecento gentiluomini».

«Cinquecento gentiluomini!», esclamò la principessa. «Ma è un vero e proprio esercito!».

«Che ci intralcerà nel nostro passaggio. Avrei preferito cinque o sei servitori solamente piuttosto che tutto questo armamentario; saremmo potuti sfuggire più agevolmente a monsieur de Saint-Aignan. Adesso sarà quasi impossibile raggiungere il Sud senza essere importunati».

«Meglio che ci importunino – esclamò la principessa – giacché se ci importunano noi combatteremo e vinceremo. Al nostro fianco marcerà lo spirito di monsieur de Condé».

Lenet guardò la principessa vedova come per raccogliere anche il suo parere; ma Charlotte de Montmorency, cresciuta durante le guerre civili di Luigi XIII, la quale aveva visto così tante teste di alto rango chinarsi per entrare in prigione, ovvero rotolare giù dal patibolo per aver voluto rimanere ritte, si passò tristemente la mano sulla fronte gravida di penosi ricordi.

«Sì, siamo ridotti a questo: nasconderci o combattere. È orribile! Vivevamo tranquilli, con quel po' di gloria che Dio aveva accordato al nostro casato; cercavamo solo, quantomeno spero che nessuno di noi avesse altra intenzione, di permanere nel rango in cui siamo nati, ed ecco che i capricci del tempo ci spingono a muovere battaglia al nostro signore...».

«Io vedo con minor pena di Vostra Altezza la necessità a cui siamo ridotti», proruppe con impeto la giovane principessa. «Mio marito e mio fratello patiscono un'indegna prigionia; quel marito e quel fratello sono vostri figli. Inoltre vostra figlia è bandita. Di certo siamo più che legittimati in tutte le azioni che potremo intraprendere».

«Sì», dichiarò la principessa vedova con una tristezza colma di rassegnazione. «Sì, tollero tutto ciò con più pazienza di voi, ma anche perché pare ormai che il nostro destino sia essere banditi o prigionieri. Ero appena diventata la moglie del padre di vostro marito, quando sono stata obbligata a lasciare la Francia, perseguitata dall'amore del re Enrico IV. Eravamo appena tornati, quando siamo stati obbligati a entrare a Vincennes, perseguitati dall'odio del cardinale Richelieu. Mio figlio, oggi in prigione, è venuto al mondo in prigione e dopo trentadue anni ha potuto rivedere la stanza in cui è nato. Ahimè, vostro suocero, il principe, aveva dunque ragione nelle sue tetre profezie, quando gli annunciarono la vittoria nella battaglia di Rocroy, quando lo condussero nella sala tappezzata di bandiere prese agli spagnoli: "Dio sa quanta gioia mi dia l'impresa di mio figlio", disse voltandosi verso di me; "ma ricordatevi che più il nostro casato acquisirà gloria, più sarà colpito dalla sventura. Se non prendessi l'arme della Francia, che è un blasone troppo bello da abbandonare, vorrei prendere come insegne un falco i cui sonagli ne tradissero la presenza e aiutassero a ricatturarlo, con la presente massima: *Fama nocet*". Abbiamo creato troppo scandalo, figlia mia, e questo va a nostro detrimento. Non siete d'accordo con me, Lenet?».

«Vostra Altezza ha ragione – replicò Lenet, afflitto dai ricordi testé evocati dalla principessa – ma ci siamo spinti troppo oltre per tornare indietro ora. E v'è di più: in circostanze simili a quelle in cui ci troviamo occorre prendere una decisione repentina, non dobbiamo celarci la nostra situazione. Siamo liberi solo in apparenza, la regina ci tiene gli occhi addosso e monsieur de Saint-Aignan ci blocca. Ebbene, si tratta di uscire da Chantilly malgrado la vigilanza della regina e il blocco di monsieur de Saint-Aignan».

«Usciamo da Chantilly, ma usciamone a testa alta», esclamò la principessa.

«Sono di questo avviso», disse la principessa vedova. «I Condé non sono spagnoli e non tradiscono. Non sono italiani e non giocano d'astuzia... Quel che fanno lo fanno alla luce del sole e a fronte alta».

«Dio mi è testimone che sarò il primo a eseguire l'ordine di Vostra Altezza, qualunque esso sia», ribatté Lenet con voce convinta. «Ma per uscire da Chantilly nel modo che auspicate, bisogna battagliare... Non intenderete certo essere donne il giorno della battaglia, dopo essere state uomini in seno al consiglio...

Marcerete alla testa dei vostri sostenitori, e sarete voi a lanciare ai vostri soldati il grido di guerra... Tuttavia dimenticate che accanto alle vostre preziose vite comincia a schiudersi una vita non meno preziosa: quella del duca d'Enghien, il vostro figlio e nipote... Rischiereste forse di seppellire in una medesima tomba il presente e il futuro del vostro casato?... Credete che il padre non fungerà affatto da ostaggio a Mazzarino al momento delle temerarie imprese che eseguiremo nel nome del figlio? Non conoscete più i segreti del torrione di Vincennes, così lugubremente esplorati dal grande priore di Vendôme, dal maresciallo d'Ornano e da Puy-Laurent? Avete forse dimenticato la stanza fatale che, stando a madame de Rambouillet, vale tanto arsenico quanto pesa?... No, signore – continuò Lenet giungendo le mani – no; ascoltate il parere del vostro vecchio servitore: uscirete da Chantilly come si conviene a donne perseguitate... Tenete a mente che la vostra arma più sicura è la debolezza... Un fanciullo che viene privato del padre, una donna che viene privata del marito, una madre che viene privata del figlio sfuggono come possono alla trappola in cui erano prigioniere... Per agire e parlare apertamente, aspettate di non fungere più da garanzia al più forte... Mentre siete prigioniere, i vostri sostenitori rimarranno nel silenzio; quando sarete libere, essi si appaleseranno, non temendo più di vedersi dettare le condizioni del vostro riscatto... Il nostro piano è concertato con Gourville... Possiamo contare su una buona scorta, grazie alla quale eviteremo le ingiurie della strada... giacché oggi venti partiti diversi sono in guerra, e vivono indistintamente a spese dell'amico e del nemico... Acconsentite. Ogni cosa è pronta».

«Partire di nascosto! Partire come dei malfattori!», esclamò la giovane duchessa. «Oh, cosa dirà il principe quando verrà a sapere che sua madre, sua moglie e suo figlio hanno subìto una simile onta!».

«Non so cosa dirà, ma se riuscirete nel vostro intento dovrà a voi la sua libertà; se fallirete, non comprometterete le vostre risorse, né soprattutto la vostra posizione, come accadrebbe con una battaglia».

La principessa vedova rifletté un istante e con un viso colmo di affettuosa melancolia:

«Caro monsieur Lenet – disse – persuadete mia figlia, giacché per quel che mi riguarda io sono costretta a rimanere qui. Finora ho lottato, ma alfine soccombo. Il dolore che mi consuma e che cerco invano di celare per non demoralizzare coloro che mi circondano mi confinerà in un letto di dolore, che sarà forse il mio letto di morte; ma lo avete detto voi stesso: prima di ogni altro occorre salvare la sorte dei Condé. Mia figlia e mio nipote lasceranno Chantilly, e spero che saranno abbastanza ragionevoli da seguire i vostri consigli, anzi, i vostri ordini. Ordinate, Lenet, e noi eseguiremo».

«Siete tutta pallida, signora!», esclamò Lenet sorreggendo la principessa vedova, mentre già la principessa, allarmata da quel pallore, l'aveva presa tra le sue braccia.

«Sì – disse la principessa vedova sempre più debole – sì, le buone nuove di oggi mi hanno cagionato più male delle angosce dei giorni scorsi. Sento che la febbre mi divora; ma non diamo a vedere nulla: in un momento simile tutto ciò potrebbe arrecarci nocumento».

«L'indisposizione di Vostra Altezza sarebbe un dono del cielo, se la vostra persona non soffrisse affatto», intervenne Lenet a voce bassa. «Rimanete allettata, fate sapere in giro che siete malata. E voi – proseguì rivolgendosi alla giovane principessa – mandate a chiamare il vostro medico Bourdelot, e poiché avremo a breve bisogno di requisire le scuderie e gli equipaggiamenti, annunciate ovunque che avete intenzione di liberare un daino nel parco. In tal modo nessuno si stupirà nel vedere uomini, armi e cavalli in attività».

«Provvedete voi, Lenet. Ma com'è possibile che un uomo previdente da par vostro non abbia capito che potrà destare stupore questa strana battuta di caccia, proprio nel momento in cui la mia signora madre cade malata?».

«E difatti abbiamo previsto ogni cosa. Non è forse dopodomani che il duca d'Enghien compirà sette anni e dovrà uscire dalle mani delle donne?».

«Sì».

«Ebbene, diremo che la battuta di caccia viene organizzata per il primo paio di brache del giovane principe, e che Sua Altezza ha così insistito affinché la sua malattia non recasse pregiudizio alla ricorrenza che voi avete dovuto cedere alle sue insistenze».

«Eccellente idea!», esclamò con un gioioso sorriso la principessa vedova, colma d'orgoglio per quella prima attestazione della virilità del nipote. «Sì, è un buon pretesto, e voi, Lenet, siete davvero un consigliere degno e capace».

«Ma allora, per seguire la caccia, il duca d'Enghien sarà in carrozza?», chiese la principessa.

«No, a cavallo. Oh, non tema il vostro cuore di madre! Ho ideato una piccola sella che Vialas, lo scudiero, posizionerà sul davanti dell'arcione della propria; in tal modo il duca d'Enghien sarà in vista, e la sera potremo partire in tutta sicurezza. Immaginate se ci si dovesse dare alla fuga: a cavallo il duca d'Enghien passerà ovunque, in carrozza sarà arrestato al primo ostacolo».

«Siete quindi dell'idea di andare via?».

«Dopodomani sera, se Vostra Altezza non ha motivo di ritardare la partenza».

«Oh no, al contrario, allontaniamoci dalla nostra prigione il prima possibile, Lenet».

«E una volta usciti da Chantilly, cosa farete?», chiese la principessa vedova.

«Passeremo attraverso l'esercito di monsieur de Saint-Aignan, al quale troveremo pur modo di porre una benda sugli occhi. Raggiungeremo monsieur de La Rochefoucauld e la sua scorta, e arriveremo a Bordeaux, dove siamo attesi. Una volta giunti nella seconda città del regno, la capitale del Sud, potremo negoziare o guerreggiare, a seconda di ciò che converrà alle Vostre Altezze. Tuttavia, avrò l'onore di rammentarvi che nemmeno a Bordeaux avremo la fortuna di resistere a lungo, se non avremo intorno a noi qualche piazzaforte che costringa le truppe reali a fare diversione. Due di queste piazzeforti in particolare hanno grande importanza: Vayres, che comanda la Dordogna e consente l'arrivo dei viveri alla città, e l'isola Saint-Georges, che è considerata dagli stessi abitanti di Bordeaux la chiave della città. Ma a questo penseremo dopo: per adesso provvediamo solo a uscire da qui».

«Non vi sarà niente di più facile, ne sono convinta», disse la principessa. «Siamo gli unici padroni del luogo, checché ne diciate voi, Lenet».

«Non fate assegnamento su nulla prima di essere a Bordeaux. Niente è facile con lo spirito diabolico di Mazzarino, e se ho atteso che fossimo soli per esporre il mio piano alle Vostre Altezze è per uno scrupolo di coscienza, ve lo giuro: in questo stesso istante temo infatti per la salvaguardia del progetto che solo la mia mente ha concepito e che solo le vostre orecchie hanno testé accolto. Mazzarino non apprende le notizie, le indovina».

«Oh, lo sfido a mandare a monte questo», proclamò la principessa. «Ma aiutiamo la signora madre a tornare al suo appartamento. A partire da oggi stesso farò circolare la voce riguardo alla nostra battuta di caccia di dopodomani. Provvedete voi agli inviti, Lenet».

«Contate pure su di me».

La principessa vedova rientrò nelle sue stanze e si allettò. Venne chiamato Bourdelot, medico dei Condé e precettore del duca d'Enghien: subito la notizia dell'inattesa indisposizione si diffuse a Chantilly, e in una mezz'ora i boschetti, le gallerie, le aiuole rimasero deserti, giacché gli ospiti delle due principesse si accalcarono nell'anticamera della principessa vedova.

Lenet trascorse l'intera giornata a scrivere, e quella stessa sera più di cinquanta inviti venivano recapitati in ogni dove dai numerosi servitori del regale casato.

XIII.

Il giorno designato per la messa in atto dei progetti del consigliere Pierre Lenet, quarantotto ore dopo, fu uno dei più tetri di quella stagione che per tradizione si definisce la più bella dell'anno, la primavera, e che quasi sempre, in special modo in Francia, è la più sgradevole.

Sulle aiuole di Chantilly cadeva una pioggerellina fitta e sottile, la quale andava a scalfire una bruma grigia che offuscava i cespugli del giardino e i boschi ad alto fusto del parco. Nei vasti cortili, disposti in attesa intorno ai pali, cinquanta cavalli tutti sellati aspettavano, le orecchie chine, gli occhi tristi, e raschiavano a terra impazienti con gli zoccoli; diverse mute di cani, riuniti a coppie e a gruppi di dodici, attendevano sbuffanti con respiri rumorosi misti a lunghi sbadigli, e in uno sforzo comune tentavano di trascinare lo stalliere che asciugava ai suoi preferiti le orecchie zuppe di pioggia.

Qua e là, le mani dietro la schiena e la tromba appesa al collo, gironzolavano i bracchieri in uniforme scamosciata. Alcuni ufficiali, forgiati alle intemperie dai bivacchi di Rocroy o di Lens, sfidavano l'acqua del cielo e addolcivano la noia dell'attesa conversando in capannelli sulle terrazze o lungo le scalinate esterne.

Tutti erano al corrente che quello era giorno di cerimonia, e avevano assunto il loro contegno solenne per vedere il duca d'Enghien, con indosso le sue prime brache, dare la caccia al suo primo daino. Ogni ufficiale al servizio del principe, ogni cliente dell'illustre casato, invitato dalla circolare di Lenet, aveva ottemperato a quel che considerava un dovere accorrendo a Chantilly.

Le inquietudini che in un primo tempo aveva suscitato la salute della principessa vedova, inoltre, erano state dissipate da un bollettino favorevole di Bourdelot: la principessa, sottoposta a salasso, aveva assunto quel mattino stesso l'emetico, la panacea universale dell'epoca.

Alle dieci tutti gli invitati personali di madame de Condé erano giunti: ciascuno era stato introdotto dietro presentazione della missiva, e coloro che accidentalmente se ne erano dimenticati, riconosciuti da Lenet, erano stati introdotti dopo un cenno di quest'ultimo al cerimoniere. I convitati, assieme ai domestici della casa, formavano un gruppo di circa ottanta-novanta persone, la maggior parte delle quali era riunita attorno al magnifico cavallo bianco che, con una sorta di orgoglio, recava davanti alla grande sella bardata un sediolino di velluto con schienale destinato al duca d'Enghien, dove questi si sarebbe accomodato quando il suo scudiero Vialas avesse preso egli stesso posto sulla sella principale.

Tuttavia nessuno parlava ancora di dare inizio alla caccia, e pareva che altri invitati fossero attesi.

Verso le dieci e mezza tre gentiluomini, seguiti da sei domestici tutti armati fino ai denti e carichi di valigie talmente rigonfie che costoro sembravano in procinto di compiere il giro dell'Europa, entrarono al castello e, notando nel cortile alcuni pali che parevano piantati lì all'uopo, tentarono di legarvi i loro cavalli.

Subito un uomo vestito di blu e con un cinturone d'argento si avvicinò alabarda in pugno ai nuovi arrivati, che dall'equipaggiamento intriso di pioggia e dagli stivali lordi di fango si riconoscevano come viaggiatori di lungo corso.

«Da dove venite, signori?», chiese quella sorta di cerimoniere puntando l'alabarda.

«Da nord», rispose uno dei cavalieri.

«E dove siete diretti?».

«Al funerale».

«La prova?».

«Guardate il crespo».

In effetti i tre signori portavano ciascuno un crespo sulla spada.

«Vi chiedo perdono, signori», disse allora il cerimoniere. «Il castello è a vostra disposizione. Ci sono una tavola imbandita, un ambulacro riscaldato, lacchè che attendono i vostri ordini; quanto ai vostri domestici, saranno accolti nelle cucine».

I gentiluomini, bifolchi in piena regola affamati e curiosi, salutarono, misero piede a terra, gettarono le briglie dei cavalli nelle mani dei loro lacchè e, dopo essersi fatti mostrare il tragitto per la sala da pranzo, si incamminarono in quella direzione. Ad attenderli alla porta vi era un ciambellano, che fece loro da guida.

Nel frattempo i cavalli venivano prelevati dalle mani dei lacchè di casa alle mani dei lacchè estranei, condotti alle scuderie, strigliati, spazzolati, sfregati e posti accanto a una mangiatoia ricolma di avena e a una rastrelliera fornita di paglia.

I tre gentiluomini si erano appena messi a tavola, quando altri sei cavalieri, seguiti da sei lacchè armati ed equipaggiati alla stregua di quelli che abbiamo già descritto, entrarono al pari di quelli, e al pari di quelli, vedendo i pali, tentarono di legare le loro cavalcature agli anelli. Ma l'uomo con l'alabarda, che aveva ricevuto ordini scrupolosi, si avvicinò e rinnovò le sue domande.

«Da dove venite?», chiese.

«Dalla Piccardia. Siamo ufficiali a Turenne».

«Dove siete diretti?».

«Al funerale».

«La prova?».

«Guardate il crespo».

E, al pari dei primi, mostrarono il crespo che penzolava sull'elsa degli spadoni.

Stesse cortesie vennero usate a questi ultimi arrivati, i quali andarono a prendere posto a tavola; stesse cure vennero prodigate ai loro cavalli, che andarono a prendere posto nella scuderia.

Dietro costoro se ne presentarono altri quattro, e di nuovo si produsse la stessa scena.

Dalle dieci a mezzogiorno, a coppie, a gruppi di quattro o di cinque, soli o in compagnia, sfarzosi o tapini ma tutti dotati di bei cavalli, belle armi, begli equipaggiamenti, giunsero cento cavalieri, che l'alabardiere interrogò in egual maniera e che risposero dichiarando da dove provenivano, aggiungendo che erano diretti al funerale e mostrando il crespo.

Quando tutti ebbero desinato e fatto conoscenza, mentre i domestici si rifocillavano e i cavalli si riposavano, Lenet entrò nella sala in cui erano riuniti e disse loro:

«Signori, la principessa vi ringrazia per mio tramite dell'onore che le avete tributato passando nei suoi alloggi prima di raggiungere il duca di La Rochefoucauld, che vi attende per celebrare le esequie del padre... Considerate questa dimora come vostra, e vogliate prendere parte al sollazzo di una battuta di caccia alla stracca fissata dopo pranzo dal duca d'Enghien, il quale indossa oggi le sue prime brache».

Un mormorio di approvazione e di lusinghieri ringraziamenti accolse questa prima parte del discorso di Lenet, il quale, da abile oratore qual era, aveva interrotto la sua arringa in un punto di sicuro effetto.

«Dopo la caccia – proseguì – sarete a cena alla tavola della principessa, che desidera ringraziarvi di persona: dopodiché avrete piena facoltà di proseguire per la vostra strada».

Alcuni dei gentiluomini mostrarono particolare attenzione all'annuncio del programma, che sembrava arrecare in qualche modo minaccia al loro libero arbitrio; ma, di certo avvisati dal duca di La Rochefoucauld, si attendevano qualcosa di simile, giacché nessuno protestò. Alcuni andarono a vedere i cavalli, altri ricorsero alle proprie valigie per essere in condizione di presentarsi degnamente al cospetto delle principesse; altri ancora rimasero a tener tavola, conversando in merito alle vicende dell'epoca che con i fatti di quella giornata sembravano avere una certa coerenza.

In molti passeggiavano sotto il grande balcone su cui, terminata la vestizione, doveva comparire il duca d'Enghien, affidato per l'ultima volta alle cure delle donne. Il giovane principe, in fondo ai suoi appartamenti insieme alle nutrici e alle balie, era ignaro della propria importanza. Ma già ricolmo di orgoglio aristocratico, contemplava con sguardo impaziente l'abito ricco e tuttavia austero con cui sarebbe stato abbigliato per la prima volta: trattavasi di un vestito di velluto nero ricamato d'argento opaco che conferiva alla tenuta la cupezza del lutto, dal momento che la madre desiderava a ogni costo essere ritenuta vedova e aveva meditato di inserire in una certa arringa le parole «Povero principe orfanello».

Eppure non era il principe a guardare con maggior cupidigia quelle splendide vesti, insegne della tanto attesa virilità. A due passi da costui un altro infante, più grande di appena qualche mese, le gote rosa, i capelli biondi, tutto raggiante di salute, forza e turbolenza, divorava con gli occhi il fasto da cui era circondato il suo fortunato compagno; già diverse volte, incapace di resistere alla curiosità, aveva osato accostarsi alla sedia su cui erano predisposte le belle vesti, e di soppiatto aveva palpato la stoffa e carezzato i ricami mentre il principino guardava altrove. Ma una volta accadde che il duca d'Enghien girò lo sguardo in tempo e Pierrot ritrasse la mano troppo tardi.

«Stai attento!», esclamò il principino con asprezza. «Sta' attento a te, Pierrot, mi rovinerai le brache: è velluto ricamato, vedi?... e quando lo tocchi perde brillantezza... Ti proibisco di toccare le mie brache».

Pierrot si nascose la mano colpevole dietro la schiena, girando le spalle da parte a parte in quel movimento di malumore tipico dei fanciulli di ogni condizione.

«Non adiratevi, Louis», disse la principessa al figlio, sfigurato da una smorfia piuttosto sgradevole. «Se Pierrot toccherà ancora il vostro abito, lo faremo fustigare».

Pierrot tramutò l'espressione imbronciata in un'espressione minacciosa e disse:

«Il mio signore è il principe, ma io sono un giardiniere... e se il mio signore vuole impedirmi di toccare le sue vesti, io gli impedirò di giocare con le mie faraone... Però... è che io sono più forte del mio signore... egli lo sa bene...».

Aveva appena pronunciato queste imprudenti parole che la balia del principe, la madre di Pierrot, agguantò per il polso il riottoso fanciullo e gli disse:

«Pierrot, voi dimenticate che il mio signore è il vostro padrone, il padrone di tutto ciò che si trova nel castello e intorno al castello, e di conseguenza le vostre faraone sono sue».

«Ohibò! Ma non era mio fratello?...», ribatté Pierrot.

«Fratello di latte, sì».

«Allora, se è mio fratello, dobbiamo condividere tutto; e se le mie faraone sono sue, i suoi vestiti sono miei».

La balia stava per ribattere spiegando la differenza che corre tra un fratello uterino e un fratello di latte, ma il giovane principe, desideroso che Pierrot assistesse per intero al suo trionfo – giacché erano soprattutto l'ammirazione e l'invidia di Pierrot che egli desiderava suscitare – non gliene lasciò il tempo.

«Non aver paura, Pierrot», disse il principino. «Non sono arrabbiato con te, e tra poco mi vedrai sul mio bel cavallo bianco e la mia bella selletta!... Parteciperò alla battuta di caccia, e sarò io a uccidere il daino!».

«Ah, certo», rispose l'irriverente Pierrot con il più impertinente sfoggio d'ironia. «E ci resterete a lungo sul cavallo... L'altro giorno volevate montare il mio asino, e il mio asino vi ha scaraventato a terra».

«Sì... però oggi – ribatté il giovane principe con tutta la regalità cui poté fare appello e attingere dai ricordi – oggi io rappresento il mio papà, e non cadrò per nulla... E poi mi terrà in braccio Vialas».

«Suvvia, basta così», proruppe la principessa per troncare la discussione tra Pierrot e il duca d'Enghien. «Forza, che il principe sia vestito. Sta scoccando l'una, e tutti i nostri gentiluomini attendono impazienti. Lenet, fate suonare la partenza».

XIV.

In quello stesso istante il corno riecheggiò nei cortili e penetrò fin dentro gli appartamenti. Allora tutti corsero ai cavalli, freschi e riposati grazie alle cure che erano state prodigate, e montarono in sella; il canattiere con i suoi segugi, i bracchieri con le loro mute di cani partirono per primi. Poi i gentiluomini fecero ala e in sella al suo cavallo bianco comparve il duca d'Enghien, sorretto dallo scudiero Vialas, circondato da dame d'onore, scudieri e gentiluomini, e seguito dalla madre, splendida nella sua toeletta, in sella a un cavallo nero come il carbone. Al suo fianco, su un cavallo che padroneggiava con squisita grazia, si trovava la viscontessa di Cambes, adorabile nei suoi abiti femminili che aveva finalmente rivestito con sua grande gioia.

Quanto a madame de Tourville, gli sguardi la cercavano invano da due giorni. Era scomparsa: come Achille, si era ritirata sotto la sua tenda.

La meravigliosa frotta venne accolta da unanimi acclamazioni. Facevano la loro comparsa, rizzandosi sulle staffe, la principessa e il duca d'Enghien, ignoti alla maggior parte di quei gentiluomini, i quali non si erano mai recati a corte ed erano estranei a tutti quei fasti regali. Il fanciullo salutava con un delizioso sorriso, la principessa con lenta maestosità: erano la moglie e il figlio di colui che i suoi stessi nemici chiamavano il Primo capitano d'Europa. Il Primo capitano d'Europa era braccato, perseguitato, imprigionato dagli uomini che egli stesso aveva salvato dal nemico a Lens e difeso contro i ribelli a Saint-Germain. Era più di quanto occorresse per scatenare gli entusiasmi. E gli entusiasmi raggiunsero l'apogeo.

La principessa assaporò a lunghi sorsi tutte quelle attestazioni della sua popolarità; quindi, dopo qualche parola che le bisbigliò all'orecchio Lenet, diede il segnale della partenza, e ben presto si passò dalle aiuole nel parco, le cui porte erano tutte sorvegliate dai soldati del reggimento di Condé. I cancelli vennero richiusi alle spalle dei cacciatori, e quasi tale precauzione non bastasse a impedire che si mescolassero alla festa falsi amici, dietro i cancelli rimasero di vedetta i soldati, e presso ciascuno stava un cerimoniere, abbigliato al pari di quello nel cortile e al pari di quello armato di un'alabarda, che aveva disposizioni di aprire solo a quanti potessero rispondere alle tre domande di cui si componeva la parola d'ordine.

Un istante dopo che i cancelli furono richiusi, il corno e i furiosi latrati dei cani annunciarono che il daino era stato liberato.

Tuttavia, all'altro capo del parco, di fronte al muro di cinta costruito dal conestabile Anna di Montmorency, sul ciglio della strada, si erano arrestati sei cavalieri i quali, carezzando i cavalli ansimanti, tendevano le orecchie alle trombe e ai latrati dei cani e parevano tenere consiglio.

A giudicare dagli abiti nuovissimi, i finimenti splendenti delle cavalcature, i mantelli lustri che ricadevano galantemente dalle spalle sulle groppe dei cavalli, il lusso delle armi che si intravvedevano da alcuni pertugi disposti ad arte, poteva destare stupore l'isolamento di quei gentiluomini, così belli ed eleganti nel momento in cui tutta la nobiltà dei dintorni era riunita al castello di Chantilly.

I gentiluomini così splendenti tuttavia erano offuscati dal lusso del loro capo, o di colui che sembrava essere il loro capo: piume nel cappello, cinturone dorato, stivali raffinati con gli speroni d'oro, lunga spada dall'elsa cesellata a giorno: tale era, accompagnato da un magnifico mantello azzurro cielo alla spagnola, l'equipaggiamento del cavaliere.

«Perdio!», disse questi dopo un istante di profonde riflessioni, durante il quale i sei cavalieri si erano guardati l'un l'altro alquanto a disagio. «Per dove si entra in un parco, dalla porta o dal cancello? Presentiamoci al primo cancello o alla prima porta, ed entreremo. Non si lasciano fuori cavalieri dal nostro sembiante, quando entrano uomini abbigliati come coloro che andiamo incontrando da stamattina».

«Vi ripeto, Cauvignac – rispose uno dei cinque cavalieri a cui si rivolgeva il discorso del capo – che queste genti malvestite le quali, malgrado gli abiti e l'aspetto da bifolchi, si trovano ora nel parco avevano su di noi un vantaggio, ossia possedevano la parola d'ordine. Noi non l'abbiamo, e noi non entreremo».

«Credete davvero, Ferguzon?», chiese con una certa deferenza riguardo all'opinione del suo luogotenente colui che aveva parlato per primo, e nel quale i nostri lettori riconosceranno l'avventuriero che hanno incontrato sin dalle prime pagine di questa storia.

«Se lo credo? Ne sono certo. Pensate dunque che quella gente vada a caccia per cacciare? Figuriamoci! Stanno cospirando, è fuor di dubbio».

«Ferguzon ha ragione», disse un terzo. «Costoro cospirano e noi non entreremo».

«Tuttavia la caccia al daino è piacevole da buscare, quando la si incontra sulla propria strada».

«Soprattutto quando si è stanchi della caccia all'uomo, non è vero, Barrabas?», ribatté Cauvignac. «Ebbene, nessuno dirà che questa ci passerà sotto al naso. Abbiamo tutto quel che ci occorre per fare degna figura alla festa: brilliamo come scudi nuovi. Se il duca d'Enghien abbisogna di soldati, dove ne troverà di più belli? Se abbisogna di cospiratori, dove ne troverà di più eleganti? Il meno sfarzoso di noi sembra un capitano».

«E voi, Cauvignac – riprese Barrabas – voi a buon bisogno passereste per un duca e pari».

Ferguzon non diceva nulla, rifletteva.

«Per nostra sventura – continuò Cauvignac ridendo – Ferguzon non è dell'avviso di andare a caccia, oggi».

«Accidenti!», esclamò Ferguzon. «Non ho così ribrezzo; la caccia è un piacere da gentiluomini che mi calza a pennello. Quindi io non disdegno e non dissuado gli altri. Dico solamente che l'accesso al parco in cui c'è caccia vi è proibito dalle porte e dai cancelli».

«Ascoltate, sono le trombe che annunciano l'avvistamento», esclamò Cauvignac.

«Ma ciò non vuol dire che noi non cacceremo», proseguì Ferguzon.

«E come pretendi che cacceremo, pezzo di somaro, se non possiamo entrare?».

«Non dico che non possiamo entrare», ribatté Ferguzon.

«E come pretendi che entriamo, visto che le porte e i cancelli, aperti agli altri, stando alle tue parole a noi sono chiusi?».

«Perché non praticare in questo muretto, e solo per noi, una breccia in cui passare con i cavalli, e dietro cui di certo non troveremmo nessuno a chiederci riparazione?».

«Urrà», esclamò Cauvignac agitando festoso il cappello. «Riparazione completa! Ferguzon, sei l'uomo dalle mille risorse qui tra noi! E quando avrò detronizzato il re di Francia per porvi il principe, chiederò per te il posto del *signor* Mazarino Mazarini. Al lavoro, compari, al lavoro!».

A tali parole Cauvignac balzò giù da cavallo e con l'aiuto dei suoi compagni, uno solo dei quali bastò a tenere le cavalcature di tutti, si mise a demolire le pietre già vacillanti del muro di cinta.

In un batter d'occhio i cinque uomini all'opera praticarono una breccia larga tre o quattro piedi. Quindi risalirono a cavallo e, guidati da Cauvignac, si lanciarono all'interno.

«E ora – disse Cauvignac avviandosi nella direzione da cui udiva provenire il suono delle trombe – ora siate cortesi e di buone maniere. Vi invito a cena a casa del duca d'Enghien».

XV.

Abbiamo detto che i nostri sei gentiluomini di nuovo conio erano ben equipaggiati quanto a cavalcature; i loro cavalli inoltre, rispetto a quelli dei cavalieri giunti al mattino, avevano il vantaggio di essere freschi. Quindi raggiunsero ben presto il cuore della caccia e presero posto fra i cacciatori senza alcun dissenso. I convitati per la maggior parte provenivano da province diverse e non si conoscevano: gli intrusi quindi, una volta all'interno del parco, potevano essere scambiati per convitati.

Tutto sarebbe andato a meraviglia dunque, se si fossero tenuti al proprio posto, e se si fossero contentati di oltrepassare gli altri e mescolarsi fra i bracchieri e gli ufficiali di caccia. Tuttavia così non fu. Dopo qualche tempo Cauvignac sembrò convincersi che la caccia fosse allestita in suo onore; strappò un corno dalle mani di un canattiere che non osò rifiutarsi, si lanciò a capo dei cacciatori, incrociò il capocaccia in ogni direzione, tagliò attraverso boschi e boschetti suonando la tromba a casaccio, confondendo avvistamento e stanamento, far uscire dal bosco e far rientrare nel bosco, travolgendo i cani, investendo i domestici, salutando civettuolo le dame quando passava loro davanti, sacramentando, gridando, incitandosi quando aveva perso di vista gli altri, e arrivando al daino nel momento in cui l'animale, dopo aver attraversato il grande stagno, era allo stremo.

«Hallali! Hallali!», gridò Cauvignac. «Il daino è nostro! Perbacco! Lo abbiamo in pugno!».

«Cauvignac – invocava Ferguzon, che lo seguiva a una falcata di distanza – Cauvignac, ci farete mettere tutti alla porta. In nome di Dio, moderatevi!».

Ma Cauvignac non si dava per inteso e, vedendo che l'animale teneva testa ai cani, mise piede a terra e sguainò la spada gridando con quanta forza aveva nei polmoni:

«Hallali! Hallali!».

I suoi compagni, tutti fuorché il prudente Ferguzon, rinfrancati dal suo esempio, si preparavano a piombare sulla preda, quando il capocaccia, scostando Cauvignac con il coltello:

«Piano, signore – disse – è la principessa a dirigere la caccia. Spetta a ella dunque tagliare la gola al daino, o concedere tale onore a chi più le aggrada».

Un tale ruvido ammonimento richiamò a sé Cauvignac; costui, poiché indietreggiava alquanto di malanimo, si vide improvvisamente attorniato dalla folla dei cacciatori, ai quali erano bastati i cinque minuti di pausa di Cauvignac per sopraggiungere e che formavano un grande cerchio attorno all'animale, sospinto ai piedi di una quercia e circondato da tutti i cani lì raggruppatisi e accaniti contro di esso.

In quello stesso istante da un lungo viale si vide accorrere la principessa dinanzi al duca d'Enghien, ai gentiluomini e alle dame, che si erano pregiate di non lasciarla. Costei era animatissima, e si comprendeva che attraverso quel simulacro di guerra preludeva a una guerra vera.

Sopraggiungendo in mezzo al cerchio si fermò, gettò un'occhiata regale attorno a sé, e scorse Cauvignac e i suoi compagni divorati dagli sguardi inquieti e sospettosi dei bracchieri e degli ufficiali di caccia.

Il capitano le si avvicinò coltello in pugno: era un coltello di cui era solito fare uso il principe e che aveva la lama del più sottile acciaio e l'impugnatura di vermeil.

«Sua Altezza conosce quel gentiluomo?», chiese costui a bassa voce indicando Cauvignac con la coda dell'occhio.

«No – rispose la principessa – ma se è entrato, qualcuno lo conoscerà di certo».

«Non lo conosce nessuno, Altezza, e tutti coloro a cui ho chiesto lo vedono oggi per la prima volta».

«Ma non avrà potuto oltrepassare i cancelli senza avere la parola d'ordine!».

«No di certo», rispose il capitano. «Eppure mi permetterei di consigliare a Vostra Altezza di diffidare».

«Occorre prima sapere chi è», disse la principessa.

«Lo sapremo a breve», rispose con il suo solito sorriso Lenet, che aveva accompagnato la principessa. «Gli ho spedito un normanno, un piccardo e un bretone, e gli porranno domande a iosa; ma per adesso Sua Altezza non si mostri interessata, o altrimenti costui ci sfuggirà».

«Avete ragione, Lenet. Torniamo alla nostra caccia».

«Cauvignac – disse Ferguzon – credo si parli di noi nelle alte sfere. Non faremmo male a eclissarci».

«Tu credi?», chiese Cauvignac. «Ah, parola mia, pazienza! Voglio vedere l'hallali; accadrà quel che deve accadere».

«È un bello spettacolo, lo so bene», disse Ferguzon. «Ma i posti ci potrebbero costare più cari che alla locanda di Borgogna».

«A chi Vostra Altezza vuole accordare l'onore di mettere a morte l'animale?», chiese il capocaccia presentando il coltello alla principessa.

«Lo riservo a me stessa», rispose la principessa. «Una donna del mio rango deve abituarsi a maneggiare il ferro e a veder scorrere il sangue».

«Namur – disse il capocaccia all'archibugiere – preparatevi».

L'archibugiere uscì dai ranghi e venne, archibugio in pugno, a posizionarsi a venti passi dall'animale. La manovra era mirata a uccidere il daino con una pallottola qualora il daino, spinto dalla disperazione, come talvolta accade, invece di attendere la principessa le si fosse avventato contro.

La principessa scese da cavallo, prese il coltello e con lo sguardo fisso, le gote infiammate, le labbra arricciate, avanzò verso la bestia la quale, pressoché sepolta sotto i cani, sembrava coperta di un tappeto variopinto di mille colori. Di certo l'animale non credeva che la morte sarebbe giunta nelle sembianze della bella principessa, nella cui mano era venuto più di dieci volte a mangiare; e così, piegato sulle ginocchia come si trovava, tentava di muoversi, mentre dagli occhi gli sfuggiva la grande lacrima che accompagna l'agonia del cervo, del daino e del capriolo. Tuttavia non ne ebbe il tempo: la lama del coltello in cui si rifletteva un raggio di sole gli scomparve per intero nella gola; il sangue sprizzò fin sul viso della principessa. Il daino alzò il capo, bramì dolorosamente e, gettando un ultimo sguardo di rimprovero alla sua bella padrona, stramazzò e morì.

In quello stesso istante tutte le trombe annunciarono la morte e riecheggiarono mille voci al grido di «Viva la principessa!», mentre il giovane principe, agitandosi sulla sella, batteva allegro le mani.

La principessa estrasse il coltello dalla gola dell'animale, si guardò tutt'intorno con occhi da amazzone, restituì l'arma insanguinata al capocaccia e risalì a cavallo.

A quel punto le si avvicinò Lenet.

«La principessa desidera che le dica – affermò con il suo solito sorriso – a chi pensava mentre tagliava la gola alla povera bestia?».

«Sì, dite, Lenet, mi farete piacere».

«Pensava a Mazzarino, e avrebbe voluto che ci fosse costui al posto del daino».

«Sì – esclamò la principessa – è proprio così, l'avrei sgozzato senza pietà, ve lo giuro; è proprio vero, Lenet, siete uno stregone!». Poi, voltandosi verso il resto della compagnia: «Ora che la caccia si è conclusa, signori – disse – vi prego di seguirmi. È troppo tardi ormai per attaccare un altro daino, e d'altronde la cena ci attende».

Cauvignac rispose all'invito con un gesto quanto mai aggraziato.

«Cosa fate allora, capitano?», chiese Ferguzon.

«Accetto, perdio! Non vedi che la principessa ci ha appena invitato a cena, come vi avevo promesso?».

«Cauvignac, siete libero di non credermi – disse il luogotenente – ma se fossi in voi tornerei alla breccia».

«Ferguzon, amico mio, la vostra naturale perspicacia vi fa difetto. Non avete notato gli ordini impartiti da quell'uomo di nero vestito, che ha una finta aria da volpone quando ride, e di tasso quando non ride? Ferguzon, la breccia è sorvegliata, e andare dalle parti della breccia significa dare a vedere che vogliamo uscire da dove siamo entrati».

«Ma allora che ne sarà di noi...».

«Stai tranquillo! Mi assumo io la responsabilità...».

E su tale assicurazione i sei avventurieri presero posto in mezzo ai gentiluomini e si avviarono insieme al castello.

Cauvignac non aveva avuto torto: non erano persi di vista un istante. Lenet avanzava di fianco. Alla sua destra aveva il capocaccia, alla sinistra l'intendente del casato dei Condé.

«Siete sicuro – diceva – che nessuno conosca quei cavalieri?».

«Nessuno. Sono più di cinquanta i gentiluomini a cui abbiamo chiesto, e sempre la stessa risposta: perfetti sconosciuti per tutti».

Il normanno, il piccardo e il bretone tornarono da Lenet senza poter dire di più. Solo che il normanno aveva scoperto una breccia nel parco e, da uomo intelligente qual era, l'aveva posta sotto sorveglianza.

«Allora – disse Lenet – ricorreremo al mezzo più efficace. Dobbiamo evitare che una manciata di spie ci costringa a congedare senza costrutto cento prodi gentiluomini... Voi, intendente, assicuratevi che nessuno esca né dal cortile né dalla galleria dove entrerà la cavalleria... Voi, capocaccia, una volta chiusa la porta della galleria, disponete un picchetto di dodici uomini con le armi cariche, per ogni evenienza... E ora andate; non li perdo di vista».

Peraltro Lenet non aveva gran pena a eseguire l'incarico che si era imposto. Cauvignac e i suoi compagni non manifestavano alcuna volontà di fuggire. Cauvignac marciava in prima fila, arricciandosi i mustacchi con galanteria; dietro veniva Ferguzon, rassicurato dalla sua promessa, giacché conosceva fin troppo bene il capo per dubitare che non si sarebbe infilato diritto nella tana se la tana non avesse avuto una doppia uscita. Barrabas e agli altri tre compagni, dal canto loro, seguivano il luogotenente e il capitano senza pensare ad altro se non all'eccellente cena che li attendeva: erano insomma uomini assai materiali, che lasciavano con perfetta noncuranza l'aspetto intellettuale delle relazioni sociali ai due capi, in cui riponevano piena e totale fiducia.

Tutto si svolse secondo le previsioni del consigliere e venne eseguito secondo i suoi ordini. La principessa prese posto nel gran salone dei ricevimenti, sotto un baldacchino che fungeva da trono: accanto aveva il figlio, abbigliato come abbiamo detto.

Tutti si scambiavano occhiate: era stata promessa una cena, ed era evidente che si sarebbe tenuto un discorso.

Difatti la principessa si alzò e prese la parola. La sua arringa[1] fu coinvolgente. Questa volta Clémence de Maillé Brézé non ebbe alcuna misura, e sferrò un attacco vibrante a Mazzarino. Dal canto loro gli astanti, infiammati dal ricordo dell'affronto subìto da tutta la nobiltà di Francia nella persona dei principi, e forse ancor più dalla speranza di dettare condizioni favorevoli a corte in caso di vittoria, interruppero due o tre volte il discorso della principessa giurando a gran voce di servire fedelmente la causa dell'illustre casato dei Condé e di aiutarlo a uscire dallo svilimento in cui Mazzarino voleva ridurlo.

[1] Gli amanti dei discorsi potranno ritrovare per intero il discorso in questione nelle memorie di Pierre Lenet. Dal canto nostro condividiamo il parere di Enrico IV, il quale sosteneva che era a causa dei lunghi discorsi a cui era stato costretto a prestare ascolto che gli erano venuti i capelli grigi. [Nota dell'Autore].

«Quindi, signori – esclamò la principessa concludendo la sua arringa – è il sostegno del vostro coraggio, è l'offerta della vostra devozione che ai vostri cuori generosi chiede l'orfanello qui presente... Voi siete nostri amici... O almeno come tali vi siete presentati... Cosa potete fare per noi?».

A quel punto, dopo un istante di silenzio, un silenzio colmo di solennità, ebbe inizio la scena al contempo più imponente e commovente che si potesse vedere.

Uno dei gentiluomini si inchinò salutando con rispetto la principessa.

«Il mio nome è Gérard de Montalent», disse. «Ho con me quattro gentiluomini miei amici. Insieme abbiamo cinque buone spade e duemila pistole in tutto, che poniamo al servizio del principe... Questa è la nostra lettera credenziale, firmata dal duca di La Rochefoucauld».

La principessa salutò a sua volta, prese la lettera credenziale dalle mani del donatore, la consegnò a Lenet e fece cenno ai gentiluomini di porsi alla sua destra.

Costoro avevano appena preso posto nel luogo indicato, quando un altro gentiluomo si alzò.

«Il mio nome è Claude Raoul de Lessac, conte di Clermont», disse. «Vengo in compagnia di sei gentiluomini miei amici. Abbiamo mille pistole ciascuno, e chiediamo il favore di versarle nel tesoro di Vostra Altezza... Siamo armati ed equipaggiati, e un semplice soldo giornaliero sarà per noi sufficiente... Questa è la nostra lettera credenziale, firmata dal duca di Bouillon».

«Ponetevi alla mia destra, signori», disse la principessa prendendo la missiva di monsieur de Bouillon, di cui prese conoscenza al pari della prima, e che al pari della prima passò a Lenet. «Vi esprimo la mia gratitudine».

I gentiluomini obbedirono.

«Il mio nome è Louis Ferdinand de Lorges, conte di Duras», disse allora un terzo gentiluomo. «Arrivo senza amici né denaro, ricco e forte della mia sola spada, con cui mi sono fatto largo attraverso il nemico giacché ero assediato a Bellegarde. Questa è la mia lettera credenziale, da parte del visconte di Turenne».

«Venite, venite», disse la principessa prendendo la lettera credenziale con una mano e porgendo l'altra da baciare. «Venite, e rimanete qui accanto a me, vi nomino mio brigadiere».

L'esempio venne seguito da tutti i gentiluomini: ciascuno si faceva avanti con una lettera credenziale di monsieur de La

Rochefoucauld ovvero di monsieur de Bouillon ovvero di monsieur de Turenne; consegnava la lettera e si poneva alla destra della principessa. Quando l'ala destra fu gremita, la principessa diede disposizione di porsi alla sua sinistra.

E così il fondo della sala andava piano piano sguarnendosi. Ben presto rimasero solo Cauvignac e i suoi sgherri, i quali formavano un gruppo solitario cui tutti, mormorando diffidenti, guardavano con collera e minaccia.

Lenet lanciò un'occhiata verso la porta. La porta era ben chiusa. Egli sapeva che dietro quella porta era appostato il capitano con dodici uomini ben armati. Allora, guardando di nuovo i sei sconosciuti:

«E voi, signori?», chiese. «Chi siete? Ci accorderete l'onore di dirci il vostro nome e mostrarci la vostra lettera credenziale?».

L'inizio della scena il cui esito, con l'intelligenza che sappiamo essergli propria, lo inquietava non poco, aveva gettato un'ombra di inquietudine sul volto di Ferguzon, e tale inquietudine si era lentamente trasmessa ai suoi compagni i quali, al pari di Lenet, guardavano alla porta; ma il loro capo, maestosamente drappeggiato nel suo mantello, era rimasto impassibile e all'invito di Lenet, avanzando di due passi e salutando la principessa con infinita e pretenziosa cortesia:

«Il mio nome è Roland de Cauvignac – disse – e reco al servizio di Vostra Altezza questi cinque gentiluomini, che appartengono alle prime famiglie di Guienna ma desiderano rimanere in incognito».

«Tuttavia non sarete venuti a Chantilly senza essere raccomandati da qualcuno, signori!», ribatté la principessa, scossa al pensiero dell'orribile scompiglio che sarebbe seguito all'arresto dei sei gentiluomini sospetti. «Dov'è la vostra lettera credenziale?».

Cauvignac si produsse in un inchino come chi riconosca la fondatezza della domanda, si frugò nel farsetto e ne estrasse un foglio piegato in quattro, che passò a Lenet con l'inchino più profondo.

Lenet aprì, lesse, e un'espressione quanto mai gioiosa giunse a distendergli i lineamenti, contratti da un'apprensione del tutto naturale.

Mentre Lenet leggeva, Cauvignac passava in rassegna gli astanti con sguardo trionfante.

«Guardate che fortuna», disse a bassa voce Lenet chinandosi all'orecchio della principessa. «Una procura di monsieur d'Épernon!».

«Grazie!», esclamò la principessa con il suo sorriso più aggraziato. «Tre volte grazie. Grazie da parte di mio marito. Grazie da parte mia. Grazie da parte di mio figlio!».

La sorpresa aveva ridotto al silenzio tutti i presenti.

«Questa carta è troppo preziosa perché voi intendiate privarvene senza condizioni. Questa sera dopo cena avremo una conversazione, vi prego, e mi direte in cosa possiamo esservi utili».

E Lenet si mise in tasca la procura, che Cauvignac ebbe la delicatezza di non richiedergli.

«Ebbene – disse Cauvignac ai suoi compagni – non vi avevo forse detto che vi invitavo a cena in compagnia del duca d'Enghien?».

«E ora a tavola», sentenziò la principessa.

A queste parole si aprirono i doppi battenti della porta laterale, e si offrì alla vista una splendida cena servita nella grande galleria del castello.

La cena fu quanto mai fragorosa; i convitati levarono i calici alla salute del principe, proponendosi più di dieci volte, sempre in ginocchio, spada alla mano e con imprecazioni all'indirizzo di Mazzarino tali da far crollare i muri.

Ciascuno rese onore alle prelibatezze di Chantilly. Perfino Ferguzon, il prudente Ferguzon, cedette al richiamo dei vini di Borgogna, di cui faceva conoscenza per la prima volta. Ferguzon era guascone e fino a quel momento era stato in grado di apprezzare solo i vini del suo paese, che trovava eccellenti ma che all'epoca, stando alle parole del duca di Saint-Simon, non godevano ancora di grande nomea.

Lo stesso non può dirsi tuttavia di Cauvignac. Cauvignac, pur apprezzando nel loro giusto valore i vigneti di Moulin-à-Vent, Nuits e Chambertin, ne faceva solo un ragionevole consumo. Non aveva affatto dimenticato il sorriso scaltro di Lenet, e pensava che avrebbe avuto bisogno di tutto il suo raziocinio per concludere con l'astuto consigliere un affare di cui non avesse a pentirsi; così destò l'ammirazione di Ferguzon, di Barrabas e degli altri tre compagni i quali, ignorando le cause di tale morigeratezza, furono abbastanza sciocchi da ritenere che il loro capo fosse ormai sulla strada della vecchiaia.

Verso la fine del pasto, poiché i brindisi cominciavano a farsi più frequenti, la principessa si eclissò portandosi dietro il duca d'Enghien, lasciando piena facoltà ai convitati di prolungare il banchetto nella notte come più gradivano. Del resto tutto si era svolto secondo i suoi desideri, ed ella fece un racconto dettagliato della scena nel salone e del desinare nella galleria omettendo solo un particolare, ossia le parole che Lenet le aveva bisbigliato all'orecchio nel momento in cui si alzava da tavola: «Vostra Altezza non dimentichi che partiamo alle dieci».

Stavano per scoccare le nove; la principessa diede inizio ai preparativi.

In quel mentre, Lenet e Cauvignac si scambiarono uno sguardo. Lenet si alzò. Altrettanto fece Cauvignac; Lenet uscì per una porticina situata in un angolo della galleria, Cauvignac comprese la manovra e lo seguì.

Lenet condusse Cauvignac nel suo gabinetto: l'avventuriero avanzava alle sue spalle, l'aria spensierata e fiduciosa. Tuttavia, mentre avanzava, si trastullava oziosamente con il manico di un lungo pugnale infilato alla cintura, e con occhio rapido e ardente frugava attraverso le porte socchiuse e i tendaggi svolazzanti.

Non temeva esattamente di essere tradito, ma il suo principio era stare sempre in misura contro il tradimento.

Una volta entrato nel gabinetto in parte rischiarato da una lampada, ma che una sola occhiata gli assicurò fosse deserto, Lenet indicò con la mano una sedia a Cauvignac. Cauvignac sedette a un lato del tavolo su cui ardeva la lampada, e Lenet all'altro.

«Eccovi innanzitutto e prima di ogni altro la vostra procura, che vi restituisco», esordì Lenet per guadagnarsi sin da subito la fiducia del gentiluomo. «Appartiene a voi, non è così?».

«Appartiene – rispose Cauvignac – a chi ne è in possesso, giacché come potete vedere non vi è altro nome all'infuori di quello del duca d'Épernon».

«Quando chiedo se appartiene a voi, vi chiedo se voi ne siete in possesso con il consenso del duca d'Épernon».

«L'ho ricevuta dalle sue mani».

«Quindi non è né sottratta né estorta con la violenza? Non dico siate stato voi, ma qualcun altro dal quale l'avreste ricevuta; magari l'avete ricevuta di seconda mano».

«Vi dico che mi è stata data dal duca, di suo pieno accordo e a titolo di scambio con un foglio che gli ho consegnato».

«Con il duca d'Épernon avete assunto l'obbligo di fare qualcosa in particolare mediante questa procura?».

«Con il duca d'Épernon non ho preso alcun impegno».

«Quindi a colui che ne entrerà in possesso è concesso farne uso in assoluta sicurezza?».

«Gli è concesso».

«Allora perché non ne fate uso voi stesso?».

«Perché custodendo questa procura guadagno solo una cosa, mentre cedendola a voi ne posso guadagnare due».

«E quali sono queste due cose?».

«Innanzitutto il denaro».

«Non ne abbiamo affatto».

«Sarò ragionevole».

«E la seconda?».

«Un grado nell'esercito dei principi».

«I principi non hanno alcun esercito».

«Ne avranno uno».

«Non preferireste una nomina per allestire una compagnia?».

«Stavo per proporvi un tale compromesso».

«Quindi rimane il denaro».

«Sì, rimane il denaro».

«Che somma desiderate?».

«Diecimila sterline. Ve l'ho detto che sarei stato ragionevole».

«Diecimila sterline!».

«Sì. Avrò pur diritto a un anticipo per armare ed equipaggiare i miei uomini».

«In effetti non è eccessivo».

«Dunque acconsentite?».

«Affare fatto».

Lenet tirò fuori una nomina già firmata, la compilò con i nomi che gli indicava il giovane, vi appose il sigillo della principessa e la consegnò al titolare; poi, aprendo una sorta di scrigno dove era custodito il tesoro dell'esercito ribelle, ne estrasse diecimila sterline d'oro e le allineò in pile da venti luigi ciascuna.

Cauvignac le contò scrupolosamente una dopo l'altra: poi, all'ultima, fece cenno a Lenet indicando che la procura era sua.

Lenet la prese e la chiuse nello scrigno, pensando di certo che non vi fossero mai troppe precauzioni per custodire un documento così prezioso.

Nel momento in cui Lenet riponeva nella tasca del giustacuore la chiave dello scrigno, un domestico arrivò completamente stravolto a dichiarare che era richiesta la sua presenza per un affare di rilievo.

Quindi Lenet e Cauvignac uscirono dal gabinetto: Lenet per seguire il domestico, Cauvignac per tornare alla sala del banchetto.

Nel frattempo la principessa era intenta ai preparativi per la partenza, che consistevano nel sostituire l'abito di gala con una tenuta d'amazzone, appropriata per andare sia in vettura sia a cavallo, fare una cernita tra le carte per dare fuoco a quelle inutili e portare quelle preziose, e infine riunire i diamanti che aveva dato ordine di smontare, affinché occupassero meno spazio e potessero tornare più facilmente utili in una situazione incalzante.

Dal canto suo, il duca d'Enghien sarebbe partito con lo stesso abbigliamento con cui aveva partecipato alla caccia, considerato che vi era stato tempo di preparare solo quello. Lo scudiero Vialas si sarebbe tenuto costantemente accanto alla portiera della carrozza, in sella a un cavallo bianco, un corsiero purosangue, per poter prendere il principe sulla piccola sella e portarlo via al galoppo in caso di bisogno. Dapprima si era temuto che il fanciullo si addormentasse, ed era stato fatto venire Pierrot perché giocasse con lui, ma una tale precauzione era inutile: l'orgoglio di vedersi vestito da uomo teneva il principe desto.

Le vetture, attaccate di soppiatto ai cavalli come per riportare a Parigi la viscontessa di Cambes, erano state condotte sotto un buio viale di ippocastani, dove erano impossibili da scorgere, e dove se ne stavano con le portiere aperte e i cocchieri a cassetta a soli venti passi dal cancello principale. Si attendeva solo il segnale, che doveva essere una fanfara di corni. La principessa, lo sguardo fisso sulla pendola che segnava le dieci meno cinque, già si alzava in piedi e avanzava verso il duca d'Enghien a prenderlo per mano, quando tutt'a un tratto la porta si aprì di colpo e Lenet più che entrare si precipitò dentro la stanza.

La principessa, vedendolo pallido in volto e con lo sguardo turbato, impallidì e si turbò a sua volta.

«Oddio», gli disse andandogli incontro. «Cosa c'è? Che avete?».

«C'è – disse Lenet con voce strozzata dall'emozione – che è appena giunto un gentiluomo e chiede di parlare con voi per conto del re».

«Dio onnipotente», esclamò la principessa. «È la fine! Mio caro Lenet, che fare?».

«Una sola cosa».

«Ossia?».

«Far svestire subito il duca d'Enghien e far indossare i suoi abiti a Pierrot».

«Ma io non voglio che mi portino via i miei vestiti per darli a Pierrot!», proruppe il giovane principe sul punto di scoppiare in lacrime al solo pensiero, mentre Pierrot, al colmo della gioia, temeva di aver inteso male.

«È necessario, mio signore», disse Lenet con il tono possente che si riscontra nelle circostanze gravi e che sa impressionare perfino un fanciullo. «Altrimenti in questo istante voi e vostra madre sarete condotti nella stessa prigione in cui si trova vostro padre».

Il duca d'Enghien tacque, mentre viceversa Pierrot, incapace di tenere a bada le proprie emozioni, si abbandonava a un'indicibile esplosione di gioia e d'orgoglio; entrambi furono condotti in una stanzetta della cappella lì accanto dove doveva effettuarsi la metamorfosi.

«Per nostra fortuna la principessa vedova è qui», disse Lenet. «Altrimenti Mazzarino ci avrebbe sconfitti».

«E perché mai?».

«Perché il messaggero ha dovuto far visita innanzitutto alla principessa vedova, e adesso si trova nella sua anticamera».

«Ma questo messaggero del re di certo è solo una guardia, una spia inviata dalla corte».

«Vostra Altezza l'ha detto».

«Allora ha l'ordine di sorvegliarci a vista».

«Sì, ma cosa vi importa, dal momento che non sorveglia voi?».

«Non vi capisco, Lenet».

Lenet sorrise.

«Capisco io, vi garantisco. Fate abbigliare Pierrot da principe e il principe da giardiniere, penserò io a istruire Pierrot».

«Mio Dio, lasciar partire mio figlio da solo!».

«Vostro figlio partirà con sua madre».

«Impossibile».

«Perché? Se abbiamo trovato un falso duca d'Enghien, troveremo di certo una falsa principessa di Condé».

«Oh, adesso vi capisco a meraviglia, caro il mio Lenet, mio bravo Lenet. Ma chi vestirà i miei panni?», aggiunse la principessa con una certa inquietudine.

«State tranquilla – rispose l'imperturbabile consigliere – la principessa di Condé di cui voglio servirmi e che destino a essere sorvegliata a vista dalla spia di Mazzarino si è appena spogliata in tutta fretta e sta entrando proprio adesso nel vostro letto».

Così si era svolta la scena di cui Lenet aveva appena fornito il resoconto alla principessa.

Mentre nella sala del banchetto i gentiluomini continuavano a bere levando i calici alla salute dei principi e maledicendo Mazzarino, mentre Lenet nel suo gabinetto trattava con Cauvignac lo scambio della procura, mentre infine la principessa era impegnata negli ultimi preparativi per la partenza, al cancello principale del castello si era presentato un cavaliere accompagnato dal suo lacchè e aveva suonato.

Il portiere aveva aperto, ma dietro al portiere il nuovo arrivato aveva trovato l'alabardiere di nostra conoscenza.

«Da dove venite?», domandò questi.

«Da Mantes», rispose il cavaliere.

Fin lì tutto bene.

«Dove andate?», proseguì l'alabardiere.

«Dalla principessa vedova di Condé, quindi dalla principessa e infine dal duca d'Enghien».

«Qui non si entra!», disse l'alabardiere ponendo di traverso l'alabarda.

«Ordine del re!», rispose il cavaliere tirando fuori di tasca un foglio.

A quelle temibili parole l'alabarda si era abbassata, la sentinella aveva chiamato, un ufficiale della casa era accorso, e il messaggero di Sua Maestà, dopo aver consegnato la lettera credenziale, era stato immediatamente introdotto negli appartamenti.

Per fortuna Chantilly era grande, e gli appartamenti della duchessa vedova erano distanti dalla galleria in cui si svolgevano le battute finali del rumoroso banchetto di cui abbiamo ritratto la prima parte.

Se il messaggero avesse chiesto di vedere innanzitutto la principessa e il figlio, sarebbe stata davvero la fine. Tuttavia l'etichetta esigeva che egli salutasse anzitutto la principessa madre. Il primo maggiordomo lo fece dunque entrare in un grande gabinetto attiguo alla stanza da letto di Sua Altezza.

«Vi prego di scusarmi – gli disse – ma Sua Altezza si è improvvisamente sentita indisposta l'altroieri ed è stata appena sottoposta a salasso, meno di due ore fa, per la terza volta. Le annuncerò il vostro arrivo e tra un minuto avrò l'onore di farvi accomodare».

Il gentiluomo fece un cenno d'assenso con il capo e rimase solo, senza accorgersi che dal buco della serratura tre volti curiosi spiavano il suo contegno e cercavano di riconoscerlo.

Si trattava innanzitutto di Pierre Lenet, quindi di Vialas, lo scudiero del principe, e infine di La Roussière, il capocaccia. Nel caso in cui l'uno o l'altro avessero riconosciuto il gentiluomo, sarebbero entrati e, con il pretesto di tenergli compagnia, lo avrebbero accostato per intrattenerlo e guadagnare tempo.

Tuttavia nessuno aveva potuto riconoscere colui che avevano così tanto interesse a ingraziarsi. Si trattava di un bel giovanotto in vesti da fante. Con una disinvoltura che facilmente avrebbe potuto essere interpretata in guisa di disgusto per la missione di cui aveva incarico, costui guardò i ritratti di famiglia e il mobilio del gabinetto, soffermandosi in particolare di fronte al ritratto della principessa vedova, presso cui stava per essere introdotto, che era stato realizzato quando la principessa era al culmine della sua gioventù e della sua beltà.

Fedele alla sua promessa peraltro, il domestico dopo qualche minuto appena venne a prelevare il cavaliere per condurlo al cospetto della principessa vedova.

Charlotte de Montmorency si era tirata su a sedere. Il medico, Bourdelot, aveva appena lasciato il capezzale; incontrò l'ufficiale sulla soglia della stanza e gli fece un saluto estremamente cerimonioso, che l'ufficiale restituì alla stregua.

Quando la principessa udì i passi del visitatore e le parole che scambiava con il medico, fece un cenno rapido in direzione del corsello, e a quel punto la tappezzeria dalle pesanti frange che avvolgeva il letto, eccezion fatta per il lato che la principessa vedova aveva aperto per ricevere la visita, fremette impercettibilmente per due o tre secondi.

Nel corsello della principessa vedova si trovavano infatti la giovane principessa di Condé, entrata da una porta segreta praticata nella boiserie, e Lenet, impaziente di sapere sin dall'inizio del colloquio cosa mai venisse a fare il messaggero del re a Chantilly presso le principesse.

L'ufficiale mosse tre passi nella stanza e si inchinò con un rispetto che non era dettato solo dall'etichetta.

La principessa vedova aveva sgranato i grandi occhi neri con l'aria superba di una regina che è sul punto di adirarsi: il suo silenzio era gravido di tempesta. Con la mano di un candore opaco, resa ancor più bianca dal triplice salasso, fece cenno al messaggero di consegnare il dispaccio di cui era latore.

Il capitano protese la mano verso quella della principessa e vi depose rispettosamente la lettera di Anna d'Austria. Poi attese che la principessa ebbe letto le quattro righe che racchiudeva.

«Benissimo», mormorò la principessa vedova ripiegando il foglio con sangue freddo troppo grande per essere dissimulato. «Capisco le intenzioni della regina, per quanto ammantate in parole cortesi: sono vostra prigioniera».

«Signora...», esclamò l'ufficiale imbarazzato.

«Una prigioniera facile da sorvegliare – riprese madame de Condé – giacché non sono in condizioni di fuggire molto lontano; e ho, come avete potuto vedere entrando qui, una sentinella severa: il mio medico, monsieur Bourdelot».

Così parlando la principessa vedova si soffermò con più insistenza sul messaggero, la cui fisionomia le parve bastevolmente gradevole da stemperare in parte l'amara accoglienza riservata al latore di una simile ingiunzione.

«Sapevo Mazzarino capace di non poche violenze indegne – proseguì – ma non lo reputavo ancora così pavido da temere una donna vecchia e malata, una povera vedova e un fanciullo, giacché presumo che l'ordine di cui siete latore riguardi anche mia figlia la principessa e il duca mio nipote».

«Cadrei in preda alla disperazione – ribatté il giovane – se Vostra Altezza mi giudicasse dalla missione che ho la sventura di essere costretto a compiere. Sono arrivato a Mantes recando un messaggio per la regina. Il post-scriptum del messaggio raccomandava il messaggero a Sua Maestà: la regina allora ha avuto la bontà di dirmi di rimanere al suo fianco, giacché con ogni probabilità avrebbe avuto bisogno dei miei servigi. Due giorni dopo la regina mi ha spedito qui: ma pur accettando, come era mio dovere, la missione che Sua Maestà si degnava di affidarmi, qualunque essa fosse, oserei dire che non l'ho sollecitata e che mi sarei persino rifiutato, se i re fossero persone in grado di tollerare un rifiuto».

E così dicendo l'ufficiale fece un secondo inchino rispettoso quanto il primo.

«Leggo fausti presagi nella vostra spiegazione, e spero, da quando me l'avete data, di poter giacere in pace nella malattia. Ma niente falsi pudori, ditemi subito la verità. Mi faranno sorvegliare fin nella mia stanza, come hanno fatto con il mio povero figlio a Vincennes? Avrò il diritto di scrivere, e controlleranno o non controlleranno le mie missive? Se, contro ogni evidenza, questa malattia mi permetterà mai di rialzarmi, sarò limitata nelle mie passeggiate?».

«Questa è la direttiva che la regina mi ha fatto l'onore di affidarmi personalmente. "Andate a rassicurare mia cugina de Condé – mi ha detto Sua Maestà – che farò per i principi tutto ciò che la sicurezza dello Stato mi permetterà di fare. Con la presente, la prego di ricevere uno dei miei ufficiali, affinché possa fungere da intermediario tra ella e me per i messaggi che mi indirizzerà. Questo ufficiale – ha aggiunto la regina – sarete voi". Queste – continuò il giovane con identiche attestazioni di rispetto – sono state le parole esatte di Sua Maestà».

La principessa aveva ascoltato il racconto con l'attenzione che si profonde nel cogliere in una nota diplomatica i significati che spesso derivano da una parola posta in questa o in quella posizione, da una virgola posta in questo o in quel punto.

Poi, dopo aver riflettuto un istante, la principessa, scorgendo di certo nel messaggio tutto ciò che aveva temuto di scorgervi sin dal principio, ossia un atto di spionaggio a bruciapelo, serrò le labbra e disse:

«Alloggerete a Chantilly, secondo i voleri della regina; direte inoltre quale appartamento vi sarà più gradito e più confortevole per eseguire il vostro incarico, e tale appartamento sarà vostro».

«Ho avuto l'onore – rispose il gentiluomo accigliandosi lievemente – di spiegare a Vostra Altezza parecchie cose che non figuravano nelle istruzioni. Tra la collera di Vostra Altezza e la volontà della regina mi ritrovo in una situazione pericolosa, io, un povero ufficiale e soprattutto un mediocre cortigiano; tuttavia mi sembra che Vostra Altezza potrebbe dar prova di generosità astenendosi dal mortificare un uomo che non è altri che uno strumento passivo. Mi è increscioso dover fare ciò che faccio. Ma dal momento che la regina ha ordinato, è mio dovere obbedire religiosamente agli ordini della regina. Se non avessi chiesto l'incarico, sarei felice che fosse stato affidato a qualcun altro: mi sembra che questo spieghi non poco...».

E l'ufficiale rialzò il capo con un rossore che suscitò analogo rossore sull'altera fronte della principessa.

«A qualsivoglia rango della società noi apparteniamo – replicò quest'ultima – lo avete detto voi stesso, dobbiamo obbedienza a Sua Maestà. Seguirò dunque l'esempio che mi date e al pari di voi obbedirò; ma dovete capire, tuttavia, quanto sia difficile non poter ricevere in casa propria un degno gentiluomo da par vostro senza essere libera di fare a proprio piacimento gli onori di casa. A partire da ora siete voi il padrone qui. Ordinate».

L'ufficiale salutò con un profondo inchino la principessa e rispose:

«Dio non voglia che io dimentichi la distanza che mi separa da Vostra Altezza, e il rispetto che devo al suo casato. Vostra Altezza continuerà a dare ordini in casa propria e io sarò il primo dei suoi servitori».

E così dicendo il giovane gentiluomo si ritirò senza imbarazzo, senza servilismi, senza alterigia, lasciando la principessa vedova turbata da una collera tanto più intensa in quanto non poteva rivalersi con un messaggero così discreto e rispettoso.

E così quella stessa sera Mazzarino fece le spese di tale conversazione che dal fondo del corsello avrebbe fulminato il ministro, se le maledizioni avessero il potere di uccidere come pallottole.

Il gentiluomo ritrovò nell'anticamera il lacchè da cui era stato annunciato.

«Ora – disse questi avvicinandosi al messaggero – la principessa di Condé, alla quale avete chiesto udienza da parte della regina, acconsente a ricevervi; vi prego di seguirmi».

L'ufficiale capì la locuzione tesa a salvare l'orgoglio delle principesse e parve riconoscente del favore che gli veniva concesso, quasi che tale favore non fosse stato imposto da ordini superiori. Attraversando dunque gli appartamenti al seguito del maggiordomo, giunse alla porta della stanza da letto della principessa.

Una volta giunto, il maggiordomo si voltò.

«Al ritorno dalla caccia la principessa si è messa a letto, e giacché è stanca vi riceverà coricata. Chi devo annunciare a Sua Altezza?».

«Annunciate il barone di Canolles da parte di Sua Maestà la regina reggente», rispose il giovane gentiluomo.

A quel nome, che udì dal suo letto, la presunta principessa ebbe un moto di sorpresa che, qualora fosse stato visibile, ne avrebbe singolarmente compromesso l'identità, e calandosi precipitosa la cuffietta sugli occhi con la mano destra, mentre con la mancina si portava fin sul mento la ricca coltre del letto:

«Fate entrare», disse con voce alterata.

L'ufficiale entrò.

Madame de Condé

I.

Canolles venne introdotto in una vasta stanza rivestita da una scura tappezzeria, rischiarata solo da un lume da notte poggiato su una console tra le due finestre: al tenue bagliore che diffondeva, tuttavia, era possibile distinguere al di sopra del lume un grande quadro che raffigurava una donna, ritratta in piedi, la quale teneva per mano un fanciullo. Sulle balze ai quattro angoli baluginavano i tre gigli d'oro, ai quali era sufficiente togliere solo la fascia disposta a cuore perché si trasformassero nei tre gigli di Francia. Infine, nel profondo di una vasta alcova dove la pallida e tremolante luce penetrava appena, si intravvedeva sotto le pesanti coltri di un letto la donna su cui il nome del barone di Canolles aveva prodotto un così singolare effetto.

Il gentiluomo diede nuovamente inizio ai convenevoli d'uso, ossia mosse i tre passi di rigore verso il letto, salutò, mosse altri tre passi; poi due cameriere che di certo avevano aiutato madame de Condé a mettersi a letto si erano ritirate, il maggiordomo richiuse la porta e Canolles si ritrovò solo con la principessa.

Non spettava affatto a Canolles principiare la conversazione; egli attese quindi che gli venisse rivolta la parola; ma, dal momento che la principessa dal canto suo sembrava voler mantenere un silenzio ostinato, il giovane ufficiale pensò che fosse meglio passar sopra le formalità piuttosto che rimanere oltremodo in una posizione così disagevole. Eppure non si nascondeva che la tempesta, ancora imbrigliata in quel silenzio sdegnoso, sarebbe di certo scoppiata alle prime parole che lo avessero infranto, e che egli stesso avrebbe dovuto subire per la seconda volta la collera di una principessa più temibile ancora della prima, in quanto costei era più giovane e più interessante.

Tuttavia la smodatezza dell'affronto che gli veniva inflitto imbaldanzì il giovane gentiluomo, e inchinandosi una terza volta conformemente alla circostanza, ossia con un saluto rigido e compassato, presagio del malumore che gli ribolliva nel cervello di guascone:

«Ho avuto l'onore di chiedere udienza a vostra Altezza – disse questi – da parte di Sua Maestà la regina regnante; Vostra Altezza si è degnata di accordarmela. Ora vuole forse coronare la sua generosità facendomi sapere con una parola, un segno, che ha avuto la bontà di notare la mia presenza ed è pronta ad ascoltarmi?».

Un movimento tra le tende e sotto le coltri avvertì Canolles che stava per avere risposta.

Difatti si udì una voce, quasi soffocata per quanto era gravida di emozione.

«Parlate», disse la voce. «Vi ascolto».

Canolles assunse un tono oratorio e principiò.

«Sua Maestà la regina – disse – mi invia presso di voi per assicurare Vostra Altezza che desidera proseguire le sue buone relazioni di amicizia».

Nel corsello si produsse un movimento visibile e la principessa interruppe l'oratore:

«Non menzionate oltremodo l'amicizia che regna tra Sua Maestà la regina e il casato dei Condé», disse con voce spezzata. «Vi sono prove del contrario nelle celle del torrione di Vincennes».

"Orsù – pensò Canolles – sembra che si siano passati parola e che ripeteranno tutti la stessa cosa".

Nel frattempo nel corsello si produceva un nuovo movimento, che il messaggero non notò affatto in ragione del frangente imbarazzante. La principessa proseguì:

«Venendo ai fatti, cosa volete?».

«Io non voglio nulla», rispose Canolles raddrizzandosi. «È Sua Maestà la regina che vuole che io penetri in questo castello, che mi intrattenga in compagnia di Vostra Altezza, per quanto indegno io sia di un tale onore, e che contribuisca con tutto ciò che è in mio potere a ristabilire la buona armonia tra i due principi di sangue reale, separati senza motivo in un'epoca così dolorosa».

«Senza motivo!», esclamò la principessa. «Voi sostenete che la nostra rottura sia senza motivo!».

«Vi chiedo perdono», riprese Canolles. «Io non sostengo nulla, non sono un giudice, sono solo un interprete».

«E in attesa che si ristabilisca tale buona armonia la regina mi fa spiare, con il pretesto che...».

«E così io sarei uno spione», ribatté Canolles esasperato. «Eccola la parola, finalmente. Ringrazio Vostra Altezza per la franchezza».

E, nella disperazione di cui stava vieppiù cadendo preda, Canolles compì uno di quei bei gesti che con tanta avidità cercano i pittori per i loro ritratti inanimati, e gli attori per i loro ritratti viventi.

«Così è detto, è deciso, io sono uno spione!», proseguì Canolles. «Ebbene, allora trattatemi come si trattano simili miserabili; dimenticate che sono il messo di una regina, che tale regina risponde di tutti i miei atti, che non sono altro che un atomo obbediente al suo respiro. Fatemi cacciare via dal vostro lacchè, fatemi uccidere dai vostri gentiluomini, ponetemi al cospetto persone a cui possa rispondere con il bastone o con la spada; ma vi prego di non insultare così crudelmente un ufficiale che compie il suo dovere di soldato e di suddito, voi che siete così in alto per nascita, merito e sventura!».

Queste parole che prorompevano dal cuore, dolorose come un gemito, stridenti come un rimprovero, dovevano produrre, e produssero, il loro effetto. Udendole, la principessa si tirò su a sedere appoggiandosi sul gomito, gli occhi splendenti, la mano tremante, e compiendo un gesto colmo di angoscia in direzione del messaggero:

«Dio non voglia – disse – che sia mia intenzione insultare un prode gentiluomo da par vostro. No, monsieur de Canolles, no, non diffido della vostra lealtà; biasimate le mie parole, sono oltraggiose, ne convengo, e non volevo oltraggiarvi. No, no, siete un nobile cavaliere, barone, e vi rendo piena e assoluta giustizia».

E come per pronunciare tali parole, trasportata di certo dallo slancio generoso che gliele strappava dal cuore, la principessa si era sporta suo malgrado al di fuori dell'ombra del baldacchino formato dagli spessi tendaggi; non appena erano apparsi la fronte bianca sotto le cuffie, i capelli biondi sciolti in trecce, le labbra di un rosso ardente, gli occhi umidi e dolci, Canolles trasalì, giacché gli era testé passata davanti agli occhi come una visione, e giacché ebbe l'impressione di respirare di nuovo un profumo il cui solo ricordo lo inebriava. Gli parve che una di quelle porte dorate attraverso cui passano i bei sogni si aprisse per ricondurgli lo sciame dei pensieri allegri e delle gioie dell'amore volato via. Il suo sguardo si gettò più sicuro e limpido sul letto della principessa, e nel breve arco di un secondo, in un bagliore rapido che gettava luce in un baleno su tutto il passato, nelle spoglie della principessa coricata lì davanti riconobbe il visconte di Cambes.

Del resto, già da qualche istante la di lui agitazione era tale che la falsa principessa poté imputarla all'increscioso rimprovero che tanta sofferenza gli aveva causato, e poiché lo slancio che ella aveva avuto conobbe appena, come abbiamo detto, la durata di un istante, poiché si era premurata di rientrare quasi subito nella penombra, di velare di nuovo gli occhi, di celare all'istante la mano bianca e così affusolata da tradire le sue mentite spoglie, ella tentò, non senza emozione ma quantomeno scevra di inquietudine, di riprendere la conversazione nel punto in cui l'aveva lasciata.

«Dicevate dunque?», disse la giovane donna.

Ma Canolles era abbagliato, ammaliato; le visioni gli passavano e ripassavano davanti agli occhi, le idee vorticavano, perdeva la memoria, la ragione: era sul punto di perdere il rispetto e porre domande. Un solo istinto, forse quello che Dio infonde nel cuore di coloro che amano, che le donne chiamano timidezza e altro non è se non avarizia, consigliò a Canolles di fingere ancora e di aspettare, di non perdere il suo sogno, di non compromettere con una parola imprudente e sfuggita troppo frettolosa la felicità di una vita intera.

Non aggiunse un gesto, non una parola a quanto voleva rigorosamente dire o fare. Che ne sarebbe di lui, Dio onnipotente, se l'illustre principessa lo riconoscesse all'improvviso, se prendesse a odiarlo lì nel suo castello di Chantilly, così come aveva preso a diffidare alla locanda di mastro Biscarros, se tornasse sull'accusa già abbandonata, e se credesse che egli grazie a un titolo ufficiale o a un ordine reale volesse dar seguito a manovre scusabili nei confronti del visconte o della viscontessa di Cambes, ma insolenti e pressoché criminali quando trattasi di una principessa di sangue reale?

Ma è mai possibile, pensò di colpo, che una principessa di tal nome e stirpe abbia viaggiato sola a quel modo con un unico servitore?

E come sempre accade in circostanze simili in cui la mente vacilla e cerca turbata di appoggiarsi a qualcosa, Canolles si guardò intorno smarrito, e i suoi occhi si soffermarono sul ritratto della donna che teneva per mano il figlio.

A quella vista un'illuminazione improvvisa gli balenò nella mente, e suo malgrado egli mosse un passo in avanti per accostarsi al quadro.

Dal canto suo, la falsa principessa non poté trattenere un gridolino e, quando a tale gridolino si voltò, Canolles vide che il viso già velato ora era completamente celato.

"Oh, oh – si chiese tra sé – cosa significa tutto ciò? O costei è la principessa che ho incontrato sulla strada di Bordeaux, oppure sono lo zimbello di un raggiro e non è ella la donna che giace in questo letto. In ogni caso staremo a vedere".

«Non so cosa pensare del vostro silenzio, ora», disse Canolles all'improvviso. «E ho riconosciuto...».

«Che cosa avete riconosciuto?», chiese precipitosamente la donna nel letto.

«...ho riconosciuto – riprese Canolles – che per mia sventura vi ho ispirato la stessa opinione che ho già ispirato alla principessa vedova».

«Ah», non poté fare a meno di esclamare la voce con un sospiro di sollievo.

La frase di Canolles forse non era granché logica, e sembrava quasi una divagazione nella conversazione; ma il colpo era andato a segno. Canolles aveva notato il moto d'angoscia da cui era stato interrotto, e il moto di gioia che aveva accolto le sue ultime parole.

«Solo che – proseguì l'ufficiale – mi vedo nondimeno costretto a dire a Vostra Altezza, per quanto sgradevole possa esserle tutto ciò, che devo restare a castello e accompagnare Vostra Altezza ovunque avrà piacere di recarsi», proseguì l'ufficiale.

«E così – esclamò la principessa – non potrò essere sola nemmeno nella mia stanza? Ma questo è più che un oltraggio!».

«Ho detto a Vostra Altezza che tali erano le mie istruzioni. Ma Vostra Altezza stia tranquilla – aggiunse Canolles fissando con sguardo penetrante la dama nel letto e pesando ogni parola – di certo saprà meglio di chiunque altro che so obbedire alle preghiere di una donna».

«Io?», esclamò la principessa con un tono che racchiudeva ancor più imbarazzo che stupore. «Non so davvero di cosa stiate parlando; ignoro a quali circostanze facciate allusione».

«Credevo che il maggiordomo che mi ha introdotto – continuò l'ufficiale facendo un inchino – avesse detto il mio nome a Vostra Altezza. Sono il barone di Canolles».

«E allora?», ribatté la principessa con voce piuttosto ferma. «Che importanza ha?».

«Pensavo che, avendo già avuto l'onore di essere gradito a Vostra Altezza...».

«A me? E in che modo, di grazia?», replicò la voce con un'alterazione che a Canolles rammentava un certo tono molto irritato, ma al contempo molto impaurito, che gli si era impresso nella memoria.

Canolles pensò di essersi spinto abbastanza oltre, e d'altronde era ormai quasi certo.

«Non eseguendo alla lettera le mie istruzioni», aggiunse con aria di profondissimo rispetto.

La principessa parve rassicurata.

«Non voglio assolutamente farvi cadere in fallo», disse. «Eseguite le vostre istruzioni, quali che siano».

«Per mia fortuna ancora ignoro in qual modo si perseguita una donna, a maggior ragione in qual modo si vilipenda una principessa», riprese Canolles. «Quindi ho l'onore di ripetere a Vostra Altezza quel che ho già detto alla principessa vedova, ossia che sono il suo umilissimo servitore... Vi prego di darmi la vostra parola che non uscirete dal castello se non in mia compagnia, e io vi libererò della mia presenza che, lo comprendo bene, a Vostra Altezza dovrà essere odiosa».

«Ma in tal modo non eseguirete i vostri ordini...», proruppe la principessa.

«Farò quel che la mia coscienza mi dice di fare».

«Monsieur de Canolles – disse la voce – vi giuro che non uscirò da Chantilly senza avervi avvisato».

«In tal caso – ribatté Canolles inchinandosi fino a terra – perdonatemi se sono stato la causa involontaria dell'ira di un istante. Vostra Altezza non mi rivedrà più se non quando mi manderà a chiamare».

«Vi ringrazio, barone», disse la voce con un'espressione di gioia che parve avere un'eco nel corsello. «Andate ora, vi ringrazio; avrò il piacere di rivedervi domani».

Questa volta il barone riconobbe senza fallo la voce, gli occhi e il sorriso indicibilmente voluttuoso della creatura incantevole che gli era per così dire scivolata via tra le mani la sera in cui l'ignoto cavaliere era venuto a consegnargli l'ordine del duca d'Épernon. Erano gli inafferrabili effluvi che profumano l'aria respirata dalla donna amata, era quel tiepido vapore che è un corpo di cui l'anima invaghita crede di abbracciare i contorni; superno sforzo dell'immaginazione, la fata capricciosa che si nutre di idealità come la materia di concretezza.

Un'ultima occhiata al ritratto, per quanto così fiocamente illuminato, mostrò al barone, i cui occhi peraltro principiavano ad assuefarsi alla penombra, il naso aquilino dei Maillé, i capelli neri e l'occhio incavato della principessa; mentre di fronte a sé la donna che aveva appena recitato il primo atto del ruolo così arduo che aveva intrapreso aveva gli occhi sporgenti, il naso dritto dalle narici dilatate, la bocca solcata agli angoli per l'abitudine al sorriso, e le gote paffute che stornano ogni idea di laboriose meditazioni.

Canolles sapeva tutto quel che voleva sapere, quindi salutò con rispetto come se avesse creduto di aver sempre a che fare con la principessa e si ritirò nel suo appartamento.

II.

Canolles non nutriva ancora alcuna ferma risoluzione; e così, rientrando nel suo appartamento, prese a camminare a passi spediti in lungo e in largo, come sogliono fare gli indecisi, senza accorgersi che Castorin, il quale attendeva il suo ritorno, nel vederlo si era alzato e lo seguiva dappresso, tenendo fra le mani una veste da camera distesa in tutta la sua lunghezza dietro la quale egli scompariva.

Castorin cozzò contro un mobile, Canolles si voltò.

«E allora – gli disse – cosa fate qui con questa veste da camera?».

«Attendo che il signore si svesta».

«Non lo so quando mi spoglierò. Poggiate la veste da camera su una poltrona e attendete».

«Ma come, il signore non si sveste?», chiese Castorin il quale, domestico capriccioso per natura, quella sera sembrava più bisbetico del solito. «Il signore quindi non prevede di coricarsi subito?».

«No».

«E quando prevede di coricarsi il signore?».

«Che ve ne importa?».

«Mi importa eccome, giacché sono molto stanco».

«Ah, davvero!», commentò Canolles fermandosi e guardando in viso Castorin. «Siete molto stanco?».

E il gentiluomo lesse palesemente sul volto del lacchè quell'espressione impertinente propria dei domestici che muoiono dalla voglia di farsi mettere alla porta.

«Stanchissimo!», ripeté Castorin.

Canolles fece spallucce.

«Uscite», gli disse. «Rimanete in anticamera. Quando avrò bisogno di voi, suonerò».

«Avviso il signore che, se tarderà a lungo, nell'anticamera non mi troverà più».

«E dove sarete, di grazia?».

«Nel mio letto. Mi sembra che, dopo aver percorso duecento leghe, sia ormai tempo di andare a dormire».

«Castorin – disse Canolles – siete uno zotico».

«Se il signore reputa che uno zotico non sia degno di essere il suo lacchè, il signore non ha che da dire una parola, e io lo priverò dell'incomodo del mio servizio», rispose Castorin assumendo la sua espressione più solenne.

Canolles non era in un momento di pazienza, e se Castorin avesse avuto la facoltà di intravvedere anche solo l'ombra della burrasca che montava nell'anima del padrone, è evidente che, quantunque avesse fretta di trovarsi libero, avrebbe atteso un altro momento per avanzare la proposta che aveva appena arrischiato. Il gentiluomo quindi marciò diritto verso il suo lacchè e, stringendogli tra il pollice e l'indice uno dei bottoni del giustacuore, gesto in seguito divenuto familiare a un uomo più illustre di quanto fu mai il povero Canolles:

«Ripetete», gli disse.

«Ripeto – rispose Castorin con la medesima impudenza – che se il signore non è contento di me, libererò il signore dai miei servigi».

Canolles piantò lì Castorin e andò a passi solenni a prendere il bastone. Castorin capì quale fosse la questione.

«Badate a quel che farete», esclamò. «Non sono più un semplice lacchè; sono al servizio della principessa!».

«Ah ah!», proruppe Canolles abbassando il bastone già sollevato in aria. «Ah, voi sareste al servizio della principessa!».

«Sissignore, da un quarto d'ora a questa parte», ribatté Castorin raddrizzandosi.

«E chi vi ha ingaggiato al suo servizio?».

«Monsieur Pompée, il suo intendente».

«Monsieur Pompée!».

«Sì».

«Eh, ma perché non me l'hai detto subito?», esclamò Canolles. «Sì sì, hai ragione a lasciare il mio servizio, caro il mio Castorin. Ed ecco qui due pistole per ricompensarti delle legnate che ero sul punto di darti».

«Oh – fece Castorin non osando prendere il denaro – cosa vuol dire tutto ciò? Forse il signore si prende gioco di me?».

«Nient'affatto. Anzi, diventa pure il lacchè della principessa, amico mio. Solo una cosa: quando dovrebbe principiare il tuo servizio?».

«A partire da quando il signore mi avrà reso la libertà».

«Ebbene, ti rendo la libertà a partire da domattina».

«E da qui a domattina?».

«Da qui a domattina tu sei sempre il mio lacchè, e mi devi obbedire».

«Con piacere! Cosa comanda il signore?», chiese Castorin risolvendosi a prendere le due pistole.

«Comando, giacché hai voglia di dormire, che tu ti spogli e che ti metta nel mio letto».

«Come? Che intende dire il signore? Non capisco».

«Non c'è bisogno di capire, devi obbedire e basta. Spogliati, ti aiuterò io».

«Cosa? Il signore mi aiuta?».

«Certo. Visto che reciterai il ruolo del cavaliere di Canolles, bisogna pur che io reciti quello di Castorin».

E, senza attendere il permesso del lacchè, il barone gli tolse via il giustacuore, che indossò, il cappello, che si mise in testa, e prima che l'altro si fosse ripreso dalla sorpresa lo chiuse a doppia mandata e scese rapido le scale.

Canolles cominciava finalmente a vederci chiaro in tutto quel mistero, sebbene una parte degli eventi rimanesse ancora avvolta in una nube. Nelle ultime due ore gli era parso che nulla di quel che avesse visto, nulla di quel che avesse udito fosse pienamente naturale. Tutti a Chantilly si comportavano in maniera compassata: aveva l'impressione che tutti coloro che incontrava recitassero un ruolo, eppure i dettagli confluivano in un'armonia generale la quale al sorvegliante inviato dalla regina indicava che, se egli non voleva essere vittima di una qualche grande mistificazione, doveva sorvegliare due volte tanto.

Il ricongiungimento di Pompée e del visconte di Cambes chiariva numerosi dubbi.

Quanti ne rimanevano a Canolles finirono per dissiparsi quando, non appena uscito dalla corte, egli vide, malgrado la profonda oscurità della notte, quattro uomini venire avanti e apprestarsi a entrare dalla porta che egli stesso aveva appena varcato; i quattro uomini erano guidati dal medesimo maggiordomo che aveva introdotto Canolles al cospetto delle principesse. Un altro uomo, avvolto in un mantello, seguiva dietro.

Sulla soglia il gruppetto si fermò, in attesa degli ordini dell'uomo col mantello.

«Sapete dove alloggia», disse questi con voce imperiosa rivolgendosi al maggiordomo. «Lo conoscete, giacché lo avete portato qui voi. Allora tenetelo d'occhio affinché non possa uscire; disponete i vostri uomini lungo la scala, nel corridoio, ovunque vogliate, poco importa, purché senza sospettare nulla sia egli stesso sotto sorveglianza, invece di essere costui a sorvegliare le Loro Altezze».

Nell'angolo in cui l'oscurità gettava la sua ombra più densa, Canolles si fece più impalpabile di una visione; da lì, senza essere notato, vide scomparire sotto la volta i cinque guardiani che gli erano stati assegnati, mentre l'uomo col mantello, dopo essersi accertato che eseguissero l'ordine impartito, riprese la strada per la quale era giunto.

"Questo non prova ancora nulla di preciso – si disse Canolles seguendolo con lo sguardo – giacché la stizza può spingerle a rendermi la pariglia. Ora, sperando che quell'indiavolato di un Castorin non si metta a gridare, a chiamare, a commettere qualche sciocchezza... Ho fatto male a non imbavagliarlo. Sfortunatamente ora è troppo tardi. Orsù, diamo inizio alla ronda".

E subito Canolles, dopo essersi guardato attorno con occhio indagatore, attraversò il cortile e raggiunse l'ala dell'edificio dietro cui erano situate le scuderie.

Tutta la vita del castello sembrava essersi raccolta in quella parte degli edifici. Si udivano cavalli che scalpitavano e gente che correva frettolosa. La selleria riecheggiava del ticchettio dei morsi e dei finimenti. Carrozze venivano condotte fuori dalle rimesse, e voci soffocate dal timore, ma che tuttavia era possibile cogliere prestando attentamente orecchio, si chiamavano e si rispondevano.

Canolles rimase un istante in ascolto. Non v'era dubbio, erano i preparativi per una partenza.

Attraversò tutto lo spazio che si estendeva tra un'ala e l'altra, passò sotto una volta e giunse alla facciata del castello.

Lì si fermò.

In effetti, le finestre al pianterreno brillavano di una luce troppo fulgida perché non si capisse che all'interno erano accesi candelabri a profusione, e giacché tali candelabri andavano e venivano disegnando grandi ombre e ampie strie luminose sul prato del giardino, Canolles comprese che là dove era situato il centro dell'attività era situato anche il cuore dell'impresa.

Sulle prime Canolles esitò a sorprendere in flagrante il segreto che si tentava di nascondergli. Tuttavia rifletté ben presto che il suo incarico di inviato della regina e la responsabilità che gli imponeva una tale missione giustificavano parecchie cose, perfino nelle coscienze più scrupolose.

Avanzando quindi con cautela lungo il muro, tanto più scuro alla base quanto più risplendevano le finestre poste a sei o sette piedi dal suolo, salì su un cippo, dal cippo passò a una sporgenza nel muro, si aggrappò con una mano a un anello e con l'altra al bordo del telaio, e da un angolo del vetro lanciò lo sguardo più affilato e attento che mai fosse penetrato nel santuario di una cospirazione.

E questo fu ciò che vide.

Accanto a una donna in piedi intenta a disporre l'ultima spilla per fissarsi sul capo il cappello da viaggio, alcune domestiche terminavano di vestire un bambino con un abito da caccia; il bambino era di spalle rispetto a Canolles, che ne scorse solo la bionda capigliatura. Ma la dama, illuminata in pieno volto dalla luce di due candelabri a sei braccia sorretti da domestici simili a cariatidi ai lati del mobile da toeletta, offrì a Canolles l'originale esatto del ritratto che aveva testé intravisto nella penombra dell'appartamento della principessa: era il medesimo viso lungo, la bocca severa, il naso dalle curve imperiose della donna di cui Canolles riconosceva in quel momento l'immagine vivente. Tutto in costei annunciava dominio: il piglio ardito, lo sguardo scintillante, i movimenti bruschi del capo. Tutto negli assistenti denotava obbedienza: gli inchini, la solerzia nel recare l'oggetto richiesto, la prontezza nel rispondere alla voce della sovrana o a scrutarne lo sguardo.

Diversi ufficiali della casa, tra i quali Canolles riconobbe il maggiordomo, stipavano nelle valigie, nelle casse, nei bauli, chi i gioielli, chi l'argenteria, chi l'armamentario delle donne che chiamasi toeletta. Il principino nel frattempo giocava e correva tra i lesti servitori; ma per una curiosa fatalità, Canolles non poté scorgerne il viso.

"Me lo immaginavo", mormorò. "Mi stanno imbrogliando, costoro si preparano a partire. Sì, ma con un solo cenno posso tramutare questa scena di raggiro in una scena di lutto, devo solo correre sulla terrazza e fischiare tre volte in questo fischietto d'argento, e nell'arco di cinque minuti al suono acuto che esso produrrà duecento uomini avranno fatto ingresso nel castello, arrestato le principesse, legato tutti questi ufficiali che se la ridono sornioni. Sì – proseguì Canolles, anche se stavolta parlava con il cuore e non con le labbra – sì. Eppure lei, colei che dorme o finge di dormire lassù, io la perderò senza rimedio, ella mi prenderà in odio, e questa volta sarà un odio ben meritato. E inoltre mi disprezzerà, dirà che ho esercitato fino in fondo il mio mestiere di spia. Eppure, visto che ella obbedisce alla principessa, perché io non dovrei obbedire alla regina?".

In quel momento, come se il caso avesse voluto osteggiare quella ritrovata risoluzione, una porta dell'appartamento in cui aveva luogo la toeletta della principessa si aprì e due personaggi – un uomo di cinquant'anni e una donna di venti – entrarono tutti contenti e tutti frettolosi. A quella vista Canolles sentì il cuore balzargli diritto negli occhi. Aveva appena riconosciuto i bei capelli, le labbra fresche, lo sguardo intelligente del visconte di Cambes il quale, ancora sorridente, veniva a baciare rispettoso la mano di Clémence de Maillé, principessa di Condé. Solo che questa volta il visconte indossava i panni del suo vero sesso, ed era la viscontessa più deliziosa della terra.

Canolles avrebbe dato dieci anni di vita per udire la loro conversazione; ma invano incollava la testa ai vetri, al suo orecchio giungeva solo un ronzio inintelligibile. Vide la principessa fare un cenno d'addio alla giovane donna, e baciarla sulla fronte raccomandandole qualcosa alla quale tutti i presenti risero, poi quest'ultima ritornò agli appartamenti d'apparato con alcuni bassi ufficiali che indossarono uniformi di ufficiali superiori; vide anche il degno Pompée, tronfio di fierezza in un abito arancione impreziosito d'argento, chinarsi e poggiarsi nobilmente sull'elsa di un enorme spadone, al pari di Don Japhet d'Armenia, mentre accompagnava la sua padrona, la quale sollevava aggraziata il suo lungo abito di raso. Poi a sinistra, da una porta sulla parete opposta, cominciò a sfilare silente la scorta della principessa, che avanzava innanzi a tutti con l'incedere non di una fuggiasca bensì di una regina; poi venivano lo scudiero Vialas, che portava tra le braccia il piccolo duca d'Enghien avvolto in un mantello, Lenet con un cofanetto cesellato e fasci di carte, e infine il capitano di castello, che chiudeva il corteggio aperto da due ufficiali che marciavano a spada sguainata.

Tutti costoro uscirono per un corridoio segreto: subito Canolles saltò giù dal suo punto d'osservazione e corse alla volta, dove nel frattempo erano state spente le luci. A quel punto vide passare tutto il corteo che si recava in silenzio alle scuderie: la partenza era imminente.

In quel momento gli tornarono in mente i doveri che gli erano imposti dalla missione di cui era stato incaricato dalla regina. La donna in procinto di uscire era la guerra civile armata di tutto punto, che egli lasciava fuggire e che di nuovo avrebbe roso le viscere della Francia. Di certo era una vergogna per un uomo farsi spia e guardiano di una donna, ma era donna anche la dama de Longueville che aveva appiccato il fuoco ai quattro angoli di Parigi.

Canolles si precipitò alla terrazza che dominava il parco e si portò alle labbra il fischietto d'argento.

I preparativi erano ormai ultimati; madame de Condé non sarebbe potuta uscire da Chantilly, o se ne fosse uscita non avrebbe mosso cento passi senza essere attorniata assieme alla sua scorta da una truppa tre volte più numerosa. Così Canolles portava a termine la sua missione senza correre il minimo rischio; così in un'unica occasione infrangeva la fortuna e il futuro del casato dei Condé, e nella medesima occasione costruiva sulle loro macerie la propria fortuna e fondava il proprio futuro così come avevano fatto un tempo i Vitry e i Luynes, e di recente i Guitaut e i Miossens in circostanze forse ancora meno gravi per la salvezza della corona.

Tuttavia Canolles levò lo sguardo all'appartamento dove, sotto tendaggi di velluto rosso, brillava tenue e melanconica la luce del lume da notte che ardeva accanto alla falsa principessa, e sulle grandi cortine bianche gli parve di veder delinearsi l'amata ombra.

Allora tutte le risoluzioni del raziocinio, tutti i calcoli dell'egoismo si dileguarono a quel raggio di luce delicata, come ai primi chiarori dell'alba svaniscono tutti i sogni e tutti gli spettri della notte.

"Mazzarino – si disse con appassionato trasporto – è abbastanza ricco da compromettere tutti questi principi e tutte queste principesse che gli sfuggono, ma io non sono così ricco da perdere il tesoro che mi appartiene fin da ora, e che sorveglierò geloso come un dragone. Ora ella è sola, in mio potere, dipendente da me; in qualsiasi ora del giorno e della notte posso entrare nel suo appartamento. Non fuggirà senza dirmelo, giacché mi ha dato la sua sacra parola. Cosa m'importa che la regina venga ingannata e che Mazzarino sia furente! Mi hanno detto di sorvegliare la principessa di Condé: io la sorveglio. Non dovevano fare altro che fornirmi i suoi connotati o lanciare al suo seguito una spia più abile di me".

E Canolles ripose il fischietto in tasca, udì stridere i chiavistelli, correre lontano il rombo delle carrozze sul ponte del parco e perdersi il rumore sempre più fievole dello scalpiccio; poi, quando ogni cosa fu scomparsa, visione e vociare, senza pensare che si era appena giocato la vita in cambio dell'amore di una donna, ossia in cambio di una parvenza di felicità, si introdusse nel secondo cortile deserto e salì prudente la scala, immersa, al pari della volta, nell'oscurità più profonda.

Tuttavia, malgrado tutte le precauzioni che prese, Canolles giungendo nel corridoio non poté evitare di imbattersi in un personaggio che sembrava essere in ascolto alla sua porta, il quale lanciò un grido di sordo terrore.

«Chi siete? Chi siete?», domandò il personaggio con voce spaventata.

«Perdio!», esclamò Canolles. «Chi siete voi, che vi siete introdotto come una spia su per le scale?».

«Sono Pompée».

«L'intendente della principessa?».

«Sì, sì, l'intendente della principessa».

«Ah, capitate a proposito», disse il gentiluomo. «Io sono Castorin».

«Castorin... il domestico del barone di Canolles?».

«In persona».

«Ah, mio caro Castorin!», esclamò Pompée. «Scommetto che vi ho cagionato una gran paura».

«A me?».

«Sì. Dannazione, quando non si è stati soldati... Posso fare qualcosa per rendervi servigio, mio caro amico?», proseguì Pompée riprendendo le sue arie da grand'uomo.

«Sì».

«Parlate, allora».

«Potete annunciare seduta stante alla principessa che il mio padrone desidera parlarle».

«A quest'ora?».

«Precisamente».

«Impossibile».

«Voi credete?».

«Ne sono certo».
«Allora la principessa non riceverà il mio padrone?».
«No».
«Ordine del re, Pompée. Andate a dirle così».
«Ordine del re!», esclamò Pompée. «Vado!».
E Pompée scese le scala impetuoso, animato dal rispetto e al contempo dalla paura, due levrieri capaci di far correre al loro passo una tartaruga.
Canolles continuò per la sua strada, rientrò nel suo appartamento, trovò Castorin che russava magistralmente adagiato in una grande poltrona, rivestì i suoi abiti da ufficiale e attese l'evento che egli stesso aveva appena predisposto.
"Parola mia – si disse – non provvederò bene agli affari di Mazzarino, ma mi sembra che ai miei non provvedo poi così male".
Invano Canolles attese il ritorno di Pompée; in capo a dieci minuti, vedendo che non giungevano né costui né altri in sua vece, decise di presentarsi da solo.
Quindi svegliò Castorin, la cui ira si era placata grazie all'ora di sonno, gli ingiunse di tenersi pronto a ogni evenienza con un tono che non ammetteva repliche e si avviò agli appartamenti della principessa.
Alla porta il barone trovò un domestico di pessimo umore, giacché la campanella aveva appena chiamato proprio nel momento in cui prendeva fine il servizio ed egli credeva, al pari di Castorin, di dare inizio finalmente a un sonno ristoratore dopo la faticosa giornata.
«Che volete, signore?», chiese il domestico alla vista di Canolles.
«Chiedo di porgere i miei rispetti alla principessa di Condé».
«A quest'ora?».
«Come a quest'ora?».
«Sì, mi pare sia piuttosto tardi».
«Come avete detto, briccone?».
«Ma signore...», balbettò il lacchè.
«Ora non chiedo, esigo», dichiarò Canolles con un tono di suprema alterigia.
«Volete... Qui comanda solo la principessa».
«Il re comanda ovunque... Ordine del re!».
Il lacchè rabbrividì e chinò il capo.
«Chiedo perdono – disse tutto tremante – ma io sono solo un povero servitore. Quindi non posso assumermi la responsabilità di

aprirvi la porta della principessa; permettetemi di andare a svegliare un ciambellano».

«I ciambellani sono forse soliti andare a letto alle undici, al castello di Chantilly?».

«C'è stata caccia tutto il giorno», balbettò il lacchè.

"È vero", mormorò Canolles. "Dovranno pur avere il tempo di camuffare qualcuno da ciambellano".

Poi, ad alta voce:

«Sta bene», disse. «Fate pure. Attenderò».

Il lacchè partì di corsa a diffondere l'allarme nel castello, dove già Pompée, spaventato dal brutto incontro, aveva appena seminato un indicibile terrore.

Canolles, rimasto solo, tese le orecchie e spalancò gli occhi.

Egli allora sentì correre nei saloni e nei corridoi; al bagliore delle luci morenti vide individui armati di moschetto posizionarsi agli angoli delle scale. Infine udì da ogni parte un mormorio minaccioso che veniva a sostituire lo stuporoso silenzio che un istante prima regnava in tutto il castello.

Canolles mise mano al fischietto e si avvicinò a una finestra attraverso i cui vetri scorgeva, stagliata come una massa scura e brumosa, la cima dei grandi alberi ai piedi dei quali aveva fatto imboscare i duecento uomini che aveva condotto con sé.

"No – disse – questo ci condurrebbe diritti alla battaglia, e ciò non tornerebbe a mio vantaggio. Meglio attendere: il peggio che possa accadermi nell'attesa è di essere assassinato, mentre agendo con precipitazione potrei perderla...".

Canolles aveva appena ultimato tale riflessione tra sé, quando vide aprirsi una porta e apparire un nuovo personaggio.

«La principessa non riceve», gli disse costui con una fretta che non gli permise di salutare il gentiluomo. «È coricata e ha dato disposizioni di non lasciar entrare chicchessia».

«Chi siete?», chiese Canolles squadrando lo strano figuro. «E chi vi ha dato l'insolenza di parlare a un gentiluomo con il cappello in testa?».

E con la punta del suo bastone Canolles spazzò via il cappello del suo interlocutore.

«Signore!», esclamò questi indietreggiando d'un passo con fierezza.

«Vi ho chiesto chi siete», riprese Canolles.

«Sono... – rispose l'altro – come potete vedere dalla mia uniforme, sono il capitano delle guardie di Sua Altezza».

Canolles sorrise.

In effetti aveva avuto il tempo di soppesare con lo sguardo l'uomo che gli parlava, e aveva capito di avere a che fare con un qualche sommelier panciuto al pari delle sue bottiglie, un qualche florido Vatel strizzato in un giustacuore da ufficiale che per mancanza di tempo, o per l'eccessiva pinguedine, non aveva avuto modo di agganciare a sufficienza.

«Benissimo, capitano delle guardie», disse Canolles. «Raccogliete il vostro cappello e rispondete».

Il capitano eseguì la prima parte dell'ingiunzione di Canolles, da uomo che abbia studiato la bella massima della disciplina militare: per saper comandare occorre saper obbedire.

«Capitano delle guardie!», riprese Canolles. «Accidenti, è un bell'incarico».

«Sissignore, alquanto. E allora?», ribatté l'uomo raddrizzandosi.

«Non gonfiate troppo il petto, capitano – avvertì Canolles – o romperete l'ultima cordellina e il giustacuore vi cadrà alle caviglie, la qual cosa sarebbe non poco sgradevole».

«Ma insomma, chi siete voi?», chiese a sua volta il presunto capitano.

«Prenderò a esempio l'urbanità che mi avete dimostrato e risponderò alla vostra domanda così come voi avete risposto alla mia. Sono capitano a Navailles, e a nome del re sono qui in veste di ambasciatore parato di un carattere pacifico oppure violento, e mi parerò dell'uno o dell'altro di tali caratteri a seconda che si obbedirà o non si obbedirà affatto agli ordini di Sua Maestà».

«Violento!», esclamò il falso capitano. «Un carattere violento...?».

«Molto violento, vi avviso».

«Anche nei riguardi di Sua Altezza?...».

«Perché no? Sua Altezza non è che la prima suddita di Sua Maestà».

«Non forzate la mano; ho cinquanta uomini d'armi prontissimi a vendicare l'onore di Sua Altezza».

Canolles si astenne dal dirgli che quei cinquanta uomini altri non erano che domestici e lavapiatti degni di servire un capo di tal fatta, e che, quanto all'onore della principessa, esso si stava involando proprio in quel momento assieme a Sua Altezza sulla strada di Bordeaux.

Rispose solamente con il sangue freddo più intimidatorio di una minaccia che è consueto in gente valorosa e avvezza ai pericoli:

«Se avete cinquanta uomini d'armi, capitano, io ho duecento soldati che sono l'avanguardia di un esercito reale. Prevedete di porvi in aperta ribellione contro Sua Maestà?».

«No, no!» rispose prontamente l'umiliatissimo corpacciuto. «Dio me ne scampi! Ma vi prego di testimoniare che cedo solo alla forza».

«È il minimo che vi devo, in qualità di collega».

«Ebbene, allora vi condurrò dalla principessa vedova, che ancora non dorme».

Canolles non ebbe bisogno di riflettere per valutare il terrificante rischio che gli approntava una tale trappola; ma ne venne fuori repentinamente con l'ausilio della sua onnipotenza.

«Non ho ordine di vedere la principessa vedova, bensì Sua Altezza, la principessa giovane».

Il capitano delle guardie chinò ancora una volta il capo, impresse alle corpulente gambe un moto di rinculo, trascinò la lunga spada sul parquet e rivarcò maestosamente la soglia tra due sentinelle, le quali durante la scena se ne erano rimaste tremebonde e che all'annuncio dell'arrivo di duecento uomini per poco non avevano abbandonato la loro postazione, poco inclini com'erano a diventare martiri della fedeltà nel sacco del castello di Chantilly.

Dieci minuti dopo il capitano, seguito da due guardie, tornava con innumerevoli cerimonie a prelevare Canolles per condurlo dalla principessa, nella cui stanza questi venne introdotto senza avere a patire altri indugi.

Canolles riconobbe l'appartamento, la mobilia, il letto, perfino il profumo della stanza che gli si mostrava. Ma invano vi cercò due cose: il ritratto della vera principessa, che aveva notato in occasione della prima visita e che gli aveva acceso nella mente la scintilla del raggiro in cui volevano cadesse, e la sagoma della falsa principessa per la quale aveva appena compiuto un così grande sacrificio. Il ritratto era stato portato via; e, a causa di una precauzione un po' tardiva, e di certo in conseguenza di tale precauzione, il viso della persona allettata era rivolto verso il corsello con un'impertinenza tutta principesca.

In piedi lì accanto, nel corsello, vi erano due donne.

Il gentiluomo avrebbe volentieri soprasseduto su una tale mancanza di riguardi; ma poiché temeva che in virtù di una qualche nuova sostituzione madame de Cambes potesse fuggire così come era fuggita la principessa, gli si rizzarono i capelli in testa per lo spavento, e volle subito accertarsi dell'identità del personaggio che occupava il letto invocando in suo aiuto il potere supremo conferitogli dalla sua missione.

«Chiedo perdono a Vostra Altezza se mi presento in tal modo al suo cospetto – disse con un profondo inchino – e soprattutto dopo aver dato la mia parola che sarei rimasto in attesa dei suoi ordini; ma ho appena udito un gran trambusto nel castello e...».

La persona coricata trasalì, ma non rispose. Canolles cercò un qualche segno attraverso cui poter riconoscere se colei che gli era dinanzi fosse davvero la donna che cercava; ma in mezzo ai fiumi di merletti e nel morbido spessore dei piumini e delle cortine, gli fu impossibile riconoscere nient'altro che la sagoma di una persona coricata.

«E ho l'obbligo con me stesso di assicurarmi che questo letto ospiti la stessa persona con cui ho avuto l'onore di conversare per mezz'ora», proseguì Canolles.

Questa volta non si trattò di un semplice trasalimento, ma di un vero e proprio moto di terrore. Tale moto non sfuggì affatto a Canolles, che ne fu spaventato.

"Se mi ha ingannato – pensò – se malgrado la parola solennemente data è fuggita, io esco dal castello, monto a cavallo, mi pongo alla guida dei miei duecento uomini e riacciuffo i miei fuggiaschi, dovessi anche appiccare il fuoco a trenta villaggi per farmi luce lungo la strada".

Canolles aspettò un istante ancora, ma la persona coricata non rispose né si voltò; era evidente che desiderava guadagnare tempo.

«Prego Vostra Altezza di ricordarsi che sono l'inviato del re – disse infine Canolles con un'impazienza che non aveva più il coraggio di dissimulare – e che in nome del re rivendico l'onore di vedere il suo viso».

«Oh, questa è un'inquisizione intollerabile», disse allora una voce tremula alla quale il giovane ufficiale rabbrividì di gioia, giacché vi aveva appena riconosciuto il timbro di una voce che nessun'altra poteva imitare. «Se, come voi dite, è il re che vi obbliga a tenere un tale comportamento, allora il re, che è solo un fanciullo, ancora non conosce i doveri di un gentiluomo. Costringere una donna a mostrare il suo volto vuol dire arrecarle lo stesso insulto che strapparle la maschera».

«Esiste una parola al cospetto della quale si chinano le donne quando tale parola giunge dai re, e i re quando tale parola giunge dal destino: è necessario».

«Ebbene, giacché è necessario – disse la giovane donna – giacché sono sola e indifesa di fronte all'ordine del re e alle pretese del suo messaggero, obbedisco: guardatemi».

A quel punto un brusco gesto scostò il baluardo di guanciali, coltri e merletti a difesa della bella assediata, e attraverso la breccia improvvisata, rossa di pudore piuttosto che di indignazione, apparvero la bionda testa e il delizioso viso che la voce aveva preannunciato. Con lo sguardo rapido dell'uomo avvezzo a valutare situazioni equivalenti, quando non analoghe, Canolles si accertò che non fosse la collera a tener chini gli occhi velati da ciglia di velluto, e a far tremare quella bianca mano che su un collo di madreperla tratteneva le ciocche di una capigliatura ribelle e la batista delle lenzuola profumate.

La falsa principessa rimase un istante in quella posa, che avrebbe voluto rendere minacciosa ed era solo irritata, mentre Canolles la guardava annusando deliziato e tenendo a freno con entrambe le mani i battiti del cuore che sobbalzava di gioia.

«Ebbene – disse dopo qualche istante la bella perseguitata – l'umiliazione è abbastanza grande? Mi avete esaminato a vostro piacimento? Il vostro trionfo è completo, non è così? Allora siate un vincitore generoso, ritiratevi».

«Vorrei, ma devo adempiere alle mie istruzioni fino in fondo. Finora ho compiuto solo la parte della missione che riguarda Vostra Altezza; ma non è affatto sufficiente avervi vista, ora devo vedere il duca d'Enghien».

A tali parole, pronunciate con il tono di colui che sa di essere in diritto di comandare e vuole essere obbedito, seguì un silenzio terribile. La falsa principessa si tirò su a sedere poggiandosi su una mano, e fissò Canolles con uno di quegli sguardi bizzarri che sembravano essere una sua prerogativa per tutto quel che racchiudevano al contempo. Quello voleva dire: Mi avete riconosciuta? Sapete chi sono realmente? Se lo sapete, risparmiatemi, perdonatemi; siete voi il più forte, abbiate pietà di me!

Canolles comprese tutto ciò che quello sguardo diceva, ma contro quella seducente eloquenza si irrigidì, e rispondendo a quello sguardo con la voce:

«Impossibile», disse. «Gli ordini sono precisi».

«Sia dato seguito ai vostri desideri, giacché non mostrate alcuna condiscendenza né per la posizione né per il rango. Andate, queste signore vi condurranno dal principe mio figlio».

«Queste signore – ribatté Canolles – non potrebbero condurre vostro figlio qui da voi, piuttosto che condurre me da vostro figlio? Sarebbe infinitamente meglio, mi pare».

«E perché?», chiese la falsa principessa, evidentemente più preoccupata da quella nuova domanda di quanto finora non fosse stata da nessuna delle altre.

«Perché nel frattempo metterò a parte Vostra Altezza di un aspetto della missione che può essere comunicato solo a lei».

«Solo a me?».

«Solo a voi», rispose Canolles con una riverenza più profonda di tutte quelle in cui si era finora prodotto.

Questa volta lo sguardo della principessa, che era passato successivamente dal contegno alla supplica, e dalla supplica all'inquietudine, si arrestò su Canolles con la fissità del terrore.

«Cosa mai vi sarà in questo tête-à-tête che possa spaventarvi a tal punto?», chiese Canolles. «Non siete forse voi la principessa, e non sono io un gentiluomo?».

«Sì, avete ragione, e ho torto ad aver timore. Sì, sebbene abbia il piacere di vedervi per la prima volta, mi è giunta voce della vostra cortesia e della vostra lealtà. Andate a prendere il duca d'Enghien, signore, e tornate con lui».

Le due donne vennero fuori dal corsello, avanzarono verso la porta, si voltarono ancora una volta per sapere se l'ordine fosse davvero affermativo, poi, a un cenno che confermava le parole della padrona, o almeno di colei che ne faceva le veci, uscirono dall'appartamento.

Canolles le seguì con lo sguardo fino a quando non ebbero richiuso la porta. Poi guardò di nuovo la principessa con occhi scintillanti di gioia.

«Orsù – disse la principessa tirandosi su a sedere e incrociando le mani – orsù, monsieur de Canolles, perché mi perseguitate in tal modo?».

E così dicendo guardava il giovane ufficiale non già con lo sguardo altezzoso da principessa che aveva abbozzato e non le era riuscito, ma viceversa con un'espressione così commovente e così eloquente che tutti i deliziosi dettagli del loro primo incontro, tutti gli episodi inebrianti del viaggio, tutti i ricordi di quell'amore agli albori, insomma, apparvero a congerie, avvolgendo come vapori olezzanti il cuore del barone.

«Io sto inseguendo madame de Condé in nome del re – disse muovendo un passo verso il letto – e non voi, che non siete la principessa».

Colei alla quale erano rivolte tali parole lanciò un gridolino, divenne pallidissima e si portò una mano al cuore.

«Cosa intendete dire, allora? E chi pensate che io sia?», esclamò.

«Oh, a questo proposito proverei gran disagio a spiegarvelo – rispose Canolles – giacché giurerei quasi che siete il più affascinante visconte, se non foste la più adorabile viscontessa».

«Di quanto mi state dicendo non capisco nulla fuorché una cosa», ribatté la falsa principessa, nella speranza di ridurre in soggezione Canolles facendo appello alla propria dignità. «Voi mi mancate di rispetto, voi mi insultate!».

«Non si manca di rispetto a Dio adorandolo; non si insultano gli angeli inginocchiandosi al loro cospetto», sentenziò Canolles.

E su tali parole Canolles fece un inchino come a porsi in ginocchio.

«La principessa di Condé non può tollerare...», ribatté vivacemente la viscontessa fermando Canolles.

«La principessa di Condé – rispose questi – in questo momento sta correndo in sella a un buon cavallo fianco a fianco con il suo scudiero Vialas, il suo consigliere Lenet, i suoi gentiluomini, i suoi capitani, insomma con tutto il suo casato alla volta di Bordeaux, e non si cura affatto di quel che accade ora tra il barone di Canolles e il visconte o la viscontessa di Cambes».

«Ma che dite? Avete perso il lume della ragione?».

«No, dico solo quel che ho visto, racconto solo quel che ho udito».

«Allora se avete visto, se avete udito quel che dite, la vostra missione deve concludersi».

«Voi credete? Devo forse tornare a Parigi e confessare alla regina che, per non arrecare dispiacere a una donna che amo – non pronuncio alcun nome, quindi non armate di collera il vostro sguardo – ho contravvenuto ai suoi ordini, ho permesso la fuga della sua nemica, chiuso gli occhi su quanto vedevo, tradito, insomma sì, tradito la causa del mio sovrano...».

La viscontessa parve commossa e guardò il barone con una compassione quasi affettuosa.

«Non avete forse la scusa migliore di tutte – ribatté – ossia l'impossibilità? Potevate forse fermare da solo l'imponente scorta della principessa? Vi avevano forse ordinato di battervi da solo contro cinquanta gentiluomini?».

«Non ero solo», spiegò Canolles scuotendo il capo. «Avevo e ho tuttora nel bosco, a cinquecento passi da noi, duecento soldati, che posso riunire e chiamare a me con un semplice fischio; quindi mi era facile fermare la principessa, la quale viceversa non poteva resistere. E se anche alla fine la mia scorta fosse stata più debole della sua, invece di essere quattro volte più forte, avrei sempre potuto combattere, avrei sempre potuto farmi uccidere combattendo. Mi sarebbe stato facile – proseguì il giovane protendendosi sempre più – quanto mi sarebbe gradito adesso toccare questa mano, se osassi».

In effetti, la mano che il barone fissava con occhi ardenti, quella mano fine, paffuta e bianca, quella mano bianca era sapientemente scivolata fuori dalle coperte e palpitava a ogni parola del giovane. La viscontessa, accecata ella stessa dal magnetismo di quell'amore di cui aveva già avvertito gli effetti nella piccola locanda di Jaulnay, non poté rammentarsi di dover ritrarre la mano che aveva offerto a Canolles un così felice termine di paragone; la mano quindi fu lasciata all'abbandono, e il giovane, lasciandosi cadere in ginocchio, poggiò con voluttuosa timidezza la bocca su quella mano che, al contatto con le labbra, si ritrasse come se fosse stata arsa da un ferro incandescente.

«Grazie, monsieur de Canolles – disse la giovane donna – grazie dal profondo del cuore per quanto avete fatto per me; credetemi, non dimenticherò mai. Ma rendetemi un doppio servigio rispetto a quel che mi tributate ora, tenendo conto della mia posizione e ritirandovi. Non è forse opportuno per noi lasciarci, dal momento che il vostro compito è concluso?».

Quel *noi*, proferito in un tono così dolce che sembrava racchiudere una sfumatura di rimpianto, fece vibrare fino al dolore le corde più segrete del cuore di Canolles. In fondo alle grandi gioie, difatti, pressoché sempre permane il sentimento del dolore.

«Obbedirò», disse Canolles. «Vi farò solo notare, non già per disobbedire ma per risparmiarvi forse un rimorso, che obbedirvi sarà la mia fine. Dal momento in cui confesserò la mia colpa e non sembrerò lo zimbello del vostro raggiro, diventerò la vittima della mia condiscendenza... Mi chiameranno traditore, verrò tradotto alla Bastiglia... magari passato per le armi. Ed è semplicissimo, giacché ho tradito».

Claire lanciò un grido e afferrò ella stessa la mano di Canolles, lasciandola poi immediatamente con incantevole confusione.

«E noi cosa faremo?».

Il cuore del giovane si gonfiò; decisamente quel beato *noi* diveniva la formula preferita di madame de Cambes.

«La vostra fine? Voi, così buono, così generoso», proseguì ella. «Io la vostra fine?... Oh, giammai! Qual è il prezzo per salvarvi? Parlate! Parlate!».

«Sarebbe opportuno che mi permetteste di recitare il mio ruolo fino in fondo. Come vi ho detto, sarebbe opportuno che io fingessi di cadere nel vostro raggiro, e che riferissi a Mazzarino quel che vedo, e non quel che so».

«Sì, ma se si sapesse che fate tutto questo per me, se si spargesse la voce che ci siamo già incontrati, che voi mi avete già vista, sarebbe la mia fine, questa volta. Pensateci!».

«Dal vostro piglio distaccato – disse Canolles con una melancolia perfettamente recitata – dal vostro contegno che vi costa così poco mantenere in mia presenza, non credo vi lascereste sfuggire un segreto che peraltro, almeno nel vostro cuore, non esiste».

Claire rimase in silenzio, ma uno sguardo fugace, ma un impercettibile sorriso sfuggito suo malgrado alla bella prigioniera furono la risposta che rese Canolles il più felice tra gli uomini.

«Allora rimarrò?», chiese con un sorriso indescrivibile.

«Visto che è necessario!», rispose la viscontessa.

«In tal caso scriverò subito a Mazzarino».

«Sì, andate».

«Come sarebbe a dire?».

«Vi dico di andare a scrivergli».

«Assolutamente no, bisogna che gli scriva da qui, dalla vostra stanza; devo datare la mia missiva qui ai piedi del vostro letto».

«Ma non sta bene».

«Queste sono le mie istruzioni, leggetele da voi...».

E Canolles presentò un foglio alla principessa, la quale lesse:

Il barone di Canolles sorveglierà a vista la principessa e il duca d'Enghien suo figlio.

«A vista», ribadì Canolles.

«A vista, sì, così è».

Claire allora capì tutto il profitto che un uomo innamorato quale era Canolles poteva trarre da simili istruzioni; tuttavia capì anche quale servigio ella stessa rendeva alla principessa protraendo l'errore della corte al suo riguardo.

«Allora scrivete», disse come chi è donna rassegnata.

Canolles le lanciò un'occhiata interrogativa, e sempre con un'occhiata la principessa gli indicò un nécessaire che conteneva tutto l'occorrente per scrivere. Il giovane aprì il nécessaire, ne estrasse un foglio, una penna e dell'inchiostro, posò tutto sul tavolo, avvicinò il tavolo quanto più possibile al letto, chiese, come se Claire fosse sempre la principessa, il permesso di sedersi, permesso che gli venne accordato, e scrisse a Mazzarino il seguente dispaccio:

Mio signore,

sono giunto al castello di Chantilly alle nove di sera, e come vedete ho agito di tutta fretta, dal momento che ho avuto l'onore di prendere congedo da Vostra Eminenza alle sei e mezza.

Ho trovato le due principesse allettate: la principessa vedova assai gravemente malata, la principessa affaticata da una battuta di caccia grossa cui ha partecipato in giornata.

Conformemente alle istruzioni di Vostra Eminenza, mi sono presentato alle Loro Altezze, che immediatamente hanno congedato tutti i convitati, e in questo preciso istante sorveglio a vista la principessa e suo figlio.

«E suo figlio!», ripeté Canolles voltandosi verso la viscontessa. «Diavolo! Mi sembra di dire una menzogna, eppure vorrei davvero dire menzogne».

«Rassicuratevi», replicò Claire ridendo. «Se ancora non avete visto mio figlio, lo vedrete a breve».

«E suo figlio», continuò Canolles ridendo.

E, riprendendo la missiva nel punto in cui l'aveva lasciata:

Ho l'onore di scrivere la presente missiva a Vostra Eminenza dalla stanza stessa della principessa, seduto al comodino del suo letto.

Canolles firmò e, dopo aver chiesto rispettoso il permesso a Claire, tirò il cordone di una campanella: entrò un cameriere.

«Chiamate il mio lacchè – disse Canolles – e avvisatemi quando sarà nell'anticamera».

Cinque minuti dopo, il barone veniva avvisato che Castorin era al suo posto.

«Prendete», gli disse Canolles. «Andate a portare questo biglietto all'ufficiale alla guida dei miei duecento uomini; ditegli di inviarlo a Parigi con un messaggero».

«Ma barone – rispose Castorin, al quale una simile commissione assegnata nel cuore della notte sembrava quanto mai spiacevole da eseguire – mi sembrava di avervi detto che Pompée mi aveva ingaggiato al servizio della principessa».

«Ed è in nome della principessa che vi trasmetto un tale ordine. Vostra Altezza – disse Canolles voltandosi – avrebbe la bontà di confermare le mie parole? Ella sa quanto sia importante che questa missiva sia consegnata seduta tante».

«Andate», disse la falsa principessa con un tono e un gesto pieno di maestosità.

Castorin si inchinò fino a terra e partì.

«E ora – disse Claire tendendo verso Canolles le sue piccole mani giunte in supplica – vi ritirerete, non è così?».

«Vi chiedo perdono – rispose Canolles – ma vostro figlio?».

«Giusto», rispose Claire sorridendo. «Adesso lo vedrete».

E infatti, non appena madame de Cambes ebbe pronunciato tali parole, qualcuno grattò alla porta, secondo l'usanza del tempo. Era stato il cardinale Richelieu, di certo in virtù del suo amore per i gatti, ad aver diffuso la moda di una tal maniera di bussare. Durante la sua lunga auge, dunque, si era grattato alla porta di Richelieu, poi alla porta di monsieur de Chavigny, il quale aveva ben diritto a tale successione, non foss'altro a titolo di erede naturale; e infine alla porta di Mazzarino. Quindi era ben lecito grattare a quella della principessa.

«Un momento», disse madame de Cambes.

«Sta bene... Allora rientro nella mia veste ufficiale».

E Canolles scostò il tavolo, tirò via la sedia, riprese il copricapo e si tenne rispettosamente in piedi a quattro passi dal letto della principessa.

«Entrate», disse la viscontessa.

Subito fece il suo ingresso nell'appartamento il corteo più cerimonioso che si potesse vedere.

Erano le donne, gli ufficiali, i ciambellani, tutto il personale ordinario della principessa.

«Il duca d'Enghien è stato destato», disse il capo maggiordomo. «Ora quindi è in grado di ricevere il messaggero di Sua Maestà».

Con uno sguardo Canolles chiese a madame de Cambes in maniera altrettanto chiara di quanto avrebbe potuto fare a voce: "Era questo ciò che avevamo convenuto?".

Lo sguardo, che recava in sé tutte le suppliche di un cuore in preda allo scoramento, venne compreso a meraviglia e, di certo per riconoscenza per tutto quanto Canolles aveva fatto, e forse in parte per esercitare la malizia sempre celata nel più profondo dei cuori femminili:

«Conducete qui il duca d'Enghien», disse costei. «Il signore vedrà mio figlio in mia presenza».

L'ordine fu eseguito in tutta fretta, e un istante dopo il giovane principe venne condotto nell'appartamento.

Abbiamo detto che, mentre seguiva nei minimi dettagli gli ultimi preparativi per la partenza della principessa, il barone aveva visto il giovane principe correre e giocare, ma senza poterne scorgerne il viso; aveva solo notato l'abbigliamento, che consisteva in un semplice abito da caccia. Quindi pensò non fosse in suo onore se al principe era stata fatta indossare la splendida veste con la quale si presentava ora ai suoi occhi. L'idea che il principe fosse partito con la madre, che già a Canolles era balenata nella mente, divenne quindi pressoché una certezza. Per qualche istante egli scrutò in silenzio l'erede dell'illustre principe di Condé, e senza nulla togliere al rispetto impresso in tutta la sua persona, sulle labbra gli affiorò un impercettibile sorriso d'ironia.

«Sono sommamente felice – disse in un inchino – che mi concediate l'onore di presentare i miei omaggi al mio signore il duca d'Enghien».

Madame de Cambes fece segno al fanciullo, che la fissava con i suoi occhioni, di salutare con un cenno del capo; e, poiché ebbe l'impressione che Canolles seguisse la scena sin nei dettagli con aria troppo beffarda:

«Figlio mio – intervenne con una studiata cattiveria che fece fremere Canolles, il quale già indovinava dal movimento delle labbra della viscontessa che sarebbe stato vittima di un qualche tradimento femminile – figlio mio, l'ufficiale che si trova al vostro cospetto è monsieur de Canolles, inviato da Sua Maestà. Porgete la mano a monsieur de Canolles affinché la baci».

A tale ordine Pierrot, opportunamente istruito da Lenet il quale, come aveva promesso alla principessa, si era fatto carico del suo addestramento, tese una mano che non aveva avuto né il tempo né il modo di tramutare in una mano da gentiluomo, e Canolles fu costretto a imprimere, in mezzo alle risa soffocate dei presenti, un bacio su quella mano che un uomo anche meno avvezzo a tale costume di quanto non fosse Canolles avrebbe facilmente riconosciuto tutt'altro che appartenente all'aristocrazia.

"Ah, madame de Cambes!", mormorò Canolles. "Me la pagherete per questo bacio!".

E si inchinò rispettoso al cospetto di Pierrot per rendergli grazie dell'onore che gli aveva concesso.

Poi, rendendosi conto che dopo tale prova, l'ultima in programma, gli sarebbe stato impossibile trattenersi più a lungo nella stanza di una donna:

«Per questa sera la mia missione è compiuta – disse voltandosi verso il letto – e non mi rimane altro che chiedervi il permesso di ritirarmi».

«Andate pure», disse Claire. «Vedete bene che qui siamo in tutta tranquillità. Potete dormire tranquillo, quindi».

«Prima mi rimane una grande cortesia di cui farvi richiesta».

«Quale?», chiese madame de Cambes inquieta, giacché dal tono della voce del barone comprendeva che questi si apprestava a prendersi una rivincita.

«Accordatemi la stessa grazia che ho testé ricevuto dal principe vostro figlio».

Questa volta la viscontessa era in trappola... Non vi era mezzo di rifiutare a un ufficiale del re la cerimoniosa cortesia che egli reclamava in tal modo di fronte a tutti. Madame de Cambes quindi protese la tremante mano verso Canolles.

Canolles avanzò verso il letto come fosse avanzato verso il trono di una regina, prese con la punta delle dita la mano che gli veniva porta, mise un ginocchio a terra e impresse sulla pelle delicata, bianca e fremente un lungo bacio che tutti attribuirono al rispetto, e che solo agli occhi della viscontessa fu un'ardente stretta d'amore.

«Mi avete promesso, mi avete perfino giurato che non lascerete il castello senza avvisarmi», disse a mezza voce Canolles rialzandosi. «Confido nella vostra promessa e nel vostro giuramento».

«Confidate pure», disse madame de Cambes ricadendo sul guanciale, quasi sul punto di svenire.

Canolles, trasalito al suono della sua voce, tentò di trovare conferma negli occhi della bella prigioniera alla speranza che gli aveva regalato quel tono.

Ma i begli occhi della viscontessa erano ermeticamente chiusi.

Canolles pensò che fossero gli scrigni chiusi a contenere i tesori più preziosi, e si ritirò sentendosi in paradiso.

Dire come trascorse quella notte per il nostro gentiluomo, dire come la veglia e il sonno furono nient'altro che un lungo sogno, durante il quale costui si passò e ripassò nella mente tutti i dettagli della chimerica avventura che gli affidava il tesoro più prezioso che mai avaro abbia potuto covare sotto le ali del cuore, dire i progetti che elaborò per sottomettere l'avvenire ai calcoli dell'amore e ai capricci della fantasia, dire le ragioni che si addusse per convincersi che stava agendo opportunamente sarebbe cosa impossibile. La follia è una fatica per la mente di chi folle non è.

Canolles aveva preso sonno tardi, seppure si possa chiamare sonno il febbricitante delirio che seguì alla veglia; eppure il sole illuminava appena la cima dei pioppi e non era ancora sceso fino alla superficie delle belle acque in cui dormono le ninfee con le loro larghe foglie e i fiori che si schiudono soltanto al sole, che già Canolles balzava giù dal letto e, abbigliandosi in tutta fretta, scendeva in giardino. La sua prima visita fu per l'ala in cui abitava la principessa, il suo primo sguardo fu per la finestra del suo appartamento. Che la principessa non si fosse ancora addormentata o che fosse già sveglia, sta di fatto che una luce troppo forte per essere quella di un lume da notte tingeva di rosso le tende damascate, ermeticamente tirate. A tale vista, che di certo gli instillò subito nella mente non poche congetture insensate, Canolles si arrestò e, senza proseguire oltre la sua passeggiata, raggiungendo il basamento di una statua che lo nascondeva propiziamente, intessé, faccia a faccia con la sua chimera, l'eterno dialogo dei cuori innamorati che in ogni emanazione poetica della natura ritrovano l'oggetto del loro amore.

Il barone era appostato nel suo punto d'osservazione da circa una mezz'ora, e guardava con indicibile felicità le tende davanti alle quali qualsiasi altra persona sarebbe passata indifferente, quando vide una finestra della galleria aprirsi, e tale finestra incorniciare quasi subito l'onesta figura di mastro Pompée. Tutto quanto avesse a che fare con la viscontessa suscitava in Canolles un imperioso interesse; questi quindi distolse lo sguardo da quelle tende così ammalianti, e gli parve di notare che Pompée tentava di stabilire con lui una comunicazione a gesti. Sulle prime Canolles dubitò che tali gesti fossero rivolti alla sua persona, e si guardò intorno; ma Pompée, che notò il dubbio in cui versava il barone, accompagnò tali gesti con un fischio di richiamo che sarebbe parso alquanto poco opportuno da parte di uno scudiero all'ambasciatore di Sua Maestà il re di Francia, se tale fischio non avesse avuto come pretesto una specie di puntino bianco quasi impercettibile a qualsiasi altro sguardo fuorché a quello di un innamorato, che nel puntino bianco riconosce immediatamente un foglio arrotolato. "Un biglietto!", pensò Canolles. "Mi scrive! Cosa significa?".

E si avvicinò tutto tremante, sebbene il suo primo moto fu di grande gioia. Tuttavia le grandi gioie degli innamorati racchiudono una certa parte di apprensione, che ne costituisce forse il più grande fascino: essere convinti della propria felicità significa già non essere più felici.

Man mano che Canolles si avvicinava, Pompée si arrischiava sempre di più a mostrare il foglio; alla fine Pompée allungò il braccio, Canolles allungò il suo cappello. I due uomini quindi si intendevano a meraviglia, come si vede: il primo lasciò cadere il biglietto, il secondo lo ricevette con grande abilità; poi si infilò subito sotto una pergola per leggerlo a proprio agio, e Pompée, temendo di certo un colpo di freddo, richiuse subito la finestra.

Tuttavia non si legge come niente il primo biglietto della donna amata, soprattutto quando tale biglietto inatteso non ha alcun motivo di venirvi a turbare, se non per minacciare la vostra felicità. In effetti cosa aveva da dirgli la viscontessa, se nulla era cambiato in quella sorta di programma che avevano concordato la vigilia? Il biglietto dunque poteva solo recare una qualche notizia ferale.

Canolles era così convinto di ciò che nemmeno si portò il foglio alle labbra, come usano gli amanti in simili circostanze. Al contrario, lo girò e rigirò sempre più spaventato. Tuttavia, giacché prima o poi andava comunque aperto, attinse a tutto il proprio coraggio, ruppe il sigillo e lesse:

Rimanere più a lungo nella situazione in cui ci troviamo, e spero voi concorderete con me, è assolutamente impossibile. Voi di certo soffrirete di passare agli occhi di tutti i domestici della casa per uno sgradevole sorvegliante; d'altro canto, se vi riservassi un'accoglienza migliore di quanto non farebbe la principessa al mio posto, mi è lecito temere che qualcuno indovinerebbe che recitiamo una duplice commedia, il cui epilogo sarebbe la perdita sicura della mia reputazione.

Canolles si deterse la fronte; i suoi presentimenti non lo avevano ingannato. Tutti i sogni dorati svanivano alla luce del sole, il gran cacciatore di fantasmi. Scosse il capo, emise un sospiro e continuò:

Fate finta di scoprire il raggiro di cui ci siamo serviti; per giungere a tale scoperta c'è un modo semplicissimo che vi illustrerò io stessa, se mi promettete di cedere alle mie preghiere. Vedete, non vi nascondo nemmeno quanto io dipenda da voi. Se cederete alle mie preghiere, vi farò avere un mio ritratto che reca il mio nome e le mie insegne sotto il volto tratteggiato. Direte che avete trovato tale ritratto durante una delle vostre ronde notturne e che, grazie a tale ritratto, vi siete reso conto che io non sono la principessa.

Non occorre dirvi che, in ricordo della gratitudine che vi serberò nel profondo del cuore se partirete questa mattina stessa, vi autorizzo, posto tuttavia che abbia per voi un qualche valore, a tenere la miniatura.

Lasciateci dunque senza rivedermi, se è possibile, e serberete tutta la mia gratitudine, mentre io dal canto mio serberò di voi il ricordo di uno dei più nobili e leali gentiluomini che abbia mai conosciuto in vita mia.

Canolles rilesse il biglietto e rimase impietrito. Qualsiasi favore contenga una lettera di congedo, per quanto di miele si possano ammantare un rifiuto o un addio, cionondimeno addio, rifiuto o congedo sono una crudele delusione per il cuore. Di certo era un oggetto caro quel ritratto; ma la causa in ragione della quale gli veniva offerto lo spogliava di larga parte del suo valore.

D'altronde, a cosa serve un ritratto quando l'originale è di fronte a noi, a portata di mano, e non riusciamo a separarcene?

È vero, ma Canolles, che non era indietreggiato di fronte alla collera della regina e di Mazzarino, tremava davanti a un sopracciglio aggrottato di madame de Cambes.

Eppure come l'aveva ingannato quella donna, prima in viaggio, poi a Chantilly prendendo il posto della principessa, quindi regalandogli alla vigilia una speranza che poi gli rubava l'indomani! Tuttavia, di tutte le delusioni quest'ultima era la più crudele. Durante il viaggio ella non lo conosceva e si toglieva d'impaccio da un compagno fastidioso, nient'altro. Prendendo il posto di madame de Condé obbediva a un ordine imposto, svolgeva un ruolo prescrittole dalla sua sovrana, non poteva fare altrimenti; invece questa volta ella lo conosceva, e dopo aver apprezzato in apparenza la sua devozione, dopo aver pronunciato due volte quel *noi* che era giunto a vibrare fino in fondo al cuore del giovane, tornare sui suoi passi, sconfessare la propria bontà, rinnegare la propria gratitudine, e infine scrivere una simile missiva era agli occhi di Canolles più che una crudeltà, era quasi una beffa.

Così egli si stizzì, montò su tutte le furie, colmo di una dolorosa stizza, e non si accorse che dietro le tende, dove tutte le luci si erano spente come se il giorno le avesse rese inutili, una spettatrice ben celata dietro ai damaschi, ben al riparo dietro la tela, assisteva alla pantomima della sua disperazione, e forse la assaporava.

"Sì, sì", pensò Canolles accompagnando i suoi pensieri con gesti affini al sentimento che lo preoccupava. "Sì, è un benservito in piena regola, in pieno ordine, un grande evento coronato da un epilogo volgare, una poetica speranza tramutata in brutale disillusione. Ma io non accetterò in tal modo la risibilità che mi riservano. Preferisco il suo odio, piuttosto che questa presunta riconoscenza che mi promette. Ah sì! Fidarmi ora della sua promessa... Tanto vale fidarsi della costanza del vento e della calma del mare! Ah – continuò Canolles voltandosi verso la finestra – sono due volte che mi sfuggite. Ma ve lo giuro: possa io trovare un'occasione simile, e non mi sfuggirete una terza".

E Canolles risalì nel suo alloggio, con l'intenzione di abbigliarsi ed entrare, foss'anche con la forza, nell'appartamento della viscontessa. Tuttavia, mettendo piede nella sua stanza, gettando uno sguardo alla pendola, Canolles si accorse che erano appena le sette.

Al castello non si era ancora alzato nessuno. Canolles si abbandonò su una poltrona e chiuse gli occhi per rinfrescarsi le idee e cacciare, se mai fosse possibile, i fantasmi che gli danzavano intorno, e li riaprì solo per consultare ogni cinque minuti l'orologio.

Scoccarono le otto e il castello cominciò a destarsi, riempendosi poco a poco di animazione e chiasso. Canolles attese ancora una mezz'ora con infinita pena; alla fine non riuscì a trattenersi oltre, scese dabbasso e, avvicinandosi a Pompée che fiutava orgoglioso l'aria nel gran cortile, circondato da lacchè ai quali raccontava le sue campagne di Piccardia sotto il defunto re:

«Siete l'intendente di Sua Altezza?», gli chiese Canolles come se vedesse il povero Pompée per la prima volta.

«Sissignore», rispose Pompée stupito.

«Vi prego di avvisare Sua Altezza che desidero avere l'onore di presentarle i miei rispetti».

«Ma signore, Sua Altezza...».

«...è in piedi».

«Però...».

«Andate».

«Credevo che la partenza del signore...».

«La mia partenza dipende dall'incontro che avrò con Sua Altezza».

«Dico questo perché non ho ordini della mia padrona».

«E io dico questo perché ho un ordine del re», ribatté Canolles.

E a tali parole si batté solennemente sulla tasca del giustacuore, gesto che adottò come il più soddisfacente tra tutti quelli che aveva potuto impiegare dalla vigilia.

Tuttavia, pur creando un tale colpo di stato, il nostro negoziatore sentiva venir meno il coraggio. Dalla sera prima, infatti, la sua importanza era non poco diminuita: la principessa era via da circa dodici ore; di sicuro aveva viaggiato tutta la notte, e doveva trovarsi quindi a venti o venticinque leghe da Chantilly. Per quanto egli potesse tentare di metter fretta ai propri uomini, ormai non vi era più modo di raggiungerla; e se anche l'avesse raggiunta, partita già con un centinaio di uomini, chi gli garantiva che la scorta della fuggiasca non ammontasse ormai a tre o quattrocento sostenitori? Canolles, come aveva detto alla vigilia, come ultima risorsa poteva sempre andare alla morte; ma aveva diritto di mandare alla morte anche gli uomini che lo accompagnavano, e di affibbiare loro la cruenta pena dei suoi capricci d'amore? Se la sera prima era caduto in errore sui sentimenti di madame de Cambes nei suoi confronti, se il suo turbamento era solo una commedia, ella allora poteva prendersi gioco di lui apertamente; e allora vi erano anche gli sberleffi dei lacchè, gli sberleffi dei soldati nascosti nella foresta, l'ostilità di Mazzarino, la collera della regina e, per soprammercato, la rovina del suo amore agli albori, giacché mai nessuna donna ha amato colui che per un solo istante ha inteso ridicoleggiare.

Mentre simili pensieri gli giravano e rigiravano nella mente, Pompée tornò a dirgli, con le orecchie basse, che la principessa era in sua attesa.

Questa volta ogni cerimoniale era bandito: la viscontessa attendeva in un saloncino attiguo alla stanza, abbigliata e in piedi. Sul suo viso delizioso erano impresse tracce d'insonnia che invano si era cercato di cancellare; in particolare, un lieve alone nero intorno agli occhi indicava che la principessa non aveva chiuso occhio, o aveva chiuso occhio a malapena.

«Come vedete – gli disse Claire senza lasciargli il tempo di parlare per primo – cedo al vostro desiderio, nella speranza tuttavia, lo confesso, che questo colloquio sarà l'ultimo e che voi a vostra volta cederete al mio desiderio».

«Vi chiedo perdono – disse Canolles – ma dalla nostra conversazione di ieri sera avevo sperato meno rigore nelle vostre pretese, e confidavo che in cambio di quanto avevo fatto per voi, per voi sola, giacché non conosco madame de Condé, intendete bene, voi vi sareste degnata di tollerarmi più a lungo a Chantilly».

«Sì, lo ammetto – disse la viscontessa – in un primo tempo... il turbamento inevitabile per la posizione in cui mi trovavo... la grandezza del sacrificio che mi imponevate... l'interesse della principessa, che voleva che guadagnassi tempo, mi hanno potuto strappare di bocca qualche parola che mal si conciliava con i miei pensieri; ma in questa lunga notte ho riflettuto: una più lunga permanenza da parte mia o vostra al castello diventa impossibile».

«Impossibile!», esclamò Canolles. «Dimenticate quindi che tutto è possibile per chi parla in nome del re?».

«Monsieur de Canolles, spero che prima di tutto voi siate un gentiluomo, e che non abuserete della posizione in cui mi ha collocato la mia devozione a Sua Altezza».

«Prima di tutto io sono un folle», rispose Canolles. «L'avete visto bene, Dio mio, giacché solo un folle avrebbe potuto fare quel che io ho fatto. Ebbene, abbiate pietà della mia follia. Non allontanatemi, vi supplico!».

«Allora sarò io a lasciarvi campo libero. Sarò io, vostro malgrado, a riconsegnarvi ai vostri doveri. Vedremo se mi fermerete con la forza, se ci esporrete entrambi allo scoppio di uno scandalo. No, no – continuò la viscontessa con un tono che Canolles udiva vibrare per la prima volta – no. Riflettete che non potete rimanere in eterno a Chantilly, ricordatevi che siete atteso altrove».

A quest'ultima parola, che gli brillò come un lampo davanti agli occhi, Canolles riandò con la mente alla scena della locanda di Biscarros, alla scoperta da parte di madame de Cambes della sua relazione con Nanon. A quel punto tutto gli divenne comprensibile.

L'insonnia non era stata causata dalle ansie del presente, ma dai ricordi del passato. La decisione mattutina di evitare Canolles non era frutto della riflessione, ma l'espressione della gelosia.

A quel punto vi fu un istante di silenzio tra le due persone in piedi una di fronte all'altra; eppure, durante quel silenzio ciascuno dei due ascoltava il discorso dei propri pensieri, che parlavano in petto attraverso i battiti del cuore.

"Gelosia!", diceva Canolles. "Gelosia! Oh, adesso capisco tutto. Sì, sì, vuole assicurarsi che io l'ami abbastanza da sacrificarle ogni altro amore. È una prova!".

Dal canto suo, madame de Cambes si diceva:

"Per monsieur de Canolles sono uno svago della mente. Mi ha incontrata sulla sua strada di certo nel momento in cui era costretto a lasciare la Guienna, e mi ha seguita come il viaggiatore segue un fuoco fatuo; ma il suo cuore è rimasto in quella cascina circondata dagli alberi dove si recava la sera in cui l'ho incontrato. Quindi è impossibile tenermi accanto un uomo che ama un'altra donna e che, se lo vedessi più a lungo, avrei magari la debolezza di amare. Oh, tradirei non solo il mio onore, ma per sovrappiù tradirei gli interessi della principessa, se fossi così codarda da amare l'emissario dei suoi persecutori!".

Allora, in risposta ai propri pensieri, ella esclamò di colpo:

«No, no, dovete andarvene; andatevene, oppure me ne andrò io».

«Dimenticate che mi avete dato la vostra parola che non sareste partita senza prima avvisarmi», ribatté Canolles.

«Ebbene, vi avviso che lascio Chantilly seduta stante».

«E credete che ve lo permetterò?».

«Come?», esclamò la viscontessa. «Mi tratterreste qui con la forza!».

«Non so quel che farò, ma so che mi è impossibile lasciarvi».

«Allora sono vostra prigioniera?».

«Siete una donna che ho già perduto due volte, e che non voglio perdere una terza».

«Questa è violenza!».

«Sì, è violenza – rispose Canolles – ed è l'unico modo per avervi».

«Oh – esclamò madame de Cambes – che felicità, in effetti, avere una donna che geme, che invoca la libertà, che non vi ama, che vi detesta!».

Canolles trasalì e tentò di districare rapidamente quel che vi era nelle parole da quel che vi era nei pensieri.

Capì che era giunto il momento di giocare il tutto per tutto.

«Le parole che avete or ora pronunciato con tono così vero che è impossibile ingannarsi quanto al loro significato hanno dissipato tutte le mie incertezze. Voi in preda ai gemiti, voi ridotta in schiavitù! Io trattenere una donna che non mi ama, che mi detesta! No, no: state tranquilla, non sarà così. Dalla felicità che provavo nel vedervi avevo creduto che avreste tollerato la mia presenza; avevo sperato, dopo aver perso lucidità, requie della coscienza, futuro, forse onore, che mi avreste ricompensato di un tale sacrificio regalandomi qualche ora che di certo non avrò mai più. Tutto ciò era possibile, se mi aveste amato... perfino se vi fossi stato indifferente, giacché voi siete buona, e avreste fatto per pietà ciò che un'altra avrebbe fatto per amore. Ma non sono più confrontato all'indifferenza, questo è odio: e quindi è altra cosa. Avete ragione. Perdonatemi solo di non aver compreso che si può essere odiati quando si ama perdutamente. A voi spetta rimanere regina, padrona e libera in questo castello così come ovunque; a me spetta ritirarmi, e mi ritiro. Tra dieci minuti avrete riconquistato ogni libertà. Addio, addio per sempre».

E Canolles, con un turbamento che da finto che era sulle prime era divenuto reale e doloroso al termine del discorso, salutò madame de Cambes, girò i tacchi alla ricerca della porta che non trovava, ripetendo la parola «Addio! Addio!» con un tono così profondamente accorato che, partito dal cuore, giungeva diritto al cuore. Le vere relazioni hanno una propria voce, così come le tempeste.

Madame de Cambes non si attendeva una simile obbedienza da parte di Canolles; aveva radunato le forze per una lotta, non per una vittoria, e a sua volta fu sbalestrata da cotanta rassegnazione mista a cotanto amore. Mentre aveva già mosso due passi verso la porta protendendo le braccia alla cieca con una sorta di singulto, il giovane sentì di colpo una mano posarglisi sulla spalla con la pressione più eloquente; qualcuno non lo stava semplicemente toccando, lo fermava.

Si voltò.

Claire era ancora in piedi di fronte a egli. Il suo braccio, graziosamente proteso, toccava ancora la sua spalla, e l'espressione di contegno impressa un istante prima sul volto si era sciolta in un delizioso sorriso.

«Ebbene – disse – questo è il modo in cui obbedite alla regina! Andreste via pur avendo l'ordine di rimanere qui, traditore che non siete altro?».

Canolles lanciò un grido, cadde in ginocchio e appoggiò la fronte ardente sulle mani che ella gli porgeva.

«Oh, muoio di gioia!», esclamò.

«Ahimè, non vi rallegrate ancora – disse la viscontessa – giacché se vi fermo è solo per non lasciarci in tal modo, è solo perché voi non serbiate di me l'idea che sono un'ingrata, è solo perché mi affranchiate volontariamente dalla promessa che vi ho fatto, è solo perché voi vediate in me almeno un'amica, giacché i partiti contrapposti che seguiamo mi impediscono per sempre di essere altro per voi».

«Oddio – disse Canolles – allora mi sono illuso ancora una volta: voi non mi amate!».

«Non parliamo dei nostri sentimenti, barone, ma del pericolo che corriamo entrambi a rimanere qui. Suvvia, andate, o lasciatemi andare. È necessario».

«Che mi state dicendo?».

«La verità. Lasciate che io rimanga qui; tornate a Parigi. Dite a Mazzarino, dite alla regina quel che vi è accaduto. Vi aiuterò facendo tutto ciò che è in mio potere, ma andate, andate!».

«Come ve lo devo ripetere?», esclamò Canolles. «Lasciarvi significa morire!».

«No, no, voi non morirete, giacché serberete la speranza che ci rivedremo in tempi più felici».

«Il caso mi ha gettato sulla vostra strada, o piuttosto vi ha posto sulla mia già due volte. Il caso si tedierà, e se vi lascio non vi rivedrò più».

«Ebbene, vi cercherò io».

«Oh, chiedetemi di morire per voi... la morte è un istante di dolore, nient'altro. Però non chiedetemi di lasciarvi di nuovo. Solo all'idea mi si spezza il cuore. Ma pensateci, vi ho a malapena vista, a malapena vi ho parlato».

«Ebbene, se vi permetto di rimanere ancora oggi, se per l'intera giornata potrete vedermi e parlarmi, sarete appagato? Rispondete!».

«Non prometto nulla».

«Nemmeno io, allora. Semplicemente mi ero assunta un impegno con voi, ossia avvisarvi quando fossi partita. Ebbene, parto tra un'ora».

«Devo proprio fare tutto ciò che volete? Devo proprio obbedirvi in tutto e per tutto? Devo proprio abnegarmi per seguire ciecamente la vostra volontà? E sia, se così occorre, siate contenta. Davanti a voi ormai non avete altro che uno schiavo pronto a obbedirvi. Ordinate, ordinate pure».

Claire tese la mano al barone, e con la voce più dolce e carezzevole:

«Un nuovo accordo in cambio della mia promessa», disse. «Se rimango con voi da ora sino alle nove di stasera, alle nove andrete?».

«Ve lo giuro».

«Venite, allora: il cielo è limpido e promette una magnifica giornata; vi è rugiada nei prati, profumi nell'aria, resina nei boschi. Ehi! Pompée!».

Il degno intendente, che di certo aveva ricevuto ordine di rimanere alla porta, entrò immediatamente.

«I miei cavalli da passeggio», disse madame de Cambes con il suo piglio da principessa. «Questa mattina andrò agli stagni e tornerò dalla parte della fattoria, dove pranzerò... Mi accompagnerete voi, barone», proseguì. «Rientra tra le prerogative del vostro incarico, dal momento che avete ricevuto da Sua Maestà la regina l'ordine di non perdermi di vista».

Una nube di gioia soffocante accecava il giovane e lo avvolgeva come quei vapori che un tempo deliziavano gli dèi nel cielo; egli si lasciò condurre, privo di resistenze e quasi privo di volontà: era ansimante, inebriato, impazzito. Ben presto, nel bel mezzo di un bosco incantevole, sotto sentieri misteriosi i cui ramoscelli gli ricadevano fluttuanti sulla fronte nuda, riaprì gli occhi alla realtà: era a piedi, muto, il cuore stretto da una gioia lancinante quasi quanto il dolore, e camminava con la mano intrecciata alla mano di madame de Cambes, pallida, silenziosa e di sicuro felice quanto lui.

Dietro veniva Pompée, abbastanza vicino da vedere tutto, abbastanza lontano da non udire nulla.

III.

La fine di quell'inebriante giornata giunse come sempre giunge la fine di un sogno; le ore erano volate come secondi per l'estasiato gentiluomo, eppure questi aveva l'impressione di adunare in quella sola giornata abbastanza ricordi per tre esistenze ordinarie. Ogni sentiero del parco si era ornato di una parola, di un ricordo della viscontessa: uno sguardo, un cenno, un dito poggiato sulla bocca, ogni cosa aveva il suo significato... Scendendo dalla barca ella gli aveva stretto la mano, risalendo sulla riva ella gli si era poggiata al braccio; costeggiando le mura del parco ella si era sentita affaticata e si era seduta. E, a ciascuno di quegli incanti che erano balenati davanti agli occhi del giovane, il paesaggio, rischiarato da un fantastico bagliore, gli era rimasto impresso nella memoria non solo nel suo insieme, ma anche nei minimi dettagli.

Canolles doveva rimanere con la viscontessa per l'intera giornata; a colazione ella lo invitò a pranzo, e a pranzo lo invitò a cena.

In mezzo a tutto lo sfarzo che la falsa principessa dovette dispiegare per ricevere l'inviato del re, Canolles distinse le tenere attenzioni della donna innamorata. Dimenticò i domestici, l'etichetta, la gente; dimenticò perfino la promessa che aveva fatto di ritirarsi, e si credette insediato per la beata eternità in quel paradiso terrestre, in cui egli sarebbe stato Adamo e madame de Cambes Eva.

Ma al calar delle tenebre, quando la cena giunse a sua volta al termine così come erano trascorse tutte le azioni della giornata, ossia in un'ineffabile gioia, quando al dessert una dama d'onore ebbe portato Pierrot, ancora nelle spoglie del duca d'Enghien, che aveva profittato dell'occasione per mangiare al pari di quattro principi di sangue reale messi assieme, quando cominciò a riecheggiare il suono della pendola, e sollevando lo sguardo madame de Cambes si fu assicurata che avrebbe riecheggiato dieci volte:

«È giunto il momento», disse con un sospiro.

«Che momento?», chiese Canolles abbozzando un sorriso nel tentativo di far fronte a una grande sventura con una celia.

«Il momento di mantenere la promessa che mi avete fatto».

«Eh, non dimenticate nulla voi!», replicò Canolles con tristezza.

«Avrei anche potuto dimenticare, al pari di voi», ribatté madame de Cambes. «Ma è questa a rendermi la memoria».

E dalla tasca tirò fuori una missiva che aveva ricevuto al momento di sedersi a tavola.

«Di chi è quella missiva?», chiese Canolles.

«Della principessa, che mi richiama accanto a sé».

«Almeno è un motivo. Vi ringrazio di avermi usato una tale gentilezza».

«Non fatevi illusioni, monsieur de Canolles», rispose la viscontessa con una mestizia che non si curava di celare. «Se anche avessi ricevuto la missiva proprio all'ora convenuta, vi avrei comunque, come ho fatto poc'anzi, ricordato la vostra partenza. Credete forse che la gente di cui siamo circondati possa resistere a lungo senza accorgersi della nostra intesa? I nostri rapporti, convenitene anche voi, non sono quelli tra una principessa perseguitata e il suo persecutore. Ma ora, barone, se la separazione è per voi crudele quanto sostenete, lasciatemi dire che dipende solo da voi che non ci separiamo».

«Dite! Oh, dite», esclamò Canolles.

«Davvero non capite...».

«Ma sì! Capisco, invece, e perfettamente! Volete dirmi di seguire la principessa insieme a voi...».

«È la principessa a parlarmene nella missiva», si affrettò a dichiarare madame de Cambes.

«Vi ringrazio che l'idea non sia vostra, grazie anche per l'imbarazzo con cui avete accennato alla proposta. Non che la mia coscienza si ribelli all'idea di servire questo o quel partito; no, io non ho convinzioni – e chi ne ha in questa guerra, all'infuori degli interessati? Quando la spada sarà sguainata, che importa che il colpo mi giunga da qui o da lì? Non conosco la corte, non conosco i principi: indipendente grazie al mio patrimonio, privo di ambizioni, non mi attendo nulla dagli uni né dagli altri. Sono un ufficiale, nient'altro».

«Allora acconsentireste a seguirmi?».

«No».

«Ma perché, se le cose stanno come dite?».

«Perché avreste minor stima di me».

«Questo è l'unico ostacolo che vi ferma?».

«Ve lo giuro».

«Oh, allora non avete nulla da temere».

«Nemmeno voi credete a ciò che dite in questo momento», riprese Canolles levando il dito e sorridendo. «Un transfuga è sempre un traditore: il primo termine è più delicato, ma entrambi i termini si equivalgono».

«Ebbene, avete ragione – dichiarò madame de Cambes – e non insisterò oltre. Se foste stato in una posizione comune, avrei tentato di guadagnarvi alla causa dei principi; ma inviato del re, incaricato di una missione di fiducia da parte di Sua Maestà la regina reggente e del Primo ministro, onorato dalla benevolenza del duca d'Épernon il quale, malgrado i sospetti che nutrivo inizialmente, a quel che mi hanno assicurato vi protegge in modo tutto particolare...». Canolles avvampò. «...userò ogni discrezione. Ma ascoltatemi bene, barone: noi non ci lasciamo per sempre, di questo potete esser certo. Noi ci rivedremo, me lo dicono i miei presentimenti».

«E dove?», chiese Canolles.

«Non ne ho idea; ma ci rivedremo di sicuro».

Canolles scosse il capo tristemente.

«Non ci conto», disse. «Tra di noi vi è la guerra, ed è troppo, quando al contempo non vi è amore».

«E la giornata di oggi?», chiese in tono incantevole la viscontessa. «Per voi non significa nulla?».

«È l'unica che sono ben certo di aver vissuto da quando sono al mondo».

«Allora vedete bene che siete un ingrato».

«Concedetemi una seconda giornata identica a questa».

«Non posso, devo partire questa sera».

«Non ve la chiedo per domani, neppure per domani l'altro. Ve la chiedo per un giorno, in futuro. Prendetevi tutto il tempo che desiderate, scegliete il luogo che desiderate, ma fate che io viva con una certezza. Soffrirei troppo se avessi solo una speranza».

«Dove andrete quando mi lascerete?».
«A Parigi, per riferire della mia missione».
«E poi?».
«Alla Bastiglia, forse».
«Ma supponendo che non vi andaste?».
«Ritorno a Libourne, dove dovrebbe trovarsi il mio reggimento».
«E io a Bordeaux, dove si troverà la principessa. Conoscete un qualche villaggio ben isolato che sia situato sulla strada tra Bordeaux e Libourne?».
«Ne conosco uno il cui ricordo mi è caro quasi quanto Chantilly».
«Jaulnay?», chiese sorridendo la viscontessa.
«Jaulnay», confermò Canolles.
«Ebbene, per andare a Jaulnay occorrono quattro giorni. Oggi è martedì: mi fermerò lì per l'intera giornata di domenica».
«Oh, grazie, grazie», esclamò Canolles premendosi sulle labbra la mano che madame de Cambes non ebbe il coraggio di ritrarre.
Poi, dopo un istante:
«E ora – disse Claire – non ci rimane altro che recitare la nostra commediola».
«Ah sì, è vero, la commedia che mi deve coprire di ridicolo agli occhi della Francia intera. Ma non ho nulla da obiettare: sono io che l'ho voluto, sono io che non già ho scelto il ruolo da recitare, ma predisposto l'epilogo che lo corona». Madame de Cambes chinò lo sguardo. «Ora ditemi quel che devo ancora fare», disse impassibile Canolles. «Attendo i vostri ordini e sono pronto a tutto».
Claire era così commossa che Canolles poteva vedere il velluto del suo abito sollevarsi sotto i battiti irregolari e affrettati del seno.
«State compiendo un sacrificio immane per me, lo so; ma in nome del cielo, credetemi! Ve ne serberò gratitudine eterna. Sì, per me andrete incontro all'ostilità della corte. Sì, sarete giudicato severamente. Vi prego, tenete in spregio tutto ciò, se in qualche modo vi è gradito pensare che mi avete reso felice».
«Tenterò».
«Credetemi, barone – proseguì madame de Cambes – questo freddo dolore di cui vi vedo preda è per me un terribile rimorso. Altri vi ricompenserebbero in maniera più completa di quanto forse non faccia io; ma una ricompensa che si accordasse con tale agevolezza non vi ripagherebbe degnamente del vostro sacrificio».

E, così dicendo, Claire chinò lo sguardo con un sorriso di pudica sofferenza.

«Questo è tutto ciò che avevate da dirmi?», chiese Canolles.

«Prendete – disse la viscontessa tirandosi fuori dal petto un ritratto e porgendolo a Canolles – ecco, prendete questo ritratto, e a ogni dolore che vi infliggerà questa sventurata faccenda guardatelo, ditevi che soffrite per colei che vedete qui raffigurata, e che ognuna delle vostre sofferenze è compensata dai rimorsi».

«Nient'altro?».

«Dalla stima».

«Nient'altro?».

«Dalla simpatia».

«Eh, una parola ancora!», esclamò Canolles. «Cosa vi costa allora rendermi pienamente felice?».

Claire si avvicinò rapida al giovane, gli porse la mano e dischiuse le labbra per aggiungere: «Dall'amore».

Tuttavia insieme alle labbra si dischiusero le porte, e sulla soglia apparve il presunto capitano delle guardie accompagnato da Pompée.

«A Jaulnay concluderò», disse la viscontessa.

«La frase o i vostri pensieri?».

«Entrambi: l'una esprime sempre gli altri».

«I cavalli di Vostra Altezza sono attaccati alla vettura», proclamò il capitano delle guardie.

"Fingetevi sorpreso", bisbigliò Claire a Canolles.

Il gentiluomo fece un sorriso di pietà che rivolgeva a se stesso.

«Dove va dunque Vostra Altezza?», chiese.

«Parto».

«Ma Vostra Altezza dimentica forse che Sua Maestà mi ha incaricato di non lasciarla un istante?».

«Il vostro incarico è giunto al termine».

«Sarebbe a dire?».

«Che io non sono affatto Sua Altezza la principessa di Condé, bensì solo la viscontessa di Cambes, la sua prima dama d'onore. La principessa è partita ieri sera, e io mi accingo a raggiungerla».

Canolles rimase immobile; visibilmente giudicava ripugnante continuare a recitare la commedia davanti a un pubblico di lacchè.

Madame de Cambes, per incoraggiare Canolles, lo avvolse allora nel suo dolce sguardo. Quello sguardo gli ridonò un po' di coraggio.

«Allora il re è stato ingannato», disse. «E dov'è il duca d'Enghien?».

«Ho ordinato a Pierrot di tornare alle sue aiuole», disse una voce grave all'ingresso dell'appartamento.

La voce era quella della principessa vedova, che si teneva in piedi accanto alla porta, sorretta da due dame di compagnia.

«Tornate a Parigi, a Mantes, a Saint-Germain, tornate a corte, insomma; la vostra missione qui è terminata. Dite al re che i suoi perseguitati sono ricorsi al raggiro, la qual cosa annulla l'uso della forza. Tuttavia siete libero di rimanere a Chantilly per vegliare su di me, che non ho mai lasciato né mai lascerò il castello perché non è affatto mia intenzione. Detto questo, barone, vi porgo i miei saluti».

Canolles, rosso di vergogna, trovò appena la forza di inchinarsi, guardando la viscontessa e mormorando con un tono di biasimo:

«Oh, signora, signora!».

La viscontessa colse quello sguardo e udì quelle parole.

«Se Vostra Altezza mi permette di recitare ancora un istante il ruolo della principessa», disse rivolgendosi alla principessa vedova. «In nome degli illustri ospiti che hanno disertato questa dimora, in nome del rispetto di cui ha dato prova e della delicatezza con cui ha portato a termine una missione tanto ardua, desidero rendere grazie al barone di Canolles: oso credere che Vostra Altezza sia dello stesso avviso, e sperare di conseguenza che unirà i suoi ringraziamenti ai miei».

La principessa vedova, colpita da quelle parole così ferme, penetrando forse con la sua profonda sagacia una delle sfaccettature di quel nuovo segreto innestatosi sul vecchio, proferì allora con voce che non era priva di una certa emozione le seguenti parole:

«Per tutto quanto avete fatto contro di noi, oblio; per tutto quanto avete fatto per il mio casato, gratitudine».

Canolles poggiò un ginocchio a terra al cospetto della principessa, la quale gli porse da baciare la mano che tante volte aveva baciato Enrico IV.

Era il suggello della scena, era il congedo improcrastinabile, a Canolles non rimaneva altro che partire, come di lì a poco avrebbe fatto madame de Cambes. Si ritirò quindi nel suo appartamento, e si affrettò a scrivere a Mazzarino il bollettino più disperato che potesse concepire. Tale bollettino doveva risparmiargli il malgarbo dell'iniziale moto di sorpresa; poi, fendendo le fila dei servitori del castello con un certo qual timore di essere insultato, entrò nel cortile dove veniva tenuto pronto il suo cavallo.

Nel momento in cui stava per mettere il piede nella staffa, da una voce imperiosa riecheggiarono le seguenti parole:

«Rendete onore all'inviato di Sua Maestà il re nostro signore».

A tali parole tutte le fronti si piegarono al cospetto di Canolles, il quale, dopo essersi inchinato davanti alla finestra accanto a cui si trovava la principessa, spronò il cavallo e scomparve a testa alta.

Disilluso dal bel sogno che Pompée nel suo falso ruolo di intendente gli aveva donato, Castorin seguì il suo padrone a capo chino.

IV.

È tempo ora di tornare a uno dei personaggi più rimarchevoli di questa storia che, in sella a un buon cavallo, percorre la strada maestra da Parigi a Bordeaux attorniato da cinque compagni, i quali sgranano gli occhi al minimo sobbalzo di un sacco pieno di scudi d'oro che il luogotenente Ferguzon porta appeso all'arcione della sella. Una tale armonia rallegra e rianima la truppa, così come il suono dei tamburi e degli strumenti rinfranca il soldato durante le marce.

«Non importa, non importa», diceva uno degli uomini. «Diecimila sterline sono un bel gruzzolo».

«Ovverosia sarebbero un magnifico gruzzolo – rispose Ferguzon – se tale gruzzolo non dovesse nulla a nessuno. Ma questo gruzzolo deve una compagnia alla principessa. *Nimium satis est*, dicevano gli antichi, che si può tradurre nei seguenti termini: "Solo il troppo è abbastanza". Ebbene, caro il mio Barrabas, noi non abbiamo tale famoso abbastanza che corrisponde al troppo».

«Caro costa sembrare un uomo onesto!», commentò Cauvignac. «Tutti gli incassi dell'esattore reale sono finiti in attrezzature per i cavalli, giustacuori e ricami. Siamo splendidi come signori, e osiamo il lusso tanto da possedere delle borse; è pur vero che dentro non v'è nulla. Oh apparenza!».

«Parlate per noi, capitano, e non per voi», ribatté Barrabas. «Voi avete la borsa, e dentro diecimila sterline».

«Amico – disse Cauvignac – non hai udito, o hai inteso male quel che testé ha detto Ferguzon riguardo ai nostri obblighi nei confronti della principessa? Io non sono tra coloro che prendono impegno per una cosa e ne fanno un'altra. Monsieur Lenet mi ha contato diecimila sterline per allestire una compagnia, e io la allestirò, possa il diavolo portarmi via. Ora monsieur Lenet me ne deve altre quarantamila il giorno in cui sarà allestita. Allora vedremo se non le pagherà quelle quarantamila sterline...».

«Con diecimila sterline?», esclamarono in coro quattro voci ironiche, giacché Ferguzon, confidando pienamente nelle risorse del capo, di tutta la truppa sembrava l'unico convinto che Cauvignac avrebbe raggiunto il risultato promesso. «Con diecimila sterline voi allestirete una compagnia?».

«Sì – disse Cauvignac – quand'anche si dovesse aggiungervi qualcosa».

«E chi vi aggiungerà qualcosa?», chiese una voce.

«Non sarò io», disse Ferguzon.

«E chi allora?», chiese Barrabas.

«Perdio, il primo che capita. Ecco, per l'appunto scorgo laggiù un uomo lungo la strada. Adesso vedrete...».

«Capisco», disse Ferguzon.

«Tutto qui?».

«E sono ammirato».

«Sì sì – disse uno dei cavalieri avvicinandosi a Cauvignac – capisco bene che vogliate a tutti i costi rispettare i vostri impegni, capitano; ma a essere troppo onesti ci potremmo rimettere. Oggi siamo necessari, ma se domani la compagnia sarà allestita vi saranno insediati ufficiali di fiducia, e allora noi saremo congedati, noi che ci saremo adoperati per allestirla».

«In una parola siete uno stupido, mio caro Carrotel, e non è la prima volta che ve lo dico», ribatté Cauvignac. «Il ragionamento barbino che avete or ora espresso vi priva del grado che vi riservavo in questa compagnia, giacché è evidente che saremo noi i sei ufficiali di questo zoccolo dell'esercito. Vi avrei nominato subito sottotenente, Carrotel; sarete solo sergente. Grazie alla meschinità che avete appena udito, Barrabas, sarete voi, che non avete detto nulla, a occupare tale incarico, fino a quando diventerete tenente per diritto di anzianità dopo che Ferguzon finirà impiccato. Ma non perdiamo di vista il mio primo soldato, che intravvedo laggiù».

«Avete una qualche idea di chi sia quell'uomo, capitano?», chiese Ferguzon.

«Nessuna».

«Dev'essere un borghese: indossa un mantello nero».
«Sei sicuro?».
«Eh, si solleva al vento, non vedete?».
«Se ha un mantello nero è un ricco borghese. Meglio ancora! Noi reclutiamo per servire i principi, ed è importante che la compagnia sia composta come si deve. Se fosse per quel vigliacco di Mazzarino andrebbe bene qualsiasi cosa; ma per i principi, diamine! Ferguzon, ho idea che la mia compagnia mi farà onore, come dice Falstaff».
L'intera truppa spronò i cavalli per raggiungere il borghese, il quale se ne veniva placidamente nel mezzo della via.
Quando il degno uomo, che era in sella a una buona mula, scorse i bei cavalieri al galoppo, si fece rispettosamente da parte ai margini della strada e salutò Cauvignac.
"Educato – disse quest'ultimo – ed è già qualcosa, tuttavia non conosce il saluto militare. Glielo insegneremo noi".
Cauvignac gli restituì il saluto, poi, piazzandoglisi al fianco:
«Di grazia – gli chiese – diteci se amate il re».
«Perbacco!», rispose il borghese.
«Ammirevole!», disse Cauvignac roteando gli occhi entusiasta. «E la regina?».
«La regina! Nutro la massima venerazione per ella!».
«Eccellente! E Mazzarino?».
«Mazzarino è un grand'uomo, e io lo ammiro».
«Perfetto. Allora – proseguì Cauvignac – abbiamo forse avuto la fortuna di incontrare un degno servitore di Sua Maestà?».
«E me ne vanto!».
«Il quale è pronto a dar prova del proprio zelo».
«In ogni occasione».
«Che felice coincidenza! Solo le strade maestre sono in grado di offrire incontri simili».
«Che intendete dire?», chiese il borghese, cominciando a guardare Cauvignac con una certa apprensione.
«Intendo dire che dovete venire con noi».
Il borghese fece un balzo sulla sella per lo stupore e la paura.
«Venire con voi? E dove?».
«Di preciso non lo so. Dove andiamo noi».
«Io viaggio solo in compagnia di gente che conosco».
«Giustissimo, e degno di un uomo prudente. Allora vi dirò chi siamo».

Il borghese fece un gesto a indicare che credeva già di aver indovinato. Cauvignac riprese, apparentemente senza notare tale gesto.

«Sono Roland de Cauvignac – disse – capitano di una compagnia assente, è vero, ma degnamente rappresentata da Louis-Gabriel Ferguzon, il mio luogotenente, George-Guillaume Barrabas, il mio sottotenente, Zéphirin Carrotel, il mio sergente, e da questi due signori, di cui uno è il mio furiere e l'altro il mio sergente. Ora ci conoscete – continuò Cauvignac con aria quanto mai sorridente – e oso sperare che non ci abbiate in antipatia».

«Ma io ho già servito Sua Maestà nella guardia urbana, e pago regolarmente le imposte, le tasse, i balzelli...», rispose il borghese.

«Però non è affatto al servizio di Sua Maestà che vi ingaggio, bensì al servizio dei principi, di cui avete dinanzi a voi l'indegno rappresentante».

«Al servizio dei principi nemici del re!», esclamò il borghese sempre più stupito. «E si può mai sapere allora perché mi avete chiesto se amo Sua Maestà?».

«Perché se non aveste amato il re, se aveste accusato la regina, se aveste maledetto Mazzarino, mi sarei ben guardato dal distogliervi dalle vostre occupazioni; mi eravate sacro quanto un fratello».

«Ma insomma, non sono uno schiavo io, non sono un servo».

«No, siete un milite, ossia perfettamente libero di diventare capitano al pari di me, o maresciallo di Francia al pari di monsieur de Turenne».

«In vita mia ho patrocinato parecchie cause».

«Ah, pazienza. Pazienza! I processi sono una pessima consuetudine. Io non ne ho mai subìto uno; forse perché ho studiato per diventare avvocato».

«Tuttavia patrocinando ho appreso le leggi del regno».

«Lunga faccenda. Saprete di sicuro che dalle Pandette di Giustiniano al decreto del parlamento in merito alla morte del maresciallo d'Ancre, il quale stabilisce che mai uno straniero potrà essere ministro di Francia, ci sono 18 772 leggi, senza contare le ordinanze. È pur vero che esistono conformazioni privilegiate che hanno una memoria stupefacente: Pico della Mirandola a diciott'anni parlava dodici lingue. E che utilità avete tratto dalla conoscenza delle leggi?».

«L'utilità di sapere che non si recluta sulle strade maestre senza autorizzazione».

«Io ne ho una, eccola».

«Da parte della principessa?».

«Da parte di Sua Altezza in persona».

E Cauvignac si scappellò rispettoso.

«Ma allora in Francia vi sono due re!», esclamò il borghese.

«Sissignore, ecco perché è per me un onore chiedervi la vostra preferenza al mio, ed è per me un dovere reclutarvi al mio servizio».

«Farò appello al parlamento».

«È un terzo re, in effetti, e probabilmente avrete occasione di servire anch'esso. La nostra politica è di ampie vedute. In marcia!».

«Ma è impossibile, sono atteso per alcune questioni».

«Dove?».

«A Orléans».

«Da chi?».

«Dal mio procuratore».

«Perché?».

«Per questioni di denaro».

«La questione prima è servire lo Stato!».

«Non potete fare a meno di me?».

«Noi facevamo assegnamento su di voi, e a dire il vero ci fareste un torto. Tuttavia, se come dite vi recate a Orléans per questioni di denaro...».

«Sissignore, per questioni di denaro».

«Denaro quanto?».

«Quattromila sterline».

«Che andavate a riscuotere».

«No, che andavo a pagare».

«Al vostro procuratore?».

«Precisamente».

«Per un processo vinto?»

«Per un processo perduto».

«In effetti la cosa merita una riflessione... Quattromila sterline!».

«Quattromila sterline».

«Per l'appunto è la somma che sborsereste, qualora i principi acconsentissero a rimpiazzare i vostri servigi con quelli di un mercenario».

«Questa poi! E io avrei un rimpiazzo per cento scudi...».

«Un rimpiazzo del vostro sembiante, un rimpiazzo che monti a dorso di mulo con i piedi all'infuori come voi, un rimpiazzo che conosca 18 772 leggi? Suvvia, per un uomo ordinario sì, cento scudi basterebbero di certo; ma se ci contentiamo di uomini ordinari non vale affatto la pena fare concorrenza al re. Abbisogniamo di uomini del vostro merito, del vostro rango, della vostra levatura. Che diavolo! Non vi sminuite così, valete in pieno quattromila sterline, direi!».

«Vedo bene dove si vuole andare a parare», esclamò il borghese. «È un furto a mano armata!».

«Voi mi offendete – disse Cauvignac – e vi scorticheremmo vivo in riparazione a una tale offesa, se non avessimo a cuore di preservare la buona reputazione degli eserciti dei principi. No, datemi le vostre quattromila sterline, ma non crediate che sia un'estorsione, almeno. È una necessità».

«Chi pagherà il mio procuratore, allora?».

«Noi».

«Voi?».

«Noi».

«Ma mi porterete una ricevuta?».

«In piena regola».

«Con la sua firma?».

«Con la sua firma».

«Allora la cosa è diversa».

«E avete ragione. Quindi accettate».

«Vi sono ben costretto, giacché non posso fare altrimenti».

«Ora dateci l'indirizzo del procuratore e qualche ragguaglio indispensabile».

«Vi ho già detto che era una condanna in conseguenza di un processo perduto».

«Contro chi?».

«Contro un certo Biscarros, querelante in veste di erede della moglie, che era di Orléans».

«Attenzione!», commentò Ferguzon.

Cauvignac con la coda dell'occhio fece un segno che intendeva dire: Non temere, sto all'erta.

«Biscarros – ripeté Cauvignac – non è per caso un locandiere dalle parti di Libourne?».

«Esatto. Abita tra Libourne e Saint-André-de-Cubzac».

«Alla locanda del Vitello d'Oro?».

«Proprio così. Lo conoscete?».

«Un po'».

«Quel miserabile! Farmi condannare a rifondere una somma...».

«...che non gli dovevate?».

«Certo che sì... ma che speravo bene di non pagare mai».

«Capisco, è dura».

«Ecco perché vi do la mia parola che preferirei vedere quel denaro nelle vostre mani piuttosto che nelle sue».

«Credo che riceverete soddisfazione, allora».

«Ma la mia ricevuta?».

«Venite con noi e l'avrete nelle dovute forme».

«Come pensate di agire?».

«A questo provvederò io».

Continuarono ad avanzare alla volta di Orléans, dove giunsero due ore dopo. Il borghese condusse i reclutatori alla locanda più prossima al procuratore. Era un'orribile bettola che andava sotto il nome di Colomba dell'Arco.

«E ora – disse il borghese – come faremo? Vorrei davvero esimermi dal privarmi delle mie quattromila sterline, a meno che non sia in cambio della mia ricevuta».

«Lasciate perdere! Conoscete la grafia del vostro procuratore?».

«Alla perfezione».

«Quando vi porteremo la vostra ricevuta, allora, non solleverete alcuna difficoltà nel consegnarci il vostro denaro?».

«Alcuna! Ma senza denaro il mio procuratore non darà la ricevuta. Lo conosco».

«Anticipo io la somma», disse Cauvignac.

E in quel preciso istante tirò fuori dalla saccoccia quattromila sterline, di cui duemila in luigi e il resto in mezze pistole, e allineò le pile sotto lo sguardo stupito del borghese.

«E ora – disse – come si chiama il vostro procuratore?».

«Avvocato Rabodin».

«Ebbene, prendete una penna e scrivete».

Il borghese obbedì.

Avvocato Rabodin, vi invio le quattromila sterline di risarcimento cui sono condannato in favore di mastro Biscarros, il quale nutro il forte sospetto voglia farne un uso illecito. Usatemi la cortesia di consegnare al latore la ricevuta nelle dovute forme...

«E poi?», chiese il borghese.

«E poi datate e firmate».

Il borghese datò e firmò.

«Ora – disse Cauvignac a Ferguzon – prendi la missiva, il denaro, camuffati da mugnaio e va' dal procuratore».

«Cosa devo fare dal procuratore?».
«Gli consegnerai la somma e prenderai la ricevuta».
«Nient'altro?».
«Nient'altro».
«Non capisco».
«Meglio così, svolgerai meglio la commissione».

Ferguzon riponeva grande fiducia nel suo capitano e così, senza ribattere, si avviò alla porta.

«Fateci mandare su del vino, e di quello buono», disse Cauvignac. «Il signore avrà sete».

Ferguzon fece un inchino in segno di obbedienza e uscì. All'incirca mezz'ora dopo fu di ritorno, e trovò Cauvignac a tavola in compagnia del borghese, entrambi intenti a rendere onore al famoso vinello d'Orléans che tanto deliziava il palato guascone di Enrico IV.

«Allora?», chiese Cauvignac.

«Allora ecco la ricevuta».

«È proprio questa?», e Cauvignac passò al borghese il foglio bollato tutto gualcito.

«È proprio questa».

«La ricevuta è in piena regola?».

«Assolutamente».

«Quindi non sollevate alcuna difficoltà nel darci il vostro denaro in cambio della ricevuta».

«Alcuna».

«Allora date qui».

Il borghese contò le quattromila sterline; Cauvignac le ripose nella saccoccia, dove presero il posto delle quattromila sterline assenti.

«E in cambio sono riscattato?», chiese il borghese.

«Oddio, sì, a meno che non teniate assolutamente a prestare servizio».

«Personalmente no, ma...».

«Ma cosa? Suvvia – disse Cauvignac – ho il presentimento che non ci lasceremo prima di aver concluso un secondo affare».

«È possibile», disse il borghese, del tutto rasserenato grazie alla ricevuta in suo possesso. «Tuttavia un mio nipote...».

«Ah ha!».

«Ragazzo testardo e chiassoso».

«Di cui vorreste sbarazzarvi».

«Non proprio, ma credo che sarebbe un ottimo soldato».

«Mandatemelo, lo trasformerò in un eroe».

«Allora lo ingaggerete?».

«Con piacere».

«C'è anche il mio figlioccio, un ragazzo meritorio che vuole prendere i voti, e per il quale mi ritrovo costretto a pagare un consistente vitalizio».

«Tanto che preferireste che prendesse il moschetto, non è così? Mandatemi il figlioccio insieme al nipote. Vi costerà cinquecento sterline per entrambi, nient'altro».

«Cinquecento sterline! Non capisco».

«Si paga entrando, naturalmente».

«Allora perché volete farmi pagare per non entrare?».

«Si tratta di ragioni particolari. Il vostro nipote e il vostro figlioccio pagheranno ciascuno duecentocinquanta sterline, e voi non sentirete più parlare di loro».

«Diavolo! È alquanto intrigante quel che mi dite. E staranno bene?».

«In tutta franchezza, una volta che avranno conosciuto il servizio ai miei ordini, non scambierebbero la loro condizione con quella dell'imperatore della Cina! Chiedete a questi messeri come li nutro. Rispondete, Barrabas. Rispondete, Carrotel».

«A dire il vero – disse Barrabas – viviamo come dei signori».

«E come sono abbigliati! Guardate...».

Carrotel fece una piroetta su se stesso per mostrare da ogni angolatura la sua splendida tenuta.

«Effettivamente – disse il borghese – in merito all'abbigliamento non v'è nulla da dire».

«Allora me li manderete i due giovanotti?».

«Ne ho una gran voglia. Vi fermerete a lungo qui?».

«No, ripartiamo domani mattina; ma per attenderli andremo solo al passo. Dateci le cinquecento sterline e l'affare è fatto».

«Ne ho solo duecentocinquanta».

«Darete a loro le altre duecentocinquanta, così avrete persino un pretesto per mandarmeli. Altrimenti, se non aveste un pretesto, voi capite, subodorerebbero qualcosa».

«Però magari mi risponderanno che ne basta solo uno per la commissione», ribatté il borghese.

«Dite che le strade non sono sicure, e date loro venticinque sterline ciascuno. Sarà un anticipo sul loro soldo».

Il borghese sgranò gli occhi stupito.

«È proprio vero che non v'è di meglio dei militari per non rimanere fermi alla minima difficoltà».

E dopo aver contato le duecentocinquanta sterline a Cauvignac, si ritirò entusiasta per aver trovato il modo di piazzare, per cinquecento sterline, un nipote e un figlioccio che gli costavano più di duecento pistole all'anno.

V.

«E ora, Barrabas, avete in valigia qualche abito un po' meno elegante di questo che indossate, ché sembrate un preposto ai contributi e gabelle?».

«Ho quello dell'esattore, sapete, che abbiamo...».

«Benissimo, ottimo! E di certo avrete anche la sua commissione».

«Il luogotenente Ferguzon mi aveva detto di non smarrirla mai, e io l'ho custodita con premura».

«Il luogotenente Ferguzon è l'uomo più previdente che io conosca. Abbigliatevi da esattore e prendete la commissione».

Barrabas uscì e tornò di lì a dieci minuti completamente trasformato.

Trovò Cauvignac tutto di nero vestito, somigliante, tanto da cadere in errore, a un uomo di giustizia.

I due si avviarono alla dimora del procuratore. L'avvocato Rabodin abitava al terzo piano, in fondo a un appartamento composto di un'anticamera, uno studio e un gabinetto: di certo vi erano anche altre stanze, ma poiché non erano accessibili ai clienti non ne faremo menzione.

Cauvignac attraversò l'anticamera, lasciò Barrabas nello studio, passando gettò un'occhiata esaminatrice ai due praticanti che fingevano di scribacchiare e in realtà giocavano a campana, ed entrò nel *sanctum sanctorum*.

L'avvocato Rabodin sedeva a una scrivania talmente carica di faldoni che il rispettabile procuratore pareva letteralmente sepolto sotto copie, autentiche e sentenze. Era un uomo alto, secco e giallo, con indosso un abito nero che aderiva agli arti come la pelle di un'anguilla aderisce al corpo. Udendo i passi di Cauvignac, risollevò il lungo busto ricurvo e raddrizzò il capo, che a quel punto sporse al di là del bastione che aveva tutt'intorno.

Per un istante Cauvignac credette di rivedere il basilisco, animale che i moderni savi considerano favoloso, tanto gli occhietti del procuratore brillavano dell'oscuro bagliore dell'avarizia e della cupidigia.

«Vi chiedo perdono se in tal modo mi presento a voi senza essere annunciato», esordì Cauvignac. «Ma – aggiunse producendosi nel suo sorriso più seducente – è un privilegio del mio incarico».

«Un privilegio del vostro incarico», ripeté mastro Rabodin. «E quale sarebbe il vostro incarico, di grazia?».

«Sono un esente di Sua Maestà».

«Un esente di Sua Maestà!».

«Ho tale onore».

«Non capisco».

«Capirete presto. Voi conoscete monsieur Biscarros, non è vero?».

«Certo che lo conosco. È un mio cliente».

«E di grazia, cosa pensate di costui?».

«Cosa penso di costui?».

«Sì».

«Mah, penso... penso... penso sia un uomo valentissimo».

«Ebbene, siete in errore».

«Come? Sono in errore!».

«Il vostro brav'uomo è un ribelle».

«Come? Un ribelle!».

«Sissignore, un rivoltoso che profittava della posizione isolata della sua locanda per farne un focolaio di cospirazione».

«Davvero?».

«Che aveva preso impegno di avvelenare il re, la regina e Mazzarino, qualora si fossero fermati alla sua locanda».

«Davvero?».

«E che ho appena arrestato e tradotto nelle prigioni di Libourne, in detenzione preventiva per crimine di lesa maestà».

«Mi togliete il respiro!», ribatté l'avvocato Rabodin abbandonandosi in poltrona.

«E vi è dell'altro», continuò il falso esente. «Il fatto è che in questa faccenda siete compromesso anche voi».

«Io?», esclamò il procuratore passando dal giallo-arancio al verde mela. «Io compromesso? E in che modo?».

«Voi avete in vostro possesso una somma con la quale quell'infame di Biscarros intendeva foraggiare un esercito di ribelli».

«Vero è che per suo conto ho ricevuto...».

«...una somma di quattromila sterline. Costui è stato sottoposto alla tortura dei ceppi, e all'ottavo cuneo quel codardo ha confessato che tale somma doveva trovarsi qui presso di voi».

«È qui, in effetti, ma solo da un istante».

«Mal ve ne incoglie, mal ve ne incoglie».

«E perché mal me ne incoglie?».

«Perché sarò costretto a prendervi in consegna».

«Prendermi in consegna?».

«Certamente. L'atto d'accusa vi designa come complice».

Il procuratore passò dal verde mela al verde bottiglia.

«Ah, se non aveste ricevuto tale somma – continuò Cauvignac – sarebbe differente. Ma voi ammettete di averla ricevuta: è una prova del reato, capite?».

«Se acconsentissi a restituirla, se ve la consegnassi seduta stante, se dichiarassi di non aver alcun rapporto con l'ignobile Biscarros, se rinnegassi...».

«Ciononostante gravi sospetti aleggerebbero ancora su di voi. Tuttavia vi devo dire che consegnando il denaro immantinente...».

«Seduta stante», esclamò l'avvocato Rabodin. «Il denaro è ancora qui, nella borsa in cui mi è stato consegnato. Ho verificato la somma, nient'altro».

«È esatta?».

«Contate da voi, contate da voi».

«Assolutamente no, vi prego, giacché non ho facoltà di toccare il denaro di Sua Maestà. Tuttavia ho qui con me il ricevitore di Libourne, che mi è stato affiancato al fine di incassare le diverse somme che quel disgraziato di Biscarros disseminava e recuperava poi alla bisogna».

«In effetti Biscarros mi ha caldamente raccomandato, quando avessi intascato le quattromila sterline, di fargliele recapitare senza indugio».

«Vedete! Di certo è già al corrente che la principessa è in fuga da Chantilly e in viaggio alla volta di Bordeaux, e quindi stava recuperando tutti i fondi per farsi capopartito».

«Quel miserabile!».

«E voi non subodoravate nulla?».
«Nulla, signore, nulla».
«Nessuno vi aveva avvisato?».
«Nessuno».
«Ma cosa dite?», esclamò Cauvignac additando la missiva del borghese, che era rimasta ben dispiegata sulla scrivania dell'avvocato Rabodin in mezzo a un cumulo di altre carte. «Cosa dite, giacché voi stesso mi fornite la prova del contrario?».
«Come? La prova!».
«Diamine! Leggete qui».
Rabodin lesse con voce tremante:

Avvocato Rabodin, vi invio le quattromila sterline di risarcimento cui sono condannato in favore di mastro Biscarros, il quale nutro il forte sospetto voglia farne un uso illecito.

«Un uso illecito», ripeté Cauvignac. «Vedete che l'orribile taccia del vostro cliente era giunta fin qui».
«Sono costernato», disse il procuratore.
«Non posso nascondervi – disse Cauvignac – che ho ordini severi».
«Vi giuro che sono innocente».
«Perdio! Biscarros andava dicendo la stessa cosa fino a quando non è stato sottoposto a tortura: solo che al quinto cuneo ha cambiato linguaggio».
«Vi dico che sono pronto a consegnarvi il denaro; ecco, prendete, mi brucia».
«Facciamo le cose come si conviene», ribatté Cauvignac. «Vi ho già risposto che non avevo facoltà di toccare i denari del re. Quindi – disse avvicinandosi alla porta – venite, ricevitore. A ciascuno il suo mestiere».
Barrabas si avvicinò.
«Il signore confessa tutto», proseguì Cauvignac.
«Come? Confesso tutto!», esclamò il procuratore.
«Sì, confessate che eravate in corrispondenza con Biscarros».
«Ma da costui ho ricevuto solo due missive, e io gliene ho scritta solo una».
«Il signore confessa di essere in possesso di pecunia appartenente all'accusato».
«Ecco qui; ho ricevuto per suo conto solo queste quattromila sterline, e sono pronto a consegnarle a voi».

«Esattore – disse Cauvignac – giustificate il vostro incarico. Prendete questo denaro e consegnate una ricevuta in nome di Sua Maestà».

Barrabas mostrò la sua nomina al procuratore, che la scostò con un gesto della mano, non volendo recargli l'oltraggio di leggere.

«E ora – disse Cauvignac, mentre Barrabas, temendo errori, contava il denaro – ora dovete seguirmi».

«Seguirvi?».

«Certo che sì; non vi ho forse detto che eravate sospettato?».

«Ma vi giuro che Sua Maestà non ha servitore più fedele di me».

«Non basta affermarlo, occorrono prove».

«E prove fornirò».

«Quali?».

«Tutta la mia vita trascorsa».

«Non è affatto bastevole; occorrerebbe una garanzia per l'avvenire».

«Indicatemi cosa posso fare, e lo farò».

«In realtà vi sarebbe un modo per provare in modo incontestabile la vostra devozione».

«Quale?».

«In questo preciso istante proprio a Orléans vi è un capitano mio amico che sta allestendo una compagnia per il re».

«E allora?».

«E allora si tratterebbe di arruolarvi in tale compagnia».

«Io? Un procuratore?».

«Il re ha grande bisogno di procuratori, giacché i suoi affari sono di molto ingarbugliati».

«Lo farei volentieri, ma il mio studio?».

«Lo darete in gestione ai vostri praticanti».

«Impossibile! E le firme?».

«Perdonate, signori, se mi intrometto nella conversazione», intervenne Barrabas.

«Ma ci mancherebbe!», ribatté il procuratore. «Dite, dite pure».

«Mi sembra che se in sua vece, giacché sarebbe un soldato alquanto mediocre...».

«Sissignore, avete ragione: mediocre assai», confermò il procuratore.

«Se il signore offrisse al vostro amico, o piuttosto al re...».

«Cosa? Cosa posso offrire al re?».

«I suoi due praticanti».

«Ma certo», esclamò il procuratore. «Certo, e con gran piacere. Il vostro amico se li prenda pure entrambi, glieli lascio. Sono due giovanotti adorabili».

«Uno mi pareva un fanciullo».

«Quindici anni, quindici! E di prima forza sul tamburo! Venite qui, Fricotin!».

Cauvignac fece un cenno con la mano a indicare che desiderava Fricotin rimanesse dove si trovava.

«E l'altro?».

«Diciott'anni: cinque piedi e sei pollici, aspirante cerimoniere a Saint-Sauveur, e quindi già esperto nel maneggiare l'alabarda. Venite qui, Chalumeau».

«Ma orribilmente strabico, a quel che ho visto», commentò Cauvignac con un secondo cenno simile al primo.

«Meglio così, meglio così. Lo metterete di sentinella: giacché l'occhio strabico guarda fuori, egli vedrà a destra e a mancina, mentre gli altri vedono solo diritto davanti a sé».

«È un vantaggio, lo so bene. Ma voi capite, il re è fortemente contrariato: perorare a colpi di cannone è ancor più costoso che a colpi di parole, e il re non può farsi carico dell'equipaggiamento di quei due semproni; è già molto se si fa carico dell'addestramento e del soldo».

«Se basta questo per provare al re la mia devozione... – esclamò Rabodin – ebbene, farò un sacrificio!».

Cauvignac e Barrabas si scambiarono un'occhiata.

«Che ve ne sembra, ricevitore?», chiese Cauvignac.

«Mi sembra che il signore sia in buona fede», rispose Barrabas.

«E quindi deve essere trattato con riguardo. Consegnate al signore una ricevuta per cinquecento sterline».

«Cinquecento sterline!».

«Ricevuta a fronte dell'equipaggiamento di due giovani soldati, che nel suo zelo l'avvocato Rabodin offre a Sua Maestà».

«Ma in cambio di un tale sacrificio, potrò stare tranquillo?».

«Credo di sì».

«Nessuno verrà a importunarmi?».

«Spero di sì».

«E qualora, contro ogni giustizia, venissi citato in giudizio?».

«Fareste appello alla mia testimonianza. Ma acconsentiranno i vostri due praticanti?».

«Ne saranno entusiasti».

«Siete sicuro?».

«Sì. Anche se sarebbe meglio non fossero a conoscenza...».

«...dell'onore che abbiamo in serbo per loro, non è così?».

«Sarebbe più prudente».

«Come fare, allora?».

«È semplicissimo. Li spedisco al vostro amico. Come si chiama il vostro amico?».

«Il capitano Cauvignac».

«Li spedisco al vostro amico il capitano Cauvignac con un pretesto qualsiasi; sarebbe preferibile non a Orléans, per non creare un qualche scandalo».

«Sì, e per evitare che agli orleanesi non venga il ghiribizzo di prendervi a vergate, come provvide Camillo con quel maestro dell'antichità...».

«Allora glieli spedirò fuori Orléans».

«Sulla strada maestra da Orléans a Tours, per esempio».

«Alla prima locanda».

«Sì, lì troveranno il capitano Cauvignac a tavola: egli offrirà un bicchiere di vino, essi accetteranno, egli proporrà un brindisi alla salute del re, essi berranno con entusiasmo, e saranno soldati».

«Perfetto. Ora potete chiamarli».

I due giovani vennero chiamati. Fricotin era un bricconcello di quattro piedi appena, tarchiato, sveglio e vivace; Chalumeau era un sempliciotto di cinque piedi e sei pollici, sottile come un asparago e rosso come una carota.

«Signori – disse Cauvignac – il qui presente avvocato Rabodin, il vostro procuratore, vi affida una missione di fiducia: si tratta di andare a prendere domattina, nella prima locanda situata sulla strada da Orléans a Tours, un fascio di documenti riguardanti un processo che il capitano Cauvignac ha in corso contro monsieur de La Rochefoucauld. Per tale commissione l'avvocato Rabodin consegnerà a ciascuno di voi venticinque sterline di gratifica».

Fricotin, credulone, fece un balzo di tre piedi. Chalumeau, che era diffidente per natura, guardò sia Cauvignac sia il procuratore con un'espressione dubitosa che lo rendeva tre volte più strabico del solito.

«Un momento, un momento», intervenne precipitosamente l'avvocato Rabodin. «Però io non mi sono impegnato per cinquanta sterline».

«Della cui somma – continuò il falso esente – l'avvocato Rabodin si ripagherà attraverso gli onorari del processo tra il capitano Cauvignac e il duca di La Rochefoucauld».

L'avvocato Rabodin chinò il capo; non v'era via d'uscita, o finiva in quella trappola oppure diritto in prigione.

«Suvvia – disse il procuratore – acconsento, ma spero che mi darete una ricevuta in conformità».

«Eccovela. E poi ditemi che non avevo prevenuto i vostri desideri», disse l'esattore.

E consegnò un foglio che recava le seguenti righe:

Ricevuta dall'avvocato Rabodin, fedelissimo suddito di Sua Maestà, a titolo di offerta volontaria, la somma di cinquecento sterline a sostegno della guerra contro i principi.

«Se desiderate – disse Barrabas – includo nella ricevuta i due praticanti».

«No, no – rispose lesto il procuratore – va benissimo così».

«A proposito – disse Cauvignac all'avvocato Rabodin – dite a Fricotin di prendere il suo tamburo e a Chalumeau di munirsi della sua alabarda; sarà pur sempre qualcosa in meno da acquistare».

«Ma con quale pretesto pretendete che faccia una tale raccomandazione?».

«Perdio, con il pretesto di svagarsi un po' lungo la strada».

Dopodiché il falso esente e il falso ricevitore si ritirarono, lasciando l'avvocato Rabodin tutto stordito per il pericolo che aveva corso, e felicissimo di esserne scampato così a buon mercato.

VI.

L'indomani tutto andò come aveva previsto Cauvignac: per primi sopraggiunsero il nipote e il figlioccio, in sella entrambi a un medesimo cavallo; poi Fricotin e Chalumeau, l'uno con suo il tamburo e l'altro con la sua alabarda. Ci fu invero, al momento in cui venne spiegato che avevano l'onore di essere arruolati al servizio dei principi, qualche difficoltà su questo o quel punto; ma di fronte alle minacce di Cauvignac, alle promesse di Ferguzon e alla logica di Barrabas, tali difficoltà si appianarono.

Il cavallo del nipote e del figlioccio fu destinato a trasportare i bagagli, e giacché era una compagnia di fanti quella di cui aveva incarico Cauvignac, i due nuovi arruolati non ebbero nulla da ridire.

Il gruppo si mise in viaggio. Cauvignac marciava come in trionfo. L'astuto condottiero aveva trovato il modo di portare in guerra i più strenui sostenitori della pace. A taluni faceva abbracciare la causa del re, ad altri quella dei principi. Alcuni credevano di servire il parlamento, altri il re d'Inghilterra, che parlava di una calata in Scozia per riconquistare i suoi stati. Sulle prime, a dire il vero, vi era stata qualche discordanza nei colori, qualche disaccordo nelle rivendicazioni, che il luogotenente Ferguzon, malgrado la sua persuasività, aveva penato a ridurre al diapason della passiva obbedienza. Tuttavia, grazie a un mistero permanente, necessario per il buon esito dell'operazione, sosteneva Cauvignac, soldati e ufficiali avanzavano ignari di quel che avrebbero fatto. Quattro giorni dopo esser venuto via da Chantilly, Cauvignac aveva radunato venticinque uomini; era già, come si vede, una truppa non da poco. Molti fiumi che fanno un gran frastuono gettandosi in mare hanno origini meno imponenti.

Cauvignac cercava una base: giunse a un paesino situato tra Châtellerault e Poitiers e gli parve di aver trovato quel che cercava. Era il villaggio di Jaulnay; Cauvignac lo riconobbe perché lì era giunto una sera a portare un ordine a Canolles, e stabilì il suo quartier generale presso la locanda dove quella sera ricordava di aver cenato alquanto confortevolmente. D'altronde non vi era scelta: lo abbiamo già detto, quella era l'unica locanda.

Così posto, a cavallo sulla via maestra da Parigi a Bordeaux, Cauvignac aveva alle sue spalle le truppe di monsieur de La Rochefoucauld, che assediava Saumur, e davanti a sé quelle del re, concentrate in Guienna. In tal modo, tendendo la mano a ciascuno, guardandosi bene dal brandire un qualsiasi colore anzitempo, mirava a tenere assieme uno zoccolo di un centinaio d'uomini per trarre un qualche profitto: ebbene, l'arruolamento procedeva spedito e Cauvignac era quasi a metà dell'opera.

Un giorno, tuttavia, dopo aver trascorso l'intera mattinata a caccia d'uomini, e rimanendo come suo solito appostato sulla porta della locanda a conversare con il suo luogotenente e il suo sergente, Cauvignac vide spuntare in fondo alla strada una giovane dama a cavallo, seguita da uno scudiero parimenti a cavallo e da due muli carichi di bagagli.

La destrezza con cui la bella amazzone sembrava padroneggiare il cavallo, la postura dritta e fiera dello scudiero che l'accompagnava a Cauvignac rammentarono qualcosa. Egli posò una mano sul braccio di Ferguzon il quale, quel giorno malcontento, rimuginava alquanto mestamente, e gli disse indicandogli la viaggiatrice:

«Possa io morire, ma quello è il cinquantesimo soldato del reggimento di Cauvignac».

«Chi? Quella donna?».

«Precisamente».

«Questa poi! Abbiamo già un nipote promesso avvocato, un figlioccio promesso uomo di chiesa, due praticanti di un procuratore, due speziali, un medico, tre fornai e due guardatacchini; ne abbiamo a sufficienza di soldati mediocri, mi pare, senza aggiungervi anche una donna, visto che prima o poi dovremo batterci».

«Sì, ma il nostro patrimonio ammonta solo a venticinquemila sterline – (come si vede, il tesoro, al pari della truppa, era cresciuto a valanga) – e se potessimo raggiungere una cifra tonda, per esempio trentamila sterline, direi che non sarebbe così male».

«Ah, è sotto quest'aspetto che consideri la cosa! Allora non ho nulla da dire, approvo in pieno!».

«Silenzio! Stai a vedere!».

Cauvignac si avvicinò alla giovane donna la quale, arrestatasi davanti a una delle finestre della locanda, poneva domande alla locandiera, che le rispondeva dall'appartamento.

«Al vostro servizio, mio gentiluomo», disse Cauvignac con aria astuta portandosi cavallerescamente la mano al cappello.

«Gentiluomo io?», rispose la dama con un sorriso.

«Proprio voi, bel visconte».

La dama arrossì.

«Non capisco cosa intendiate», rispose.

«E invece sì! Prova ne è che sulle vostre gote il rossore è già montato di mezzo piede».

«Vi sbagliate di certo».

«Al contrario, al contrario. So perfettamente di cosa parlo, invece».

«Orsù, basta con gli sberleffi».

«Io non vi sberleffo. E se ne volete la prova, ve la fornirò. Ho avuto l'onore di incontrarvi circa tre settimane fa, nelle vesti confacenti al vostro sesso, una sera sulle rive della Dordogna, seguita dal vostro fedele scudiero, Pompée. Avete ancora Pompée? Eh sì, ecco giungere per l'appunto il caro Pompée. Direte che non conosco nemmeno costui?».

Lo scudiero e la giovane donna si guardarono stupefatti.

«Sì sì – proseguì Cauvignac – la cosa vi stupisce, mio bel visconte. Ma provatevi a dire che non eravate voi l'uomo che, lo sapete bene, ho incontrato sulla strada di Saint-André-de-Cubzac, a un quarto di lega dalla locanda di mastro Biscarros».

«Non nego l'incontro».

«Ah, vedete, allora!».

«Solo che quel giorno ero camuffata».

«Al contrario, al contrario, è oggi che lo siete. Del resto, giacché in tutta la Guienna sono stati diffusi i tratti del visconte di Cambes, capisco che per sviare i sospetti abbiate giudicato più prudente vestire momentaneamente questi abiti, che peraltro, ve ne va dato merito, mio caro gentiluomo, vi donano a meraviglia».

«Se non inframmezzaste la vostra conversazione con qualche parola sensata – disse la viscontessa con un turbamento che tentava invano di camuffare – in realtà crederei che foste pazzo».

«Non vi renderò analogo complimento, e trovo assai ragionevole camuffarsi quando si cospira».

La giovane donna fissò Cauvignac con uno sguardo sempre più inquieto.

«In effetti mi sembra di avervi visto da qualche parte, ma non rammento più dove».

«La prima volta, ve l'ho detto, è stato sulle rive della Dordogna».

« E la seconda?».

«La seconda a Chantilly».

«Il giorno della caccia?».

«Esattamente».

«Allora non ho da temere, voi siete uno dei nostri».

«E perché mai?».

«Perché eravate presso la principessa».

«Permettetemi di dirvi che non è una ragione valida».

«Invece mi sembra...».

«Vi era parecchia gente per essere sicuri che tutti coloro che erano presenti fossero amici».

«Badate bene, potrei farmi una strana idea di voi».

«Oh, fatevi pure le idee che desiderate, non sono affatto suscettibile».

«Ma insomma, cosa volete?».

«Farvi gli onori di casa in questa locanda, se accettate».

«Ve ne ringrazio, ma non ho affatto bisogno di voi. Attendo qualcuno».

«Sta bene. Scendete da cavallo, e nell'attesa di questo qualcuno, ebbene, saremo a colloquio».

«Che fare?», chiese Pompée.

«Scendere, chiedere una stanza e ordinare la cena», suggerì Cauvignac.

«Ma sono io che do gli ordini, se non erro», ribatté la viscontessa.

«Dipende, visconte, giacché a Jaulnay comando io e ho cinquanta uomini a mia disposizione. Pompée, fate come ho detto».

Pompée chinò il capo ed entrò nella locanda.

«Mi state forse arrestando?», chiese la giovane donna.

«Può darsi».

«Come sarebbe può darsi?».

«Sì, dipenderà dalla conversazione che avremo a breve. Ma prendetevi la briga di scendere, visconte... Sì, bene, ora accettate il mio braccio; i domestici della locanda condurranno il vostro cavallo alla scuderia».

«Obbedisco, giacché, come avete detto, siete voi il più forte; non ho alcun modo per opporvi resistenza, ma vi avviso di una cosa: la persona che attendo arriverà, e la persona in questione è un ufficiale del re».

«Ebbene, visconte, mi farete l'onore di presentarmi a costui, e io sarò lieto di fare la sua conoscenza».

La viscontessa capì che non vi era modo di resistere, e si avviò per prima facendo cenno al suo bizzarro interlocutore che aveva facoltà di seguirla.

Cauvignac l'accompagnò fino alla porta della stanza che Pompée aveva fatto preparare, e stava per varcare la soglia al suo seguito quando Ferguzon, salendo rapido le scale, si avvicinò e gli disse all'orecchio:

«Capitano, una vettura a tre cavalli, nella vettura un giovanotto mascherato, alle portiere due lacchè».

«Bene!», disse Cauvignac. «Probabilmente è il gentiluomo atteso».

«Ah, qualcuno attende un gentiluomo?».

«Sì, e io gli andrò incontro. Tu rimani qui nel corridoio, non perdere di vista la porta: lascia entrare tutti, ma che nessuno esca».

«Ciò mi basta, capitano».

In effetti alla porta della locanda si era appena fermata una lettiga preceduta da quattro uomini della compagnia di Cauvignac, i quali vi si erano imbattuti a un quarto di lega dalla città e da quel momento in poi l'avevano scortata.

In fondo alla lettiga, avvolto in un grande mantello foderato, era coricato, piuttosto che seduto, un giovane gentiluomo vestito di velluto blu. Dal momento in cui i quattro uomini avevano circondato la vettura costui aveva posto un bel po' di domande; ma vedendo che, per quanto incalzanti fossero, le sue domande non ottenevano risposta alcuna, sembrava essersi rassegnato ad aspettare, e solo di quando in quando sollevava la testa per vedere se si avvicinasse un qualche capo a cui poter chiedere spiegazioni per il singolare comportamento che quegli individui avevano tenuto nei suoi riguardi.

Del resto, era impossibile valutare appieno l'impressione prodotta sul giovane viaggiatore da quell'evento, poiché per metà il suo viso era celato da una di quelle mascherine di raso nero che erano così in voga all'epoca. Peraltro, quel che la maschera lasciava in vista, ossia la parte alta della fronte e l'estremità inferiore del viso, preannunciava gioventù, bellezza e vivacità di spirito; i denti erano piccoli e bianchi, e attraverso la maschera gli occhi rilucevano.

Ai due lati della vettura avanzavano due alti lacchè, pallidi e tremanti sebbene tenessero sulle ginocchia un moschetto, che parevano inchiodati in sella ai cavalli accanto alle due portiere; tutto il quadro avrebbe potuto essere scambiato per una scena di briganti all'assalto di viaggiatori, eccezion fatta per la luce del giorno, la locanda, il volto ridente di Cauvignac e l'impassibilità dei presunti ladroni.

Alla vista di Cauvignac che si mostrava sulla porta, avvisato, come abbiamo detto, da Ferguzon, il giovane arrestato lanciò un gridolino di sorpresa e si portò prontamente una mano al viso come ad assicurarsi che la maschera fosse ancora al suo posto. Una tale rassicurazione parve renderlo più tranquillo.

Per quanto rapido, tale gesto a Cauvignac non era affatto sfuggito. Egli guardò il viaggiatore come chi è avvezzo a riconoscere i connotati anche nei lineamenti più dissimulati; poi suo malgrado trasalì con stupore pressoché pari a quello che aveva manifestato il cavaliere dall'abito blu. Tuttavia tornò in sé e, prendendo in mano il cappello con grazia tutta particolare:

«Bella signora – disse – siate la benvenuta».

Attraverso le fessure della maschera gli occhi del viaggiatore brillarono di meraviglia.

«Dove ve ne andate in tal guisa?», proseguì Cauvignac.

«Dove vado?», rispose il viaggiatore lasciando cadere nel vuoto il saluto di Cauvignac e rispondendo solo alla domanda. «Dove vado? Dovreste saperlo meglio di me, giacché non sono più libero di proseguire il mio viaggio. Vado dove mi condurrete voi».

«Permettetemi di farvi notare – continuò Cauvignac con sempre maggiore cortesia – che questa non è affatto una risposta, bella signora! Il vostro arresto è solo momentaneo. Quando avremo discusso un istante delle nostre reciproche faccenduole, a cuore aperto e viso scoperto, voi riprenderete la vostra strada senza alcun impedimento».

«Perdonate – riprese il giovane viaggiatore – ma prima di proseguire rettifichiamo subito un errore. Voi fate finta di scambiarmi per una donna, mentre invece dai miei abiti vedete benissimo che sono un uomo».

«Conoscerete il proverbio latino *Ne nimium crede colori*, il savio non giudica dalle apparenze. Ebbene, ho la pretesa di essere un savio; di conseguenza, sotto queste vesti menzognere, ho riconosciuto...».

«Cosa?», chiese il viaggiatore spazientito.

«Ebbene, ve l'ho detto: una donna!».

«Ma se sono una donna, perché allora mi arrestate?».

«Diamine! Perché nei tempi in cui viviamo le donne sono più pericolose degli uomini, tanto che a dire il vero la nostra guerra potrebbe chiamarsi la Guerra delle Donne. La regina e madame de Condé sono le due potenze belligeranti. In qualità di luogotenenti generali hanno ingaggiato mademoiselle de Chevreuse, madame de Montbazon, madame de Longueville... e voi. Mademoiselle de Chevreuse è il generale del coadiutore, madame de Montbazon è il generale di monsieur de Beaufort, madame de Longueville è il generale di monsieur de La Rochefoucauld, e voi... voi sembrate in tutto e per tutto il generale del duca d'Épernon».

«Voi siete uscito di senno», disse il giovane viaggiatore facendo spallucce.

«Bella signora, non vi credo, non più di quanto credessi poc'anzi a un bel giovanotto che mi rivolgeva lo stesso complimento».

«E con costei magari sostenevate che fosse un uomo».

«Per l'appunto. Avendo riconosciuto il mio esile gentiluomo per averlo visto una certa sera ai primi di maggio gironzolare intorno alla locanda di mastro Biscarros, non mi sono lasciato ingannare dalle sue gonne, dalle sue cuffiette e dalla sua vocina flautata; non più di quanto mi lasci ingannare dal vostro farsetto blu, dal vostro feltro grigio e dai vostri stivali merlettati. E le ho detto: "Mio giovane amico, sceglietevi pure il nome che volete, sceglietevi l'abito che volete, sceglietevi pure la voce che volete, sarete sempre e comunque il visconte di Cambes"».

«Il visconte di Cambes!», esclamò il giovane viaggiatore.

«Ah, il nome vi colpisce, a quanto pare. Per caso lo conoscete?».

«Un uomo giovanissimo, quasi un fanciullo».

«Diciassette o diciott'anni, non di più».

«Biondissimo?».

«Biondissimo».

«Grandi occhi azzurri?».

«Molto grandi, molto azzurri».

«È qui?».

«È qui».

«E voi dite che...».

«Camuffato da donna quel malvagio, come voi da uomo, malvagia».

«E che viene a fare qui?», esclamò il giovane cavaliere con una veemenza e un turbamento che si facevano vieppiù visibili mano a mano che Cauvignac viceversa si faceva più sobrio nei gesti e più avaro di parole.

«Ma sostiene di avere appuntamento con un amico», rispose Cauvignac calcando su ogni parola.

«Un amico?».

«Sì».

«Un gentiluomo?».

«Probabile».

«Un barone?».

«Forse».

«Il cui nome...».

Cauvignac corrugò la fronte a un pensiero laborioso che per la prima volta gli si affacciava alla mente ed entrandogli nel cervello scatenava una palese rivoluzione. "Oh oh – mormorò – ma che bella retata sarebbe!".

«Il cui nome...», ripeté il giovane viaggiatore.

«Aspettate – riprese Cauvignac – aspettate un momento... Il cui nome finisce per *olles*».

«Monsieur de Canolles», esclamò il giovane viaggiatore mentre le labbra gli si ricoprivano di un pallore funereo, la qual cosa poneva in lugubre risalto la maschera nera sul candore dell'incarnato.

«Proprio così: monsieur de Canolles», riprese Cauvignac seguendo sulle parti visibili del volto e su tutto il corpo del giovane la rivoluzione che si stava producendo. «Avete detto bene. Monsieur de Canolles. Anche voi conoscete monsieur de Canolles? Questa poi! Orsù, conoscete proprio tutti!».

«Basta con gli sberleffi», balbettò il giovane, che tremava dalla testa ai piedi e sembrava sul punto di svenire. «Dov'è la signora in questione?».

«In quella stanza: ecco, la terza finestra a partire da qui, quella che ha le tende gialle».

«Voglio vederla!», esclamò il giovane viaggiatore.

«Oh oh, sono forse in errore? Sareste forse voi il monsieur de Canolles che costei attende? O monsieur de Canolles sarebbe invece quel bel cavaliere che sta sopraggiungendo al trotto, seguito da un lacchè che ha tutta l'aria di essere un vanesio patentato?».

Il giovane viaggiatore si precipitò al vetro anteriore della vettura con tale affanno che con la fronte lo mandò in frantumi.

«È lui! È lui!», esclamò, senza nemmeno accorgersi che da una lieve ferita stillava qualche goccia di sangue. «Oh, povera me! Sta arrivando, si incontreranno... È la fine!».

«Ah, allora vedete che siete una donna!».

«Si erano dati appuntamento...», proseguì il giovane torcendosi le braccia. «Oh, ma mi vendicherò!».

Cauvignac tentò un nuovo sberleffo, ma il giovane gli fece un cenno imperioso con una mano, mentre con l'altra si strappò via la maschera, e al placido sguardo di Cauvignac apparve allora il pallido volto di Nanon tutto irto di minacce.

VII.

«Buongiorno, sorellina», disse Cauvignac a Nanon porgendo la mano alla giovane donna con la più imperturbabile flemma.

«Buongiorno! E così mi avete riconosciuta, non è vero?».

«Nel momento stesso in cui vi ho intravista. Non era sufficiente celare il viso, dovevate velare anche quel grazioso piccolo segno e i vostri denti di perla. Indossate una maschera intera almeno, quando volete camuffarvi, civettuola. Ma a voi interessa... *et fugit ad salices...*».

«Basta così», disse imperiosa Nanon. «Parliamo di cose serie».

«Non chiedo di meglio; solo parlando di cose serie si fanno buoni affari».

«E così voi dite che la viscontessa di Cambes è qui».

«In persona».

«E che monsieur de Canolles sta entrando nella locanda in questo stesso istante».

«Non ancora; scende da cavallo, lancia la briglia nelle mani del lacchè. Ah, qualcuno l'ha scorto anche da quella parte. Ecco che si apre la finestra dalle tende gialle, ecco che fa capolino la testa della viscontessa. Ah, costei lancia un grido di gioia. Monsieur de Canolles si precipita in casa. Nascondetevi, sorellina, o tutto sarà perduto!».

Nanon si abbandonò all'indietro stringendo convulsa la mano di Cauvignac, che la guardava con un'aria di paterna compassione.

«E io che stavo per raggiungerlo a Parigi!», esclamò Nanon. «Io che correvo ogni rischio per rivederlo!».

«Ah, sorellina, tutti questi sacrifici, e in aggiunta per un ingrato! Potreste destinare meglio le vostre buone azioni».

«Che cosa si diranno, ora che sono di nuovo insieme? Che cosa faranno?».

«In realtà, cara Nanon, mi ponete non poco a disagio rivolgendomi una simile domanda», rispose Cauvignac. «Diamine, si ameranno molto, suppongo».

«Oh, così non sarà!», esclamò Nanon mordendosi rabbiosa le unghie levigate come l'avorio.

«Credo invece che sarà proprio così», rispose Cauvignac. «Ferguzon, che aveva ordine di non lasciar uscire nessuno, non aveva ricevuto quello di impedire di entrare. In questo istante con ogni probabilità la viscontessa e il barone di Canolles si staranno scambiando ogni sorta di smancerie più deliziose le une delle altre. Accidenti, mia cara Nanon, vi siete messa all'opera troppo tardi».

«Voi credete?», ribatté la giovane donna con un'espressione indefinibile di profonda ironia e scaltrezza astiosa. «Voi credete? Ebbene, salite con me, misero diplomatico!».

Cauvignac obbedì.

«Venite qui, Bertrand – proseguì Nanon rivolgendosi a uno degli uomini con il moschetto – dite al cocchiere di girarsi senza dare nell'occhio e di andare ad appostarsi sotto quel boschetto che ci siamo lasciati alle spalle sulla destra, all'ingresso del villaggio». Poi, voltandosi verso Cauvignac: «Lì non staremo forse bene per conversare?», disse.

«Naturalmente. Ma permettetemi di prendere a mia volta qualche precauzione».

«Prendete pure».

Cauvignac fece cenno di venire a quattro dei suoi uomini che gironzolavano attorno alla locanda, intenti a ronzare e sollazzarsi come calabroni al sole.

«Fate bene a portarvi dietro quegli uomini», disse Nanon. «E datemi retta, prendetene sei piuttosto che quattro. Avranno un bel daffare!».

«Bene», rispose Cauvignac. «Il daffare è proprio quel che mi ci vuole».

«Allora avrete soddisfazione», rispose la giovane donna.

E la lettiga, girando su se stessa, condusse Nanon, rossa sotto la vampa dei suoi pensieri, e Cauvignac, apparentemente calmo e freddo ma pur tuttavia predisposto ad accordare profonda attenzione alle confidenze che gli preannunciava la sorella.

Nel frattempo Canolles, attirato dal grido di gioia che aveva lanciato madame de Cambes alla sua vista, si era precipitato nella locanda e aveva raggiunto l'appartamento della viscontessa senza prestare attenzione a Ferguzon, che aveva incontrato in piedi nel corridoio ma il quale, non avendo ricevuto ordini riguardo a Canolles, non oppose difficoltà alcuna a lasciarlo entrare.

«Ah – esclamò madame de Cambes non appena vide Canolles – venite qui, presto, ché vi attendo con grande impazienza».

«Sono parole che mi renderebbero l'uomo più felice al mondo, se il vostro pallore e il vostro turbamento non mi dicessero chiaramente che non è per me solo che voi mi attendete».

«È vero, avete ragione», ribatté Claire con il suo incantevole sorriso. «Intendo affidarvi un incarico in più».

«Quale?».

«Trarmi fuori da un pericolo che ignoro ma da cui sono minacciata».

«Un pericolo!».

«Sì. Aspettate...». Claire andò alla porta e tirò il chiavistello. «Mi hanno riconosciuta», disse di ritorno.

«Chi?».

«Un uomo di cui non conosco il nome, ma del quale non mi sono estranei né il viso né la voce. Mi pare di aver udito la sua voce la sera in cui, in questa stessa stanza, voi avete ricevuto ordine di partire immediatamente per Mantes; mi pare di aver riconosciuto il suo volto durante la caccia a Chantilly il giorno in cui ho preso il posto di madame de Condé».

«E chi pensate sia quest'uomo?».

«Un emissario del duca d'Épernon, quindi un nemico».

«Diavolo», esclamò Canolles. «E dite che vi ha riconosciuta?».

«Ne sono certa; mi ha chiamato per nome sostenendo semplicemente che ero un uomo. Qui nei dintorni vi sono ovunque ufficiali del partito del re; tutti sanno che io parteggio per i principi, forse qualcuno avrà inteso allarmarmi. Ma qui con voi non ho più timore alcuno. Anche voi siete ufficiale, appartenete al loro stesso partito, sarete la mia protezione».

«Ahimè – disse Canolles – temo proprio di non potervi offrire altra difesa e altra protezione all'infuori della mia spada».

«Ma come!».

«A partire da questo istante non sono più al servizio del re».

«Dite davvero?», esclamò Claire al colmo della gioia.

«Mi ero ripromesso di inviare le mie dimissioni datate dal luogo in cui vi avessi rivisto. Vi ho rivisto, le mie dimissioni saranno datate da Jaulnay».

«Oh! Libero! Siete libero, libero! Potrete abbracciare il partito della giustizia, della lealtà. Potrete servire la causa dei principi, ossia quella di tutta la nobiltà. Oh, lo sapevo che eravate un gentiluomo troppo degno per non giungere a una tale conclusione!».

E Claire porse la mano a Canolles, il quale la baciò con trasporto.

«E com'è accaduto? Cos'è successo? Raccontatemi tutto fin nei dettagli».

«Oh, non vi è granché da dire. Ho scritto previamente a Mazzarino per informarlo di quel che era accaduto. Giungendo a Mantes, ho ricevuto l'ordine di andare a fargli visita. Il cardinale mi ha chiamato "stupido scervellato", io gli ho risposto "stupido cervellino". Egli ha riso, io mi sono adirato. Egli ha alzato la voce, io l'ho mandato a quel paese. Sono rientrato alla locanda. Ho atteso che avesse la bontà di gettarmi alla Bastiglia, egli ha atteso che mi venisse la saggia idea di lasciare Mantes. Dopo ventiquattr'ore la saggia idea mi è venuta. Ed è ancora a voi che la devo, giacché ho riflettuto su quel che mi avevate promesso e ho pensato che voi forse mi attendevate, foss'anche per un istante. Allora, respirando all'aria aperta, libero da ogni responsabilità, da ogni dovere, privo di partito, privo di impegni e pressoché privo di preferenze, mi è tornata alla mente una cosa sola: ossia che io vi amo, e che ora avrei potuto dirvelo a voce alta e con ardimento».

«E così avete perso il vostro grado per me, siete caduto in disgrazia per me, in rovina per me! Caro monsieur de Canolles, come potrò mai disobbligarmi, come potrò mai dimostrarvi la mia riconoscenza?».

E, con un sorriso e una lacrima che donavano a Canolles cento volte più di quanto avesse perduto, madame de Cambes ridusse Canolles ai suoi piedi.

«Ah, da questo momento sono ricco e felice, invece, giacché vi seguirò, non vi lascerò mai, sarò felice della vostra vista e ricco del vostro amore».

«Nulla vi ferma, allora?».

«No».

«Mi appartenete dunque appieno? Avendo il vostro cuore, posso dunque offrire il vostro braccio alla principessa?».

«Potete».

«E così avete inviato le vostre dimissioni».

«Non ancora. Volevo prima rivedervi. Ma come vi ho detto, ora che vi ho rivista le scriverò qui seduta stante. Mi riservavo la felicità di dovervi obbedire».

«E allora scrivete! Scrivete, prima di ogni altra cosa! Se non le scriverete, sarete reputato un transfuga. E dovrete inoltre attendere, prima di compiere ogni passo risolutivo, che le vostre dimissioni vengano accettate».

«Cara la mia diplomatica, non temete. Mi verranno concesse, e di tutto cuore, anche. La mia malaccortezza a Chantilly non è cagione di grandi rimpianti. Non mi hanno forse detto – aggiunse Canolles ridendo – che sono un povero scervellato?».

«Sì, ma vi ricompenseremo noi dell'opinione che si sono forgiata, statene pur certo. La faccenda di Chantilly incontrerà più favore a Bordeaux che a Parigi, credetemi. Ma scrivete, barone, scrivete subito, affinché possiamo partire. Vi confesso infatti che la permanenza in questa locanda non mi rassicura per nulla al mondo».

«Parlate forse del passato, avete così tanta paura dei ricordi?», esclamò Canolles guardandosi intorno con occhi colmi d'amore e soffermandosi sulla piccola alcova a due letti che già più di una volta aveva attirato il suo sguardo.

«No, parlo del presente, e non siete più voi la ragione dei miei terrori. Oggi non ho più timore di voi».

«E di chi avete timore allora? Cosa avete da temere?».

«E chi lo sa, Dio mio!».

In quell'istante, quasi a legittimare i timori della viscontessa, si udirono tre colpi alla porta: qualcuno bussava con solenne gravità.

Canolles e la viscontessa tacquero, guardandosi con inquietudine e interrogandosi l'un l'altra.

«In nome del re», disse una voce. «Aprite!».

E all'improvviso la fragile porta volò in mille pezzi. Canolles avrebbe voluto avventurarsi sulla sua spada, ma tra egli e la sua spada si era già frapposto un uomo.

«Che significa tutto ciò?», chiese il barone.

«Siete voi il barone di Canolles, non è vero?».

«Certamente».

«Capitano del reggimento di Navailles?».

«Sì».

«Inviato in missione dal duca d'Épernon?».

Canolles fece un cenno del capo.

«In tal caso, in nome del re e di Sua Maestà la regina reggente, siete in arresto».

«Il vostro mandato?».

«Eccolo».

«Ma io vi conosco, mi pare», disse Canolles rendendo il foglio dopo avervi gettato una rapida occhiata.

«Perbacco se mi conoscete! Non è in questo stesso villaggio dove oggi siete in arresto che vi ho consegnato l'ordine da parte del duca d'Épernon di andare a corte? Era la vostra fortuna quell'ordine, mio caro gentiluomo. Voi l'avete mancata, mal ve ne incoglie».

Claire impallidì e si abbandonò in lacrime su una sedia; dal canto suo aveva riconosciuto l'indiscreto inquisitore.

«È la vendetta di Mazzarino», mormorò Canolles.

«Orsù, andiamo», disse Cauvignac.

Claire rimase immobile. Canolles, indeciso, sembrava sul punto di perdere la ragione. Così grande, così greve, così inattesa era la sua disgrazia che il barone soggiaceva sotto a tale fardello: chinò il capo e si rassegnò.

D'altronde a quell'epoca le parole *In nome del re!* custodivano ancora tutta la loro magia, e nessuno tentava di opporvi resistenza.

«Dove mi conducete?», chiese Canolles. «O vi è proibito anche concedermi il conforto di sapere dove sono diretto?».

«Nossignore, ve lo dirò: vi conduciamo alla fortezza dell'isola Saint-Georges».

«Addio», disse Canolles inchinandosi rispettoso davanti a madame de Cambes. «Addio».

"Ohibò, ohibò!", si disse Cauvignac tra sé. "Le cose sono meno a buon punto di quanto avrei creduto. Lo dirò a Nanon, le farà piacere". Poi, avviandosi alla porta:

«Quattro uomini per scortare il capitano – gridò – e altri quattro uomini davanti!».

«E io?», esclamò madame de Cambes protendendo le braccia verso il prigioniero. «E io? Dove mi conducete? Se il barone è colpevole, infatti, io lo sono ancor di più».

«Voi potete ritirarvi», rispose Cauvignac. «Siete libera».

E uscì conducendo via il barone.

Madame de Cambes balzò in piedi, rianimata da un raggio di speranza, e preparò ogni cosa per la partenza, onde evitare che tali fauste disposizioni lasciassero il posto a ordini avversi. "Essendo libera – disse – potrò vegliare su di lui. Partiamo!".

E, precipitandosi alla finestra, scorse la truppa a cavallo che trascinava via Canolles, scambiò con questi un ultimo cenno d'addio con la mano, e chiamando Pompée il quale, sperando in una sosta di due o tre giorni, si era già insediato nella stanza migliore che avesse potuto trovare, gli diede ordine di prepararsi a partire.

VIII.

Il tragitto fu per Canolles più triste ancora di quanto si fosse aspettato. Al cavallo, che regala perfino al prigioniero più sorvegliato una parvenza di libertà, aveva fatto seguito infatti la carrozza, una malandata diligenza di cuoio di cui ancora oggi in Turenna si serbano la forma e i sobbalzi. Inoltre Canolles aveva le ginocchia impastoiate tra quelle di un uomo dal naso aquilino, il quale con una sorta di orgoglio teneva una mano sul calcio di una pistola di ferro. Talvolta la notte, giacché di giorno dormiva, il barone sperava di sorprendere la vigilanza di quel novello argo; ma ai lati del naso aquilino baluginavano due grandi occhi da gufo, tondi, fiammeggianti, assolutamente propizi alle osservazioni notturne, di modo che, da qualsiasi parte si voltasse, Canolles scorgeva sempre quei due occhi tondi e rilucenti che seguivano il suo sguardo.

Mentre costui dormiva, dormiva anche uno dei due occhi. Uno soltanto, però: dormire con un occhio solo era il pregio che la natura aveva concesso a quell'uomo.

Due giorni e due notti trascorsero per Canolles tra funeree riflessioni; la fortezza dell'isola Saint-Georges difatti, fortezza pur tuttavia alquanto inoffensiva, assumeva agli occhi del prigioniero dimensioni terrificanti mano a mano che il timore e il rimorso gli invadevano il cuore fin nel profondo.

Il rimorso, poiché comprendeva che la missione presso la principessa era una missione di fiducia che egli aveva negletto in favore dei suoi amori, e che l'errore che aveva commesso in quell'occasione era terribile. A Chantilly madame de Condé era solo una donna in fuga. A Bordeaux madame de Condé era una principessa ribelle.

Il timore, poiché conosceva per tradizione le oscure vendette di un'Anna d'Austria in preda all'ira.

Altro rimorso più sordo, ma forse più lancinante del primo: al mondo vi era una donna giovane, bella, di spirito, una donna che aveva fatto valere la sua influenza solo per spingerlo in avanti, che aveva fatto valere il suo credito solo per proteggerlo. Una donna che, in virtù del suo amore, venti volte aveva rischiato la propria posizione, il proprio futuro, il proprio patrimonio... Ebbene, quella donna, non soltanto la più meravigliosa delle amanti, ma anche la più devota delle amiche, egli l'aveva abbandonata brutalmente, senza scuse, senza ragioni, nel momento in cui costei pensava a egli, e che invece di vendicarsi lo aveva ricoperto di nuove grazie, e il cui nome, invece di presentarglisi con tono di rimprovero, era riecheggiato al suo orecchio con la carezzevole dolcezza di un favore pressoché regale. È vero che tale favore era arrivato in un momento inopportuno, in un momento in cui di certo Canolles avrebbe preferito uno sfavore. Ma era forse colpa di Nanon? Nella missione presso Sua Maestà Nanon aveva visto solo l'accrescimento di stima e patrimonio per l'uomo al quale pensava senza sosta.

Difatti tutti coloro che hanno amato due donne al contempo – e chiedo venia alle mie lettrici: tale fenomeno a costoro incomprensibile, esse che hanno sempre un solo amore, è comune fra noialtri uomini – tutti coloro che hanno amato due donne al contempo, dicevo, comprenderanno come, via via che Canolles si addentrava nelle sue riflessioni, Nanon riconquistava sulla sua mente un'influenza sempre maggiore che egli credeva perduta. Le spigolose asperità del carattere, che feriscono negli attriti dell'intimità e danno vita a stizze momentanee, con la distanza si smussano, mentre al contrario taluni ricordi più gradevoli si ravvivano nella solitudine. Infine, ed è cosa triste a dirsi, l'amore etereo, che prometteva solo favori, nell'isolamento svanisce, mentre invece nell'isolamento l'amore materiale si riaffaccia alla memoria corredato dei suoi piaceri terrestri, che hanno tutto il loro valore. Bella e perduta, generosa e ingannata, tale ora appariva Nanon agli occhi di Canolles.

Il fatto è che Canolles si calava dentro di sé con ingenuità, e non già con la malevolenza degli accusati costretti a una confessione generale. Cosa gli aveva fatto Nanon perché egli l'abbandonasse? Cosa gli aveva fatto madame de Cambes perché egli la seguisse? Cosa vi era dunque di così desiderabile e meravigliosamente amabile nell'esile cavaliere della locanda del Vitello d'Oro? E madame de Cambes imperava in maniera così trionfale su Nanon? Forse i capelli biondi primeggiano a tal punto sui capelli neri da rendere spergiuri e ingrati nei confronti della propria amante, traditori e sleali nei confronti del re, al solo scopo di barattare trecce nere con trecce bionde? Eppure, oh miseria della costituzione umana! Canolles si faceva tutti questi ragionamenti ricolmi di buonsenso, come si vede, e Canolles non si persuadeva.

Il cuore è colmo di misteri analoghi, che costituiscono la felicità degli amanti e la disperazione dei filosofi.

Tutto ciò non impediva a Canolles di adirarsi con se stesso e rimproverarsi a profusione.

"Sarò punito", si diceva, ritenendo che la punizione cancellasse la colpa. "Sarò punito, meglio così. Laggiù troverò un qualche bravo capitano ben rude, molto insolente, parecchio brutale che dall'alto della sua dignità di capo carceriere mi leggerà un ordine di Mazzarino, mi indicherà il fondo di una segreta e mi manderà a marcire quindici piedi sottoterra assieme ai topi e ai rospi, mentre avrei potuto vivere alla luce del giorno e fiorire al sole, nelle braccia di una donna che mi amava, che ho amato e che, parola mia, forse amo ancora.

Piccolo, maledetto visconte, accidenti! Perché eri involucro di una così seducente viscontessa?

Sì, ma esiste al mondo una viscontessa che valga quel che costei mi costerà? Giacché non bastano il governatore e la galera quindici piedi sottoterra. Se mi reputano un traditore, non lasceranno le cose solo chiarite a metà; mi attaccheranno riguardo alla mia permanenza a Chantilly, che non avrei mai espiato abbastanza, ne convengo, se fosse stata per me più fruttuosa, ma che in fin dei conti mi ha guadagnato in tutto tre baci sulla mano. Tre volte stupido, giacché avevo la forza e potevo abusarne, e invece non ne ho fatto uso! Uno stupido scervellato, come dice Mazzarino, il quale ha tradito e non si è fatto pagare il suo tradimento! E invece ora chi mi pagherà il mio?".

E Canolles alzava le spalle, rispondendo con un tale gesto sprezzante alle domande della sua mente.

L'uomo dagli occhi tondi che, per quanto di vista acuta, non riusciva a capire nulla di quella pantomima lo guardava stupito.

"Se mi interrogheranno – proseguì Canolles – non risponderò. D'altronde cosa dovrei rispondere? Che non amavo Mazzarino?

Allora non avrei dovuto servirlo. Che amavo madame de Cambes? Bella giustificazione da fornire a una regina e a un Primo ministro! Quindi non risponderò. Ma i giudici sono personaggi di molto suscettibili. Quando interrogano esigono una risposta. Ci sono cunei brutali nelle galere del paese; mi romperanno le mie belle ginocchia di cui andavo così fiero, e mi rispediranno tutto smembrato ai miei topi e ai miei rospi. Rimarrò per tutta la vita storpio al pari del principe di Conti, e questo è orribile, posto comunque che Sua Maestà estenda su di me la sua ala clemente, cosa che si guarderà bene dal fare".

Oltre al governatore, ai topi, ai rospi, ai cunei, esistevano anche i patiboli dove si decapitavano i ribelli, i pali dove si impiccavano i traditori, le piazze d'armi dove si fucilavano i disertori. Ma tutto ciò, per un bel giovanotto come Canolles, non era nulla, si capisce, a confronto delle ginocchia storpie.

A quel punto costui decise di vederci chiaro e di interrogare il suo compagno di viaggio a tal riguardo.

Gli occhi tondi, il naso aquilino e il cipiglio del figuro incoraggiarono ben poco il prigioniero ad azzardare un dialogo. Tuttavia, poiché, per quanto imperturbabile, è impossibile che un viso non conosca attimi di una certa distensione, Canolles approfittò di un istante in cui sul volto dell'esente subalterno che faceva così buona guardia balenò una smorfia simile a un sorriso.

«Signore», disse.

«Signore», rispose l'esente.

«Vi chiedo scusa se vi distolgo dalle vostre riflessioni».

«Niente scuse. Io non rifletto mai».

«Ah, diamine! Siete dotato di una felice costituzione, voi».

«E difatti non mi lamento».

«Ebbene, non certo come me, visto che ho una gran voglia di lamentarmi».

«Di cosa?».

«Del fatto che mi portiate via così, proprio quando meno vi pensavo, per condurmi chissà dove».

«Sì che lo sapete, giacché vi è stato detto».

«Giusto. Andiamo all'isola Saint-Georges, non è vero?».

«Esatto».

«Pensate che rimarrò lì a lungo?».

«Lo ignoro, ma dal modo in cui mi siete stato raccomandato ritengo di sì».

«Ah! Ed è così terribile l'isola Saint-Georges?».

«Non conoscete la fortezza?».

«All'interno no. Non vi sono mai entrato».

«Non è un bel posto. E all'infuori degli appartamenti del governatore, che sono stati appena rinnovati e a quanto pare sono davvero gradevoli, il resto dell'edificio è una dimora alquanto triste».

«Bene. Pensate che mi interrogheranno?».

«In genere usa così».

«E se non rispondo?».

«Se non rispondete?».

«Sì».

«Diavolo, in tal caso c'è la tortura, lo sapete».

«Ordinaria?».

«Ordinaria o straordinaria, dipende dall'accusa. Di cosa siete accusato voi?».

«Mah, temo di essere accusato di crimine di Stato», disse Canolles.

«Ah, in tal caso avete diritto alla tortura straordinaria... Dieci calici...».

«Come? Dieci calici?».

«Sì».

«Ma che andate dicendo?».

«Dico che avrete i dieci bricchi».

«Quindi è l'acqua a dettar legge all'isola di Saint-Georges».

«Diamine, capite bene che sulla Garonna...».

«Giusto, è a portata di mano. E quanti secchi occorrono per fare dieci bricchi?».

«Tre secchi, tre secchi e mezzo».

«Diventerò tutto gonfio, allora».

«Un po'. Ma se avrete l'accortezza di farvi benvolere dal carceriere...».

«Ebbene?».

«Otterrete un arrangiamento favorevole».

«E in cosa consiste, di grazia, il servigio che mi può rendere il carceriere?».

«Può farvi bere dell'olio».

«L'olio quindi è uno specifico?».

«Eccellente».

«Voi credete?».

«Parlo per esperienza, ho bevuto...».

«Voi avete bevuto?».

«Scusate, volevo dire "ho veduto". Per l'abitudine di parlare con i guasconi a volte pronuncio le *b* come le *v* e viceversa».

«Stavate dicendo – disse Canolles, non riuscendo a reprimere un sorriso malgrado la gravità della conversazione – stavate dicendo quindi che avete "veduto"...».

«Sissignore, ho veduto un uomo bere i dieci bricchi con agio estremo, grazie all'olio che aveva opportunamente predisposto le vie. Vero è che si gonfiò, come sempre accade; ma con un buon fuoco lo fecero sgonfiare senza troppi danni. È questo l'essenziale della seconda parte dell'operazione. Tenete bene a mente queste due parole: scaldare senza bruciare».

«Capisco», disse Canolles. «Il signore era forse addetto alle grandi manovre?».

«Nossignore», replicò l'interlocutore con modestia ricolma di cortesia.

«Aiutante?».

«No. Curioso, semplice amatore».

«Ah! Ah! E il signore si chiama?...».

«Barrabas».

«Bel nome, un nome antico, di grande fama nelle Scritture».

«Nella Passione».

«È quello che intendevo dire, ma per abitudine sono ricorso all'altra locuzione».

«Il signore preferisce le Scritture. Il signore è dunque ugonotto?».

«Sì, ma ugonotto ignorantissimo. Credereste mai che conosco a malapena tremila versetti dei salmi?».

«In effetti è ben poca cosa».

«Tenevo meglio a mente la musica... In famiglia parecchi sono finiti impiccati e arsi vivi».

«Spero che analoga sorte non sarà riservata al signore».

«No, oggi vi è molta più tolleranza; mi inzupperanno e basta».

Barrabas scoppiò a ridere.

In cuor suo Canolles trasalì di gioia: si era conquistato il guardiano. In effetti, se quel suo carceriere ad interim diventava il suo carceriere permanente, il barone aveva tutte le possibilità di procurarsi l'olio; decise quindi di riprendere la conversazione nel punto in cui l'aveva interrotta.

«Monsieur Barrabas, siamo destinati a separarci di qui a breve, o mi farete l'onore di prolungarmi la vostra compagnia?».

«Giunti all'isola Saint-Georges mi rincresce vivamente ma dovrò lasciarvi; devo rientrare nella compagnia».

«Benissimo. Quindi siete in una compagnia di arcieri?».

«No, in una compagnia di soldati».

«Allestita dal ministro?».

«No, dal capitano Cauvignac, lo stesso che ha avuto l'onore di arrestarvi».

«E siete al servizio del re?».

«Credo di sì».

«Che diavolo dite? Non ne siete sicuro?».

«A questo mondo non si è sicuri di nulla».

«Allora, se avete una qualche riserva, per fugare ogni dubbio dovreste fare una cosa».

«Ossia?».

«Lasciarmi andare».

«Impossibile».

«Ma pagherò onorevolmente la vostra compiacenza».

«Con cosa?».

«Con il denaro, perdio».

«Il signore non ne ha».

«Come sarebbe non ne ho?».

«No».

Canolles si frugò di gran carriera.

«In effetti – disse – la mia borsa è svanita. Chi mi ha preso la borsa?».

«Io», rispose Barrabas inchinandosi rispettoso.

«E perché mai?».

«Perché il signore non potesse corrompermi».

Canolles, stupito, guardò ammirato il degno aiutante dell'ufficiale giudiziario e, giudicando l'argomento ineccepibile, non ebbe nulla da eccepire.

Ne conseguì che, essendo i viaggiatori risprofondati nel silenzio, il viaggio riprese sul finire l'aura melanconica che aveva avuto da principio.

IX.

Principiava ad albeggiare, quando la malconcia diligenza giunse al villaggio più vicino all'isola cui era diretta. Canolles, sentendo la vettura fermarsi, sporse il capo attraverso il piccolo barbacane, feritoia destinata a far passare l'aria per chi era in libertà, ma assai utile ai prigionieri per intercettarne a loro volta.

Sul declivio di una collina, immerso nell'aria tersa del mattino, si stagliava un grazioso villaggetto dominato da un castello e composto da un centinaio di case attorno a una chiesa, indorato dai raggi del sole che fugavano fiocchi di vapore simili a garze fluttuanti.

In quel momento la diligenza saliva su per una china e il cocchiere, sceso da cassetta, avanzava a piedi a fianco della vettura.

«Amico – chiese Canolles – siete di queste parti?».

«Sì, sono di Libourne».

«In tal caso conoscerete il villaggio. Cos'è quella casa bianca? Cosa sono quelle graziose casupole?».

«Il castello è la tenuta dei Cambes – rispose il contadino – e il villaggio è una delle dipendenze».

Canolles trasalì e in un istante passò dal porpora più scuro a un pallore quasi livido.

«Vi siete forse fatto male nella feritoia?», chiese Barrabas, al cui occhio tondo nulla sfuggiva.

«No, no... Vi ringrazio». Poi, continuando a interrogare il contadino: «E a chi appartiene la proprietà?».

«Alla viscontessa di Cambes».

«Una giovane vedova?».

«Molto bella e molto ricca».
«E di conseguenza molto ambita».
«Certo. Bella dote, bella donna: con tutto questo i pretendenti non mancano di sicuro».
«Buona reputazione?».
«Sì, ma fanatica dei principi».
«In effetti mi pare di averne sentito parlare».
«Un demonio, un vero demonio».
"Un angelo", mormorò Canolles il quale, ogni volta che riandava con la mente a Claire, vi riandava avendo slanci di adorazione. "Un angelo". Poi, ad alta voce:
«Alloggia qui talvolta?», chiese ancora.
«Di rado, ma in passato vi ha soggiornato a lungo. Suo marito l'aveva lasciata qui, e tutto il tempo che costei rimase fu una benedizione per la contrada. Ora ella si trova presso i principi, a quanto dicono».
La vettura, dopo essere salita, si apprestava a scendere: il conducente fece un cenno con la mano per chiedere il permesso di rimontare a cassetta. Canolles, che temeva di destare sospetti continuando a porre domande, si ritrasse all'interno della diligenza, e la pesante vettura si riavviò a piccolo trotto, la sua massima andatura.
Dopo un quarto d'ora, durante il quale, sempre sotto lo sguardo di Barrabas, Canolles era rimasto immerso nelle più tetre riflessioni, la diligenza si arrestò.
«Ci fermiamo per colazione?», chiese Canolles.
«Ci fermiamo definitivamente. Siamo arrivati. Ecco l'isola Saint-Georges. Dobbiamo solo attraversare il fiume».
"È vero", mormorò Canolles. "Così vicino e così lontano!".
«Vengono da voi», disse Barrabas. «Preparatevi a scendere, vi prego».
Il secondo guardiano di Canolles, che stava a cassetta accanto al cocchiere, mise piede a terra e aprì la portiera chiusa con la serratura, di cui aveva la chiave.
Canolles andò con lo sguardo dal piccolo castello bianco, che non aveva perso di vista un istante, alla fortezza che di lì a poco sarebbe stata la sua dimora. Sulle prime, dall'altra parte del braccio di un fiume piuttosto rapido, intravvide un burchiello, e presso il burchiello un posto di guardia con otto uomini e un sergente.
Dietro il posto di guardia si ergevano gli avamposti della cittadella.

"Bene, mi stavano aspettando", si disse Canolles. "Hanno preso precauzioni".

«Costoro sono le mie nuove guardie?», chiese poi ad alta voce a Barrabas.

«Vorrei rispondere con cognizione di causa – disse Barrabas – ma a dire il vero non ne ho idea».

In quel momento, dopo aver dato un segnale che venne ripetuto dalla sentinella di guardia alla porta del forte, gli otto soldati e il sergente montarono sul burchiello, attraversarono la Garonna e misero piede a terra proprio nell'istante in cui lo stesso Canolles scendeva giù dal predellino.

Immediatamente, vedendo un ufficiale, il sergente si avvicinò e fece il saluto militare.

«Ho l'onore di parlare con il barone di Canolles, capitano del reggimento di Navailles?», chiese il sergente.

«In persona», rispose Canolles, stupito dalla cortesia dell'uomo.

Il sergente si voltò subito verso i suoi uomini, ordinò di imbracciare le armi, con la punta della picca indicò a Canolles la barca. Canolles prese posto tra le due guardie; gli otto soldati salirono a bordo assieme al sergente e l'imbarcazione prese il largo, mentre Canolles gettava un ultimo sguardo in direzione di Cambes, che si avviava a scomparire dietro un rilievo del terreno.

L'isola era pressoché interamente coperta di scarpe, controscarpe, spalti e bastioni; l'insieme delle fortificazioni era sovrastato da un fortino in discrete condizioni. Vi si accedeva da una porta centinata di fronte alla quale camminava avanti e indietro la sentinella.

«Chi va là?», gridò questa.

Il gruppetto si arrestò, il sergente venne via, si avviò dalla sentinella e le disse qualche parola.

«All'armi», gridò la sentinella.

Subito da un corpo di guardia uscirono i circa venti uomini di cui si componeva la postazione, i quali accorsero in tutta fretta e si disposero in fila di fronte alla porta.

«Venite», disse il sergente a Canolles.

Il tamburo rullò gli onori militari.

"Che vuol dire tutto ciò?", si chiese il giovane. E avanzò verso il forte senza più capire nulla di quel che accadeva; tutti quei preparativi, infatti, parevano onori militari tributati a un superiore piuttosto che precauzioni adottate per un prigioniero.

E non era tutto: Canolles non si era accorto che, nello stesso momento in cui scendeva dalla vettura, negli appartamenti del governatore si era aperta una finestra, e un ufficiale aveva attentamente osservato i movimenti della barca e l'accoglienza riservata al prigioniero e ai due aiutanti dell'ufficiale giudiziario.

Quando vide che Canolles aveva messo piede sull'isola, l'ufficiale scese di corsa e gli si fece incontro.

«Ah, ah – disse Canolles non appena lo vide – ecco il comandante della piazzaforte che viene per la rassegna del suo inquilino».

«In effetti – disse Barrabas – sembra che non languirete, al pari di taluni che vengono lasciati per settimane intere in anticamera; vi metteranno dentro seduta stante».

«Meglio così», commentò Canolles.

Nel frattempo l'ufficiale si appropinquava. Canolles assunse l'atteggiamento fiero e dignitoso di un uomo perseguitato.

A qualche passo da Canolles, l'ufficiale si prese in mano il cappello.

«Ho forse l'onore di parlare con il barone di Canolles?», chiese.

«A dire il vero la vostra gentilezza mi confonde», ribatté il prigioniero. «Sì, sono il barone di Canolles; ora usatemi cortesia da ufficiale a ufficiale, vi prego, e alloggiatemi nel modo meno peggiore possibile».

«È una dimora del tutto speciale», rispose l'ufficiale. «Ma abbiamo apportato tutte le migliorie possibili, quasi a prevenire i vostri desideri».

«E chi devo ringraziare per tali precauzioni inusitate?», chiese Canolles sorridendo.

«Il re, che fa bene tutto quel che fa».

«Certo, certo. Dio me ne guardi dal calunniare Sua Maestà, soprattutto nella presente circostanza; eppure non mi dispiacerebbe avere alcune informazioni».

«Se così ordinate, sono a vostra disposizione; ma mi prendo la libertà di farvi osservare che la guarnigione vi aspetta per la vostra rassegna».

"Perbacco – mormorò Canolles – un'intera guarnigione per la rassegna di un prigioniero da rinchiudere; bei modi davvero, direi!". Poi, ad alta voce:

«Sono io che sono ai vostri ordini – riprese – e prontissimo a seguirvi ovunque vogliate condurmi».

«Allora permettetemi di precedervi – disse l'ufficiale – per fare gli onori di casa».

Canolles lo seguì rallegrandosi tra sé e sé di essere finito nelle mani di un uomo così cortese.

«Credo che ve la caverete con la tortura ordinaria: quattro bricchi soltanto», gli bisbigliò Barrabas avvicinandosi.

«Meglio così!», ribatté Canolles. «Mi gonfierò la metà».

Giungendo nel cortile della cittadella, Canolles trovò una parte della guarnigione armi in pugno. Allora l'ufficiale che lo conduceva sguainò la spada e si inchinò al suo cospetto.

"Che modi, mio Dio!", mormorò Canolles.

In quello stesso istante il tamburo rullò sotto una volta vicina, Canolles si girò, e dietro la prima venne a posizionarsi una seconda fila di soldati sopraggiunti dalla volta.

A quel punto l'ufficiale presentò a Canolles due chiavi.

«Cosa sono?», chiese il barone. «E che state facendo?».

«Compiamo il cerimoniale consueto conformemente alle più rigorose leggi dell'etichetta».

«Orsù, chi pensate che io sia?», chiese Canolles al colmo dello stupore.

«Quel che siete, mi pare. Il barone di Canolles».

«E quindi?».

«Il governatore dell'isola Saint-Georges».

Per poco Canolles non cadde a terra obnubilato.

«Tra un istante avrò l'onore di consegnare al governatore le provvisioni che ho ricevuto stamani – proseguì l'ufficiale – corredate da una missiva che mi annunciava per oggi l'arrivo del signore».

Canolles guardò Barrabas, il quale lo fissava con i suoi occhi tondi e un'espressione di meraviglia impossibile a dirsi.

«E così – balbettò Canolles – sarei il governatore dell'isola Saint-Georges».

«Sissignore – ribatté l'ufficiale – e Sua Maestà ci ha reso felicissimi con una tale scelta».

«Siete sicuro che non vi sia errore?», chiese Canolles.

«Vogliate seguirmi nei vostri appartamenti, lì troverete i vostri titoli», rispose l'ufficiale.

Canolles, stordito da un simile evento che era così lungi dal somigliare a quanto si aspettava, si avviò senza dire una sola parola al seguito dell'ufficiale, il quale gli faceva strada in mezzo ai tamburi che riprendevano a battere, ai soldati che presentavano le armi e a tutti i residenti della fortezza che lanciavano al vento acclamazioni riecheggianti, mentre egli salutava a destra e sinistra, pallido e tremante, e interrogava Barrabas con sguardo sgomento.

Alla fine, giunto in un salone alquanto elegante, e dalle cui finestre notò subito che si poteva scorgere il castello di Cambes, lesse le sue provvisioni scritte nelle dovute forme, firmate dalla regina e controfirmate dal duca d'Épernon.

A una tal vista le gambe gli cedettero completamente e Canolles si abbandonò su una poltrona in preda alla meraviglia.

Tuttavia, dopo tutte le fanfare, le moschetterie, i chiassosi tributi di omaggi militari, e soprattutto dopo lo stupore iniziale che tali tributi gli avevano suscitato, Canolles volle sapere come agire riguardo alla postazione che la regina gli aveva affidato e levò lo sguardo, che per qualche istante aveva tenuto fisso al parquet.

A quel punto davanti a sé, non meno sbalordito, vide il suo ex carceriere, divenuto il suo umilissimo servitore.

«Ah, siete voi, Barrabas!», gli disse.

«In persona, governatore».

«Mi spiegate quel che è appena accaduto, e che ho tutte le difficoltà del mondo a non reputare un sogno?».

«Vi spiego che mentre vi parlavo della tortura straordinaria, ossia degli otto bricchi, credevo, parola di Barrabas, di indorarvi la pillola».

«Quindi eravate convinto...».

«...di condurvi qui perché foste sottoposto alla ruota».

«Vi ringrazio», disse Canolles rabbrividendo suo malgrado. «Ora avete qualche idea precisa di quel che mi succede?».

«Sissignore».

«Fatemi la grazia di espormela, allora».

«Ecco. La regina avrà compreso quanto fosse difficile la missione che vi aveva affidato. Passato il primo moto d'ira, si sarà pentita e, poiché tutto sommato non siete affatto un uomo detestabile, la Sua Graziosa Maestà vi avrà ricompensato per avervi punito oltremodo».

«Inammissibile», rispose Canolles.

«Inammissibile, credete davvero?».

«Quantomeno inverosimile».

«Inverosimile?».

«Sì».

«In tal caso, governatore, non mi resta altro che porgervi i miei umilissimi saluti. Potrete essere felice come un re all'isola Saint-Georges: vino eccellente, selvaggina fornita dalla pianura, pesce che giunge a ogni marea sulle barche di Bordeaux, e le donne di Saint-Georges. Ah, è una vera manna!».

«Benissimo, cercherò di seguire i vostri consigli. Prendete questo firmato da parte mia e passate dal tesoriere che vi conterà dieci pistole. Ve le darei volentieri io, ma poiché per prudenza mi avete preso il denaro...».

«E bene ho fatto – esclamò Barrabas – giacché se alla fine mi aveste corrotto sareste fuggito, e se foste fuggito avreste perso naturalmente l'elevata posizione alla quale siete ora pervenuto, della qual cosa non mi sarei mai consolato».

«Ragionamento solidissimo, Barrabas. Ho già notato che siete di prim'ordine in fatto di logica. Nel frattempo, prendete questo foglio a riprova della vostra eloquenza. Gli antichi, come sapete, raffiguravano l'Eloquenza con catene d'oro che le fuoriuscivano dalle labbra».

«Se osassi farvi notare che ritengo inutile passare dal tesoriere...», riprese Barrabas.

«Ma come! Rifiutate?», esclamò Canolles stupito.

«Certo che no, Dio me ne scampi! Grazie al cielo non ho falsi orgogli; ma da uno scrigno posto sul vostro caminetto intravvedo spuntare certi cordoni che mi paiono proprio i cordoni di una borsa».

«Ve ne intendete di cordoni, Barrabas» chiosò Canolles di molto sorpreso, giacché sul camino vi era effettivamente uno scrigno di ceramica antica con intarsi d'argento e smalti rinascimentali. «Vediamo se le vostre previsioni sono giuste».

Canolles sollevò il coperchio dello scrigno e trovò in effetti una borsa, e nella borsa mille pistole e il seguente bigliettino:

Per la cassa personale del governatore dell'isola Saint-Georges.

«Perbacco!», esclamò Canolles arrossendo. «La regina fa le cose come si deve».

E suo malgrado gli tornarono alla memoria i ricordi di Buckingham. Forse dietro qualche tappezzeria la regina aveva scorto il viso trionfante del bel capitano, forse lo proteggeva con un tenerissimo interesse, forse... ricorderete che Canolles era guascone.

Sfortunatamente la regina aveva ormai vent'anni in più che all'epoca del signore di Buckingham.

Sia come sia, e da qualunque parte gli giungesse, Canolles pescò nella borsa, prese dieci pistole e le consegnò a Barrabas, il quale uscì producendosi in riverenze quanto mai reiterate e rispettose.

X.

Una volta uscito Barrabas, Canolles chiamò l'ufficiale e lo pregò di guidarlo nella rassegna dei nuovi luoghi che voleva effettuare.

L'ufficiale si pose subito ai suoi ordini.

Alla porta Canolles trovò una sorta di stato maggiore composto dagli altri personaggi principali della cittadella; guidato da costoro, conversando con costoro, facendosi illustrare tutte le risorse del posto, visitò i bastioni, gli spalti, le lunette, le casematte, le cantine e i solai. Infine, alle undici del mattino, rientrò dopo aver ispezionato ogni cosa. A quel punto la sua scorta si dileguò, e Canolles rimase solo con il primo ufficiale che aveva incontrato da principio.

«Ora – disse questi avvicinandosi con fare misterioso – al governatore non resta da vedere che un solo appartamento e una sola persona».

«Prego?».

«L'appartamento della persona in questione si trova qui», disse l'ufficiale additando una porta che in effetti Canolles non aveva affatto ancora aperto.

«Ah, si trova qui?».

«Sì».

«E anche la persona?».

«Sì».

«Benissimo. Ma vi chiedo perdono: sono molto stanco per aver viaggiato giorno e notte, e stamani la mia mente è tutt'altro che salda; quindi spiegatevi un po' meglio, vi prego».

«Ebbene, governatore – proseguì l'ufficiale con un sorriso quanto mai astuto – l'appartamento...».

«...della persona...», lo imbeccò Canolles.

«...che vi attende si trova qui. Adesso capite, no?».

Canolles fece un gesto come se fosse di ritorno dal paese delle elucubrazioni.

«Sì, sì, perfettamente», disse. «E posso entrare?».

«Certo, giacché siete atteso».

«Allora andiamo», esortò Canolles.

E con il cuore che gli martellava nel petto, non vedendo più nulla, sentendo rimescolarsi timori e desideri al punto da perdere la ragione, Canolles spinse una seconda porta e dietro una tappezzeria scorse la ridente e briosa Nanon, che lanciò un grande urlo come a fargli paura e venne a gettargli le braccia al collo.

Canolles rimase inerte, le braccia ciondoloni, l'occhio spento.

«Voi!», balbettò.

«Io!», confermò la giovane donna raddoppiando risa e baci.

Nella mente di Canolles balenò il ricordo dei propri torti e questi, indovinando seduta stante la nuova buona azione della fedele amica, si sentì oppresso dal peso del rimorso e della gratitudine.

«Ah, dunque siete stata voi a salvarmi mentre io mi smarrivo come un dissennato!», esclamò. «Voi vegliate su di me, siete il mio angelo custode!».

«Non chiamatemi mai il vostro angelo, giacché io sono un diavolo», disse Nanon. «Solo che compaio sempre al momento opportuno, ammettetelo!».

«Avete ragione, amica cara, giacché in verità penso che mi salviate dal patibolo».

«Lo credo anch'io. Questa poi, barone! Voi così chiaroveggente, così acuto, come avete potuto lasciarvi ingannare da quelle smorfiose principesse?».

Canolles arrossì fino al bianco degli occhi; ma Nanon era decisa non vedere per nulla quell'imbarazzo.

«A dire il vero non lo so; non capisco nemmeno io».

«Oh, il fatto è che sono furbe! Ah, signori, e voi vorreste muovere guerra alle donne! Cosa mi hanno raccontato! Al posto della giovane principessa vi hanno mostrato una ragazzetta di compagnia, una domestica, una mammoletta, e cos'altro...».

Canolles sentiva la febbre montargli dalle dita tremanti al cervello prosciugato.

«Credevo di vedere la principessa», disse. «Io non la conoscevo».

«E chi era dunque?».

«Una dama d'onore, credo».

«Ah, povero giovanotto, la colpa è di quel traditore di Mazzarino. Ma che diavolo, quando si affidano missioni così difficili si fornisce anche un ritratto. Se voi avesse avuto o anche solo visto un ritratto della principessa, l'avreste di sicuro riconosciuta. Ma non parliamone più. Sapete che l'orrido Mazzarino, con il pretesto che avevate tradito il re, voleva spedirvi dai rospi?».

«Lo immaginavo».

«Ma io ho detto: "Spediamolo da Nanon". Ho agito bene, secondo voi?».

Canolles, preoccupato com'era dal ricordo della viscontessa, Canolles, pur tenendo sul cuore il ritratto della viscontessa, Canolles non poté resistere a quella squisita generosità, a quell'ingegno che irradiava nei più begli occhi del mondo: chinò il capo e poggiò le labbra sulla graziosa mano che gli veniva tesa.

«E siete venuta qui ad attendermi?».

«Vi avrei incontrato a Parigi per condurvi qui. Vi recavo la vostra nomina; la vostra assenza mi era lunga, solo monsieur d'Épernon incombeva con tutto il suo peso sulla mia monotona vita. Venni a sapere del vostro insuccesso. A proposito, ho dimenticato di dirvi: voi siete mio fratello, lo sapete?».

«Mi è parso di intuirlo leggendo la vostra missiva».

«Di certo qualcuno ci aveva traditi. La missiva che vi scrivevo era caduta in mani malvagie. Il duca è sopraggiunto furente. Ho fatto il vostro nome, vi ho presentato come mio fratello, povero Canolles, e ora siamo tutelati dalla più legittima delle unioni. Siete quasi un uomo sposato, mio povero amico».

Canolles si lasciò travolgere dall'incredibile impeto della donna. Dopo aver baciato le sue bianche mani, baciò i suoi neri occhi... L'ombra di madame de Cambes dovette dileguarsi velandosi lugubremente il viso.

«Da quel momento in poi – proseguì Nanon – ho previsto tutto, predisposto tutto, ho reso monsieur d'Épernon vostro protettore, o piuttosto vostro amico, ho piegato il broncio di Mazzarino. Infine ho scelto di ritirarmi a Saint-Georges, giacché voi lo sapete, caro amico, vogliono ancora lapidarmi. Al mondo solo voi mi amate un po', mio caro Canolles. Suvvia, ditemi che mi amate, allora!».

E l'incantevole sirena, gettando le braccia al collo di Canolles, immerse il suo sguardo ardente negli occhi del giovane, come per andare in cerca dei pensieri nei recessi del suo cuore.

In quel cuore dove Nanon cercava di leggere, Canolles sentì che non poteva rimanere insensibile a tanta devozione. Un segreto presentimento gli diceva che in Nanon vi era qualcosa più dell'amore, vi era generosità, e costei non solo amava, ma perdonava.

In risposta alla richiesta di Nanon il giovane fece un cenno del capo, giacché a parole non avrebbe osato dirle che l'amava, sebbene in fondo al petto tutti i ricordi perorassero in suo favore.

«Quindi ho scelto l'isola Saint-Georges – proseguì costei – per porre al sicuro il mio denaro, le mie pietre e la mia persona. Chi altri se non l'uomo che mi ama, mi sono detta, può difendere la mia vita? Chi altri se non il mio signore può salvaguardare i miei tesori? Tutto è nelle vostre mani, caro amico, esistenza e ricchezze. Veglierete con cura su tutto ciò? Sarete un amico fedele e un fedele guardiano?».

In quel momento una tromba riecheggiò nel cortile e giunse a vibrare nel cuore di Canolles; dinanzi aveva l'amore più manifesto che mai fosse esistito, e a cento passi la guerra minacciosa, la guerra che infiamma e che inebria.

«Sì, sì, Nanon», esclamò. «Al mio fianco la vostra vita e i vostri beni sono al sicuro, e vi giuro, morirei per salvarvi dal minimo pericolo».

«Vi ringrazio, mio nobile cavaliere», commentò Nanon. «Sono sicura del vostro coraggio così come della vostra generosità. Ahimè – aggiunse sorridendo – volevo essere sicura anche del vostro amore!».

«Oh – mormorò Canolles – potete esserne certa...».

«Bene bene – ribatté Nanon al giovane – l'amore non si dimostra affatto dai giuramenti, ma dai fatti: giudicheremo il vostro amore da ciò che farete».

E cingendogli il collo con le braccia più belle di questo mondo, ella chinò il capo sul palpitante petto del giovane.

"E adesso deve dimenticare", si disse tra sé . "E dimenticherà".

XI.

Lo stesso giorno in cui Canolles era stato arrestato a Jaulnay davanti i suoi occhi, madame de Cambes era partita assieme a Pompée per andare a raggiungere la principessa, che si trovava in vista di Coutras.

Come prima cosa il degno scudiero si premurò di provare a dimostrare alla padrona che se la banda di Cauvignac non aveva preteso alcun riscatto né commesso alcuna violenza nei riguardi della bella viaggiatrice, tale fortuna era da attribuirsi al di lui piglio risoluto e alla di lui esperienza in fatto di guerra. È pur vero che madame de Cambes, meno facile da convincere di quanto sulle prime avesse sperato Pompée, gli fece notare che egli era svanito nel nulla per quasi un'ora; ma Pompée le spiegò che in tale lasso di tempo si era tenuto nascosto in un corridoio dove, grazie a una scala, aveva approntato per la viscontessa una fuga sicura. Solo che aveva dovuto tenere a bada due soldati scalmanati che gli contendevano il possesso della scala, cosa nella quale Pompée si era adoperato, lo immaginiamo, con l'indomito coraggio che tutti gli conoscevano.

In maniera del tutto naturale la conversazione condusse Pompée all'elogio dei soldati dei suoi tempi, tenaci contro i nemici, come avevano dato prova nell'assedio di Montauban e nella battaglia di Corbie, ma delicati e cortesi con i loro compatrioti, pregi di cui, va detto, non si piccavano i soldati contemporanei.

Il fatto è che senza saperlo Pompée era appena scampato a un immenso pericolo: essere reclutato. Poiché era solito marciare con sguardo sfolgorante, scarti del busto del tutto militari e una postura ricurva degna di Nembrotto, sulle prime Pompée aveva attirato lo sguardo di Cauvignac. Ma grazie agli eventi successivi, che avevano modificato il corso delle idee del capitano, grazie a duecento pistole che questi aveva ricevuto da Nanon per interessarsi solo al barone di Canolles, grazie alla riflessione filosofica secondo cui la gelosia è la più magnifica delle passioni e la gelosia deve essere indagata quando la si incontra sul proprio cammino, il caro fratello aveva disdegnato Pompée e lasciato che madame de Cambes proseguisse alla volta di Bordeaux. In effetti, agli occhi di Nanon Bordeaux era ancora vicinissima a Canolles. Ella avrebbe voluto la viscontessa in Perù, nelle Indie, in Groenlandia.

D'altronde, al pensiero che ormai avrebbe avuto il suo caro Canolles tutto per sé entro solide mura, e che anche madame de Cambes, prigioniera della sua ribellione, sarebbe stata rinchiusa in eccellenti fortificazioni molto poco accessibili ai soldati del re, Nanon si sentiva colmata di quelle gioie infinite che al mondo conoscono solo i fanciulli e gli amanti.

Abbiamo visto come il suo sogno si fosse avverato, e come Canolles e Nanon si fossero ritrovati all'isola Saint-Georges.

Dal canto suo, madame de Cambes viaggiava mesta e tremebonda. Pompée, malgrado tutte le sue vanterie, era lungi dal rassicurarla, e non fu senza un forte timore che verso sera, lo stesso giorno in cui era partita da Jaulnay, la viscontessa vide sopraggiungere per una via laterale una truppa ben nutrita di cavalieri.

Erano gli stessi gentiluomini che tornavano dal famoso funerale del duca di La Rochefoucauld, funerale di cui, con il pretesto di tributare gli opportuni onori al padre, il principe di Marsillac si era servito per guadagnarsi dalla Francia e dalla Piccardia l'intera nobiltà, la quale detestava ancor più Mazzarino di quanto non fosse affezionata ai principi. Ma madame de Cambes e soprattutto Pompée rimasero colpiti da qualcosa di insolito: alcuni di quei cavalieri portavano il braccio a tracolla, altri lasciavano penzolare sulla staffa una gamba avviluppata nelle compresse, parecchi avevano bende insanguinate sulla fronte. Bisognava guardare ben da vicino, quindi, per riconoscere in quei gentiluomini così crudelmente conciati i cacciatori lesti e arzilli che avevano inseguito il daino nel parco di Chantilly.

Ma la paura ha la vista lunga: sotto quei bendaggi insanguinati Pompée e madame de Cambes riconobbero alcuni figuri di loro conoscenza.

«Accidenti!», esclamò Pompée. «Ecco un funerale che ha avuto luogo per vie alquanto deplorevoli. La maggior parte di questi gentiluomini sarà caduta da cavallo: guardate come sono malconci».

«Stavo notando la stessa cosa», confermò madame de Cambes.

«Tutto questo mi ricorda il ritorno da Corbie», attaccò Pompée con orgoglio. «Solo che quella volta non ero affatto nel novero dei prodi che tornavano, bensì nel novero dei prodi che venivano portati».

«Ma non vi è nessuno a guida di questi gentiluomini?», chiese Claire con una certa irrequietezza di fronte a un'impresa che si presentava sotto così tristi auspici. «Non hanno un capo? Il capo è stato ucciso, giacché non lo vediamo? Guardate!».

«Niente di più facile che riconoscere un capo tra gli uomini su cui comanda», rispose Pompée atteggiandosi fiero sulla sella. «Di solito, nel battaglione, l'ufficiale avanza al centro insieme ai sottufficiali; durante l'azione, avanza dietro o a fianco della truppa. Date un'occhiata ai diversi punti che vi indico, allora, e giudicherete da voi».

«Io non vedo nulla, Pompée; ma mi sembra che qualcuno ci stia seguendo. Guardate alle nostre spalle...».

«Hmm, hmm... Nossignora», disse Pompée tossendo ma senza voltarsi, per paura di scorgere effettivamente qualcuno. «No, nessuno. Ma aspettate il capo. Non sarà forse quella piuma rossa?... No... Quella spada dorata?... No... Quel cavallo pezzato, simile a quello di monsieur de Turenne? Questo sì che è strano! Eppure non vi sono pericoli, e il capo potrebbe tranquillamente mostrarsi. Qui non è come a Corbie...».

«Vi sbagliate, Pompée», disse alle spalle del povero scudiero, che per poco non cadde all'indietro, una voce stridula e beffarda. «Vi sbagliate, è peggio che a Corbie».

Claire si girò di scatto e a due passi vide un cavaliere di scarsa statura e una tenuta improntata alla semplicità che la guardava con occhietti brillanti e incavati come quelli di una volpe. Con i suoi folti capelli neri, il labbro mobile e serrato, il pallore bilioso e la fronte melanconica, il cavaliere ispirava tristezza in pieno giorno; di sera forse avrebbe ispirato terrore.

«Principe di Marsillac!», esclamò Claire in preda all'agitazione. «Ah, siate il benvenuto!».

«Dite piuttosto duca di La Rochefoucauld; ora che il duca mio padre è morto, infatti, ho ereditato il nome sotto il quale, buone o malvagie, si iscriveranno le azioni della mia vita».

«Tornate...», chiese Claire esitante.

«Torniamo sconfitti».

«Sconfitti voi? Per amor del cielo!».

«Dico che torniamo sconfitti, perché per natura sono poco gradasso e dico la verità agli altri al pari di come la dico a me stesso; altrimenti potrei proclamare che torniamo vincitori. Ma in realtà siamo sconfitti, giacché il nostro piano riguardo a Saumur è fallito. Sono giunto troppo tardi; abbiamo perso quella piazzaforte importante che Jarzé aveva appena ceduto. Ormai, posto che la principessa abbia Bordeaux, così come le è stato promesso, la guerra si concentrerà interamente in Guienna».

«Ma se la capitolazione di Saumur, come mi è parso di capire, è avvenuta senza colpo ferire – disse Claire – cosa significa quel che vediamo adesso, e perché tutti questi gentiluomini sono in tal modo feriti?».

«Perché abbiamo incontrato alcune truppe reali», dichiarò La Rochefoucauld con una sorta d'orgoglio che malgrado la padronanza di sé non riuscì a dissimulare.

«E vi siete battuti?», si affrettò a chiedere madame de Cambes.

«Mio Dio, sissignora».

«E così il primo sangue francese è già stato versato dai francesi!», mormorò la viscontessa. «E siete stato voi, duca, a dare l'esempio!».

«Sono stato io».

«Voi? Così calmo, così freddo, così savio!».

«Quando si difende una causa ingiusta contro di me, a forza di appassionarmi alla ragione talvolta divento ben poco ragionevole».

«Non siete per nulla ferito, almeno?».

«No. Questa volta ho avuto più fortuna che a Lignes e a Parigi. A quel tempo credevo perfino di aver già ricevuto abbastanza dalla guerra civile per non avervi di nuovo a che fare, ma mi sbagliavo. Che volete! L'uomo elabora sempre progetti senza consultare la passione, l'unico vero architetto della vita, che arriva e rimodella l'edificio, quando non lo capovolge completamente».

Madame de Cambes sorrise; ricordava che monsieur de La Rochefoucauld aveva detto che per i begli occhi di madame de Longueville aveva mosso guerra ai re e l'avrebbe mossa agli dèi.

Il duca non si lasciò sfuggire quel sorriso e, senza lasciar tempo alla viscontessa di far seguire al sorriso il pensiero da cui era sbocciato:

«Ma voi – proseguì – lasciate che vi faccia i miei complimenti, giacché siete davvero un modello di coraggio».

«E perché mai?».

«Ma come! Viaggiare in tal guisa da sola, con un solo scudiero, al pari di una Clorinda o una Bradamante! Oh, a proposito, ho saputo della vostra magnifica impresa a Chantilly. Vi siete mirabilmente fatta beffe di un misero ufficiale reale, mi hanno assicurato... Vittoria facile, non è vero?», aggiunse il duca con quel sorriso e quello sguardo che in costui volevano dire così tanto.

«Come?», chiese Claire in preda all'agitazione.

«Dico facile – proseguì il duca – perché quell'uomo non si batteva affatto ad armi pari con voi. Tuttavia, nel racconto dell'avventura che mi è stato riportato v'è una cosa che mi ha colpito...».

E con più accanimento che mai il duca fissò i suoi occhietti sulla viscontessa.

Per madame de Cambes non vi era modo di battere in ritirata onorevolmente. Di conseguenza si preparò a una difesa che decise sarebbe stata quanto più vigorosa possibile.

«Parlate, duca», esortò Claire. «Qual è questa cosa che vi ha colpito?».

«È la vostra suprema abilità nel recitare quel piccolo ruolo comico. In effetti, stando a quel che mi hanno detto, l'ufficiale aveva già visto il vostro scudiero, e anche voi stessa, mi sembra».

Queste ultime parole, sebbene lanciate con tutta l'abilità riservata a un uomo di tatto, non mancarono di impressionare nel profondo madame de Cambes.

«Mi aveva vista, state dicendo?».

«Un momento, intendiamoci. Non sono io a dirlo, è sempre quel personaggio indefinito che si chiama "la gente" e alla cui possanza soggiacciono tanto i re quanto l'ultimo dei loro sudditi».

«E dove mi aveva vista?».

«*La gente* dice sulla strada da Libourne a Chantilly, in un villaggio di nome Jaulnay; solo che tale incontro non è durato affatto a lungo, giacché il gentiluomo ha ricevuto ordine da monsieur d'Épernon di partire subito per Mantes».

«Ma quand'anche il gentiluomo mi avesse vista, duca, com'è possibile che non mi abbia riconosciuta?».

«Ah, la famosa *gente* di cui vi parlavo poc'anzi, e che ha una risposta a tutto, diceva che ciò è possibile, dal momento che l'incontro ha avuto luogo nelle tenebre».

«Questa volta non so davvero a cosa vi riferiate, duca», ribatté la viscontessa tutta palpitante.

«Allora mi avranno informato male», riprese il duca con finta bonomia. «E cos'è mai un incontro di un istante, in fin dei conti... Vero è – aggiunse galante il duca – che il vostro aspetto e il vostro viso sono tali da lasciare una profonda impressione, foss'anche dopo l'incontro di un istante».

«E invece non è possibile – riprese la viscontessa – giacché voi stesso dite che l'incontro ha avuto luogo nelle tenebre».

«Giusto, e voi siete abile nel parlare. Allora sono io in torto, a meno che tuttavia il giovanotto non vi avesse già notato prima di tale incontro. A quel punto l'avventura di Jaulnay non sarebbe più propriamente un incontro...».

«E cosa sarebbe, allora?», chiese Claire. «Badate a come parlate, duca».

«Ecco, mi fermo, vedete? La nostra cara lingua francese è così povera che invano cerco una parola che restituisca il mio pensiero. Sarebbe... un *appuntamento*, come dicono gli italiani. Una *assignation*, come dicono gli inglesi».

«Se non erro, duca – disse Claire – queste due parole tuttavia traducono il francese *rendez-vous*».

«Orsù – riprese il duca – ecco che dico una scempiaggine in due lingue straniere e mi imbatto proprio in qualcuno che conosce entrambe tali lingue! Perdonatemi. A quanto pare l'italiano e l'inglese sono davvero poveri al pari del francese».

Claire si premette la mano sinistra sul cuore per respirare più liberamente: stava soffocando. Le si riaffacciava alla mente qualcosa che aveva sempre subodorato: per lei monsieur de La Rochefoucauld aveva commesso un'infedeltà nei riguardi di madame de Longueville, quantomeno in pensieri e desideri, e se parlava in tal modo era perché a dettare le sue parole era un sentimento di gelosia. Due anni prima, difatti, il principe di Marsillac le aveva fatto una corte assidua, per quanto permettessero il suo carattere subdolo, le sue perenni incertezze e le sue eterne timidezze che lo rendevano il più odioso dei nemici, quando non era l'amico più riconoscente. E così la viscontessa preferì non porsi contro un uomo che curava così in prima persona gli affari pubblici e gli interessi più familiari.

«Sapete che siete un uomo prezioso, duca – disse – soprattutto nelle circostanze in cui ci troviamo, e che Mazzarino, il quale pur tuttavia se ne picca, non ha una polizia meglio organizzata della vostra...».

«Se non sapessi nulla – ribatté il duca di La Rochefoucauld – somiglierei fin troppo al caro ministro, e allora non avrei alcun motivo di fargli la guerra. Quindi cerco di tenermi più o meno al corrente di tutto».

«Ivi compresi i segreti delle vostre alleate, qualora ne avessero?».

«La parola che avete pronunciato sarebbe davvero mal interpretata, se qualcuno la udisse: un segreto di donna. Quel viaggio e quell'incontro erano quindi un segreto?».

«Intendiamoci bene, duca, giacché avete ragione solo a metà. L'incontro era un caso. Il viaggio era un segreto, e perfino un segreto di donne, giacché in effetti del viaggio eravamo a conoscenza solo io e la principessa».

Il duca sorrise. Quell'abile difesa titillava la sua perspicacia.

«Nonché Lenet – aggiunse – e Richon, e madame de Tourville, e anche un certo visconte di Cambes, che non conosco e di cui ho sentito parlare per la prima volta in questa occasione... È pur vero che, essendo questi vostro fratello, mi direte che il segreto rimaneva in famiglia».

Claire si mise a ridere per non irritare il duca, di cui vedeva già fremere il sopracciglio.

«Sapete una cosa, duca?».

«No, ma ditemi; e se è un segreto, vi prometto che sarò discreto quanto voi e ne parlerò solo con il mio stato maggiore».

«Ebbene, fate pure; non chiedo di meglio, sebbene in tal modo io rischi di inimicarmi una grande principessa nel cui odio non è buona cosa incorrere».

Il duca arrossì impercettibilmente.

«Ebbene, questo segreto?», incalzò.

«Nel viaggio che mi hanno fatto intraprendere, sapete chi era il compagno che mi destinava la principessa?».

«No».

«Voi in persona».

«In effetti ricordo che la principessa mi aveva mandato a chiedere se potessi fare da scorta a qualcuno sulla strada da Libourne a Parigi».

«E voi vi siete rifiutato».

«Ero trattenuto nel Poitou per questioni di fondamentale importanza».

«Sì, dovevate ricevere i corrieri di madame de Longueville».

La Rochefoucauld lanciò uno sguardo vivace alla viscontessa, come a frugarle in fondo al cuore prima che svanisse la traccia di tali parole, e appropinquandosi a lei:

«È forse un rimprovero il vostro?», le chiese.

«Certo che no, il vostro cuore è così ben riposto lì dove si trova, duca, che invece di rimproveri avete il diritto di aspettarvi complimenti».

«Ah – esclamò il duca sospirando suo malgrado – avesse voluto il cielo che facessi quel viaggio con voi!».

«E perché?».

«Perché non sarei mai andato a Saumur», rispose il duca con un tono che indicava che egli aveva un'altra risposta pronta, che però non osava o non voleva proferire.

"Sarà stato Richon a raccontargli tutto", pensò Claire.

«Ma d'altronde – proseguì il duca – non mi lamento della mia infelicità personale, dal momento che ne deriva una felicità generale».

«Che intendete dire, duca? Non vi capisco».

«Intendo dire che se fossi stato insieme a voi, voi non avreste incontrato quell'ufficiale che, a chiara riprova che il cielo protegge la nostra causa, si è rivelato essere lo stesso che Mazzarino aveva inviato a Chantilly».

«Ah, duca – esclamò Claire con voce strozzata per un doloroso e ancora recente ricordo – non scherzate su quell'ufficiale sventurato».

«E perché? È qualcuno di sacro?».

«Ora sì, giacché per i nobili cuori le grandi disgrazie sono sacre al pari delle grandi fortune. Quell'ufficiale forse a quest'ora sarà morto, e avrà pagato con la vita il suo errore o la sua devozione».

«Morto per amore?», chiese il duca.

«Siamo seri. Sapete bene che se donassi il mio cuore a qualcuno, non sarebbe mai a un uomo incontrato in strada. Vi dico che quello sventurato è stato arrestato oggi stesso su ordine di Mazzarino».

«Arrestato!», esclamò il duca. «E come lo sapete? Sempre grazie a un incontro?».

«Oddio, sì. Ero di passaggio a Jaulnay... Conoscete Jaulnay, per caso?».

«Perfettamente. Ero lì quando ho ricevuto un fendente a una spalla... Dunque eravate di passaggio a Jaulnay; peraltro non è per caso lo stesso villaggio in cui si dice che...».

«Lasciamo perdere le dicerie, duca», ribatté Claire facendosi di porpora. «Ero di passaggio a Jaulnay dunque, come vi dicevo, quando vidi una truppa di genti armate arrestare e portare via un uomo: quell'uomo era lui».

«Lui? Ah, fate attenzione, avete detto lui».

«Lui, l'ufficiale. Dio mio, duca, come siete profondo! Lasciate perdere le vostre finezze, e se non avete pietà per quello sventurato...».

«Pietà, io!», esclamò il duca. «Eh, ho forse il tempo di avere pietà, soprattutto nei confronti di chi non conosco!...».

Claire guardò di sfuggita il viso pallido di La Rochefoucauld e le sottili labbra increspate da un sorriso privo di luce, e rabbrividì suo malgrado.

«Vorrei avere l'onore di scortarvi oltre – proseguì il duca – ma devo rinchiudere una guarnigione a Montrond. Perdonate quindi se vi lascio. Venti gentiluomini più fortunati di me saranno le vostre guardie fino a quando non avrete raggiunto la principessa, alla quale vi prego di voler porgere i miei rispetti».

«Non venite a Bordeaux?», chiese Claire.

«Per il momento no. Vado a prendere monsieur de Bouillon a Turenne. È uno scambio di convenevoli a chi non sarà mai generale in questa guerra: la controparte è di rilievo, ma voglio sconfiggerlo e rimanere luogotenente».

E su tali parole il duca salutò cerimonioso la viscontessa e si riavviò a lenti passi lungo la strada su cui avanzava la sua truppa di cavalieri.

Claire lo seguì con lo sguardo mormorando: "La sua pietà! E io che invocavo la sua pietà! Ha detto bene: non ha tempo di averne".

A quel punto la viscontessa vide un gruppo di cavalieri staccarsi e venirle incontro, e il resto della truppa inoltrarsi nel bosco lì accanto.

Dietro la truppa avanzava trasognato, le redini sul collo del cavallo, l'uomo dallo sguardo falso e le mani bianche che più tardi, in cima alle sue memorie, avrebbe scritto questa frase piuttosto insolita per un filosofo moralista:

Credo che ci si debba limitare a manifestare compassione, e tuttavia badare bene a non averne. È una passione che non porta a nulla in un'anima ben strutturata, che non serve ad altro che a indebolire il cuore e che va lasciata al popolo, il quale, non compiendo mai nulla mosso dalla ragione, abbisogna di passione per agire.

Due giorni dopo, madame de Cambes era giunta al cospetto della principessa.

XII.

Parecchie volte madame de Cambes istintivamente aveva pensato a quel che sarebbe nato da un odio come quello di monsieur de La Rochefoucauld; ma vedendosi giovane, bella, ricca, favorita, non capiva come tale odio, posto comunque che esistesse, potesse avere mai un'influenza funesta sulla sua vita.

Eppure, quando seppe senza ombra di dubbio che costui si era interessato a tal punto da essere venuto a conoscenza di quel che sapeva, fece la sua mossa presso la principessa.

«Non congratulatevi troppo per la presunta destrezza di cui ho dato prova in questa circostanza – disse in risposta ai complimenti che le tributava la principessa – giacché c'è chi sostiene che l'ufficiale, il nostro zimbello, sapesse come muoversi rispetto alla vera e alla falsa principessa di Condé».

Ma poiché una tale supposizione spogliava la principessa dei meriti di cui ella credeva di aver dato prova nella messa in atto del raggiro, la principessa ovviamente non volle credere a una sola parola.

«Certo certo, mia cara Claire – ribatté – capisco: oggi che il nostro gentiluomo si rende conto che lo abbiamo ingannato, vorrebbe millantare di averci favorito; per sua sfortuna si mette all'opera un po' tardi, avendo atteso di essere caduto in disgrazia. Ma a proposito, mi avete detto che avete incontrato monsieur de La Rochefoucauld lungo la strada».

«Sissignora».

«Cosa vi ha riferito di nuovo?».

«Che si stava recando a Turenne per concertarsi con monsieur de Bouillon».

«Sì, quei due sono in lotta, lo so bene; pur fingendo di rifiutarne l'onore, rivaleggiano a chi dei due sarà il generalissimo dei nostri eserciti. Difatti, quando faremo la pace, più il ribelle sarà stato temibile, più avrà il diritto di far scontare il suo ritorno. Ma per ridurli all'accordo ho un piano di madame de Tourville».

«Oh oh», esclamò la viscontessa sorridendo a quel nome. «Vostra Altezza si è dunque riconciliata con la sua consigliera abituale?».

«È stato giocoforza; ci ha raggiunti a Montrond, portandosi dietro con una solennità tale il suo rotolo di fogli che io e Lenet siamo morti dal ridere».

«"Sebbene Vostra Altezza non tenga affatto da conto le presenti riflessioni – così ha detto – frutto di veglie travagliate, io reco il mio tributo all'organizzazione generale..."».

«Ma allora era una vera e propria concione?».

«In tre punti».

«Alla quale Vostra Altezza ha risposto?».

«Certo che no, ho lasciato la parola a Lenet. "Non abbiamo mai dubitato del vostro zelo – le ha detto Lenet – e ancor meno dei vostri lumi: sono per noi così preziosi che io e la principessa ogni giorno ne sentivamo la mancanza...". Per farla breve, ancora una volta Lenet le ha detto una quantità di cose così belle che ella ne è stata sedotta, tanto che ha finito per rimettergli il suo piano».

«Che sarebbe?».

«Non nominare generalissimo né monsieur de Bouillon né monsieur de La Rochefoucauld, bensì monsieur de Turenne».

«Ebbene – disse Claire – mi sembra che la consigliera abbia consigliato alquanto bene questa volta. Che ne dite, Lenet?».

«Dico che la viscontessa ha ragione e che apporta un ulteriore voto a favore delle nostre deliberazioni», rispose Lenet entrando giust'appunto in quel momento con un rotolo di fogli che teneva in mano con solennità pari a quella che avrebbe potuto impiegare madame de Tourville. «Purtroppo monsieur de Turenne non può lasciare l'esercito del Nord, e il nostro piano prevede che marci su Parigi quando Mazzarino e la regina marceranno su Bordeaux».

«Noterete, mia cara amica, che Lenet è l'uomo delle impossibilità. E così né monsieur de Bouillon né monsieur de La Rochefoucauld né monsieur de Turenne sono il nostro generalissimo. Il nostro generalissimo è Lenet! Cosa avete lì, Vostra Eccellenza? Un proclama?».

«Sissignora».

«Quello di madame de Tourville, ben inteso».

«Naturalmente. Salvo qualche esigenza di redazione. Sapete, lo stile della cancelleria...».

«Va bene, va bene – disse ridendo la principessa – non soffermiamoci sulla forma: l'essenziale è che ci sia lo spirito».

«Lo spirito c'è».

«E monsieur de Bouillon dove firmerà?».

«Sulla stessa riga di monsieur de La Rochefoucauld».

«Questo non mi dice dove firmerà monsieur de La Rochefoucauld».

«Monsieur de La Rochefoucauld firmerà sotto il duca d'Enghien».

«Il duca d'Enghien non deve firmare un atto simile. È un fanciullo! Riflettete, Lenet».

«Ho riflettuto. Quando muore il re succede il delfino, foss'anche nato la vigilia... Perché il casato dei Condé non dovrebbe fungere al pari di quello di Francia?».

«Ma che dirà monsieur de La Rochefoucauld? Che dirà monsieur de Bouillon?».

«Il primo ha detto, e dopo aver detto ha preso congedo; il secondo saprà tutto a cose fatte, e quindi potrà dire quel che vorrà, la cosa poco ci riguarda».

«Ecco quindi il motivo della freddezza che vi ha usato il duca, Claire».

«Lasciatelo pure al freddo», disse Lenet. «Si riscalderà alle prime cannonate che il maresciallo di La Meilleraie ci sparerà contro. I signori vogliono fare la guerra. Ebbene, che la facciano!».

«Badiamo a non scontentarli troppo, Lenet», disse la principessa. «Abbiamo solo loro...».

«E loro hanno solo il vostro nome. Cerchino pure di combattere per proprio conto, e vedrete quanto a lungo resisteranno: dare per ricevere».

Già da qualche istante aveva fatto il suo ingresso madame de Tourville, e all'espressione raggiante diffusalesi sul viso aveva fatto seguito una sfumatura d'inquietudine che le ultime parole del consigliere, suo rivale, avevano oltremodo accresciuto.

Costei si fece avanti precipitosa.

«Il piano che ho proposto a Vostra Altezza avrebbe forse la sventura di non ottenere l'approvazione di monsieur Lenet?».

«Al contrario – rispose Lenet con un inchino – e ho scrupolosamente mantenuto in larga parte la vostra redazione; solo che il proclama, invece di essere firmato dal duca di Bouillon o dal duca di La Rochefoucauld, sarà firmato dal mio signore il duca d'Enghien: il nome dei signori verrà dopo quello del principe».

«Voi compromettete il giovane principe».

«È fin troppo giusto che venga compromesso, giacché è per egli che combattiamo».

«Tuttavia gli abitanti di Bordeaux amano il duca di Bouillon, adorano il duca di La Rochefoucauld, e il duca d'Enghien non lo conoscono nemmeno».

«Siete in errore», ribatté Lenet, estraendo come suo solito un foglio da quella tasca che sempre stupiva la principessa per la sua capienza. «Ho qui una missiva del presidente di Bordeaux mediante la quale egli mi prega di far firmare i proclami al giovane duca».

«Eh, lasciate perdere i parlamenti, Lenet», esclamò la principessa. «Non vale la pena sfuggire al potere della regina e di Mazzarino, per poi ricadere sotto quello dei parlamenti».

«Vostra Altezza vuole entrare a Bordeaux?», chiese Lenet.

«Certo».

«Ebbene, questa è la *conditio sine qua non*: per nessun altro daranno fuoco a una miccia se non per il duca d'Enghien».

Madame de Tourville si morse le labbra.

«E così – disse la principessa – ci avete costretto a fuggire da Chantilly, ci avete costretto a percorrere centocinquanta leghe, per costringerci a ricevere l'affronto dei bordolesi?».

«Quel che voi giudicate un affronto è un onore. Vi è infatti cosa più lusinghiera per la principessa di Condé del vedere che è ella stessa a essere accolta, e non gli altri...».

«Allora i bordolesi non accoglieranno nemmeno i due duchi?».

«Accoglieranno solo Vostra Altezza».

«Che posso fare da sola?».

«Dio mio, voi entrerete comunque; poi entrando lascerete le porte aperte, e gli altri entreranno dopo di voi».

«Non possiamo fare a meno dei duchi».

«Questo è il mio parere, e tra quindici giorni sarà il parere del parlamento. Bordeaux respinge il vostro esercito, di cui ha paura, e tra quindici giorni lo chiamerà in sua difesa. A quel punto avrete il duplice merito di aver fatto due volte quel che la città vi chiedeva; e allora si faranno uccidere per voi dal primo all'ultimo, state tranquilla».

«Quindi Bordeaux è minacciata?», chiese madame de Tourville.

«Assai minacciata», rispose Lenet. «Ecco perché è urgente insidiarvisi. Finché non saremo lì, Bordeaux potrà rifiutare di aprirci le porte senza che il suo onore venga compromesso; una volta che saremo lì, Bordeaux non potrà cacciarci fuori dalle mura senza perdere l'onore».

«E da chi è minacciata Bordeaux, di grazia?».

«Dal re, dalla regina, da Mazzarino... Le forze reali reclutano; i nostri nemici prendono posizione. L'isola Saint-Georges, che dista solo tre leghe dalla città, ha appena ricevuto rinforzi, un rifornimento di munizioni e un nuovo governatore. I bordolesi cercheranno di consegnare l'isola, e naturalmente verranno sconfitti, considerando che saranno alle prese con le migliori truppe del re. In seguito, strapazzati a dovere, come si conviene ai borghesi che giochino a fare i soldati, invocheranno a gran voce il duca di Bouillon e di La Rochefoucauld... A quel punto sarete voi ad avere in pugno i due duchi, voi detterete le condizioni ai parlamenti...».

«Ma non sarebbe meglio cercare di guadagnarci quel nuovo governatore, prima che i bordolesi abbiano subìto una sconfitta che potrebbe scoraggiarli?».

«Se sarete a Bordeaux quando tale sconfitta si produrrà, non avrete nulla da temere... Quanto al guadagnare il governatore, è cosa impossibile».

«Impossibile! E perché?».

«Perché il tale governatore è un nemico personale di Vostra Altezza».

«Un mio nemico personale?».

«Sì...».

«E da dove si origina la sua inimicizia?».

«Dal fatto che non perdonerà mai a Vostra Altezza la mistificazione di cui è stato vittima a Chantilly... Oh, Mazzarino non è uno stolto come credete, signore, sebbene mi sgoli a ripetervi senza posa il contrario; prova ne è che all'isola Saint-Georges, ossia la migliore posizione del paese, indovinate chi ha inviato?».

«Ignoro completamente chi possa essere, ve l'ho già detto».

«Ebbene, si tratta dell'ufficiale di cui tanto avete riso, e che per un'inconcepibile malaccortezza ha lasciato che Vostra Altezza fuggisse da Chantilly...».

«Monsieur de Canolles!», esclamò Claire.

«Sì».

«Monsieur de Canolles governatore dell'isola Saint-Georges!».

«In persona».

«Impossibile. L'ho visto arrestare proprio dinanzi a me, sotto ai miei occhi...».

«È vero. Ma di certo gode di protezioni molto potenti. E la sua rovina si è tramutata in considerazione».

«E voi che lo credevate già morto, mia povera Claire!», disse la principessa ridendo.

«Ne siete proprio sicuro?», chiese Claire sgomenta.

Lenet, al suo solito, accostò la mano alla famosa tasca e ne estrasse un foglio.

«Ho qui una missiva di Richon – disse – che mi fornisce tutti i dettagli dell'insediamento del nuovo governatore, e mi esprime il suo rammarico per il fatto che Vostra Altezza non lo abbia allogato all'isola Saint-Georges».

«La principessa allogare Richon all'isola Saint-Georges!», intervenne madame de Tourville con un trionfante sorriso. «Disponiamo forse di nomine a governatore nelle piazzeforti di Sua Maestà?».

«Di una disponevamo – ripose Lenet – ed era già abbastanza».

«E di quale?».

Madame de Tourville rabbrividì vedendo Lenet portarsi la mano alla tasca.

«La procura del duca d'Épernon!», esclamò la principessa. «È vero, me ne ero dimenticata».

«Bah, di che si tratta?», esclamò sdegnosa madame de Tourville. «Carta straccia, nient'altro».

«Questa carta straccia – puntualizzò Lenet – è la nomina che ci occorre per controbilanciare quella che ha appena avuto luogo. È il contrappeso all'isola Saint-Georges, la nostra salvezza, insomma, una qualche altra piazzaforte sulla Dordogna, come l'isola Saint-Georges è sulla Garonna».

«E voi siete sicuro – intervenne Claire, che non aveva ascoltato nulla di quanto era stato detto negli ultimi cinque minuti ed era rimasta ancora alla notizia annunciata da Lenet e confermata da Richon – siete sicuro che l'attuale governatore dell'isola Saint-Georges sia lo stesso monsieur de Canolles arrestato a Jaulnay?».

«Ne sono sicuro».

«Mazzarino ha un ben strano modo di condurre i governatori ai propri governatorati», commentò Claire.

«Sì – disse la principessa – e di certo ci dev'essere sotto qualcosa».

«Indubbiamente», commentò Lenet. «C'è mademoiselle Nanon de Lartigues».

«Nanon de Lartigues», esclamò la viscontessa di Cambes, che era stata appena morsa al cuore da un terribile ricordo.

«Quella ragazzetta», rincarò la principessa sprezzante.

«Sissignora – confermò Lenet – la ragazzetta che Vostra Altezza si è rifiutata di vedere allorché chiedeva l'onore di esservi presentata, e che la regina, meno severa di voi riguardo alle leggi dell'etichetta, aveva ricevuto. Ecco perché mademoiselle Nanon ha risposto al vostro ciambellano che la principessa di Condé poteva anche essere più esimia di Anna d'Austria, ma di certo Anna d'Austria era più prudente della principessa di Condé».

«La memoria vi fa difetto, Lenet, oppure volete usarmi dei riguardi», esclamò la principessa. «Quell'insolente non si è accontentata di dire "più prudente", ha detto "più intelligente"».

«È possibile», disse Lenet sorridendo. «Passavo nell'anticamera in quel momento e non ho udito la fine della frase».

«Ma io, che ero in ascolto dietro la porta – ribatté la principessa – io l'ho udita per intero».

«Ebbene, allora capirete», disse Lenet. «Quella donna vi muoverà contro la più accanita delle guerre. La regina vi avrebbe inviato dei soldati contro cui combattere; Nanon vi spedirà dei nemici da annientare».

«Forse che voi, nei panni di Sua Altezza – disse piccata madame de Tourville a Lenet – l'avreste ricevuta con riverenza?».

«No – ribatté Lenet – l'avrei ricevuta ridendo, e l'avrei comprata».

«Ebbene, se si tratta solo di comprarla, abbiamo sempre il tempo».

«Certo che abbiamo sempre il tempo; solo che a quest'ora probabilmente sarà troppo cara per la nostra borsa».

«Quanto vale quindi?», chiese la principessa.

«Prima della guerra cinquecentomila sterline».

«E oggi?».
«Un milione».
«Ma a questo prezzo comprerei Mazzarino!».
«È possibile», chiosò Lenet. «Le cose già vendute e rivendute calano di prezzo».
«Tuttavia – intervenne madame de Tourville, che caldeggiava sempre le maniere forti – se non ci è possibile comprarla bisogna espugnarla!».
«Rendereste un grande servigio a Sua Altezza giungendo a un tale intento. Ma sarà difficile giungervi, considerato che non sappiamo assolutamente dove costei si trovi. Comunque non curiamoci di questo. Entriamo prima a Bordeaux, poi entreremo all'isola Saint-Georges».
«No, no», esclamò Claire. «No! Entriamo prima all'isola Saint-Georges».
A una tale esclamazione, che le nasceva dal profondo del cuore, le due donne si voltarono verso la viscontessa, mentre Lenet la guardava con attenzione pari a quella che avrebbe manifestato monsieur de La Rochefoucauld, ma in aggiunta con benevolenza.
«Hai perso la ragione?», esclamò la principessa. «Vedi bene che Lenet sostiene che la piazzaforte sia inespugnabile».
«È possibile – disse Claire – ma io ritengo che la espugneremo».
«Avete per caso un piano?», chiese madame de Tourville con l'aria di una donna che tema di veder ergersi altare contro altare.
«Forse», rispose Claire.
«Ma se l'isola Saint-Georges è così cara da comprare come sostiene Lenet – disse la principessa ridendo – forse noi non siamo abbastanza ricchi».
«Non la compreremo affatto – dichiarò Claire – eppure l'avremo comunque».
«Quindi con la forza», disse madame de Tourville. «Mia cara amica, tornate al mio piano».
«Proprio così», disse la principessa. «Invieremo Richon ad assediare Saint-Georges. È di quelle zone, conosce i luoghi, e se vi è un uomo in grado di impossessarsi di quella fortezza che voi sostenete essere così importante, è proprio costui».
«Prima di ricorrere a tali mezzi – intervenne Claire – lasciatemi tentare l'impresa. Se fallirò, allora agirete secondo le vostre intenzioni».

«Ma come!», esclamò la principessa stupita. «Andrai all'isola Saint-Georges?».

«Vi andrò».

«Da sola?».

«Assieme a Pompée».

«E non hai timori?».

«Andrò in veste di parlamentare, qualora tuttavia Vostra Altezza avrà la bontà di farmi carico delle sue istruzioni».

«Ah, che novità!», esclamò madame de Tourville. «Mi pare che non ci si improvvisi diplomatici in siffatto modo, e che occorra svolgere un lungo studio di tale scienza che monsieur de Tourville, uno dei migliori diplomatici del suo tempo, nonché uno dei più insigni guerrieri, giudicava essere la più difficile tra tutte».

«Quali che siano le mie lacune – rispose Claire – tenterò comunque, sempre che la principessa abbia la bontà di darmene il permesso».

«Certo che la principessa ve ne darà il permesso», intervenne Lenet gettando un'occhiata a madame de Condé. «E sono altresì sicuro che, se al mondo vi è qualcuno che possa riuscire in una simile trattativa, siete proprio voi...».

«E cosa farà la signora che un altro non potrebbe fare?».

«Semplicemente mercanteggerà monsieur de Canolles, cosa che un uomo non oserebbe fare senza finire scaraventato giù dalla finestra».

«E sia per un uomo – ribatté madame de Tourville – ma una donna...».

«Se sarà una donna ad andare all'isola Saint-Georges – disse Lenet – tanto vale, anzi val meglio che sia la signora piuttosto che un'altra, giacché è stata la signora ad averne l'idea per prima».

In quel momento negli appartamenti della principessa entrò un messaggero. Costui era latore di una missiva del parlamento di Bordeaux.

«Ah – esclamò la principessa – la risposta alla mia richiesta, non ho dubbi».

Le due donne si fecero vicine, mosse da un sentimento di curiosità e interesse. Lenet, dal canto suo, rimase al suo posto con la consueta flemma, di certo già a conoscenza di quel che conteneva la missiva. La principessa lesse avidamente.

«Mi vogliono, mi chiamano, mi attendono!», esclamò.

«Ah!», esclamò madame de Tourville in tono trionfale.

«E i duchi?», chiese Lenet. «E l'esercito?».

«Non ne fanno menzione».

«Allora siamo malprovvisti», commentò madame de Tourville.

«No – ribatté la duchessa – giacché grazie alla procura del duca d'Épernon avrò Vayres, che comanda sulla Dordogna».

«E io – aggiunse Claire – avrò Saint-Georges, che è la chiave della Garonna».

«E io – concluse Lenet – avrò i duchi e l'esercito, sempre che me ne lasciate il tempo».

La viscontessa di Cambes

I.

Due giorni dopo giunsero in vista di Bordeaux: finalmente si doveva decidere come approntare l'ingresso in città. I duchi e il loro esercito distavano solo una decina di leghe; di conseguenza era possibile tentare di entrare sia in pace sia con la forza. L'importante era sapere se fosse meglio comandare a Bordeaux oppure obbedire al parlamento. La principessa riunì il suo consiglio, che era composto da madame de Tourville, Claire, le dame d'onore e Lenet. Madame de Tourville, che conosceva il suo avversario, aveva fortemente insistito perché quest'ultimo non fosse presente, considerato che la guerra era una guerra di donne in cui gli uomini servivano solo a combattere. Ma la principessa dichiarò che Lenet, poiché le era stato imposto dal principe suo marito, non poteva essere estromesso dalla stanza delle deliberazioni, nella quale peraltro la sua presenza non avrebbe avuto influenza alcuna, giacché era stato previamente convenuto che avrebbe potuto parlare a suo piacimento ma non sarebbe stato ascoltato.

Le precauzioni di madame de Tourville non erano precauzioni inutili; ella aveva impiegato i due giorni di viaggio appena trascorsi a persuadere la principessa alle idee bellicose cui quest'ultima era già fin troppo incline, e temeva che Lenet potesse giungere di nuovo a demolire l'impalcatura della sua opera così laboriosamente innalzata.

Una volta riunito il consiglio, quindi, madame de Tourville espose il suo piano: si trattava di far tornare di nascosto i duchi e il loro esercito, procurarsi con la forza o di concerto un dato numero di imbarcazioni ed entrare a Bordeaux scendendo il fiume al grido di «A noi i bordolesi! Viva Condé! Basta Mazzarino!».

In tal modo l'ingresso della principessa diventava un vero e proprio ingresso trionfale, e madame de Tourville per vie traverse tornava al suo famoso progetto di accaparrarsi Bordeaux a viva forza e incutere paura alla regina di un esercito il cui colpo d'avvio sarebbe stato un brillante colpo di mano.

Lenet approvava tutto con un cenno del capo, interrompendo madame de Tourville con esclamazioni ammirate; poi, quando costei ebbe finito di esporre il suo piano:

«Magnifico», esclamò. «Ora siate così gentile da riassumere il tutto».

«È facile, bastano due parole», ribatté la brava signora trionfante, animandosi al suo stesso racconto. «Fra la pioggia di pallottole, al suono delle campane, alle urla d'amore o di furore delle popolazioni, si vedranno fragili donne perseguire intrepide la loro generosa missione; si vedranno un fanciullo tra le braccia della madre supplicare il parlamento per ottenere protezione. Un tale toccante spettacolo non mancherà certo di intenerire gli animi più feroci. Così vinceremo: in parte con la forza, in parte per la bontà della nostra causa, e tale è, io credo, l'intento di Sua Altezza la principessa».

Il sunto ebbe ancora maggior effetto del discorso. Applaudì la principessa. Applaudì Claire, punta sempre più dal desiderio di essere nominata parlamentare all'isola Saint-Georges. Applaudì il capitano delle guardie, che per condizione era in cerca dei grandi fendenti. E infine fece ben più che applaudire Lenet, il quale prese la mano di madame de Tourville e premendosela con rispetto e altrettanta sensibilità:

«Quand'anche non avessi saputo quanto grande sia la vostra prudenza – esclamò –, quanto a fondo conosciate, per istinto o per studio, non ne ho idea e non me ne curo, la grande vicenda civile e militare che ci occupa, di certo adesso mi sarei convinto, e mi prostrerei al cospetto della più utile consigliera che Sua Altezza abbia mai potuto trovare...».

«È bello, non è vero, Lenet?», disse la principessa. «Non è vero? Sono anch'io di questo avviso. Suvvia, presto, Vialas! Fate indossare al duca d'Enghien lo spadino che ho fatto preparare per lui, e anche l'elmo e l'armatura».

«Sì, fate pure, Vialas. Ma prima un'ultima parola, vi prego», intervenne Lenet, mentre madame de Tourville, che sulle prime si pavoneggiava orgogliosa, cominciava a incupirsi, conoscendo a menadito le sottigliezze di Lenet al suo riguardo.

«Ebbene – concesse la principessa – suvvia. Cosa c'è ancora?».

«Nulla, ovviamente, giacché mai fu presentato qualcosa che fosse più in armonia con il carattere di una principessa da par vostro, e un simile parere poteva giungere solo dal vostro casato».

Tali parole ringalluzzirono oltremodo madame de Tourville e riportarono il sorriso sulle labbra della principessa, che cominciava ad aggrottare le sopracciglia.

«Tuttavia – continuò Lenet, che seguiva con lo sguardo l'effetto di quel terribile *tuttavia* sul volto della nemica giurata – pur adottando non già con ripugnanza, direi, ma con entusiasmo un tale piano, l'unico all'uopo, proporrei una lieve modifica».

Madame de Tourville si voltò indietro, rigida, aspra, sulla difensiva. Le sopracciglia della principessa si aggrottarono.

Lenet si inchinò e fece un cenno con la mano a indicare che chiedeva il permesso di proseguire.

«Il suono delle campane, le urla d'amore delle popolazioni mi colmano già ora di una gioia che non riesco a esprimere», disse. «Tuttavia non sono affatto sicuro che vorrei esser tale sotto la pioggia di pallottole di cui parlava la signora».

Madame de Tourville si drizzò con piglio marziale. Lenet fece un inchino ancora più profondo, e continuò abbassando la voce di un mezzo tono.

«Sicuramente sarebbe bello vedere una donna e il suo fanciullo sereni in mezzo a una tale tempesta, che di solito spaventa gli uomini stessi. Ma temo che una di quelle pallottole, colpendo alla cieca, come usa nelle cose brutali e scellerate, darebbe ragione a Mazzarino a nostro detrimento e manderebbe in rovina il nostro piano, peraltro così magnifico. Ritengo anch'io, come con tanta eloquenza ha detto madame de Tourville, che vedremo il giovane principe e la sua augusta madre farsi strada fino al parlamento, ma con la supplica e non con le armi. Credo infine che sarà più bello intenerire gli animi più feroci in siffatto modo, piuttosto che piegare altrimenti i cuori più forti. E da ultimo penso che uno dei due modi offra infinite possibilità in più rispetto all'altro, e che l'intento della principessa sia innanzitutto entrare a Bordeaux. Ebbene, io dico, nulla è meno certo di un tale ingresso, se daremo battaglia...».

«Adesso vedrete – disse aspra madame de Tourville – come il signore demolirà pietra dopo pietra il mio piano e proporrà lemme lemme un piano di sua fattura, come al solito».

«Io!», esclamò Lenet, mentre la principessa rassicurava madame de Tourville con un sorriso e uno sguardo. «Io, il più zelante dei vostri ammiratori... No, no e poi no! Tuttavia so che da Blaye è entrato in città un ufficiale di Sua Maestà di nome Dalvimar con l'incarico di sollevare gli scabini e il popolo contro Sua Altezza. E dico che se Mazzarino potrà concludere la guerra in un sol colpo, lo farà: ecco perché temo la pioggia di pallottole di cui parlava poc'anzi madame de Tourville, e forse ancor più le pallottole intelligenti piuttosto che le pallottole improvvise e scriteriate».

A quest'ultima affermazione di Lenet la principessa parve riflettere.

«Sapete sempre tutto voi, Lenet», rispose con voce fremente d'ira madame de Tourville.

«Eppure una bella azione a caldo non sarebbe male», disse raddrizzandosi e muovendo il piede a mo' di richiamo, così come avrebbe fatto in una sala d'arme, il capitano delle guardie, vecchio soldato che confidava nelle idee di forza e avrebbe progredito in caso d'azione.

Lenet gli schiacciò il piede continuando a guardarlo con il più amabile dei sorrisi.

«Certo, capitano», disse. «Ma ritenete anche voi che il duca d'Enghien sia necessario alla nostra causa, non è vero?, e che se fosse fatto prigioniero o ucciso, sarebbe fatto prigioniero o ucciso il vero generalissimo dell'esercito dei principi?».

Il capitano delle guardie, consapevole che il magniloquente titolo di generalissimo affibbiato in apparenza a un principe di sette anni in realtà rendeva lui stesso primo brigadiere dell'esercito, capì di aver appena commesso una sciocchezza e, rinunciando alla sua proposta, appoggiò caldamente il parere di Lenet.

Nel frattempo madame de Tourville si era accostata alla principessa e le aveva parlato a bassa voce. Lenet vide che di lì a breve avrebbe dovuto ingaggiare una nuova lotta. E in effetti, voltandosi dalla sua parte:

«Ciononondimeno è strano – disse Sua Altezza con acrimonia – che con tale pertinacia si disfi ciò che era così ben fatto».

«Sua Altezza è in errore», ribatté Lenet. «Mai ho profuso pertinacia nei consigli che ho avuto l'onore di fornire, e se disfo è solo per rifare. Se, malgrado le ragioni che ho avuto l'onore di sottoporle, Vostra Altezza intende comunque farsi uccidere assieme a suo figlio, ne è padronissima, e noi ci faremo uccidere al suo fianco: tutto ciò è ben facile da compiere, e il primo maggiordomo del vostro seguito così come l'ultimo bifolco della città faranno altrettanto. Ma se vogliamo giungere al nostro intento malgrado Mazzarino, malgrado la regina, malgrado i parlamenti, malgrado mademoiselle Nanon de Lartigues, insomma malgrado le scarse possibilità imprescindibili dalla debolezza cui siamo ridotti, questo, credo, è quel che ci resta da fare...».

«Non vi è debolezza alcuna là dove si trovano il nome dei Condé da una parte e dall'altra duemila soldati di Rocroy, Nordilingen e Lens», gridò impetuosa madame de Tourville cogliendo al volo l'ultima frase di Lenet. «E se ciononostante vi è debolezza, per noi è comunque la fine, e non sarà mai il vostro piano, per quanto meraviglioso sia, a salvarci».

«Ho letto – ribatté Lenet calmo, già pregustando l'effetto che avrebbe sortito sulla principessa, suo malgrado incuriosita – ho letto che la vedova di uno dei più illustri romani dell'epoca di Tiberio, la generosa Agrippina, alla quale la persecuzione aveva appena strappato il marito Germanico, principessa che a suo piacimento avrebbe potuto sollevare un esercito fremente al ricordo del generale perito, preferì entrare a Brindisi da sola, attraversare la Puglia e la Campania vestita a lutto, tenendo i figli uno per mano, e avanzare così, pallida, gli occhi rossi di pianto, il capo chino, mentre i fanciulli singhiozzavano con sguardo implorante... mentre tutti i presenti, ed erano più di due milioni da Brindisi a Roma, scoppiarono in lacrime, si profusero in imprecazioni, proruppero in minacce, e la donna vinse la sua causa non solo davanti a Roma ma davanti all'Italia intera, non solo presso i suoi contemporanei ma anche presso i posteri; costei difatti non incontrò resistenza alcuna ai pianti e ai gemiti, mentre avrebbe visto opporsi le picche alle lance e le spade alle spade. Credo vi sia grande somiglianza tra sua Altezza e Agrippina, tra il principe e Germanico, e infine tra Pisone, ministro che perseguitava e avvelenava, e Mazzarino. Ordunque, essendo la somiglianza identica, essendo la circostanza simile, chiedo che la condotta sia la medesima, giacché a mio avviso è impossibile che quel che così bene è riuscito in un'epoca non riesca in un'altra...».

Sui lineamenti della principessa sbocciò un sorriso di approvazione, che assicurò a Lenet il trionfo della sua arringa. Madame de

Tourville andò a trincerarsi in un angolo della stanza, velandosi come una statua antica. Madame de Cambes, che in Lenet aveva trovato un amico, gli restituì il sostegno che questi le aveva prestato approvando con un cenno del capo; il capitano piangeva come un tribuno militare, e il piccolo duca d'Enghien esclamò:

«Mamma, mi terrete la mano e mi vestirete a lutto?».

«Sì, figlio mio», rispose la principessa. «Lenet, voi sapete che ho sempre inteso presentarmi ai bordolesi abbigliata di nero...».

«Tanto più – aggiunse madame de Cambes – che a Vostra Altezza il nero dona a meraviglia».

«Silenzio, cara ragazza – disse la principessa – madame de Tourville lo griderà a voce ben alta senza che voi lo diciate anche solo a bassa voce».

Quindi il programma dell'ingresso a Bordeaux venne stabilito in base alla proposta di Lenet. Le dame del seguito ricevettero l'ordine di prepararsi. Il giovane principe venne abbigliato con un abito di tessuto bianco tempestato di passamani neri e argentei, e un cappello coperto di piume bianche e nere.

Quanto alla principessa, sfoggiando la più grande semplicità al fine di somigliare ad Agrippina, sulla quale aveva deciso di modellarsi sotto ogni aspetto, ella si vestì di nero, spoglia di ogni pietra.

Lenet, ideatore della festa, si affaccendava affinché fosse splendida. La casa in cui abitava, in una cittadina situata a due leghe da Bordeaux, continuava a riempirsi di fautori della principessa i quali, prima di consentirle l'ingresso a Bordeaux, volevano sapere che tipo di ingresso le sarebbe stato più gradito. Lenet, al pari di un impresario dei moderni teatri, consigliò fiori, acclamazioni e campane; poi, volendo rendere omaggio alla bellicosa madame de Tourville, propose qualche salva di cannone.

L'indomani, 31 maggio, su invito del parlamento, la principessa si mise in marcia. Un certo Lavie, avvocato generale presso il parlamento e fiero sostenitore di Mazzarino, aveva comunque fatto chiudere le porte l'antivigilia per impedire che la principessa venisse accolta qualora si fosse presentata; ma per parte loro si erano mossi anche i sostenitori dei Condé, e quella stessa mattina il popolo, fomentato da questi ultimi, si era riunito al grido di «Viva la principessa! Viva il duca d'Enghien!» e aveva abbattuto le porte a colpi d'ascia, tanto che alfine non vi era più alcun ostacolo al famoso ingresso, il quale in tutto e per tutto assumeva quindi l'aspetto di un trionfo. Gli osservatori inoltre potevano riscontrare quanto entrambi gli eventi fossero ispirati dai capi dei due partiti che dividevano la città, giacché Lavie riceveva direttamente i consigli dal duca d'Épernon, mentre il popolo era mosso da chi seguiva i consigli di Lenet.

Non appena la principessa ebbe varcato la porta, la scena a lungo preparata si svolse in proporzioni colossali. Il saluto militare venne eseguito da alcuni vascelli che si trovavano nel porto, cui risposero i cannoni della città. I fiori cadevano dalle finestre o inghirlandavano le strade, tanto che il selciato ne era ricoperto e l'aria profumata; le acclamazioni erano lanciate da trentamila zelanti di ogni età e di ogni sesso, i quali sentivano il loro entusiasmo nutrirsi dell'interesse nei confronti della principessa e del figlio, e dell'odio nei confronti di Mazzarino...

Del resto, il piccolo duca d'Enghien fu l'attore più abile dell'intera scena. La principessa aveva rinunciato a condurlo per mano, per timore che si stancasse o che rimanesse sepolto sotto le rose; quindi costui avanzava portato dal suo gentiluomo, dimodoché avendo le mani libere distribuiva baci a destra e sinistra e si levava graziosamente il copricapo di piume.

Il popolo di Bordeaux si inebria facilmente: le donne giunsero a un'adorazione frenetica per quel bel fanciullo che piangeva con tanta grazia, i vecchi magistrati si commossero alle parole del piccolo oratore che diceva: «Signori, fatemi da padre, giacché il cardinale mi ha portato via il mio».

Invano i fautori del ministro vollero tentare di opporsi: i pugni, le pietre e perfino le alabarde intimarono prudenza, e fu giocoforza rassegnarsi a lasciare campo libero ai trionfatori.

Eppure anche madame de Cambes, che avanzava pallida e solenne dietro la principessa, attirava gli sguardi. Meditava su così tanta gloria non senza affliggersi dentro di sé all'idea che il successo di quel giorno forse avrebbe fatto dimenticare la risoluzione della vigilia. Avanzava dunque lungo la strada, strattonata dagli adoratori, sballottata dal popolo, inondata di fiori e carezze rispettose, rabbrividendo all'idea di essere portata in trionfo giacché alcune grida cominciavano a minacciarne la principessa, il duca d'Enghien e il seguito, quando, notando Lenet che dinanzi al suo disagio le porgeva una mano per aiutarla a raggiungere una carrozza, disse in risposta ai propri pensieri:

«Ah, sarete ben contento, monsieur Lenet. Voi fate prevalere i vostri pareri in merito a ogni cosa, e sempre vengono seguiti. È pur vero – aggiunse – che sono validi e se ne è ben ripagati...».

«Mi sembra che non abbiate nulla di cui lamentarvi – ribatté Lenet – e che l'unico che avete emesso voi sia stato seguito».

«Come sarebbe?».

«Non è forse deciso che cercherete di espugnarci l'isola Saint-Georges?».

«Sì, ma quando mi sarà concesso di passare all'azione?».

«Domani stesso, se mi promettete che fallirete».

«State tranquillo, ho fin troppo timore di assecondare i vostri propositi».

«Meglio così».

«Non capisco bene».

«Abbiamo bisogno che l'isola Saint-Georges resista per ottenere dai bordolesi i nostri due duchi e il loro esercito, i quali, devo dire, sebbene la mia opinione al riguardo sia vicina a quella di madame de Tourville, mi paiono supernamente necessari nelle circostanze in cui ci troviamo».

«Senza dubbio», rispose Claire. «Ma quantunque io non abbia in fatto di guerre le conoscenze di madame de Tourville, mi sembra che non si attacchi una piazzaforte senza prima presentarle un'ingiunzione».

«Quel che dite è assolutamente giusto».

«Quindi invieremo un parlamentare all'isola Saint-Georges?».

«È fuor di dubbio».

«Ebbene, chiedo di essere io quel parlamentare».

Lenet sgranò gli occhi per lo stupore.

«Voi? Voi? Le nostre signore sono forse diventate tutte delle amazzoni?».

«Concedetemi questo capriccio, mio caro monsieur Lenet».

«Avete ragione. Il peggio che ci possa accadere in realtà è che espugnate Saint-Georges».

«Dunque è deciso?».

«Sì».

«Ma promettetemi una cosa».

«Quale?».

«Nessuno conoscerà il nome e le generalità del parlamentare che avrete inviato, tranne nel caso in cui il parlamentare sarà riuscito nel suo intento».

«Siamo intesi», disse Lenet tendendo la mano a madame de Cambes.

«E quando partirò?».

«Quando vorrete».

«Domani».

«E sia, domani».

«Bene. Ecco che la principessa sale assieme al figlio sulla terrazza del presidente Lalanne. Lascio la mia parte di trionfo a madame de Tourville. Mi scuserete presso Sua Altezza adducendo una mia indisposizione. Fatemi condurre all'alloggio che mi è stato approntato: provvederò ai miei preparativi e rifletterò sulla mia missione che non cessa di inquietarmi, giacché è la prima di questo genere che compio e a questo mondo, così si dice, ogni cosa dipende dal principio».

«Perbacco – esclamò Lenet – non mi stupisco più che per voi monsieur de La Rochefoucauld sia stato sul punto di commettere un'infedeltà a madame de Longueville; voi la equivalete in certe cose, e siete di gran lunga meglio in altre».

«È possibile – disse Claire – e non rifiuto del tutto il complimento; ma se avete un qualche potere su monsieur de La Rochefoucauld, mio caro Lenet, rinsaldatelo nel suo primo amore, giacché il secondo mi fa paura!».

«Ebbene, tenteremo», disse Lenet con un sorriso. «Vi darò le vostre istruzioni questa sera».

«Dunque acconsentite a che io vi espugni Saint-Georges?».

«Vi sono costretto, visto che così desiderate».

«E i due duchi e il loro esercito?».

«Ho in tasca un altro modo per farli venire».

E Lenet, dopo aver fornito l'indirizzo dell'alloggio di madame de Cambes al cocchiere, prese congedo sorridendo e se ne andò a raggiungere la regina.

II.

All'indomani dell'ingresso a Bordeaux della principessa, all'isola Saint-Georges era giorno di gala, giacché Canolles aveva invitato a pranzo alla sua tavola i principali ufficiali della guarnigione e gli altri governatori di piazzaforte della provincia.

Alle due del pomeriggio, ora convenuta per l'inizio del desinare, Canolles si trovava quindi attorniato da una dozzina di gentiluomini che per la maggior parte vedeva per la prima volta, i quali, raccontando il grande evento della vigilia, e sollazzandosi sul conto delle signore che accompagnavano la principessa, poco somigliavano a uomini in procinto di andare in battaglia ai quali fossero stati affidati gli interessi più solenni del regno.

Canolles, tutto raggiante, Canolles, splendido nella sua veste dorata, animava ancor di più l'allegria dando l'esempio. Il desinare stava per essere servito.

«Signori – disse – vi porgo le mie più sentite scuse, ma manca ancora un convitato».

«Chi?», chiesero i giovani scambiandosi occhiate.

«Il governatore di Vayres, a cui ho scritto sebbene non lo conosca, il quale proprio perché non lo conosco ha diritto a qualche riguardo. Vi pregherei dunque di accordarmi una dilazione di mezz'ora».

«Il governatore di Vayres!», esclamò un vecchio ufficiale di certo avvezzo alla regolarità militare, il quale a tale ritardo emise un sospiro. «Il governatore di Vayres! Aspettate: se non vado errato, si tratta del marchese di Bernay; tuttavia non amministra di persona, ha un luogotenente».

«In tal caso non verrà – disse Canolles – oppure in sua vece verrà il luogotenente. Quanto a costui, si trova di certo a corte, dimora di favori».

«Eppure, barone – intervenne uno dei presenti – mi sembra che non occorra essere a corte per far carriera, e so di un comandante di mia conoscenza che non ha motivo di lamentarsi. Accidenti, in tre mesi capitano, tenente-colonnello, governatore dell'isola Saint-Georges! Un bel percorso, ammettetelo».

«Difatti lo ammetto – disse Canolles facendosi di porpora – e poiché non so a cosa attribuire simili favori, in realtà devo convenire che dev'esserci un qualche buon genio nella mia casata, visto che è così prosperosa».

«Lo conosciamo il buon genio del governatore», disse con un inchino il luogotenente che aveva introdotto Canolles nella fortezza. «È il merito».

«Non contesto il merito, anzi – rispose un altro ufficiale – e sono il primo a riconoscerlo. Ma a tale merito aggiungerei la raccomandazione di una certa dama, la più acuta, la più generosa, la più amabile di Francia, dopo la regina, ovviamente».

«Bando agli equivoci, conte», disse Canolles sorridendo al nuovo interlocutore. «Se voi avete vostri segreti, teneteveli per voi; se riguardano i vostri amici, teneteli per gli interessati».

«Confesso – disse un ufficiale – che quando ho sentito di un ritardo ho creduto che ci chiedeste venia a vantaggio di una qualche deliziosa toeletta. Vedo ora che ero in errore».

«Ceneremo senza donne, dunque?», chiese un altro.

«Diamine! A meno che non inviti la principessa e il suo seguito – disse Canolles – non vedo granché chi potremmo avere. D'altronde non dimentichiamo, signori, che il nostro è un pranzo serio: se vorremo discutere di affari, almeno non importuneremo nessuno».

«Ben detto, comandante, sebbene in verità, qualora non prestassimo attenzione, le donne in questo momento conducono una vera e propria crociata contro la nostra autorità: prova ne è quel che di fronte a me diceva il cardinale a don Louis de Haro».

«E cosa diceva, dunque?», chiese Canolles.

«"Siete davvero fortunato voi! Le donne di Spagna si curano solo di denaro, civetterie e corteggiatori, mentre le donne di Francia ormai non prendono più un amante senza prima averlo saggiato sulle questioni politiche. Tanto è vero che – aggiungeva con aria disperata – oggi gli appuntamenti amorosi trascorrono in conversazioni serie sulle faccende di governo"».

«E difatti – disse Canolles – la guerra che conduciamo si chiama la Guerra delle Donne: la qual cosa per noi non sempre è lusinghiera».

In quel mentre, non appena la mezz'ora di tregua richiesta da Canolles era trascorsa, si aprì la porta e un lacchè entrando annunciò che il governatore era servito.

Canolles invitò i suoi convitati a seguirlo; ma mentre tutti si avviavano, un altro annuncio riecheggiò nell'anticamera.

«Il governatore di Vayres!».

«Ah ah – esclamò Canolles – è molto gentile da parte sua».

E avanzò di un passo per portarsi al cospetto del collega che gli era sconosciuto. Poi di colpo, indietreggiando per la sorpresa:

«Richon!», esclamò. «Richon governatore di Vayres!».

«Proprio io, caro il mio barone», rispose Richon mantenendo malgrado la sua affabilità l'aria solenne che gli era consueta.

«Meglio così, mille volte meglio così!», disse Canolles stringendogli cordialmente la mano. «Signori – aggiunse – voi non conoscete il signore, ma io lo conosco, e dico forte e chiaro che non si poteva affidare un incarico di rilievo a uomo più onesto».

Richon si guardò intorno con occhi fieri come un'aquila in ascolto, e vedendo in tutti gli sguardi nient'altro che una lieve sorpresa mitigata da grande benevolenza:

«Mio caro barone – disse – ora che così ragguardevolmente avete garantito di me, vi prego di presentarmi a coloro di questi signori che non ho l'onore di conoscere».

E Richon indicò con lo sguardo tre o quattro gentiluomini per i quali effettivamente era un perfetto sconosciuto.

A quel punto si procedette a quello scambio di grandi ossequi che conferivano al contempo nobiltà e amichevolezza a ogni relazione dell'epoca. Un quarto d'ora dopo, Richon era l'amico di tutti i giovani ufficiali e poteva chiedere a ognuno la spada o la borsa. A sua garanzia vi erano il ben noto coraggio, la reputazione senza macchia e la nobiltà inscritta nei suoi occhi.

«Perdio, signori – disse il comandante di Braunes – bisogna ammettere che, quantunque uomo di chiesa, Mazzarino se ne intende di uomini di guerra, e da qualche tempo a questa parte si muove bene. Fiuta aria di guerra e si sceglie i suoi governatori: qui Canolles, a Vayres Richon».

«Combatteremo?», chiese Richon con noncuranza.

«Se combatteremo!», rispose un giovanotto che giungeva direttamente dalla corte. «Voi chiedete se combatteremo, monsieur Richon?».

«Sì».

«Ebbene, io vi chiedo in che condizioni sono i vostri bastioni».

«Ma pressoché nuovi, giacché mi trovo nella piazzaforte da tre giorni e ho fatto eseguire più riparazioni di quante ne siano state eseguite negli ultimi tre anni».

«Ebbene, non tarderanno a essere inaugurati», rispose il giovanotto.

«Meglio così», disse Richon. «Cosa possono desiderare degli uomini di guerra? La guerra».

«Bene – disse Canolles – ora il re può dormire sonni tranquilli, giacché tiene imbrigliati i bordolesi e i loro due fiumi».

«Il fatto è – intervenne Richon – che colui che mi ha posto in quel luogo può fare assegnamento su di me».

«E da quanto tempo dite che siete a Vayres?».

«Da tre giorni. E voi, Canolles, da quanto a Saint-Georges?».

«Da otto. Vi hanno approntato un ingresso al pari del mio, Richon? Personalmente il mio ingresso è stato meraviglioso, e a dire il vero non ho ancora ringraziato a sufficienza lorsignori. Ho avuto le campane, i tamburi, gli evviva. Mancava solo il cannone, ma ce l'hanno promesso per uno di questi giorni e la cosa mi consola».

«Ebbene – disse Richon – tale è stata la differenza tra noi due: il mio ingresso, caro il mio Canolles, è stato tanto modesto quanto magnifico il vostro. Avevo ordine di introdurre nella piazzaforte cento uomini, cento uomini del reggimento di Turenne, e non sapevo come introdurli, quando mi è giunta la nomina a Saint-Pierre, dove mi trovavo in quel momento, firmata da monsieur d'Épernon. Sono partito immantinente, ho consegnato la mia missiva al luogotenente, e senza tamburi né trombe ho preso possesso della piazzaforte. E ora sono lì».

Canolles, che sulle prime rideva, dal tono in cui erano state pronunciate le ultime parole avvertì una stretta al cuore sotto la morsa di un lugubre presentimento.

«E vi sentite a casa vostra?», chiese a Richon.

«Sto provvedendo», rispose Richon tranquillo.

«E quanti uomini avete?», chiese Canolles.

«Innanzitutto i cento uomini del reggimento di Turenne, vecchi soldati di Rocroy su cui si può fare affidamento; poi una compagnia che sto approntando nella città e che istruisco mano mano che gli arruolati mi raggiungono: borghesi, giovani, operai, un duecento uomini circa. E infine aspetto un ultimo rincalzo di cento o centocinquanta uomini reclutati da un capitano del posto».

«Il capitano Ramblay?», chiese uno dei convitati.

«No, il capitano Cauvignac», rispose Richon.

«Non conosco», dissero in molti.

«Lo conosco io», proclamò Canolles.

«È un realista di comprovata fiducia?».

«Non oserei dirlo. Tuttavia ho tutte le ragioni di credere che il capitano Cauvignac sia una creatura di monsieur d'Épernon e che sia devotissimo al duca».

«Ecco la risposta alla vostra domanda, allora: chi è devoto al duca è tale anche a Sua Maestà».

«È un qualche corridore dell'avanguardia del re», disse il vecchio ufficiale che recuperava a tavola il tempo perduto nell'attesa. «Ho sentito parlare di costui in tal senso».

«Sua Maestà è in viaggio?», chiese Richon con la sua consueta tranquillità.

«A dire il vero – rispose il giovanotto che giungeva dalla corte – a quest'ora il re sarà quantomeno a Blois».

«Ne siete sicuro?».

«Sicurissimo. L'esercito sarà guidato dal maresciallo di La Meilleraie, che deve effettuare il congiungimento qui nei dintorni con il duca d'Épernon».

«A Saint-Georges, per caso?», chiese Canolles.

«O piuttosto a Vayres», dichiarò Richon. «Monsieur de la Meilleraie arriva dalla Bretagna, e Vayres è di strada».

«Chi avrà a sostenere lo scontro dei due eserciti correrà grandi rischi per i suoi bastioni», disse il governatore di Braunes. «Monsieur de La Meilleraie ha trenta cannoni e monsieur d'Épernon venticinque».

«Sarà un bel fuoco», aggiunse Canolles. «Per nostra sventura noi non lo vedremo».

«Ah, a meno che – disse Richon – qualcuno di noi non si dichiari in favore dei principi».

«Sì, ma Canolles è ancora certo di vedere un qualche fuoco. Se si dichiara in favore dei principi, vedrà il fuoco di monsieur de La

Meilleraie e di monsieur d'Épernon; se rimane legato a Sua Maestà, vedrà il fuoco dei bordolesi».

«Oh, riguardo a questi ultimi – ribatté Canolles – non mi paiono granché terribili, e confesso di provare una certa vergogna a dovermi misurare soltanto con costoro. Purtroppo sono devoto anima e corpo a Sua Maestà, e mi dovrò contentare di una guerra tutta borghese».

«Che vi scateneranno contro, non dubitate», disse Richon.

«Avete dunque qualche probabilità al riguardo?», chiese Canolles.

«Ho di meglio – disse Richon – ho delle certezze. Il consiglio dei borghesi ha deciso che prima di ogni altro espugneranno l'isola Saint-Georges».

«Bene – commentò Canolles – vengano pure, li aspetto».

Si era a questo punto della conversazione, e i convitati avevano principiato il dessert, quando alle porte della fortezza tutt'a un tratto si udì un rullio di tamburi.

«Che vuol dire tutto ciò?», chiese Canolles.

«Ah, perdio», esclamò il giovane ufficiale che aveva propalato le notizie di corte. «Sarebbe curioso se vi attaccassero proprio ora, mio caro Canolles. Sarebbe un delizioso dopocena un assalto con scalata!».

«Che il diavolo mi si porti, ma mi sembra proprio così», disse il vecchio comandante. «Quei miserabili borghesi non fanno mai altro che disturbarvi all'ora dei pasti. Ero agli avamposti di Charenton all'epoca della guerra di Parigi: non potevamo mai pranzare o cenare tranquilli».

Canolles suonò: il soldato di piantone nell'anticamera entrò.

«Che succede?», chiese Canolles.

«Ancora non lo so, governatore. Di certo un messaggero del re o della città».

«Prendete informazioni e datemi una risposta». Il soldato uscì di corsa. «Rimettiamoci a tavola, signori», disse Canolles a suoi convitati, i quali per la maggior parte si erano alzati. «Sarà ora di alzarci da tavola quando udiremo il cannone».

Tutti i convitati si riaccomodarono ridendo. Solo Richon, sul cui viso era passata un'ombra, rimase inquieto, gli occhi fissi alla porta, in attesa del ritorno del soldato. Ma invece del soldato fu un ufficiale a presentarsi alla porta con la spada sguainata, dicendo:

«Governatore, un parlamentare».

«Un parlamentare?», esclamò Canolles. «E da parte di chi?».
«Da parte dei principi...».
«E da dove giunge?».
«Da Bordeaux».
«Da Bordeaux!», ripeterono i convitati, tutti fuorché Richon.
«Questa poi! Allora la guerra è stata dichiarata per davvero – disse il vecchio ufficiale – giacché vengono inviati i parlamentari».
Canolles rifletté un istante, e in quell'istante il viso, sorridente fino a dieci minuti prima, assunse tutta la gravità che la circostanza imponeva.
«Signori – disse – il dovere prima di tutto... Probabilmente con l'inviato dei bordolesi avrò da risolvere una questione delicata. Ignoro il momento in cui potrò rivedervi...».
«Ma no, certo che no», esclamarono in coro i convitati. «Congedateci invece, comandante. Quel che vi accade è per noi un ammonimento a tornare alle nostre rispettive postazioni... Quindi è importante che ci separiamo in questo stesso istante».
«Non spettava affatto a me proporvelo, signori – ribatté Canolles – ma giacché mi fate una simile offerta devo confessarvi che è quanto di più prudente vi sia, e accetto. I cavalli o gli equipaggi dei signori», ordinò Canolles.
Quasi subito, rapidi nei loro movimenti come si trovassero già sul campo di battaglia, i convitati erano balzati in sella o saliti in carrozza e, seguiti dai picchetti di scorta, si erano allontanati diretti alle rispettive residenze.
Richon era rimasto buon ultimo.
«Barone – disse a Canolles – non volevo lasciarvi al pari degli altri, considerato che ci conosciamo da più tempo di quanto non conosciate gli altri. Allora addio... Stringiamoci la mano, e buona fortuna!».
Canolles strinse la mano a Richon.
«Richon – gli disse guardandolo fisso – io vi conosco: dentro di voi succede qualcosa: voi non me lo dite, giacché è probabile che non sia affatto un segreto che vi riguardi... Eppure siete agitato... e quando un uomo della vostra tempra è agitato, non è per cosa di poco conto...».
«Non siamo forse sul punto di separarci?», chiese Richon.
«Eravamo sul punto di separarci anche quando prendemmo congedo alla locanda di Biscarros, eppure eravate tranquillo...».
Richon sorrise con tristezza.

«Barone – disse – ho il presentimento che non ci rivedremo più...».

Canolles trasalì, tanta era la profonda melancolia nella voce solitamente così salda dell'avventuroso compagno.

«Ebbene – disse – se non ci vedremo più, Richon, vorrà dire che uno dei due sarà morto... della morte degli strenui. E in tal caso colui che verrà colpito avrà almeno la certezza, morendo, di sopravvivere nel cuore di un amico! Abbracciamoci, Richon. Voi mi avete augurato buona fortuna; io invece vi dirò forza e coraggio!».

I due uomini si gettarono l'uno nelle braccia dell'altro, e per qualche istante rimasero con i nobili cuori premuti l'uno contro l'altro.

Quando si separarono, Richon spese una lacrima, l'unica forse che avesse mai adombrato il suo fiero sguardo; poi, quasi avesse avuto timore che Canolles vedesse tale lacrima, corse a precipizio fuori dalla stanza, di certo adontandosi di aver dato a un uomo di cui conosceva il coraggio una simile prova di debolezza.

III.

La sala da pranzo era rimasta vuota, a eccezione di Canolles e dell'ufficiale che aveva annunciato il parlamentare e se ne stava in piedi all'angolo della porta.

«Cosa comanda il governatore?», chiese dopo un attimo di silenzio.

Canolles, che sulle prime era rimasto assorto nei suoi pensieri, alla voce trasalì, levò il capo e riemergendo dalla sua inquietudine:

«Dov'è il parlamentare?», chiese.

«Nella sala d'arme».

«È in compagnia di qualcuno?».

«Due guardie della milizia borghese di Bordeaux».

«Com'è costui?».

«Un giovanotto... da quel che si può vedere, giacché porta un feltro largo ed è avvolto in un ampio mantello».

«E come si è annunciato?».

«Come latore di alcune missive da parte della principessa e del parlamento di Bordeaux».

«Pregatelo di attendere un istante – disse Canolles – e sarò da costui».

L'ufficiale uscì per compiere la sua missione, e Canolles si accingeva a seguirlo, quando si aprì una porta e apparve Nanon, assai pallida, assai fremente, eppure con il suo sorriso affettuoso, e afferrando la mano del giovane:

«Un parlamentare, amico mio», disse. «Cosa significa?».

«Significa, cara Nanon, che i bordolesi vogliono spaventarmi, oppure sedurmi».

«E cosa avete deciso?».
«Che lo riceverò».
«Non potete proprio esimervi?».
«Impossibile. Vi sono usi cui non ci si sottrae».
«Oddio!».
«Che avete, Nanon?».
«Ho paura...».
«Di cosa?».
«Non mi avete detto che il parlamentare viene per spaventarvi oppure per sedurvi?».
«Certo; un parlamentare è buono solo per una o l'altra di queste due funzioni... Avete paura che mi spaventi?».
«Oh no, ma magari vi sedurrà...».
«Voi mi offendete, Nanon...».
«Ahimè, dico quel che temo, amico mio...».
«Dubitate di me fino a tal punto... Ma per chi mi prendete?».
«Per quel che siete, Canolles, vale a dire un cuore generoso ma tenero».
«Questa poi!», disse Canolles ridendo. «Ma quale parlamentare mi inviano? Sarà forse Cupido in persona?».
«Forse».
«L'avete visto quindi?».
«Non l'ho visto, ma ho udito la sua voce. È ben delicata per essere la voce di un parlamentare...».
«Voi siete pazza, Nanon! Lasciatemi adempiere al mio incarico. Mi avete reso governatore...».
«...per difendermi, amico...».
«Mi credete dunque così vile da tradirvi? A dire il vero, Nanon, dubitando così di me voi mi oltraggiate!».
«Dunque siete deciso a vedere quel giovane?».
«Devo, e sarei davvero contrariato se vi opponeste oltremodo al compimento del mio dovere».
«Siete libero, amico», disse triste Nanon. «Solo una parola, ancora...».
«Dite».
«Dove lo riceverete?».
«Nel mio gabinetto».
«Canolles, una grazia...».
«Quale?».
«Invece di riceverlo nel gabinetto, ricevetelo nella stanza da letto».

«Ma che idea vi balza in mente?».
«Non capite proprio?».
«No».
«La mia stanza affaccia sulla vostra alcova...»
«E voi ascolterete?».
«Dietro le tende, se acconsentirete...».
«Nanon!».
«Lasciate che vi rimanga accanto, amico. Ho fiducia nella mia stella; vi porterò fortuna».
«E tuttavia, Nanon, se il parlamentare...».
«Ebbene?».
«...venisse per rendermi depositario di un qualche segreto di Stato...».
«Non potete confidare un segreto di Stato a colei che vi ha reso depositario della sua vita e della sua fortuna?...».
«Ebbene, ascoltateci pure, Nanon, giacché lo desiderate a ogni costo. Ma non trattenetemi oltre: il parlamentare attende».
«Andate, Canolles, andate. Ma prima, siate benedetto per il bene che mi fate».
E la giovane donna volle baciare la mano del suo amante.
«Pazza!», esclamò Canolles avvicinandosela al petto e baciandola sulla fronte. «Allora sarete...».
«Dietro le tende del vostro letto... Da lì potrò vedere e sentire...».
«Almeno non ridete, Nanon, giacché si tratta di questioni serie».
«State tranquillo», rispose la giovane donna. «Non riderò».
Canolles diede ordine che il messaggero fosse fatto accomodare e si trasferì nella sua stanza, un'ampia stanza ammobiliata sotto Carlo IX e dall'aspetto severo. Sul camino ardevano due candelabri, ma gettavano solo un debole chiarore nell'immenso appartamento; l'alcova, situata quanto più in profondità nella stanza, era interamente nell'ombra.
«Siete qui, Nanon?», chiese Canolles.
Giunse un sì soffocato, ansimante.
In quell'istante si udirono dei passi; la sentinella presentò le armi. Il messaggero entrò, seguì con lo sguardo colui che lo aveva introdotto, fino a quando non fu solo con Canolles, o almeno così credette. Allora si tolse il cappello e gettò indietro il mantello; subito sulle deliziose spalle si sciolsero i biondi capelli, sotto il cinturone d'oro apparve la vita sottile e arcuata di una donna, e Canol-

les da quello sguardo dolce e triste riconobbe la viscontessa di Cambes.

«Vi avevo detto che vi avrei ritrovato, e tengo fede alla mia parola», disse. «Eccomi...».

Con un moto di stupore e di angoscia Canolles si batté le mani una contro l'altra e si lasciò cadere in poltrona.

«Voi! Voi!», mormorò. «Oh mio Dio! Cosa venite a fare qui, cosa venite a chiedere?».

«Vengo a chiedervi se vi ricordate ancora di me».

Canolles emise un profondo sospiro e si portò entrambe le mani davanti agli occhi per scongiurare quell'apparizione incantevole e fatale al tempo stesso.

A quel punto ogni cosa gli fu chiara: la paura, il pallore, il tremito di Nanon, e soprattutto il suo desiderio di assistere all'incontro. Nanon, con gli occhi della gelosia, nel parlamentare aveva riconosciuto una donna.

«Vengo a chiedervi – proseguì Claire – se siete pronto a rispettare l'impegno che vi prendeste con me nella stanzetta di Jaulnay, ossia dare le dimissioni alla regina ed entrare al servizio dei principi».

«Oh, tacete, tacete!», esclamò Canolles.

Claire trasalì a quel tono di terrore tremebondo nella voce del giovane, e guardandosi intorno inquieta:

«Forse non siamo soli?», chiese.

«Certo che sì», rispose Canolles. «Ma non potrebbe udirci qualcuno attraverso le mura?».

«Credevo che le mura del forte Saint-Georges fossero più solide», disse Claire sorridendo.

Canolles non rispose.

«Venivo dunque a chiedervi – riprese Claire – com'è possibile che voi siate qui da otto, dieci giorni e io non abbia affatto sentito parlare di voi. Tanto che ignorerei ancora chi comanda sull'isola Saint-Georges se il caso, o piuttosto le voci che corrono non mi avessero informato che si tratta dell'uomo che solo dodici giorni or sono mi giurava che la sua rovina era una fortuna, giacché gli permetteva di offrire il braccio, il coraggio, la vita al partito al quale appartengo...».

Nanon non riuscì a reprimere un movimento, che fece trasalire Canolles e voltare madame de Cambes.

«Ma che succede?».

«Niente», rispose Canolles. «Uno dei soliti rumori in questa vecchia stanza piena di lugubri scricchiolii».

«Se è dell'altro – disse Claire poggiando la mano sul braccio di Canolles – non nascondetemelo, barone. Capite bene, dal momento che mi sono decisa a venire in visita io stessa, quale sia l'importanza del colloquio che avremo a breve».

Canolles si deterse il sudore che gli colava dalla fronte e abbozzando un sorriso:

«Parlate», disse.

«Venivo dunque a rammentarvi la vostra promessa e a chiedervi se siete pronto a tenervi fede».

«Ahimè – rispose Canolles – si è fatto impossibile».

«E perché mai?».

«Perché nel frattempo si sono verificati numerosi eventi inattesi, numerose relazioni che credevo spezzate si sono riallacciate. Alla punizione che pensavo di meritare la regina ha sostituito una ricompensa di cui sono indegno: oggi sono vincolato al partito di Sua Maestà per... gratitudine».

Un sospiro corse lungo la stanza. La povera Nanon di certo si attendeva un'altra parola che non quella che era stata testé pronunciata.

«Dite pure per ambizione, monsieur de Canolles, e comprenderò. Voi siete nobile, di alto lignaggio, siete nominato tenente-colonnello a ventott'anni, governatore di una piazzaforte: tutto ciò è bello, lo so; ma è solo la naturale ricompensa al vostro merito, e tale merito Mazzarino non è il solo ad apprezzarlo...».

«Non una parola di più, vi prego», intervenne Canolles.

«Perdonatemi – disse Claire – questa volta non è più la viscontessa di Cambes che vi parla, è l'inviata della principessa che si è fatta carico di una missione presso di voi: e tale missione dunque costei deve portarla a termine».

«Parlate», rispose Canolles con un sospiro che somigliava a un gemito.

«Ebbene, conoscendo i sentimenti che mi avevate espresso a Chantilly prima e a Jaulnay poi, preoccupata di sapere a quale partito apparteneste in maniera definitiva, la principessa aveva deciso di inviarvi un parlamentare per intraprendere un tentativo sulla vostra piazzaforte. Di tale tentativo, che un altro parlamentare magari avrebbe intrapreso in maniera poco opportuna, mi sono fatta carico io, pensando che, in quanto confidente dei vostri reconditi pensieri al riguardo, avrei potuto agire meglio di chiunque altro».

«Vi ringrazio», disse Canolles tormentandosi il petto con la mano, giacché nei brevi silenzi del dialogo udiva il respiro ansimante di Nanon.

«Ecco dunque cosa vi propongo... in nome della principessa, sia ben chiaro; giacché se fosse stato a mio nome – proseguì Claire con il suo delizioso sorriso – avrei invertito l'ordine delle proposte».

«Vi ascolto», disse Canolles con voce sorda.

«Voi consegnerete l'isola Saint-Georges a una delle tre condizioni a vostra scelta che vado a illustrarvi. La prima è la seguente, e non sono io a parlare, tenetelo bene a mente: una somma di duecentomila sterline...».

«Oh, non aggiungete altro!», esclamò Canolles cercando di chiudere lì la conversazione. «La regina mi ha affidato un comando; questo comando è l'isola Saint-Georges, e io la difenderò fino alla morte».

«Rammentatevi del passato», esclamò mestamente Claire. «Non è affatto questo che mi dicevate durante il nostro ultimo incontro, quando mi proponevate di abbandonare ogni cosa per seguirmi, quando avevate già la penna in mano per presentare le vostre dimissioni a coloro ai quali oggi volete sacrificare la vostra vita».

«Ho potuto offrirvi tutto questo quando ero libero di scegliere la mia strada. Oggi non lo sono più...».

«Non siete più libero!», esclamò Claire impallidendo. «Cosa significa per voi? Che intendete dire?».

«Intendo dire che ho un vincolo d'onore».

«Ebbene, ascoltate allora la mia seconda proposta».

«A qual pro?», ribatté Canolles. «Non vi ho forse ripetuto bastevolmente che ero inamovibile nella mia risoluzione? Quindi non mi tentate, sarebbe inutile».

«Perdonate – replicò a sua volta Claire – ma anch'io ho ricevuto incarico di una missione, e devo compierla fino in fondo».

«Fate pure», mormorò Canolles. «Ma in realtà siete davvero crudele».

«Date le dimissioni, e allora agiremo sul vostro successore più efficacemente di quanto non faremo su di voi. Tra un anno, tra due anni riprenderete servizio sotto il principe con il grado di brigadiere».

Canolles scosse il capo tristemente.

«Povero me – disse – perché mi chiedete solo cose impossibili?».

«E a me rispondete così?», disse Claire. «Io a dire il vero non vi capisco. Non eravate sul punto di firmarle quelle dimissioni? Non dicevate a colei che in quel momento vi era accanto, e che vi ascoltava con tanta gioia, che le davate liberamente e dal profondo del cuore? Perché allora non fareste qui, adesso che ve lo chiedo, adesso che vi prego, quel che vi ripromettevate di fare a Jaulnay?».

Tutte queste parole affondavano nel cuore della povera Nanon come pugnalate, e Canolles le sentiva affondare.

«Quel che all'epoca era un atto senza importanza sarebbe oggi un tradimento, un tradimento infame!», rispose Canolles con voce sorda. «Mai consegnerò l'isola Saint-Georges! Mai darò le dimissioni!».

«Aspettate, aspettate», intervenne Claire con voce quanto mai dolce, ma al contempo guardandosi intorno inquieta, giacché la resistenza di Canolles e soprattutto la costrizione che sembrava avvertire in colui che resisteva le sembravano bizzarre. «Ora ascoltate l'ultima proposta, con cui io volevo principiare, giacché avevo detto in anticipo che avreste rifiutato le prime due: i favori materiali, e sono felice di averlo indovinato, non sono tali da tentare un cuore da par vostro. A voi occorrono altre speranze che non l'ambizione e la fortuna; ai nobili istinti occorrono nobili ricompense. Ascoltate, allora...».

«In nome del cielo – supplicò Canolles – abbiate pietà di me!», e fece un gesto come a ritirarsi.

Claire pensò che Canolles si stesse smuovendo e, convinta che quanto stava per dire avrebbe sancito definitivamente la sua vittoria, lo trattenne e proseguì:

«Se in luogo di un vile interesse vi si offrisse un interesse puro e onorevole; se le vostre dimissioni venissero ricompensate, dimissioni che potete dare senza biasimo giacché le ostilità non sono affatto cominciate, dimissioni che non sono né una defezione né una perfidia, ma una pura e semplice scelta. Se, dicevo, le vostre dimissioni venissero ricompensate con un'alleanza; se una donna, alla quale avete dichiarato il vostro amore, alla quale avete giurato che sempre l'avreste amata, e che, malgrado i giuramenti, non ha mai apertamente risposto alla vostra passione, se tale donna venisse a dirvi: "Monsieur de Canolles, sono libera, sono ricca, vi amo, diventate mio marito, partiamo insieme... andiamo ovunque vogliate, lontano da tutti i dissidi civili, via dalla Francia...". Ebbene, dite: non accettereste stavolta?».

Malgrado il rossore, malgrado la squisita titubanza di Claire, malgrado il ricordo del piccolo e delizioso castello di Cambes che avrebbe potuto scorgere dalla sua finestra qualora, durante tutta la scena che abbiamo appena raccontato, dal cielo non fosse calata la notte, Canolles rimase immobile e fermo nella sua risoluzione, giacché in lontananza vedeva affacciarsi dalle tende gotiche, pallido nell'ombra, il viso scarmigliato di Nanon tremante d'angoscia.

«Orsù, rispondetemi, in nome del cielo!», proseguì la viscontessa. «Non capisco più nulla nel vostro silenzio. Mi sono forse sbagliata? Non siete voi il barone di Canolles? Non siete voi lo stesso uomo che a Chantilly mi aveva detto di amarmi, che me lo ha ripetuto a Jaulnay, che mi ha giurato di amare solo me al mondo, e di essere pronto a sacrificare per me ogni altro amore? Parlate, parlate! Per l'amor di Dio, rispondete. Rispondetemi, insomma!».

Si udì un gemito così percepibile, così distinto questa volta che madame de Cambes non poté avere dubbi che una terza persona assistesse al colloquio. Con gli occhi sgomenti seguì lo sguardo di Canolles, e questi non poté distogliere abbastanza rapidamente il suo senza che la viscontessa, guidata da esso, riuscisse a scorgere quel volto pallido e immobile, quella sagoma simile a uno spettro che seguiva ansimante tutte le fasi della conversazione.

Attraverso l'oscurità le due donne si scambiarono uno sguardo di fuoco e lanciarono entrambe un grido.

Nanon scomparve.

Madame de Cambes, dal canto suo, afferrò precipitosamente il feltro e il mantello e voltandosi verso Canolles:

«Adesso capisco – disse – ciò che voi chiamate dovere e gratitudine. Capisco quale sia il dovere che vi rifiutate di abbandonare o di tradire; capisco infine che vi sono affetti inaccessibili a ogni seduzione, e a quell'affetto, a quel potere, a quella gratitudine vi lascio interamente. Addio, addio!».

Fece un gesto come per ritirarsi, senza che Canolles tentasse di trattenerla; ma un ricordo doloroso la arrestò.

«Ancora una volta – disse – in nome di un'amicizia che io vi devo per il servigio che avete avuto la bontà di rendermi, in nome dell'amicizia che voi mi dovete per il servigio che anch'io vi ho reso, in nome di tutti coloro che vi amano e che voi amate, e non escludo nessuno, non ingaggiate lotta. Domani, dopodomani forse verrete attaccato a Saint-Georges: non arrecatemi il dolore di sapervi sconfitto o morto».

A tali parole il giovane trasalì e si ridestò.

«Vi ringrazio in ginocchio per la certezza che mi avete appena donato di questa amicizia, che mi è più preziosa di quanto non possa dirvi. Oh, che vengano pure ad attaccarmi! Che vengano, Dio mio! Invoco il nemico con più ardore di quanto egli mai ne impiegherà per venire a prendermi. Ho bisogno della lotta, ho bisogno del pericolo per rivelarmi ai miei occhi: ben venga la lotta, ben venga il pericolo, ben venga finanche la morte. La morte sarà la benvenuta, giacché so che morirò ricco della vostra amicizia, forte della vostra compassione e onorato della vostra stima».

«Addio», ripeté Claire avviandosi alla porta.

Canolles la seguì. Giunto in mezzo al corridoio buio, le afferrò la mano e con voce così fievole che egli stesso faticava a udire le parole che proferiva:

«Claire – le disse – vi amo più di quanto non vi abbia mai amato; ma la sventura esige che non possa provarvi il mio amore se non morendo lontano da voi».

Un risolino ironico fu in quel momento l'unica risposta di madame de Cambes. Ma non appena si ritrovò fuori dal castello, un doloroso singulto le lacerò la gola, ed ella si torse le braccia esclamando: "Ah, Dio mio, non mi ama! Non mi ama! E io invece, sventurata che non sono altro, io lo amo!...".

IV.

Lasciando madame de Cambes, Canolles rientrò nella sua stanza. Nanon era in piedi, pallida e immobile al centro dell'appartamento. Canolles le si fece incontro con un triste sorriso: man mano che si avvicinava, le ginocchia di Nanon si piegavano; il barone le tese la mano, ella cadde ai suoi piedi.

«Perdonatemi – disse – perdonatemi, Canolles! Sono stata io a portarvi qui, sono stata io a farvi affidare questa postazione difficile e perigliosa; se voi verrete ucciso, sarò io la cagione della vostra morte. Sono un'egoista che non ha pensato ad altro fuorché alla propria felicità. Abbandonatemi, partite!».

Canolles la rialzò con delicatezza.

«Abbandonarvi io!», esclamò. «Giammai, Nanon, giammai! Voi mi siete sacra: ho giurato che vi avrei protetto, che vi avrei difeso, che vi avrei salvato, e possa io morire, ma vi salverò».

«Parli così dal profondo del cuore, Canolles, senza esitazioni, senza rimpianti?».

«Sì», disse Canolles sorridendo.

«Grazie, mio degno uomo, mio nobile amico, grazie. Vedi, la mia vita, alla quale tenevo, te la sacrificherei oggi stesso senza un lamento; solo oggi infatti so quel che hai fatto per me. Ti offrivano denaro, ma i miei tesori non sono forse tuoi? Ti offrivano amore, ma vi sarebbe mai al mondo una donna che ti amerebbe come ti amo io? Ti offrivano una nomina! Ascolta, ti attaccheranno. Ebbene, compriamo dei soldati, mettiamo insieme armi e munizioni; raddoppiamo le nostre forze, difendiamoci. Io combatterò per il mio amore, tu per il tuo onore. Li sconfiggerai, mio prode Canolles, farai dire alla regina che non possiede capitano più prode di te. E poi alla tua nomina provvederò io, suvvia; e quando sarai ricco, colmato di gloria e di onore, se vorrai mi abbandonerai: avrò i miei ricordi per consolarmi».

E così dicendo Nanon guardava Canolles e attendeva la risposta che le donne chiedono sempre alle parole smodate, ossia folle ed esaltata al pari di tali parole. Ma Canolles chinò tristemente il capo.

«Nanon – disse – mai patirete un danno, mai subirete un affronto fintantoché vivrò sull'isola Saint-Georges. Rassicuratevi dunque, giacché non avete nulla da temere».

«Grazie – rispose – anche se non è solo questo che chiedo».

Poi, a voce bassissima: "Ahimè, è la fine", mormorò. "Non mi ama più".

Canolles colse lo sguardo di fuoco che brilla come una folgore, lo spaventoso pallore di un istante che rivela così tanto dolore. "Siamo generosi fino in fondo – si disse – altrimenti saremmo infami".

«Vieni qui, Nanon – disse – vieni, amica mia; gettati il mantello sulle spalle, prendi il cappello da uomo, l'aria della notte ti gioverà. Da un momento all'altro è previsto che mi attaccheranno; vado a fare la mia ronda notturna».

Nanon, palpitante di gioia, si abbigliò come le diceva il suo amante e lo seguì.

Canolles era un capitano a tutti gli effetti. Entrato quasi fanciullo nell'arme, aveva studiato realmente il proprio mestiere. E infatti si recò in ispezione non solo in veste di comandante, ma anche in veste di ingegnere. Gli ufficiali che lo avevano visto giungere come un privilegiato, e che credevano di avere a che fare con un governatore da parata, vennero interrogati uno dopo l'altro dal proprio capo riguardo a tutti i mezzi di attacco e di difesa. A quel punto furono costretti a riconoscere nel giovane e frivolo giovanotto un esperto capitano; i più vecchi allora gli parlarono con rispetto. L'unico rimprovero che potevano muovergli era la mitezza della voce nell'impartire gli ordini e l'estrema gentilezza nell'interrogarli: temevano che tale cortesia fosse maschera di debolezza. Tuttavia, poiché tutti percepivano il pericolo imminente, le disposizioni del governatore vennero eseguite con una celerità puntuale che fornì al capo un'idea dei propri soldati identica a quella che costoro si erano fatti di lui. In giornata era giunta una compagnia di genieri. Canolles ordinò lavori che vennero intrapresi seduta stante. Invano Nanon volle ricondurlo al forte per risparmiargli la fatica di una notte trascorsa in siffatto modo; Canolles invece proseguì la sua ronda, e fu egli a congedare dolcemente Nanon esigendo che rientrasse ai suoi alloggi. Quindi, dopo aver inviato tre o quattro corridori che il luogotenente gli aveva raccomandato come i più intelligenti tra quanti erano al suo servizio, tornò a coricarsi su un blocco di pietra, da cui sorvegliò i lavori.

Ma mentre con gli occhi seguiva meccanicamente il movimento dei bidenti e delle vanghe, con la mente Canolles, strappatosi alle azioni materiali che si eseguivano, si soffermava interamente non solo sugli eventi di quella giornata, ma anche su tutte le avventure bizzarre di cui era stato protagonista dal giorno in cui aveva visto madame de Cambes. Eppure, fatto singolare, la sua mente non andava per nulla oltre; egli aveva l'impressione che solo a partire da quell'istante avesse principiato a vivere, che fino ad allora fosse vissuto in un altro mondo dagli istinti inferiori, dalle sensazioni incomplete. A partire da quell'istante, nella sua vita vi era una luce che conferiva un altro aspetto a ogni cosa, e in quella nuova luce Nanon, la povera Nanon, veniva impietosamente sacrificata a un altro amore, violento fin dalla nascita, come gli amori che si impossessano dell'intera vita in cui sono entrati.

E così, dopo dolorose meditazioni miste a celesti giubili all'idea di essere amato da madame de Cambes, Canolles si confessò che solo il dovere gli prescriveva di essere un uomo d'onore, e che nella sua risoluzione l'amicizia che nutriva nei riguardi di Nanon non rientrava affatto.

Povera Nanon! Canolles chiamava il sentimento che nutriva nei suoi riguardi amicizia. E invece in amore l'amicizia è ben prossima all'indifferenza.

Anche Nanon era in veglia, giacché non era riuscita a risolversi a mettersi a letto. In piedi a una finestra, avvolta in una mantella nera per non essere vista, seguiva non già la luna triste e velata che scivolava attraverso le nuvole, non già gli alti pioppi cullati graziosamente dalla brezza della notte, non già la maestosa Garonna, che sembra una vassalla ribelle che si erge per muovere guerra al suo padrone anziché una schiava fedele che reca il suo tributo all'Oceano, ma quel lento e gravoso lavorio che si compiva a suo detrimento nei pensieri del suo amante: in quella sagoma scura che si delineava sulla pietra, in quell'ombra immobile accovacciata davanti a un lanternone, vedeva il fantasma vivente della sua passata felicità. Costei, così energica, così fiera, così scaltra un tempo, aveva perduto ora ogni scaltrezza, ogni fierezza, ogni energia; si sarebbe detto che i suoi sensi, esaltati dal sentimento dell'infelicità, avessero doppia perspicacia e sottigliezza. In fondo al cuore dell'amante sentiva germogliare l'amore, al pari di Dio che, protendendosi sull'immensa cupola del cielo, sente germogliare lo stelo d'erba nelle viscere della terra.

Spuntò il sole, e solo allora Canolles rientrò nella sua stanza. Nanon era tornata nella sua; egli ignorava dunque che la giovane donna fosse rimasta in veglia tutta la notte. Si abbigliò con cura, riunì di nuovo la guarnigione, visitò alla luce del sole le diverse batterie, e in particolare quelle che sovrastavano la riva sinistra della Garonna, fece chiudere il porticciolo con diverse catene, predispose delle specie di scialuppe cariche di falconetti e tromboni, passò in rassegna i suoi uomini, li incitò ancora con il suo eloquio così colorito e generoso, e in tal modo poté ritirarsi solo verso le dieci.

Nanon lo attendeva con il sorriso sulle labbra: non era più la Nanon fiera e imperiosa i cui capricci facevano tremare lo stesso monsieur d'Épernon; era un'amante timida, una schiava timorosa che non pretendeva nemmeno più di essere amata, ma chiedeva solo di poter amare.

La giornata trascorse senz'altri eventi all'infuori delle peripezie varie di quel dramma interiore che andava in scena nell'animo di ciascuno dei due giovani. I corridori inviati da Canolles tornarono uno dopo l'altro. Nessuno riportò buone notizie: solo che a Bordeaux vi era grande fermento, ed era evidente si preparasse qualcosa.

Madame de Cambes, infatti, di ritorno in città, pur celando i dettagli dell'incontro nelle latebre più recondite del proprio cuore, ne aveva comunicato l'esito a Lenet. I bordolesi chiedevano a gran voce che l'isola Saint-Georges venisse espugnata. Il popolo si offriva in massa per prendere parte alla spedizione. I capi tenevano a bada solo adducendo l'assenza di un uomo di guerra che si ponesse a capo della spedizione e di soldati regolari che potessero sostenerla. Lenet profittò del momento per avanzare il nome dei due duchi e offrire il loro esercito; tale apertura venne accolta con entusiasmo, e gli stessi che la vigilia avevano votato per la chiusura delle porte li invocarono a gran voce.

Lenet corse a portare la buona notizia alla principessa, che riunì immediatamente il consiglio.

Claire addusse una certa stanchezza per non concorrere ad alcuna decisione ai danni di Canolles, e si ritirò nella sua stanza per piangere in libertà.

Da quella stanza udiva le grida e le minacce del popolo. Tutte quelle grida, tutte quelle minacce erano rivolte contro Canolles.

Ben presto riecheggiò il tamburo: le compagnie si riunirono, gli scabini fecero armare il popolo, che chiedeva picche e archibugi. Dall'arsenale venne tirato fuori il cannone, venne distribuita la polvere, e duecento barche si tennero pronte a risalire la Garonna col favore della marea notturna, mentre tremila uomini in marcia sulla riva sinistra avrebbero attaccato via terra.

L'esercito di mare doveva essere guidato da d'Espagnet, consigliere in parlamento, uomo valente e assennato, mentre l'esercito di terra da monsieur de La Rochefoucauld, che a sua volta aveva appena fatto ingresso in città con duemila gentiluomini circa. Il duca di Bouillon sarebbe arrivato solo in capo a due giorni, con altri mille. E così il duca di La Rochefoucauld affrettò quanto più possibile l'attacco, affinché il suo collega non fosse per nulla presente.

V.

Due giorni dopo che madame de Cambes si era presentata in veste di parlamentare all'isola Saint-Georges, mentre verso le due del pomeriggio era intento alla sua ronda sui bastioni, Canolles ricevette l'annuncio che un messaggero recava una lettera a lui indirizzata e chiedeva di parlargli.

Il messaggero venne introdotto subito e consegnò il dispaccio a Canolles.

Il dispaccio visibilmente non aveva nulla di ufficiale; era un foglietto più lungo che largo, scritto con una grafia sottile e lievemente tremula su una carta azzurrognola lucida e profumata.

Canolles, alla sola vista del foglio, si sentì suo malgrado battere il cuore.

«Chi ti ha dato questa missiva?», chiese.

«Un uomo di cinquantacinque, sessant'anni».

«Mustacchi e mosca ingrigiti?».

«Sì».

«Postura ricurva?».

«Sì».

«Aspetto militare?».

«Proprio così».

Canolles diede all'uomo un luigi e gli fece cenno di ritirarsi immediatamente.

Poi si allontanò, e con il cuore tutto palpitante si celò nell'angolo di un bastione per leggere a proprio agio la missiva che aveva appena ricevuto.

La missiva conteneva solo le seguenti due righe:

Di qui a breve verrete attaccato.
Se non siete più degno di me, mostratevi quantomeno degno di voi.

La missiva non recava firma alcuna, ma Canolles vi riconobbe madame de Cambes così come aveva riconosciuto Pompée. Controllò se qualcuno stesse guardando e, arrossendo come un bimbetto al suo primo amore, si portò la missiva alle labbra, la baciò con ardore e se la mise sul cuore.

Quindi salì sul coronamento del bastione, da cui poteva scorgere il corso della Garonna per quasi una lega nonché la pianura circostante in tutta la sua ampiezza.

Non si intravvedeva nulla, né sul fiume né nella campagna.

"La mattinata trascorrerà in tal guisa", mormorò. "Non è certo in pieno giorno che si presenteranno. Si saranno riposati strada facendo e lanceranno l'attacco questa sera".

Canolles udì un lieve rumore alle sue spalle e si voltò: era il suo luogotenente.

«Ebbene, monsieur de Vibrac, cosa si dice?», chiese Canolles.

«Mio comandante, si dice che domani sull'isola Saint-Georges sventolerà il vessillo dei principi».

«E chi lo dice?».

«Due dei nostri corridori che sono appena rientrati, e che hanno visto i preparativi che contro di noi stanno approntando i borghesi della città».

«E a chi vi diceva che domani sul forte Saint-Georges sventolerà il vessillo dei principi voi cosa avete risposto?».

«Ho risposto, mio comandante, che tutto ciò mi era assolutamente indifferente, dal momento che non vi avrei assistito».

«In tal caso, mi avete rubato la risposta», commentò Canolles.

«Evviva, comandante! Non chiedevamo altro, e i soldati si batteranno come leoni quando conosceranno la vostra risposta».

«Si battano come uomini, è tutto quel che chiedo. E cosa si dice sul tipo di attacco?».

«Generale, ci approntano una sorpresa», disse Vibrac ridendo.

«Diamine! Che sorpresa?», esclamò Canolles. «È già il secondo responso in tal senso che ricevo. E chi guida gli assalitori?».

«Monsieur de La Rochefoucauld le truppe di terra; d'Espagnet, il consigliere in parlamento, le truppe di mare».

«Ebbene – proruppe Canolles – glielo darò io un consiglio».

«A chi?».

«Al consigliere in parlamento».

«E quale?».

«Rinfoltire le milizie urbane con qualche buon reggimento ben disciplinato, che insegni a quei borghesi come si riceve un fuoco ben nutrito».

«Non ha atteso il vostro consiglio, comandante, giacché prima di essere uomo di giustizia è stato, credo, una sorta di uomo di guerra, e per questa spedizione si è associato il reggimento di Navailles».

«Come? Il reggimento di Navailles?».

«Sì».

«Il mio reggimento di una volta?».

«Proprio così. A quel che dicono è passato armi e bagagli dalla parte dei principi».

«E chi è il comandante?».

«Il barone di Ravailly».

«Davvero?».

«Lo conoscete?».

«Sì... un giovane gentilissimo, valente come la sua spada!... In tal caso, allora, la faccenda sarà più movimentata di quanto credessi. Avremo di che divertirci».

«Quali sono i vostri ordini, comandante?».

«Questa sera le postazioni siano raddoppiate; i soldati si corichino vestiti, con le armi cariche a portata di mano... Una metà sarà di guardia, mentre l'altra riposerà... La metà che sarà di guardia rimarrà nascosta dietro i fossi... Aspettate».

«Aspetto».

«Avete messo a parte qualcuno del rapporto del messaggero?».

«Nessuno sulla faccia della terra».

«Bene; mantenete la cosa segreta ancora per un po'. Scegliete una decina di soldati tra i più mediocri; dovreste avere dei bracconieri, qualche pescatore».

«Ne abbiamo fin troppi, comandante».

«Ebbene, sceglietene dieci, come vi dicevo, e mandateli in congedo fino a domattina. Se ne andranno a gettare le lenze di fondo nella Garonna, se ne andranno a tendere i loro lacci nella pianura... Stanotte d'Espagnet e monsieur de La Rochefoucauld li faranno prigionieri e li interrogheranno».

«Non capisco...».

«Ma non capite che gli assalitori devono credere che siamo in perfetta sicurezza? Ebbene, quegli uomini, che saranno all'oscuro di tutto, con l'aria di dire il vero, alla quale gli altri abboccheranno giacché non sarà dissimulata, giureranno che noi dormiamo tra due guanciali».

«Ah, benissimo!».

«Lasciate che il nemico si avvicini, lasciate che sbarchi, lasciate che pianti le sue scale».

«Ma allora quando spareremo?».

«Ve lo ordinerò io quando. Se partirà un solo colpo dalle nostre fila prima del mio ordine, parola di governatore, farò fucilare colui che avrà sparato».

«Ah, diavolo!».

«La guerra civile è due volte guerra. Quindi è importante che alla guerra civile non si vada come a una partita di caccia... Lasciate pure che ridano i signori di Bordeaux, ridete anche voi, se la cosa vi sollazza; ma solo io vi dirò quando ridere».

Il luogotenente si congedò e andò a trasmettere gli ordini di Canolles agli altri ufficiali, che si guardarono stupiti. Nel governatore albergavano due uomini: il gentiluomo cortese, il comandante implacabile.

Canolles rientrò a cena assieme a Nanon: solo che la cena era stata anticipata di due ore. Canolles aveva deciso che sarebbe rimasto sul bastione dal tramonto all'alba. Trovò Nanon intenta a sfogliare una voluminosa corrispondenza.

«Potete difendervi con ardimento, caro Canolles – gli disse – giacché non vi occorrerà attendere a lungo qualcuno in soccorso: il re è vicino, monsieur de La Meilleraie è alla guida di un esercito e monsieur d'Épernon sta giungendo con quindicimila uomini».

«Però nel frattempo hanno otto giorni, forse dieci. Nanon – aggiunse Canolles sorridendo – l'isola Saint-Georges non è inespugnabile».

«Oh, finché sarete voi a comandare qui, vi assicuro di sì».

«Sì, ma proprio perché comando io, potrei rimanere ucciso... Nanon, che fareste in tal caso? Avete almeno contemplato l'idea?».

«Sì», rispose Nanon sorridendo a sua volta.

«Ebbene, tenete pronti i vostri scrigni. Un barcaiolo si troverà in un posto concordato; se occorrerà balzare in acqua, avrete quattro dei miei uomini valenti nuotatori, che hanno ordine di non abbandonarvi e che vi trasporteranno all'altra riva».

«Tutte queste precauzioni sono inutili, Canolles; se sarete ucciso, non avrò più bisogno di nulla».

Venne annunciato che era servito in tavola. Dieci volte, durante la cena, Canolles si alzò e andò alla finestra che affacciava sul fiume: prima della fine della cena, Canolles abbandonò la tavola... Principiava a calare la notte.

Nanon volle seguirlo.

«Nanon – disse Canolles – rientrate nelle vostre stanze e giuratemi che non ne uscirete. Se vi sapessi all'esterno, esposta, in preda a un qualsiasi pericolo, non risponderei più delle mie azioni. Nanon, ne va del mio onore. Non giocate con il mio onore».

Nanon porse le labbra carminio a Canolles, più rosse ancora in virtù del pallore delle gote, poi si ritirò dicendo:

«Vi obbedisco, Canolles: voglio che amici e nemici conoscano l'uomo che amo. Andate!».

Canolles si allontanò; non poteva impedirsi di ammirare quella tempra, piegata a tutti i suoi desideri, obbediente a tutte le sue volontà. Era appena giunto alla sua postazione quando scese la notte, terribile e minacciosa, come sempre appare quando cela fra le sue pieghe oscure un cruento segreto.

Canolles si era appostato in fondo al piazzale. Dominava il corso del fiume e le due rive. Niente luna: un velo di nubi nere avanzava gravido nel cielo. Impossibile essere visti, ma quasi altrettanto impossibile vedere.

Tuttavia, a mezzanotte gli parve di distinguere alcune sagome scure che si muovevano sulla riva sinistra, e forme gigantesche che scivolavano lungo il fiume. Per il resto, nessun altro rumore se non il vento della notte che gemeva fra le foglie degli alberi.

Le masse si fermarono, le sagome si arrestarono a distanza. Canolles pensò di essere caduto in errore; tuttavia raddoppiò la vigilanza: i suoi occhi ardenti penetravano nelle tenebre, le orecchie tese senza sosta percepivano il minimo rumore.

L'orologio della fortezza batté le tre, e i rintocchi prolungati si persero lenti e lugubri nella notte: Canolles principiava a ritenere di aver ricevuto un falso avviso, e stava per ritirarsi, quando tutt'a un tratto il luogotenente Vibrac, che gli era accanto, gli posò frettoloso una mano sulla spalla e protese l'altra in direzione del fiume.

«Sì, sì – disse Canolles – sono loro: forza, non avremo perso nulla nell'attesa. Svegliate gli uomini che hanno dormito, che prendano il loro posto dietro le mura. Avete fatto loro presente che ucciderò il primo che farà fuoco, o no?».

«Sì».

«Ebbene, fatelo presente per la seconda volta».

In effetti alle prime luci dell'alba si vedevano approssimarsi lunghe barche cariche di uomini intenti a ridere e chiacchierare a bassa voce, mentre nella pianura si scorgeva una sorta di rilievo che la vigilia non esisteva affatto. Era una batteria di sei cannoni che monsieur de La Rochefoucauld aveva testé predisposto durante la notte: gli uomini sulle barche erano così in ritardo solo perché fino a quel momento la batteria non era stata ancora in condizioni di mettersi all'opera.

Canolles chiese se le armi fossero cariche, e alla risposta affermativa fece cenno di aspettare.

Le barche si facevano sempre più vicine, e ai primi bagliori del giorno Canolles scorse ben presto le buffetterie e il copricapo particolare della compagnia di Navailles che, come sappiamo, un tempo era stata la sua compagnia: alla prua di una delle prime barche vi era il barone di Ravailly, che aveva preso il suo posto al comando della compagnia, e a poppa il luogotenente, che era il suo fratello di latte, amatissimo tra i compagni per l'umore allegro e i motteggi infiniti.

«Vedrete – diceva costui – se ne rimarranno immobili, e monsieur de La Rochefoucauld dovrà destarli a suon di cannonate. Perbacco, come dormono a Saint-Georges! Quando sarò malato verrò qui anch'io».

«Il buon Canolles – rispondeva Ravailly – svolge il suo incarico di governatore alla stregua di un padre di famiglia: teme che i suoi soldati si prendano un raffreddore a fare la guardia di notte!».

«Infatti non si vede nemmeno una sentinella», disse un altro.

«Ehi, voi lassù – gridò il luogotenente attraccando – svegliatevi un po', e dateci una mano a salire!».

A quest'ultimo motteggio le risate corsero fra l'intera linea degli assedianti, e mentre tre o quattro barche avanzavano dalla parte del porto il resto dell'esercito di terra sbarcava.

«Orsù, suvvia – rincarò Ravailly – io lo capisco: Canolles vuol dare a intendere che si lascerà cogliere di sorpresa per non bisticciare con la corte. Forza, signori, rendiamo la cortesia e non uccidiamo nessuno. Una volta nella piazzaforte, misericordia per tutti, tranne per le donne, che magari non la chiederanno nemmeno, corpo di mille diavoli! Ragazzi miei, non dimentichiamoci che è una guerra fra amici; quindi il primo che estrae l'arma lo passo a filo di spada».

A una tale raccomandazione proferita con allegria tutta francese ripresero le risate, e i soldati si unirono all'ilarità degli ufficiali.

«Questa poi, amici!», esclamò il luogotenente. «Ridere fa bene, ma tutto ciò non deve essere d'intralcio all'impresa. Alle scale, e arrampichiamoci».

I soldati allora presero dalle barche diverse lunghe scale e avanzarono verso le mura.

A quel punto Canolles si alzò e, bastone in mano, cappello in testa, come chi prendesse piacevolmente il fresco del mattino, si appropinquò al parapetto e si sporse fin oltre la cintola.

Vi era abbastanza luce perché tutti lo riconoscessero.

«Ehi, buongiorno, Navailles!», disse all'intero reggimento. «Buongiorno, Ravailly, buongiorno Remonenq».

«Guardate, è Canolles!», esclamarono i giovani. «Ti sei svegliato finalmente, barone?».

«Eh sì. Che volete, qui si vive come il re d'Yvetot: si va a letto presto e ci si alza tardi. Ma voi che diavolo venite a fare qui così di buon'ora?».

«Perdio!», esclamò Ravailly. «Lo vedi bene, mi sembra: siamo qui per assediarti, nient'altro».

«E per quale motivo siete qui per assediarmi?».

«Per espugnare il tuo forte».

Canolles scoppiò a ridere.

«Suvvia, ti arrendi, non è vero?», disse Ravailly.

«Prima però devo sapere di fronte a chi capitolo. Com'è mai possibile che Navailles sia schierata contro il re?».

«Perché siamo diventati ribelli, caro mio. E, parola mia, riflettendoci su ci siamo resi conto che Mazzarino è decisamente un codardo, che non merita di avere al suo servizio dei prodi gentiluomini; di conseguenza siamo passati dalla parte dei principi. E tu?».

«Ma mio caro, io sono un accanito epernonista».

«Bah, pianta lì i tuoi e vieni con noi».

«Impossibile. Ehi, laggiù, lasciate le catene del ponte! Sapete bene che queste cose si guardano ma solo da lontano, e che quando si toccano portano sventura. Ravailly, di' un po' di non toccare le catene – proseguì Canolles accigliandosi – o dirò ai miei di sparare... E ti avviso, Ravailly, ho dei tiratori eccellenti».

«Bah, tu scherzi!», rispose l'ufficiale. «Lasciati espugnare, non sei in forze».

«Non sto scherzando... Giù quelle scale! Ravailly, ti prego, stai assediando la casa del re, fai attenzione».

«Saint-Georges la casa del re!».

«Perdio! Guarda piuttosto, e sul picco del bastione vedrai il vessillo... Orsù, fai rimettere in acqua le barche, e le scale nelle barche, altrimenti sparo. Se vuoi parlare, vieni solo o con Remonenq, e allora parleremo a pranzo. Ho un ottimo cuoco sull'isola Saint-Georges».

Ravailly scoppiò a ridere e lanciò uno sguardo d'incitamento ai suoi uomini. Nel frattempo un'altra compagnia si apprestava a mettere piede a terra.

A quel punto Canolles capì che era giunto il momento decisivo; e riprendendo il piglio saldo e l'aria solenne che si addicevano a un uomo gravato di una così oberante responsabilità:

«Fermo là, Ravailly... Basta con gli scherzi, Remonenq!», gridò. «Non una parola, non un passo, non un gesto, o do ordine di sparare. Vero com'è il vessillo del re laggiù, come voi marciate contro i gigli di Francia».

E unendo l'azione alla minaccia, ribaltò con un vigoroso movimento del braccio la prima scala che si affacciava dalle pietre del bastione.

Principiavano a salire, più alla spicciolata gli uni degli altri, cinque o sei uomini: il contraccolpo li mandò a gambe all'aria. Rotolarono giù, e la caduta sollevò un'immensa risata tra gli assalitori così come tra gli assediati: si sarebbe detto trastulli fra scolaretti.

In quel momento un segnale indicò che gli assedianti avevano oltrepassato le catene che chiudevano il porto.

Subito Ravailly e Remonenq afferrarono una scala e si apprestarono a scendere a loro volta nei fossati urlando:

«A noi, Navailles! Alla scalata! Saliamo! Saliamo!».

«Povero il mio Ravailly – gridò Canolles – fermati, ti prego...».

Ma in quello stesso istante la batteria di terra, che fino ad allora era rimasta in silenzio, fu tutto uno scoppio di rumori e luci, e una palla di cannone venne a sollevare la terra tutt'intorno a Canolles.

«E va bene – disse Canolles allungando il suo bastone – giacché lo vogliono a ogni costo... Fuoco, amici miei, fuoco su tutta la linea!».

Allora, senza che si scorgesse un sol uomo, si vide una sfilza di moschetti abbassarsi verso il parapetto, una cintura di fiamme avvolse la sommità delle mura, mentre alla batteria del duca di La Rochefoucauld rispondeva la detonazione di due enormi pezzi di artiglieria.

Caddero una decina di uomini; ma la caduta, anziché scoraggiare i compagni, donò loro nuovo ardore. Dal canto suo, la batteria di terra rispondeva alla batteria sul bastione: una prima palla di cannone abbatté il vessillo reale, una seconda maciullò un luogotenente di Canolles di nome Elboin.

Canolles si guardò di nuovo intorno e vide che i suoi uomini avevano già ricaricato le armi.

«Fuoco ovunque!», comandò.

L'ordine venne eseguito con la stessa precisione della prima volta.

Dieci minuti dopo non rimaneva più un solo vetro nell'isola Saint-Georges. Le pietre tremavano e andavano in frantumi; il cannone sfondava i muri, le pallottole si schiacciavano sui lastroni e un denso fumo oscurava l'aria ricolma di urla, minacce e gemiti.

Canolles vide che i danni maggiori al suo forte erano inferti dalla batteria di monsieur de La Rochefoucauld.

«Vibrac – disse – pensate voi a Ravailly, e non fategli guadagnare nemmeno un pollice di terreno in mia assenza. Io corro alle nostre batterie».

E difatti Canolles corse ai due pezzi che rispondevano al fuoco di monsieur de La Rochefoucauld, diresse egli stesso le operazioni, divenne caricatore, puntatore, comandante; demolì in un istante tre pezzi su sei e nella pianura stese una cinquantina di uomini. Gli altri, che non si attendevano una resistenza così veemente, cominciarono ad andare allo sbando e a fuggire.

Mentre provvedeva a radunarli, monsieur de La Rochefoucauld venne colpito dalla scheggia di una pietra che gli fece volare via di mano la spada.

Vedendo un tale esito, Canolles lasciò il restante lavoro nelle mani del capo della batteria e corse alla compagnia di Navailles, che continuava a lanciarsi all'assalto assecondata dagli uomini di d'Espagnet.

Vibrac teneva duro, ma era stato testé ferito da una pallottola a una spalla.

La presenza di Canolles rattizzò il coraggio delle truppe, presenza che venne accolta da grida di gioia.

«Perdonami – gridò a Ravailly – se sono stato costretto a lasciarti un istante, amico caro, ma come puoi vedere era per demolire i pezzi del duca di La Rochefoucauld. Comunque stai tranquillo, eccomi qua!».

E mentre in quel momento il capitano di Navailles, troppo eccitato per rispondere allo sberleffo – che d'altronde, in mezzo allo spaventoso baccano prodotto dall'artiglieria e dalla moschetteria, forse non aveva nemmeno udito – guidava per la terza volta i suoi uomini all'assalto, Canolles estrasse dalla cintura una pistola e, allungando la mano verso il compagno di un tempo divenuto suo nemico, fece fuoco.

La pallottola era indirizzata da una mano salda e un occhio sicuro, e andò a rompere il braccio di Ravailly.

«Grazie, Canolles!», gridò questi, avendo visto da dove era partito il colpo. «Grazie, questa me la pagherai!».

Tuttavia, malgrado si facesse forza, il giovane capitano fu costretto ad arrestarsi e la spada gli cadde di mano. Remonenq accorse e lo sorresse tra le sue braccia.

«Vuoi venire a farti medicare nei miei alloggi, Ravailly?», gridò Canolles. «Ho un chirurgo che non ha nulla da invidiare al mio cuoco».

«Certo che no, me ne torno a Bordeaux. Ma aspettami da un momento all'altro. Perché tornerò, te lo prometto. Solo che la prossima volta sceglierò il mio momento».

«Ritirata! Ritirata!», gridò Remonenq. «Prendiamo per di là... Ci rivedremo, Canolles: avete vinto la prima battaglia...».

Remonenq diceva il vero. L'artiglieria aveva inferto danni terribili all'esercito di terra, che aveva perduto un centinaio di uomini almeno. L'esercito di mare, dal canto suo, ne aveva perduti pressoché altrettanti. Eppure a patire la perdita più ingente era stata la compagnia di Navailles che, per portare alto l'onore dell'uniforme, aveva voluto marciare sempre alla testa dei borghesi di d'Espagnet.

Canolles sollevò la pistola scarica.

«Cessate il fuoco!», ordinò. «Lasciamo che battano tranquillamente in ritirata: non abbiamo munizioni da sprecare...».

In effetti le pallottole sparate non erano state solo pallottole perdute. Gli assalitori si ritiravano in tutta fretta, abbandonando i morti e portandosi via i feriti. Canolles contò i propri: aveva sedici feriti e quattro morti. Quanto a lui, personalmente non si era fatto neppure un graffio.

«Accidenti», disse quando ricevette, dieci minuti dopo, le festanti carezze di Nanon. «Non hanno tardato a farmi guadagnare la nomina di governatore... Che stupido massacro! Ho ucciso almeno centocinquanta dei loro uomini, e ho rotto il braccio a uno dei miei migliori amici per impedirgli di farsi ammazzare una volta per tutte».

«Sì», disse Nanon. «Ma voi siete sano e salvo, no?».

«Grazie a Dio! E di certo voi mi avete portato fortuna, Nanon... Ma attenzione alla seconda battaglia! I bordolesi sono testardi!... E d'altronde Ravailly e Remonenq mi hanno promesso che torneranno».

«Ebbene – esclamò Nanon – al forte Saint-Georges è sempre il medesimo uomo a comandare, e sono i medesimi soldati a difenderlo... Vengano pure, e la seconda volta riceveranno un'accoglienza ancora migliore della prima. Prima di allora difatti avrete tutto il tempo di rafforzare ancora le vostre difese, non è così?».

«Mia cara – disse Canolles a Nanon in tono di confidenza – una piazzaforte si conosce bene solo con l'uso... La mia non è affatto inespugnabile, l'ho scoperto poco fa... e se mi chiamassi duca di La Rochefoucauld avrei l'isola Saint-Georges domani mattina! A proposito, Elboin non pranzerà con noi».

«Perché?».

«È stato tranciato in due da una palla di cannone».

VI.

Il rientro degli assedianti a Bordeaux offriva un triste spettacolo. I borghesi erano partiti da trionfatori, facendo assegnamento sul numero e sull'abilità dei generali, pienamente tranquilli insomma sull'esito dell'evento grazie all'abitudine, la seconda fede dell'uomo in pericolo.

In effetti, chi tra gli assedianti non aveva mai corso nei boschi e nelle praterie dell'isola Saint-Georges in gioventù, solo o in dolce compagnia? Chi tra i bordolesi non aveva mai maneggiato il remo, lo schioppo del cacciatore o le reti del pescatore nel territorio che avrebbe poi rivisto da soldato?

E così per i nostri borghesi la sconfitta fu doppiamente gravosa: il luogo metteva scorno tanto quanto il nemico. La gente quindi li vide tornare a capo chino, e udire con rassegnazione il clamore dei lai e dei gemiti delle donne che, contando i guerrieri assenti alla stregua dei selvaggi d'America, si rendevano conto dipoi delle perdite patite dagli sconfitti.

Allora la grande città si empì di un mormorio generale di lutto e confusione. I soldati tornarono alle proprie case per raccontare, ciascuno a modo proprio, il disastro. I capi si recarono dalla principessa, che alloggiava, come abbiamo detto, presso il presidente.

Madame de Condé attendeva alla finestra il ritorno della spedizione. Costei, nata in una famiglia di guerrieri, moglie di uno dei più grandi vincitori al mondo, cresciuta nel disprezzo dell'armatura arrugginita e del ridicolo piumaggio dei borghesi, non riusciva a difendersi da una vaga inquietudine al pensiero che i borghesi, suoi sostenitori, avrebbero combattuto contro un esercito di vecchi soldati. Tuttavia tre cose a ogni modo la rassicuravano: la prima era che a capo della spedizione vi era monsieur de La Rochefoucauld; la seconda era che in testa marciava il reggimento di Navailles; la terza era che sui vessilli era iscritto il nome dei Condé.

Eppure, per un contrasto facilmente comprensibile, tutto ciò che per la principessa era speranza per madame de Cambes era dolore; e parimenti, tutto ciò che sarebbe stato dolore per l'illustre signora sarebbe divenuto trionfo per la viscontessa.

Fu il duca di La Rochefoucauld a presentarsi al suo cospetto, tutto polveroso e tutto sanguinante; aveva una manica del farsetto nero lacera e la camicia interamente macchiata di sangue.

«È vero quel che mi dicono?», esclamò la principessa accorrendo dal duca.

«E cosa dicono?», chiese il duca con freddezza.

«Dicono che siete stato respinto...».

«Non dicono abbastanza. Al dire il vero, siamo stati sconfitti».

«Sconfitti!», esclamò la principessa impallidendo. «Sconfitti! Non è possibile!».

«Sconfitti!», mormorò la viscontessa. «Sconfitti da monsieur de Canolles!...».

«E com'è potuto accadere?», chiese madame de Condé con un tono altezzoso che tradiva profonda indignazione.

«È accaduto, così come accadono tutti gli errori di calcolo, in gioco, in amore, in guerra: abbiamo affrontato qualcuno più forte o più scaltro di noi».

«Ma è così coraggioso allora quel monsieur de Canolles?», chiese la principessa.

Il cuore di madame de Cambes palpitava di gioia.

«Oddio – rispose La Rochefoucauld alzando le spalle – coraggioso come tutti... Solo che avendo soldati freschi e buone mura, e tenendosi a distanza, e giacché probabilmente era stato avvisato, ha avuto facilmente la meglio sui bordolesi. Ah, tra parentesi, quei deplorevoli soldati! Se la sono data a gambe al secondo sparo».

«E Navailles?», proruppe Claire, senza rendersi conto dell'imprudenza di un tale intervento.

«Tutta la differenza tra Navailles e i borghesi – rispose La Rochefoucauld – è che i borghesi se la sono data a gambe e Navailles ha ripiegato».

«Adesso ci mancherebbe solo che perdessimo Vayres!».

«Non dico di no», rispose con freddezza La Rochefoucauld.

«Sconfitti!», ripeté la principessa pestando i piedi. «Sconfitti da nullità guidate da un Canolles qualsiasi! Che nome ridicolo».

Claire arrossì fino al bianco degli occhi.

«Voi trovate ridicolo tale nome – ribatté il duca – ma Mazzarino lo trova sublime. E oserei quasi dire – aggiunse lanciando uno sguardo rapido e penetrante in direzione di Claire – che non è il solo di questo avviso. I nomi sono come i colori», proseguì sorridendo del suo sorriso bilioso. «Non si discutono».

«Credete dunque che Richon sia uomo da essere sconfitto?».

«Perché no? Sono stato pur sconfitto, io! Dobbiamo attenderci di dar fondo alla malasorte: la guerra è un gioco, un giorno o l'altro ci prenderemo la nostra rivincita».

«Tutto questo non sarebbe accaduto – intervenne madame de Tourville – se avessimo seguito il mio piano».

«È vero – rincarò la principessa – non vogliono mai fare quel che proponiamo noi, con il pretesto che siamo donne e non capiamo nulla di guerra... Gli uomini fanno di testa loro e poi si fanno sconfiggere».

«Oddio, sì, ma capita anche ai migliori generali. Emilio Paolo è stato sconfitto a Canne, Pompeo a Farsalo, e Attila a Châlons. Solo voi e Alessandro, madame de Tourville, non siete mai stati sconfitti. Sentiamo il vostro piano».

«Il mio piano, duca – spiegò madame de Tourville con il suo tono più brusco – prevedeva di organizzare un assedio in piena regola. Nessuno ha voluto ascoltarmi e si è preferito un colpo di mano. Vedete da voi il risultato».

«Rispondete alla signora, monsieur Lenet», disse il duca. «Quanto a me, non mi sento abbastanza ferrato in strategia per sostenere la lotta».

«Contro l'assedio che voi proponevate – disse Lenet, che fino a quel momento aveva schiuso le labbra solo per un sorriso – vi era questo: i bordolesi non sono affatto soldati, ma borghesi; hanno bisogno di cenare a casa e di coricarsi nel letto coniugale. Ordunque, un assedio in piena regola esclude una profusione di agi ai quali i nostri bravi cittadini sono avvezzi. E quindi se ne sono andati ad assediare l'isola Saint-Georges da dilettanti. Non biasimateli per aver fallito oggi; ripercorreranno le quattro leghe e ricominceranno la stessa guerra tante volte quante ne occorreranno».

«Credete che ricominceranno?», chiese la principessa.

«Oh! Di questo sono sicuro», rispose Lenet. «Amano troppo la loro isola per lasciarla al re».

«E la espugneranno?».

«Certo, un giorno o l'altro...».

«Ebbene, il giorno in cui l'avranno espugnata – esclamò la principessa – voglio che quell'insolente monsieur de Canolles venga fucilato, se non accetta una resa condizionata».

Claire sentì un brivido mortale correrle nelle vene.

«Fucilarlo!», disse il duca di La Rochefoucauld. «Perbacco, se è così che Vostra Altezza intende la guerra, mi rallegro sinceramente di essere nel novero dei suoi amici».

«Ma che si arrenda, allora».

«Vorrei proprio sapere cosa direbbe Vostra Altezza se si arrendesse Richon».

«Non stiamo parlando di Richon, duca; Richon non è in discussione. Orsù, portatemi un borghese, uno scabino, un consigliere, qualcosa con cui possa parlare, insomma, e che mi assicuri che questa onta non sarà senza amarezza per quanti me l'hanno inflitta».

«Tutto ciò giunge a proposito», disse Lenet. «Ecco monsieur d'Espagnet che chiede l'onore di essere ammesso alla presenza di Vostra Altezza».

«Fate entrare», dispose la principessa.

Durante l'intera conversazione il cuore di Claire o aveva battuto fino a romperle il petto, ovvero si era stretto come in una morsa; anche costei infatti si diceva che i bordolesi avrebbero fatto pagare caro a Canolles il suo primo trionfo. Ma fu ben peggio quando d'Espagnet con le sue proteste venne a infiorettare sulle certezze di Lenet.

«Che Vostra Altezza stia tranquilla», proclamava. «Invece di quattromila uomini ne invieremo ottomila, invece di sei cannoni ne punteremo dodici, invece di centro uomini ne perderemo duecento, trecento, quattrocento se occorre, ma espugneremo la nostra Saint-Georges».

«Complimenti – esclamò il duca – questo sì che è parlare. Voi sapete che sarò il vostro uomo, o in veste di capo o come volontario, ogni singola volta che tenterete l'impresa. Notate soltanto che con cinquecento uomini alla volta, presupponendo solo quattro spedizioni come questa, il nostro esercito alla quinta si ritroverà notevolmente ridotto».

«Duca – ribatté d'Espagnet – a Bordeaux siamo in trentamila in grado di portare le armi. Trascineremo fuori dall'arsenale tutti i cannoni davanti alla fortezza, a buon bisogno, faremo fuoco tanto da ridurre in polvere una montagna di granito; io stesso varcherò il fiume alla testa dei minatori, e ci riprenderemo Saint-Georges: abbiamo prestato solenne giuramento poc'anzi».

«Dubito che espugnerete Saint-Georges fintantoché monsieur de Canolles sarà vivo», intervenne Claire con voce quasi impercettibile.

«Ebbene – ribatté d'Espagnet – lo uccideremo, o lo faremo uccidere, e poi espugneremo la nostra Saint-Georges».

Madame de Cambes soffocò un grido in procinto di uscirle dal petto.

«Volete espugnare Saint-Georges?».

«Se lo vogliamo? Eccome!», esclamò la principessa. «Lo credo bene che vogliamo».

«Ebbene – riprese madame de Cambes – allora lasciate fare a me. Vi consegnerò io la piazzaforte».

«Bah – commentò la principessa – mi avevi già promesso identica cosa e hai fallito».

«Avevo promesso a Vostra Altezza di fare un tentativo con monsieur de Canolles. Il tentativo è fallito, ho trovato monsieur de Canolles inflessibile».

«Credi forse che lo troverai più disponibile dopo il suo trionfo?».

«No. E infatti questa volta non vi ho detto che vi avrei consegnato il governatore, vi dico che vi consegnerò la piazzaforte».

«E come?».

«Introducendo i vostri soldati fin dentro il cortile della fortezza».

«Siete forse una maga per assumervi un tale cimento?», chiese La Rochefoucauld.

«Nossignore, sono proprietaria».

«La signora scherza», riprese il duca.

«Certo che no, certo che no», intervenne Lenet. «Intravvedo parecchie cose nelle tre parole che ha appena pronunciato madame de Cambes».

«Allora ciò mi basta», disse la viscontessa. «Il parere di Lenet significa tutto per me. Ripeto dunque che Saint-Georges sarà espugnata, se mi lascerete dire due parole in privato a monsieur Lenet».

«Espugnerò anch'io Saint-Georges – proruppe madame de Tourville – se mi lascerete fare».

«Lasciate prima che madame de Tourville esponga ad alta voce il suo piano», suggerì Lenet fermando madame de Cambes, che voleva condurlo in un angolo. «Mi direte poi il vostro a bassa voce».

«Parlate», fece la principessa.

«Partirò di notte con venti barche e duecento moschettieri a bordo. Un'altra truppa di pari entità avanzerà lungo la riva destra; altri quattro o cinquecento uomini risaliranno la riva sinistra. Nel frattempo mille o milleduecento bordolesi...».

«Badate bene – intervenne La Rochefoucauld – sono già mille, milleduecento uomini ingaggiati».

«Io – proclamò invece Claire – espugnerò Saint-Georges con una sola compagnia. Datemi Navailles, e ve lo garantisco».

«Questo è da valutare – ribatté la principessa, mentre monsieur de La Rochefoucauld, sorridendo del suo sorriso più sprezzante, guardava con compassione tutte quelle donne intente a ragionare su cose di guerra che imbarazzavano gli uomini più audaci e intraprendenti.

«Vi ascolto», disse Lenet. «Venite».

E Lenet condusse la viscontessa nel vano di una finestra.

Claire gli raccontò all'orecchio il suo segreto, e Lenet si lasciò sfuggire un grido di gioia.

«In effetti – commentò voltandosi verso la principessa – questa volta, se accetterete di dare carta bianca a madame de Cambes, Saint-Georges sarà espugnata».

«E quando?», chiese la principessa.

«Quando vorremo».

«La signora è un grande capitano», commentò La Rochefoucauld con ironia.

«Giudicherete voi, duca – ribatté Lenet – quando entrerete trionfatore a Saint-Georges senza aver sparato un solo colpo di fucile».

«Allora approverò».

«A questo punto – disse la principessa – se la cosa è sicura come dite, che si approntì tutto per domani».

«Sarà per il giorno e l'ora che gradirà Sua Altezza», rispose madame de Cambes. «Attenderò i suoi ordini nel mio appartamento».

E così dicendo, salutò e si ritirò nei suoi alloggi. La principessa, che in un istante era passata dalla collera alla speranza, fece altrettanto. Madame de Tourville la seguì. D'Espagnet, dopo aver rinnovato le sue proteste, si ritirò a sua volta, e il duca si ritrovò solo con Lenet.

VII.

«Caro il mio Lenet – esordì il duca – giacché le donne si sono appropriate della guerra, credo che per gli uomini sarebbe cosa buona fare qualche intrigo. Ho sentito parlare di un certo Cauvignac, da voi incaricato di reclutare una compagnia, e che mi è stato descritto come un abile compagno d'arme. Avevo chiesto di lui, vi sarebbe modo di incontrarlo?».

«Vi sta attendendo, mio signore», disse Lenet.

«Che venga, allora».

Lenet tirò il cordone di un campanello e apparve un domestico.

«Fate entrare il capitano Cauvignac», dispose Lenet.

Un istante dopo, sulla soglia della porta apparve la nostra vecchia conoscenza. Ma, prudente come sempre, si fermò là dove si trovava.

«Avvicinatevi, capitano», lo invitò il duca. «Sono il duca di La Rochefoucauld».

«Mio signore – rispose Cauvignac – vi conosco perfettamente».

«Ah, meglio così allora! Avete ricevuto incarico di allestire una compagnia?».

«La compagnia è allestita».

«Quanti uomini avete a vostra disposizione?».

«Centocinquanta».

«Ben equipaggiati, ben armati?».

«Ben armati, mal equipaggiati. Ho provveduto alle armi prima di tutto il resto, come quanto di più essenziale. Riguardo all'equipaggiamento, giacché sono un giovane assolutamente disinteressato, ed essendo mosso soprattutto dall'amore per i principi, avendo ricevuto da monsieur Lenet solo diecimila sterline, è venuto meno il denaro».

«E con diecimila sterline avete arruolato centocinquanta soldati?».

«Sì, mio signore».

«È meraviglioso».

«Mio signore, posseggo mezzi solo a me noti, e avvalendomi di essi procedo».

«E dove sono tali uomini?».

«Sono qui; vedrete presto la bella compagnia, mio signore, soprattutto sotto il profilo morale: tutte persone di condizione, nemmeno un bifolco della razza bifolca».

Il duca di La Rochefoucauld si accostò alla finestra, ed effettivamente vide in strada centocinquanta individui di ogni età, di ogni fattezza e di ogni condizione, tenuti su due file da Ferguzon, Barrabas, Carrotel e dagli altri due compagni vestiti dei loro abiti più splendidi. Quella gente pareva infinitamente più una torma di banditi che non una compagnia di soldati.

Come aveva detto Cauvignac, erano parecchio cenciosi, ma mirabilmente armati.

«Avete ricevuto qualche ordine riguardo ai vostri uomini?», chiese il duca.

«Ho ricevuto ordine di condurli a Vayres, e attendo solo conferma di tale ordine da parte del duca per rimettere l'intera compagnia nelle mani di monsieur Richon, il quale è in sua attesa».

«Ma voi non resterete a Vayres assieme a costoro?».

«Io, mio signore, per principio non commetto mai l'insensatezza di rinchiudermi tra quattro mura quando posso battere la campagna. Ero nato per fare la vita dei patriarchi».

«Ebbene, rimanete pure dove volete, ma spedite i vostri uomini a Vayres».

«Allora è deciso, sono parte della guarnigione di quella piazzaforte?».

«Sì».

«Agli ordini di monsieur Richon?».

«Sì».

«Ma mio signore – disse Cauvignac – cosa faranno colà i miei uomini, visto che nella piazzaforte vi sono già circa trecento uomini?».

«Siete di molto curioso, voi».
«Oh, non è affatto curiosità, mio signore, è paura».
«E di cosa avete paura?».
«Ho paura che vengano condannati all'inattività, e ciò sarebbe increscioso: chiunque lasci arrugginire una buona arma commette un errore».
«State tranquillo, capitano, non arrugginiranno: andranno in battaglia tra otto giorni».
«Ma così me li uccideranno!».
«È probabile; a meno che, avendo un sistema per reclutare soldati, voi non possediate anche un segreto per renderli invulnerabili».
«Oh, non è questo. Il fatto è che prima che me li uccidano vorrei che venissero pagati».
«Ma non mi avete detto che avevate ricevuto diecimila sterline?».
«Sì, in guisa di acconto. Chiedete a monsieur Lenet, che è uomo di disciplina, e che sono certo si rammenterà le nostre conversazioni».
Il duca si voltò verso Lenet.
«È la verità, duca», confermò l'irreprensibile consigliere. «Abbiamo dato a monsieur Cauvignac diecimila sterline in contanti per le prime spese, ma gli abbiamo promesso cento scudi per ogni uomo oltre lo stanziamento di queste diecimila sterline».
«Quindi al capitano dobbiamo trentacinquemila franchi?», chiese il duca.
«Esatto, mio signore».
«Vi saranno dati».
«Non potremmo parlare al presente, duca?».
«No, impossibile».
«E perché mai?».
«Perché siete un amico, e prima di tutto vengono gli estranei. Capite bene che solo chi si teme va ammansito».
«Eccellente massima!», commentò Cauvignac. «Tuttavia in ogni affare è consuetudine fissare una scadenza».
«Ebbene, diciamo otto giorni», dichiarò il duca.
«Diciamo otto giorni», confermò Cauvignac.
«Ma se tra otto giorni non avremo pagato?», chiese Lenet.
«A quel punto ritornerò padrone della mia compagnia», rispose Cauvignac.
«Giustissimo», disse il duca.
«Ne farò quel che voglio».

«Giacché vi appartiene».

«Ma...», intervenne Lenet.

«Bah – disse il duca – visto che la terremo relegata a Vayres».

«Non mi aggrada tal genere di affari», rispose Lenet scuotendo il capo.

«Eppure sono molto in voga nella costumanza di Normandia», disse Cauvignac. «Si chiama vendita a riscatto».

«Allora siamo intesi?», chiese il duca.

«Perfettamente intesi», rispose Cauvignac.

«E quando partiranno i vostri uomini?».

«Anche subito, se tali sono i vostri ordini».

«Allora tali sono i miei ordini».

«In tal caso sono già partiti, mio signore».

Il capitano scese dabbasso, disse due parole all'orecchio di Ferguzon, e la compagnia Cauvignac, accompagnata da tutti i curiosi che aveva richiamato intorno a sé in ragione del suo aspetto bizzarro, si incamminò verso il porto, dove ad attenderla vi erano tre barche a bordo delle quali avrebbe risalito la Dordogna fino a Vayres, mentre il suo capo, fedele ai precetti di libertà espressi un istante prima al duca di La Rochefoucauld, la guardava amorevolmente allontanarsi.

Tuttavia, ritiratasi nei suoi alloggi, la viscontessa singhiozzava e pregava. "Povera me – diceva – non sono riuscita a salvargli appieno l'onore, ma almeno ne salverò le apparenze. Non deve essere sconfitto per mezzo della forza, giacché lo conosco, se verrà sconfitto per mezzo della forza morirà difendendosi: dovrà sembrare sconfitto per mezzo di un tradimento. A quel punto, quando saprà cosa ho fatto per lui, e soprattutto con quale intento l'ho fatto, sebbene sconfitto mi benedirà ancora".

E rassicurata da una tale speranza si alzò, vergò due parole, che si nascose in petto, e si recò dalla principessa, la quale l'aveva testé mandata a chiamare per portare assieme soccorso ai feriti, nonché consolazione e denaro alle vedove e agli orfani.

La principessa riunì tutto coloro che avevano preso parte alla spedizione. Esaltò a suo nome e a nome del duca d'Enghien le gesta di quanti si erano distinti, conversò a lungo con Ravailly il quale, con il braccio al collo, le giurò di essere pronto a ricominciare l'indomani, posò la mano sulla spalla di d'Espagnet dicendogli che considerava egli e i suoi coraggiosi bordolesi i più saldi sostegni del suo partito, e infine attizzò così bene la fantasia di tutti che i più scorati giuravano di prendersi la rivincita e volevano tornare subito all'isola Saint-Georges.

«No, non subito», dichiarò la duchessa. «Prendetevi questo giorno e questa notte di riposo, e dopodomani sarete insediati lì per sempre».

Una tale affermazione, pronunciata con voce ferma, venne accolta da proclami di ardore guerriero. Ognuna di quelle grida affondava in profondità nel cuore della viscontessa, giacché erano altrettanti pugnali che minacciavano la vita del suo amante.

«Vedi bene quale impegno mi sono assunta, Claire», disse la principessa. «Ora spetta a te sdebitarmi con queste brave persone».

«State tranquilla», rispose la viscontessa. «Manterrò la parola data».

Quella sera stessa, un messaggero partì in tutta fretta alla volta di Saint-Georges.

VIII.
Il sotterraneo

L'indomani, mentre Canolles era impegnato nella sua ronda mattutina, Vibrac si accostò e gli consegnò un biglietto e una chiave che uno sconosciuto aveva recato durante la notte, e che aveva lasciato al luogotenente di guardia dicendo che non era attesa risposta.

Canolles, nel riconoscere la grafia di madame de Cambes, trasalì e fu solo tremando che aprì il biglietto.

Questo ne era il contenuto:

Nel mio ultimo biglietto vi avvisavo che durante la notte il forte Saint-Georges sarebbe stato attaccato; in questo vi avviso che domani il forte Saint-Georges sarà espugnato. In qualità di uomo, in qualità di soldato del re, voi non correte altro rischio se non quello di essere fatto prigioniero; ma mademoiselle de Lartigues versa in tutt'altra situazione, e l'odio di cui è vittima è così grande che non potrei rispondere della sua vita qualora cadesse nelle mani dei bordolesi. Risolvetela dunque a fuggire, ve ne fornirò io i mezzi.

Sul comodino accanto al vostro letto dietro una tappezzeria con lo stemma dei signori di Cambes, ai quali un tempo apparteneva l'isola Saint-Georges, che faceva parte delle loro proprietà e di cui mio marito il fu visconte di Cambes ha fatto dono al re, troverete una porta di cui questa è la chiave. Si tratta di uno degli ingressi di un grande passaggio sotterraneo, che passa sotto al fiume e finisce al maniero dei Cambes. Fate fuggire mademoiselle Nanon de Lartigues attraverso quel passaggio... e se l'amate... fuggite assieme a lei.

Garantirò io sul mio onore per la sua vita.

Addio. Qualsiasi vincolo tra noi è sciolto.

Viscontessa di Cambes

Canolles lesse e rilesse la missiva, rabbrividendo di terrore a ogni riga, impallidendo a ogni lettura: percepiva, senza poter approfondire il mistero, di essere avvolto e comandato da uno strano potere. Il sotterraneo, che collegava il comodino al castello di Cambes, e che doveva adoperare per salvare Nanon, non poteva forse essere adoperato, se il segreto di quel passaggio fosse stato noto, per consegnare Saint-Georges al nemico?

Vibrac seguiva sul volto del governatore le ultime emozioni che vi si riflettevano.

«Brutte notizie, comandante?», chiese.

«Sì. A quanto pare saremo attaccati di nuovo la prossima notte».

«Quei testardi!», esclamò Vibrac. «Avrei giurato che si ritenessero strapazzati a dovere, e che non avremmo più sentito parlare di costoro per almeno otto giorni».

«Non occorre che vi raccomandi la sorveglianza più scrupolosa», disse Canolles.

«State tranquillo, comandante. Di certo tenteranno di coglierci di sorpresa come l'ultima volta».

«Non lo so, ma teniamoci pronti a tutto, e prendiamo le stesse precauzioni che abbiamo preso allora. Terminate la ronda in vece mia; io rientro ai miei alloggi, dove ho alcune disposizioni da dare».

Vibrac fece un cenno di assenso e si allontanò con l'incuranza militare che provano di fronte al pericolo coloro che il pericolo sono esposti a incontrarlo a ogni passo.

Quanto a Canolles, questi si ritirò nelle sue stanze prendendo tutte le precauzioni possibili per non farsi vedere da Nanon; e dopo essersi ben accertato di essere solo nella sua stanza, vi si chiuse a chiave.

Sopra il comodino, su un brindello di tappezzeria circondata da una sorta di nastro d'oro, vi erano gli stemmi dei signori di Cambes.

Canolles sollevò il nastro che, staccandosi dalla tappezzeria, rivelò la sutura di una porta.

Grazie alla chiave che la viscontessa aveva fatto recapitare al giovane assieme alla missiva la porta si aprì, e agli occhi di Canolles si spalancò l'ingresso di un sotterraneo che visibilmente si addentrava in direzione del castello di Cambes.

Canolles rimase un istante in silenzio, il sudore alla fronte. Quel passaggio misterioso, che poteva non essere l'unico, suo malgrado lo spaventava.

Accese una candela e si apprestò a ispezionarlo.

Scese dapprima venti gradini ripidi, poi, con una pendenza più dolce, continuò ad addentrarsi nelle profondità della terra.

Ben presto udì un rumore sordo che sulle prime lo atterrì, giacché ignorava quale ne fosse la causa; tuttavia, avanzando ancora riconobbe al di sopra della sua testa l'immenso mormorio del fiume che trascinava le sue acque verso il mare.

Nella volta si erano aperte diverse crepe, attraverso cui in varie epoche si era dovuta infiltrare l'acqua; ma le crepe, senza dubbio individuate in tempo, erano state empite con una sorta di cemento che era divenuto più duro della pietra che consolidava.

Per una decina di minuti Canolles udì le acque trascinarsi al di sopra della sua testa; poi il rumore si smorzò poco a poco, ben presto non fu più che un mormorio. Alla fine il mormorio a sua volta si spense, fece posto al silenzio, e dopo cinquanta passi immerso in quel silenzio Canolles giunse a una scala simile a quella per la quale era sceso, e che all'ultimo gradino era chiusa da una porta massiccia che dieci uomini assieme non avrebbero potuto smuovere, e che una spessa placca di ferro rendeva a prova di fuoco.

"Adesso capisco", disse Canolles. "Attenderanno Nanon a questa porta e la trarranno in salvo".

Canolles tornò indietro, passò nuovamente sotto il fiume, ritrovò la scala, rientrò nella sua stanza, appuntò di nuovo il nastro, e si recò da Nanon assorto nei suoi pensieri.

IX.

Nanon, come di consueto, era attorniata da mappe, missive e libri. La poveretta conduceva a modo suo la guerra civile in favore del re. Non appena scorse Canolles, protese la mano con trasporto.

«Il re sta arrivando – disse – e tra otto giorni saremo fuori pericolo».

«Sta sempre arrivando – disse Canolles sorridendo con tristezza – ma disgraziatamente non arriva mai».

«Oh, questa volta sono ben informata, barone caro. Entro otto giorni sarà qui».

«Per quanto possa affrettarsi, Nanon, giungerà pur sempre troppo in ritardo per noi».

«Che dite mai?».

«Dico che invece di infiammarvi tanto su queste mappe e questi fogli, sarebbe molto meglio se pensaste al modo di fuggire».

«Fuggire? E perché?».

«Perché ho brutte notizie, Nanon. Si sta preparando una nuova spedizione: questa volta potrei soccombere».

«Ebbene, amico, non avevamo forse convenuto che la vostra sorte è la mia sorte, che la vostra fortuna è la mia?».

«No, non può essere così; sarò troppo debole se avrò da temere per la vostra vita. Ad Agen non volevano farvi perire nel fuoco? Non volevano precipitarvi nel fiume? Ascoltate, Nanon, abbiate pietà di me, non ostinatevi a rimanere. La vostra presenza mi costringerebbe a una qualche viltà».

«Dio mio, Canolles, voi mi fate paura».

«Nanon, vi supplico, giuratemi che se mi attaccheranno farete quel che vi ordinerò».

«Oddio, a cosa serve un tale giuramento?».

«A darmi la forza di vivere. Nanon, se non prometterete di obbedirmi ciecamente, vi giuro che alla prima occasione mi farò ammazzare».

«Oh, tutto quel che vorrete, Canolles. Tutto, lo giuro sul nostro amore».

«Sia ringraziato Iddio! Nanon cara, sono più tranquillo, vedete? Radunate i vostri gioielli più preziosi. Dov'è il vostro oro?».

«In un barile cerchiato di ferro».

«Preparate tutto. Fate in modo di potervi portare via ogni cosa».

«Oh, Canolles, sapete bene che il vero tesoro del mio cuore non è né il mio oro né i miei gioielli. Canolles, tutto ciò è forse per allontanarmi da voi?».

«Nanon, mi reputate uomo d'onore, vero? Ebbene, sul mio onore, quel che faccio ora è dettato unicamente dal timore per i pericoli che correte».

«E credete seriamente a tali pericoli?».

«Credo che domani l'isola Saint-Georges verrà espugnata».

«Ma come?».

«Non so nulla, ma così credo».

«E se acconsento a fuggire?».

«Farò di tutto per vivere, Nanon, ve lo giuro».

«Ordinate, amico, e io obbedirò», dichiarò Nanon protendendo la mano verso Canolles, dimentica, nell'ardore con cui lo guardava, di due grandi lacrime che le scorrevano lungo le gote.

Canolles strinse la mano di Nanon e uscì. Se fosse rimasto un istante di più avrebbe raccolto quelle due perle con le labbra; ma poggiò la mano sulla missiva della viscontessa e, al pari di un talismano, la missiva gli donò la forza di allontanarsi.

La giornata fu crudele. Quella minaccia così assertiva, *domani il forte Saint-Georges sarà espugnato*, a Canolles rumoreggiava nelle orecchie senza requie. Come? In che modo? Quale certezza aveva dunque la viscontessa per parlargli così? Sarebbe stato attaccato via acqua? Sarebbe stato attaccato via terra? Da quale punto sconosciuto sarebbe piombata quella sventura invisibile eppure certa? Vi era di che perdere la ragione.

Finché fu giorno, Canolles si arse gli occhi al sole, cercando ovunque nemici. La sera, Canolles si logorò gli occhi nel sondare le profondità del bosco, gli orizzonti della pianura, gli anfratti del fiume: fu tutto inutile, non vide nulla.

E quando calò il buio completo, un'ala del castello di Cambes si illuminò; era la prima volta che Canolles vi scorgeva la luce da quando era all'isola Saint-Georges. "Ah – esclamò – ecco i salvatori di Nanon alla loro postazione". Ed emise un profondo sospiro.

Che enigma strano e misterioso racchiude il cuore umano! Canolles non amava più Nanon, Canolles adorava madame de Cambes, eppure, al momento di separarsi da colei che non amava più, Canolles si sentiva l'anima in frantumi; solo quando era lontano da costei o quando stava per lasciarla Canolles avvertiva la vera forza del sentimento particolare che nutriva nei confronti di quella persona deliziosa.

L'intera guarnigione era in piedi e vigilava sui bastioni. Canolles, stanco di guardare, interrogava il silenzio notturno. Mai tenebra era stata più muta ed era parsa più solitaria. Nessun rumore turbava quella calma che somigliava a quella del deserto.

Tutt'a un tratto gli venne in mente che forse il nemico sarebbe penetrato nel forte attraverso il sotterraneo che egli aveva esplorato. Era poco probabile, giacché in tal caso non sarebbe stato avvisato; cionondimeno Canolles decise di far sorvegliare il passaggio. Diede ordine di preparare un barile di polvere con una miccia, scelse il più coraggioso dei sergenti, fece rotolare il barile fino all'ultimo gradino del sotterraneo, accese una torcia e la mise in mano al sergente. Altri due uomini erano al suo fianco.

«Se in questo sotterraneo si presentano più di sei uomini – disse al sergente – intima loro di ritirarsi, poi, qualora rifiutassero, dài fuoco alla miccia e fai rotolare giù il barile: poiché il passaggio è in discesa, il barile esploderà in mezzo a costoro».

Il sergente prese la torcia: i due soldati rimasero immobili in piedi alle sue spalle, illuminati dal riflesso rossastro, mentre ai loro piedi giaceva il barile che conteneva la polvere.

Canolles risalì tranquillo, almeno sotto quell'aspetto; ma rientrando nella sua stanza scorse Nanon che, avendolo visto scendere dal bastione e rientrare nelle sue stanze, lo aveva seguito per avere notizie. Guardava con spavento quell'ingresso spalancato che non conosceva.

«Oh mio Dio, cos'è questa porta?», chiese.

«Quella del passaggio dal quale fuggirai, cara Nanon».

«Avevi promesso che mi avresti chiesto di abbandonarti solo in caso di attacco».

«E te lo prometto ancora».

«Sembra tutto calmissimo intorno all'isola, amico mio».

«Sembra tutto calmissimo anche qui dentro, non è vero? Ebbene, invece a venti passi da noi vi sono un barile di polvere, un uomo e una torcia. Se l'uomo accostasse la torcia al barile di polvere, in un secondo non rimarrebbe nemmeno una pietra sull'altra in tutto il castello. Ecco come tutto è tranquillo, Nanon!».

La giovane donna impallidì.

«Oh, mi fate rabbrividire», esclamò.

«Nanon – disse Canolles – chiamate le vostre donne, fatele venire qui con i vostri scrigni; fate venire qui il maggiordomo con il vostro denaro. Magari mi sono ingannato, magari non accadrà nulla questa notte. Ma non importa, teniamoci pronti».

«Chi va là?», gridò la voce del sergente nel sotterraneo.

Rispose un'altra voce, ma in tono non ostile.

«Guardate – disse Canolles – ecco che vi vengono a prendere».

«Non vi è ancora nessun attacco, amico mio; tutto è calmo. Permettetemi di rimanervi accanto, non verranno».

Come Nanon pronunciava tali parole, nel cortile interno riecheggiò tre volte il grido «Chi va là?», e alla terza volta fu seguito dalla detonazione di un moschetto.

Canolles si precipitò alla finestra e l'aprì.

«All'armi!», gridò la sentinella. «All'armi!».

Canolles vide in un angolo una massa nera che si muoveva: era il nemico che fluiva da una porta bassa e centinata affacciata su una cantina che fungeva da legnaia; di certo in quella cantina, come nel comodino di Canolles, vi era una qualche uscita ignota.

«Sono qui!», gridò Canolles. «Fate presto, sono qui!».

In quello stesso istante al colpo di fucile della sentinella rispose la scarica di una ventina di moschetti. Due o tre pallottole mandarono in frantumi i vetri della finestra che Canolles stava richiudendo.

Egli si voltò. Nanon era in ginocchio.

Dalla porta interna accorrevano le donne e il lacchè.

«Non c'è un secondo da perdere, Nanon!», esclamò Canolles. «Venite, venite!».

E sollevò la giovane donna tra le braccia, come avrebbe fatto con una piuma, e si inoltrò nel sotterraneo gridando ai domestici di Nanon di venire dietro.

Il sergente era alla sua postazione, torcia in mano; i due soldati, con la miccia accesa, si tenevano pronti a fare fuoco su un gruppo in mezzo al quale si scorgeva, pallido e intento in grandi manifestazioni di amicizia, la nostra vecchia conoscenza, mastro Pompée.

«Ah, monsieur de Canolles!», esclamò questi. «Dite loro che non siamo le persone che stavate attendendo... Diavolo! Non si fanno scherzi del genere agli amici!».

«Pompée – lo interpellò Canolles – raccomando a voi la signora. Qualcuno che conoscete mi ha garantito sul proprio onore la sua felicità. Voi ne garantirete sulla vostra testa».

«Sì sì, garantisco io», disse Pompée.

«Canolles, Canolles, io non vi lascio!», esclamò Nanon avvinghiandosi al collo del giovane. «Canolles, avevate promesso di seguirmi».

«Ho promesso di difendere il forte Saint-Georges fino a quando ne rimarrà in piedi una pietra, e terrò fede alla parola data».

E malgrado le grida, le lacrime, le suppliche, Canolles consegnò Nanon nelle mani di Pompée il quale, assistito da un paio di lacchè di madame de Cambes e dal seguito della fuggitiva, condusse quest'ultima nelle profondità del sotterraneo.

Canolles seguì un istante con lo sguardo quel dolce e bianco spettro che si allontanava con le braccia protese verso di lui. Poi tutt'a un tratto ricordò di essere atteso altrove, e si precipitò alle scale gridando al sergente e ai due soldati di seguirlo.

Nella stanza vi era Vibrac, senza copricapo, pallido e con la spada in pugno.

«Comandante!», gridò quando vide Canolles. «Il nemico... il nemico!».

«Lo so».

«Cosa dobbiamo fare?».

«Accidenti, bella domanda: farci ammazzare».

Canolles si precipitò verso il cortile. Strada facendo scorse un'ascia da minatore e l'agguantò.

La corte era colma di nemici; sessanta soldati della guarnigione, radunatisi, tentavano di difendere la porta degli appartamenti di Canolles. Dalla parte dei bastioni si udivano grida e spari che annunciavano che ovunque si era venuti alle mani.

«Il comandante, il comandante!», gridarono i soldati vedendo Canolles.

«Sì, sì – rispose questi – il comandante che viene a morire con voi. Coraggio, amici, coraggio! Vi hanno preso con il tradimento, non potendo sconfiggervi».

«In guerra tutto è permesso», disse la voce beffarda di Ravailly, che con il braccio al collo istigava i suoi uomini ad acciuffare Canolles. «Arrenditi, Canolles! Arrenditi, e sarai trattato con indulgenza».

«Ah, sei tu, Ravailly!», gridò Canolles. «Eppure credevo di aver saldato il mio debito di amicizia. Non sei soddisfatto? Aspetta...».

E Canolles, balzando in avanti di cinque o sei passi, scagliò con tale forza verso Ravailly l'ascia che teneva in mano che questa andò a spaccare, accanto al capitano di Navailles, l'elmetto e la gorgiera di un ufficiale dei borghesi, il quale cadde a terra morto.

«Accidenti!», esclamò Ravailly. «È così che rispondi alle cortesie che ti si usano! Eppure dovrei essere avvezzo alle tue maniere. Amici, è un forsennato. Fuoco, fate fuoco su costui!».

A quell'ordine partì una vigorosa scarica di fucili dai ranghi nemici, e al fianco di Canolles stramazzarono cinque o sei uomini.

«Fuoco», gridò Canolles a sua volta. «Fuoco!».

Ma risposero appena tre o quattro colpi di moschetto. Colti di sorpresa nel momento in cui meno vi si attendevano, intralciati dall'oscurità, i soldati di Canolles avevano perso coraggio.

Canolles vide che non vi era nulla da fare.

«Rientrate – disse a Vibrac – rientrate, e fate rientrare i vostri uomini. Ci barricheremo, e non ci arrenderemo, se non quando saremo presi d'assalto».

«Fuoco!», ripeterono altre due voci, quelle di d'Espagnet e di La Rochefoucauld. «Ricordatevi dei vostri compagni morti che chiedono vendetta. Fuoco!».

E intorno a Canolles sibilò ancora l'uragano di ferro, che non colpì costui ma decimò una seconda volta la piccola truppa.

«Ritirata!», ordinò Vibrac. «Ritirata!».

«Forza! Forza!», gridò Ravailly. «Avanti, amici, avanti!».

I nemici si lanciarono. Canolles, con una decina di uomini al massimo, contenne l'impatto; aveva raccolto il fucile di un soldato morto e se ne serviva a mo' di mazza.

I suoi compagni rientrarono ed egli rientrò per ultimo assieme a Vibrac.

A quel punto entrambi si appoggiarono di peso contro la porta, che riuscirono a sospingere malgrado gli sforzi degli assalitori, e che assicurarono con un'enorme sbarra di ferro.

Le finestre avevano le grate.

«Asce, spranghe, anche il cannone se occorre!», gridò la voce del duca di La Rochefoucauld. «Dobbiamo prenderli tutti, vivi o morti!».

A queste parole seguì un fuoco terrificante: due o tre pallottole forarono la porta, una ruppe la coscia di Vibrac.

«Parola mia, comandante, ho avuto la mia parte. Vedete ora di saldare la vostra: la cosa non mi riguarda più», e si lasciò cadere giù lungo il muro, non riuscendo più a tenersi in piedi.

Canolles si guardò intorno: una dozzina di uomini erano ancora sulla difensiva; tra essi vi era il sergente che aveva posto di piantone nel sotterraneo.

«La torcia», si rivolse a costui. «Che ne hai fatto della torcia?».

«Parola mia, comandante, l'ho gettata accanto al barile».

«Arde ancora?».

«È probabile».

«Bene. Fai uscire tutti gli uomini dalle porte, dalle finestre sul retro. Ottieni per loro e per te il miglior trattamento che potrai avere; al resto provvedo io».

«Ma comandante...».

«Obbedisci».

Il sergente chinò il capo e fece segno ai suoi soldati di seguirlo. Subito scomparvero tutti negli appartamenti interni; avevano compreso le intenzioni di Canolles e non si davano pena di saltare in aria assieme a lui.

Canolles tese l'orecchio un istante: stavano frantumando la porta a colpi d'ascia, la qual cosa non impediva che la sparatoria proseguisse; si sparava a casaccio e sulle finestre, dietro le quali si supponeva potessero essere imboscati gli assediati.

Tutt'a un tratto un gran frastuono annunciò che la porta aveva ceduto, e Canolles udì la folla precipitarsi nel castello con grida di gioia. "Bene bene!", mormorò. "Tra cinque minuti queste grida di gioia saranno urla di disperazione", e si lanciò nella galleria sotterranea.

Tuttavia sul barile era seduto un giovanotto, il quale si teneva la torcia ai piedi e la testa poggiata tra le mani.

Al rumore il giovanotto levò il capo, e Canolles riconobbe madame de Cambes.

«Ah – esclamò alzandosi – eccovi finalmente!».

«Claire!», mormorò Canolles. «Cosa venite a fare qui?».

«Vengo a morire assieme a voi, se volete morire».

«Sono disonorato, finito, è bene che io muoia».

«Siete salvo e colmo di gloria. Salvo grazie a me».

«Spacciato grazie a voi! Sentite? Stanno arrivando, eccoli. Fuggite, Claire, fuggite attraverso questo sotterraneo; avete cinque minuti, è più di quanto vi occorra».

«Io non fuggo, io resto».

«Ma sapete perché sono venuto quaggiù? Sapete cosa sto per fare?».

Madame de Cambes raccolse la torcia e l'accostò al barile di polvere.

«Lo immagino», disse.

«Claire!», esclamò Canolles spaventato. «Claire!».

«Dite ancora che volete morire, e moriremo insieme».

Il volto pallido della viscontessa manifestava una tale determinazione che Canolles capì che Claire avrebbe fatto quanto diceva. Si fermò.

«Ma insomma, cosa volete?», chiese.

«Voglio che vi arrendiate».

«Giammai!», esclamò Canolles.

«Il tempo è prezioso», proseguì la viscontessa. «Arrendetevi. Vi offro la vita, vi offro l'onore, giacché vi fornisco il pretesto del tradimento».

«Lasciatemi fuggire, allora, andrò a deporre la mia spada ai piedi del re e chiederò l'occasione di prendermi la rivincita».

«Voi non fuggirete».

«E perché mai?».

«Perché io non posso vivere così, perché io non posso vivere lontano da voi. Perché io vi amo».

«Mi arrendo, mi arrendo!», esclamò Canolles precipitandosi ai piedi di madame de Cambes e scagliando lontano la torcia che ella teneva in mano.

"Oh – mormorò la viscontessa – questa volta lo tengo in pugno, e nessuno me lo porterà più via".

Vi era qualcosa di strano, e tuttavia esplicabile: il fatto è che sulle due donne l'amore agiva in modo del tutto opposto.

Madame de Cambes, riservata, dolce, timida, si era fatta risoluta, audace e forte.

Nanon, capricciosa, volitiva, si era fatta timida, dolce e riservata.

Il fatto è che madame de Cambes si sentiva sempre più amata da Canolles.

Il fatto è che Nanon sentiva l'amore di Canolles scemare ogni giorno di più.

X.

Il secondo ingresso a Bordeaux dell'esercito dei principi fu ben differente dal primo. Questa volta vi erano allori per tutti, anche per gli sconfitti.

La delicatezza di madame de Cambes ne aveva riservato una buona parte a Canolles il quale, non appena ebbe varcato la barriera fianco a fianco con l'amico Ravailly, che aveva quasi ucciso due volte, venne attorniato come un gran capitano e complimentato come un valente soldato.

Gli sconfitti dell'antivigilia, e soprattutto quanti avevano preso qualche legnata durante il combattimento, naturalmente avevano serbato un certo rancore nei confronti del vincitore. Ma Canolles era così buono, così bello, così semplice, accettava con tale allegria e al contempo dignità la sua nuova posizione, era stato circondato da una folla di amici così sollecita, gli venivano tributati così grandi elogi dagli ufficiali e dai soldati del reggimento di Navailles in qualità di capitano e di governatore dell'isola Saint-Georges che i bordolesi dimenticarono in fretta. D'altronde avevano ben altro a cui pensare.

Monsieur de Bouillon doveva arrivare l'indomani o il giorno dopo ancora, e le notizie più precise annunciavano che il re sarebbe giunto a Libourne al più tardi in capo a otto giorni.

Madame de Condé si struggeva dalla voglia di vedere Canolles; lo guardò passare celata dietro la tenda della finestra e gli trovò un piglio risolutamente conquistatore, che calzava a meraviglia con la reputazione che amici e nemici gli avevano forgiato.

Madame de Tourville, diversamente dall'opinione della principessa, sosteneva che egli fosse privo di distinzione. Lenet affermò che lo reputava un galantuomo, e monsieur de La Rochefoucauld si limitò a dire:

«Ah ah, ecco l'eroe».

Canolles si vide assegnare un alloggio: era situato nella grande fortezza della città, allo Château-Trompette. Di giorno aveva piena libertà di andare per la città, curare i propri interessi o seguire i propri piaceri. All'ora della ritirata rincasava, tutto ciò avendo dato la parola d'onore che non avrebbe cercato mai di fuggire né mai di avere intercorsi con quanti erano all'esterno.

Prima di prestare quest'ultimo giuramento, Canolles aveva chiesto licenza di scrivere due righe; la licenza gli era stata accordata, ed egli aveva fatto recapitare a Nanon la seguente missiva:

Prigioniero, ma libero dentro Bordeaux per aver giurato sulla mia parola di non avere intercorsi con l'esterno, vi scrivo queste poche parole, cara Nanon, per rassicurarvi della mia amicizia, di cui il mio silenzio potrebbe farvi dubitare. Mi rimetto a voi per difendere il mio onore presso il re e la regina.

Barone di Canolles

Dietro tali condizioni, ben clementi come si vede, si poteva riconoscere l'influenza di madame de Cambes.

Canolles impiegò cinque o sei giorni prima di lasciarsi alle spalle tutti i pranzi, tutte le feste che in suo onore davano gli amici; lo si incontrava senza sosta in compagnia di Ravailly, che passeggiava con il braccio sinistro sotto quello di Canolles e il braccio destro al collo. Quando il tamburo batteva e i bordolesi partivano per qualche spedizione o correvano a qualche sommossa, si poteva star certi di vedere lungo la strada Canolles a braccetto con Ravailly, oppure da solo con le mani dietro la schiena, curioso, sorridente e innocuo.

Da quando era arrivato, peraltro, aveva intravisto madame de Cambes solo in rare occasioni, e a malapena le aveva parlato; la viscontessa sembrava contentarsi che Canolles non si trovasse più in prossimità di Nanon, ed era felice, come aveva detto, di tenerselo accanto. Allora Canolles le aveva scritto per lamentarsi con mitezza, ed ella lo aveva fatto ricevere in una o due case in città, grazie a quella protezione invisibile agli occhi ma percettibile al cuore, per così dire, della donna che ama senza voler farsi scoprire.

E vi era dell'altro. Canolles, grazie all'intermediazione di Lenet, aveva ricevuto il permesso di corteggiare madame de Condé, e il bel prigioniero di quando in quando faceva la sua comparsa, ronzando e civettando intorno alle donne della principessa.

Del resto, non vi era uomo che apparisse più disinteressato alle questioni politiche di quanto non fosse Canolles: vedere madame de Cambes, scambiarvi qualche parola, coglierne un gesto affettuoso quando non riusciva a parlarle, stringerle la mano quando ella saliva in vettura, offrirle l'acqua benedetta in chiesa, per quanto fosse ugonotto, era il gran daffare delle giornate del prigioniero.

E la notte egli pensava al gran daffare del giorno.

Eppure, dopo qualche tempo per il prigioniero tale sollazzo non fu più bastevole. Ordunque, giacché comprendeva la squisita delicatezza di madame de Cambes, la quale temeva per l'onore di Canolles ancor più che per il proprio, egli cercò di accrescere la cerchia dei suoi sollazzi. Dapprima si batté con un ufficiale della guarnigione e due borghesi, la qual cosa gli occupò comunque qualche ora. Ma poiché disarmò uno degli avversari e ferì gli altri due, tale svago ben presto venne meno, in mancanza di qualcuno disposto a sollazzarlo.

In seguito ebbe un paio di eventi propizi. Non vi è nulla di cui stupirsi: oltre a essere un giovanotto di grande beltà, come abbiamo detto, da quando era prigioniero Canolles si era fatto quanto mai interessante. Per tre giorni interi e per tutta la mattinata del quarto si era parlato della sua cattività; durava quasi quanto quella del principe.

Un giorno in cui Canolles sperava di vedere madame de Cambes in chiesa, e che madame de Cambes, per timore forse di incontrarlo, non vi si era affatto recata, Canolles, appostato come sempre accanto alla colonna, offrì l'acqua benedetta a un'affascinante dama che non aveva ancora mai visto. Il torto non era affatto di Canolles, ma di madame de Cambes: se la viscontessa vi si fosse recata, egli non avrebbe pensato ad altri che a ella, non avrebbe visto altri che ella, non avrebbe offerto l'acqua benedetta ad altri che a ella.

Quello stesso giorno, mentre si chiedeva chi mai potesse essere l'affascinante dama bruna, Canolles ricevette una lettera d'invito per trascorrere la serata presso l'avvocato generale Lavie, lo stesso che aveva voluto opporsi all'ingresso della principessa e che, in ragione del suo sostegno all'autorità reale, era esecrato quasi quanto monsieur d'Épernon. Canolles, il quale avvertiva sempre più il bisogno di sollazzarsi, accolse l'invito con gratitudine e alle sei si recò dall'avvocato generale.

Ai nostri moderni leoni l'ora potrà sembrare bizzarra, ma vi erano due motivi perché Canolles si recasse così di buon'ora all'invito dell'avvocato generale: il primo è che all'epoca, giacché si pranzava a mezzogiorno, le serate principiavano infinitamente meno tardi; il secondo è che, poiché rientrava regolarmente allo Château-Trompette al più tardi alle nove e mezza, qualora aspirasse a qualcosa più di una semplice apparizione, Canolles doveva giungere fra i primi.

Entrando nel salone, Canolles lanciò un grido di gioia: madame Lavie altri non era che l'affascinante dama bruna alla quale egli aveva così galantemente offerto l'acqua benedetta quella stessa mattina.

Canolles venne accolto nei saloni dell'avvocato generale come un realista comprovato. Non appena le presentazioni ebbero avuto luogo, egli fu attorniato da omaggi che avrebbero stordito uno dei sette savi di Grecia. La sua difesa in occasione del primo attacco venne paragonata a quella di Orazio Coclide, e la sua disfatta alla presa di Troia, minata dagli artifizi di Ulisse.

«Mio caro monsieur de Canolles – disse l'avvocato generale – so da fonti attendibili che si è fatto un gran parlare di voi a corte, e che la vostra bella difesa vi ha ricoperto di gloria; la regina ha perfino giurato che vi scambierà non appena le sarà possibile, e che il giorno in cui rientrerete al suo servizio ciò avverrà con il grado di maestro di campo o brigadiere. Ebbene, volete essere scambiato?».

«Parola mia – rispose Canolles lanciando un'occhiata assassina a madame Lavie – vi giuro che è mio più grande desiderio che la regina non si affretti; si vedrebbe costretta a scambiarmi con del denaro o con un buon militare. Non valgo una tale spesa e non merito un tale onore. Attenderò che Sua Maestà abbia espugnato Bordeaux, dove mi trovo a meraviglia; a quel punto mi avrà in cambio di nulla».

Madame Lavie sorrise con grazia.

«Diavolo – esclamò il marito – parlate della vostra libertà in modo alquanto tiepido, barone».

«E perché mai dovrei scaldarmi?», ribatté Canolles. «Credete che mi sia così gradito riprendere servizio attivo, per poi trovarmi esposto a uccidere ogni giorno qualcuno dei miei amici?».

«Ma che vita conducete qui?», insistette l'avvocato generale. «Una vita indegna di un uomo della vostra levatura, estraneo a ogni consiglio, a ogni impresa, costretto a vedere gli altri servire la causa alla quale appartengono mentre voi rimanete a braccia conserte. Inutile, calpestato, ecco cosa siete; la situazione vi peserà di certo».

Canolles guardò madame Lavie, che a sua volta lo guardava.

«Ma no – disse – siete in errore, non mi annoio per nulla. Voi vi occupate di politica, e ciò è molto noioso, io faccio l'amore, e ciò è molto divertente. Voi siete servitori della regina, oppure servitori della principessa. Io non mi lego esclusivamente a una sovrana, io sono lo schiavo di tutte le donne».

La risposta riscosse apprezzamento, e la padrona di casa manifestò la sua opinione al riguardo con un sorriso.

Ben presto si organizzarono le partite. Canolles si diede al gioco. Madame Lavie si accompagnò al suo gioco contro il marito, il quale perse cinquecento pistole.

L'indomani il popolo, ignoro a qual proposito, pensò bene di fare una sommossa. Un fautore dei principi, più fanatico degli altri, propose di andare a frantumare a sassate i vetri di madame Lavie. Quando i vetri furono in frantumi, un altro propose di appiccare il fuoco alla dimora. Già si correva ai tizzoni, quando Canolles giunse con un distaccamento del reggimento di Navailles, condusse madame Lavie al sicuro e strappò il marito dalle mani di una dozzina di forsennati che, nell'impossibilità di dargli fuoco, volevano quantomeno impiccarlo.

«Ebbene, signor uomo d'azione – disse Canolles all'avvocato generale, livido di terrore – e ora cosa pensate del mio ozio? Non faccio meglio a non fare niente?».

E su queste parole rientrò allo Château-Trompette, giacché era l'ora della ritirata. Rientrando trovò sul guéridon una missiva il cui aspetto gli diede il batticuore e la cui grafia lo fece trasalire.

Era la grafia di madame de Cambes.

Canolles aprì prontamente la missiva e lesse:

Venite da solo domani alla chiesa dei Carmelitani verso le sei del pomeriggio, e mettetevi nel primo confessionale entrando sulla vostra sinistra. Troverete la porta aperta.

"Ma guarda un po'!", pensò Canolles. "Che idea originale".

C'era anche un post-scriptum:

Non gloriatevi di recarvi dove siete stato ieri e oggi; Bordeaux non è una città realista, tenetelo a mente. E vi sia di riflessione la sorte che senza di voi avrebbe subìto l'avvocato generale.

"Bene!", disse Canolles. "È gelosa. Dunque, checché ne dica ella, ho avuto ragione a recarmi ieri e oggi a casa di monsieur Lavie".

XI.

Va detto che, da quando era giunto a Bordeaux, Canolles aveva attraversato tutti i tormenti dell'amore infelice. Aveva visto la viscontessa vezzeggiata, attorniata, adulata, senza essersi potuto mostrare assiduo nei suoi riguardi, e per tutta consolazione aveva dovuto cogliere di sfuggita qualche sguardo che Claire rubava all'indagazione dei maldicenti. Dopo la scena del sotterraneo, dopo l'ardente scambio di parole con la viscontessa in quel momento estremo, la situazione non pareva nemmeno più tiepida, ma glaciale. Eppure, poiché in fondo a una tale freddezza sentiva di essere amato realmente e profondamente, Canolles si era convinto di essere il più sventurato degli amanti felici. Era facile, dopo tutto. Grazie alla promessa cui era stato forzato di non aver intercorsi con l'esterno, aveva relegato Nanon nel cantuccio della coscienza destinato ai rimorsi d'amore. Orbene, poiché non aveva alcuna notizia della giovane donna, e di conseguenza si risparmiava il fastidio che la lotta sempre reca con sé, ossia il ricordo palpabile della donna alla quale si è infedeli, i rimorsi erano tutt'altro che intollerabili.

Tuttavia, nel momento in cui il sorriso più gioioso gli illuminava il volto, nel momento in cui la sua voce riecheggiava in battute di spirito e facezie, talvolta d'improvviso gli passava una nube sulla fronte, e un sospiro gli sfuggiva se non dal cuore, quantomeno dalle labbra. Quel sospiro era per Nanon: quella nube era il ricordo dei tempi trascorsi che proiettava la sua ombra sul presente.

Quegli attimi di tristezza madame de Cambes li aveva notati; con il suo sguardo ella aveva sondato tutte le profondità del cuore di Canolles, e aveva riflettuto di non poter abbandonarlo a se stesso in siffatto modo. Tra un vecchio amore che non era ancora del tutto sopito e una nuova passione che poteva sbocciare, quell'eccesso di linfa ardente, un tempo consumata dalle occupazioni militari e dalla prospettiva di un incarico elevato, poteva volgersi contro l'amore così puro che ella cercava di ispirargli. D'altronde ella tentava solo di guadagnare tempo, affinché il ricordo di cotante avventure romanzesche si cancellasse o quasi dopo aver tenuto desta la curiosità di tutti i cortigiani della principessa. Forse madame de Cambes era in errore; forse, proclamando ad alta voce il suo amore, avrebbe ottenuto che la gente se ne curasse di meno, o se ne curasse meno a lungo.

Tuttavia colui che fra tutti seguiva con maggior attenzione e buon esito i progressi di quella passione misteriosa era Lenet. Per qualche tempo il suo sguardo osservatore aveva riconosciuto l'esistenza dell'amore senza conoscerne l'oggetto. È vero, egli non aveva affatto intuito l'esatta foggia di tale amore, ignorava se fosse solitario o condiviso: solo che madame de Cambes, talune volte tremebonda e indecisa, talaltre forte e risoluta, quasi sempre indifferente ai piaceri che si assaporavano tutt'intorno, gli era parsa realmente colpita al cuore. D'un tratto l'ardore che aveva manifestato per la guerra si era spento, ella non era più né tremebonda né forte, né indecisa né risoluta: era assorta, sorrideva senza motivo, piangeva senza ragione, come se le labbra e gli occhi facessero riscontro alle variazioni del pensiero, agli slanci discordanti della mente. Erano sei o sette giorni che tale mutamento si era manifestato; erano sei o sette giorni che Canolles era stato fatto prigioniero. Quindi non v'erano dubbi, l'oggetto di quell'amore era Canolles.

Del resto Lenet era ben pronto a favorire un amore che un giorno avrebbe potuto guadagnare alla principessa un così strenuo difensore.

Più innanzi di Lenet nell'esplorare il cuore di madame de Cambes era forse monsieur de La Rochefoucauld. Tuttavia i gesti, gli occhi, la bocca a tal punto dicevano solo ciò che egli permetteva dicessero che nessuno avrebbe potuto dichiarare se costui per madame de Cambes nutrisse amore oppure odio. Quanto a Canolles, egli non ne parlava, non lo guardava e non ne aveva maggiore considerazione di quanta ne avrebbe avuta se non fosse esistito, peraltro bellicoso più che mai, atteggiandosi a eroe, pretesa in cui veniva assecondato da un coraggio a tutta prova e da una vera abilità militare, attribuendo ogni giorno sempre più importanza alla sua posizione di luogotenente del generalissimo. Monsieur de Bouillon, viceversa, freddo, misterioso, calcolatore, mirabilmente favorito nella sua politica da attacchi di gotta talvolta in arrivo talmente a proposito che si era tentati di negarne la veridicità, negoziava sempre, si dissimulava il più possibile, non riuscendo a farsi avvezzo a cogliere l'abisso che separava Mazzarino e Richelieu, temendo sempre per la propria testa, che per poco non aveva perso sullo stesso patibolo di Cinq Mars e che aveva riscattato solo donando Sedan, la sua città, e rinunciando se non di diritto quantomeno di fatto alla sua veste di principe sovrano.

La città, dal canto suo, era travolta dal torrente di galanterie che da ogni parte le si riversava addosso. Tra due fuochi, tra due morti, tra due rovine, gli abitanti di Bordeaux erano così poco certi del domani da dover pur addolcire un'esistenza precaria che poteva contare l'avvenire solo istante dopo istante.

Tutti andavano col pensiero alla Rochelle, in passato devastata da Luigi XIII, e alla profonda ammirazione di Anna d'Austria per tale fatto d'armi; perché mai Bordeaux non avrebbe offerto all'odio e all'ambizione della principessa una riedizione della Rochelle?

Tutti dimenticavano sempre che colui che passava la sua livella sulle teste e sulle mura troppo alte era defunto, e che il cardinale Mazzarino era a malapena l'ombra del cardinale Richelieu.

Ognuno si lasciava andare, quindi, e la vertigine coglieva Canolles al pari degli altri; è vero anche che talvolta costui prendeva a dubitare di tutto, e in quegli accessi di scetticismo dubitava dell'amore di madame de Cambes al pari delle altre cose del mondo. In quei momenti nel suo cuore Nanon prendeva spazio, più tenera e devota in virtù della stessa assenza. In quei momenti, se Nanon gli fosse apparsa davanti agli occhi, Canolles, spirito incostante qual era, sarebbe caduto ai suoi piedi.

Fu nel bel mezzo di tali incoerenze del pensiero, che solo i cuori ritrovatisi divisi tra due amori possono comprendere, che Canolles ricevette la missiva della viscontessa. Inutile dire che ogni altro pensiero scomparve all'istante. Dopo aver letto la missiva, Canolles non capiva come avesse mai potuto amare altre all'infuori di madame de Cambes, dopo averla riletta credette di aver amato sempre e solo costei.

Canolles trascorse una di quelle notti febbrili che consumano e al contempo riposano, in cui la felicità funge da contrappeso all'insonnia. Sebbene avesse a malapena chiuso occhio tutta la notte, fu in piedi sin dal mattino.

Si sa come gli innamorati trascorrono le ore che precedono un appuntamento: a guardare l'orologio, a correre qua e là, ad andare a cozzare contro gli amici più cari senza riconoscerli. Canolles fece tutte le follie che la sua condizione imponeva.

Allo scoccar dell'ora (era la ventesima volta che entrava in chiesa), si diresse al confessionale, che era aperto. Attraverso le vetrate scure filtravano i raggi del sole al tramonto, il monumento religioso era illuminato al suo interno di quel misterioso bagliore così caro a chi prega e a chi ama. Canolles avrebbe dato un anno della propria vita per non perdere speranza in quel momento.

Canolles si guardò intorno per ben accertarsi che la chiesa fosse deserta, frugò con lo sguardo ogni cappella; quindi, quando si fu persuaso che nessuno potesse vederlo, entrò nel confessionale e se lo richiuse alle spalle.

XII.

Un attimo dopo, avvolta in una spessa mantella, Claire apparve alla porta, fuori dalla quale lasciò Pompée a mo' di sentinella; quindi, dopo essersi accertata a sua volta che non corresse il rischio di essere vista, venne a inginocchiarsi su uno degli inginocchiatoi del confessionale.

«Finalmente!», esclamò Canolles. «Dunque siete voi! Avete pietà di me, alfine!».

«Era mio dovere, giacché vi stavate smarrendo», rispose Claire, assai turbata nel proferire in seno al tribunale della verità una menzogna del tutto innocente, ma che pur sempre era una menzogna.

«E così – riprese Canolles – è a un semplice sentimento di commiserazione che devo il dono della vostra presenza. Oh, ne converrete con me, avevo diritto di attendermi di meglio da voi».

«Parliamo di cose serie – ribatté Claire, tentando invano di rendere salda la voce commossa – e come si conviene in un luogo sacro: voi vi stavate smarrendo, lo ripeto, recandovi da monsieur Lavie, il nemico giurato della principessa. Ieri madame de Condé ne è stata informata da monsieur de La Rochefoucauld, il quale sa tutto, e ha pronunciato queste parole che mi hanno terrorizzata: "Se dobbiamo temere anche i complotti dei nostri prigionieri, dovremo usare severità là dove avevamo usato indulgenza. Nelle situazioni precarie occorrono decisioni vigorose; non solo siamo pronti a prenderne, ma determinati a porle in atto"».

La viscontessa pronunciò tali parole con voce più salda: aveva l'impressione che in favore del pretesto Dio avrebbe perdonato l'atto. Era una sorta di sordina che metteva alla sua coscienza.

«Io non sono il cavaliere di Sua Altezza», ribatté Canolles. «Sono il vostro, questo è quanto: è a voi che mi sono arreso, a voi sola; voi sapete in quali circostanze e a quali condizioni».

«Non credevo – disse Claire – che vi fossero condizioni ben definite».

«Forse non a parole, ma con il cuore. Ah, dopo quanto mi avevate detto, dopo la felicità che mi avevate lasciato intravedere, dopo le speranze che mi avevate dato!... Ah, ammettete in tutta franchezza che siete stata assai crudele».

«Amico – ribatté Claire – spetta a voi rampognarmi di aver badato al vostro onore al pari del mio? Ma non capite proprio, devo confessarvelo poiché di certo lo indovinereste, non capite che ho patito tanto quanto voi, perfino più di voi, giacché non ho avuto la forza di sopportare una tale sofferenza? Ascoltatemi dunque, e che le mie parole, che mi nascono dal più profondo del cuore, penetrino nel più profondo del vostro. Amico, ve l'ho detto, ho patito più di voi, giacché ero ossessionata da un timore, timore che voi non potevate avere, giacché sapete bene che amo solo voi. Rimanendo qui, avete forse un qualche rimpianto di colei che non c'è? E nei vostri sogni per il futuro avete una qualche speranza che non sia io?».

«Voi fate appello alla mia franchezza – disse Canolles – e io vi parlerò francamente: sì, quando mi abbandonate alle mie riflessioni dolorose, quando mi lasciate solo di fronte al passato, quando con la vostra assenza mi condannate a errare di bisca in bisca con quegli stolti piumati che corteggiano le loro borghesucce, quando mi evitate con lo sguardo o mi fate conquistare a così caro prezzo una parola, un gesto, uno sguardo di cui forse sono indegno, sì, me ne voglio di non essere morto combattendo, mi rimprovero di essermi arreso, ho dei rimpianti, ho dei rimorsi».

«Dei rimorsi?».

«Sì, dei rimorsi, poiché, quanto è vero Iddio su questo santo altare davanti al quale vi dico che vi amo, in questo momento v'è una donna che piange, che geme, che darebbe la vita per me, e che tuttavia si dice tra sé che o sono un vigliacco o sono un traditore».

«Oh!».

«Certo. Non era stata forse ella a rendermi tutto quel che sono? Non le avevo forse giurato che l'avrei salvata?».

«Ma voi l'avete salvata, mi sembra...».

«Sì, dai nemici che avrebbero potuto tormentarle la vita, ma non dalla disperazione che le strazia il cuore, qualora quella donna sappia che è a voi che mi sono arreso».

Claire chinò il capo e sospirò.

«Ah, voi non mi amate!», disse. Canolles sospirò a sua volta. «Non voglio farvi cadere in tentazione – proseguì – non voglio farvi perdere un'amica della quale io non sono all'altezza; tuttavia, lo sapete, anch'io vi amo. Venivo a chiedervi il vostro amore pienamente devoto, pienamente esclusivo; venivo a dirvi: Sono libera, eccovi la mia mano. Ve la offro, giacché io non ho nessuno da opporvi, io non conosco nessuno che vi sia superiore».

«Ah – esclamò Canolles – voi mi inebriate, voi mi rendete il più felice degli uomini!».

«Oh – disse Claire con tristezza – voi non mi amate».

«Io vi amo, io vi adoro. È solo che ciò che ho patito per il vostro silenzio e il vostro riserbo è inesprimibile».

«Mio Dio, non capite proprio nulla voialtri uomini!», rispose Claire levando i begli occhi cerulei al cielo. «Non avete capito che non volevo farvi ricoprire un ruolo ridicolo, non volevo si potesse credere che la resa di Saint-Georges fosse stata arrangiata tra di noi? No, io volevo che, scambiato dalla regina o riscattato da me, voi mi apparteneste senza riserve. Ahimè, non avete voluto attendere».

«Oh, attenderò adesso. Un momento come questo, una promessa dalla vostra dolce voce che mi dirà che mi amate, e attenderò ore, giorni, anni...».

«Voi amate ancora mademoiselle de Lartigues!», ribatté madame de Cambes scuotendo il capo.

«Se vi dicessi che non nutro affatto nei suoi confronti un'amicizia riconoscente, vi mentirei», rispose Canolles. «Credetemi, accettatemi con questo sentimento. Vi do tutto quel che posso darvi d'amore, ed è molto».

«Povera me – esclamò Claire – non so se devo accettare, giacché date prova di un cuore molto generoso, ma anche molto innamorato».

«Ascoltate», proseguì Canolles. «Io morirei per risparmiarvi una lacrima, e condanno al pianto senza commuovermi colei di cui parlate; povera donna, ella ha nemici, e quanti non la conoscono la maledicono. Voi invece avete solo amici; quanti non vi conoscono vi rispettano; quanti vi conoscono vi amano: giudicate allora la differenza tra questi due sentimenti, dei quali uno mi è dettato dalla coscienza, l'altro dal cuore».

«Grazie, amico mio. Tuttavia forse state cedendo a un moto di trasporto dovuto alla mia presenza, e di cui potreste pentirvi. Ponderate le mie parole, dunque. Vi concedo fino a domani per darmi una risposta. Se vorrete comunicare qualcosa a mademoiselle de Lartigues, se vorrete raggiungerla, siete libero, Canolles, vi prenderò per mano e vi condurrò io stessa fuori dalle porte di Bordeaux».

«È inutile attendere domani», rispose Canolles. «Ve lo dico con il cuore ardente ma la mente fredda. Io vi amo, amo solo voi, amerò per sempre solo voi».

«Ah, grazie! Grazie, amico», esclamò Claire facendo scivolar giù la griglia e infilando la mano attraverso il pertugio. «La mia mano è vostra, il mio cuore è vostro».

Canolles prese la mano e la coprì di baci.

«Pompée mi fa cenno che è tempo di uscire», disse Claire. «Di certo la chiesa sta per chiudere. Addio, amico mio, o piuttosto arrivederci. Domani saprete quel che voglio fare per voi, ossia per noi. Domani sarete felice, poiché io sarò felice».

E incapace di dominare il sentimento che la trascinava verso il giovane, a sua volta trasse a sé la mano di Canolles, ne baciò la punta delle dita e fuggì via leggiadra, lasciando il barone felice come gli angeli, i cui celesti concerti sembravano riecheggiargli nel cuore.

XIII.

Alla stregua di quanto aveva detto Nanon, tuttavia, il re, la regina, il cardinale e monsieur de La Meilleraie si erano messi in viaggio per andare a castigare la città ribelle che aveva osato parteggiare apertamente per i principi: si appropinquavano, lentamente ma si appropinquavano.

Giungendo a Libourne, il re ricevette una delegazione di bordolesi che venivano ad assicurare il proprio rispetto e la propria devozione; nello stato in cui erano le cose, tale assicurazione era bizzarra. La regina quindi ricevette gli ambasciatori dall'alto della sua austriaca altezzosità.

«Signori – disse – proseguiremo il nostro viaggio passando per Vayres; quindi potremo ben presto giudicare noi stessi se il vostro rispetto e la vostra devozione sono sinceri quanto dite».

Alla menzione di Vayres i delegati, di certo al corrente di una qualche circostanza ignota alla regina, si guardarono con una sorta d'inquietudine. Anna d'Austria, alla quale non sfuggiva nulla, non mancò affatto di notare quegli sguardi.

«Rechiamoci immediatamente a Vayres», disse. «È una buona piazzaforte, stando a quanto ci ha assicurato il duca d'Épernon; lì alloggeremo il re». Poi, voltandosi verso il capitano e i membri del suo seguito: «Chi comanda a Vayres?», chiese.

«Si dice ci sia un nuovo governatore», rispose Guitaut.

«Un uomo fidato, spero», commentò la regina aggrottando la fronte.

«Un uomo del duca d'Épernon».

La fronte della regina si distese.

«Se è così, marciamo in fretta», dichiarò.

«Vostra Maestà farà come crede – intervenne il duca di La Meilleraie – ma penso che non si dovrebbe marciare più in fretta dell'esercito. Un ingresso bellicoso nella cittadella di Vayres andrebbe a meraviglia; è opportuno che i sudditi del re conoscano le forze di Sua Maestà. Ciò incoraggia i fedeli e demoralizza i perfidi».

«Credo che monsieur de La Meilleraie abbia ragione», confermò il cardinale Mazzarino.

«E io dico che si sbaglia», ribatté la regina. «Prima di Bordeaux non abbiamo nulla da temere: il re è forte di per sé e non grazie alle sue truppe: il suo seguito sarà bastevole».

Monsieur de La Meilleraie chinò il capo in segno di obbedienza.

«Come comanda Vostra Maestà», cedette. «È ella la regina».

La regina chiamò Guitaut, gli ordinò di radunare le guardie, i moschettieri e i cavalleggeri. Il re montò a cavallo e si pose al comando. La nipote di Mazzarino e le dame d'onore montarono in carrozza.

Subito si misero in marcia alla volta di Vayres. L'esercito veniva dietro; e poiché vi erano solo dieci leghe da percorrere, sarebbe giunto tre o quattro ore dopo il re e si sarebbe accampato sulla riva sinistra della Dordogna.

Il re aveva appena dodici anni, eppure era già un delizioso cavallerizzo, che maneggiava la sua cavalcatura con grazia e possedeva in tutta la sua persona quell'orgoglio di razza che in seguito lo avrebbe reso il re d'Europa più esigente in fatto di etichetta. Cresciuto sotto lo sguardo della regina, ma perseguitato dalle perenni avarizie del cardinale che lo lasciava privo di quanto di più necessario ci fosse, attendeva con furiosa impazienza il momento della maggiore età, che sarebbe scoccata il 5 settembre successivo, e talvolta fra i capricci fanciulleschi si lasciava sfuggire anzitempo una qualche lepidezza regale che illustrava ciò che un giorno sarebbe diventato. Quella spedizione quindi gli aveva sorriso non poco: si trattava in qualche modo di un affrancamento dalla paggeria, un apprendistato del capitanato, un assaggio della regalità. Marciava dunque fiero accanto alla portiera della carrozza, salutando la regina e facendo gli occhi dolci a madame de Frontenac di cui si diceva fosse innamorato, oppure alla testa dei domestici, conversando con monsieur de La Meilleraie e con il vecchio Guitaut delle campagne del re Luigi XIII e delle prodezze del defunto cardinale.

Così marciando e conversando, guadagnavano terreno, e già cominciavano a scorgersi le torri e le gallerie del forte di Vayres. Il tempo era splendido, il paesaggio pittoresco, il sole dardeggiava i suoi raggi obliqui sul fiume; sembrava di essere a passeggio, tanto la regina sfoggiava allegria e buonumore. Il re marciava tra monsieur de La Meilleraie e Guitaut, scrutando la piazzaforte in cui non si udiva neppure un movimento, sebbene fosse più che probabile che dal canto loro le sentinelle che si scorgevano avessero scoperto e segnalato la fulgida avanguardia dell'esercito del re.

La carrozza della regina raddoppiò il passo e venne a posizionarsi in prima fila.

«Mi stupisce una cosa, tuttavia, maresciallo», disse Mazzarino.

«Cosa, mio signore?».

«Mi sembra che di solito i buoni governatori sappiano cosa accada attorno alla propria fortezza, e che quando un re si prende la briga di marciare alla volta di tale fortezza, abbia diritto almeno a una delegazione».

«Mah», intervenne la regina scoppiando in una risata forzata e rumorosa. «Tutti convenevoli! Suvvia, sono inutili. Preferisco la fedeltà».

Monsieur de La Meilleraie si coprì il viso con il fazzoletto per nascondere una smorfia, o quantomeno la voglia di farne.

«E invece non si muove nessuno», disse il giovane re, alquanto scontento di una tale dimenticanza di quelle regole dell'etichetta sulle quali più tardi avrebbe edificato la sua grandezza.

«Sire – ribatté Anna d'Austria – monsieur de La Meilleraie e Guitaut qui presenti vi diranno che il primo dovere di un governatore, soprattutto in paese nemico, è, nel timore di una sorpresa, rimanersene cheti e al riparo dietro le proprie mura. Non vedete il vostro vessillo, il vessillo di Enrico IV e di Francesco I, che sventola sulla cittadella?».

E indicava con orgoglio il significativo emblema che confermava quanto ella avesse ragione nella sua speranza.

Il corteo continuò ad avanzare, e avvicinandosi scoprì una struttura militare in stato avanzato che sembrava innalzata da qualche giorno solamente.

«Ah, ah!», esclamò il maresciallo. «Sembra che il governatore sia davvero un uomo del mestiere. L'avamposto è ben scelto e il trinceramento abilmente progettato».

La regina si affacciò attraverso la portiera e il re si rizzò sulle staffe.

Sulla lunetta marciava una sola sentinella; tuttavia il trinceramento pareva solitario e silenzioso quanto la cittadella.

«Non importa», disse Mazzarino. «Pur non essendo io un soldato, e pur non conoscendo i doveri militari di un governatore, trovo bislacca questa condotta nei confronti di una Maestà».

«Avanziamo ancora – disse il maresciallo – e vedremo».

Quando il gruppetto fu a soli cento passi dal trinceramento, la sentinella, che fino ad allora aveva marciato avanti e indietro, si fermò. Poi, dopo un esame di un istante:

«Chi va là?», gridò.

«Il re!», rispose monsieur de La Meilleraie.

A quest'unica parola Anna d'Austria si attendeva di veder correre i soldati, precipitarsi gli ufficiali, abbassarsi i ponti, aprirsi le porte, scintillare alte le spade.

Niente di tutto questo ebbe luogo.

La sentinella portò la gamba destra accanto alla gamba sinistra, puntò il moschetto contro quanti sopraggiungevano e si limitò a dire a voce alta e ferma:

«Altolà!».

Il re impallidì per la collera, Anna d'Austria si morse le labbra a sangue, Mazzarino mormorò un'imprecazione in italiano che era poco in voga in Francia, ma di cui non era mai riuscito a perdere l'abitudine; il maresciallo de La Meilleraie gettò un solo sguardo alle Loro Maestà, ma fu eloquente.

«Amo le misure di precauzione per il mio servizio», disse la regina cercando di mentire a se stessa, giacché malgrado la fittizia sicurezza che mostrava in viso cominciava in cuor suo a inquietarsi.

«Amo il rispetto per la mia persona», mormorò il giovane re fissando con sguardo scialbo l'impassibile sentinella.

XIV.

Tuttavia il grido «Il re! Il re!», pronunciato dalla sentinella come un avvertimento piuttosto che come un segno di rispetto, venne ripetuto da due o tre voci e giunse fino al corpo della piazzaforte. A quel punto si vide un uomo spuntare sul coronamento dei bastioni e l'intera guarnigione disporsi tutt'attorno.

L'uomo levò in aria il suo bastone di comando; immediatamente i tamburi rullarono gli onori militari, i soldati del forte presentarono le armi e, grave e solenne, riecheggiò un colpo di cannone.

«Vedete – proruppe la regina – ecco che si arrendono al loro dovere: meglio tardi che mai. Passiamo».

«Perdonate – intervenne il maresciallo di La Meilleraie – ma non mi sembra affatto che stiano aprendo le porte, e noi possiamo passare solo se le porte sono aperte».

«Se ne sono dimenticati per lo stupore e l'entusiasmo in cui li avrà gettati questa augusta visita che non si attendevano di ricevere», si arrischiò a dire un cortigiano.

«Queste cose non si dimenticano», ribatté il maresciallo. Poi, voltandosi verso il re e la regina: «Mi permettono le Loro Maestà di dare un consiglio?», aggiunse.

«Quale, maresciallo?».

«Le Loro Maestà dovrebbero ritirarsi a cinquecento passi da qui assieme a Guitaut e alle sue guardie, mentre io con i moschettieri e i cavalleggeri andrò in ricognizione sulla piazzaforte».

La regina rispose con una sola parola:

«Avanti!», disse. «Vedremo se oseranno rifiutarci il passo».

Il giovane re, entusiasta, spronò il cavallo e si trovò dianzi di venti passi.

Il maresciallo e Guitaut si lanciarono in avanti e lo raggiunsero.

«Non si passa!», disse la sentinella, che non aveva abbandonato la sua posizione ostile.

«È il re!», gridarono i paggi.

«Indietro!», gridò la sentinella con un gesto minaccioso.

In quel momento al di sopra del parapetto si videro spuntare i copricapi e i moschetti dei soldati che sorvegliavano il primo trinceramento.

Tali parole e tale visione vennero accolti da un lungo mormorio. Monsieur de La Meilleraie afferrò il morso del cavallo del re e gli fece voltare briglia, ordinando al contempo al cocchiere della regina di allontanarsi. Le due Maestà oltraggiate si ritirarono quindi a un migliaio di passi dai primi trinceramenti, mentre il seguito si sparpagliava come uno stormo d'uccelli dopo lo sparo del cacciatore.

A quel punto il maresciallo di La Meilleraie, padrone della posizione, lasciò una cinquantina di uomini a guardia del re e della regina e, radunando il resto della truppa, tornò assieme a essa verso i trinceramenti.

Quando costui si trovò a cento passi dai fossati, la sentinella, che aveva ripreso la sua marcia calma e composta, si arrestò di nuovo.

«Prendete una tromba, ponete il fazzoletto in punta di spada, Guitaut – disse il maresciallo – e andate a ingiungere a quel governatore impertinente di arrendersi».

Guitaut obbedì, brandì i segni pacifici che in tutti i paesi del mondo proteggono gli araldi e avanzò verso il trinceramento.

«Chi va là?», gridò la sentinella.

«Un parlamentare», rispose Guitaut scuotendo la spada e la pezza che la ornava.

«Lasciate che venga», proclamò lo stesso uomo che era già apparso sul bastione della piazzaforte, e che di certo era giunto a quella postazione avanzata attraverso un cammino coperto.

La porta si aprì, un ponte si abbassò.

«Cosa volete?», chiese un ufficiale in attesa sulla porta.

«Parlare al governatore», rispose Guitaut.

«Sono qui», disse l'uomo che era già apparso due volte, una sui bastioni della piazzaforte, l'altra sul parapetto dei trinceramenti.

Guitaut notò che l'uomo era molto pallido, ma calmo e gentile.

«Siete voi il governatore di Vayres?», chiese Guitaut.

«Sissignore».

«E vi rifiutate di aprire la porta della vostra fortezza a Sua Maestà il re e alla regina reggente?».

«Sono dolente».

«E qual è la vostra richiesta?».

«La libertà dei principi, la cui prigionia devasta e rattrista il regno».

«Sua Maestà non parlamenta con i suoi sudditi».

«Ahimè lo sappiamo, ma cionondimeno siamo pronti a morire consapevoli che moriremo al servizio di Sua Maestà, sebbene sembri in apparenza che gli muoviamo guerra».

«Sta bene – disse Guitaut – è tutto quel che volevamo sapere».

E dopo aver salutato piuttosto cavallerescamente il governatore, il quale rispose con un saluto pieno di cortesia, si ritirò.

Sul bastione non si mosse nulla.

Guitaut raggiunse il maresciallo e gli riferì della missione.

«Cinquanta uomini si rechino al galoppo in quel borgo e ne riconducano immediatamente tutte le scale che riusciranno a trovare», ordinò il maresciallo tendendo la mano in direzione del villaggio d'Isson.

Cinquanta uomini partirono di gran carriera e, poiché il villaggio non era molto distante, vi giunsero in un attimo.

«E ora, signori – riprese la parola il maresciallo – mettete piede a terra. La metà di voi, armata di moschetto, proteggerà l'assalto; il resto monterà in scalata».

La proposta venne accolta mediante grandi urla di gioia. Le guardie, i moschettieri e i cavalleggeri scesero lesti e caricarono le armi.

Nel frattempo i cinquanta furieri tornavano con una ventina di scale.

Nel bastione tutto era sempre calmo; la sentinella camminava in lungo e in largo, e al di sopra della galleria si scorgevano sempre la punta dei moschetti e i corni dei copricapi.

Il seguito del re si mise in marcia, guidato dal maresciallo in persona; si componeva all'incirca di quattrocento uomini in tutto, di cui la metà, come aveva ordinato il maresciallo, si apprestava a montare all'assalto e l'altra metà ad andare in appoggio alla scalata.

Il re, la regina e la corte seguivano con ansia da lontano i movimenti della piccola truppa. La regina stessa sembrava aver perduto tutta la sua sicurezza; per vedere meglio aveva dato disposizione di girare la vettura, che presentava uno dei fianchi alle fortificazioni.

Gli assalitori avevano appena compiuto venti passi, quando la sentinella si avvicinò al parapetto del bastione e con voce squillante:

«Chi va là!», gridò.

«Non rispondete – ordinò monsieur de La Meilleraie – e continuiamo ad avanzare.

«Chi va là?», gridò una seconda volta la sentinella approntando l'arma. «Chi va là?», ripeté una terza volta, e prese la mira.

«Fuoco su quel gaglioffo», ordinò monsieur de La Meilleraie.

In quello stesso istante dalle fila realiste partì una salva di spari di moschetto: la sentinella, colpita, barcollò, lasciò cadere il moschetto, che rotolò nel fossato, e cadde gridando:

«All'armi!».

All'inizio delle ostilità rispose un solo colpo di cannone. La pallottola passò sibilando al di sopra dei primi ranghi, affondò nel secondo e terzo, investì quattro soldati e di rimbalzo andò a sventrare uno dei cavalli della vettura della regina.

Un lungo grido di terrore partì dal gruppo che montava la guardia alle Loro Maestà. Il re, suggestionato, indietreggiò; Anna d'Austria per poco non svenne dalla rabbia e Mazzarino dalla paura. Vennero tagliate le funi del cavallo morto e dei cavalli ancora vivi che, impennandosi terrorizzati, minacciavano di sfasciare la vettura. Otto o dieci guardie si legarono alla carrozza e trascinarono la regina al di fuori della portata delle pallottole.

Nel frattempo il governatore disvelava una batteria da sei pezzi.

Quando vide la batteria, che minacciava di massacrare le sue tre compagnie nel giro di pochi secondi, monsieur de La Meilleraie pensò che sarebbe stato inutile spingere oltre l'attacco e ordinò la ritirata.

Dal momento in cui il seguito del re mosse il suo primo passo indietro, le disposizioni ostili della fortezza scomparvero.

Il maresciallo tornò presso la regina, invitandola a scegliere un punto qualsiasi dei dintorni per il suo quartier generale. La regina allora avvistò dall'altra parte della Dordogna la cascina sperduta tra gli alberi che somigliava a un piccolo castello.

«Vedete a chi appartiene quella dimora – disse a Guitaut – e domandate per me ospitalità».

Guitaut partì immediatamente, guadò il fiume nel burchiello del nocchiero di Isson e tornò riferendo che la dimora era disabitata all'infuori di una sorta di intendente, il quale aveva risposto che, appartenendo a monsieur d'Épernon, la dimora era naturalmente al servizio di Sua Maestà.

«Partiamo, allora», comandò la regina. «Ma dov'è il re?».

A quel punto venne chiamato il piccolo Luigi XIV, che si era ritirato un po' in disparte; costui si voltò, e sebbene tentasse di celare le lacrime, era palese che aveva pianto.

«Ma cosa avete, sire?», chiese la regina.

«Oh, niente», rispose il fanciullo. «Solo che un giorno sarò re, spero, e allora... guai a chi mi avrà ingiuriato!».

«Qual è il nome del governatore?», chiese la regina.

Nessuno fu in grado di rispondere. Tutti erano all'oscuro.

Venne interrogato allora il nocchiero, il quale rispose che si chiamava Richon.

«Sta bene – disse la regina – terrò a mente questo nome».

«E anch'io», disse il giovane re.

XV.

Un centinaio di uomini al servizio del re varcarono la Dordogna assieme alle Loro Maestà, il resto rimase attorno a monsieur de La Meilleraie il quale, deciso ad assediare Vayres, attendeva l'esercito.

La regina si era appena insediata nella cascina, che grazie ai fasti di Nanon trovò infinitamente più abitabile di quanto non sperasse, quando Guitaut si presentò al suo cospetto per riferirle che un capitano dichiarava di avere una questione importante da trattare e chiedeva l'onore di un'udienza.

«E chi è questo capitano?», domandò la regina.

«Il capitano Cauvignac».

«Fa parte del mio esercito?».

«Non credo».

«Informatevi, e se non fa parte del mio esercito ditegli che non posso riceverlo».

«Domando perdono se al riguardo non sono dello stesso parere di Vostra Maestà – intervenne Mazzarino – ma mi sembra che, proprio perché non fa parte del suo esercito, ella dovrebbe riceverlo».

«E perché mai?».

«Perché se fa parte dell'esercito di Vostra Maestà e chiede udienza alla regina, può trattarsi solo di un suddito fedele, mentre viceversa, se appartiene all'esercito nemico, può essere un traditore. Orbene, in questo momento i traditori non sono affatto da tenere in spregio, considerato che possono tornare estremamente utili».

«Fatelo entrare, allora – ordinò la regina – giacché tale è il parere del cardinale».

Il capitano venne introdotto immediatamente, e si presentò con una disinvoltura e un agio tali da stupire la regina, avvezza com'era a produrre su quanti la circondavano un'impressione opposta.

La sovrana squadrò Cauvignac dalla testa ai piedi, ma questi sostenne a meraviglia lo sguardo regale.

«Chi siete?», domandò la regina.

«Il capitano Cauvignac», rispose il nuovo arrivato.

«Al servizio di chi siete?».

«Al servizio di Vostra Maestà, se gradisce».

«Se gradisco? È fuor di dubbio. Peraltro vi è forse un altro servizio nel regno? Siamo forse in due a essere regine in Francia?».

«Certo che no, in Francia vi è solo una regina, ed è colei ai cui piedi ho la fortuna di deporre in questo istante il mio umilissimo rispetto; ma vi sono due opinioni, almeno così mi è sembrato poc'anzi».

«Che intendete dire?», chiese la regina accigliandosi.

«Intendo dire che stavo passeggiando nei dintorni e mi trovavo per l'appunto su un piccolo poggio che domina tutto il paese, ed ero intento ad ammirare il paesaggio che, come Vostra Maestà avrà potuto notare, è incantevole, quando mi è parso di vedere che monsieur Richon non la riceveva con tutto il rispetto che le era dovuto. Ciò mi ha dato conferma di qualcosa di cui peraltro avevo già sentore, ossia che in Francia esistono due opinioni: l'opinione realista e un'altra, e che monsieur Richon appartiene a quest'altra opinione».

Anna d'Austria si fece sempre più cupa in viso.

«Ah, così vi è parso di vedere?», chiese.

«Sissignora», rispose Cauvignac con un tono di perfetta ingenuità. «E mi è perfino sembrato di vedere che dalla piazzaforte era partito un colpo di cannone caricato a proiettile, e che il proiettile aveva recato offesa alla carrozza di Vostra Maestà».

«Basta così... Avete chiesto udienza solo per mettermi a parte delle vostre stolide osservazioni?».

"Ah, come sei scortese", si disse tra sé Cauvignac. "In tal caso la pagherai più cara".

«Nossignora, vi ho domandato udienza per dirvi che siete una grandissima regina e che la mia ammirazione per voi non conosce eguali».

«Ah, davvero!», esclamò la regina in tono secco.

«In conseguenza di tale grandezza e di tale ammirazione, che ne è il naturale prosieguo, ho quindi deciso di consacrarmi interamente al servizio di Vostra Maestà».

«Vi ringrazio», disse la regina con ironia. Poi, voltandosi verso il capitano delle guardie: «Suvvia, Guitaut!», disse. «Mettetemi alla porta questo chiacchierone».

«Perdonate, signora – intervenne Cauvignac – me ne andrò tranquillamente senza essere messo alla porta; ma se me ne vado, voi non avrete Vayres».

E Cauvignac, salutando Sua Maestà con incantevole grazia, girò i tacchi.

«Credo sia un errore mandare via quest'uomo», disse a bassa voce Mazzarino.

«Orsù, tornate qui – concesse la regina – e parlate: dopotutto siete un tipo bizzarro e mi sembrate dilettevole».

«Vostra Maestà è davvero buona», rispose Cauvignac con un inchino.

«Cosa dicevate allora a proposito di entrare a Vayres?».

«Dicevo che se Vostra Maestà ha ancora l'intenzione che mi è sembrato manifestasse stamani di entrare a Vayres, sarà mio dovere procurarne l'ingresso».

«E come?».

«Ho centocinquanta miei uomini dentro Vayres».

«Vostri?».

«Sì, miei».

«Ebbene?».

«Cedo questi centocinquanta uomini a Vostra Maestà».

«E poi?».

«E poi?».

«Sì».

«E poi, mi sembra sarebbe davvero diabolico se con centocinquanta portieri Vostra Maestà non riuscisse a farsi aprire una porta».

La regina sorrise. «È sagace il furfante», disse.

Cauvignac dovette indovinare il complimento, poiché fece un secondo inchino.

«Quanto vi occorre?», chiese la sovrana.

«Oddio, cinquecento sterline per ogni portiere; è la paga che do ai miei uomini».

«Le avrete».

«E per me?».

«Ah, chiedete qualcosa anche per voi?».

«Sarei fiero di ottenere un incarico dalla munificenza di Vostra Maestà».

«E quale incarico chiedete?».

«Gradirei essere il governatore di Braunes. Ho sempre desiderato essere governatore».

«Concesso».

«In tal caso, salvo una piccola formalità, l'affare è concluso».

«E quale sarebbe tale formalità?».

«Vostra Maestà gradirebbe firmare il presente foglietto, che avevo approntato in anticipo nella speranza che i miei servigi fossero accetti alla mia magnanima sovrana?».

«Cos'è questo foglio?».

«Leggete».

Quindi, ponendo graziosamente ad arco il braccio, e piegando il ginocchio con aria quanto mai rispettosa, Cauvignac presentò alla regina un foglio.

La regina lesse:

Il giorno in cui entrerò senza colpo ferire a Vayres, pagherò al capitano Cauvignac la somma di settantacinquemila sterline e gli conferirò la nomina di governatore di Braunes.

«E così – commentò la regina con una collera tenuta a freno – il capitano Cauvignac non nutre affatto bastevole fiducia nella nostra parola regale, e vuole uno scritto».

«Uno scritto mi pare quanto di meglio vi sia negli affari importanti», ribatté Cauvignac facendo un inchino. «*Verba volant*, dice un proverbio: Le parole volano. E Vostra Maestà mi scuserà, ma qualcuno si è appena involato con qualcosa che mi apparteneva...».

«Insolente!», esclamò la regina. «Per questa volta uscite...».

«Esco, Vostra Maestà», rispose Cauvignac. «Ma voi non avrete Vayres».

Anche questa volta il capitano, ripetendo la stessa manovra che già gli era riuscita, girò i tacchi e si avviò alla porta. Tuttavia, più irritata questa volta della prima, Anna d'Austria non lo richiamò affatto.

Cauvignac uscì.

«Fate sorvegliare quell'uomo», dispose la regina.

«Domando perdono – intervenne Mazzarino – ma credo che Vostra Maestà commetterebbe un errore ad abbandonarsi a un primo moto di collera».

«E perché?», chiese la regina.

Guitaut si mosse come per obbedire.

«Perché temo che avrete bisogno di quell'uomo più avanti, e che a quel punto, se lo incomoderà in qualsivoglia maniera, Vostra Maestà si vedrà costretta a pagarlo il doppio».

«Sta bene – disse la regina – pagheremo quel che dovremo; ma nel frattempo non perdetelo di vista».

«Ah, questa è tutt'altra cosa, e sono io il primo a plaudere a una tale precauzione».

«Guitaut, andate a vedere cosa ne è di quell'uomo», disse la regina.

Guitaut uscì e rientrò in capo a una mezz'ora.

«Ebbene?», chiese Anna d'Austria. «Cosa ne è stato?».

«Oh, Vostra Maestà può stare assolutamente tranquilla», rispose Guitaut. «Il vostro uomo non tenta affatto di allontanarsi. Mi sono informato: il suo domicilio è a trecento passi da qui, presso un locandiere di nome Biscarros».

«Ed è lì che si è ritirato?».

«Nossignora: ha raggiunto un'altura e da lì osserva i preparativi effettuati da monsieur de La Meilleraie per forzare i trinceramenti. Lo spettacolo sembra interessarlo di molto».

«E il resto dell'esercito?».

«Sta arrivando, e si prepara alla battaglia mano mano che arriva».

«Quindi il maresciallo attaccherà in questo stesso istante?».

«Credo che, prima di arrischiare un attacco, sia meglio lasciare alle truppe una notte di riposo».

«Una notte di riposo!», esclamò Anna d'Austria. «L'esercito reale sarà rimasto bloccato un giorno e una notte davanti a una tale bicocca! Impossibile! Guitaut, andate a dire al maresciallo che deve attaccare in questo stesso istante. Il re stanotte vuole dormire a Vayres».

«Tuttavia a me pare che la precauzione del maresciallo...».

«A me invece pare – ribatté Anna d'Austria – che quando l'autorità reale è stata oltraggiata, non sia mai troppo presto per farsi vendetta. Andate, Guitaut, e dite a monsieur de La Meilleraie che la regina lo guarda».

E congedando Guitaut con un gesto maestoso, la regina prese il figlio per mano, uscì a sua volta e, senza darsi pena di essere seguita o meno, salì per una scala che conduceva a una terrazza.

La terrazza, per la quale con somma arte erano stati garantiti degli scorci panoramici, dominava tutta la zona circostante.

La regina gettò una rapida occhiata al paesaggio. A duecento passi alle sue spalle passava la strada di Libourne, sulla quale biancheggiava la casa del nostro amico Biscarros. Ai suoi piedi scorreva la Gironda, calma, rapida e maestosa. Sulla destra si innalzava il forte di Vayres, silenzioso come una rovina; tutt'intorno al forte si estendevano a cerchio i trinceramenti costruiti da ultimo. Sulla galleria camminavano alcune sentinelle, attraverso le cannoniere cinque pezzi di cannone affacciavano i loro colli di bronzo e le bocche spalancate. Sulla sinistra monsieur de La Meilleraie dava disposizioni per accamparsi. L'intero esercito, come aveva detto Guitaut, era arrivato e si assembrava tutt'intorno.

Su un poggio, un uomo in piedi e attento seguiva con lo sguardo i movimenti degli assedianti e degli assediati; tale uomo era Cauvignac.

Guitaut attraversava il fiume a bordo del burchiello del pescatore di Isson.

La regina se ne stava sulla terrazza, in piedi, immobile, accigliata, tenendo per mano il piccolo Luigi XIV, il quale rimirava lo spettacolo con una certa curiosità e di quando in quando diceva alla madre:

«Permettetemi di montare sul mio bel cavallo di battaglia e lasciatemi andare, vi prego, insieme a monsieur de La Meilleraie, che castigherà quegli impudenti».

Accanto alla regina stava Mazzarino, il cui viso affilato e beffardo aveva assunto per il momento un'aria seria e meditabonda che sfoggiava solo nelle grandi occasioni, mentre dietro alla regina e al ministro si trovavano le dame d'onore che, imitando il silenzio di Anna d'Austria, osavano a malapena scambiarsi qualche parola frettolosa e a voce bassa.

Di primo acchito tutto ciò aveva una parvenza di calma e tranquillità; ma si capiva che era la tranquillità della mina, che una scintilla tramuta in tempesta e distruzione.

Tutti gli sguardi seguivano soprattutto Guitaut, giacché da questi sarebbe venuta l'esplosione che si attendeva con così tanti e variegati sentimenti.

Anche dalle parti dell'esercito vi era grande attesa giacché, non appena il messaggero ebbe toccato la riva sinistra della Dordogna e fu riconosciuto, tutti gli sguardi si volsero verso costui. Monsieur de La Meilleraie, scorgendolo, lasciò il gruppo di ufficiali al centro del quale si trovava e gli andò incontro.

Guitaut e il maresciallo conversarono alcuni istanti. Sebbene il fiume fosse abbastanza largo in quel punto, e fosse grande la distanza che separava il gruppo reale dai due ufficiali, quest'ultima tuttavia non era affatto bastevole da impedire di vedere lo sconcerto dipingersi sul volto del maresciallo. Era palese che quest'ultimo giudicasse intempestivo l'ordine che stava ricevendo; quindi levò gli occhi dubbioso verso il gruppo in mezzo al quale si stagliava la regina. Tuttavia Anna d'Austria, che comprese il pensiero del maresciallo, fece al contempo con il capo e con la mano un gesto così imperativo che il maresciallo, il quale conosceva da lungo tempo la sua imperiosa sovrana, chinò il capo in segno se non di assenso, quantomeno di obbedienza.

In quello stesso istante, e su ordine del maresciallo, tre o quattro capitani, che al suo fianco provvedevano ai servizi cui oggi provvedono gli aiuti da campo, balzarono in sella e si lanciarono al gran galoppo in tre o quattro direzioni diverse.

Ovunque passassero, l'attività dell'accampamento, che aveva appena avuto inizio, si interrompeva seduta stante, e al rullo dei tamburi e al grido delle trombe si vedevano i soldati lasciar cadere chi la paglia che trasportava, chi il martello con cui piantava i picchetti delle tende. Tutti correvano alle armi accatastate in fasci, i granatieri agguantando i fucili, i soldati semplici le picche, gli artiglieri i loro attrezzi. Vi fu un moto di confusione inaudita, causato dall'incrociarsi di tutti quegli uomini che correvano in direzioni opposte, poi poco a poco le caselle dell'immenso scacchiere si fecero più chiare, al tumulto seguì l'ordine, ognuno si ritrovò allineato sotto al proprio drappello: i granatieri al centro, il seguito del re sull'ala destra, l'artiglieria a sinistra; le trombe e i tamburi tacquero.

Da dietro i trinceramenti rispose un solo tamburo, poi tacque a sua volta, e sulla pianura calò un silenzio funereo.

A quel punto riecheggiò un ordine chiaro, preciso e risoluto. Dalla distanza in cui si trovava la regina non poteva udire le parole, ma in quello stesso istante vide le truppe disporsi in colonna; estrasse il fazzoletto e lo agitò in aria, mentre il giovane re pestando i piedi gridava con voce febbrile: «Avanti! Avanti!».

L'esercito rispose con un sol grido: «Viva il re!». Poi l'artiglieria partì al galoppo, andò a posizionarsi su un piccolo poggio, e ai tamburi che suonavano la carica le colonne si misero in moto.

Non si trattava affatto di un assedio in piena regola, ma di una semplice scalata. I trinceramenti innalzati in tutta fretta da Richon erano dei bastioni di terra; quindi non vi era da scavare trincee, bensì da dare l'assalto. Eppure l'abile comandante di Vayres aveva preso tutte le precauzioni, e si vedeva che aveva sfruttato con abilità poco comune ogni risorsa del terreno.

Di certo Richon si era imposto il precetto di non sparare per primo, giacché anche questa volta attese la provocazione delle truppe reali; si vide solo, come durante il primo attacco, abbassarsi la terribile fila di moschetti, il cui fuoco così grande sfacelo aveva causato tra gli uomini del re.

In quello stesso istante tuonarono i sei pezzi in batteria, e si vide la terra volare dai parapetti e dalle palizzate da cui erano cinti.

La risposta non si fece attendere; l'artiglieria dei trinceramenti tuonò a sua volta, scavò squarci profondi nei ranghi dell'esercito reale. Ma alla voce dei capi tali solchi sanguinanti scomparvero; le labbra della ferita, aperte per un istante, si richiusero: la colonna principale, per un attimo vacillante, si rimise in moto.

Allora toccò alla moschetteria crepitare mentre i cannoni si ricaricavano.

Cinque minuti dopo le due raffiche opposte si rispondevano d'un sol e medesimo colpo, simili a due tempeste che combattessero insieme, simili a due tuoni che rombassero nello stesso istante.

Poi, giacché il tempo era sereno, non vi era un alito di vento a smuovere l'aria, il fumo si addensava al di sopra del campo di battaglia, ben presto assedianti e assediati scomparvero in una nube, lacerata a intervalli dalla folgore dell'artiglieria mediante un rumoroso lampo di fiamma.

Di quando in quando, nelle retrovie dell'esercito reale, da tale nube si vedevano uomini uscire trascinandosi a fatica e andare a cadere a distanze diverse, lasciandosi alle spalle una scia di sangue.

Ben presto il numero dei feriti aumentò; il fracasso dei cannoni e della moschetteria proseguiva, eppure l'artiglieria reale sparava ormai solo alla rinfusa, esitante, giacché in mezzo al fumo denso non poteva distinguere gli amici dai nemici.

I colpi dell'artiglieria della piazzaforte, invece, la quale aveva di fronte a sé solo nemici, riecheggiavano più terribili e ravvicinati che mai.

Infine l'artiglieria reale cessò completamente il fuoco: con ogni evidenza si andava all'assalto e si combatteva corpo a corpo.

Gli spettatori vissero un attimo di angoscia durante il quale il fumo, non più alimentato dal fuoco dei cannoni e dei moschetti, lentamente salì. A quel punto si vide l'esercito reale ricacciato indietro alla spicciolata, lasciando cadaveri disseminati ai piedi dei bastioni. Era stata aperta una sorta di breccia, alcune palizzate divelte lasciavano scorgere una fenditura; ma tale fenditura era irta di uomini, di picche, di moschetti. E al centro degli uomini, coperto di sangue, eppure calmo e freddo come assistesse da spettatore alla tragedia nella quale aveva giocato poc'anzi un ruolo così terribile, si ergeva Richon, in mano un'ascia smussata dai colpi che aveva inferto.

In mezzo al fuoco costui sembrava protetto da un diuturno incantesimo, sempre in prima fila, diuturnamente in piedi e allo scoperto; nessuna pallottola lo aveva colpito, nessuna picca lo aveva toccato: tanto era invulnerabile, così era impassibile.

Tre volte il maresciallo di La Meilleraie condusse di persona le truppe reali all'assalto; tre volte le truppe reali vennero respinte sotto gli occhi del re e della regina.

Sulle pallide gote del giovane re scorrevano lacrime silenziose. Anna d'Austria si torceva i pugni mormorando: "Oh, quell'uomo! Quell'uomo! Se mai mi dovesse cadere tra le mani, ne farò un esempio terribile".

Fortunatamente la notte calava rapida e scura; era una sorta di velo steso sul rossore regale. Il maresciallo di La Meilleraie fece suonare la ritirata.

Cauvignac lasciò la sua postazione, scese dal poggio dove era salito e, con le mani nelle tasche delle brache, si avviò attraverso la prateria alla casa di mastro Biscarros.

«Ecco un uomo che in cambio di un po' d'oro vi avrebbe risparmiato tutto il sangue che abbiamo appena sparso», disse Mazzarino additando Cauvignac.

«Bah, cardinale – ribatté la regina – è questo il consiglio di un uomo parsimonioso da par vostro?».

«È vero, conosco il prezzo dell'oro – rispose il cardinale – ma conosco anche il prezzo del sangue; e in questo momento il sangue per noi è più caro dell'oro».

«State tranquillo – lo rassicurò la regina – il sangue sparso sarà vendicato. Orsù! Comminges – aggiunse rivolgendosi al luogotenente delle sue guardie – andate a prendere monsieur de La Meilleraie e portatemelo qui».

«E voi, Bernouin – aggiunse il cardinale indicando al suo maggiordomo Cauvignac, che si trovava ormai a qualche passo dalla locanda del Vitello d'Oro – lo vedete bene quell'uomo?».

«Sissignore».

«Ebbene, andate a prenderlo per mio conto e questa notte fatelo entrare di nascosto in camera mia».

All'indomani dell'incontro con il suo amante nella chiesa dei Carmelitani, madame de Cambes si recò dalla principessa intenzionata a dare seguito alla promessa che aveva fatto a Canolles.

Vi era clamore in città: era stato appena annunciato l'arrivo del re dinnanzi a Vayres, e contemporaneamente a tale arrivo la mirabile difesa di Richon, che con cinquecento uomini aveva rintuzzato due volte l'esercito reale forte di dodicimila uomini. La principessa era stata tra le prime ad apprendere la notizia, e nel suo slancio di gioia aveva esclamato battendo le mani: "Oh, avessi cento capitani come il mio prode Richon!".

Madame de Cambes si unì all'ammirazione generale, doppiamente felice di poter plaudere a profusione alla condotta di un uomo che stimava, e in tale occasione avanzare a tempo debito una richiesta di cui l'annuncio di una disfatta avrebbe compromesso il buon esito, laddove il buon esito era pressoché garantito in caso di annuncio di una vittoria.

Eppure, in mezzo alla gioia la principessa era alle prese con faccende troppo grandi perché Claire osasse azzardare la sua richiesta. Si trattava di far pervenire a Richon un rinforzo di uomini di cui era facilmente comprensibile avesse bisogno, visto il congiungimento prossimo tra l'esercito di monsieur d'Épernon e l'esercito reale. Era il consiglio a organizzare i rinforzi. Claire, vedendo che le questioni politiche in quel momento prendevano il sopravvento sulle questioni di cuore, rientrò nelle sue vesti di consigliera di Stato, e per quel giorno di Canolles non si parlò affatto.

Il caro prigioniero venne avvisato di tale ritardo da un messaggio assai stringato eppure assai tenero. Il nuovo rinvio fu meno crudele di quanto si potrebbe credere: l'attesa di un felice evento reca con sé soavi sensazioni quasi al pari dell'evento stesso. Canolles aveva nel cuore troppe delicatezze amorose per non compiacersi di ciò che chiamava l'anticamera della felicità. Claire gli chiedeva di attendere con pazienza: egli attese quasi con gioia.

L'indomani i rinforzi erano stati predisposti: partirono alle undici del mattino risalendo il fiume. Ma poiché il vento e la corrente erano contrari, venne calcolato che, per quanto alacri procedessero, non sarebbero potuti giungere se non l'indomani, giacché avanzavano solo a remi. Il capitano Ravailly, alla guida della spedizione, ebbe l'ordine di perlustrare al contempo anche la cittadella di Braunes, che era di proprietà della regina e di cui si sapeva che il governatorato era vacante.

Per la principessa la mattinata trascorse nel sorvegliare i preparativi e i dettagli dell'imbarco. Il pomeriggio doveva essere consacrato a un gran consiglio, allo scopo di opporsi, qualora fosse stato possibile, al congiungimento tra il duca d'Épernon e il maresciallo di La Meilleraie, o quantomeno ritardare tale congiungimento fin quando i rinforzi inviati a Richon non fossero entrati nella cittadella.

Claire quindi fu costretta ad attendere ancora fino al giorno dopo; tuttavia, verso le quattro ebbe modo di fare a Canolles, che passava sotto le sue finestre, un cenno così incantevole, e tale cenno era così colmo di cruccio e d'amore che Canolles si ritrovò quasi felice di essere forzato all'attesa.

La sera, ciononostante, per avere la certezza che il ritardo non si sarebbe prolungato oltremodo, e per forzarsi a fare alla principessa una confidenza che le avrebbe causato non poco imbarazzo, Claire domandò un'udienza particolare a madame de Condé per il giorno seguente – udienza che, come si può ben pensare, le venne accordata incontestabilmente.

All'ora stabilita Claire entrò negli appartamenti della principessa, che la ricevette con il più grazioso dei sorrisi. Era sola, come Claire le aveva chiesto.

«Ebbene, mia pusilla – le disse la principessa – cosa vi è dunque di così grave perché tu mi chieda un'udienza particolare e segreta, quando sai che a ogni ora del giorno sono a disposizione dei miei amici?».

«Il fatto è – rispose la viscontessa – che in mezzo al gaudio pienamente dovuto a Vostra Altezza, vengo a pregare Vostra Altezza di gettare in particolare lo sguardo sulla sua fedele servente, la quale ha bisogno anch'ella di un po' di felicità».

«Con grande piacere, mia brava Claire, e mai la felicità che Dio ti invierà sarà pari a quella che ti auspico. Parla, dunque...

Che favore desideri? Se è in mio potere, confida già da ora che ti verrà accordato».

«Vedova, libera, fin troppo libera, giacché tale libertà mi è più gravosa di quanto non mi sarebbe la schiavitù – rispose Claire – vorrei tramutare il mio isolamento in una migliore condizione».

«Ossia ti vuoi sposare, non è così, pusilla?», chiese ridendo madame de Condé.

«Credo di sì», rispose Claire arrossendo copiosamente.

«E sia... Provvederemo noi». Claire fece un gesto. «Stai tranquilla, avremo premura del tuo orgoglio; a te occorre un duca e pari, viscontessa. Te lo cercherò tra i nostri fedeli».

«Vostra Altezza è troppo premurosa – rispose madame de Cambes – e non era mia intenzione arrecarle un tale disturbo».

«Sì, ma sono io a voler prendermelo, poiché voglio ricompensarti in felicità di quanto mi hai dato in devozione; però attenderai la fine della guerra, non è così?».

«Attenderò il meno possibile», rispose la viscontessa sorridendo.

«Parli come se già avessi fatto la tua scelta, come se avessi sottomano il marito che mi chiedi».

«In effetti le cose stanno come dice Vostra Altezza».

«Veramente? E chi è il fortunato mortale? Parla, non aver paura».

«Oh, perdonatemi – esclamò Claire – non so perché, ma sono tutta un tremore».

La principessa sorrise, prese la mano di Claire e la attirò a sé.

«Bambina», le disse. Poi, guardandola con un'espressione che accrebbe ancor più l'imbarazzo della viscontessa: «Lo conosco forse?», chiese.

«Credo che Vostra Altezza lo abbia visto più di una volta».

«È inutile chiedervi se è giovane».

«Ventotto anni».

«È nobile?».

«È un bravo gentiluomo».

«È coraggioso?».

«Gode di solida reputazione».

«È ricco?».

«Lo sono io».

«Sì, pusilla, sì, e non l'abbiamo dimenticato. Sei una delle più opulente signore della nostra parrocchia, e abbiamo piacere a ricordare che, nella guerra che conduciamo, i luigi d'oro di monsieur de Cambes e i doppi scudi dei tuoi contadini ci hanno tratto d'impaccio più di una volta».

«Vostra Altezza mi onora rammentandomi quanto le sono devota».

«Bene. Lo nomineremo colonnello del nostro esercito, se è solo un capitano, e maestro di campo, se è solo colonnello; giacché è fedele, presumo».

«Era a Lens», rispose Claire con tutta l'abilità che aveva attinto negli ultimi tempi dagli studi diplomatici.

«Perfetto! Ora mi rimane solo da sapere una cosa», aggiunse la principessa.

«Quale?».

«Il nome del fortunato gentiluomo che possiede già il cuore, e ben presto possederà la persona che è la più venusta guerriera del mio esercito».

Claire, spinta nei suoi ultimi trinceramenti, stava adunando tutto il proprio coraggio per proferire il nome del barone di Canolles, quando nel cortile si udì all'improvviso lo scalpiccio di un cavallo, seguito dai sordi rumori che accompagnano le grandi notizie.

La principessa udì il duplice rumore e corse alla finestra. Il messaggero, coperto di sudore e di polvere, balzava giù da cavallo e, attorniato da quattro o cinque persone che il suo ingresso gli aveva attirato intorno, sembrava fornire dettagli che, mano a mano che gli uscivano di bocca, gettavano nella costernazione quanti lo ascoltavano. La principessa non riuscì a frenare oltre la curiosità e aprendo la finestra:

«Lasciate che salga!», gridò.

Il messaggero sollevò il capo, riconobbe la principessa e corse a precipizio su per le scale. Cinque minuti dopo entrava nella stanza, inzaccherato com'era, i capelli in disordine e la voce strozzata.

«Perdonatemi, Altezza – disse – se mi presento al vostro cospetto nello stato in cui mi trovo! Ma reco una di quelle notizie che abbattono le porte solo a proferirle: Vayres ha capitolato!».

La principessa fece un balzo all'indietro, Claire lasciò le braccia ciondoloni in preda allo scoramento, Lenet, che era entrato dietro al messaggero, impallidì.

Altre cinque o sei persone che, dimentiche per un istante del rispetto dovuto alla principessa, avevano fatto irruzione nella stanza, ammutolirono per lo stupore.

«Monsieur Ravailly – parlò Lenet, giacché il messaggero altri non era che il nostro capitano di Navailles – ripetete quel che avete appena detto, giacché stento a credervi».

«Ripeto: Vayres ha capitolato!».

«Capitolato!», fece eco la principessa. « E i rinforzi di cui eravate alla guida?».

«Arrivati troppo tardi! Richon si è arreso proprio nel momento in cui arrivavamo».

«Richon si è arreso!», esclamò la principessa. «Quel codardo!».

All'esclamazione della principessa un brivido corse nelle vene di tutti i presenti; ma tutti rimasero ammutoliti, all'infuori di Lenet.

«Non dimenticate che l'onore degli uomini risiede nella parola dei principi – proruppe severo e senza alcun riguardo per l'orgoglio di madame de Condé – così come la loro vita risiede nelle mani di Dio. Non chiamate codardo il più strenuo dei vostri servitori, altrimenti domani i più fedeli vi abbandoneranno vedendo come trattate i loro pari, e rimarrete sola, maledetta e finita».

«Signore!», esclamò la principessa.

«Signora! Ripeto a Vostra Altezza – proseguì Lenet – che Richon non è un codardo, per costui posso mettere la mano sul fuoco, e che se ha capitolato di certo è stato perché non poteva fare altrimenti».

La principessa, pallida dalla collera, era sul punto di scagliare in viso a Lenet una delle sue stravaganze aristocratiche nelle quali credeva di supplire bastevolmente al buon senso tramite l'orgoglio, ma alla vista di tutti quei volti che si distoglievano dalla sua persona, di quegli occhi che rifuggivano i suoi, di Lenet a fronte alta, di Ravailly a capo chino, comprese che in effetti se avesse perseverato in quel meccanismo fatale sarebbe stata la fine. Quindi invocò in suo soccorso il consueto argomento.

«Povera principessa che non sono altro!», esclamò. «E così tutto mi abbandona, la fortuna e gli uomini! Ah, figlio mio, povero figlio mio, sarete finito come vostro padre!».

Il grido di debolezza della donna, il trasporto del dolore della madre trovano sempre un'eco nei cuori. La commedia che già tante volte era riuscita alla principessa produsse questa volta ancora i suoi effetti.

Nel frattempo Lenet si faceva ripetere riguardo alla capitolazione di Vayres tutto ciò che Ravailly aveva potuto apprenderne.

«Ah, lo sapevo!», esclamò dopo un istante.

«Cosa sapevate?», chiese la principessa.

«Che Richon non è affatto un codardo».

«E come fate a saperlo?».

«Perché ha resistito due giorni e due notti; perché si sarebbe fatto seppellire sotto le macerie del suo forte crivellato di pallottole, se una compagnia di reclute a quanto pare non si fosse ribellata e non lo avesse costretto a capitolare».

«Doveva perire piuttosto che arrendersi», commentò la principessa.

«Eh, periamo forse quando vogliamo?», ribatté Lenet. «Ma almeno è prigioniero con tutela, spero», aggiunse, voltandosi verso Ravailly.

«Senza tutela, temo», rispose Ravailly. «Mi hanno detto che è stato un luogotenente della guarnigione a trattare, tanto che vi potrebbe soggiacere un qualche tradimento, e che, invece di dettare le loro condizioni, costui abbia consegnato Richon».

«Sì, sì!», esclamò Lenet. «Tradito, consegnato, è così. Io conosco Richon, e so che è incapace non dico di un atto di codardia, ma finanche di una debolezza. Oh – proseguì rivolgendosi alla principessa – tradito, consegnato... Capite? Presto, presto, prendiamo provvedimenti. Un trattato concluso da un luogotenente, monsieur Ravailly? Sul capo del povero Richon incombe una grande sventura. Fate presto, scrivete! Scrivete, vi supplico!».

«Io?», ribatté aspra la principessa. «Scrivere io? E per far cosa?».

«Ma per salvarlo».

«Bah – disse la principessa – quando si consegna una fortezza si prendono delle precauzioni».

«Ma proprio non capite che non l'ha consegnata? Proprio non capite quel che dice il capitano? È stato tradito, forse venduto. È stato un luogotenente a trattare, non lui».

«E cosa volete che facciano al vostro Richon?», chiese la principessa.

«Cosa gli faranno? Avete forse dimenticato grazie a quale sotterfugio si è introdotto a Vayres? Che noi abbiamo adoperato per egli una procura di monsieur d'Épernon? Che Richon ha resistito contro un esercito reale guidato dalla regina e dal re in persona? Che è il primo ad aver brandito lo stendardo della ribellione? Che faranno di lui un esempio, insomma? Ah, in nome del cielo, scrivete a monsieur de La Meilleraie, inviate un messaggero, un parlamentare!».

«E quale missione affideremo al messaggero, al parlamentare?».

«Impedire a ogni costo la morte di un valoroso capitano, giacché se non vi affretterete... Oh, conosco la regina, il vostro messaggero forse giungerà troppo tardi!».

«Troppo tardi», ribatté la principessa. «E noi non abbiamo degli ostaggi? Non abbiamo forse a Chantilly, a Montrond e anche qui degli ufficiali del re prigionieri?».

Claire si alzò spaventata.

«Ah – esclamò costei – fate quel che vi dice monsieur Lenet: le rappresaglie non renderanno la libertà a monsieur Richon».

«Non si tratta della libertà, si tratta della vita», dichiarò Lenet con cupa perseveranza.

«Ebbene – disse la principessa – quel che faranno costoro faremo noi: la prigione per la prigione, il patibolo per il patibolo».

Claire lanciò un urlo e cadde in ginocchio.

«Ah – esclamò – monsieur Richon è un amico. Ero venuta a chiedervi un favore, e avevate promesso di concedermelo. Ebbene, vi chiedo di usare tutta la vostra influenza per salvare monsieur Richon».

Claire era in ginocchio. La principessa colse l'occasione per accordare alle preghiere di Claire quel che rifiutava ai consigli un po' bruschi di Lenet. Andò a un tavolo, prese una penna e scrisse a monsieur de La Meilleraie per chiedere lo scambio di Richon con uno degli ufficiali che teneva prigionieri, a discrezione della regina. Una volta vergata la lettera, si guardò intorno cercando il messaggero da inviare. A quel punto, quantunque fosse ancora sofferente per la sua antica ferita, quantunque fosse esausto per la nuova fatica, si offrì Ravailly, alla sola condizione che gli venisse dato un cavallo fresco. La principessa lo autorizzò a prendere nelle sue scuderie quello che gli fosse convenuto, e il capitano partì sospinto dalle grida della folla, dalle esortazioni di Lenet e dalle suppliche di Claire.

Un istante dopo si udì vociare il popolo radunatosi, a cui Ravailly aveva appena spiegato la propria missione e che nella gioia gridava a squarciagola:

«Principessa! Duca d'Enghien!».

Stanca di quelle apparizioni giornaliere che somigliavano di gran lunga a ordini piuttosto che a ovazioni, la principessa per un istante volle tentare di sottrarsi ai desideri del volgo; ma, come accade in simili circostanze, il volgo si intestardì, e ben presto le grida degenerarono in urla.

«Suvvia», disse la principessa prendendo il figlio per mano. «Andiamo! Obbediamo. Altro non siamo che servi!».

E sfoderando in viso un grazioso sorriso, comparve al balcone e salutò il popolo di cui era al contempo schiava e regina.

XVI.

Nell'attimo in cui la principessa e il figlio si mostravano al balcone, nel bel mezzo delle acclamazioni entusiaste della folla si udì riecheggiare tutt'a un tratto in lontananza un baccano di pifferi e tamburi accompagnati da un allegro vociare.

In quel preciso istante la folla in tumulto, che prendeva d'assalto la casa del presidente Lalanne per vedere madame de Condé, si volse in direzione del baccano che si udiva e, alquanto incurante delle leggi dell'etichetta, cominciò a defluire in direzione di quel baccano che si faceva sempre più vicino. Era semplicissimo. Avevano già visto dieci volte, venti volte, cento volte forse la principessa, mentre quel baccano prometteva qualcosa di ignoto.

«Almeno questi qui sono sinceri», mormorò sorridendo Lenet alle spalle della principessa indignata. «Ma cosa sono questa musica e queste grida? Confesso a Vostra Altezza che sono avido di saperlo quasi al pari di quegli infidi cortigiani».

«Ebbene – disse la principessa – lasciatemi anche voi e correte in strada come costoro».

«Lo farei in questo stesso istante – ribatté Lenet – se avessi la certezza di recarvi una fausta notizia».

«Oh, di buone notizie non ne attendo più!», esclamò la principessa con uno sguardo ironico rivolto al magnifico cielo che le risplendeva sopra il capo. «La buonasorte non è dalla nostra parte».

«Sapete che non mi faccio facili illusioni», proseguì Lenet. «Eppure sarei non poco in errore se un tal baccano non annunciasse un qualche lieto evento».

In effetti il brusio sempre più vicino, la folla accalcata che faceva capolino in fondo alla strada, le braccia levate in aria, i fazzoletti branditi convinsero anche la principessa che la notizia era fausta. Quindi prestò orecchio con un'attenzione che la rese dimentica per un istante della diserzione della corte, e udì tali parole:

«Braunes! Il governatore di Braunes! Il governatore è prigioniero!».

«Ah, ah – proruppe Lenet – il governatore di Braunes è prigioniero! È una disgrazia solo a metà. Sarà per noi un ostaggio che fungerà da garanzia per Richon».

«Ma non avevamo il governatore dell'isola Saint-Georges?», chiese la principessa.

«Sono lieta che il piano che avevo proposto per espugnare Braunes abbia avuto un così felice esito», commentò madame de Tourville.

«Non gloriamoci anzitempo di una vittoria così piena», ribatté Lenet. «Il caso si fa beffe dei piani degli uomini, e talvolta perfino dei piani delle donne».

«Eppure – ribatté madame de Tourville raddrizzandosi con la consueta asprezza – se il governatore è espugnato, la piazzaforte sarà stata espugnata».

«Quel che dite non è affatto di una logica assoluta; ma state tranquilla, se dobbiamo a voi questo duplice successo, come sempre sarò il primo a felicitarmene».

«Ciò che mi stupisce in tutto ciò – disse la principessa, cercando già nel lieto evento che attendeva un aspetto lesivo in ragione dell'aristocratico orgoglio su cui si fondava il suo carattere – ciò che mi stupisce è di non essere stata avvisata per prima di quel che accade: è un'indecenza imperdonabile, e il duca di La Rochefoucauld non ne commette mai».

«Eh, non possediamo soldati per combattere, e voi vorreste che li rimuovessimo ancora dalle loro postazioni per farne bravi messaggeri?», intervenne Lenet. «Non pretendiamo troppo, ahimè, e quando arriva una buona notizia prendiamola così come Dio ce la invia, e non chiediamo come ci è giunta».

Tuttavia la folla andava ingrossandosi, giacché tutti gli assembramenti sparsi andavano ad aggiungersi all'assembramento principale, come nel fiume vanno a confluire i ruscelli. Al centro dell'assembramento principale, che si componeva forse di un migliaio di persone, si stagliava un piccolo nucleo di soldati, all'incirca trenta uomini, e fra questi trenta uomini un prigioniero che i soldati sembravano difendere dalla furia del popolo.

«A morte! A morte!», gridava il volgo. «A morte il governatore di Braunes!».

«Ah ah!», esclamò la principessa con un sorriso trionfale. «Sembra proprio che vi sia un prigioniero, e che tale prigioniero sia il governatore di Braunes!».

«Sì», confermò Lenet. «Ma vedete, sembra che il prigioniero sia in pericolo di morte. Non udite le minacce? Non vedete i gesti furibondi? Eh, forzeranno i soldati, lo ridurranno in pezzi. Oh, che belve! Fiutano la carne e vorrebbero bere il sangue».

«Bevano pure!», ribatté la principessa con la ferocia propria delle donne quando ne sono esaltate le passioni malvagie. «Bevano pure! È il sangue di un nemico!».

«Il nemico è sotto la custodia dell'onore dei Condé», disse Lenet. «Riflettete. E d'altronde chi vi dice che in questo momento Richon, il nostro prode Richon, non corra gli stessi rischi di quel malcapitato? Ah, forzeranno i soldati; se lo toccano, per costui sarà la fine. Orsù, venti uomini!», gridò Lenet voltandosi. «Venti uomini volenterosi per dare manforte e respingere tutta quella gentaglia. Se al prigioniero viene torto un solo capello, ne risponderete a me con la vostra testa! Andate...».

A tali parole venti moschettieri della guardia borghese, appartenenti alle migliori famiglie della città, si precipitarono come un torrente giù per le scale, fenderono la folla menando colpi a iosa con il calcio dei moschetti e andarono a rinfoltire la scorta. Era il momento appropriato: alcuni artigli, più lunghi e acuminati degli altri, avevano già lacerato via lembi di stoffa dall'abito blu del prigioniero.

«Parola mia, vi ringrazio, signori – esclamò il prigioniero – giacché mi avete appena evitato di finire divorato da questi cannibali! Davvero un ottimo lavoro da parte vostra! Accidenti, se mangiano in siffatto modo gli uomini, il giorno in cui l'esercito reale darà l'assalto alla vostra città lo divoreranno tutto crudo!».

E scoppiò a ridere stringendosi nelle spalle.

«Ah, è uno coraggioso!», esclamò la folla vedendo la calma forse appena ostentata del prigioniero, e ripetendo lo sberleffo da cui si sentiva lusingata nell'amor proprio. «È davvero uno coraggioso! Non ha paura costui. Viva il governatore di Braunes».

«Certo, parola mia», gridò il prigioniero. «Viva il governatore di Braunes! Gradirei non poco che rimanesse in vita».

Da quel momento in poi la furia del popolo si tramutò in ammirazione, e l'ammirazione si manifestò subito in accenti vigorosi.

Fu dunque una vera e propria ovazione che fece seguito al martirio imminente del governatore di Braunes, vale a dire il nostro amico Cauvignac.

Giacché, come di certo avranno già indovinato i nostri lettori, era Cauvignac che, con il pomposo appellativo di governatore di Braunes, faceva un tale tristo ingresso nella capitale della Guienna.

Eppure, protetto in tal modo dalle sue guardie e in seguito dalla sua presenza di spirito, il prigioniero di guerra venne introdotto in casa del presidente Lalanne e quindi, mentre una metà della scorta sorvegliava il cancello, condotto dall'altra metà al cospetto della principessa.

Cauvignac negli alloggi di madame de Condé entrò fiero e tranquillo; tuttavia va detto che, dietro tali eroiche sembianze, il cuore ciononondimeno gli batteva forte.

Venne riconosciuto alla prima occhiata, malgrado le condizioni in cui la sollecitudine della folla aveva ridotto il bell'abito blu, i galloni d'oro e la piuma del feltro.

«Monsieur Cauvignac!», esclamò Lenet.

«Monsieur Cauvignac, governatore di Braunes», aggiunse la principessa. «Ah, tutto ciò olezza di tradimento bello e buono».

«Cosa dice Vostra Altezza?», chiese Cauvignac, comprendendo che era il momento o mai più di fare appello a tutto il proprio sangue freddo e soprattutto alla propria avvedutezza. «Mi sembra abbia pronunciato la parola "tradimento"».

«Sì, tradimento. Perché, con quale titolo vi presentate al mio cospetto?».

«Con il titolo di governatore di Braunes».

«Tradimento, lo vedete da voi. Chi ha firmato le vostre provvisioni?».

«Mazzarino».

«Tradimento, doppio tradimento. Lo dicevo io. Voi siete governatore di Braunes, ed è stata la vostra compagnia a consegnare Vayres. Il titolo ha ricompensato l'atto».

A queste parole sul volto di Cauvignac si dipinse il più profondo sconcerto. Egli si guardò intorno come per cercare colui al quale erano indirizzate tali strane parole, e persuaso che all'evidenza l'oggetto delle accuse della principessa altri non era se non egli stesso, abbandonò le mani lungo i fianchi con un gesto colmo di scoramento.

«La mia compagnia ha consegnato Vayres?», disse. «Ed è Sua Altezza a farmi un rimprovero simile?».

«Sì, io. Fate finta di non sapere, fingete pure lo sconcerto; sì, siete un valente attore, a quanto pare. Ma non mi farò gabbare né dal vostro aspetto né dalle vostre parole, per quanto in piena armonia siano l'uno con le altre».

«Non fingo nulla», rispose Cauvignac. «Come pretende Vostra Altezza che io sappia quanto è accaduto a Vayres, se non vi sono mai stato?».

«Sotterfugio. Sotterfugio!».

«A simili parole non ho nulla da rispondere, se non che Vostra Altezza pare scontenta di me... Vostra Altezza perdoni alla franchezza del mio carattere la licenza della mia difesa, ma sono io che pensavo di aver motivo di lamentarmi di ella».

«Lamentarvi di me? Voi!», esclamò la principessa sconcertata da una simile impudenza.

«Certo, io», rispose Cauvignac senza lasciarsi perturbare. «Sulla vostra parola e su quella di monsieur Lenet qui presente recluto una compagnia di valorosi, contraggo nei loro confronti impegni tanto più sacri in quanto erano quasi tutti impegni sulla parola. Ed ecco che quando vengo a chiedere a Vostra Altezza la somma promessa... una miseria... trenta o quarantamila sterline, destinate non già a me, notate bene, ma ai novelli difensori che ho guadagnato ai principi, ecco che Vostra Altezza mi respinge; sì, mi respinge. Mi appello a monsieur Lenet».

«È vero», disse Lenet. «Quando il signore si è presentato, non avevamo denaro».

«E non potevate attendere qualche giorno? La vostra fedeltà e quella dei vostri uomini erano forse pagati un tanto all'ora?».

«Ho atteso quanto mi ha chiesto di attendere lo stesso monsieur de La Rochefoucauld, ossia otto giorni. Al termine degli otto giorni mi sono presentato nuovamente: questa volta rifiuto categorico. Mi appello ancora a monsieur Lenet».

La principessa si voltò verso il consigliere; aveva le labbra serrate e sotto le sopracciglia aggrottate gli occhi lanciavano saette.

«Sfortunatamente – disse Lenet – mi vedo costretto ad ammettere che quel che dice il signore è l'esatta verità».

Cauvignac si raddrizzò trionfante.

«Ebbene – disse – cosa avrebbe fatto un intrigante in simili circostanze? Un intrigante sarebbe andato a vendersi assieme ai propri uomini alla regina. Io invece, che aborro l'intrigo, ho congedato la mia compagnia restituendo a ogni uomo la parola data; e solo, isolato, isolato in una neutralità assoluta, ho fatto quel che il saggio ordina di fare nel dubbio: mi sono astenuto».

«Ma i vostri soldati, i vostri soldati!», esclamò la principessa furente.

«Poiché io non sono né re né principe, bensì solo un capitano – ribatté Cauvignac – poiché non ho né sudditi né vassalli, definisco miei soldati solo i soldati che pago; orbene, poiché i miei, come ha affermato monsieur Lenet, non ricevevano paga alcuna, si sono ritrovati liberi. È a quel punto che si saranno rivoltati contro il loro nuovo capo. Che farci? Confesso che non ne so nulla».

«Ma voi, che avete preso le parti del re, cosa avete da dire? Che la vostra neutralità vi pesava?».

«Nossignora, ma la mia neutralità, per quanto innocente fosse, agli occhi dei sostenitori di Sua Maestà è divenuta sospetta. Un bel mattino sono stato arrestato alla locanda del Vitello d'Oro, sulla strada di Libourne, e condotto al cospetto della regina».

«E a quel punto avete trattato con ella?».

«Un uomo di cuore possiede punti molto sensibili che la delicatezza di un sovrano sa attaccare», rispose Cauvignac. «Avevo l'anima ulcerata: mi avevano cacciato da un partito in cui mi ero ciecamente lanciato con tutto l'ardore, tutta la buonafede della giovinezza. Comparii al cospetto della regina tra due soldati pronti a uccidermi; mi attendevo recriminazioni, offese, la morte, giacché in fin dei conti, almeno nelle mie intenzioni, avevo servito la causa dei principi; ma all'inverso di quel che mi attendevo, invece di punirmi privandomi della libertà, spedendomi in prigione, facendomi salire sul patibolo, la grande principessa mi disse: "Valoroso gentiluomo smarrito, con una parola posso farti cadere la testa; ma vedi, lì si è stati ingrati con te, qui si sarà riconoscenti: in nome di sant'Anna, la mia patrona, farai ormai parte dei miei. Signori – proseguì la sovrana rivolgendosi alle guardie – rispettate quest'ufficiale, giacché ho apprezzato i suoi meriti e lo nomino vostro capo. Quanto a voi – aggiunse ancora voltandosi dalla mia parte – vi nomino governatore di Braunes: così si vendica una regina di Francia". Cosa potevo rispondere?», aggiunse Cauvignac riacquistando la sua voce e le movenze naturali dopo aver imitato in modo in parte comico e in parte sentimentale la voce e le movenze di Anna d'Austria. «Nulla. Ero ferito nelle mie più care speranze; ero ferito nella devozione assolutamente gratuita che avevo deposto ai piedi di Vostra Altezza, alla quale, me ne rammento con gioia, avevo avuto la fortuna di rendere un piccolo servigio a Chantilly. Ho fatto come Coriolano, sono entrato sotto la tenda dei volsci».

Tale discorso, pronunciato con voce drammatica e movenze maestose, produsse grande effetto sugli astanti. Cauvignac si rese conto del trionfo vedendo la principessa impallidire per la rabbia.

«Ma insomma, a chi siete fedele allora?», chiese madame de Condé.

«A coloro che apprezzano la delicatezza della mia condotta», rispose Cauvignac.

«Sta bene. Siete mio prigioniero».

«Ho un tale onore; ma spero mi tratterete al pari di un gentiluomo. Sono vostro prigioniero, è vero, ma non ho combattuto contro Vostra Altezza: mi recavo nel mio governatorato con i miei bagagli, quando mi sono imbattuto in un drappello di vostri soldati che mi hanno arrestato. Nemmeno un istante ho pensato di celare il mio rango né la mia opinione. Ripeto, chiedo quindi di essere trattato non solo al pari di un gentiluomo, ma al pari di un ufficiale superiore».

«Così sarà», rispose la principessa. «La vostra prigione sarà la città; solo che giurerete sul vostro onore che non cercherete mai di uscirne».

«Giurerò tutto quel che Vostra Altezza mi chiederà».

«Sta bene. Lenet, fate consegnare la formula al signore: riceveremo a breve il suo giuramento».

Lenet dettò i termini del giuramento che doveva far prestare a Cauvignac. Cauvignac levò la mano e giurò solennemente che mai sarebbe uscito dalla città se non quando la principessa lo avesse sollevato da un tale giuramento.

«Ora ritiratevi», disse la principessa. «Ci rimettiamo alla vostra lealtà di gentiluomo e al vostro onore di soldato».

Cauvignac non se lo fece ripetere due volte, salutò e uscì; uscendo, però, ebbe il tempo di cogliere un gesto del consigliere che significava: "Quell'uomo ha ragione e noi abbiamo torto: ecco cosa vuol dire lesinare in politica".

Il fatto è che Lenet, il quale apprezzava ogni merito, aveva colto tutta la finezza del carattere di Cauvignac, e proprio in quanto non si era lasciato gabbare in alcun modo dalle ragioni speciose che costui aveva fornito, ammirava la maniera in cui il prigioniero si era tratto d'impaccio da una delle posizioni più false in cui un transfuga possa trovarsi.

Cauvignac, dal canto suo, scendeva le scale assorto nei suoi pensieri, il mento in mano, dicendosi tra sé: "Vediamo un po', ora si tratterebbe di rivendere a costoro centomila sterline all'incirca, i miei centocinquanta uomini, e la cosa è possibile, giacché l'onesto e intelligente Ferguzon ha ottenuto piena libertà per sé e per i suoi. Troverò un modo un giorno o l'altro, questo è certo. Orsù, suvvia – proseguì Cauvignac pienamente rinfrancato – vedo che farmi prendere non è ancora un cattivo affare come avevo creduto sulle prime".

XVII.

Facciamo ora un passo indietro e riportiamo l'attenzione dei nostri lettori sugli eventi che avevano avuto luogo a Vayres, eventi che conoscono ancora solo in modo imperfetto.

Dopo diversi assalti tanto più terribili in quanto il generale delle truppe realiste sacrificava più uomini per perdere meno tempo, i trinceramenti erano stati espugnati; ma gli strenui difensori di tali trinceramenti, dopo aver conteso il terreno passo passo, dopo aver disseminato il campo di battaglia di morti, si erano ritirati attraverso il cammino coperto e si erano insediati dentro Vayres. Ordunque, monsieur de La Meilleraie non si nascondeva che, se aveva perduto cinque o seicento uomini per prendere un insulso bastione di terra con una palizzata sopra, ne avrebbe persi sei volte tanto per prendere un forte circondato da buone mura e difeso da un uomo di cui aveva avuto modo di apprezzare a sue spese la sapienza strategica e il coraggio militare.

Era stato dunque già deciso di aprire una trincea e procedere a un assedio in piena regola, quando gli uomini avevano scorto l'avanguardia dell'esercito del duca d'Épernon che aveva appena effettuato il congiungimento con l'esercito di monsieur de La Meilleraie, congiungimento che raddoppiava le forze reali. Ciò cambiava interamente la situazione. Con ventiquattromila uomini si intraprende ciò che non si osa intraprendere con dodicimila. Di conseguenza per l'indomani venne stabilito di dare l'assalto.

Di fronte all'interruzione dei lavori della trincea, alle nuove disposizioni che si prendevano e soprattutto alla vista dei rinforzi sopraggiunti, Richon comprese che gli assedianti avevano intenzione di incalzarlo senza requie; e prevedendo un assalto per l'indomani, riunì i suoi uomini al fine di valutarne le inclinazioni, di cui peraltro non aveva alcun motivo di dubitare, considerato il modo in cui lo avevano assecondato nella difesa dei primi trinceramenti.

E così enorme fu il suo stupore quando vide la nuova predisposizione della guarnigione. I suoi uomini guardavano all'esercito reale con occhi cupi e inquieti, e dai ranghi provenivano sordi mugugni.

Richon non tollerava scherzi sotto le armi, e men che meno scherzi di quel genere.

«Ehilà, chi è che mugugna?», disse voltandosi nella direzione in cui il mormorio di riprovazione era stato più distinto.

«Io», ripose un soldato più ardimentoso degli altri.

«Tu?».

«Sì, io».

«Allora vieni qui e rispondi».

Il soldato uscì dai ranghi e si avvicinò al capo.

«Di che hai bisogno, tu che ti lamenti?», chiese Richon incrociando le braccia, lo sguardo fisso sull'ammutinato.

«Di che ho bisogno?».

«Sì, di che hai bisogno? Hai la tua razione di pane?».

«Sì, comandante».

«La tua razione di carne?».

«Sì, comandante».

«L'alloggio è di tuo gradimento?».

«Sì».

«Sei in credito di qualche arretrato?».

«No».

«Allora parla: che vuoi? Che desideri? E che significano quei mugugni?».

«Significano che ci battiamo contro il nostro re, e che per i soldati francesi è dura».

«Allora rimpiangi di non essere al servizio di Sua Maestà?».

«Dannazione, sì».

«E vorresti unirti al re?».

«Sì», dichiarò il soldato che, ingannato dalla calma di Richon, credeva che la cosa si sarebbe risolta con la semplice esclusione dai ranghi dei Condé.

«Sta bene», dichiarò Richon afferrando l'uomo per il cinturone. «Ma visto che ho chiuso le porte, dovrai prendere l'unica strada che ti rimane».

«Quale?», chiese il soldato con spavento.

«Quella», rispose Richon, sollevandolo in aria con il suo braccio erculeo e scaraventandolo al di là del parapetto.

Il soldato lanciò un urlo e andò a finire nel fossato, il quale per sua fortuna era colmo d'acqua.

Un tale atto di forza venne accolto da un tetro silenzio. Richon credette di aver sedato la ribellione e, al pari di un giocatore che rischia il tutto per tutto, si voltò verso i suoi uomini.

«Ora – disse – se qui vi sono sostenitori del re, che parlino, e li faremo uscire come più gradiranno».

Un centinaio di uomini gridarono:

«Sì! Sì! Siamo sostenitori del re e vogliamo uscire...».

«Ah! Ah!», esclamò Richon, rendendosi conto che non si trattava più di un'opinione circoscritta, ma di una rivolta collettiva che si annunciava. «Ah! Allora è un'altra cosa. Credevo di avere a che fare con un solo ammutinato, e vedo invece che ho a che fare con cinquecento vigliacchi».

Richon commetteva uno sbaglio ad accusare la collettività: solo un centinaio di uomini aveva parlato, i restanti avevano taciuto; ma i restanti, chiamati in causa dall'accusa di vigliaccheria, mugugnarono a loro volta.

«Orsù – intervenne Richon – non parliamo tutti insieme. Che un ufficiale, posto che vi sia un ufficiale disposto a tradire il proprio giuramento, si faccia portavoce di tutti; costui, lo prometto, potrà parlare senza tema di ritorsioni».

A quel punto Ferguzon mosse un passo fuori dai ranghi e, salutando il suo comandante con squisita cortesia:

«Comandante – disse – state udendo l'auspicio della guarnigione: voi combattete contro Sua Maestà il nostro re. Orbene, la maggior parte di noi non era al corrente di essere arruolata per muovere guerra a un simile nemico. Uno dei prodi qui presenti, violentato in tal modo nelle sue opinioni, nel bel mezzo dell'assalto avrebbe potuto fallare nel puntare il moschetto e piazzarvi una pallottola in testa; ma noi siamo soldati veri e non dei vigliacchi, come a torto avete detto. Tale quindi è l'opinione mia e dei miei compagni, che con rispetto vi esponiamo: consegnateci al re, o ci consegneremo noi stessi».

Tale discorso venne accolto da un'acclamazione universale, a riprova che l'opinione espressa dal luogotenente era condivisa se non da tutta la guarnigione, quantomeno dalla maggioranza. Richon comprese che era la fine.

«Non posso difendermi da solo – disse – e non voglio arrendermi. Poiché i miei soldati mi abbandonano, che qualcuno tratti come gradirà e come gradiranno costoro, ma quel qualcuno non sarò io. Che i pochi valenti che mi sono rimasti fedeli, se mai ve ne sono, abbiano salva la vita: è tutto quel che desidero. Forza, chi sarà il negoziatore?».

«Sarò io, mio comandante, se tuttavia acconsentirete e se i miei compagni mi onoreranno della loro fiducia».

«Sì, sì, il luogotenente Ferguzon! Il luogotenente Ferguzon!», gridarono cinquecento voci, fra le quali si distinguevano quelle di Barrabas e Carrotel.

«Allora sarete voi», disse Richon. «Sarete libero di entrare e uscire da Vayres come vorrete».

«E non avete istruzioni particolari da affidarmi, mio comandante?», chiese Ferguzon.

«Libertà per i miei uomini».

«E per voi?».

«Nulla».

Una simile abnegazione avrebbe ricondotto uomini smarriti; ma costoro non erano solo smarriti, erano venduti.

«Sì, Sì! Libertà per noi!», gridarono.

«State tranquillo, comandante», disse Ferguzon. «Al momento della capitolazione non mi dimenticherò di voi».

Richon sorrise tristemente, alzò le spalle, rientrò nei suoi alloggi e si chiuse nella propria stanza.

Ferguzon passò immediatamente alle fila dei realisti. Tuttavia monsieur de La Meilleraie non volle far nulla senza l'autorizzazione della regina; ordunque, la regina aveva lasciato la cascina di Nanon per non assistere oltremodo, come ella stessa aveva detto, all'onta dell'esercito, e si era ritirata nel municipio di Libourne.

Di conseguenza costui affidò Ferguzon a due guardie, balzò a cavallo e corse a Libourne. Quivi trovò Mazzarino, al quale pensava di annunciare una grande notizia; ma alle prime parole del maresciallo, il ministro lo interruppe con il suo sorriso consueto.

«Di tutto ciò siamo al corrente, maresciallo – gli disse – e la faccenda si è risolta ieri sera. Trattate con il luogotenente Ferguzon, ma per monsieur Richon impegnatevi solo sulla parola».

«Come? Solo sulla parola!», esclamò il maresciallo. «Ma quando avrò assunto un impegno sulla parola, varrà come per iscritto, spero bene».

«Andate, andate pure, maresciallo. Ho ricevuto da Sua Santità indulgenze particolari che mi consentono di sollevare le persone dai propri giuramenti».

«È possibile – disse il maresciallo – ma tali indulgenze non riguardano i marescialli di Francia».

Mazzarino sorrise e fece cenno al maresciallo che poteva far ritorno al campo.

Il maresciallo tornò borbottando di molto, consegnò a Ferguzon una salvaguardia scritta per sé e i suoi uomini e si impegnò sulla propria parola nei confronti di Richon.

Ferguzon rientrò al forte, che abbandonò assieme ai suoi compagni un'ora prima che facesse giorno, dopo aver messo a parte Richon della promessa verbale del maresciallo. Due ore dopo, mentre Richon dalle finestre scorgeva già i rinforzi che gli conduceva Ravailly, alcuni uomini entrarono nella sua stanza e lo arrestarono in nome della regina.

In un primo momento, sul volto del valente comandante si dipinse una viva soddisfazione. Da libero, madame de Condé avrebbe potuto sospettarlo di tradimento; da prigioniero, la sua prigionia garantiva per lui.

È con tale speranza che, invece di uscire assieme agli altri, Richon era rimasto.

Tuttavia gli uomini non si limitarono affatto a prendergli la spada, come egli si era aspettato sulle prime; viceversa, quando fu disarmato, quattro uomini in attesa sulla porta gli si avventarono contro e lo legarono con le mani dietro la schiena.

A un tale indegno trattamento Richon oppose solo la calma e la rassegnazione di un martire. Costui era uno di quegli animi dalla forte tempra, progenitori degli eroi popolari del Settecento e dell'Ottocento.

Richon venne portato a Libourne e condotto al cospetto della regina, che lo squadrò con arroganza; al cospetto del re, che lo polverizzò con uno sguardo feroce; al cospetto di Mazzarino, che gli disse:

«Avete giocato molto pesante, monsieur Richon».

«E ho perduto, non è così, mio signore? Ora resta da sapere cosa ci giochiamo».

«Temo che vi siate giocato la testa», disse Mazzarino.

«Avvisate monsieur d'Épernon che il re vuole vederlo», intervenne Anna d'Austria. «Quanto a costui, che attenda qui il suo giudizio».

E, ritirandosi con superbo sdegno, ella uscì dalla stanza dando la mano al re, seguita da Mazzarino e dai cortigiani.

Monsieur d'Épernon in effetti era giunto da un'ora; ma, come ogni vegliardo innamorato che si rispetti, la sua prima visita era stata per Nanon. In un angolo remoto della Guienna aveva sentito parlare della bella difesa che aveva svolto Canolles nell'isola Saint-Georges; e, da uomo sempre fiducioso nei confronti dell'amante, si congratulava con Nanon per la condotta del caro fratello, la cui fisionomia tuttavia, sosteneva egli ingenuo, non preannunciava né così tanta nobiltà né così tanto valore.

Nanon aveva altro da fare che ridere tra sé per il protrarsi dell'equivoco. In quel momento era in gioco non solo la sua felicità, ma anche la libertà del suo amante. Nanon amava così perdutamente Canolles che non poteva credere all'idea di una perfidia da parte sua, sebbene una tale idea le si fosse affacciata alla mente alquanto di frequente. Nella sollecitudine che egli le aveva usato allontanandola, costei aveva scorto solo una premura affettuosa; ella lo reputava prigioniero con la forza, piangeva per lui e aspirava solo al momento in cui, grazie a monsieur d'Épernon, avrebbe potuto liberarlo.

E così, tramite dieci missive scritte al caro duca, aveva fatto tutto quanto in suo potere per affrettare il ritorno di quest'ultimo.

Finalmente monsieur d'Épernon era giunto e Nanon gli aveva esposto la sua supplica in favore del presunto fratello, che desiderava trarre il prima possibile dalle mani dei nemici, o piuttosto da quelle di madame de Cambes, giacché credeva che Canolles in realtà non corresse altro rischio se non innamorarsi vieppiù della viscontessa.

Tuttavia per Nanon tale rischio era un rischio capitale. Quindi chiedeva a mani giunte a monsieur d'Épernon la libertà per il fratello.

«Tutto ciò capita a proposito», rispose il duca. «Ho appena saputo in questo preciso istante che il governatore di Vayres è stato fatto prigioniero. Ebbene, lo scambieremo con il prode Canolles».

«Oh!», esclamò Nanon. «Questa sì che è una grazia del cielo, mio caro duca».

«Lo amate davvero tanto questo fratello, Nanon!».

«Oh, più della mia stessa vita».

«Che strano non me ne abbiate mai parlato, prima di quel famoso giorno in cui fui così stolto da...».

«E quindi, duca?».

«E quindi rispedisco il governatore di Vayres a madame de Condé, la quale ci rispedirà Canolles; si fa ogni giorno in guerra, è un puro e semplice scambio».

«Sì, ma madame de Condé non riterrà monsieur de Canolles più alto in grado di un semplice ufficiale?».

«Ebbene, in tal caso invece di un ufficiale gliene invieremo due, gliene invieremo tre; troveremo un accordo tale da farvi contenta, avete capito, mio fiore? E quando il nostro prode comandante dell'isola Saint-Georges rientrerà a Libourne, ebbene, lo accoglieremo in trionfo».

Nanon non stava più in sé dalla gioia. Rientrare in possesso di Canolles era il sogno ardente di ogni istante. Quanto a quel che avrebbe detto monsieur d'Épernon quando avesse visto chi era in realtà quel Canolles, ella se ne curava ben poco. Una volta Canolles in salvo, avrebbe detto che si trattava del suo amante. Lo avrebbe detto a voce alta, lo avrebbe detto a tutti!

Tale era la situazione, quando entrò il messaggero della regina.

«Vedete – disse il duca – tutto ciò capita a proposito, Nanon cara; mi recherò da Sua Maestà e tornerò con il cartello di scambio».

«E così mio fratello potrà essere qui...».

«... forse già da domani», disse il duca.

«Suvvia, allora», esclamò Nanon. «Non perdete un istante. Oh, domani, domani – aggiunse levando le braccia al cielo con una mirabile espressione di preghiera – domani, se Dio vuole».

«Oh, che cuore!», mormorò uscendo il duca d'Épernon.

Quando il duca d'Épernon entrò nella stanza della regina, Anna d'Austria, rossa di collera, si mordeva le grosse labbra, che erano oggetto dell'ammirazione dei cortigiani proprio perché erano il punto imperfetto del suo viso. E così monsieur d'Épernon, uomo galante e avvezzo al sorriso delle dame, venne ricevuto come un ribelle bordolese.

Il duca guardò la regina stupito: costei non aveva risposto al saluto e lo guardava accigliata dall'alto della sua regale maestosità.

«Ah, ah, siete voi, duca!», disse infine dopo un attimo di silenzio. «Venite qui, affinché io mi complimenti con voi per il modo in cui decidete gli incarichi del vostro governatorato».

«Che ho mai fatto?», chiese il duca tutto sorpreso. «E cos'è accaduto?».

«È accaduto che avete reso governatore di Vayres un uomo che ha sparato a cannonate sul re, nient'altro».

«Io?», esclamò il duca. «Ma di certo Vostra Maestà commette un qualche errore; non sono stato io a nominare il governatore di Vayres... non che io sappia, almeno».

D'Épernon si emendava poiché la sua coscienza lo rimproverava di non provvedere sempre alle nomine da solo.

«Ah, questa è nuova!», rispose la regina. «Forse monsieur Richon non è stato nominato da voi?».

E la regina insistette con profonda malvagità su quel *forse*.

Il duca, che conosceva il talento di Nanon per assortire gli uomini agli incarichi, si rassicurò prontamente.

«Non ricordo di aver nominato monsieur Richon», disse. «Ma se l'ho nominato, monsieur Richon sarà di certo un buon servitore del re».

«Addirittura!», ribatté la regina. «Secondo voi monsieur Richon sarebbe un buon servitore del re! Accidenti che servitore, visto che in meno di tre giorni ci uccide cinquecento uomini!».

«Se così stanno le cose – disse il duca inquieto – devo ammettere di essermi sbagliato. Ma prima di fare ammenda, lasciatemi acquisire la prova che sono stato io a nominarlo. E tale prova vado a cercare».

La regina fece un gesto per trattenere il duca, ma cambiò avviso.

«Andate – concesse – e quando mi avrete portato la vostra prova, io vi produrrò la mia».

Monsieur d'Épernon uscì di gran carriera e proseguì senza sosta sino a casa di Nanon.

«Ebbene, mi portate il cartello di scambio, mio caro duca?», gli chiese costei.

«Ah, ma certo! Si tratta proprio di questo», rispose il duca. «La regina è furibonda».

«E da dove nasce la furia di Sua Maestà?».

«Dal fatto che io o voi abbiamo nominato monsieur Richon governatore di Vayres, e che tale governatore, il quale a quanto pare si è battuto come un leone, ci ha appena ucciso cinquecento uomini».

«Monsieur Richon?», fece eco Nanon. «Non conosco».

«E nemmeno io, che il diavolo mi si porti!».

«In tal caso, dite liberamente alla regina che è in errore».

«Ma non potreste essere voi in errore?».

«Aspettate. Non voglio aver nulla da rimproverarmi, e vi saprò dire».

Nanon andò nel suo gabinetto d'affari, consultò il registro d'affari alla lettera R: era vergine di qualsivoglia incarico affidato a Richon.

«Potete tornare dalla regina – disse rientrando – e annunciarle liberamente che è in fallo».

Monsieur d'Épernon si recò d'un sol balzo dalla casa di Nanon al municipio.

«Del crimine che mi si imputa io sono innocente», disse il duca entrando fiero nelle stanze della regina. «La nomina di monsieur Richon proviene dai ministri di Vostra Maestà».

«E i miei ministri si firmerebbero d'Épernon!», ribatté aspra la regina.

«Come sarebbe a dire?».

«Certo, dal momento che è questa la firma in calce alla nomina di monsieur Richon».

«Impossibile», rispose il duca con il tono sempre meno saldo di chi comincia a dubitare di sé.

La regina fece spallucce.

«Impossibile!», ripeté la sovrana. «Ebbene, leggete», e prese una nomina che giaceva sul tavolo dalla parte della scrittura, e sul quale teneva poggiata la mano.

Monsieur d'Épernon prese la nomina, la percorse avidamente, esaminando ogni piega del foglio, ogni parola, ogni lettera, e rimase costernato: un ricordo terribile gli si ripresentò alla mente.

«Posso vedere questo monsieur Richon?», chiese.

«Niente di più facile», rispose la regina. «Ho dato ordine che rimanesse nella stanza qui accanto per concedervi una tale soddisfazione». Poi, voltandosi verso le guardie in attesa degli ordini presso la porta: «Conducete qui quel miserabile!», comandò.

Le guardie uscirono, e un istante dopo venne condotto Richon, le mani legate e il capo coperto. Il duca gli si fece incontro e fissò sul prigioniero uno sguardo che questi sostenne con la sua abituale dignità. Poiché aveva il copricapo in testa, una delle guardie glielo gettò a terra con un manrovescio.

L'oltraggio non provocò il minimo gesto da parte del governatore di Vayres.

«Mettetegli un mantello sulle spalle, una maschera sul viso – disse il duca – e datemi una candela accesa».

Dapprima vennero eseguiti i primi due ordini. La regina assisteva a quei bizzarri preparativi con stupore. Il duca girava attorno a Richon mentre questi aveva indosso la maschera, guardandolo con la massima attenzione, tentando di richiamare alla mente tutti i ricordi, ma sembrava ancora dubitare.

«Portatemi la candela che ho richiesto», disse. «Questa prova risolverà ogni mio dubbio».

Venne portata la candela. Il duca avvicinò la nomina alla luce, e al calore della fiamma apparve sul foglio una doppia croce, tracciata al di sotto della firma con l'inchiostro simpatico.

A una tale visione, il duca spianò la fronte ed esclamò:

«La presente nomina è firmata da me, è vero, ma non per monsieur Richon né per nessun altro: mi è stata estorta da costui mediante una sorta di imboscata. Tuttavia, prima di consegnare tale procura avevo praticato sul foglio questa specie di contrassegno che Vostra Maestà può qui vedere, e che funge da prova schiacciante ai danni del colpevole. Guardate».

La regina afferrò avidamente il foglio e guardò, mentre il duca le mostrava il segno con la punta delle dita.

«Non capisco una parola dell'accusa che mi avete appena mosso», disse semplicemente Richon.

«Ma come!», esclamò il duca. «Non eravate voi l'uomo mascherato al quale ho consegnato questo foglio sulla Dordogna?».

«Non ho mai parlato con Vossignoria prima d'oggi; non sono mai andato sulla Dordogna mascherato», rispose freddamente Richon.

«Se non siete voi, è un uomo da voi inviato che è venuto in vostra vece».

«Non mi gioverebbe a nulla nascondere la verità», disse Richon con la medesima calma. «La nomina che avete, duca, l'ho ricevuta da parte della principessa di Condé, dalle mani stesse del duca di La Rochefoucauld; è stata compilata con i miei nomi e il mio cognome da monsieur Lenet, di cui forse conoscete la grafia. In che modo tale nomina è finita nelle mani della principessa? Come mai monsieur de La Rochefoucauld ne era in possesso? In quale vece monsieur Lenet ha vergato sul presente foglio i miei nomi e il mio cognome? Tutto ciò lo ignoro interamente, tutto ciò mi importa poco, tutto ciò non mi riguarda affatto».

«Ah, così credete?», disse il duca in tono beffardo.

E, avvicinandosi alla regina, le raccontò a bassa voce una storia piuttosto lunga che la regina ascoltò con grande attenzione: si trattava della delazione di Cauvignac e dell'avventura sulla Dordogna. Ma essendo la regina una donna, colse perfettamente il moto di gelosia del duca.

Poi, quando questi ebbe concluso:

«È un'infamia che si aggiunge a un alto tradimento, ecco tutto», disse. «Chiunque non abbia esitato a fare fuoco sul proprio re poteva tranquillamente vendere il segreto di una donna».

"Ma che diavolo dicono?", mormorò Richon accigliandosi, giacché pur senza udire abbastanza per capire la conversazione, udiva comunque abbastanza per intuire che il suo onore era compromesso. D'altronde gli occhi fiammeggianti del duca e della regina non promettevano nulla di buono, e per quanto valoroso fosse il comando di Vayres, la duplice minaccia continuava a inquietarlo, sebbene dal volto, che sfoggiava una calma sprezzante, sarebbe stato impossibile indovinare quel che accadeva nel cuore.

«Costui deve essere sottoposto a giudizio», disse la regina. «Riuniamo un consiglio di guerra; sarete voi a presiederlo, duca d'Épernon. Sceglietevi quindi gli assessori e facciamo presto».

«Non vi è alcun consiglio da riunire – intervenne Richon – alcun giudizio da dare. Sono prigioniero sulla parola del maresciallo di La Meilleraie; sono prigioniero mia sponte, prova ne è che potevo uscire da Vayres assieme ai miei soldati, potevo fuggire prima prima o dopo la loro uscita, e così non ho fatto».

«Non m'intendo per nulla di affari», disse la regina alzandosi per trasferirsi in una stanza attigua. «Se avete buone ragioni, le farete valere di fronte ai vostri giudici. Non sareste a vostro agio qui per assidere, duca?».

«Sissignora – rispose questi e, scegliendo dodici ufficiali nell'anticamera, costituì immediatamente il tribunale.

Richon cominciava a comprendere. I giudici improvvisati presero posto; poi il relatore chiese nomi, cognome e funzioni.

Richon rispose alle tre domande.

«Siete accusato di alto tradimento per aver cannoneggiato i soldati del re», disse il relatore. «Riconoscete di esservi reso colpevole di tale crimine?».

«Negare sarebbe negare l'evidenza: sissignore, ho cannoneggiato i soldati del re».

«In nome di quale diritto?».

«In nome del diritto della guerra, in nome del medesimo diritto che in similare circostanza hanno invocato monsieur de Conti, monsieur de Beaufort, monsieur d'Elbœuf e tanti altri».

«Tale diritto non esiste, giacché tale diritto non è nient'altro che ribellione».

«Eppure è in nome di tale diritto che il mio luogotenente si è reso artefice di una capitolazione. E tale capitolazione io la invoco».

«Capitolazione!», esclamò d'Épernon con ironia, giacché sentiva che la regina era in ascolto ed era la sua ombra a dettare tale parola oltraggiosa. «Capitolazione! Trattare con un maresciallo di Francia, voi!».

«Perché no – ribatté Richon – visto che il maresciallo di Francia trattava con me».

«Allora mostratecela questa capitolazione, giudicheremo noi il valore».

«Si tratta di un accordo verbale».

«Producete il testimone».

«Ne ho solo uno da produrre».

«Quale?».

«Il maresciallo stesso».

«Mandate a chiamare il maresciallo», ordinò il duca.

«Inutile», disse la regina aprendo la porta dietro cui era in ascolto. «Il maresciallo è partito due ore or sono: marcia su Bordeaux assieme alla nostra avanguardia», e richiuse la porta.

Una tale apparizione raggelò tutti gli animi, giacché imponeva ai giudici l'obbligo di condannare Richon.

Il prigioniero sorrise amaro.

«Ah – disse – ecco come monsieur de La Meilleraie fa onore alla sua parola! Avevate ragione voi», disse volgendosi verso il duca d'Épernon. «Ho commesso un errore a trattare con un maresciallo di Francia».

Da quel momento Richon si rinchiuse nel silenzio e nello sdegno, e a qualsiasi domanda che gli venisse posta cessò completamente di rispondere.

Tutto ciò semplificava di molto la procedura, al punto che le restanti formalità vennero sbrigate in un'ora appena. Poco si scrisse, e si parlò ancora meno. Il relatore decise per la messa a morte, e a un cenno del duca d'Épernon i giudici votarono all'unanimità per la messa a morte.

Richon ascoltò la sentenza come fosse stato un semplice spettatore e, sempre impassibile e silente, venne consegnato seduta stante al prevosto dell'esercito.

D'Épernon, dal canto suo, si recò dalla regina, che trovò di umore delizioso e dalla quale fu invitato a cena. Il duca, che si reputava in rovina, accettò e si recò da Nanon per renderla partecipe della ventura di rientrare ancora nelle grazie della sovrana.

Trovò la giovane donna seduta su una chaise longue accanto a una finestra che affacciava sulla piazza di Libourne.

«Ebbene – gli chiese Nanon – avete scoperto qualcosa?».

«Ho scoperto tutto, mia cara», rispose il duca.

«Bah», esclamò Nanon inquieta.

«Ah, mio Dio, sì! Rammentate la delazione alla quale avevo avuto la stolidezza di credere, la delazione che riguardava gli amori tra voi e vostro fratello?».

«E allora?».

«Ricordate la procura che mi veniva chiesta?».

«Sì. E quindi?».

«Il delatore è nelle nostre mani, cara mia, prigioniero nelle righe della sua procura come una volpe in trappola».

«Davvero!», esclamò Nanon spaventata, giacché viceversa sapeva bene che il delatore era Cauvignac e, sebbene non nutrisse grande affetto nei confronti del suo vero fratello, mai avrebbe voluto che gli accadesse una disgrazia; d'altronde cotal fratello, per trarsi d'impaccio, poteva dire un nugolo di cose che Nanon preferiva di gran lunga mantenere segrete.

«In persona, cara», proseguì d'Épernon. «Che ne dite della vicenda? Il manigoldo, grazie a quella procura, si era nominato d'autorità governatore di Vayres; ma Vayres è stata espugnata, e il colpevole è nelle nostre mani».

Tutti i dettagli calzavano così bene con le elaborate macchinazioni di Cauvignac che Nanon si sentì doppiamente spaventata.

«E quell'uomo – chiese con voce turbata – quell'uomo, cosa ne avete fatto?».

«Ah – rispose il duca – vedrete voi stessa cosa ne abbiamo fatto, parola mia! Sì, parola mia – aggiunse alzandosi – tutto ciò capita al momento giusto: tirate su la tenda, o ancora meglio spalancate la finestra; parola mia, è un nemico del re, e potrete vederlo impiccato».

«Impiccato!», esclamò Nanon. «Che state dicendo, duca? Impiccato l'uomo della procura?».

«Sì, mia bella. Vedete sotto il mercato coperto, alla trave, la corda che penzola, la folla che accorre? Ecco ecco, notate i fucilieri che conducono l'uomo, laggiù a sinistra? Eh, guardate, ecco il re che si mette in finestra».

Il cuore le sollevava il petto e sembrava volesse balzarle fino in gola: tuttavia con una rapida occhiata Nanon aveva visto che l'uomo che veniva condotto non era affatto Cauvignac.

«Forza, forza – disse il duca – il signor Richon verrà impiccato come un cane; così imparerà a calunniare le donne!».

«Ma...», esclamò Nanon afferrando la mano del duca e adunando tutte le forze. «Ma quel disgraziato non ha colpa; magari è un soldato coraggioso, magari è un uomo onesto... Magari potreste assassinare un innocente!».

«Certo che no, certo che no, vi sbagliate della grossa, mia cara; è un falsario e un calunniatore. D'altronde, quand'anche fosse solo governatore di Vayres, sarebbe colpevole di alto tradimento, e mi sembra che, quand'anche fosse solo colpevole di tale crimine, sarebbe già abbastanza».

«Ma non aveva la parola di monsieur de La Meilleraie?».

«Così ha detto, ma io non gli credo affatto».

«Come mai il maresciallo non ha fornito lumi al tribunale su un aspetto così importante?».

«È partito due ore prima che l'accusato comparisse davanti ai giudici».

«Oddio, oh mio Dio! Qualcosa mi dice che quell'uomo è innocente – esclamò Nanon – e che la sua morte porterà sventura a tutti noi. Ah, in nome del cielo, voi che siete potente, voi che dite di non poter rifiutarmi nulla, accordatemi la grazia di quell'uomo!».

«Impossibile, cara mia, è stata la regina stessa a condannarlo, e là dove si trova ella, non vi è più alcun potere».

Nanon emise un sospiro che somigliava a un gemito.

In quel momento Richon era giunto sotto al mercato. Venne condotto, sempre calmo e silente, fino alla trave da cui pendeva la corda; era già stata innalzata una scala, che era in attesa: Richon salì la scala con passo fermo, sovrastando con la nobile testa tutta la folla sulla quale si tendeva il suo sguardo corazzato di freddo sdegno. Allora il prevosto gli passò il cappio al collo e il banditore proclamò ad alta voce che il re faceva giustizia del signor Étienne Richon, falsario, traditore e plebeo.

«Ormai siamo in un'epoca – disse Richon – in cui è meglio essere un plebeo al pari di me piuttosto che un maresciallo di Francia».

Aveva appena pronunciato tali parole che la scala veniva meno sotto ai suoi piedi, e al fatale travetto penzolava il corpo tutto palpitante.

Un moto generale di terrore disperse la folla senza che si udisse un solo grido di «Viva il re!», sebbene ciascuno potesse vedere le due Maestà ancora in finestra. Nanon si nascondeva il viso tra le mani e si era rifugiata nell'angolo più remoto della stanza.

«Ebbene – disse il duca – checché voi ne pensiate, cara Nanon, credo che questa esecuzione sarà di buon esempio, e quando a Bordeaux vedranno che impicchiamo i loro governatori, sono curioso di sapere cosa faranno».

All'idea di cosa potessero fare gli abitanti di Bordeaux Nanon dischiuse la bocca per parlare, ma poté solo lanciare un grido terribile, levando entrambe le mani al cielo come a supplicare che la morte di Richon non fosse vendicata; poi, come se tutte le forze vitali in ella si fossero spezzate, cadde di peso sull'impiantito.

«Ma... ma... – esclamò il duca – che vi succede, Nanon, cosa avete? È mai possibile che vi mettiate in uno stato simile per aver visto impiccare un plebeo! Suvvia, Nanon cara, rialzatevi; tornate in voi... Ma che Dio mi perdoni, è svenuta! E sì che ad Agen dicono sia insensibile! Ohilà, qualcuno! Aiuto! I sali! Un po' di acqua fredda!».

E il duca, vedendo che nessuno accorreva alle sue grida, corse fuori per andare a prendere di persona quel che invano chiedeva ai suoi domestici, i quali di certo non potevano udirlo, presi com'erano dallo spettacolo che gratuitamente la generosità reale aveva loro elargito.

XVIII.

Proprio nel momento in cui a Libourne si compieva il terribile dramma che abbiamo testé raccontato, madame de Cambes, seduta a un tavolo di quercia dai piedi ritorti, avendo dinanzi a sé Pompée intento a una specie di inventario del suo patrimonio, scriveva a Canolles la seguente missiva:

Ancora un ritardo, amico mio. Proprio quando ero sul punto di proferire il vostro nome alla principessa e chiederne il consenso alla nostra unione, è giunta la notizia dell'espugnazione di Vayres, che mi ha gelato le parole sulle labbra; tuttavia so quel che dovete patire, e sono lungi dall'avere la forza di tollerare il vostro dolore e al contempo il mio. I successi o i rovesci di questa guerra fatale possono condurci troppo oltre, se non ci risolviamo a forzare le circostanze... Domani, amico mio, domani, alle sette di sera, sarò vostra moglie.

Ecco il piano d'azione che vi prego di adottare; è urgente che vi adeguiate a esso in ogni punto.

Trascorrerete il dopocena presso madame Lalanne che, da quando vi ho presentato a ella, fa un gran parlare di voi assieme alla sorella. Si giocherà: giocate al pari degli altri, ma non iniziate alcuna partita per cena. Fate di meglio: quando cala la sera, allontanate i vostri amici, se ne avete intorno. A quel punto, quando sarete isolato, vedrete entrare un messaggero, non so ancora quale, che vi chiamerà per nome, come se fosse richiesta la vostra presenza per una qualche faccenda. Chiunque egli sia, seguitelo fiducioso, giacché verrà per mio conto e avrà come missione di condurvi nella cappella in cui sarò ad attendervi.

Vorrei che accadesse nella chiesa dei Carmelitani, che per me già racchiude dolcissimi ricordi; ma non oso ancora sperarvi. Tuttavia è questo che accadrà, se acconsentiranno a chiudere la chiesa per noi.

Nell'attesa di quel momento, fate con la mia missiva quel che fate con la mia mano quando dimentico di ritrarla. Oggi vi dico a domani, domani vi dirò per sempre!

Quando ricevette la missiva, Canolles attraversava uno dei suoi momenti di misantropia: l'intera vigilia e la mattina di quel giorno egli non aveva nemmeno intravisto madame de Cambes, sebbene nell'arco di ventiquattr'ore fosse passato forse dieci volte davanti alle sue finestre. Allora nell'animo del giovane innamorato si era prodotta la reazione consueta. Accusava la viscontessa di civetteria, dubitava del suo amore; riprincipiava suo malgrado con i ricordi di Nanon, così buona, così devota, così ardente, la quale quasi si gloriava di quell'amore di cui Claire sembrava pressoché adontarsi, e il poveretto sospirava, prigioniero tra quell'amore appagato che non riusciva a sopirsi e l'amore anelante che non poteva appagarsi: l'epistola della viscontessa giunse a risolvere ogni cosa in suo favore.

Canolles lesse e rilesse la missiva: come aveva previsto Claire, la baciò venti volte come avrebbe fatto con la sua mano. Riflettendo, Canolles tutto considerato non poteva celarsi che l'amore per la viscontessa fosse stato e fosse la relazione più seria della sua vita. Con le altre donne tale sentimento aveva sempre assunto un altro aspetto, e soprattutto un altro sviluppo. Canolles aveva recitato il ruolo di conquistatore, si era atteggiato a trionfatore, si era pressoché riservato il diritto di essere incostante. Con madame de Cambes invece era egli a sentire il servaggio di una potenza superiore contro cui non tentava nemmeno di reagire, giacché sentiva che il giogo di oggi gli era più dolce della possanza di un tempo. E nei momenti di scoramento in cui nutriva dubbi sul reale affetto di Claire, nelle ore in cui il cuore dolente si ripiega su se stesso e scava le sue dolenze con il pensiero, ammetteva tra sé e sé, senza nemmeno avvampare di una debolezza che un anno prima avrebbe giudicato indegna di un animo magno, che perdere madame de Cambes sarebbe stata per lui un'intollerabile calamità.

Ma amarla, esserne amato, possederla nel cuore, nell'animo, nella persona, possederla in tutta l'indipendenza del suo avvenire, giacché la viscontessa non esigeva nemmeno il sacrificio delle opinioni alla causa della principessa e chiedeva solo il suo amore... Più felice l'avvenire, il più ricco ufficiale dell'esercito del re... già, perché obliare la ricchezza, in fin dei conti? La ricchezza non guasta nulla a rimanere al servizio di Sua Maestà, se Sua Maestà ricompensasse degnamente la fedeltà; oppure lasciarla, qualora secondo le leggi fosse ingrata. Non era questa in verità una felicità più grande, più sublime per così dire, di quanto nei suoi dolci sogni egli avesse mai osato aspirare?

Nanon, però?

Ah, Nanon! Nanon era il rimorso sordo e lancinante che sempre permane nel profondo delle nobili anime... Solo nei cuori volgari il dolore di cui essi sono causa non trova eco alcuna. Nanon, povera Nanon! Cosa avrebbe fatto, cosa avrebbe detto, cosa ne sarebbe stato di costei quando avesse appreso la terribile notizia che il suo amante era il marito di un'altra?... Ahimè, non si sarebbe vendicata, quantunque avesse di certo tra le mani tutti i mezzi per vendicarsi, e tale era il pensiero che più straziava Canolles... Ah, se almeno Nanon cercasse di vendicarsi, se addirittura si vendicasse in un modo purchessia, l'infedele vedrebbe in ella solo più una nemica, e almeno si sarebbe affrancato dai rimorsi.

Tuttavia, alla missiva in cui egli le aveva detto di non scrivere più Nanon non aveva risposto... Com'era mai possibile che ella avesse seguito così scrupolosamente le sue istruzioni? Certo, se avesse voluto, Nanon avrebbe trovato il modo di fargliene pervenire dieci di missive: Nanon quindi non aveva cercato di corrispondere. Ah, se Nanon potesse non amarlo più!

E Canolles si incupì all'eventualità che Nanon non lo amasse più; è cosa crudele trovare l'egoismo dell'orgoglio perfino nel più nobile dei cuori.

Per sua fortuna Canolles aveva un metodo per dimenticare tutto, ossia leggere e rileggere la missiva di madame de Cambes; la lesse e la rilesse, e il metodo diede i suoi frutti. Il nostro innamorato quindi riuscì in tal modo a stordirsi riguardo a tutto quanto non concernesse la sua felicità. E per obbedire subito all'amante, che gli ordinava di recarsi presso madame Lalanne, si fece bello, la qual cosa non gli rimaneva difficile in virtù della giovinezza, della grazia e del buon gusto, quindi si avviò alla casa della presidentessa allo scoccare delle due.

Canolles era così preso dalla sua felicità che passando sul lungofiume non aveva visto l'amico Ravailly, il quale da una barca che avanzava a forza di remi gli faceva mille gesti. Gli innamorati, nei momenti di felicità, incedono con passo così leggiadro che sembra non tocchino terra. Canolles quindi era ormai lontano quando Ravailly attraccò.

Non appena a terra, Ravailly impartì con voce spiccia qualche ordine agli uomini della scialuppa e si precipitò agli alloggi di madame de Condé.

La principessa era a tavola, quando udì alcuni rumori nell'anticamera: chiese chi fosse all'origine del trapestio, e le venne risposto che si trattava del barone di Ravailly, che ella stessa aveva inviato presso monsieur de La Meilleraie ed era di ritorno proprio in quel momento.

«Credo sarebbe opportuno che Vostra Altezza lo ricevesse senza indugi», suggerì Lenet. «Quali che siano le notizie che reca, sono importanti».

La principessa fece un cenno e Ravailly entrò; ma era così pallido e così stravolto in viso che solo a vederlo madame de Condé intuì di aver di fronte un messaggero di sventure.

«Cosa c'è allora, capitano?», chiese. «Vi sono novità?».

«Domando scusa se mi presento così al cospetto di vostra Altezza, ma ho ritenuto che la notizia che reco non tollerasse alcun indugio».

«Parlate, avete visto il maresciallo?».

«Il maresciallo si è rifiutato di ricevermi».

«Il maresciallo si è rifiutato di ricevere il mio inviato!», esclamò la principessa.

«Oh, e non è tutto».

«Cos'altro c'è? Parlate! Parlate! Vi ascolto».

«Il povero Richon...».

«Ebbene, lo so: prigioniero... giacché vi avevo inviato per trattare il suo riscatto».

«Per quanto di fretta abbia marciato, sono giunto troppo tardi».

«Come? Troppo tardi!», esclamò Lenet. «Gli è forse accaduta una sventura?».

«È morto».

«Morto!», ripeté la principessa.

«Hanno istruito un processo per tradimento; lo hanno condannato e giustiziato».

«Condannato! Giustiziato! Ah, avete sentito?», esclamò Lenet costernato. «Ve lo dicevo io!».

«E chi l'ha condannato? Chi ha avuto l'impudenza?».

«Un tribunale presieduto dal duca d'Épernon, o piuttosto dalla regina in persona; e così non si sono contentati della morte, hanno voluto che la morte fosse infamante».

«Cosa? Richon...».

«Impiccato. Impiccato come un miserabile, come un ladro, come un assassino! Ho visto il suo corpo sotto il mercato di Libourne».

La principessa balzò dallo scranno come fosse stata spinta da una molla invisibile. Lenet lanciò un grido di dolore. Madame de Cambes, che si era alzata, ricadde sulla sedia e si portò la mano sul cuore, come accade quando si riceve una ferita profonda: aveva perso i sensi.

«Portate via la viscontessa», disse il duca di La Rochefoucauld. «In questo momento non abbiamo l'agio di badare ai deliqui delle signore».

Due donne portarono altrove la viscontessa.

«Una secca dichiarazione di guerra», disse il duca impassibile.

«È infame», disse la principessa.

«È feroce!», disse Lenet.

«È impolitica», disse il duca.

«Oh, tuttavia spero proprio che ci prenderemo la nostra rivincita!», esclamò la principessa. «E che sia crudele!».

«Io ho un piano», dichiarò madame de Tourville, che non aveva ancora detto nulla. «Rappresaglie, Altezza, rappresaglie!».

«Un momento», intervenne Lenet. «Diavolo, avete la mano pesante! La cosa è abbastanza grave da meritare riflessione».

«Nossignore, subito invece», rispose madame de Tourville. «Quanto prima il re ha colpito, tanto più noi dobbiamo affrettarci a rispondere rendendo prontamente lo stesso colpo».

«Eh – esclamò Lenet – parlate davvero di versare il sangue come foste voi la regina di Francia. Prima di dare il vostro parere, aspettate almeno che Sua Altezza ve ne faccia richiesta».

«La signora ha ragione», intervenne il capitano delle guardie. «Rappresaglie. È la legge della guerra».

«Suvvia – disse il duca di La Rochefoucauld, sempre calmo e impassibile – non perdiamo tempo in chiacchiere come stiamo facendo ora. A breve la notizia si diffonderà in città, e tra un'ora non saremo più padroni né degli eventi, né delle passioni, né degli uomini. Come prima cosa Vostra Altezza deve premurarsi di assumere un atteggiamento abbastanza fermo da essere giudicata irremovibile».

«Ebbene – disse la principessa – lascio a voi una tale premura, duca, e mi rimetto interamente a voi perché abbiate premura di vendicare il mio onore e i vostri affetti, giacché prima di entrare al mio servizio Richon era al vostro. L'ho ereditato da voi, e voi me lo avete affidato più come un vostro amico che come un domestico».

«State tranquilla – rispose il duca facendo un inchino – mi ricorderò di quel che devo a voi, a me e a quel povero defunto».

Quindi si avvicinò al capitano delle guardie e gli parlò a lungo sottovoce, mentre la principessa usciva accompagnata da madame de Tourville e seguita da Lenet, il quale si batteva la fronte addolorato.

La viscontessa era sulla porta. Dopo aver ripreso i sensi, la sua prima idea era stata tornare da madame de Condé. La incontrò sul proprio tragitto, ma con un volto così severo che non osò affatto interpellarla personalmente.

«Dio mio! Dio mio! Cosa faremo?»», esclamò timidamente la viscontessa giungendo le mani in supplica.

«Ci vendicheremo», rispose madame de Tourville con maestosità.

«Ci vendicheremo? E come?», chiese Claire.

«Se avete una qualsivoglia influenza sulla principessa – aggiunse Lenet – usatene, affinché con il pretesto delle rappresaglie non si commetta un qualche orribile assassinio».

E passò a sua volta, lasciando Claire in preda al terrore.

In effetti, grazie a una di quelle intuizioni particolari che fanno credere ai presentimenti, alla mente della giovane donna si era di colpo affacciato il ricordo doloroso di Canolles. Ella avvertì nel cuore come una triste voce che le parlava dell'amico assente, e dopo essere risalita nelle sue stanze con furiosa precipitazione aveva principiato a vestirsi per recarsi all'appuntamento, quando si rese conto che l'appuntamento doveva aver luogo solo di lì a tre o quattro ore.

Tuttavia, come gli era stato raccomandato dalla viscontessa, Canolles si era presentato a casa di madame Lalanne. Era il compleanno del presidente e si dava una sorta di festa in suo onore. Poiché erano i giorni più belli dell'anno, tutta la società era riunita nel giardino, dove su un vasto prato era stato allestito un gioco degli anelli. Canolles, che era dotato di una perizia estrema e una grazia perfetta, accettò subito diverse sfide e grazie alla sua destrezza portò costantemente la vittoria dalla sua parte.

Le signore ridevano di fronte all'imperizia dei rivali di Canolles e ammiravano l'abilità di quest'ultimo; a ogni nuovo colpo che costui metteva a segno erano acclamazioni prolungate, i fazzoletti sventolavano in aria ed era già molto che i mazzi di fiori non sfuggissero dalle mani per andare a cadergli ai piedi.

Quel trionfo non era bastevole a distogliere Canolles dalla grande preoccupazione che aveva in mente, ma lo aiutava a pazientare. Per quanta fretta si possa avere nel raggiungere la meta, noi portiamo pazienza di fronte agli indugi lungo la strada, quando tali indugi sono ovazioni.

Tuttavia, man mano che si approssimava l'ora attesa, gli sguardi del giovane si volgevano più frequenti verso il cancello dal quale entravano e uscivano i convitati, e dal quale naturalmente doveva comparire l'inviato promesso.

Tutt'a un tratto, mentre Canolles si rallegrava di avere ormai da attendere con ogni probabilità ancora per breve tempo, tra la folla in festa si insinuò una fola singolare. Canolles notava che qua e là si formavano capannelli, la gente conversava a bassa voce e lo guardava con uno strano interesse che sembrava recasse in sé qualcosa di doloroso; sulle prime attribuì tale interesse alla sua persona, alla sua perizia, e si sentì onorato di tale sentimento, di cui era ben lungi dal sospettare la vera causa.

Poi però cominciò a notare, come abbiamo detto, che vi era qualcosa di doloroso nell'attenzione di cui era oggetto: si avvicinò sorridendo a uno dei capannelli. Coloro che ne facevano parte abbozzavano un sorriso, ma avevano un contegno visibilmente a disagio: quanti non erano intenti a conversare con Canolles si allontanarono.

Canolles si voltò; vide che poco a poco tutti si eclissavano. Sembrava che di colpo si fosse sparsa nel consesso una notizia ferale che avesse raggelato tutti di terrore. Alle sue spalle passava e ripassava il presidente Lalanne il quale, una mano sotto il mento e l'altra sul petto, incedeva con aria lugubre. La presidentessa, tenendo a braccetto la sorella e profittando di un momento in cui nessuno poteva vederla, mosse un passo verso Canolles e, senza rivolgere la parola a nessuno, disse con un tono che gettò turbamento nell'animo del giovane:

«Se io fossi prigioniero di guerra, foss'anche sulla parola, per il timore che la parola data non venisse rispettata, salterei in groppa a un buon cavallo e raggiungerei il fiume; darei dieci luigi, venti luigi, cento luigi a un barcaiolo, alla bisogna, ma fuggirei a gambe levate...».

Canolles guardò le due donne con stupore, e le due donne fecero al contempo un cenno di terrore che gli rimase incomprensibile. Si fece avanti, cercando di ottenere dalle due donne la spiegazione delle parole che avevano appena pronunciato, ma queste ultime si dileguarono come spettri, una portandosi un dito sulla bocca per fargli cenno di tacere, l'altra sollevando il braccio per fargli cenno di fuggire.

In quel momento al cancello si udì il nome di Canolles.

Il giovane rabbrividì in tutto il corpo; con ogni probabilità era il messaggero di madame de Cambes a pronunciare il suo nome. Si precipitò al cancello.

«Si trova qui il barone di Canolles?», chiedeva una voce potente.

«Sì», esclamò Canolles, dimentico di tutto per rammentare solo la promessa di Claire. «Sì, eccomi».

«Siete monsieur de Canolles in persona?», domandò allora una sorta di sergente varcando il cancello dietro cui era rimasto fino a quel momento.

«Sissignore».

«Il governatore dell'isola Saint-Georges?».

«Sì».

«L'ex capitano del reggimento di Navailles?».

«Sì».

Il sergente si voltò, fece un cenno, e immediatamente si fecero avanti quattro soldati nascosti dietro una carrozza; la carrozza stessa si avvicinò tanto che con il predellino toccava la soglia del cancello. Il sergente invitò Canolles a salire.

Il giovane si guardò intorno; era assolutamente solo. In lontananza, tra gli alberi, simili a due ombre, vide solo madame Lalanne e la sorella che, appoggiate l'una all'altra, sembravano guardarlo con compassione.

"Perdio!", si disse, non capendo nulla di quanto accadeva. "Madame de Cambes si è andata a scegliere davvero una strana scorta. Ma non facciamo i difficili sulla scelta dei mezzi", aggiunse sorridendo al pensiero.

«Vi stiamo aspettando, comandante», disse il sergente.

«Domando scusa, signori», rispose Canolles. «Eccomi», e salì a bordo della carrozza.

Il sergente e due soldati salirono insieme al barone; gli altri due presero posto uno accanto al cocchiere, l'altro dietro, e la pesante vettura partì veloce quanto potevano trascinarla due vigorosi cavalli.

Tutto ciò era strano, e Canolles cominciava a impensierirsi; così, voltandosi verso il sergente:

«Ora che siamo tra di noi – disse – potete dirmi dove mi state conducendo?».

«Ma innanzitutto alla prigione, comandante», rispose colui al quale era rivolta la domanda.

Canolles guardò l'uomo con stupore.

«Come? Alla prigione?», esclamò. «Non siete qui per conto di una donna?».

«Certo che sì».

«E tale donna non è forse la viscontessa di Cambes?».

«Nossignore, tale donna è la principessa di Condé».

«La principessa di Condé!», esclamò Canolles.

«Povero giovanotto!», mormorò una donna di passaggio, e si fece il segno della croce.

Canolles sentì un brivido acuto passargli nelle vene.

Più oltre, quando vide la carrozza e i soldati, un uomo che correva con una picca in mano si fermò. Canolles si sporse fuori, e di certo l'uomo lo riconobbe, giacché gli mostrò il pugno con un'espressione minacciosa e furente.

«Questa poi! Ma sono tutti matti nella vostra città!», disse Canolles cercando ancora di sorridere. «In quest'ultima ora sono dunque divenuto oggetto di odio o pietà, giacché alcuni mi compatiscono e altri mi minacciano?».

«Eh – rispose il sergente – quanti vi compatiscono non hanno torto, e quanti vi minacciano potrebbero davvero aver ragione».

«Ma insomma, se almeno capissi!», esclamò Canolles.

«Capirete a breve», rispose il sergente.

Giunsero alla porta della prigione e Canolles venne fatto scendere in mezzo alla folla che cominciava ad assembrarsi. Solo che, invece di essere condotto nella sua solita stanza, Canolles venne portato dabbasso, in una cella gremita di guardie.

"Orsù, devo pur sapere cosa aspettarmi", si disse Canolles e, tirando fuori di tasca due luigi, si avvicinò a un soldato e glieli mise in mano.

Il soldato esitò ad accettare.

«Prendi, amico mio – gli disse Canolles – giacché la domanda che sto per porti non può comprometterti in nulla».

«Parlate allora, comandante», rispose il soldato intascando previamente i due luigi.

«Ebbene, vorrei sapere il motivo del mio arresto improvviso».

«A quanto pare – gli rispose il soldato – ignorate che il povero monsieur Richon sia morto!».

«Richon è morto?», esclamò Canolles con un grido di profondo dolore, giacché ricorderete l'amicizia che li univa. «Mio Dio, sarebbe dunque stato ucciso?».

«No, mio comandante, è stato impiccato».

"Impiccato!", mormorò Canolles con il volto livido, giungendo le mani e guardando il sinistro apparato che lo circondava e l'aspetto feroce dei guardiani. "Impiccato! Diavolo! Questo sì che potrebbe rimandare a tempo indefinito il mio matrimonio!".

XIX.

Madame de Cambes aveva ultimato la sua toeletta, toeletta semplice e incantevole; quindi si gettò una sorta di cappa sulle spalle e fece cenno a Pompée di precederla. Era quasi buio e, pensando di essere meno notata a piedi che in carrozza, aveva dato ordine alla vettura di attenderla solo all'uscita della chiesa dei Carmelitani, nei pressi di una cappella in cui aveva ottenuto di essere maritata. Pompée scese le scale e la viscontessa lo seguì. Tali mansioni da esploratore rammentavano al vecchio soldato il famoso pattugliamento che aveva effettuato alla vigilia della battaglia di Corbie.

Ai piedi delle scale, mentre camminava rasente il salone dove vi era grande tumulto, ella incontrò madame de Tourville, la quale trascinava il duca di La Rochefoucauld verso il gabinetto della principessa continuando a discutere.

«Oh, di grazia, solo una parola!», disse Claire. «Cosa è stato deciso?».

«Il mio piano è stato adottato!», esclamò trionfante madame de Tourville.

«E qual era il vostro piano? Non ne sono al corrente».

«Le rappresaglie, mia cara, le rappresaglie!».

«Perdonate, ma ho la sventura di non essere affatto in confidenza al pari vostro con i termini di guerra. Cosa intendete con la parola "rappresaglia"?».

«Niente di più semplice, bambina cara».

«Ma insomma, spiegatevi».

«Hanno impiccato un ufficiale dell'esercito dei principi, vero?».
«Sì, e allora?».
«Allora cercheremo a Bordeaux un ufficiale dell'esercito del re, e lo impiccheremo!».
«Dio onnipotente!», esclamò Claire spaventata. «Che dite mai?».
«Duca – proseguì la principessa vedova apparentemente senza notare il terrore della viscontessa – non abbiamo già arrestato il governatore che comandava a Saint-Georges?».
«Sissignora», rispose il duca.
«Monsieur de Canolles è agli arresti!», esclamò Claire.
«Sì – disse freddo il duca – monsieur de Canolles è agli arresti o lo sarà a breve. L'ordine è stato dato in mia presenza, e ho visto partire gli uomini incaricati di eseguirlo».
«Ma sapevano dove si trovava?», chiese Claire in un'ultima speranza.
«Si trovava nella casa di campagna del nostro ospite, monsieur Lalanne, dove, così mi hanno detto, riscuoteva perfino grande successo al gioco degli anelli».
Claire lanciò un grido; madame de Tourville si voltò con stupore, il duca guardò la giovane donna con un impercettibile sorriso.
«Monsieur de Canolles è agli arresti!», disse ancora la viscontessa. «Ma cos'ha fatto, mio Dio! E cos'ha a che vedere con l'orribile evento che ci affligge?».
«Cos'ha a che vedere? Tutto, mia cara. Non è forse un governatore al pari di Richon?».
Claire avrebbe voluto parlare, ma il cuore le si serrò talmente che le parole le si gelarono sulle labbra. Tuttavia, afferrando il braccio del duca, e guardandolo terrorizzata, riuscì a mormorare:
«Oh, ma è una finzione, non è vero, duca? Un atto dimostrativo, nient'altro. Non si può fare nulla, almeno così mi sembra, non si può fare nulla a un prigioniero sulla parola».
«Anche Richon era prigioniero sulla parola...».
«Duca, vi supplico...».
«Risparmiatevi le suppliche, sono vane. In questa faccenda non posso nulla; solo il consiglio deciderà».
Claire lasciò il braccio di monsieur de La Rochefoucauld e corse diritta al gabinetto di madame de Condé. Lenet, pallido e agitato, camminava a grandi falcate; madame de Condé conversava con il duca di Bouillon.

Madame de Cambes si insinuò alle spalle della principessa, lieve e pallida come un'ombra.

«Oh, in nome del cielo», disse. «Un colloquio di un istante, vi supplico!».

«Ah, sei tu, pusilla», rispose la principessa. «In questo momento non ho tempo, ma dopo il consiglio sono tutta per te».

«È giust'appunto prima del consiglio che ho bisogno di parlarvi».

La principessa era sul punto di cedere, quando una porta situata di fronte a quella attraverso cui era entrata la viscontessa si aprì, e comparve monsieur de La Rochefoucauld.

«Il consiglio è riunito e attende impaziente Vostra Altezza».

«Vedi, pusilla – disse madame de Condé – mi è impossibile ascoltarti in questo momento. Ma vieni con noi in consiglio, e quando sarà terminato usciremo insieme e parleremo».

Non vi era modo di insistere. Stordita, irretita dalla spaventosa rapidità con cui avanzavano gli eventi, la povera donna cominciava ad avere le vertigini; interrogava tutti con lo sguardo, interpretava tutti i gesti senza vedere nulla, senza che la ragione le facesse comprendere di cosa si trattasse, senza che la sua energia potesse trarla da quell'orribile sogno.

La principessa si avviò al salone. Claire la seguì meccanicamente, senza rendersi conto che Lenet aveva preso tra le sue la mano ghiacciata che ella lasciava penzolare come quella di un cadavere.

Tutti fecero il loro ingresso nella camera di consiglio; erano circa le otto di sera.

Si trattava di un'ampia sala già di per sé scura, ma scurita oltremodo da ampie tappezzerie. Una sorta di pedana era stata allestita tra le due porte situate di fronte alle due finestre, da cui penetravano gli ultimi bagliori del giorno che moriva. Su tale pedana erano approntate due poltrone, una per madame de Condé, l'altra per il duca d'Enghien. Da ambo i lati delle poltrone si dipartiva una fila di panchetti destinati alle donne che componevano il consiglio privato di Sua Altezza. Tutti gli altri giudici dovevano sedere su panche disposte all'uopo. Appoggiato alla poltrona della principessa stava il duca di Bouillon; appoggiato alla poltrona del principino stava il duca di La Rochefoucauld.

Lenet si era appostato di fronte al cancelliere; accanto si trovava Claire, smarrita, in piedi, tremante.

Vennero fatti entrare sei ufficiali dell'esercito reale, sei ufficiali della municipalità e sei scabini della città.

Presero posto sui banchi.

Il consesso improvvisato era illuminato solo da due candelabri che sostenevano ognuno tre candele; poggiavano su una tavola posta di fronte alla principessa e gettavano luce sulla cerchia principale, mentre il resto degli astanti si faceva vieppiù confuso nell'ombra mano a mano che si allontanavano dal tenue fulcro di luce.

Alle porte stavano di guardia alcuni soldati dell'esercito della principessa, alabarde in pugno.

Fuori si udiva vociare la folla mugghiante. Il cancelliere fece l'appello, ciascuno si alzò al proprio turno e rispose.

Quindi il relatore espose il caso: raccontò l'espugnazione di Vayres, la parola violata di monsieur de La Meilleraie, la morte infamante per Richon.

In quel momento un ufficiale situato lì a bella posta, il quale ne aveva previamente ricevuto l'ordine, aprì una finestra, e si udì entrare come una folata di voci; le voci gridavano: «Vendetta per il prode Richon! Morte ai mazzarini!»; in siffatta maniera venivano designati i realisti.

«Sentite cosa chiede la gran voce del popolo», disse monsieur de La Rochefoucauld. «Orbene, di qui a due ore o il popolo avrà disdegnato la nostra potenza e si sarà fatto giustizia da solo, oppure le rappresaglie non saranno più opportune. Emettiamo la nostra sentenza dunque, signori, e senza altro indugio».

Si alzò la principessa.

«E perché mai emettere una sentenza?», esclamò. «A qual pro una sentenza? È stato il popolo di Bordeaux, lo avete appena udito, a pronunciarla».

«È così in effetti – intervenne madame de Tourville – e la situazione non potrebbe essere più semplice. È la legge del taglione, nient'altro. Questo genere di cose dovrebbe farsi di getto, per così dire, e meramente da prevosto a prevosto».

Lenet non poté ascoltare oltre; dal luogo in cui si trovava si precipitò in mezzo al cerchio.

«Oh, non una parola di più, vi supplico – esclamò – giacché un parere simile sarebbe troppo fatale se dovesse prevalere. Voi dimenticate che la stessa autorità reale, punendo a sua guisa, ossia in maniera infame, ha fatto salvo almeno il rispetto delle forme giuridiche, e ha fatto confermare il castigo, giusto o meno che fosse, da un verdetto dei giudici. Vi credete in diritto di fare quel che non ha per nulla osato fare il re?».

«Oh – disse madame de Tourville – basta che io esponga un parere perché monsieur Lenet sia del parere opposto. Sfortunatamente stavolta il mio parere concorda con quello di Sua Altezza...».

«Sfortunatamente sì», disse Lenet.

«Signore!», esclamò la principessa.

«Eh, salvate almeno le apparenze. Non sareste pur sempre libera di condannare?».

«Monsieur Lenet ha ragione», intervenne il duca di La Rochefoucauld dandosi un contegno. «E la morte di un uomo è cosa troppo grave, soprattutto in un frangente simile, per lasciare che la responsabilità gravi su una sola testa, foss'anche una testa principesca». Poi, chinandosi all'orecchio della principessa, affinché solo la cerchia degli intimi potesse udire: «Chiedete il parere di ognuno, e per pronunciare la sentenza tenete conto solo di quelli di cui sarete sicura», disse. «Così non avremo per nulla tema che la vendetta ci sfugga».

«Un momento, un momento», proruppe monsieur de Bouillon appoggiandosi al bastone e sollevando la gamba gottosa. «Avete parlato di stornare la responsabilità dalla testa della principessa: io non la ricuso, ma voglio che gli altri la condividano assieme a me. Non chiedo di meglio che continuare a essere ribelle, ma con la principessa da un lato e con il popolo dall'altro. Diavolo, non voglio ritrovarmi isolato. Ho perso la mia sovranità di Sedan per una facezia del genere. A quel tempo avevo una città e una testa. Il cardinale Richelieu mi ha preso la città: oggi ho solo la mia testa, e non voglio che me la prenda il cardinale Mazzarino. Invoco quindi in veste di assessori i notabili di Bordeaux».

«Cotali firme accanto alle nostre!», mormorò la principessa. «Perbacco!».

«Il cavicchio sostiene la trave, signora», rispose il duca di Bouillon, che la cospirazione di Cinq Mars aveva reso prudente a vita.

«È questo il vostro parere, signori?».

«Sì», disse il duca di La Rochefoucauld.

«E voi, Lenet?».

«Per mia fortuna non sono né principe, né duca, né ufficiale, né scabino. Quindi ho diritto ad astenermi, e mi astengo».

A quel punto la principessa si alzò e invitò il consesso che aveva riunito a rispondere con un'azione energica alla provocazione del re. Aveva appena ultimato il suo discorso, quando la finestra si aprì di nuovo e per la seconda volta si udirono penetrare nella sala del tribunale le mille voci del popolo che gridava d'un sol grido:

«Viva la principessa! Vendetta per Richon! Morte agli epernonisti e ai mazzarini!».

Madame de Cambes afferrò Lenet per il braccio.

«Monsieur Lenet – disse – io muoio!».

«La viscontessa di Cambes chiede a Sua Altezza il permesso di ritirarsi», disse questi.

«No invece, no invece», disse Claire. «Io voglio...».

«Il vostro posto non è qui», la interruppe Lenet. «Non potete nulla per lui. Vi terrò io al corrente di tutto, e faremo in modo di provvedere a salvarlo».

«La viscontessa ha facoltà di ritirarsi», disse la principessa. «Se qualcuna tra le signore qui presenti non volesse assistere alla seduta, è libera di seguirla. Vogliamo solo uomini, qui».

Nessuna delle donne si mosse: una delle eterne aspirazioni della metà del genere umano destinata a sedurre è ambire all'esercizio dei diritti della parte destinata a comandare. Le signore, come aveva detto la principessa, avevano l'occasione di farsi uomini per un istante: era una circostanza troppo propizia perché non ne profittassero affatto.

Madame de Cambes uscì, sorretta da Lenet. Sulle scale ritrovò Pompée, che aveva spedito a prendere informazioni.

«Ebbene?», gli chiese.

«Ebbene – rispose questi – è agli arresti».

«Monsieur Lenet – proruppe Claire – non ho più alcuna fiducia se non in voi, né alcuna speranza se non in Dio!», e rientrò in preda alla disperazione nella sua stanza.

«Quali domande devo porre a colui che comparirà a breve?», stava chiedendo la principessa nel momento in cui Lenet riprendeva posto accanto al cancelliere. «E chi designerà la sorte?».

«Niente di più semplice», rispose il duca. «Abbiamo forse trecento prigionieri, tra cui dieci o dodici ufficiali. Interroghiamoli solo riguardo al nome e al grado nell'esercito reale; il primo che sarà riconosciuto comandante di piazzaforte al pari del mio povero Richon sarà il prescelto dalla sorte».

«È inutile perder tempo a interrogare dieci o dodici ufficiali diversi, signori», dichiarò la principessa. «Avete voi il registro, cancelliere. Cercate e nominate i prigionieri di grado pari a quello che occupava monsieur Richon».

«Ve ne sono solo due», rispose il cancelliere. «Il governatore dell'isola Saint-Georges e il governatore di Braunes».

«Ne abbiamo due, è vero!», esclamò la principessa. «Vedete, la fortuna ci sorride. Sono agli arresti, Labussière?».

«Certo – rispose il capitano delle guardie – e attendono entrambi nella fortezza l'ordine di comparizione».

«Che compaiano», stabilì madame de Condé.

«Quale traduciamo?», chiese Labussière.

«Traducete entrambi», rispose la principessa. «Cominceremo dal primo in ordine di data, il governatore di Saint-Georges».

XX.

Un silenzio di terrore, turbato solo dal rumore dei passi del capitano delle guardie che si allontanavano e dal vociferare senza sosta rinascente della moltitudine, seguì all'ordine che di lì a breve avrebbe gettato la rivolta dei principi su un cammino terribile e più periglioso ancora di quello che aveva seguito fino a quel momento. Ciò significava porre d'un sol gesto la principessa e i consiglieri, l'esercito e la città in qualche modo al di fuori della legge, significava rendere un'intera popolazione responsabile per gli interessi e soprattutto per le passioni di pochi; significava fare in piccolo quel che la Comune di Parigi fece il 2 settembre. Ma, come sappiamo, la Comune di Parigi faceva le cose in grande.

Nella sala non si udiva un respiro; tutti gli occhi erano fissi alla porta da cui era atteso il prigioniero. La principessa, per ben recitare il suo ruolo di presidente, fingeva di sfogliare i registri; monsieur de La Rochefoucauld aveva assunto un'espressione meditabonda, monsieur de Bouillon conversava con madame de Tourville riguardo alla sua gotta che gli cagionava grandi patimenti.

Lenet si accostò alla principessa per fare un ultimo tentativo; non che avesse speranze, ma era uno di quegli uomini austeri che adempiono a un dovere perché per costoro adempiervi è un obbligo.

«Riflettete», disse. «Vi giocate su un colpo di dadi l'avvenire del vostro casato».

«Non vi è nulla di cui farsi vanto», disse seccamente la principessa. «Sono sicura di vincere».

«Duca – disse Lenet voltandosi verso la Rochefoucauld – voi che siete così superiore alle intelligenze volgari e alle passioni umane, consigliereste la moderazione, vero?».

«Sto dibattendo proprio adesso la questione con il mio raziocinio», rispose ipocritamente il duca.

«Dibattetene con la vostra coscienza, duca», ribatté Lenet. «Sarà meglio».

In quel momento si udì un rumore sordo. Era il cancello che veniva richiuso. Il rumore rimbombò in tutti i cuori, giacché annunciava l'arrivo di uno dei due prigionieri. Ben presto riecheggiarono dei passi nelle scale, sul pavimento risuonarono le alabarde, la porta si aprì e apparve Canolles.

Mai era parso così elegante, mai era stato così bello; il suo volto, colmo di serenità, aveva conservato l'incarnato porpora della gioia e dell'ignoranza. Venne avanti con passo agile e senza affettazione, come avrebbe fatto presso l'avvocato Lavie o la presidentessa Lalanne, e salutò rispettoso la principessa e i duchi.

La stessa principessa si meravigliò di una tale perfetta disinvoltura, tanto che si soffermò un istante a guardare il giovane.

Alla fine ruppe il silenzio.

«Avvicinatevi», disse. Canolles obbedì e si inchinò una seconda volta. «Chi siete?».

«Sono il barone Louis de Canolles».

«Quale grado avevate nell'esercito reale?».

«Ero luogotenente-colonnello».

«Non eravate governatore dell'isola Saint-Georges?».

«Avevo tale onore».

«Avete detto la verità?».

«Su ogni cosa».

«Cancelliere, avete trascritto le domande e le risposte?».

Il cancelliere si inchinò e fece un cenno affermativo.

«Allora firmate», disse la principessa.

Canolles prese la penna, come chi non capisca a quale scopo gli venga rivolta un'ingiunzione ma obbedisce in ossequio al rango della persona che gliela rivolge, poi firmò sorridendo.

«Sta bene – disse la principessa – ora potete ritirarvi».

Canolles salutò nuovamente i nobili giudici e si ritirò con il medesimo agio e la medesima grazia, senza manifestare né curiosità né stupore.

Aveva appena rivarcato la porta, e la porta si era appena richiusa alle sue spalle, quando la principessa si alzò.

«Ebbene, signori!», esordì.

«Ebbene, votiamo», propose il duca di La Rochefoucauld.

«Votiamo», fece eco il duca di Bouillon, poi, voltandosi verso gli scabini: «Lorsignori gradiscono comunicare il proprio parere?», aggiunse.

«Dopo di voi, mio signore», rispose uno dei borghesi.

«No, prima voi!», esclamò una voce stentorea.

La voce aveva un tono talmente saldo che tutti si meravigliarono.

«Cosa significa?», chiese la principessa cercando di individuare il viso di colui che aveva testé parlato.

«Significa – esclamò un uomo alzandosi in piedi perché nessuno avesse alcun dubbio su chi avesse parlato – che io, André Lavie, avvocato del re, consigliere presso il parlamento, in nome del re, e soprattutto in nome dell'umanità, esigo privilegio e immunità per i prigionieri trattenuti a Bordeaux sulla parola. Di conseguenza, tiro le mie conclusioni...».

«Oh oh, avvocato – disse la principessa aggrottando le sopracciglia – niente stile procedurale al mio cospetto, prego, giacché non lo comprendo. È un caso di sentimenti quello che abbiamo per le mani, e non un processo meschino e cavilloso; ciascuno dei membri che compongono il presente tribunale comprenderà una tale costumanza, suppongo».

«Sì, sì», ribadirono in coro gli scabini e gli ufficiali. «Votiamo, signori, votiamo!».

«Lo dico e lo ripeto», intervenne Lavie senza battere ciglio dopo l'invettiva della principessa. «Chiedo privilegio e immunità per i prigionieri trattenuti sulla parola. Questo non è affatto lo stile della procedura, è lo stile del diritto degli individui».

«E io aggiungo – proruppe Lenet – che Richon è stato ascoltato prima che fosse colpito così crudelmente, e che è giustissimo ascoltare anche noi gli accusati».

«E io – aggiunse d'Espagnet, il capo dei borghesi che aveva attaccato Saint-Georges assieme a monsieur de La Rochefoucauld – dichiaro che se useremo clemenza, la città si ribellerà».

Un vociferare proveniente dall'esterno sembrò rispondere a quest'ultima asserzione e darvi conferma.

«Facciamo presto», esortò la principessa. «Quale condanna infliggiamo all'accusato?».

«Agli accusati – precisarono alcune voci – giacché sono due».

«Uno solo non vi basta dunque?», commentò Lenet sorridendo sdegnato di fronte a un tale cruento servilismo.

«Allora quale? Quale?», ripeterono le medesime voci.

«Il più in carne, cannibali!», esclamò Lavie. «Ah, lamentate un'ingiustizia, gridate al sacrilegio e volete rispondere a un assassinio con due omicidi! Bella assise di filosofi e soldati, che si apparentano a degli sgozzatori!».

La maggior parte dei giudici, gli occhi fiammeggianti, sembrava sul punto di fulminare il coraggioso avvocato del re. Madame de Condé si era sollevata e, appoggiandosi sui polsi, sembrava interrogare con lo sguardo i presenti per accertarsi che le parole che aveva udito fossero davvero state proferite e che al mondo esistesse un uomo abbastanza audace da dire cose simili al suo cospetto.

Lavie comprese che la sua presenza avrebbe inasprito la situazione, e che la sua maniera di difendere gli accusati anziché salvarli li avrebbe compromessi. Decise quindi di ritirarsi, ma di ritirarsi in guisa di giudice che si ricusi e non di soldato che rifugga.

«In nome di Dio – disse – protesto contro quel che volete compiere; in nome del re, ve lo proibisco».

E, rovesciando all'indietro la poltrona con un gesto di collera maestosa, uscì dalla sala a fronte alta, il passo sicuro, come chi è forte dell'adempimento di un dovere e poco si cura delle sventure che possono originarsi da un dovere adempiuto.

«Insolente!», mormorò la principessa.

«Suvvia, suvvia, lasciamo correre», disse qualche voce. «Verrà poi il turno dell'avvocato Lavie».

«Votiamo», risposero i giudici quasi all'unanimità.

«Tuttavia, perché votare senza aver ascoltato i due accusati?», intervenne Lenet. «Magari uno vi sembrerà più colpevole dell'altro. Magari concentrereste su una sola testa la vendetta che volete far ricadere su due».

In quell'istante si udì per la seconda volta scorrere il cancello.

«E sia!», disse la principessa. «Voteremo su entrambi al contempo».

Il tribunale, che si era già alzato scompostamente, si risedette. Si udì di nuovo il rumore dei passi, l'eco delle alabarde, la porta si riaprì e a sua volta comparve Cauvignac.

Il nuovo arrivato dava vita a un contrasto sconcertante rispetto a Canolles; i suoi abiti, ancora mal racconciati dagli oltraggi del volgo, conservavano, per quanta perizia egli avesse profuso nel celarle, tracce di scompiglio. Costui portò prontamente lo sguardo sugli scabini, gli ufficiali, i duchi e la principessa, abbracciando l'intero tribunale con uno sguardo circolare; poi, con l'aria di una volpe che gioca d'astuzia, venne avanti, sondando per così dire il terreno con il piede a ogni passo che muoveva, le orecchie tese, pallido e palesemente inquieto.

«Vostra Altezza mi ha concesso l'onore di chiamarmi al suo cospetto?», chiese senza essere interpellato.

«Sì», rispose la principessa. «Ho voluto che mi chiariste le idee su alcuni aspetti che vi concernono e che ci turbano».

«In tal caso – rispose Cauvignac in un inchino – eccomi qui, prontissimo a rispondere al favore che mi accorda Vostra Altezza», e si inchinò con l'espressione più graziosa che potesse assumere, sebbene fosse palese che tale espressione mancasse di disinvoltura e naturalezza.

«Sarà cosa breve – rispose la principessa – soprattutto se risponderete in modo altrettanto assertivo alle nostre domande».

«Farò osservare a Vostra Altezza – disse Cauvignac – che essendo la domanda sempre preparata in anticipo, e non essendo mai tale la risposta, è più arduo rispondere che interrogare».

«Oh, le nostre domande saranno così chiare e precise – ribatté la principessa – che vi risparmieremo ogni riflessione. Il vostro nome?».

«Per l'appunto, ecco sin da subito una domanda impacciosa».

«Come sarebbe a dire?».

«Sì, accade di sovente che si posseggano due nomi, il nome che si è ricevuto dalla propria famiglia e il nome che si è ricevuto da se stessi. Per esempio, io ho ritenuto di avere una qualche ragione per abbandonare il mio primo nome e prenderne un altro meno noto. Quale dei due nomi esigete che vi confessi?».

«Quello con il quale vi siete presentato a Chantilly, quello con il quale vi siete impegnato ad allestire per me una compagnia, quello con il quale l'avete allestita, quello infine con il quale vi siete venduto a Mazzarino».

«Chiedo perdono – disse Cauvignac – ma mi sembra di aver già avuto l'onore di rispondere con buon esito a tutte queste domande in occasione dell'udienza che Vostra Altezza mi ha concesso la grazia di accordarmi stamani».

«Così adesso ve ne pongo solo una», ribatté la principessa, che principiava a spazientirsi. «Vi chiedo solo il vostro nome».

«Ebbene, è proprio questo che mi impaccia».

«Scrivete: "Il barone di Cauvignac"», disse la principessa.

L'accusato non fece alcuna rimostranza, e il cancelliere scrisse.

«Ora, il vostro grado?», chiese la principessa. «Spero non troverete alcuna difficoltà a rispondere a una tale domanda».

«Al contrario, è proprio tale domanda a sembrarmi tra le più incresciose. Se intendete il mio grado in quanto studioso, sono baccelliere in lettere, licenziato in diritto, dottore in teologia, e come vede Vostra Altezza rispondo senza esitazione alcuna».

«No, intendiamo il vostro grado militare».

«Ah! Ebbene, a tal riguardo mi è impossibile rispondere a Vostra Altezza».

«E come mai?».

«Perché non ho mai saputo bene chi fossi».

«Provvedete a chiarirvi le idee a tal riguardo, giacché io voglio sapere».

«Ebbene, da principio mi sono nominato di mia personale autorità luogotenente; tuttavia, giacché non avevo missione di firmarmi una nomina e ho sempre avuto solo sei uomini ai miei ordini per tutto il tempo in cui ho portato tale titolo, credo bene di non avere il diritto di avvalermene».

«Ma sono stata io, io – proruppe la principessa – io a nominarvi capitano, e quindi voi siete capitano».

«Ah, ecco giust'appunto dove il mio impaccio raddoppia e la mia coscienza grida. Ogni grado militare dello Stato, ne ho avuto la convinzione dipoi, deve emanare dalla volontà reale per avere valore. Orbene, Vostra Altezza, è incontestabile, aveva il desiderio di nominarmi capitano, ma credo non ne avesse il diritto. In tal caso non sarei stato capitano più di quanto non sia stato luogotenente».

«E sia. Ma supponiamo che non siate stato luogotenente per vostra iniziativa, che non siate stato capitano per mia, considerato che né voi né io abbiamo facoltà di firmare una nomina. Quantomeno siete governatore di Braunes. E poiché questa volta è stato il re a firmare le vostre provvisioni, non contesterete il valore di un tale atto».

«È proprio questo l'atto che fra i tre è il più contestabile».

«Come sarebbe a dire!», esclamò la principessa.

«Sono stato nominato, è vero, ma non sono entrato nelle mie funzioni. Cos'è che costituisce il titolo? Non è affatto il possesso del titolo stesso, ma l'assolvimento delle funzioni legate a tale titolo. Orbene, io non ho assolto a nessuna delle funzioni del titolo a cui ero assurto, non ho mai messo piede nel mio governatorato, da parte mia non è mai principiata alcuna osservanza: dunque non sono governatore di Braunes più di quanto non fossi capitano prima di essere governatore, e luogotenente prima di essere capitano».

«Eppure siete stato reperito lungo la strada di Braunes».

«Indubbiamente; ma a cento passi dal luogo in cui sono stato arrestato la strada si biforca: uno dei sentieri conduce a Braunes, ma l'altro va a Isson. Chi vi dice che non stessi andando a Isson anziché a Braunes?».

«Sta bene», disse la principessa. «Il tribunale apprezzerà la vostra difesa. Cancelliere, scrivete: "Governatore di Braunes"».

«Non ho affatto la facoltà di oppormi – disse Cauvignac – a che Vostra Altezza faccia scrivere ciò che le converrà».

«Fatto», disse il cancelliere.

«Bene. E ora – ordinò la principessa a Cauvignac – firmate il vostro interrogatorio».

«Sarebbe con il più grande piacere – rispose Cauvignac – e sarei stato entusiasta di fare qualcosa che fosse gradito a Vostra Altezza; ma nella lotta che ho dovuto sostenere stamani contro il popolo di Bordeaux, lotta da cui Vostra Altezza mi ha così generosamente tratto in salvo mediante l'intervento dei suoi moschettieri, ho avuto la sventura di slogarmi il polso destro, e mi è sempre stato impossibile scrivere con la mancina».

«Mettete agli atti il rifiuto dell'accusato», disse la principessa al cancelliere.

«L'impossibilità. Scrivete: "impossibilità"», corresse Cauvignac. «Dio me ne guardi dal rifiutare qualcosa a una così grande principessa quale è Vostra Altezza, se quel qualcosa fosse in mio potere».

E Cauvignac, salutando con il più profondo rispetto, uscì accompagnato dalle due guardie.

«Credo aveste ragione, monsieur Lenet – disse il duca di La Rochefoucauld – e che abbiamo avuto torto noi a non assicurarci quest'uomo».

Lenet era troppo inquieto per rispondere. Questa volta la sua consueta perspicacia lo aveva mal servito: sperava che Cauvignac attirasse su di sé tutta la collera del tribunale, viceversa Cauvignac, con i suoi continui sotterfugi, aveva divertito i giudici piuttosto che irritarli. Solo che il suo interrogatorio aveva mandato in frantumi tutto l'effetto che aveva sortito quello di Canolles, posto che ne avesse sortito, e la nobiltà, la franchezza, la lealtà del primo prigioniero erano per così dire svaniti sotto le astuzie del secondo. Cauvignac aveva occultato Canolles.

E così, quando si andò ai voti, l'unanimità dei voti si espresse per la messa a morte.

La principessa dispose lo spoglio dei suffragi e, levandosi in piedi, pronunciò con solennità il verdetto che era stato appena reso.

Poi a turno ciascuno firmò il registro delle deliberazioni. Il duca d'Enghien per primo, povero fanciullo che ignorava cosa stesse firmando, e la cui prima firma sarebbe di lì a poco costata la vita a un uomo; poi la principessa, quindi i duchi, le dame del consiglio, gli ufficiali, gli scabini; in tal modo tutti si erano macchiati delle rappresaglie. Nobiltà e borghesia, esercito e parlamento, tutti andavano puniti. E invece ognuno di noi sa che, quando in generale tutti vanno puniti, non viene punito nessuno.

A quel punto, quando ciascuno ebbe firmato, la principessa, che otteneva alfine la sua vendetta, la quale vendetta ne appagava l'orgoglio, andò ad aprire di persona la finestra, già aperta due volte, e cedendo al bisogno di popolarità che la divorava:

«Signori bordolesi – annunciò a voce alta – Richon sarà vendicato, e degnamente. Potete fare affidamento su di noi».

Tale dichiarazione venne accolta da un'acclamazione simile al rombo di un tuono, e il popolo si disperse nelle strade, già felice dello spettacolo che il discorso della principessa prometteva.

Ma non appena madame de Condé rientrò nella propria stanza in compagnia di Lenet, che la seguiva con mestizia sperando ancora di farle cambiare parere, si aprì la porta e madame de Cambes, pallida, in lacrime, venne a gettarsi ai suoi piedi.

«Oh, in nome del cielo, ascoltatemi! In nome del cielo, non mi cacciate!».

«Ma cosa c'è, bambina mia?», chiese la principessa. «E perché piangi in tal modo?».

«Piango perché ho appreso che è stata votata la messa a morte, e che voi avete confermato il voto; e tuttavia non potete far uccidere monsieur de Canolles».

«E perché, mia cara? Costoro ciononondimeno hanno fatto uccidere Richon».

«Ma è stato proprio monsieur de Canolles a salvare Vostra Altezza a Chantilly».

«Devo forse essergli grata per essere stato lo zimbello del nostro raggiro?».

«Ebbene, è proprio qui l'errore; il fatto è che non un istante monsieur de Canolles è stato lo zimbello del nostro scambio. Alla prima occhiata mi aveva riconosciuto».

«Tu, Claire?».

«Sissignora. Avevamo compiuto una parte del viaggio insieme; monsieur de Canolles mi conosceva: insomma, monsieur de Canolles mi amava. E in quel frangente... ebbene... magari ha commesso un errore, ma non sta a voi fargliene un rimprovero... In quel frangente egli ha sacrificato il dovere all'amore».

«Allora colui che ami...».

«Sì», ammise la viscontessa.

«Colui che sei venuta a chiedermi il permesso di sposare...».

«Sì».

«È dunque...».

«...è proprio monsieur de Canolles», esclamò la viscontessa. «Monsieur de Canolles che si è arreso a me a Saint-Georges, e che senza di me si sarebbe fatto saltare in aria assieme ai vostri soldati... monsieur de Canolles, infine, che poteva fuggire e che mi ha consegnato la sua spada per non essere separato da me. Capirete dunque che, se egli muore, devo morire anch'io: giacché sarò stata io a ucciderlo!».

«Bambina cara – disse la principessa con una certa commozione – pensa che quel che mi stai chiedendo è cosa impossibile. Richon è morto, Richon deve essere vendicato. È stata presa una deliberazione, deve essere attuata: se anche mio marito mi chiedesse ciò che mi stai chiedendo tu, io mi rifiuterei».

«Oh, povera me, povera me», esclamò madame de Cambes lasciandosi cadere e prorompendo in singhiozzi. «Sono stata io a sancire la fine del mio amante».

Allora Lenet, il quale non aveva ancora detto una parola, si avvicinò alla principessa.

«Ma non è bastevole per voi una vittima, avete bisogno di due teste per ripagare quella di monsieur Richon?», le disse.

«Ah ah, ecco il signor severità», esclamò la principessa. «In altre parole mi chiedete la vita di uno e la morte dell'altro. Ditemi, è giusto, questo?».

«Innanzitutto è giusto, quando due uomini devono morire, che ne muoia solo uno, se possibile, posto tuttavia che una bocca abbia il diritto di soffiare sulla fiamma accesa dalla mano di Dio. E in secondo luogo è giusto, se vi è una scelta da compiere, salvare l'uomo onesto preferendolo all'intrigante. Bisogna essere ebrei per mettere in libertà Barabba e crocifiggere Gesù...».

«Oh, monsieur Lenet, monsieur Lenet!», esclamò Claire. «Parlate in mia vece, vi scongiuro, giacché voi siete un uomo e a voi forse daranno ascolto. E voi – proseguì madame de Cambes voltandosi verso la principessa – ricordate solamente che ho trascorso la mia vita al servizio del vostro casato».

«E anch'io», disse Lenet. «Eppure per trent'anni di fedeltà non ho chiesto nulla a Vostra Altezza; ma in questa occasione, se Vostra Altezza sarà senza pietà, in cambio dei trent'anni di fedeltà le chiederò un solo favore».

«Quale?».

«Di darmi il mio congedo, affinché possa andarmi a gettare ai piedi del re, al quale consacrerò il rimanente della mia vita che avevo votato all'onore del vostro casato».

«Ebbene!», esclamò la principessa, vinta da una tale comunione di preghiere. «Non minacciarmi, caro il mio vecchio amico; non piangere più, mia dolce Claire. Tranquillizzatevi entrambi, suvvia: uno solo morirà, giacché così volete. Ma che non mi si venga più a chiedere la grazia per colui che sarà destinato alla morte».

Claire afferrò la mano della principessa e la divorò di baci.

«Oh, grazie, grazie», esclamò. «D'ora in poi la mia vita e la sua appartengono a voi».

«E così agendo – intervenne Lenet – sarete al contempo giusta e misericordiosa; la qual cosa fino a oggi era stata privilegio solo di Dio».

«Oh! Posso vederlo adesso?», esclamò Claire impaziente. «Posso liberarlo?».

«Una simile ostentazione in questo momento è impossibile», disse la principessa. «Per noi sarebbe la fine. Lasciamo i prigionieri in prigione; li faremo uscire al contempo, uno per la libertà, l'altro per la morte».

«Ma non posso vederlo, rassicurarlo, consolarlo almeno?», chiese Claire.

«Rassicurarlo! Amica cara – disse la principessa – credo che non ne abbiate diritto: si risaprebbe il verdetto, si commenterebbe il favoritismo. No, impossibile: contentatevi di saperlo in salvo. Annuncerò ai due duchi la mia decisione».

«Suvvia, mi rassegno. Grazie, grazie!», esclamò Claire.

E madame de Cambes fuggì per piangere in tutta libertà e ringraziare Dio dal profondo del cuore, che traboccava di gioia e gratitudine.

XXI.

I due prigionieri di guerra occupavano due stanze nella stessa fortezza. Le due stanze erano attigue: erano situate a pianoterra, ma il pianoterra nelle prigioni può essere ritenuto un terzo piano. Le prigioni non principiano dal suolo come le case, solitamente hanno due piani di celle sotterranee.

Ogni porta della prigione era sorvegliata da un picchetto di uomini scelti tra le guardie della principessa; ma la folla, avendo visto i preparativi che appagavano il suo desiderio di vendetta, poco a poco aveva abbandonato le immediate vicinanze della prigione, dove si era recata alla notizia che Canolles e Cauvignac vi erano stati appena condotti. A quel punto i picchetti, che stazionavano nel corridoio interno ben più per salvaguardare i prigionieri dal furore del popolo che non per timore che evadessero, le guardie avevano lasciato la loro postazione e si erano contentati di un rincalzo alle sentinelle.

In effetti il popolo, non avendo più nulla da vedere là dove si trovava, si era avviato spontaneamente al luogo in cui si svolgevano le esecuzioni, ossia l'Esplanade. Le parole gettate alla folla dall'alto della sala di consiglio erano subito corse per la città; ognuno le aveva commentate a guisa propria. Ma quel che di più chiaro attestavano è che quella stessa notte o al più tardi il giorno dopo avrebbe avuto luogo un qualche terribile spettacolo: per il volgo era una voluttà in più non sapere con precisione cosa aspettarsi da un tale spettacolo, giacché permaneva il fascino dell'inatteso.

Artigiani, borghesi, donne, bambini accorrevano dunque ai bastioni e, poiché era buio pesto e la luna sarebbe sorta solo verso mezzanotte, molti accorrevano con una torcia in mano. D'altro canto quasi tutte le finestre erano aperte, e molti altri ancora avevano posto sui cornicioni fiaccole o lanterne, come usa nei giorni di festa. Tuttavia, dal vociferare della folla, dallo sguardo sgomento dei curiosi, dalle pattuglie a piedi e a cavallo che si susseguivano, si capiva che non era una festa comune quella che si annunciava attraverso così lugubri preparativi.

Di quando in quando partivano grida furiose dai gruppi che si formavano e si disperdevano con una celerità consona solo al peso di certi eventi. Le grida erano le stesse che in un paio di circostanze diverse erano penetrate all'interno del tribunale: «Morte ai prigionieri! Vendetta per Richon!».

Le grida, i bagliori, lo scalpiccio dei cavalli avevano strappato madame de Cambes alla sua preghiera; costei si era posta alla finestra e scrutava terrorizzata tutti quegli uomini e tutte quelle donne dagli occhi stravolti, dalle grida selvagge, che somigliavano a bestie feroci liberate in un circo, intente a chiamare con i loro ruggiti le vittime umane che devono sbranare: si domandava come fosse possibile che così tanti individui, a cui i due prigionieri non avevano mai fatto nulla, chiedessero con tale accanimento la morte di due loro consimili, e non sapeva quale risposta darsi, povera donna che delle passioni umane conosceva solo quelle che addolciscono il cuore.

Dalla finestra presso la quale si trovava, madame de Cambes vedeva spuntare, al disopra delle case e dei giardini, la cima delle alte e cupe torri della fortezza. Era lì che si trovava Canolles, era lì che si soffermava più in particolare il suo sguardo.

Eppure non riusciva a impedire che lo sguardo le ricadesse di quando in quando per la strada, e allora vedeva i volti minacciosi, udiva le grida di vendetta, e lungo le vene le correvano allora brividi glaciali simili a quelli della morte.

"Oh – diceva – possono anche proibirmi di vederlo, ma io devo insinuarmi sino a lui. Le grida possono essere giunte fino alle sue orecchie; può pensare che io mi sia dimenticata di lui, può accusarmi, può maledirmi. Oh, ogni istante che passa senza che io cerchi un modo per rassicurarlo mi sembra un tradimento nei suoi confronti! Mi è impossibile rimanere in un tale ozio, quando forse egli mi chiama in aiuto. Oh, devo vederlo! Sì, ma come vederlo, Dio mio! Chi mi condurrà alla prigione? Quale potere me ne aprirà le porte? La principessa mi ha rifiutato un lasciapassare, e mi aveva già così tanto concesso che ne aveva tutto il diritto. Tutt'intorno alla fortezza vi sono guardie, vi sono nemici, un'intera popolazione che ruggisce, che fiuta il sangue e che non vuole lasciarsi strappare la preda da nessuno: crederanno che voglio rapirlo, salvarlo. Oh sì! Lo salverei, se non fosse già al sicuro sotto la tutela della parola di Sua Altezza... Dire che voglio solo vederlo, e se non mi crederanno mi rifiuteranno... Tuttavia compiere un simile tentativo contro la volontà della principessa non vuol dire forse rischiare di compromettere il favore ottenuto? Non vuol dire forse espormi al rischio che costei ritiri la parola data? Eppure lasciare che egli trascorra così nell'angoscia e nel tormento le lunghe ore della notte, oh! Lo sento, per lui, per me soprattutto è impossibile! Preghiamo Dio, e Dio magari mi darà ispirazione".

E a quel punto madame de Cambes andò per la seconda volta a inginocchiarsi davanti al crocifisso, e si mise a pregare con un fervore che avrebbe commosso la principessa stessa, se la principessa avesse potuto udirla.

"Oh, non andrò, non andrò – diceva – giacché capisco bene che mi è impossibile andare. Tutta la notte magari mi accuserà... Ma domani, domani, non è vero, Dio mio? Domani mi assolverà accanto a sé".

Tuttavia il clamore, l'esaltazione della folla che andavano montando, i riflessi di quella luce sinistra, che penetravano come lampi fino a ella e rischiaravano a tratti la stanza rimasta nell'oscurità, le infondevano un terrore tale che costei si sigillò le orecchie con le mani e si appoggiò a occhi chiusi sul cuscino dell'inginocchiatoio.

In quel momento si aprì la porta, e senza che la giovane donna udisse entrò un uomo, il quale sostò un istante sulla soglia fissandola con uno sguardo di affettuosa pietà e, vedendole le spalle sollevarsi così dolorosamente, scosse dai singulti, si accostò con un sospiro e le posò una mano sul braccio.

Claire si tirò su spaventata.

«Monsieur Lenet!», esclamò. «Monsieur Lenet, ah! Allora non mi avete abbandonato!».

«No», rispose questi. «Avevo pensato che non foste bastevolmente rassicurata, e mi ero azzardato a venire fin da voi per chiedervi se potessi esservi utile in qualcosa».

«Oh, caro monsieur Lenet – esclamò la viscontessa – come siete buono! Come vi ringrazio!».

«A quanto pare non ero in errore», disse Lenet. «Raramente si è in errore, mio Dio, quando si ritiene che le persone soffrano», aggiunse con un sorriso melanconico.

«Oh, sì – esclamò Claire – avete detto il vero: io soffro!».

«Non avete ottenuto tutto ciò che desideravate, e più di quanto, lo confesso, io stesso sperassi?».

«Sì, certo, tuttavia...».

«...tuttavia capisco: vi spaventate nel vedere la gioia del volgo assetato di sangue, e commiserate la sorte dell'altro sventurato che morirà in luogo del vostro amante, non è così?».

Claire si sollevò sulle ginocchia e rimase un istante immobile, pallida, gli occhi fissi su Lenet; poi si portò una mano gelata alla fronte madida di sudore.

«Ah, perdonatemi, o piuttosto maleditemi – disse – giacché, egoista qual sono, non vi avevo nemmeno pensato. No, Lenet, no, lo riconosco con tutta l'umiltà del cuore: i timori, le lacrime, le preghiere sono per colui che deve vivere; assorta qual sono nel mio amore, avevo dimenticato colui che sta per morire!».

Lenet sorrise con tristezza.

«Sì – disse – così deve essere, giacché è nella natura umana; forse è l'egoismo degli individui che fa la salvezza delle masse. Ognuno traccia attorno a sé e ai propri cari un cerchio con una spada. Suvvia, forza – proseguì – confessate fino in fondo. Riconoscete sinceramente che non vedete l'ora che quello sventurato abbia subìto la sua sorte, giacché grazie alla sua morte lo sventurato assicura la vita al vostro fidanzato!».

«Oh, a questo ancora non avevo pensato, Lenet, ve lo giuro. Ma non costringete la mia mente a soffermarvisi, giacché io lo amo così tanto che nella follia del mio amore non so cosa sono capace di desiderare».

«Povera bambina», disse Lenet in tono di profonda pietà. «Perché mai non avete detto prima tutto ciò?».

«Oddio, voi mi spaventate. È dunque troppo tardi, non è ancora del tutto in salvo?».

«È in salvo – rispose Lenet – poiché la principessa ha dato la sua parola, ma...».

«Ma cosa?».

«Ma ahimè, siamo mai sicuri di qualcosa in questo mondo? E voi, che al pari di me credete sia in salvo, non piangete forse, invece di rallegrarvi?».

«Piango per non poter fargli visita, amico mio», rispose Claire. «Pensate, starà udendo quest'orribile vociare e crederà di essere in imminente pericolo; pensate, può accusarmi di tiepidezza, di oblio, di tradimento. Oh, Lenet, Lenet, che supplizio! In realtà, se la principessa sapesse quel che sto patendo, avrebbe pietà di me».

«Ebbene, viscontessa – disse Lenet – dovete vederlo».

«Vederlo? Impossibile! Sapete bene che ne ho chiesto il permesso a Sua Altezza e Sua Altezza me lo ha rifiutato».

«Lo so, e approvo dal profondo del cuore. Tuttavia...».

«...tuttavia mi esortate alla disobbedienza», esclamò Claire stupita fissando Lenet il quale, a disagio sotto quello sguardo, chinò gli occhi.

«Sono vecchio, cara viscontessa – disse – e diffidente proprio in quanto sono vecchio. Certo non in questa occasione, giacché la parola della principessa è sacra: solo uno dei prigionieri morirà, lo ha detto. Ma avvezzo nel corso di una lunga vita a vedere tutte le fortune rivoltarsi contro chi se ne crede il più favorito, ho come dettame che occorre sempre cogliere l'occasione che si presenta. Andate a vedere il vostro fidanzato, viscontessa; andate a vederlo, credete a me».

«Oh – esclamò Claire – vi giuro che mi fate paura, Lenet».

«Non è mia intenzione. D'altronde gradireste che vi consigliassi di non vederlo? No, vero? E di certo mi biasimereste di più se fossi venuto a dirvi il contrario di quanto vi sto dicendo».

«Sì, sì, lo riconosco. Ma voi mi parlate di vederlo: era il mio solo, il mio unico desiderio, era la preghiera che rivolgevo a Dio quando siete arrivato. Ma non è cosa impossibile, dunque?».

«Vi è forse qualcosa di impossibile per la donna che ha espugnato Saint-Georges?», commentò Lenet sorridendo.

«Ahimè – disse Claire – sono due ore che cerco un modo per insinuarmi nella fortezza, e non l'ho ancora trovato».

«E se ve lo offro io – ribatté Lenet – cosa mi darete?».

«Vi darò... Oh, ecco, vi darò la mano il giorno in cui marcerò all'altare assieme a lui».

«Grazie, bambina mia – disse Lenet – e avete ragione: infatti io vi amo come un padre. Grazie».

«Il modo, il modo!», incalzò Claire.

«Ecco qui. Avevo chiesto alla principessa un lasciapassare per intrattenermi con i prigionieri, poiché se vi fosse stata possibilità di salvare il capitano Cauvignac avrei voluto legare quell'uomo alla nostra causa; ma ora il lasciapassare è inutile, giacché con le vostre preghiere in favore di monsieur de Canolles lo avete appena condannato a morte».

Claire rabbrividì suo malgrado.

«Prendete questo foglio, dunque», proseguì Lenet. «Non vi è alcun nome, come vedete».

Claire prese e lesse:

Il carceriere della fortezza permetterà al latore del presente di parlare a colui dei due prigionieri di guerra con cui gradirà intrattenersi, e tutto ciò per mezz'ora.

Claire-Clémence de Condé

«Avete un abito da uomo», disse Lenet. «Indossatelo. Avete il lasciapassare. Usatelo».

«Povero ufficiale», mormorò Claire, non potendo scacciare dalla mente il pensiero di Cauvignac giustiziato al posto di Canolles.

«Soggiace alla legge comune», risponde Lenet. «Debole, è divorato dal forte; privo di sostegni, paga per colui che gode di protezione. Lo rimpiangerò, è un giovane brillante».

Claire tuttavia si girava e rigirava il foglio tra le mani.

«Sapete che mi tentate crudelmente con questo lasciapassare?», disse. «Sapete che una volta che terrò tra le mie braccia il mio povero amico, sono capace di condurlo in capo al mondo?».

«Ve lo consiglierei, se la cosa fosse possibile. Ma questo lasciapassare non è affatto carta bianca, e voi non potete attribuirgli altro intendimento all'infuori di quello che possiede».

«È vero», ammise Claire rileggendo. «E comunque mi hanno accordato monsieur de Canolles. È mio, nessuno me lo può più portare via!».

«E nessuno pensa una tal cosa. Suvvia, suvvia, non perdete tempo, infilate il vostro abito da uomo e partite. Il lasciapassare vi regala mezz'ora. So bene che è poca cosa una mezz'ora; ma dopo tale mezz'ora verrà una vita intera. Siete giovane, la vita sarà lunga: che Dio la renda felice!».

Claire afferrò Lenet per la mano, lo tirò a sé e lo baciò in fronte come avrebbe fatto con il più affettuoso dei padri.

«Andate, andate», la esortò Lenet sospingendola dolcemente. «Non perdete tempo. Colui che ama davvero non conosce rassegnazione». Poi, guardandola recarsi in un'altra stanza dove Pompée, da ella chiamato, attendeva per aiutarla a cambiarsi d'abito: "Ahimè! Chissà!", mormorò.

XXII.

Le grida, gli urli, le minacce e l'agitazione della folla, in effetti, a Canolles non erano sfuggiti affatto. Attraverso le sbarre della finestra aveva potuto godere a sua volta dello spettacolo mutevole e animato che si svolgeva davanti ai suoi occhi, e che era identico da un capo all'altro della città in fermento.

"Perdio – diceva – questo sì che è un contrattempo increscioso. La morte di Richon... Povero Richon, era un valoroso. La morte di Richon raddoppierà i rigori della nostra prigionia, non mi permetteranno più di andarmene a zonzo nella città come prima; niente più appuntamenti, e niente più matrimonio, se Claire non si contenta della cappella di una prigione. Si contenterà. Si è sposati in una cappella tanto quanto in un'altra. E tuttavia è talmente di triste auspicio... Perché diavolo non hanno ricevuto la notizia domani, invece di riceverla oggi?". Poi, avvicinandosi alla finestra e sporgendosi per guardare: "Che vigilanza!", proseguì. "Due sentinelle! Quando penso che rimarrò confinato qui per otto giorni, forse quindici, fino a quando non accadrà un qualche altro evento che faccia dimenticare questo... Per fortuna gli eventi si susseguono rapidamente coi tempi che corrono, e i bordolesi hanno la mente fatua! Cionondimeno nel frattempo avrò vissuto momenti non poco molesti. Povera Claire, sarà disperata... per fortuna sa che sono stato arrestato. Oh sì, lo sa, e di conseguenza sa che non ho colpa alcuna. Questa poi! Ma dove diavolo si reca tutta quella gente? Sembrerebbe sia in direzione dell'Esplanade. Eppure non vi sono né parate né esecuzioni a quest'ora; si recano tutti nella stessa direzione. A dire il vero, sembrerebbe sappiano che mi trovo qui al pari di un orso dietro le mie sbarre...".

Canolles mosse qualche passo nella stanza, le braccia conserte: i muri di una vera prigione lo avevano consegnato momentaneamente alle idee filosofiche, di cui poco si curava in tempi ordinari.

"Che stoltizia la guerra!", mormorò. "Il povero Richon, con cui ero a cena appena un mese fa, ora è morto. Si sarà fatto uccidere sopra i suoi cannoni, l'intrepido, come avrei dovuto fare io; come avrei fatto io, se mi avesse assediato qualsiasi altri che non fosse la viscontessa. Questa guerra di donne in realtà è la più temibile di tutte le guerre. Almeno non avrò contribuito in nulla alla morte di un amico. Grazie a Dio non ho sguainato la spada contro un fratello, e ciò mi consola. Orsù, è ancora una volta al mio buon genietto femminile che devo tutto ciò; a ben vedere le devo molto, suvvia".

In quel momento entrò un ufficiale e interruppe il soliloquio di Canolles.

«Avete bisogno di desinare?», chiese a Canolles. «In tal caso, comunicate pure i vostri ordini: il carceriere è stato avvisato di prepararvi le vivande che più gradirete».

"Suvvia, suvvia – disse Canolles – a quanto pare prevedono almeno di trattarmi onorevolmente per tutto il tempo che rimarrò qui. Per un istante avevo temuto il contrario, vedendo il viso serrato e l'espressione arcigna di tutti i suoi assessori...".

«Sono in attesa», ripeté l'ufficiale con un inchino.

«Ah, giusto, chiedo scusa. La vostra domanda, in virtù dell'estrema cortesia, mi ha condotto ad alcune riflessioni... Torniamo in argomento; sì, cenerò, giacché ho una gran fame. Ma di solito sono parco, e una cena da soldato mi basterà».

«E ora – proseguì l'ufficiale avvicinandosi con interesse – non avete alcuna raccomandazione da fare... in città?... Non attendete nulla? Avete detto di essere un soldato, anch'io sono tale: quindi agite con me al pari di un compagno d'armi».

Canolles guardò l'ufficiale con meraviglia.

«No, no – rispose – non ho alcuna raccomandazione da fare in città; no, non attendo nulla, all'infuori di una persona di cui non posso menzionare il nome. Riguardo all'agire con voi al pari di un compagno d'armi, vi ringrazio di una tale offerta. Qua la mano; e più tardi, se avrò bisogno di qualcosa, me ne rammenterò».

Questa volta fu l'ufficiale a guardare Canolles con stupore.

«Bene – disse – verrete servito in questo stesso istante», e si ritirò.

Un istante dopo entrarono due soldati con una cena servita di tutto punto; era più ricercata di quanto Canolles avesse chiesto. Questi si sedette al tavolo e mangiò di buon appetito.

I soldati lo guardavano a loro volta con stupore. Canolles scambiò tale stupore per bramosia, e poiché il vino era un eccellente vino di Guienna:

«Amici – disse – chiedete due bicchieri».

Uno dei soldati uscì e rientrò con i due bicchieri richiesti. Canolles li empì, poi si versò qualche goccia di vino nel proprio.

«Alla vostra salute, amici», disse.

I due soldati presero i bicchieri e meccanicamente li batterono contro quello di Canolles, poi bevvero senza ricambiare il suo brindisi.

"Non sono gentili – pensò Canolles – ma sono buoni bevitori; non si può avere tutto", e proseguì la cena, che portò trionfalmente a termine.

Quando ebbe finito si alzò, e i soldati sparecchiarono. Rientrò l'ufficiale.

«Ah, perdio – gli disse Canolles – avreste dovuto proprio cenare con me; la cena era eccellente».

«Non avrei potuto godere di un tale onore, giacché mi sono alzato anch'io da tavola appena un istante fa... E torno...».

«...per tenermi compagnia?», chiese Canolles. «Se così fosse, vogliate accettare i miei omaggi, giacché è molto gentile da parte vostra».

«Nossignore, la mia missione è meno piacevole. Sono qui per avvisarvi che non vi sono pastori protestanti nella prigione, e che il cappellano è cattolico. Orbene, so che voi siete protestante, e una tale disparità nel culto forse vi sarà d'incomodo...».

«A me? Per fare cosa?», chiese ingenuamente Canolles.

«Ma per fare le vostre preghiere», rispose l'ufficiale a disagio.

«Le mie preghiere! Mah – disse Canolles ridendo – penserò a ciò domani... Io le mie preghiere le faccio solo al mattino».

L'ufficiale guardò Canolles con uno sbalordimento che si tramutò poco per volta in profonda commiserazione. Prese congedo e uscì.

"Questa poi!", disse Canolles. "Ma il mondo si sta squassando, allora! Dalla morte del povero Richon tutte le persone che incontro sembrano idioti o forsennati… Per tutti i diavoli, non vedrò nemmeno un volto un po' assennato…".

Canolles stava giusto finendo di pronunciare tali parole, quando la porta si aprì di nuovo e, prima che egli avesse potuto riconoscere di chi si trattasse, qualcuno gli corse tra le braccia e, cingendogli il collo con le mani, gli inondò il viso di lacrime.

«Orsù – esclamò il prigioniero divincolandosi dalla stretta – ancora un pazzo! Allora mi trovo davvero al frenocomio!».

Tuttavia dal movimento che compì indietreggiando gettò a terra il cappello dello sconosciuto, e sulle spalle si sciolsero i bei capelli biondi di madame de Cambes.

«Voi qui!», esclamò Canolles lanciandosi verso costei per riprenderla tra le sue braccia. «Voi? Ah, perdonatemi per non avervi riconosciuto prima, o piuttosto per non avervi inteso…».

«Tacete!», disse madame de Cambes raccogliendo il cappello e riponendoselo prontamente sul capo. «Tacete! Giacché se si sapesse che sono io, magari si riprenderebbero la mia felicità… Finalmente mi hanno permesso di rivedervi ancora… Mio Dio! Mio Dio, come sono felice!».

E Claire, sentendo il cuore allargarsi, si abbandonò a fragorosi singulti.

«*Ancora*!», esclamò Canolles. «Vi hanno permesso di vedermi *ancora*, dite? E mi dite tutto ciò in lacrime… Ah, forse che non dovevate più rivedermi?», continuò ridendo.

«Oh, non ridete, amico», rispose Claire. «La vostra allegria mi duole… Non ridete, vi supplico! Ho penato a tal punto per giungere a voi… se sapeste… e v'è mancato così poco che non giungessi… Senza Lenet, quell'uomo eccelso… Ma torniamo a voi, povero amico. Mio Dio, eccovi qui allora… siete proprio voi che ritrovo! Siete proprio voi che oso serrare ancora al cuore?…».

«Ma sì, sono io, sono proprio io», disse Canolles sorridendo.

«Oh! Sentite – disse Claire – è inutile, non fingete un tale contegno allegro… So tutto… Non sapevano che vi amo, non si erano nascosti alla mi vista…».

«Ma sapete cosa?», chiese Canolles.

«Non è vero?», proseguì la viscontessa. «Non è vero che mi attendevate? Non è vero che eravate scontento del mio silenzio? Non è vero che già mi accusavate?…».

«Io? Tormentato, scontento, certo che sì. Ma non accusavo voi… Immaginavo che un qualche evento più potente della vostra volontà vi tenesse lontano da me; e la mia più grande infelicità in tutto ciò era che il nostro matrimonio fosse procrastinato, differito di qui a otto giorni, a quindici giorni magari...».

Claire guardò a sua volta Canolles con lo stesso sbalordimento che aveva manifestato l'ufficiale un istante prima.

«Ma come!», esclamò. «Dite sul serio, davvero non siete più impaurito di così?».

«Impaurito io!», ribatté Canolles. «Impaurito di cosa? Per caso – disse ridendo – corro un pericolo di cui sono all'oscuro?».

«Oh, lo sventurato», esclamò Claire. «Non sa nulla».

Poi, temendo certo di rivelare senza accortezza tutta la verità a colui che da tale verità era così crudelmente minacciato, arrestò con un violento sforzo su di sé le parole che le erano balzate dal cuore alle labbra.

«No, non so nulla», disse con gravità Canolles. «Ma voi mi direte tutto, non è così? Sono un uomo. Parlate, Claire, parlate...».

«Sapete che Richon è morto?», chiese Claire.

«Sì», rispose Canolles. «Lo so».

«Ma sapete in che modo è morto?».

«No, ma immagino... È stato ucciso nelle sue funzioni, vero, sulla breccia di Vayres?».

Claire rimase un istante in silenzio: poi, solenne come il bronzo che suona una campana a morto:

«È stato impiccato al mercato di Libourne», disse.

Canolles fece un balzo indietro.

«Impiccato!», esclamò. «Richon, un soldato!». Poi, impallidendo di colpo e passandosi sulla fronte la mano tremante: «Ah, ora capisco tutto», disse. «Capisco il mio arresto, capisco il mio interrogatorio, capisco le parole dell'ufficiale, il silenzio dei soldati... capisco la vostra impresa, le vostre lacrime nel vedermi così allegro... e capisco infine la folla, le grida, le minacce... Richon è stato assassinato! Ed è su di me che Richon verrà vendicato!».

«No, no, mio beneamato! No, povero amico del mio cuore!», esclamò Claire raggiante di gioia afferrando entrambe le mani di Canolles e immergendo i propri occhi nei suoi. «Non, non sarai tu a essere sacrificato, caro prigioniero! Non sbagliavi: sì, eri designato, sì, eri condannato! Sì, eri sul punto di perire, sì, hai visto la morte da così vicino, mio bel fidanzato... Ma stai tranquillo, puoi parlare di felicità e di avvenire! Colei che consacrerà a te tutta la sua vita ha salvato la tua... Sii felice, ma sottovoce; giacché forse desterai il tuo sventurato compagno, colui sul quale si abbatterà la tempesta, colui che deve morire in tua vece».

«Oh, tacete, tacete, amica cara! Mi raggelate d'orrore», disse Canolles, mal riavutosi, malgrado le ardenti carezze di Claire, dal terribile colpo che gli era stato appena inferto. «Io così calmo, così fiducioso, così stoltamente allegro correvo il rischio di morire! E quando? In quale momento? Santo cielo, al momento di diventare vostro marito!... Oh, lo giuro sulla mia anima, sarebbe stato un duplice assassinio!».

«Le chiamano rappresaglie», disse Claire.

«Sì, sì... è vero, hanno ragione».

«Ecco, adesso siete incupito e pensieroso».

«Oh – esclamò Canolles – non è della morte che ho tema. Ma la morte mi separa da voi...».

«Se voi foste morto, mio amato, sarei morta anch'io... Ma invece di rattristarvi in tal modo, rallegratevi insieme a me... Suvvia, stanotte... in capo a un'ora forse... voi uscirete di prigione... Ebbene, o vi verrò a prendere io stessa, oppure vi attenderò all'uscita... E allora, senza perdere un minuto, senza perdere un istante, fuggiremo via... Oh, immantinente! Non voglio attendere! Questa maledetta città mi terrorizza... Per oggi sono riuscita a salvarvi; ma domani una qualche altra sciagura inattesa magari potrebbe di nuovo rapirvi a me!».

«Oh – disse Canolles – sapete, mia cara, mia beneamata Claire, che mi donate troppa felicità d'un sol colpo... Oh sì, davvero troppa felicità! Ne morirò!».

«Ebbene, allora ritrovate la vostra spensieratezza... riprendete la vostra allegria...».

«Ma anche voi... riprendete la vostra».

«Vedete, sto ridendo».

«E quel sospiro?».

«Quel sospiro, amico mio, è per lo sventurato che paga con la sua vita la nostra gioia».

«Sì, sì... avete ragione... Oh, perché non potete condurmi via in questo istante?... Suvvia, mio buon angelo, dispiega per me le tue ali e portami via con te!».

«Pazienza, pazienza, mio caro sposo... Vi porterò via con me domani... Dove? Non ne ho idea... nel paradiso del nostro amore... Nel frattempo sono qui».

Canolles la prese tra le braccia, l'attirò al suo petto. Claire abbandonò le mani intorno al collo del giovane e si lasciò andare tutta palpitante su quel cuore che, compresso da tanti sentimenti diversi, batteva appena.

Tutt'a un tratto, e per la seconda volta, un singulto doloroso le montò dal petto alle labbra e, quantunque fosse felice, Claire inondò di lacrime il viso di Canolles che si era chinato sul suo.

«Ebbene!», disse. «È questa la vostra allegria, povero angelo!».

«È il fondo del mio dolore».

In quel momento la porta si aprì e l'ufficiale che era già venuto annunciò che la mezz'ora di cui faceva menzione il lasciapassare era giunta a termine.

«Addio!», mormorò Canolles. «Oppure celami in una piega del tuo mantello e portami via con te!».

«Povero amico», replicò la viscontessa a voce bassa. «Taci, ché mi spezzi il cuore. Non vedi che mi struggo dalla voglia? Porta pazienza per te, porta pazienza per me soprattutto! Tra qualche ora ci ritroveremo per non lasciarci più».

«Porto pazienza – disse Canolles allegro, completamente rassicurato dalla promessa. «Tuttavia dobbiamo lasciarci. Suvvia, coraggio! Pronunciamola questa parola: Addio! Addio, Claire, addio!».

«Addio», disse ella abbozzando un sorriso. «Ad...».

Ma non poté terminare la crudele parola. Per la terza volta i singulti le soffocarono la voce.

«Addio, addio!», esclamò Canolles afferrando di nuovo la viscontessa e coprendole la fronte di baci ardenti. «Addio!».

"Diavolo – mormorò l'ufficiale – per mia fortuna so che questo povero giovanotto non ha più granché da temere, altrimenti questa sì che sarebbe una scena da spezzarmi il cuore!".

L'ufficiale andò a riaccompagnare Claire alla porta e tornò.

«Ora – disse a Canolles, che si era lasciato cadere su una sedia, ancora colmo di emozioni – ora non basta essere felici, occorre essere anche compassionevoli. Il vostro vicino, il vostro sventurato compagno, colui che sta per morire è solo, non vi è nessuno a proteggerlo, nessuno a rincuorarlo. Egli chiede di vedervi. Mi sono assunto la responsabilità di accordargli una tale richiesta; ma occorre che acconsentiate».

«Se acconsento?», esclamò Canolles. «Oh, lo credo bene... Povero disgraziato! Lo attendo a braccia aperte!... Non lo conosco, ma che importa!».

«Eppure sembra che costui vi conosca».

«È al corrente della sorte che gli è riservata?».

«No, non credo. Capirete quindi che occorre lasciarlo nell'ignoranza».

«Oh, state tranquillo».

«Ascoltate, allora: di qui a breve scoccheranno le undici, io rientrerò al mio quartier generale; dalle undici in poi solo i carcerieri regnano padroni all'interno della prigione. Il vostro è stato avvisato, sa che il vostro vicino sarà nella vostra stanza, verrà a prenderlo quando dovrà ricondurlo in cella. Se il prigioniero non è al corrente di nulla, non ditegli nulla; se è al corrente di qualcosa, ditegli da parte nostra che noialtri soldati lo compatiamo dal profondo della nostra anima. Perché morire non è nulla, insomma, ma perbacco, essere impiccati significa morire due volte!».

«Quindi è deciso che morirà...».

«...della stessa morte di Richon. Sono rappresaglie totali. Ma noi siamo qui a conversare, mentre il prigioniero di certo attende con ansia la vostra risposta».

«Andate a prenderlo. E credetemi, vi serbo grande riconoscenza per costui e per me».

L'ufficiale uscì, si recò ad aprire la porta della cella vicina e Cauvignac, un po' pallido ma con passo sciolto e a fronte alta, entrò nella cella di Canolles, il quale gli si fece incontro di qualche passo.

A quel punto l'ufficiale fece un ultimo cenno d'addio a Canolles, guardò Cauvignac con commiserazione e uscì portandosi dietro i suoi soldati, i cui passi pesanti andarono poco per volta a perdersi sotto le volte.

Ben presto il carceriere procedette alla ronda. Nel corridoio si udirono riecheggiare le sue chiavi.

Cauvignac non era prostrato, giacché in costui dimorava un'indefettibile fiducia in sé, un'inesauribile speranza nell'avvenire. Eppure, sotto l'apparente tranquillità e la maschera pressoché di allegria, si era insinuato un dolore profondo e, al pari di un serpente, gli mordeva il cuore. Quell'anima scettica, che sempre aveva dubitato di ogni cosa, dubitava alfine del dubbio medesimo.

Dalla morte di Richon, Cauvignac non mangiava più, non dormiva più. Avvezzo a dileggiare la sventura altrui perché prendeva la propria con allegrezza, il nostro filosofo tuttavia non aveva pensato nemmeno un istante a ridere di un evento che conduceva a un esito così terribile, e, suo malgrado, in tutti i fili misteriosi che lo rendevano responsabile della morte di Richon intravedeva la mano impassibile della Provvidenza, e cominciava a credere se non nella ricompensa per le buone azioni, quantomeno nella punizione per quelle cattive.

Quindi si andava rassegnando, e meditava; ma mentre si rassegnava, come abbiamo detto, non mangiava più, non dormiva più.

E, singolare mistero di quell'anima individuale senza tuttavia essere egoista, quel che lo colpiva ancor più della propria morte, già prevista, era la morte del compagno che sapeva lì a due passi, in attesa del verdetto fatale o dell'esecuzione senza verdetto. Tutto ciò gli riportava alla mente Richon, il suo spettro vendicatore, e la duplice catastrofe che derivava da quella che sulle prime aveva giudicato una deliziosa bricconata.

Sulle prime aveva pensato di evadere; infatti, sebbene prigioniero sulla parola, poiché non era stato dato seguito agli impegni assunti nei suoi riguardi mentre veniva condotto in prigione, egli pensava a sua volta, e senza alcun scrupolo, di essere autorizzato a non dar seguito ai propri. Tuttavia, malgrado la perspicacia della sua mente e l'ingegnosità dei suoi mezzi, aveva giudicato la cosa impossibile. Era stato allora che si era fatto ancora più fortemente persuaso di trovarsi tra le grinfie di un'inesorabile fatalità. Da quel momento in poi chiese solo una cosa, ossia conversare qualche istante con il suo compagno, il cui nome sembrava avergli destato una triste sorpresa, e riconciliarsi tramite la sua persona con tutta l'umanità che aveva così crudelmente oltraggiato.

Non sosterremo che tutti questi pensieri fossero rimorsi, no... Cauvignac era ben troppo filosofo per averne, ma quantomeno erano qualcosa che vi somigliava di molto, ossia una violenta stizza per aver arrecato del male inutilmente. Con il tempo e una concomitanza che avesse preservato Cauvignac in quella disposizione di spirito, un tale sentimento forse avrebbe avuto la stessa risultanza dei rimorsi; ma il tempo mancava.

Sulle prime dunque Cauvignac, entrando nella prigione di Canolles, attese con la sua consueta prudenza che l'ufficiale da cui era stato introdotto si fosse ritirato; poi, vedendo la porta ben serrata, lo sportello ermeticamente chiuso, avanzò verso Canolles il quale, come abbiamo detto, dal canto suo si era appropinquato di qualche passo, e gli strinse affettuosamente la mano.

Malgrado la gravità della situazione, Cauvignac non poté fare a meno di sorridere nel riconoscere l'elegante e bel giovanotto dallo spirito avventuroso e l'umore gaio che aveva sorpreso già due volte in circostanze ben diverse da quelle in cui si trovava, l'una per inviarlo in missione a Nantes, l'altra per condurlo a Saint-Georges. Inoltre rammentava la momentanea usurpazione del nome, e la gustosa mistificazione che ne era seguita a spese del duca. E per quanto la prigione fosse lugubre, il ricordo era così gioioso che per un istante il passato prevalse sul presente.

Dal canto suo, Canolles lo riconobbe a prima vista per esservi già venuto in contatto nelle due circostanze che abbiamo menzionato, e, poiché tutto sommato in entrambe le circostanze Cauvignac era stato per lui un messaggero di buone notizie, la sua pietà per la sorte riservata allo sventurato crebbe ancora, e tanto più profonda in quanto egli sapeva che era la propria salvezza a determinare la fine irrevocabile di Cauvignac; e in un'anima così delicata qual era la sua, un simile pensiero occasionava ben più rimorsi di quanti un crimine vero e proprio ne avrebbe occasionati in quella del suo compagno.

Canolles lo accolse quindi con piena benevolenza.

«Ebbene, barone – gli disse Cauvignac – cosa pensate della situazione in cui ci troviamo? È alquanto precaria, mi pare».

«Sì, siamo quivi prigionieri, e Dio sa quando usciremo di qui», rispose Canolles sfoggiando padronanza di sé per tentare di mitigare almeno con la speranza l'agonia del compagno.

«Quando ne usciremo!», ribatté Cauvignac. «Dio, che voi invocate, nella sua misericordia si degni di decidere che sia il più tardi possibile! Ma non credo sia disposto a concederci granché tregua. Dalla mia cella ho visto, come voi avete potuto vedere dalla vostra, una folla infervorata accorrere a un certo luogo che mi sbaglierò della grossa, ma deve essere l'Esplanade. Conoscete l'Esplanade, mio caro barone, e sapete a cosa serve?».

«Oh, bah, esagerate la situazione, io credo. Sì, il popolo accorreva all'Esplanade, ma per assistere a una qualche punizione militare, è fuor di dubbio. Far scontare a noi la morte di Richon sarebbe terribile, giacché in quella morte in fin dei conti entrambi siamo innocenti!».

Cauvignac trasalì e fissò Canolles con uno sguardo che da un'espressione cupa passò poco a poco a un'espressione di pietà. "Ecco – si disse tra sé – ancora uno che si inganna sulla propria situazione. Eppure devo dirgli come stanno le cose; a qual pro infatti illuderlo se poi il colpo sarà più doloroso, mentre, quando si ha il tempo di prepararsi, almeno la china sembra sempre un po' più agevole?".

Quindi, dopo un nuovo momento di silenzio e riflessione:

«Mio caro – disse a Canolles prendendogli entrambe le mani e continuando a fissarlo con uno sguardo che lo poneva non poco a disagio – chiediamo una bottiglia o due del buon vino di Braunes che voi conoscete, vi prego. Ahimè, ne avrei bevuto a piacimento, se fossi stato governatore più a lungo, e vi confesserò perfino che è stata la mia predilezione per tale vino eccellente che mi ha spinto a chiedere di preferenza quel governatorato. Dio mi punisce per la mia ghiottoneria».

«Volentieri», disse Canolles.

«Sì, vi racconterò ogni cosa mentre beviamo, e se le notizie saranno cattive, siccome almeno il vino sarà buono, l'uno farà passare le altre».

A quel punto Canolles bussò alla porta, ma non vi fu affatto risposta; si ripeté, e dopo un istante si avvicinò al prigioniero un fanciullo intento a giocare nel corridoio.

«Cosa volete?», chiese il fanciullo.

«Del vino», disse Canolles. «Di' al tuo papà di portarne due bottiglie».

Il fanciullo si allontanò e tornò dopo un istante.

«Papà – disse – in questo momento è occupato a conversare con un signore. Verrà a breve».

«Perdonate – disse Cauvignac – permettete che ponga a mia volta una domanda?».

«Fate pure».

«Amico mio – disse con la sua voce più suadente – con quale signore sta conversando il tuo papà?».

«Con un signore alto».

«Questo fanciullo è delizioso», disse Cauvignac. «Aspettate, e a breve sapremo qualcosa. E com'è vestito questo signore?».

«Tutto di nero».

«Ah, diavolo! Sentite? Tutto di nero. E come si chiama questo signore alto vestito tutto di nero? Per caso lo sapresti, mio piccolo amico?».

«Si chiama monsieur Lavie».

«Ah, ah – disse Cauvignac – l'avvocato del re; credo che non dovremo aspettarci nulla di male da quell'uomo. Profittiamo dunque della loro conversazione per conversare anche noi», e infilando una banconota sotto la porta: «Tieni, mio piccolo amico – disse Cauvignac – questa è per comprarti le biglie. È bello farsi amici ovunque», continuò rialzandosi.

Il fanciullo, tutto contento, prese la banconota ringraziando i due prigionieri.

«Ebbene – disse Canolles – dicevate allora...».

«Ah sì...», rispose Cauvignac. «Ebbene, dicevo allora che mi sembrate grandemente in errore sulla sorte che ci attende all'uscita di prigione; voi parlate di Esplanade, di punizione militare, di fustigazione per alcuni forestieri. Io sarei tentato di credere che la cosa riguardi noi, e che si tratti di qualcosa di meglio».

«Suvvia!», disse Canolles.

«Ehi – fece Cauvignac – voi vedete le cose sotto una luce meno cupa di quanto appaiano a me; forse perché non avete esattamente le stesse ragioni di temere che ho io. Tuttavia non gloriatevi troppo della vostra situazione; nemmeno essa è così magnifica, suvvia. Eppure la vostra non è nulla paragonata alla mia, e la mia, devo dirlo perché è mia convinzione, la mia è dannatamente complicata. Sapete bene chi sono?».

«Ma che domanda stramba! Voi siete il capitano Cauvignac, governatore di Braunes, mi pare».

«Sì, per ora; ma non sempre ho portato tale nome, non sempre ho avuto tale titolo. Sovente ho cambiato nome, ho tentato diversi gradi; per esempio un giorno mi sono chiamato barone di Canolles, proprio al pari vostro». Canolles guardò in viso Cauvignac. «Sì – continuò questi – capisco: vi chiedete se sono folle, non è vero? Ebbene, rassicuratevi, godo di tutte le mie facoltà mentali e non sono mai stato così pienamente razionale».

«Spiegatevi, allora», disse Canolles.

«Niente di più facile. Il duca d'Épernon... Conoscete il duca d'Épernon, vero?».

«Di nome, giacché non l'ho mai visto».

«Per mia fortuna. Monsieur d'Épernon, dicevo, mi trovò una volta a casa di una dama dove sapevo che voi non eravate mal ricevuto, e io mi presi la libertà di prendere a prestito il vostro nome».

«Che intendete dire?».

«Adagio, adagio, aspettate; non sarete così egoista da essere geloso di una donna nel momento in cui ne sposate un'altra! E poi quand'anche lo foste, la qual cosa è comunque nella natura dell'uomo, il quale è decisamente uno spregevole animale, mi perdonerete a breve. Vi appartengo troppo da presso per litigare».

«Non capisco una parola di quel che mi dite».

«Dico che ho diritto a che voi mi trattiate al pari di un fratello, o almeno al pari di un cognato».

«Voi parlate per enigmi, e io non ne capisco di più».

«Ebbene, capirete di qui a breve con una sola parola. Il mio vero nome è Roland de Lartigues, e Nanon è mia sorella».

Canolles passò dalla diffidenza a un'immediata espansività.

«Voi il fratello di Nanon!», esclamò. «Ah, povero ragazzo!».

«Ebbene sì, "povero ragazzo"», riprese Cauvignac. «Avete proprio detto la parola, avete proprio messo il dito sulla cosa; giacché oltre a una moltitudine di altre spiacevolezze che deriveranno dall'istruzione del mio bel processo qui, ho anche quella di chiamarmi Roland de Lartigues e di essere il fratello di Nanon. Sapete che la mia cara sorella è tutt'altro che in odore di santità presso i bordolesi. Che si venga a conoscenza della mia condizione di fratello di Nanon, e sarà tre volte la mia fine: orbene, vi sono un certo La Rochefoucauld e un certo Lenet i quali sanno ogni cosa».

«Ah», esclamò Canolles, ricondotto da quel che diceva Cauvignac ad antichi ricordi. «Ah, capisco ora perché in una missiva la povera Nanon mi chiamò un giorno suo fratello. Amica impagabile...».

«Ah sì – fece Cauvignac – era una brava persona, e mi pento davvero di non averne sempre seguito le raccomandazioni alla lettera; ma cosa volete, se potessimo indovinare il futuro non vi sarebbe più bisogno di Dio».

«E cosa ne è stato di costei?», chiese Canolles.

«Chi può dirlo? Povera donna, di certo si starà disperando, non già per me, del cui arresto è all'oscuro, ma per voi, della cui sorte forse è a conoscenza».

«Tranquillizzatevi», disse Canolles. «Lenet non dirà che voi siete il fratello di Nanon. E dal canto suo, monsieur de La Rochefoucauld non ha alcun motivo di avercela con voi. Quindi non si saprà nulla di tutto ciò».

«Se non si saprà nulla di tutto ciò, credetemi, si saprà sempre qualcos'altro: si saprà che sono stato io, per esempio, a consegnare una certa procura, e che tale procura... Bah, comunque sia dimentichiamo, se è possibile. Che disgrazia che il vino non arrivi!», continuò voltandosi verso la porta. «Non vi è nulla al pari del vino per far dimenticare».

«Suvvia, suvvia», esortò Canolles. «Coraggio!».

«Eh, perdio! Credete forse che ne sia privo? Mi vedrete nel famoso momento, quando andremo a fare un giro all'Esplanade! Ma v'è qualcosa tuttavia che mi importuna: verremo fucilati, decapitati o impiccati?».

«Impiccati!», esclamò Canolles. «Siamo gentiluomini, viva Dio, e non si macchierebbero di un oltraggio simile a detrimento della nobiltà».

«Ebbene, vedrete che saranno ancora capaci di cavillare sulla mia genealogia... E poi...».

«Cosa?».

«Sarete voi o sarò io ad andare per primo?».

«Ma per l'amor di Dio! Mio caro amico – disse Canolles – non vi mettete in testa idee simili!... Non vi è niente di meno certo di questa morte di cui vi inquietate anzitempo: non si giudica, non si condanna e non si giustizia a tal guisa in una notte».

«Ascoltate – rispose Cauvignac – ero lì quando hanno svolto il processo del povero Richon, che Dio accolga la sua anima! Ebbene, processo, sentenza, impiccagione: il tutto è durato tre o quattro ore a dir tanto. Poniamo un po' meno attività, poiché Anna d'Austria è regina di Francia e madame de Condé è solo principessa di sangue reale, e tutto ciò ci dà quattro o cinque ore. Orbene, considerato che siamo stati arrestati tre ore fa, considerato che siamo comparsi davanti ai giudici due ore fa, a conti fatti tutto ciò ci dà ancora un'ora o due da vivere: è poca cosa».

«A ogni modo – disse Canolles – attenderanno di certo che faccia giorno, prima di giustiziarci».

«Ah, questo è tutt'altro che certo: un'esecuzione alla luce delle fiaccole è una bellissima cosa. Costa di più, è vero, ma giacché la principessa in questo momento ha grande bisogno dei bordolesi, potrebbe darsi benissimo che si decida a sostenere una tale spesa».

«Silenzio», disse Canolles. «Odo dei passi».

«Diavolo!», proruppe Cauvignac con un certo pallore.

«Dev'essere di certo il vino che ci portano», disse Canolles.

«Ah sì – commentò Cauvignac fissando la porta con uno sguardo più che attento – vi è anche questo: se il carceriere entra con le bottiglie, va bene; ma se invece...».

La porta si aprì e il carceriere entrò senza le bottiglie.

Cauvignac e Canolles si scambiarono uno sguardo eloquente; tuttavia il carceriere non vi fece caso... Sembrava così di fretta, il tempo era così poco, nella cella era così buio...

Richiuse la porta e si fece avanti. Poi, avvicinandosi ai prigionieri e tirando fuori di tasca un foglio:

«Chi di voi due è il barone di Canolles?», chiese.

«Ah, diavolo!», esclamarono entrambi, scambiandosi un nuovo sguardo.

Tuttavia Canolles prima di rispondere esitò, e Cauvignac fece altrettanto: il primo aveva portato quel nome troppo a lungo per dubitare che l'appellativo fosse rivolto a lui; ma l'altro l'aveva portato abbastanza per temere che qualcuno glielo rammentasse.

Canolles tuttavia capì che occorreva rispondere.

«Sono io», disse.

Il carceriere si fece avanti.

«Eravate governatore di piazzaforte?».

«Sì».

«Ma anch'io ero governatore di piazzaforte; anch'io mi sono chiamato Canolles», proclamò Cauvignac. «Orsù, intendiamoci bene, niente fraintendimenti. È già abbastanza quel che mi è accaduto rispetto al povero Richon, senza che io cagioni anche la morte di un altro».

«E così ora vi chiamate Canolles?», chiese il carceriere.

«Sì», rispose Canolles.

«E così in passato vi siete chiamato Canolles?», chiese ancora il carceriere a Cauvignac.

«Sì», rispose questi. «In passato, per un sol giorno, e comincio a credere di aver avuto un'idea sciocca quel giorno».

«Siete entrambi governatori di piazzaforte?».

«Sì», risposero insieme Canolles e Cauvignac.

«Ora un'ultima domanda che chiarirà ogni cosa». I due prigionieri rimasero nel silenzio più profondo. «Chi di voi due – chiese il carceriere – è il fratello di madame Nanon de Lartigues?».

A quel punto Cauvignac fece una smorfia che in un momento meno solenne sarebbe stata comica.

«Ve lo dicevo io», proruppe rivolto a Canolles. «Ve lo dicevo, caro amico, che mi avrebbero attaccato su questo!». Poi, voltandosi verso il carceriere: «E se fossi io il fratello di madame Nanon de Lartigues – disse – cosa mi direste, amico?».

«Vi direi di seguirmi seduta stante».

«Accidenti», fece Cauvignac.

«Ma costei ha chiamato fratello anche me», intervenne Canolles, tentando di stornare in parte la tempesta che si addensava ormai palesemente sul capo dello sventurato compagno.

«Un momento, un momento», disse Cauvignac passando davanti al carceriere e prendendo da parte Canolles. «Un momento, gentiluomo. Non è giusto che siate voi il fratello di Nanon in simili circostanze. Finora ho fatto pagare fin troppo gli altri in mia vece, ed è giusto che io paghi a mia volta».

«Che intendete dire?», chiese Canolles.

«Oh, sarebbe troppo lungo, e d'altronde vedete bene che il nostro carceriere si spazientisce e pesta i piedi in terra. Sta bene, amico, sta bene; rassicuratevi, c'è chi vi segue. Addio allora, caro compagno», proseguì Cauvignac. «Almeno su una cosa i miei dubbi sono fugati: sarò io ad andare per primo. Dio non voglia che mi seguiate troppo presto. Rimane da appurare il tipo di morte, ora. Diavolo, purché non sia l'impiccagione... Eh, stiamo andando, diamine! Stiamo andando! Avete una gran fretta, brav'uomo! Suvvia allora, mio caro fratello, mio caro cognato, mio caro compagno, mio caro amico... Un ultimo addio, e buonasera!».

A quel punto Cauvignac mosse ancora un passo verso Canolles tendendogli la mano; Canolles prese quella mano tra le sue e la strinse affettuosamente.

Nel frattempo Cauvignac lo guardava con un'espressione bizzarra.

«Cosa volete da me?», esclamò Canolles. «Avete qualcosa da chiedermi?».

«Sì», disse Cauvignac.

«Allora fate pure con ardire».

«Voi pregate qualche volta?», chiese Cauvignac.

«Sì», rispose Canolles.

«Ebbene, quando pregherete... dite una parola per me», e voltandosi verso il carceriere, che sembrava vieppiù spazientirsi: «Sono io il fratello di madame Nanon de Lartigues», disse. «Venite, amico...».

Il carceriere non se lo fece ripetere due volte e condusse via di fretta Cauvignac, il quale dalla soglia fece un ultimo cenno a Canolles.

Quindi la porta si richiuse, i passi si allontanarono nel corridoio e tutto ripiombò in un silenzio che a colui che rimaneva pareva il silenzio della morte.

Canolles rimase profondamente assorto in una tristezza che pareva terrore. Quel modo di portare via un uomo, nottetempo, senza rumore, senza cerimonie, senza guardie, era più spaventoso dei rituali del supplizio eseguiti alla luce del sole. Cionondimeno tutto lo spavento di Canolles era per il suo compagno, giacché egli aveva così grande fiducia in madame de Cambes che da quando l'aveva vista, malgrado la notizia ferale che costei gli aveva annunciato, non temeva più per se stesso.

Così tutto ciò che lo occupava davvero in quel momento era la sorte riservata al compagno che gli portavano via. Allora gli si riaffacciò alla mente l'ultima raccomandazione di Cauvignac. Si mise in ginocchio e pregò.

Pochi istanti dopo si rialzò, sentendosi rinfrancato e forte, e attendendo ormai una cosa sola: l'arrivo dell'aiuto promessogli da madame de Cambes, oppure la sua presenza.

Nel frattempo Cauvignac seguiva il carceriere nel corridoio scuro, senza proferire una sola parola, riflettendo quanto più seriamente possibile.

In fondo al corridoio il carceriere chiuse la porta con la stessa cura che aveva già adoperato per la cella di Canolles, e dopo aver prestato ascolto a qualche vago rumore che montava dal piano inferiore:

«Orsù!», disse voltandosi brusco verso Cauvignac. «In marcia, gentiluomo».

«Sono pronto», rispose Cauvignac alquanto maestosamente.

«Non parlate a voce così alta – disse il carceriere – e camminate più veloce», e prese una scala che scendeva alle celle sotterranee.

"Oh, oh", si disse Cauvignac. "Vorrebbero forse tagliarmi la gola tra due pareti, o gettarmi in qualche segreta? Ho sentito dire che talvolta si contentano di esporre in piazza i quattro arti, come ha fatto Cesare Borgia per don Ramiro d'Orco. Vediamo, il carceriere è tutto solo, tiene le chiavi alla cintola. Le chiavi dovranno pur aprire una porta purchessia. Costui è basso, io sono alto, costui è debole, io sono forte, costui è dinanzi, io sono da tergo: ben presto l'avrò strangolato, se è ciò che voglio. È ciò che voglio?".

E già Cauvignac, il quale si era risposto che era ciò che voleva, protendeva entrambe le mani ossute per porre in esecuzione il piano che aveva testé concepito, quando tutt'a un tratto il carceriere si voltò in preda al terrore.

«Silenzio!», disse. «Non udite nulla?».

“Decisamente vi è qualcosa di oscuro in tutto ciò”, proseguì Cauvignac parlando sempre tra sé. “E tutte queste precauzioni, se non mi rassicurano, mi devono inquietare non poco”. E così, arrestandosi tutt’a un tratto:

«Questa poi! Orsù, dove mi conducete?».

«Non lo vedete?», rispose il carceriere. «Al sotterraneo».

«Già», disse Cauvignac. «Mi seppelliranno vivo?».

Il carceriere alzò le spalle, si inoltrò in un dedalo di corridoi e, giunto a una porticina bassa, centinata e umida dietro la quale si udiva uno strano frastuono, la aprì.

«Il fiume», esclamò Cauvignac, spaventato alla vista dell’acqua che scorreva impetuosa, scura e nera al pari di quella dell’Acheronte.

«Eh sì, il fiume. Sapete nuotare?».

«Sì... no... sì... Ossia... Perché diavolo me lo chiedete?».

«Il fatto è che se non sapete nuotare, saremo costretti ad attendere una barca che è in sosta laggiù, ed è un quarto d’ora perso, senza contare che qualcuno può udire il segnale che farò di qui a breve e di conseguenza riacciuffarci».

«Riacciuffarci?», esclamò Cauvignac. «Questa poi! Amico, ma allora siamo in fuga?».

«Perdio, certo che siamo in fuga».

«E dove?».

«Dove vorremo».

«Quindi sono libero?».

«Libero come l’aria».

«Ah, Dio mio!», esclamò Cauvignac.

E senza aggiungere una sola parola a tale eloquente esclamazione, senza guardarsi attorno, senza curarsi di essere seguito o meno dal compagno, corse al fiume e si tuffò più veloce di quanto avrebbe potuto fare una lontra braccata. Il carceriere lo imitò, ed entrambi, dopo un quarto d’ora di muti sforzi per frangere la corrente, si trovarono in vista della barca. Allora il carceriere fischiò tre volte continuando a nuotare; i rematori, riconoscendo il segnale convenuto, si fecero loro incontro, li issarono prontamente a bordo e senza dire una sola parola remarono a tutta forza, e in meno di cinque minuti li deposero entrambi sulla riva opposta.

«Uff!», disse Cauvignac il quale, dal momento in cui si era gettato così risoluto nel fiume, non aveva detto una parola. «Uff, eccomi in salvo. Caro carceriere del mio cuore, Dio vi ricompenserà».

«In attesa della ricompensa che Dio ha in serbo per me – ribatté il carceriere – avrò almeno intascato quarantamila sterline, che mi aiuteranno a portare pazienza».

«Quarantamila sterline!», esclamò Cauvignac sbalordito. «E chi diavolo può aver sborsato quarantamila sterline per me?».

L'abbazia di Pessac

I.

Due parole di spiegazione necessarie, dopodiché riprenderemo il filo della nostra storia.

D'altronde è tempo di tornare a Nanon de Lartigues la quale, alla vista dello sventurato Richon che spirava sotto il mercato coperto di Libourne, aveva lanciato un urlo ed era caduta a terra svenuta.

Eppure Nanon, lo si sarà già visto, non era una donna dalla fragile complessione; malgrado la delicatezza del corpo e l'esiguità delle proporzioni, aveva patito lunghi dolori, sostenuto fatiche, sfidato lunghi pericoli. E quell'anima al contempo tenera e vigorosa, dotata di una tempra poco comune, sapeva piegarsi a seconda delle circostanze e risollevarsi più forte a ogni tregua che le concedeva il destino.

Il duca d'Épernon, che la conosceva – o piuttosto credeva di conoscerla – ebbe dunque modo di stupirsi nel vederla così interamente prostrata alla vista di un dolore fisico. Ella, che nell'incendio della sua residenza di Agen per poco non era arsa viva senza lanciare un grido, per paura di recar diletto ai suoi frementi nemici dopo quel supplizio che uno di costoro, più esasperato degli altri, aveva approntato per la favorita del detestato governatore... Ella, Nanon, che nel bel mezzo di quel trambusto aveva visto perire due delle sue donne, assassinate per sua colpa e in sua vece, e non aveva nemmeno battuto ciglio...

Lo svenimento di Nanon durò circa due ore e si risolse in orribili attacchi di nervi, durante i quali ella non riuscì affatto a parlare ma solo a emettere grida inarticolate. Tutto ciò al punto che la stessa regina, dopo aver inviato messaggi a profusione all'inferma, si recò a farle visita di persona, e che Mazzarino, giunto di recente, volle appostarsi presso il comodino per esercitarvi la medicina, la qual cosa era la sua grande presunzione: medicina per il corpo minacciato, teologia per l'anima in pericolo.

Eppure Nanon riprese conoscenza solo a notte inoltrata. A quel punto impiegò ancora qualche tempo a radunare le idee; ciononostante al termine, premendosi la testa fra le mani, esclamò con tono straziante: «È la fine! Me lo hanno ucciso!».

Per fortuna tali parole erano bastevolmente bizzarre perché i presenti le imputassero al delirio, e fu quel che accadde.

Tuttavia tali parole nella mente dei presenti rimasero impresse, e quando al mattino fu di ritorno da una spedizione che lo teneva lontano da Libourne dal giorno prima, il duca d'Épernon, ripensando allo svenimento di Nanon, venne informato delle parole che costei aveva pronunciato tornando in sé. Il duca conosceva tutta l'effervescenza di quell'anima di fuoco. Capì che vi era qualcos'altro oltre al delirio: quindi si recò in tutta fretta da Nanon e, profittando del primo momento di solitudine che gli accordarono quanti erano in visita:

«Amica cara – le disse – ho saputo tutto quel che avete patito riguardo alla morte di Richon, che hanno avuto l'avventatezza di venire a impiccare sotto le vostre finestre».

«Oh sì», esclamò Nanon. «È terribile! È infame!...».

«La prossima volta state tranquilla», disse il duca. «Ora che conosco l'effetto che tutto ciò ha su di voi, farò impiccare i ribelli sulla piazza del Corso, e non più sulla piazza del Mercato. Ma di chi parlavate dunque quando dicevate che ve lo avevano ucciso? Non poteva essere Richon, presumo; Richon difatti non è mai stato nulla per voi, nemmeno una semplice conoscenza».

«Ah, siete voi, duca?», disse Nanon sollevandosi sul gomito e afferrandogli il braccio.

«Sì, sono io: e sono davvero lieto che mi riconosciate, è la riprova che state meglio. Ma di chi parlavate?».

«Di lui, duca, di lui!», rispose Nanon in uno scampolo di delirio. «Siete stato voi a ucciderlo! Oh, lo sventurato!».

«Amica cara, voi mi spaventate! Che dite mai?».

«Dico che lo avete ucciso. Non capite, duca?».

«No, amica cara», ribatté monsieur d'Épernon, nel tentativo di far parlare Nanon addentrandosi nelle idee che gli suggeriva il delirio. «Come posso averlo ucciso, visto che non lo conosco?».

«Davvero non sapete che è prigioniero di guerra, che era capitano, che era governatore, che aveva i medesimi titoli e il medesimo grado del povero Richon, e che i bordolesi si vendicheranno su costui per l'omicidio di colui che avete fatto assassinare? Avete un bell'assumere le sembianze della giustizia, è un vero e proprio assassinio, duca!...».

Il duca, sgomento di fronte a una tale invettiva, all'ardore degli occhi scintillanti, all'azione febbrile di quel gesto energico, indietreggiò impallidendo.

«Oh, è vero, è vero!», esclamò battendosi la fronte. «Quel povero Canolles, me ne ero dimenticato!».

«Mio fratello, il mio povero fratello!», esclamò a sua volta Nanon, felice di poter erompere, e conferendo all'amante il titolo con il quale era noto a monsieur d'Épernon.

«Avete ragione, per l'amor di Dio!», disse il duca. «Sono io lo scervellato. Come diavolo ho potuto dimenticare il nostro povero amico! Ma non tutto è perduto, ancora; a quest'ora a malapena saranno al corrente della notizia a Bordeaux. Il tempo di riunirsi, di giudicare... D'altronde esiteranno».

«La regina ha forse esitato?», esclamò Nanon.

«Ma la regina è la regina: ha diritto di vita e di morte. Costoro sono dei ribelli».

«Ahimè – disse Nanon – ragione in più perché non facciano sconti. Orsù, ditemi, cosa farete?».

«Ancora non ne ho idea, ma fate assegnamento su di me».

«Oh – esclamò Nanon tentando di alzarsi – egli non morrà, quand'anche dovessi andare io stessa a Bordeaux a consegnarmi al posto suo».

«State tranquilla, mia cara amica, è una faccenda mia. Ho fatto il male, porrò rimedio, parola di gentiluomo. La regina ha ancora qualche amico in città, quindi non preoccupatevi».

Il duca faceva quella promessa dal profondo del cuore. Nanon lesse nei suoi occhi la determinazione, la sincerità e soprattutto la volontà. Allora si sentì preda di una tale gioia che afferrando le mani del duca:

«Oh, mio signore – disse poggiandovi le labbra infuocate – se poteste riuscire, quanto vi amerei!».

Il duca si intenerì fino alle lacrime: era la prima volta che Nanon gli parlava con una tale espansività e gli faceva una simile promessa.

Subito uscì dall'appartamento, assicurando di nuovo a Nanon che non aveva nulla da temere; poi, mandando a chiamare uno dei servitori la cui destrezza e fedeltà gli erano ben noti, gli ordinò di recarsi a Bordeaux, di entrare in città, quand'anche avesse dovuto scalarne i bastioni, e di consegnare all'avvocato Lavie il seguente biglietto, scritto interamente di proprio pugno:

Impedire che accada qualcosa di increscioso a monsieur de Canolles, capitano comandante di piazzaforte al servizio di Sua Maestà.

Se l'ufficiale è agli arresti, come si presume, liberarlo con tutti i mezzi concepibili; sedurre i guardiani offrendo tutto l'oro che chiederanno, anche un milione, alla bisogna, e impegnare la parola del duca d'Épernon per la direzione di un castello reale.

Se la corruzione fallisce, ricorrere alla forza; non arrestarsi di fronte a nulla: la violenza, l'incendio, l'assassinio saranno scusati.

Connotati: alto, occhi castani, naso ricurvo. In caso di dubbio, chiedere: «Siete voi il fratello di Nanon?».

Celerità: *non v'è un minuto da perdere.*

Il messaggero partì. Tre ore dopo era a Bordeaux. Entrò in una fattoria, barattò i suoi panni con un camiciotto di tela di un contadino ed entrò in città alla guida di un carretto pieno di farina.

Lavie ricevette la missiva un quarto d'ora dopo la decisione del consiglio di guerra. Si fece aprire la porta della roccaforte, parlò con il carceriere, gli offrì ventimila sterline, che costui rifiutò, poi trentamila, che costui rifiutò ancora, infine quarantamila, che costui accettò.

Sappiamo come, ingannato dall'interpellazione che secondo il duca d'Épernon doveva mettere al riparo da ogni fraintendimento, «Siete voi il fratello di Nanon?», Cauvignac, nell'unico slancio di generosità che forse aveva avuto in tutta la sua vita, aveva risposto: «Sì» e, prendendo in tal modo il posto di Canolles, si era ritrovato con sua grande meraviglia libero.

Cauvignac fu condotto su un rapido cavallo al villaggio di Saint-Loubès, che apparteneva agli epernonisti. Quivi trovò un messaggero del duca giunto al cospetto del fuggiasco in sella al cavallo stesso del duca, una giumenta spagnola di valore inestimabile.

«È in salvo?», esclamò il messaggero rivolgendosi al capo della scorta che conduceva Cauvignac.

«Sì – rispose questi – lo stiamo riportando indietro».

Era tutto quel che chiedeva il messaggero: fece fare dietrofront al cavallo e si lanciò rapido come una meteora alla volta di Libourne. Un'ora e mezza dopo, il cavallo stremato stramazzava di fronte alla porta della città e mandava ruzzoloni il cavaliere ai piedi di monsieur d'Épernon, che fremeva d'impazienza in attesa della parola «sì». Il messaggero, mezzo spossato, ebbe ancora la forza di pronunciare tale parola, «sì», che così caro costava, e il duca si precipitò senza perdere un istante agli alloggi di Nanon la quale, sempre adagiata sul letto, sconvolta, l'occhio spento, fissava con sguardo stravolto la porta affollata di servitori.

«Sì», esclamò il duca d'Épernon. «Sì, è in salvo, cara amica, sta giungendo dietro di me, lo vedrete a breve».

Nanon fece un balzo di gioia nel letto: tali poche parole le cavavano dal petto il peso che la soffocava. Protese entrambe le mani al cielo, poi, bagnata dalle lacrime che la felicità inattesa le strappava dagli occhi inariditi dalla disperazione, esclamò con un tono indescrivibile:

«Oh mio Dio, mio Dio! Ti ringrazio!».

Poi, chinando gli occhi dal cielo alla terra, vide accanto a sé il duca d'Épernon, così contento della sua felicità che sembrava prendere interesse per il caro prigioniero tanto quanto costei. Fu solo allora che le si affacciò alla mente tale pensiero inquietante: "In che modo verrà ricompensato il duca per la sua bontà, la sua solerzia, quando vedrà quell'estraneo al posto del fratello, l'impostura di un amore quasi adultero in rimpiazzo al sentimento così puro dell'amicizia fraterna?".

La risposta che Nanon si diede fu breve ed energica. "Ebbene, non importa!", pensò quel cuore sublime al contempo di abnegazione e devozione. "Non lo ingannerò oltremodo, gli dirò tutto, egli mi caccerà via, mi maledirà; allora mi getterò ai suoi piedi per ringraziarlo di quel che per me ha fatto in questi tre anni. Quindi, povera, umiliata, ma felice, uscirò di qui ricca del mio amore e felice della nuova vita che ci attenderà".

Fu nel bel mezzo di un tale sogno di abnegazione, in cui l'ambizione era sacrificata all'amore, che la siepe di servitori si aprì e nella stanza in cui Nanon era adagiata si precipitò un uomo esclamando:

«Mia sorella! La mia brava sorella!».

Nanon si tirò su a sedere, spalancò gli occhi sgomenti, si fece più bianca del guanciale ricamato che aveva dietro il capo e per la seconda volta cadde fulminata mormorando:

«Cauvignac! Oddio, Cauvignac!».

«Cauvignac!», ripeté il duca guardandosi intorno con occhi stupiti, evidentemente alla ricerca di colui al quale si rivolgeva un tale appellativo. «Cauvignac», disse. «Vi è qualcuno qui che si chiama Cauvignac?».

Cauvignac non si prese la briga di rispondere, era ancora troppo poco in salvo per permettersi una franchezza che d'altronde, anche nelle circostanze consuete della vita, non gli era abituale; capiva che rispondendo avrebbe perso la sorella, e perdendo la sorella si sarebbe irrimediabilmente rovinato egli stesso. Per quanto inventivo fosse, rimase a corto di argomenti e lasciò parlare Nanon, mandataria per suo conto di correggerne le parole.

«E monsieur de Canolles?», esclamò costei con un tono di furente rimprovero, dardeggiando su Cauvignac la duplice folgore dei suoi occhi.

Il duca aggrottava le sopracciglia e cominciava a mordersi i mustacchi. I presenti, a eccezione di Finette, che era pallidissima, e di Cauvignac, che faceva tutto il possibile per non impallidire, ignoravano cosa significasse quella collera inattesa e si guardavano sgomenti.

«Povera sorella!», mormorò Cauvignac all'orecchio del duca. «Ha temuto così tanto per me che ha il delirio e non mi riconosce».

«A me devi rispondere, miserabile!», esclamò Nanon. «A me! Dov'è monsieur de Canolles? Cosa ne è stato? Rispondimi, rispondimi, insomma!».

Cauvignac prese una decisione disperata: bisognava giocarsi il tutto per tutto e ingagliardirsi nell'impudenza; cercare la salvezza in una confessione, difatti, far conoscere al duca d'Épernon il duplice personaggio del falso Canolles, che egli aveva favorito, e del vero Cauvignac, che aveva allestito truppe contro la regina e alla regina venduto quei medesimi soldati, significava voler andare a raggiungere Richon sulla trave del mercato. Quindi si avvicinò al duca d'Épernon e con le lacrime agli occhi:

«Oh, non è più delirio, è follia – disse – e il dolore, come vedete, le ha stravolto la mente al punto che non riconosce più i suoi parenti. Se qualcuno può restituirle la ragion perduta, capirete che sono io: vi supplico, quindi, fate allontanare tutti i servitori all'infuori di Finette, che sarà qui per prestarle le cure qualora ne avesse bisogno; giacché, al pari di me, vi rincrescerebbe veder ridere degli indifferenti a spese della mia povera sorella».

Forse il duca non si sarebbe arreso facilmente all'espediente proposto da Cauvignac il quale, per quanto credulone egli fosse, cominciava ciononostante a ispirargli una certa diffidenza, se un messaggero non fosse giunto a dirgli da parte della regina che era atteso a palazzo, giacché Mazzarino aveva convocato un consiglio straordinario.

Mentre l'inviato riferiva il messaggio, Cauvignac si chinò verso Nanon e le disse alla svelta:

«In nome del cielo, calmatevi, sorella mia. Scambiamo qualche parola da soli, e tutto sarà accomodato».

Nanon ricadde nel letto, se non acquietata quantomeno padrona di sé, giacché la speranza, pur se viene dispensata a piccole dosi, è un balsamo che lenisce le sofferenze del cuore.

Quanto al duca, deciso a recitare fino in fondo la parte dell'Orgone e del Geronte, tornò a Nanon e baciandole la mano:

«Orsù, cara amica – le disse – ecco che la crisi è passata, spero; riprendete i sensi, vi lascio con vostro fratello che tanto amate, poiché la regina chiede di me. Sappiate che occorre niente meno che un ordine della regina perché io vi abbandoni in un simile frangente».

Nanon sentì che il coraggio le veniva meno. Non ebbe la forza di rispondere al duca, guardò solo Cauvignac e gli strinse la mano come a dirgli: "Non mi avete ingannato, fratello? Davvero posso sperare?".

Cauvignac rispose a quella stretta di mano con stretta di mano analoga, e voltandosi verso monsieur d'Épernon:

«Sì, duca – disse – almeno la crisi più forte è passata, e mia sorella tornerà a convincersi di avere accanto un amico fedele e un cuore devoto, pronto a fare di tutto per restituirle la libertà e la felicità».

Nanon non poté resistere oltre, scoppiò in singhiozzi, ella, gli occhi asciutti, ella, la mente salda: ma talmente tante cose l'avevano spezzata che ormai era niente più che una donna comune, ossia debole e bisognevole di lacrime. Il duca d'Épernon uscì scuotendo il capo e raccomandando con lo sguardo Nanon a Cauvignac. Non appena egli fu fuori:

«Oh, quanto mi ha fatto penare quell'uomo!», esclamò Nanon. «Se fosse rimasto un istante di più credo che sarei morta».

Cauvignac fece un gesto con la mano a raccomandare il silenzio; poi andò a incollare l'orecchio alla porta per assicurarsi che il duca si stesse davvero allontanando.

«Oh, che importa se ascolta o meno!», esclamò Nanon. «Mi avete detto a bassa voce due parole per rassicurarmi: dite... cosa pensate, cosa sperate?».

«Sorella mia – rispose Cauvignac assumendo un contegno serio che non gli era affatto abituale – non vi dichiarerò che sono sicuro di riuscire, ma vi ripeterò quel che vi ho già detto: farò ogni cosa al mondo per questo».

«Riuscire in cosa?», chiese Nanon. «Intendiamoci bene, questa volta. Vi è forse ancora un qualche terribile quiproquo tra di noi?».

«Salvare lo sventurato Canolles».

Nanon lo guardò con spaventosa fissità.

«Per lui è la fine, non è così?».

«Ahimè – rispose Cauvignac – se mi chiedete la mia opinione completa e sincera, vi confesso che la posizione mi pare infausta».

«E come lo dice!», esclamò Nanon. «Ma tu lo sai, disgraziato, cos'è per me quell'uomo?».

«So che è un uomo che preferite a vostro fratello, giacché salvavate costui piuttosto che me, e che quando mi avete visto mi avete accolto lanciandomi contro un anatema». Nanon fece un gesto d'impazienza. «Eh, perdio, avete ragione – riprese Cauvignac – e non ve lo dico a titolo di rimbrotto bensì come semplice osservazione; guardate, con la mano sul cuore, non oso dire sulla coscienza per paura di dire una menzogna, se entrambi fossimo ancora nella cella dello Château-Trompette, e io sapessi quel che so, direi a monsieur de Canolles: "Voi siete stato chiamato fratello da Nanon, è voi che vogliono, non me", ed è costui che sarebbe giunto al posto mio, e io sarei morto al posto suo».

«Ma allora morirà», esclamò Nanon con un'esplosione di dolore che dimostra quanto nelle menti meglio strutturate il sentimento della morte penetri solo allo stadio di timore e giammai allo stadio di certezza, giacché l'affermazione infligge un tal colpo violento. «Ma allora morirà!».

«Sorella mia – rispose Cauvignac – questo è tutto quel che vi posso dire, e su questo dovremo prendere le mosse per quel che faremo. Sono le nove di sera: sono due ore che mi fanno correre, possono essere accadute parecchie cose. Non doletevi, perbacco! Può anche darsi che non sia accaduto proprio nulla. Mi è venuta un'idea».

«Dite subito».

«A una lega da Bordeaux ho cento uomini e il mio luogotenente».

«Un uomo fidato?».
«Ferguzon».
«Ebbene?».
«Ebbene, sorella mia, checché dica monsieur de Bouillon, checché faccia monsieur de La Rochefoucauld, checché pensi la principessa, la quale si reputa ben altro capitano a paragone dei due generali, io ho idea che con cento uomini, di cui sacrificherò la metà, arriverò fino a monsieur de Canolles».
«Oh, vi ingannate, fratello mio. Voi non arriverete! Voi non arriverete!...».
«Arriverò, diamine! O mi ammazzeranno».
«Ahimè, la vostra morte sarà per me la riprova della vostra buona volontà; ma la vostra morte non lo salverà. Per lui è finita! Per lui è finita!».
«E io vi dico di no, dovessi consegnarmi al posto suo!», esclamò Cauvignac con un trasporto di simil generosità del quale egli stesso si sorprese.
«Consegnarvi voi!».
«Sì, certo, io. Giacché nessuno alla fine ha motivo di odiarlo quel buon Canolles, viceversa tutti lo amano; mentre io sono detestato».
«Voi? E perché mai siete detestato?».
«Ma è semplicissimo: perché ho l'onore di appartenere a voi attraverso i più stretti legami di sangue. Perdonatemi, sorella cara, ma per una buona realista è estremamente lusinghiero quel che vi dico».
«Un momento», disse lentamente Nanon posandosi il dito sulle labbra.
«Vi ascolto».
«Quindi dite che i bordolesi mi detestano di molto?».
«In altre parole vi esecrano».
«Ah, davvero!», esclamò Nanon con un sorriso tra il meditabondo e l'allegro.
«Non credevo di dirvi qualcosa che vi fosse così gradevole».
«Invece sì, invece sì», ribatté Nanon. «Se non è gradevole, quantomeno è molto sensato. Sì, avete ragione – proseguì parlando a se stessa piuttosto che al fratello – non è monsieur de Canolles che odiano, e nemmeno voi. Aspettate, aspettate...».
Si alzò, si avvolse intorno all'esile e ardente collo una lunga mantella di seta e, sedendosi al tavolo, scrisse in tutta fretta alcune

righe che Cauvignac, a giudicare dalla vampa della fronte e dal sommovimento del petto ansante, ritenne dovessero essere davvero importanti.

«Prendete», disse sigillando la missiva. «Correte solo, senza soldati e senza scorta, a Bordeaux; nella scuderia v'è un barbaresco che può coprire il tragitto in un'ora. Giungete veloci quanto consentono di giungere i mezzi umani, presentate questa missiva alla principessa, e monsieur de Canolles sarà salvo».

Cauvignac guardò la sorella con stupore, ma poiché conosceva l'adeguatezza di quella mente vigorosa, non perse tempo a commentarne le frasi: si precipitò alla scuderia, balzò sul cavallo designato, e in capo a mezz'ora aveva già coperto più della metà del percorso. Nanon, dal canto suo, non appena dalla finestra lo ebbe visto partire, si inginocchiò, ella, l'atea, disse una breve preghiera, ripose l'oro, i gioielli e i diamanti in uno scrigno, ordinò una carrozza e si fece abbigliare da Finette delle sue vesti più belle.

II.

Calava la notte su Bordeaux, e all'infuori del quartiere dell'Esplanade verso cui tutti si accalcavano la città sembrava deserta. Nessun altro rumore nelle strade distanti da quel luogo privilegiato se non il passo delle pattuglie; nessun'altra voce se non quella di qualche vecchia che rientrava chiudendo la porta con spavento.

Dalle parti dell'Esplanade invece, in lontananza, nella nebbia della sera, si udiva un rombo sordo e continuo simile al rumore di una marea che si ritiri.

La principessa aveva appena sbrigato la corrispondenza e aveva mandato a dire al duca di La Rochefoucauld che poteva riceverlo.

Ai piedi della principessa, umilmente rannicchiata su un tappeto, intenta a studiarne con l'ansia più viva il viso e l'umore, madame de Cambes pareva attendere il momento in cui parlare senza essere inopportuna; ma quella pazienza forzata, quella dolcezza affettata erano di gran lunga tradite dagli increspamenti delle mani, che stropicciavano e dilaceravano un fazzoletto.

«Settantasette firme!», esclamò la principessa. «Vedete che far la regina non è solo letizia, Claire».

«Sì invece – rispose la viscontessa – giacché prendendo il posto della regina ve ne siete arrogato il privilegio più bello, quello di concedere la grazia».

«E quello di punire, Claire», ribatté la principessa di Condé con orgoglio. «Giacché una di quelle settantasette firme è apposta in calce a una condanna a morte».

«E la settantottesima sarà in calce a una lettera di grazia, non è vero?», insistette Claire in tono supplichevole.

«Cosa dici, pusilla?».

«Dico che credo sia il momento di andare a liberare il mio prigioniero. Non volete che gli risparmi l'orribile spettacolo di veder condotto il suo compagno alla morte? Ah, poiché gradite davvero concedere una grazia, concedetela piena e totale».

«Parola mia, sì! Hai ragione, pusilla!», disse la principessa. «Ma a dire il vero, in mezzo a tutte queste gravose incombenze avevo dimenticato la mia promessa, e hai fatto bene a rammentarmela».

«E quindi...», esclamò Claire tutta allegra.

«E quindi fai quel che vuoi».

«Allora una firma ancora», disse Claire con un sorriso che avrebbe intenerito il cuore più duro, sorriso che nessun dipinto saprebbe restituire giacché appartiene solo alla donna che ama, ossia alla vita nella sua essenza più divina.

E sospinse un foglio sul tavolo della principessa, e le indicò con la punta delle dita il punto in cui doveva posarsi la mano.

Madame de Condé scrisse:

Ordine per il governatore dello Château-Trompette di lasciar entrare la viscontessa de Cambes presso il barone di Canolles, al quale rendiamo piena e totale libertà.

«Va bene così?», chiese la principessa.

«Oh sì», esclamò madame de Cambes.

«E devo firmare?».

«Certo che sì».

«Orsù, pusilla», disse madame de Condé con il suo sorriso più delizioso. «Bisogna proprio fare tutto quel che vuoi».

E firmò.

Claire si avventò sul foglio come un'aquila sulla preda. A malapena trovò il tempo di ringraziare Sua Altezza, e serrandosi al cuore il foglio si precipitò fuori dall'appartamento.

Sulle scale incontrò monsieur de La Rochefoucauld, che nelle sue escursioni per la città era sempre seguito da uno stuolo piuttosto nutrito di capitani e di popolani. Claire gli fece un piccolo saluto giulivo: monsieur de La Rochefoucauld, stupefatto, si fermò un istante sul pianerottolo e, prima di entrare negli alloggi di madame de Condé, la seguì con lo sguardo fino ai piedi degli scalini. Poi, arrivando da Sua Altezza:

«È tutto pronto», disse.
«Dove?».
«Laggiù».
La duchessa si frugò nella mente.
«Sull'Esplanade», aggiunse il duca.
«Ah, benissimo», rispose la principessa, sfoggiando grande calma giacché sentiva di essere osservata e, malgrado la sua natura di donna le ordinasse di rabbrividire, prestava ascolto alla sua dignità di capopartito che le ordinava di non venire meno. «Ebbene, se è tutto pronto, andate, duca».
Il duca esitò.
«Credete opportuno che io vi assista?», chiese la principessa con un tremito nella voce che, nonostante la padronanza di sé, non riuscì a reprimere completamente.
«Come più vi aggrada», rispose il duca, il quale forse in quel momento era impegnato in uno dei suoi studi fisiologici.
«Vedremo, duca, vedremo; sapete che ho concesso la grazia a parecchi condannati».
«Sissignora».
«E cosa pensate di un tale provvedimento?».
«Penso che tutto ciò che fa Vostra Altezza sia ben fatto».
«Sì – replicò la principessa – così va meglio. Sarà più dignitoso per noi mostrare agli epernonisti che non temiamo di ricorrere alle rappresaglie, né di trattare da potenza a potenza con Sua Maestà, ma che confidando nella nostra forza restituiamo il torto senza furore, senza esagerazione».
«È molto politico».
«Non è così, duca?», esclamò la principessa, che tentava di cogliere nel tono di La Rochefoucauld le sue reali intenzioni.
«Tuttavia – riprese il duca – siete sempre dell'idea che uno dei due espii per la morte di Richon; giacché tale morte, rimanendo priva di vendetta, darebbe a intendere che Vostra Altezza ha ben poca stima dei prodi che si consacrano al suo servizio».
«Oh, certo! E uno dei due morirà, parola di principessa. State tranquillo».
«Posso sapere a quale dei due Vostra Altezza si è degnata di concedere la grazia?».
«A monsieur de Canolles».
«Ah!».
Tale *ah* venne pronunciato in guisa singolare.

«Avete forse qualcosa in particolare contro quel gentiluomo, duca?», chiese la principessa.

«Ma ho mai avuto qualcosa in favore o contro qualcuno? Io suddivido gli uomini in due categorie: gli ostacoli e i supporti. Gli uni vanno abbattuti, gli altri supportati... fintantoché costoro supportano noi: tale è la mia politica, e direi quasi la mia morale».

"Che diavolo di guazzabuglio va cercando, e dove vuole andare a parare?", si chiese a bassa voce Lenet. "Aveva tutta l'aria di detestarlo il povero Canolles".

«Ebbene – riprese il duca – se Vostra Altezza allora non ha altri ordini da darmi...».

«No, duca».

«Prenderò congedo da Vostra Altezza».

«Quindi è per questa sera?», chiese madame de Condé.

«È tra un quarto d'ora».

Lenet si apprestava a seguire il duca.

«Andate a vedere, Lenet?», chiese la principessa.

«Oh no», disse Lenet. «Non sono per le emozioni violente io, lo sapete; mi contenterò di giungere fino a metà strada, ossia fino alla prigione, e vedere il commovente spettacolo della liberazione del povero Canolles da parte della donna che ama».

Il duca fece una smorfia da filosofo, Lenet si strinse nelle spalle e il corteo funebre uscì dal palazzo per recarsi alla prigione.

Madame de Cambes non aveva impiegato cinque minuti a percorrere tale superficie; arrivò, mostrò l'ordine alla sentinella del ponte levatoio, poi al portiere del castello, quindi fece chiamare il governatore.

Il governatore esaminò l'ordine con l'occhio opaco di un governatore di prigione che non si avviva mai né di fronte alle sentenze di morte né di fronte alle lettere di grazia, riconobbe il sigillo e la firma di madame de Condé, salutò la messaggera e, voltandosi verso la porta:

«Chiamate il luogotenente», disse.

Poi fece cenno a madame de Cambes di sedere; tuttavia madame de Cambes era troppo irrequieta per non combattere l'impazienza stando in movimento: rimase in piedi. Il governatore pensò di avere il dovere di rivolgere la parola.

«Conoscete monsieur de Canolles?», chiese con la medesima voce con cui avrebbe chiesto come fosse il tempo.

«Oh sì», rispose la viscontessa.

«È forse vostro fratello?».
«Nossignore».
«Un vostro amico?».
«È... il mio fidanzato», disse madame de Cambes, sperando che dopo una tale confessione il governatore profondesse una maggior premura nel rilascio del prigioniero.
«Ah!», riprese il governatore con lo stesso tono che aveva adottato fino a quel momento. «Vi faccio i miei complimenti», e, non avendo altre domande da porre, il governatore rientrò nella sua immobilità e nel suo silenzio.
Entrò il luogotenente.
«Monsieur d'Outremont – ordinò il governatore – chiamate il capo dei secondini e fate porre in libertà monsieur de Canolles; abbiamo qui il suo ordine di uscita».
Il luogotenente fece un inchino e prese il foglio.
«Volete attendere qui?», chiese il governatore.
«Mi è dunque proibito seguire il signore?».
«No».
«Allora lo seguo. Voi capite, voglio essere la prima a metterlo al corrente che è in salvo».
«Andate, allora. Vi porgo i miei ossequi».
Madame de Cambes fece una rapida riverenza al governatore e seguì il luogotenente. Questi era per l'appunto il giovanotto che aveva già conversato con Canolles e con Cauvignac, ed effondeva tutta la sollecitudine della simpatia.
In un attimo costui e madame de Cambes furono nel cortile.
«Il capo dei secondini!», gridò il luogotenente. Poi, voltandosi verso madame de Cambes: «State tranquilla – disse – tra un istante sarà qui».
Giunse un altro secondino.
«Luogotenente – disse – il capo dei secondini è scomparso, invano lo abbiamo chiamato».
«Oh», esclamò madame de Cambes. «Tutto ciò ci ritarderà oltremodo?».
«No, l'ordine è categorico; tranquillizzatevi, suvvia».
Madame de Cambes lo ringraziò con uno di quegli sguardi che appartengono solo alla donna e all'angelo.
«Avete le doppie chiavi di tutte le celle?», chiese monsieur d'Outremont.
«Sissignore», rispose il secondino.

«Aprite la stanza di monsieur de Canolles».

«Monsieur de Canolles, il numero 2?».

«Esattamente, il numero 2. Aprite presto».

«Peraltro – riprese il secondino – credo che i due siano insieme: sceglieremo quello giusto».

I carcerieri sono sempre stati dei burloni. Tuttavia madame de Cambes era troppo felice per adirarsi dell'atroce canzonatura... Viceversa sorrise, avrebbe baciato quell'uomo se fosse stato necessario, affinché si affrettasse ed ella potesse rivedere Canolles un istante prima.

Finalmente la porta si apre. Canolles, che ha udito dei passi nel corridoio, che ha riconosciuto la voce della viscontessa, Canolles si getta tra le sue braccia, ed ella, sublime d'impudicizia, dimentica che egli non è né il marito né l'amante, lo stringe con tutte le sue forze. Il pericolo che egli ha corso, la separazione eterna che hanno conosciuto come un abisso purificano ogni cosa.

«Ebbene, amico mio – disse ella raggiante di gioia e d'orgoglio – vedete che tengo fede alla parola! Ho ottenuto la vostra grazia, come vi avevo promesso, vengo a prendervi, e andiamo via!».

E mentre parlava trascinava Canolles verso il corridoio.

«Potete consacrare l'intera vostra vita alla signora – disse il luogotenente – giacché è di certo alla signora che la dovete».

Canolles non rispose nulla; ma i suoi occhi guardarono teneramente l'angelo liberatore, ma la sua mano strinse la mano della donna...

«Oh, non abbiate tutta questa fretta», disse il luogotenente con un sorriso. «È finita per davvero, voi siete libero, quindi prendetevi tutto il tempo per dispiegare le ali».

Tuttavia madame de Cambes, senza tener conto di quelle parole rassicuranti, continuava a trascinare Canolles per i corridoi. Canolles si lasciava condurre, scambiando cenni con il luogotenente. Giunsero alle scale; le scale furono attraversate come se i due amanti avessero avuto le ali di cui il luogotenente testé parlava. Infine si ritrovarono nel cortile; una porta ancora, e l'atmosfera della prigione non graverà più sui loro poveri cuori...

Finalmente quell'ultima porta si aprì. Tuttavia dietro quella porta una truppa di gentiluomini, guardie e arcieri affollava il ponte levatoio: trattavasi di monsieur de La Rochefoucauld assieme ai suoi accoliti.

Senza sapere perché, madame de Cambes rabbrividì. Le era sempre accaduta una qualche sventura ogni volta che aveva incontrato quell'uomo.

Quanto a Canolles, se egli provò una qualche emozione, essa rimase in fondo al cuore e non trasparì affatto sul suo viso.

Il duca salutò madame de Cambes e Canolles, e si fermò perfino per render loro qualche omaggio. Poi fece un cenno alla siepe di gentiluomini e guardie che lo seguivano, e la siepe si aprì.

D'un tratto in fondo al cortile si udì una voce che proveniva dai corridoi, e riecheggiarono tali parole:

«Ehi, il numero 1 è vuoto! L'altro prigioniero non è più nella sua stanza da cinque minuti; lo cerco invano, e non riesco a trovarlo da nessuna parte».

A tali parole un lungo fremito corse fra tutti coloro che le udirono: il duca di La Rochefoucauld trasalì e, non riuscendo a reprimere un primo gesto, allungò la mano verso Canolles come a fermarlo.

Claire vide quel gesto e impallidì.

«Venite, venite», disse ella al giovane. «Facciamo presto».

«Vi chiedo perdono – disse il duca – ma esigerei da voi un momento di pazienza: lasciamo che si chiarisca l'errore, vi prego; sarà questione di un minuto, ve lo garantisco».

E a un altro gesto del duca, la siepe che si era aperta si richiuse.

Canolles guardò Claire, il duca, le scale da cui giungeva la voce, e impallidì a sua volta.

«Ma a cosa giova che io aspetti?», chiese Claire. «La principessa di Condé ha firmato la liberazione di monsieur de Canolles; questo è l'ordine, è nominativo: ecco, guardate».

«Sì, senza dubbio, e non è mia intenzione negare la validità dell'ordine, sarà altrettanto in regola tra un istante così come lo è ora; abbiate pazienza quindi, ho appena inviato qualcuno che non tarderà a tornare».

«Ma che cosa abbiamo a che fare noi con tutto ciò?», chiese Claire. «E cos'hanno in comune monsieur de Canolles e il prigioniero numero 1?».

«Duca – disse il capitano delle guardie che monsieur de La Rochefoucauld aveva inviato – abbiamo cercato invano: l'altro prigioniero è introvabile, il capo dei carcerieri è scomparso anch'egli, e il figlio di quest'ultimo, che abbiamo interrogato, dice che suo padre e il prigioniero sono usciti dalla porta segreta che dà sul fiume».

«Oh oh», esclamò il duca. «Ne sapete qualcosa, monsieur de Canolles? Un'evasione!».

A queste parole Canolles comprende tutto e intuisce tutto. Comprende che era Nanon a vegliare su di lui; comprende che è lui che sono venuti a prendere, che è lui che è stato designato con l'appellativo di fratello di mademoiselle de Lartigues, che senza saperlo Cauvignac ha preso il suo posto e ha trovato la libertà là dove credeva di incontrare la morte. Tutte queste idee gli entrano nella mente al contempo, egli si porta le mani alla fronte, impallidisce e barcolla a sua volta, e si riprende solo quando vede la viscontessa tremare e ansimare al suo braccio. Al duca non è sfuggito nessuno di tali segni di terrore involontario.

«Chiudete le porte», gridò questi. «Monsieur de Canolles, abbiate la bontà di rimanere qui; occorre chiarire tutto ciò, lo capite».

«Ma duca – esclamò la giovane donna – non avrete la pretesa, spero, di contravvenire a un ordine della principessa!».

«No», disse il duca. «Ma credo sia importante che venga messa al corrente di quel che accade. Non vi dirò: "Andrò io di persona", potreste credere che sia mia intenzione influenzare la nostra augusta padrona. Ma vi dirò: "Andate voi, signora", giacché meglio di chiunque altro voi saprete sollecitare la clemenza di madame de Condé».

Lenet fece un cenno impercettibile a Claire.

«Oh, io non lo lascio!», esclamò la viscontessa di Cambes stringendo convulsamente il braccio del giovane.

«E io – disse Lenet – corro da Sua Altezza. Venite con me, capitano, oppure voi stesso, duca».

«E sia, vi accompagno. Il capitano rimarrà qui e proseguirà le ricerche in nostra assenza; magari l'altro prigioniero verrà trovato».

E come a insistere oltremodo sull'ultima parte della frase, il duca di La Rochefoucauld disse qualche parola all'orecchio dell'ufficiale e uscì con Lenet. In quello stesso istante i due giovani vengono ricacciati nel cortile dalla fiumana di cavalieri che accompagnavano monsieur de La Rochefoucauld, dietro il quale la porta si richiuse.

Da dieci minuti a questa parte la scena ha assunto un carattere così solenne e oscuro che i presenti, pallidi e silenti, si guardano e cercano negli occhi di Canolles e di Claire chi dei due soffra di più. Canolles comprende che è da egli stesso che deve venire tutta la forza; è solenne e affettuoso nei riguardi della sua amica, la quale, livida, gli occhi arrossati e le ginocchia malferme, gli si aggrappa al braccio, lo stringe, lo attira a sé, gli sorride con un'aria di spaventosa tenerezza, poi barcolla, gettando qua e là occhiate sgomente su tutti quegli uomini tra i quali cerca invano un amico...

A sua volta il capitano che ha ricevuto gli ordini dal duca di La Rochefoucauld parla a voce bassa ai suoi ufficiali. Canolles, il cui colpo d'occhio è sicuro e l'orecchio è teso alle minime parole che possano tramutare il suo dubbio in certezza, lo ode, malgrado la precauzione di parlare a voce quanto più bassa possibile, pronunciare tali parole:

«Eppure bisognerebbe trovare un modo per allontanare quella povera donna».

Allora tenta di divincolare il braccio dalla stretta carezzevole che lo trattiene. Claire si accorge del suo intento e si avvinghia a lui con tutte le sue forze.

«Ma occorre cercare ancora», esclama. «Magari si è cercato male, e quell'uomo verrà ritrovato. Cerchiamo, cerchiamo tutti, è impossibile che sia evaso. Perché monsieur de Canolles non sarebbe evaso con costui, al pari di costui? Suvvia, capitano, vi supplico, ordinate che si cerchi».

«Si è cercato – rispose questi – e in questo stesso momento si cerca ancora. Il carceriere sa bene che per lui vi è la pena di morte se non riconduce il prigioniero; dunque ha tutto l'interesse, lo capite bene, a effettuare le più attive ricerche».

«Mio Dio – mormorò Claire – e monsieur Lenet che non torna!».

«Pazienza, amica cara, pazienza», esortò Canolles con il tono delicato con cui si parla agli infanti. «Monsieur Lenet è andato via proprio adesso, a malapena ha avuto il tempo di arrivare presso la principessa. Lasciategli il tempo di esporre l'avvenimento e tornare poi per recarci la risposta».

E così dicendo strinse delicatamente la mano della viscontessa. Poi, vedendo lo sguardo fisso e l'impazienza dell'ufficiale che comanda in vece di monsieur de La Rochefoucauld:

«Capitano – chiede – volete parlarmi?».

«Sì, certo», replica questi, che la vigilanza della viscontessa condannava al supplizio.

«Portateci dalla principessa, vi supplico», esclamò madame de Cambes. «Cosa vi cambia? Tanto vale condurci da costei piuttosto che rimanere qui nell'incertezza: ella vedrà lui, vedrà me, io le parlerò ed ella mi reitererà la sua promessa».

«Ma questa è un'idea eccellente», disse l'ufficiale, profittando solerte della proposta avanzata dalla viscontessa. «Andate voi, andate: avete tutte le possibilità di riuscire».

«Che ne dite, barone?», chiese la viscontessa. «Credete sarà opportuno? Voi non vorreste ingannarmi: cosa devo fare?».

«Andate», disse Canolles compiendo uno sforzo supremo su di sé.

La viscontessa gli lasciò il braccio, tentò di muovere qualche passo, poi, tornando dal suo amante:

«Eh no! No – disse – io non lo lascerò». Poi, udendo la porta che si riapriva, esclamò: «Oh, sia lodato Iddio! Ecco di ritorno monsieur Lenet e il duca».

In effetti alle spalle del duca di La Rochefoucauld, che ricompariva con il suo volto impassibile, veniva Lenet, sconvolto in viso e le mani tremanti. Al primo sguardo che il povero consigliere scambiò con Canolles, questi capì che non vi erano più speranze e che era davvero condannato.

«Ebbene?», chiese la giovane donna lanciandosi con un movimento così veemente verso Lenet da trascinarsi dietro Canolles.

«Ebbene – balbettò Lenet – la principessa si trova in una posizione incresciosa...».

«Incresciosa?», esclamò Claire. «Che significa?».

«Significa che chiede di vedervi – rispose il duca – e vuole parlarvi».

«È vero, monsieur Lenet?», chiese Claire, senza curarsi di ciò che di offensivo tale domanda potesse avere nei confronti del duca.

«Sì», balbettò Lenet.

«Ma lui?», chiese la viscontessa.

«Lui chi?».

«Monsieur de Canolles».

«Ebbene, monsieur de Canolles rientrerà nella sua prigione e voi gli recherete la risposta della principessa», disse il duca.

«Rimarrete voi con lui, monsieur Lenet?», chiese Claire.

«Signora...».

«Rimarrete con lui?», ripeté Claire.

«Non lo lascerò».

«Non lo lascerete, me lo giurate?».

"Mio Dio", mormora Lenet guardando il giovane che attende il verdetto e la donna che di lì a breve verrà uccisa da una sua parola. “Mio Dio! Giacché uno dei due è condannato, dammi almeno la forza di salvare l’altro”.

«Voi non giurate, monsieur Lenet!».

«Ve lo giuro», rispose il consigliere portandosi a fatica la mano sul cuore prossimo a spezzarsi.

«Grazie», disse a bassa voce Canolles. «Vi comprendo». Poi, voltandosi verso la viscontessa: «Andate – disse – vedete bene che non corro alcun pericolo tra monsieur Lenet e il duca».

«Non lasciatela andare senza darle un bacio», disse Lenet.

Un freddo sudore salì alla fronte di Canolles; egli percepì come una nebbia passargli davanti agli occhi. Trattenne Claire che stava andando via e, fingendo di avere qualcosa da dirle a bassa voce, se la accostò al petto e chinandosi al suo orecchio:

«Supplicate senza bassezza», disse. «Voglio vivere per voi; ma dovete volere che io viva onorato».

«Supplicherò in maniera da salvarti», replicò Claire. «Non sei il mio sposo davanti a Dio?».

E Canolles, ritraendosi, ha trovato modo di sfiorarle il collo con le labbra, ma con tale circospezione che ella non l’ha avvertito affatto, e la povera dissennata si è allontanata senza corrispondergli l’ultimo bacio. Tuttavia, al momento di uscire dal cortile, costei si volta; ma tra ella e il prigioniero si è formata una siepe.

«Amico – dice – dove sei? Non riesco più a vederti... Una parola, una parola ancora, affinché io mi allontani con il suono della tua voce!».

«Andate, Claire – esorta Canolles – vi attendo».

«Andate, andate – dice un ufficiale caritatevole – prima andrete e prima ritornerete».

«Monsieur Lenet, caro monsieur Lenet – grida la voce di Claire in lontananza – mi affido a voi, voi mi garantirete».

E la porta si richiuse alle sue spalle.

“Alla buon’ora, e non senza fatica”, mormorò il duca filosofo. “Ma finalmente siamo rientrati nel possibile”.

III.

Non appena la viscontessa si fu dileguata, la sua voce si fu spenta in lontananza e la porta le si fu richiusa alle spalle, la cerchia degli ufficiali si strinse attorno a Canolles, e si videro spuntare, provenienti da chissà dove, due uomini di aspetto sinistro i quali, avvicinandosi al duca, gli chiesero umilmente ordini.

Per tutta risposta, il duca si limitò a indicare loro il prigioniero. Poi, avvicinandoglisi:

«Avrete capito di certo che la partenza del vostro compagno di sventure fa ricadere su di voi la sorte al quale egli era destinato», disse a Canolles salutandolo con la cortesia glaciale che gli era consueta.

«Sì – rispose Canolles – o almeno ne ho il sentore; ma ciò di cui sono sicuro è che la principessa alla mia persona ha concesso la grazia nominativamente. Io ho visto, e voi stesso avete potuto vedere poc'anzi il mio ordine di uscita nelle mani della viscontessa di Cambes».

«È vero», disse il duca. «Ma la principessa non poteva prevedere l'eventualità che si è verificata».

«Allora – ribatté Canolles – la principessa ritira la firma?».

«Sì», rispose il duca.

«Una principessa di sangue reale che manca alla propria parola!».

Il duca rimase impassibile. Canolles si guardò intorno.

«È giunta l'ora?», chiese.

«Sì».

«Credevo che attendessimo il ritorno della viscontessa di Cambes; le era stato promesso che nulla si sarebbe fatto in sua assenza. Forse che oggi tutti mancano alla propria parola?».

E il prigioniero fissò con sguardo colmo di rimprovero non già il duca di La Rochefoucauld, bensì Lenet.

«Ahimè – esclamò questi con le lacrime agli occhi – perdonateci. La principessa vi ha realmente rifiutato la grazia; eppure l'ho pregata non poco. Il duca mi è testimone, e Dio anche. Ma occorrevano rappresaglie alla morte del povero Richon, ed ella è stata di pietra. Ora giudicatemi da voi, barone; invece di far gravare la terribile situazione in cui vi trovate metà su di voi e metà sulla viscontessa, ho osato, perdonatemi, giacché sento che ho grande bisogno del vostro perdono, ho osato farla gravare tutt'intera su di voi, su di voi che siete un soldato, su di voi che siete un gentiluomo».

«Allora – balbettò Canolles strozzato dall'emozione – allora non la vedrò più! Quando mi dicevate di darle un ultimo bacio, era per l'ultima volta!».

Un singulto più forte dello stoicismo, della ragione, dell'orgoglio spezzò il cuore di Lenet; egli si ritrasse e pianse amaramente. A quel punto Canolles lasciò scorrere il suo sguardo penetrante su tutti quegli uomini che lo circondavano, e ovunque vide solo individui inaspriti dalla crudele morte di Richon, intenti a spiare il suo contegno: se uno non aveva ceduto, l'altro avrebbe ceduto; oppure, accanto a questi, individui timidi che indurivano i muscoli per dissimulare le emozioni e inghiottire le lacrime e i sospiri.

"Oh, è orribile da pensare...", mormorò il giovane in un istante di lucidità sovrumana che apre all'anima infiniti orizzonti su tutto quel che si chiama vita, ossia su rari e brevi istanti di felicità gettati come isole in mezzo a un oceano di lacrime e sofferenze. "È orribile! Avevo qui una donna adorata che per la prima volta mi aveva appena detto che mi amava! Un lungo e dolce avvenire! L'avverarsi del sogno di tutta la mia vita! Ed ecco che in un istante, in un attimo, la morte si sostituisce a tutto questo...".

Ebbe una stretta al cuore, avvertì un bruciore agli occhi quasi stesse per piangere; ma in quel momento si rammentò, come aveva detto Lenet, di essere un uomo, un soldato. "Orgoglio – pensò – solo e unico coraggio che esista davvero, accorri in mio aiuto! Io piangere per una cosa futile come la vita... Quanto riderebbero se potessero dirsi: 'Venendo a sapere che di lì a poco sarebbe morto, Canolles ha pianto!'. Come ho fatto il giorno in cui sono venuti ad assediarmi a Saint-Georges e i bordolesi volevano uccidermi come oggi? Ho combattuto, ho scherzato, ho riso... Ebbene, attraverso il cielo che mi ascolta, e che forse è in torto con me, attraverso il diavolo che in questo momento lotta con il mio buon angelo, farò oggi come ho fatto quel giorno, e se non combatterò più almeno scherzerò ancora, almeno riderò sempre".

Subito si fece calmo in viso, come se ogni emozione gli fosse volata via dal cuore; si passò la mano tra i bei capelli neri e, accostandosi con passo fermo e il sorriso sulle labbra a monsieur de La Rochefoucauld e a Lenet:

«Signori – disse – voi lo sapete, in questo mondo così colmo di accidenti diversi, bizzarri, inattesi, abbiamo bisogno di farci avvezzi a tutto: io, e ho avuto torto a non farvene richiesta, mi sono preso un minuto per farmi avvezzo alla morte; se è troppo, vi porgo le mie scuse per avervi fatto attendere».

Un profondo stupore corse fra i capannelli, il prigioniero stesso sentì che dallo stupore si passava all'ammirazione; quel sentimento per lui così glorioso lo elevò e raddoppiò le sue forze.

«Quando vorrete, signori», disse. «Sono io che attendo voi».

Il duca, per un istante in preda alla meraviglia, riprese la sua flemma consueta e fece un cenno.

A quel cenno le porte si riaprirono e il corteo si accinse a rimettersi in cammino.

«Un momento!», esclamò Lenet per guadagnare tempo. «Un momento, duca! È alla morte che stiamo conducendo Canolles, non è così?».

Il duca ebbe un moto di sorpresa, e Canolles guardò stupito Lenet.

«Ma sì», rispose il duca.

«Ebbene – riprese Lenet – se così è, questo degno gentiluomo non può fare a meno di un confessore».

«Chiedo perdono, chiedo perdono – riprese Canolles – ne farò a meno invece, e volentieri».

«Come sarebbe?», chiese Lenet facendo cenni al prigioniero che questi non voleva comprendere.

«Perché sono ugonotto – ribatté Canolles – e un ugonotto ben saldo, vi avviso. Se volete rendermi un ultimo servigio, allora lasciatemi morire qual sono».

E, pur nel rifiuto, un gesto di riconoscenza provò a Lenet che il giovane aveva perfettamente compreso la sua idea.

«Allora, se niente più ci ferma, in cammino», disse il duca.

«Che si confessi! Che si confessi!», gridarono alcuni forsennati.

Canolles si alzò in punta dei piedi, si guardò intorno con occhi calmi e sicuri e, rivolgendosi al duca:

«Ci abbandoneremo forse a qualche viltà?», disse severamente. «Mi sembra che, se qualcuno qui ha il diritto di esprimere le proprie volontà, costui sono io, il festeggiato. Quindi rifiuto un confessore ma chiedo il patibolo, e il prima possibile; sono a mia volta stanco di attendere».

«Silenzio, laggiù!», gridò il duca voltandosi verso i capannelli. Poi, quando sotto la possanza della sua voce e del suo sguardo si fece di nuovo silenzio: «Fate come più vi aggrada», disse a Canolles.

«Vi ringrazio. Suvvia, mettiamoci in marcia e affrettiamo il passo. D'accordo?».

Lenet prese Canolles per il braccio.

«Andate piano, invece», gli disse. «Chissà! È possibile una proroga, una riflessione, un evento. Andate piano, vi scongiuro in nome di colei che vi ama, e che piangerà così tanto se andremo troppo spediti».

«Oh – ribatté Canolles – non parlatemi, vi supplico: tutto il coraggio si infrange contro il pensiero che da qui a breve sarò per sempre separato da lei. Ma che dico?... Al contrario, monsieur Lenet, parlatemi, ripetetemi che mi ama, che mi amerà sempre, e soprattutto che mi piangerà».

«Suvvia, caro figlio sventurato – disse Lenet – non commuovetevi, pensate che ci stanno guardando e che ignorano di cosa parliamo».

Canolles rialzò fiero il capo, e i bei capelli, con un movimento colmo di eleganza, gli si sciolsero in ciocche nere sul collo. Erano giunti in strada, numerose fiaccole illuminavano il cammino al punto che si poteva scorgere il suo viso calmo e sorridente. Udì alcune donne piangere e altre dire:

«Povero barone, così giovane e così bello!».

Proseguirono in silenzio lungo il tragitto, poi all'improvviso:

«Oh, monsieur Lenet – disse – eppure vorrei vederla ancora una volta».

«Volete che vada a chiamarla? Volete che ve la conduca qui?», chiese Lenet, che ormai era privo di volontà.

«Oh sì», mormorò Canolles.

«Ebbene, corro; ma la ucciderete».

"Meglio così", suggerì l'egoismo al cuore del giovane. "Se la uccidi, nessun altro mai la possederà". Poi, di colpo, sormontando quest'ultima debolezza, trattenendo Lenet per la mano, Canolles disse:

«No, no, le avete promesso di rimanere con me. Rimanete».

«Cosa dice?», chiese il duca al capitano delle guardie.

Canolles udì la domanda.

«Dico – rispose – che non credevo distasse così tanto la prigione dall'Esplanade, duca».

«Ahimè!», aggiunse Lenet. «Non vi dolete, povero giovane, giacché siamo arrivati».

In effetti le fiaccole che illuminavano il cammino e l'avanguardia che precedeva la scorta scomparivano in quell'istante dietro la curva di una strada.

Lenet strinse la mano del giovane, e volendo fare un ultimo tentativo prima di giungere sul luogo dell'esecuzione, andò dal duca.

«Ancora una volta vi supplico. Una grazia!», gli disse a voce bassissima. «Facendo giustiziare monsieur de Canolles sancirete la fine della nostra causa».

«Al contrario – replicò il duca – proviamo che la reputiamo giusta, giacché non temiamo di ricorrere alle rappresaglie».

«Le rappresaglie si fanno tra uomini alla pari, duca, e checché ne possiate dire, la regina sarà sempre regina e noi i suoi sudditi».

«Non discutiamo di simili cose davanti a monsieur de Canolles», rispose a voce alta il duca. «Vedete bene che ciò è inopportuno».

«Non parlate di grazia davanti al duca», ribatté Canolles. «Vedete bene che egli sta attuando il suo colpo di stato; non incomodiamolo per così poco...».

Il duca non rispose; tuttavia dalle labbra serrate, dalle occhiate ironiche si vide che il motto era andato a segno. Nel frattempo avevano continuato a camminare, e Canolles si trovava a sua volta all'ingresso dell'Esplanade. In lontananza, ossia all'altro capo della piazza, si vedeva la folla accalcata e un ampio cerchio formato dalle canne lucenti dei moschetti; al centro si ergeva qualcosa di scuro e informe che Canolles non si curò affatto di distinguere nelle tenebre: credeva fosse un patibolo ordinario. Ma di colpo le fiaccole, giungendo al centro della piazza, rischiararono l'oggetto scuro, sulle prime irriconoscibile, e delinearono l'orribile sagoma di una forca.

«Una forca!», esclamò Canolles arrestandosi e protendendo la mano verso l'impalcatura. «Non è forse una forca quella che vedo laggiù, duca?».

«Effettivamente sì, non sbagliate», rispose questi freddamente.

Il giovane si tinse in fronte della vampa dell'indignazione, allontanò i due soldati che camminavano al suo fianco e d'un sol balzo si ritrovò di fronte a monsieur de La Rochefoucauld.

«Dimenticate che sono un gentiluomo?», esclamò. «Tutti sanno, e perfino il boia non lo ignora, che un gentiluomo ha il diritto di farsi tagliare la testa».

«Vi sono circostanze...».

«Non è affatto a mio nome che vi parlo – lo interruppe Canolles – ma è a nome dell'intera nobiltà in cui voi occupate un rango così elevato, voi che siete stato principe, voi che siete duca. Sarà un disonore, non già per me che sono innocente, ma per voi tutti, tutti quanti voi, se uno dei vostri sarà morto sulla forca».

«Il re ha fatto impiccare Richon!».

«Richon era un valente soldato, nobile di cuore quanto chiunque al mondo, ma non era nobile di nascita; io sì».

«Dimenticate – disse il duca – che qui si tratta di rappresaglie: quand'anche foste un principe di sangue reale, sareste impiccato».

Canolles con un gesto disavveduto cercò la spada al suo fianco; ma poiché non la trovò, la percezione della situazione riprese tutto il suo vigore, la collera svanì, ed egli comprese che la sua superiorità risiedeva nella sua stessa debolezza.

«Signor filosofo – disse – guai a quanti ricorrono alle rappresaglie, e guai soprattutto a quanti, ricorrendovi, non tengono conto dell'umanità! Io non chiedo la grazia, chiedevo giustizia. Vi sono persone che mi amano, insisto su questa parola giacché voi, lo so, ignorate che si possa amare. Ebbene, nel cuore di tali persone voi imprimerete per sempre, assieme al ricordo della mia morte, l'ignobile immagine della forca. Un fendente di spada, vi prego, uno sparo di moschetto. Passatemi il vostro pugnale, ché mi colpisca io stesso, e poi impiccherete il mio cadavere, se ciò vi aggrada».

«Richon è stato impiccato da vivo», rispose freddamente il duca.

«Sta bene. Ora ascoltatemi: un giorno una terribile sventura si abbatterà su di voi; un giorno vi ricorderete che tale sventura è una punizione del cielo. Per quel che mi riguarda, io muoio con la convinzione che la mia morte è opera vostra».

E Canolles, tutto fremente, tutto pallido, ma colmo di esaltazione e di coraggio, si avvicinò alla forca e si pose fiero e sdegnoso di fronte al volgo, il piede sul primo gradino della scala.

«E ora, signori boia – disse – fate il vostro dovere».

«Ce n'è solo uno», esclamò la folla sorpresa. «L'altro! Dov'è l'altro? Ce ne avevano promessi due!».

«Ah, questo sì che mi consola», disse Canolles sorridendo. «L'esimio volgo non è nemmeno pago di ciò che fate per esso! Li sentite, duca?».

«A morte! A morte! Vendetta per Richon», urlarono diecimila voci.

"Se li indisponessi...", pensò Canolles. "Sono capaci di farmi a pezzi, e a quel punto non mi impiccherebbero, e il duca s'infurierebbe".

«Siete dei vigliacchi», gridò. «Ne riconosco alcuni tra voi che erano all'assalto del forte Saint-Georges, e che ho visto fuggire. Vi vendicate oggi su di me perché io vi ho sconfitto».

Rispose un urlo.

«Siete dei vigliacchi», riprese Canolles. «Dei ribelli, dei miserabili!».

Mille coltelli scintillarono, e alcune pietre vennero a cadere ai piedi della forca.

"Alla buon'ora!", mormorò Canolles, e poi ad alta voce:

«Il re ha fatto impiccare Richon, e ha fatto bene: quando prenderà Bordeaux, ne farà impiccare parecchi altri...».

A tali parole la folla si precipitò come un torrente verso l'Esplanade, travolse le guardie, infranse le palizzate e si avventò ruggente sul prigioniero.

Tuttavia, a un gesto del duca, uno dei boia aveva sollevato Canolles da sotto le braccia, mentre l'altro gli passava un cappio al collo.

Canolles sentì la pressione della corda e raddoppiò le ingiurie; se voleva essere ucciso in tempo, non aveva un minuto da perdere. In quell'istante supremo si guardò attorno; ovunque vide solo occhi fiammeggianti e armi minacciose.

Solo un uomo, un soldato a cavallo, gli mostrò il moschetto.

«Cauvignac! È Cauvignac!», esclamò Canolles avvinghiandosi alla scala con entrambe le mani, che non erano state legate.

Con la sua arma Cauvignac fece un cenno a colui che non era riuscito a salvare e prese la mira.

«Sì, sì», gridò questi con un cenno del capo.

E ora diciamo come mai Cauvignac si trovasse lì.

IV.

Abbiamo visto Cauvignac uscire da Libourne, e sappiamo a quale scopo ne usciva.

Giunto presso i suoi soldati comandati da Ferguzon, si era fermato un istante, non già per riprendere fiato ma per portare a compimento il piano che una marcia così rapida aveva permesso alla sua mente ingegnosa di mettere a punto nell'arco di mezz'ora.

Sulle prime si era detto, e con infinita ragione, che se si fosse presentato al cospetto della principessa dopo quanto era accaduto, la principessa, che faceva impiccare Canolles contro il quale non aveva nulla, non avrebbe mancato di far impiccare lui, al quale viceversa aveva parecchio da rimproverare, e che la sua missione, condotta a buon fine se Canolles era in salvo, forse era fallita se veniva impiccato lui... Si affrettò dunque a scambiarsi d'abito con uno dei soldati, fece indossare a Barrabas, che la principessa conosceva meno, le sue più belle vesti e conducendolo con sé riprese al gran galoppo la strada di Bordeaux. Tuttavia una cosa lo inquietava, ossia il contenuto della missiva di cui era latore e che la sorella aveva vergato con così grande fiducia che, stando alle sue parole, sarebbe bastato consegnarla alla principessa perché Canolles fosse in salvo. Ebbene, tale inquietudine crebbe a tal punto che egli si risolse puramente e semplicemente a leggere il contenuto della missiva, facendo tra sé la considerazione secondo cui un buon negoziatore non può riuscire nella sua negoziazione se non conosce a fondo l'affare di cui ha incarico. E poi, va detto, Cauvignac non peccava di estrema fiducia nel prossimo, e Nanon, per quanto fosse sua sorella e proprio perché era sua sorella, poteva benissimo serbare rancore nei confronti del fratello, dapprima per l'avventura di Jaulnay e poi per l'inattesa evasione dallo Château-Trompette, e calandosi nelle vesti del caso ricondurre tutto al proprio posto, la qual cosa altro non era che una semplice tradizione di famiglia.

Cauvignac quindi dissigillò agevolmente il plico, che era chiuso solo da un semplice sigillo di cera, e nel leggere la missiva avvertì una strana e ben dolorosa impressione.

Ecco cosa scriveva Nanon:

Principessa, occorre una vittima espiatoria per lo sventurato Richon: non prendete un innocente, prendete la vera colpevole. Non voglio che monsieur de Canolles muoia, giacché uccidere monsieur de Canolles significherebbe vendicare un assassinio mediante un omicidio. Nel momento in cui leggerete questa missiva, mi rimarrà solo una lega da percorrere per giungere a Bordeaux insieme a tutto quel che posseggo. Mi consegnerete al popolo che mi odia, giacché già due volte ha voluto tagliarmi la gola, e serberete per voi le mie ricchezze, che ammontano a due milioni. Oh, è in ginocchio che vi chiedo una tale grazia. In parte io sono causa di questa guerra: una volta che sarò morta, la provincia sarà rappacificata e Vostra Altezza trionferà. Un quarto d'ora di proroga! Libererete Canolles solo quando avrete me. Ma a quel punto, giuratelo sulla vostra anima, lo libererete, vero?

E sarò la vostra rispettosa e riconoscente

Nanon de Lartigues

Dopo una tale lettura, Cauvignac fu stupito di trovarsi il cuore gonfio e gli occhi umidi. Rimase immobile e in silenzio quasi non potesse credere a quanto aveva testé letto. Poi d'improvviso esclamò:

"Allora è vero che al mondo vi sono cuori generosi per il piacere di esser tali! Ebbene, diamine! Tutti vedranno che sono capace quanto un altro di essere generoso, quando occorre".

E giacché era alla porta della città, consegnò la missiva a Barrabas fornendogli queste sole istruzioni:

«A tutto quel che ti diranno rispondi solamente: "Da parte del re!". E consegna questa missiva solo nelle mani di madame de Condé in persona».

E mentre Barrabas si precipitava al palazzo occupato dalla principessa, Cauvignac dal canto suo prendeva la strada per lo Château-Trompette.

Barrabas non incontrò alcun impedimento; le strade erano deserte, la città sembrava vuota, l'intera popolazione si era recata all'Esplanade.

Alla porta del palazzo le sentinelle vollero sbarrargli il passo; ma, seguendo la raccomandazione impartita da Cauvignac, egli brandì la missiva gridando: «Da parte del re!... Da parte del re!...».

Le sentinelle lo reputarono un messaggero di corte e alzarono le alabarde: Barrabas entrò quindi a palazzo così come era entrato in città.

Ebbene, se ricorderete, non era la prima volta che il degno luogotenente di padron Cauvignac aveva l'onore di entrare negli alloggi di madame de Condé. Quindi balzò giù da cavallo e, giacché conosceva la strada, si precipitò alle scale e, attraverso i domestici indaffarati, entrò fino in fondo agli appartamenti. Lì si fermò, giacché si trovò di fronte una donna che riconobbe come la principessa, ai piedi della quale giaceva un'altra donna.

«Oh, la grazia, in nome del cielo!», diceva quest'ultima.

«Claire – rispondeva la principessa – lasciami tranquilla, sii ragionevole; pensa che abbiamo abdicato alla nostra natura di donne così come ne abbiamo abdicato le vesti: siamo i luogotenenti del principe, e vige la ragion di Stato».

«Oh, non vi è più alcuna ragion di Stato per me – esclamò Claire – non vi è più alcun partito politico, non vi è più alcuna opinione, vi è solo lui in questo mondo che abbandonerà a breve, e quando lo avrà abbandonato non vi sarà null'altro per me all'infuori della morte!...».

«Claire, bambina mia, ti ho già detto che è impossibile», riprese la principessa. «Ci hanno ucciso Richon: se non renderemo la pariglia, verremo disonorati».

«Oh, non si è mai disonorati per aver concesso la grazia, non si è mai disonorati per essersi avvalsi di un privilegio riservato al re del cielo e ai re della terra. Una parola, una sola: l'infelice attende!».

«Ma Claire, hai perso la ragione! Ti dico che è impossibile...».

«Ma io gli ho detto che era in salvo! Ma io gli ho mostrato la grazia firmata di vostro pugno. Ma io gli ho detto che sarei tornata subito con la conferma della grazia!».

«L'avevo concessa a condizione che l'altro pagasse per lui. Perché hanno lasciato andar via l'altro?».

«Egli non ha nulla a che vedere con l'evasione, ve lo giuro! D'altronde l'altro forse non è nemmeno in salvo, magari lo ritroveranno...».

"Ah sì! Bada bene", disse Barrabas, che sopraggiungeva proprio in quel momento.

«Di qui a breve lo porteranno via... Il tempo scorre, si stancheranno di aspettare».

«Hai ragione, Claire», disse la principessa. «Infatti ho ordinato che tutto fosse concluso per le undici, ed ecco che scoccano le undici. Di certo è tutto concluso».

La viscontessa lanciò un grido e si rialzò; rialzandosi, si trovò faccia a faccia con Barrabas.

«Chi siete? Cosa volete?», esclamò. «Venite già ad annunciarci la sua morte?».

«No – rispose Barrabas assumendo la sua espressione più graziosa – al contrario, vengo per salvarlo».

«E come?», esclamò la viscontessa. «Parlate, presto!».

«Consegnando la presente missiva alla principessa».

Madame de Cambes allungò il braccio, strappò la missiva di mano al messaggero e mostrandola alla principessa:

«Non so cosa vi sia in questa missiva – disse – ma in nome del cielo, leggete!».

La principessa aprì la missiva e lesse ad alta voce, mentre madame de Cambes, impallidendo a ogni riga, divorava le parole mano a mano che piovevano dalle labbra della principessa.

«Di Nanon!», esclamò la principessa dopo aver letto. «Nanon è qui! Nanon si consegna! Dov'è Lenet? Dov'è il duca? Qualcuno, qualcuno!».

«Eccomi – disse Barrabas – pronto a correre dove Vostra Altezza vorrà».

«Correte all'Esplanade, correte al luogo dell'esecuzione, dite di sospendere... Ma no, non vi crederebbero!».

La principessa, agguantando una penna, scrisse in calce al biglietto: «Sospendete!». E consegnò la missiva completamente aperta a Barrabas, il quale si precipitò fuori dall'appartamento.

"Oh – mormorò la viscontessa – ella lo ama più di me; sarà a costei che dovrà la vita, povera me". E un tale pensiero la getta fulminata su una poltrona, ella che ha ricevuto in piedi tutti i colpi di quella terribile giornata.

Tuttavia Barrabas non aveva perso un istante; era sceso giù per le scale come avesse avuto le ali, poi era balzato in groppa al cavallo e aveva preso al gran galoppo la strada dell'Esplanade.

Mentre costui si recava a palazzo, Cauvignac, dal canto suo, era corso diritto allo Château-Trompette. Lì, protetto dall'oscurità, reso irriconoscibile dal largo feltro calcato fin sugli occhi, aveva posto domande ed era venuto a sapere della propria evasione in tutti i dettagli, e del modo in cui Canolles avrebbe pagato al posto suo. Allora istintivamente, senza sapere cosa avrebbe fatto, si lancia alla volta dell'Esplanade spronando il cavallo con foga, fendendo la folla, calpestando, travolgendo, schiacciando tutto quanto trovi sulla propria strada. Giunto all'Esplanade, scorge la forca e lancia un grido che si perde tra le urla del popolo, che Canolles incita e provoca per esserne dilaniato.

È in quel momento che Canolles lo intravvede, che indovina le intenzioni di Cauvignac, e che Canolles gli fa cenno con il capo che è il benvenuto.

Cauvignac si drizza sulle staffe, si guarda intorno per vedere arrivare Barrabas o un messaggero della principessa, si pone in ascolto per udire riecheggiare la parola «Grazia!», ma non vede nulla, ma non ode nulla all'infuori di Canolles, che il boia sta per allontanare dalla scala e lanciare nel vuoto, e che con una mano gli indica il cuore.

È in quel momento che Cauvignac abbassa il moschetto in direzione del giovane, prende la mira, aggiusta il tiro e fa fuoco.

«Grazie», dice Canolles aprendo le braccia. «Almeno muoio come muore un soldato».

La pallottola gli aveva trafitto il petto.

Il boia sospinse il corpo, che rimase appeso all'estremità della infame corda; ma ormai era niente più che un cadavere.

La detonazione fu come un segnale; al contempo partono mille altri spari di moschetto. Una voce grida: «Fermatevi! Fermatevi! Recidete la corda!».

Ma la voce si perse tra le urla della folla. D'altronde la corda viene recisa da una pallottola, la guardia resiste invano e viene travolta dal profluvio del popolo; la forca viene spezzata, strappata, distrutta. I boia fuggono, la folla si spande come un'ombra, si impossessa del cadavere, lo strappa, lo dilania e lo trascina a brandelli per la città.

La folla, inebetita nel suo odio, credeva di accrescere il supplizio del gentiluomo, mentre invece gli risparmiava l'infamia che egli tanto paventava.

Durante tutto quel tumulto Barrabas aveva raggiunto il duca e, sebbene avesse visto egli stesso che giungeva troppo tardi, gli aveva consegnato il dispaccio di cui era latore.

Il duca si era limitato, in mezzo agli spari di fucile, a ritrarsi un po' in disparte, giacché era freddo e calmo nel coraggio così come in tutto ciò che faceva; dissigillò la missiva e la lesse.

«È un peccato», disse voltandosi verso i suoi ufficiali. «Ciò che proponeva Nanon forse sarebbe stato preferibile. Ma quel che è fatto è fatto». Poi, dopo un istante di riflessione: «A proposito – disse – visto che costei attende la nostra risposta dall'altra parte del fiume, magari ci sarebbe modo di recuperare quella faccenda».

E senza curarsi oltremodo del messaggero, spronando il cavallo, tornò dalla principessa assieme alla sua scorta.

In quello stesso istante scoppiò su Bordeaux il temporale che minacciava da qualche tempo, e sulla piazza dell'Esplanade cadde una pioggia accompagnata da lampi, come a lavare il sangue innocente.

V.

Mentre a Bordeaux accadevano tali eventi, mentre il volgo trascinava per le strade il corpo dello sventurato Canolles, mentre il duca di La Rochefoucauld tornava a blandire l'orgoglio della principessa dicendole che nel fare il male era potente quanto una regina, mentre Cauvignac raggiungeva le porte della città assieme a Barrabas, ritenendo che fosse inutile prolungare oltre la loro missione, una carrozza trainata da quattro cavalli senza fiato e grondanti schiuma veniva ad arrestarsi sulla riva della Gironda di fronte a Bordeaux, tra il villaggio di Belcroix e quello di La Bastide.

Erano appena scoccate le undici.

Un corridore, che seguiva a cavallo, balzò precipitosamente a terra non appena vide la carrozza immobile e aprì la portiera.

Ne scese precipitosamente una donna, scrutò il cielo imporporato da un riflesso sanguigno, ascoltò i rumori e le voci in lontananza.

«Siete sicura – disse alla cameriera che scendeva alle sue spalle – che non ci ha seguite nessuno?».

«Sì», rispose costei. «I due bracchieri che erano rimasti indietro su ordine della signora hanno appena raggiunto la carrozza e non hanno visto né udito nulla».

«E voi non udite nulla dalle parti della città?».

«Mi sembra di udire delle grida in lontananza».

«Non vedete qualcosa?».

«Vedo come un bagliore d'incendio».

«Sono fiaccole».

«Sì, sì, giacché si dimenano, corrono come fuochi fatui. Sentite? Il rumore è sempre più forte, e le grida si fanno quasi distinte...».

«Mio Dio», balbettò la giovane donna cadendo in ginocchio sul terreno umido. «Mio Dio, mio Dio!».

Era la sua sola preghiera. Un solo termine le veniva alla mente, la bocca sapeva articolare una sola parola: era il nome di colui che solo poteva compiere un miracolo in suo favore.

La cameriera non era in errore. In effetti le fiaccole si dimenavano, le grida sembravano approssimarsi. Si udì un colpo di fucile seguito da altri cinquanta, quindi un gran tumulto; poi le fiaccole si spensero, poi le grida si allontanarono. La pioggia cominciò a cadere, in cielo tuonava un temporale, ma che importava alla giovane donna! Non era del fulmine che ella aveva paura...

Teneva sempre lo sguardo fisso al luogo da cui aveva udito provenire un così gran tumulto. Non vedeva più nulla, non udiva più nulla, e al bagliore dei lampi aveva l'impressione che la piazzaforte fosse vuota.

«Oh – esclamò – non ho la forza di attendere ancora. A Bordeaux! Conducetemi a Bordeaux!».

D'un tratto si udì uno scalpiccio di cavalli che andava approssimandosi.

«Ah – esclamò – arrivano, alfine. Eccoli! Addio, Finette, ritirati, devo andare da sola. Prendetela in sella, Lombard, e lasciate nella carrozza tutto quel che ho portato».

«Ma cosa farete dunque?», esclamò la cameriera in preda allo spavento.

«Addio, Finette, addio!».

«Ma perché addio? Dove andate?».

«Vado a Bordeaux».

«Oh, non lo fate, in nome del cielo! Vi uccideranno».

«Ebbene, perché credi che voglia andarvi...».

«Oh! Lombard, aiuto! Soccorretemi, impediamo alla signora...».

«Taci! Ritirati, Finette. Mi sono ricordata di te, stai tranquilla; ritirati, non voglio che ti accada una sventura. Obbedisci... Si approssimano... eccoli!».

Accorse difatti un cavaliere, seguito a qualche distanza da un altro cavaliere; si udì il cavallo ruggire piuttosto che respirare.

«Sorella mia! Sorella mia!», esclama costui. «Ah, arrivo in tempo!».

«Cauvignac!», esclama Nanon. «Ebbene, è deciso? Mi attende? Partiamo?».

Tuttavia invece di rispondere Cauvignac si è precipitato ai piedi del cavallo; ha preso tra le sue braccia Nanon, che lo lascia fare con l'immobile rigidità degli spettri e dei folli. Cauvignac la adagia nella carrozza, fa montare accanto Finette e Lombard, chiude la portiera e balza sul suo cavallo. Invano la povera Nanon, tornata in sé, grida e si dibatte.

«Non lasciatela mai – disse Cauvignac – non lasciatela per nulla al mondo. Barrabas, sorveglia l'altra portiera, e tu, cocchiere, se abbandoni il galoppo ti faccio saltare le cervella».

Gli ordini sono così rapidi che vi è un istante di esitazione; la vettura è lenta a mettersi in moto, i domestici tremano, i cavalli esitano a partire.

«Ma fate in fretta, insomma, corpo di mille diavoli!», sbraita Cauvignac. «Arrivano! Arrivano!».

In effetti in lontananza si cominciava a udire uno scalpiccio riecheggiante di cavalli, così come si ode il rombo di un tuono che va appropinquandosi rapido e minaccioso.

La paura è contagiosa. Il cocchiere dalla voce di Cauvignac capisce che minaccia un qualche grave pericolo e afferra le redini dei cavalli.

«Dove siamo diretti?», balbetta.

«A Bordeaux! A Bordeaux!», grida Nanon dall'interno della vettura.

«A Libourne, per mille fulmini!», grida Cauvignac.

«I cavalli stramazzeranno prima di aver percorso anche solo due leghe».

«Non chiedo che facciano tanto!», grida Cauvignac fustigandoli con la spada. «Che arrivino fino alla postazione di Ferguzon, è tutto quel che chiedo».

E la pesante carrozza si mette in moto, parte e avanza con spaventosa rapidità. Uomini e cavalli stillanti, ansimanti, sanguinanti si fomentano gli uni con gli altri, gli uni con grida, gli altri con nitriti.

Nanon ha tentato di reagire, di lottare, di balzare giù dalla vettura; ma nella lotta ha esaurito le forze: è ricaduta indietro priva di forze e sfinita, non ode più, non vede più. A forza di cercare Cauvignac in un tale trambusto di ombre fuggevoli, è colta dalle vertigini, chiude gli occhi, lancia un grido e giace fredda tra le braccia della cameriera.

Cauvignac ha oltrepassato la portiera della vettura; ha raggiunto la testa dei cavalli. Il suo cavallo lascia una scia di fuoco sul selciato lungo la strada.

«A me, Ferguzon! A me!», grida, e ode in lontananza come un'acclamazione. «Inferno – esclama – tu giochi contro di me, ma credo che anche oggi perderai. Ferguzon, a me! Ferguzon!».

Alle spalle riecheggiano due o tre spari, ma davanti si risponde con una salva generale. La vettura si arresta: due dei cavalli sono stramazzati per la fatica, un terzo è colpito da una pallottola.

Ferguzon e i suoi uomini si imbattono nelle truppe di monsieur de La Rochefoucauld: poiché costoro sono in numero triplo, i bordolesi, nell'impossibilità di resistere, voltano briglia, e vincitori e vinti, inseguitori e fuggiaschi, simili a una nube trascinata dal vento, scompaiono nella notte.

Cauvignac rimane solo assieme ai domestici e a Finette accanto a Nanon inanimata.

Fortunatamente distavano solo cento passi dal villaggio di Carbonblanc. Cauvignac prese Nanon tra le braccia fino alla prima casa del sobborgo; lì, dopo aver dato ordine di condurre la vettura, adagiò la sorella su un letto e, tirandosi fuori dal petto un oggetto che Finette non riuscì a distinguere, lo infilò nella mano contratta della povera donna.

L'indomani, uscendo da quel che riteneva un orribile sogno, Nanon si portò la mano al viso, e qualche cosa di morbido e profumato le carezzò le pallide labbra.

Era una ciocca di capelli di Canolles, che Cauvignac aveva eroicamente conquistato a rischio della propria vita contro le tigri bordolesi.

VI.

Per otto giorni e otto notti madame de Cambes giacque delirante e gelida sul letto ove era stata portata priva di sensi dopo che aveva appreso la terribile notizia.

Le sue donne vegliavano tutt'intorno, ma era Pompée a sorvegliare la porta: solo il vecchio servitore, inginocchiandosi al capezzale della sventurata padrona, poteva risvegliare in ella un barlume di raziocinio.

La porta era assediata da numerosi visitatori; ma il fedele scudiero, severo nel suo ordine al pari di un vecchio soldato, difendeva strenuo l'ingresso, dapprima in virtù della convinzione che ogni visita sarebbe stata inopportuna per la padrona, poi in virtù della direttiva del medico, che temeva per madame de Cambes un'emozione troppo violenta.

Ogni mattina Lenet si presentava alla porta della povera giovane, ma Lenet non era ammesso più degli altri. La principessa stessa si presentò a sua volta con un folto seguito un giorno in cui aveva appena reso visita alla madre del povero Richon, la quale risiedeva in un sobborgo della città. L'intenzione di madame de Condé, oltre all'interesse che nutriva nei confronti della viscontessa, era sfoggiare una totale imparzialità.

Si presentò quindi per recitare il ruolo della sovrana; ma Pompée le fece rispettosamente osservare che egli aveva un ordine dal quale non poteva discostarsi, che tutti gli uomini, finanche i duchi e i generali, e tutte le donne, finanche le principesse, dovevano sottostare a tale ordine, e madame de Condé ben più di un'altra, giacché dopo quanto era accaduto la sua visita avrebbe potuto provocare nell'inferma una crisi terribile.

La principessa, che adempieva o credeva di adempiere a un dovere e non chiedeva altro che ritirarsi, non se lo fece ripetere due volte e prese congedo assieme al suo seguito.

Il nono giorno, Claire aveva ripreso conoscenza; tutti avevano notato che durante il delirio, che era durato otto volte ventiquattr'ore, non aveva mai cessato di piangere. Sebbene di consueto la febbre prosciughi le lacrime, le sue avevano per così dire scavato un solco sotto le palpebre cerchiate di rosso e azzurro pallido, simili a quelle della sublime vergine del Rubens.

Il nono giorno, come abbiamo detto, nel momento in cui meno ci si attendeva, e mentre si cominciava a disperare, la ragione le tornò d'improvviso, come per incanto: le lacrime cessarono, gli occhi si guardarono intorno e si soffermarono con un triste sorriso sulle donne, che l'avevano così ben servita, e su Pompée, che l'aveva così ben sorvegliata. Allora ella rimase qualche ora in silenzio poggiata sul gomito, seguendo con occhio arido il medesimo pensiero che senza posa rinasceva più vivido nella sua intelligenza ristorata.

Poi tutt'a un tratto, senza curarsi che le forze rispondessero alla risoluzione:

«Abbigliatemi», disse.

Le donne si accostarono stupefatte e vollero offrirle qualche consiglio. Pompée mosse tre passi nella stanza e giunse le mani come a implorare. Tuttavia la viscontessa ripeté dolcemente ma con fermezza:

«Ho detto di abbigliarmi. Abbigliatemi!».

Le donne si accinsero a obbedire. Pompée fece un inchino e uscì indietreggiando.

Ahimè, le gote rosa e paffute avevano lasciato il posto al pallore, allo smagrimento dei moribondi: la mano, sempre bella e di incantevole forma, si sollevò diafana e di un biancore opaco simile a quello dell'avorio sul seno, che cancellava il candore della battista in cui era avvolta; sotto la pelle correvano le vene violacee sintomo dello sfinimento causato da una lunga sofferenza. Le vesti di cui si era spogliata per così dire il giorno prima, e che le avevano disegnato la vita elegante, le cadevano intorno in lunghe e ampie pieghe. Venne abbigliata come desiderava, ma la toeletta fu lunga, giacché ella era così debole che tre volte per poco non si trovò indisposta; infine, quando fu abbigliata, si accostò a una finestra. Tuttavia, indietreggiando di colpo come se la vista del cielo e della città l'avesse spaventata, tornò a sedersi a un tavolo, chiese una penna e dell'inchiostro, e scrisse alla principessa per chiederle il favore di un'udienza. Dieci minuti dopo che la missiva era stata inviata da Pompée alla principessa, si udì il rumore di una vettura che si arrestava davanti alla residenza e quasi subito venne annunciata madame de Tourville.

«Siete stata proprio voi – chiese costei alla viscontessa di Cambes – a scrivere alla principessa per chiederle udienza?».

«Sì», rispose Claire. «Me la rifiuterà?».

«Oh, tutt'altro, bambina cara; difatti sono accorsa a dirvi in sua vece che sapete bene di non aver bisogno di udienze, e che potete entrare a qualsiasi ora del giorno e della notte negli appartamenti di Sua Altezza».

«Grazie – disse la viscontessa – profitterò di un tale permesso».

«Come sarebbe a dire!», esclamò madame de Tourville. «Uscirete quindi nelle condizioni in cui siete?».

«Rassicuratevi – rispose la viscontessa – mi sento perfettamente in salute».

«E verrete ora?».

«Tra un istante».

«Vado ad avvisare Sua Altezza del vostro arrivo».

E madame de Tourville uscì così come era entrata, dopo aver fatto alla viscontessa una cerimoniosa riverenza. La notizia della visita inattesa produsse, come ben si capirà, grande effetto nella piccola corte: la situazione della viscontessa aveva destato un interesse tanto vivo quanto generale, giacché la condotta della principessa negli ultimi frangenti era ben lungi dal ricevere l'approvazione di tutti. La curiosità quindi era al culmine: ufficiali, dame d'onore, cortigiani guarnivano il gabinetto di madame de Condé stentando a credere alla visita promessa, giacché finanche alla vigilia le condizioni di Claire venivano presentate pressoché disperate.

Tutt'a un tratto venne annunciata la viscontessa di Cambes.

Claire fece la sua comparsa.

Alla vista di quel volto pallido come la cera, freddo e immobile come il marmo, e in cui gli occhi incavati e bistrati avevano ormai un solo barlume, ultimo riflesso delle lacrime che ella aveva versato, attorno alla principessa si levò un mormorio addolorato.

Claire non parve farvi caso.

Lenet le andò incontro tutto commosso e le porse timidamente la mano. Ma Claire, senza dargli la propria, fece un inchino colmo di nobiltà a madame de Condé e avanzò nella sua direzione attraversando la sala in tutta la sua lunghezza con incedere fermo, sebbene fosse così pallida che a ogni passo si sarebbe creduto fosse sul punto di cadere.

La principessa, di molto agitata ed ella stessa di molto pallida, vide venirle incontro Claire con un sentimento che somigliava al terrore, e non ebbe affatto la forza di celare tale sentimento che le si dipingeva suo malgrado sul volto.

«Ho sollecitato da Vostra Altezza un'udienza che ella ha avuto la bontà di accordarmi – disse la viscontessa con voce grave – per domandarle dinanzi a tutti se, da quando ho l'onore di servirla, è stata paga della mia fedeltà e della mia devozione».

La principessa si portò il fazzoletto alle labbra e rispose balbettando:

«Indubbiamente, cara viscontessa, in ogni occasione ho avuto motivo di compiacermi di voi, e più di una volta ve ne ho attestato la mia riconoscenza».

«Una tale testimonianza è per me preziosa – rispose la viscontessa – giacché mi autorizza a sollecitare da Vostra Altezza il favore di un congedo».

«Come?», esclamò la principessa. «Mi lasciate, Claire?».

Claire si inchinò rispettosa e tacque.

Su tutti i volti si scorgeva l'onta, il rimorso o il dolore. Sul consesso regnava un silenzio funereo.

«Ma perché mi lasciate?», ribadì la principessa.

«Mi rimangono pochi giorni da vivere» replicò la viscontessa. «E questi pochi giorni vorrei spenderli dando opera alla mia salvezza».

«Claire, cara Claire – esclamò la principessa – ma riflettete, suvvia...».

«Ho due grazie da chiedervi», proruppe la viscontessa. «Posso sperare che me le accorderete?».

«Oh, parlate! Parlate – esclamò la principessa – giacché sarò ben felice di fare qualcosa per voi».

«Ne avete il potere».

«Allora, quali sono?».

«La prima è la concessione dell'abbazia di Sainte-Radegonde, vacante dalla morte di madame de Montivy».

«Un'abbazia a voi, bambina cara? Ma voi non ponderate bene!».

«La seconda – proseguì Claire con un lieve tremito nella voce – è il permesso di far inumare nelle mie proprietà di Cambes il corpo del mio fidanzato, il barone Raoul de Canolles, assassinato dagli abitanti di Bordeaux».

La principessa si voltò stringendosi il petto con mano malferma. Il duca di La Rochefoucauld impallidì e perse il suo contegno. Lenet aprì la porta della sala e uscì.

«Vostra Altezza non risponde?», chiese Claire. «Si rifiuta? Forse ho chiesto troppo».

Madame de Condé ebbe solo la forza di fare un cenno del capo in segno di assenso e ricadde nella poltrona priva di sensi.

Claire si voltò come avrebbe fatto una statua e, mentre dinanzi ognuno le faceva largo, passò ritta e impassibile davanti a tutte quelle teste chine; e fu solo quando ebbe lasciato la sala che ci si accorse che nessuno si era curato di prestare soccorso a madame de Condé.

Dopo cinque minuti una carrozza entrò lenta nel cortile: era la viscontessa che lasciava Bordeaux.

«Cosa decide Vostra Altezza?», chiese la marchesa di Tourville a madame de Condé quando quest'ultima tornò in sé.

«Obbedite alla viscontessa di Cambes per l'esaudimento dei due desideri che ha testé espresso. E supplicatela di perdonarci».

La badessa di Sainte-Radegonde de Pessac

Epilogo

Era trascorso un mese da tali eventi.

Una domenica sera, dopo la benedizione, la badessa del convento di Sainte-Radegonde de Pessac se ne tornava per ultima dalla chiesa situata all'estremità del giardino del convento, a tratti distogliendo gli occhi rossi di pianto da uno scuro riparo di tigli e abeti, e con una tale espressione di rimpianto che sembrava che il cuore le fosse rimasto nel luogo da cui ella non riusciva a venire via.

Di fronte, in una sola, lunga fila che seguiva il sentiero della casa, le religiose, silenti e velate, parevano una processione di spettri al rientro nel loro sepolcro, da cui si distaccava un altro spettro che rimpiangeva la terra.

Poco a poco, le une dopo le altre, le monache scomparvero sotto le scure arcate del chiostro, la superiore le seguì con lo sguardo fino all'ultima, poi si lasciò cadere su un capitello di una colonna gotica semisepolto nell'erba, con un'indicibile espressione di disperazione.

"Ah, mio Dio! Mio Dio!", disse poggiandosi una mano sul cuore. "Voi mi siete testimone che non posso tollerare questa vita che non conoscevo. Nel chiostro cercavo la solitudine e l'oscurità, non tutti questi sguardi fissi su di me".

Quindi si rialzò e fece un passo in direzione del boschetto di abeti.

"Dopo tutto – disse – cosa mi importa del mondo, giacché l'ho rinnegato? Questo mondo mi ha cagionato solo del male; questa società è stata crudele con me. Perché allora dovrei curarmi dei suoi giudizi, io che mi sono rifugiata in Dio e che solo da egli dipendo? Ma forse Dio bandisce l'amore che mi vive nel cuore e lo divora. Ebbene, che me lo strappi via dall'anima, allora, o che mi strappi via l'anima dal corpo!".

Tuttavia aveva appena pronunciato tali parole che, gettando uno sguardo all'abito che la ricopriva, la povera disperata ebbe orrore di quel blasfema così poco in armonia con l'abito santo che indossava; si asciugò con la mano bianca e smagrita le lacrime che le orlavano le palpebre e, levando gli occhi al cielo, offrì in un solo sguardo l'olocausto dei suoi eterni patimenti.

In quel momento le riecheggiò all'orecchio una voce. La badessa si voltò: la voce era quella della suora rotara.

«C'è una donna al parlatorio che vorrebbe essere ammessa a parlare con voi», disse.

«Il suo nome?».

«Vuole dirlo solo a voi».

«Di quale condizione sembra essere?».

«Ma una condizione distinta».

«Ancora il mondo», mormorò la badessa.

«Cosa devo rispondere?», chiese la rotara.

«Che l'attendo».

«Dove?».

«Conducetela qui, la ascolterò in questo giardino, seduta su questa panchina. Mi manca l'aria; quando non mi trovo sotto il cielo, soffoco».

La rotara si ritirò, e un istante dopo ricomparve seguita da una donna che dalle vesti, ricche perfino nella loro sobria semplicità, si riconosceva come una donna distinta. Costei era piccola di statura; la sua andatura rapida forse difettava lievemente di nobiltà, ma emanava un fascino inesprimibile. Sotto al braccio ella recava un cofanetto d'avorio, il cui biancore opaco risaltava contro il raso nero dell'abito ornato di giaietto.

«Ecco la superiora», disse la rotara.

La badessa abbassò il velo e si voltò verso l'estranea.

Quest'ultima chinò lo sguardo; la superiora, vedendola pallida e tremante per l'emozione, la guardò con occhi pieni di dolcezza e le disse:

«Avete chiesto di parlarmi, sono qui pronta ad ascoltarvi, sorella».

«Sono stata felice – esordì la sconosciuta – al punto che il mio orgoglio forse ha creduto che Dio stesso non potesse annientare la mia felicità. Oggi Dio vi ha soffiato sopra; ho bisogno di piangere, ho bisogno di pentirmi. Vengo a chiedervi asilo affinché i miei singhiozzi siano soffocati dalle spesse mura del vostro maniero, affinché le mie lacrime, che tracciano un solco sulle mie guance, non siano di ludibrio al mondo; affinché Dio, che mi cerca forse giuliva in mezzo alle feste, mi ritrovi afflitta in un santo ricetto e in preghiera ai piedi dei suoi altari».

«La vostra anima è profondamente ferita, lo vedo, giacché anch'io so cosa significhi soffrire», rispose la giovane superiora. «E nel suo turbamento non sa ben distinguere cosa sia reale da ciò che essa desidera. Se è di silenzio che avete bisogno, se è di contrizioni che avete bisogno, se è di penitenza che avete bisogno, sorella, entrate e soffrite assieme a noi; ma se cercate un luogo in cui sia possibile lasciar espandere il cuore con singhiozzi in libertà, in cui sia possibile lanciare tutte le grida della propria disperazione, in cui nessuno sguardo si soffermi su di voi, triste vittima, oh – disse scuotendo il capo – andate lontano, chiudetevi nella vostra stanza, il mondo vi vedrà di gran lunga meno di quanto sarete vista qui, e le tappezzerie del vostro oratorio assorbiranno ben meglio i vostri singhiozzi che non le assi delle nostre celle.

Quanto a Dio, a meno che crimini troppo grandi non lo abbiano forzato a distogliere lo sguardo da voi, egli vi vedrà ovunque».

La sconosciuta sollevò il capo e guardò a sua volta con stupore la giovane badessa che le parlava in tal guisa.

«Tutti coloro che soffrono non devono forse venire al Signore, e la vostra casa non è forse una stazione santa lungo la via del cielo?», chiese.

«Vi è solo un modo per andare a Dio, sorella», rispose la religiosa trascinata dalla propria disperazione. «Cosa rimpiangete? Il mondo vi ha offeso, l'amicizia vi ha tradito, vi è mancato l'oro, un dolore passeggero vi fa credere a un dolore eterno, non è così? In questo momento soffrite e credete che sempre soffrirete così, come quando vediamo una ferita aperta e crediamo che non si rimarginerà mai. Vi ingannate, ogni ferita che non sia fatale cicatrizza. Soffrite, quindi, e lasciate che la sofferenza segua il proprio corso; voi guarirete, e a quel punto, se vi sarete incatenata a noi, avrà inizio un'altra sofferenza, tuttavia davvero eterna questa, implacabile, inaudita; attraverso una barriera di bronzo rivedrete il mondo al quale non potrete più fare ritorno; allora maledirete il giorno in cui alle vostre spalle si sarà richiuso il cancello di questa santa foresteria, che voi scambiate per una stazione del cielo. Quel che vi dico forse non è conforme alle nostre regole, non sono badessa da tempo bastevole per conoscerle bene, ma è conforme al mio cuore, è quel che vedo in ogni istante non già dentro di me, grazie a Dio, ma intorno a me».

«Oh no, no – esclamò l'estranea – per me il mondo è finito, io ho perso tutto quel che mi faceva amare il mondo. No, state tranquilla, giammai lo rimpiangerò. Oh, ne sono davvero sicura... Giammai!».

«Allora ciò che patite è più grave? Invece di un'illusione avete perduto una realtà? Siete separata per sempre da un marito, da un figlio... da un amico? Oh, in tal caso vi compatisco davvero, giacché in tal caso il vostro cuore è trafitto da parte a parte, il vostro male è incurabile. In tal caso venite a noi, il Signore vi consolerà, attraverso di noi, che formiamo una grande famiglia, un gregge di cui egli è il pastore, sostituirà gli amici o i parenti che avete perduto, e – aggiunse la religiosa a voce bassa – se egli non vi consola, la qual cosa è ancora possibile, ebbene! Vi rimarrà l'ultima consolazione di piangere assieme a me, ché sono venuta qui per cercare consolazione al pari di voi, e non l'ho ancora affatto trovata».

«Ahimè – esclamò l'estranea – erano forse simili parole che dovevo udire? È così che si sorreggono gli infelici?».

«Non parlate di infelicità davanti a me», disse la superiore protendendo la mano verso la giovane donna come ad allontanare il rimprovero che le aveva appena rivolto. «Non so chi siate, non so cosa vi sia accaduto, ma voi l'infelicità non la conoscete».

«Oh – esclamò la sconosciuta con un tono così dolente che fece trasalire la superiora – voi non mi conoscete, giacché se mi conosceste non mi parlereste in siffatto modo; d'altronde non siete giudice del tenore della mia sofferenza, giacché a tal fine occorrerebbe che aveste sofferto quel che soffro io. Nel frattempo accoglietemi, ricevetemi, apritemi le porte della casa di Dio; e dalle mie lacrime, dalle mie grida e dalle mie agonie di ogni giorno vedrete se davvero sono infelice».

«Sì – disse la superiora – comprendo dal vostro tono, comprendo dai vostri patimenti che avete perduto l'uomo che amavate, non è forse vero?».

L'estranea emise un singhiozzo e si torse le braccia.

«Oh sì! Sì», disse.

«Ebbene, poiché questo è ciò che volete – riprese la superiora – allora entrate. Ma vi avviso, qualora soffriste quanto soffro io, ecco cosa avrete in questo chiostro: due mura eterne, impietose, che invece di condurre i nostri pensieri al cielo, dove dovrebbero elevarsi, meneranno senza posa alla terra da cui sarete separata. Giacché nulla si spegne là dove circola il sangue, batte il polso, ama il cuore; giacché, per quanto isolate siamo e nascoste crediamo di essere, i morti ci chiamano dal profondo delle loro sepolture. Perché abbandonate la sepoltura dei vostri morti?».

«Perché tutto quel che ho amato al mondo è qui», rispose con voce strozzata la sconosciuta gettandosi in ginocchio davanti alla superiora, che la guardava con meraviglia. «Ora possedete il mio segreto, sorella; ora potete ponderare il mio dolore, madre. Vi supplico in ginocchio, voi vedete le mie lacrime: accettate il sacrificio che rendo a Dio, o piuttosto accogliete la grazia che vi chiedo. È seppellito nella chiesa di Pessac, lasciatemi piangere sulla sua tomba, che è qui».

«Chi è qui? Quale tomba? Di chi parlate? Che intendete dire?», esclamò la superiora indietreggiando di fronte alla donna inginocchiata e guardandola quasi con spavento.

«Quando ero felice – continuò la penitente con voce così bassa che tale voce era coperta dallo stormire del vento tra i rami – e sono stata molto felice, mi chiamavo Nanon de Lartigues. Mi riconoscete ora, sapete cosa imploro?».

La superiora si alzò come se una molla l'avesse sospinta, e con gli occhi al cielo, le mani giunte, rimase un istante pallida e muta.

«Oh – disse infine con voce in apparenza alquanto calma, e nella quale tuttavia si udiva tremare un'ultima emozione – oh, nemmeno voi dunque mi conoscete, voi che chiedete di venire qui a piangere su una tomba? Quindi non sapete che ho pagato con la mia libertà, con la mia felicità in questo mondo, con tutte le lacrime del cuore la triste gioia di cui avete or ora reclamato la metà? Voi siete Nanon de Lartigues. Io, quando avevo un nome, mi chiamavo la viscontessa di Cambes».

Nanon lanciò un grido, si accostò alla superiora e, sollevando il cappuccio sotto il quale si rifugiavano gli occhi spenti della religiosa, riconobbe la rivale.

«Ella!», mormorò Nanon. «Ella che era così bella quando venne a Saint-Georges! Ah, povera donna!».

E fece un passo indietro, gli occhi sempre fissi sulla viscontessa, scuotendo il capo.

«Oh», esclamò a sua volta la viscontessa in preda a quell'appagamento dell'orgoglio che pretende che noi sappiamo soffrire più e meglio degli altri. «Ah, avete appena detto una buona parola che mi ha fatto del bene. Oh, allora ho sofferto crudelmente, ché sono così crudelmente cambiata, allora ho pianto davvero molto; allora sono più infelice di voi, giacché voi siete ancora bella».

E la viscontessa levò al cielo, come per cercarvi Canolles, i suoi occhi risplendenti del primo raggio di gioia che vi aveva brillato nell'ultimo mese.

Nanon, ancora in ginocchio, si nascose il viso tra le mani e si sciolse in lacrime.

«Ahimè – disse – ignoravo a chi mi stessi rivolgendo, giacché da un mese a questa parte ignoro tutto quel che è accaduto, e cosa mi abbia conservato bella; di certo è perché ho perso il senno. Ora sono qui. Non voglio affatto rendervi gelosa fin nella morte; chiedo di entrare qui come la più umile delle vostre religiose: disporrete di me come vorrete, avrete contro di me la disciplina, la prigione, la segreta se vi disobbedirò. Ma almeno di quando in quando – aggiunse con voce fremente – mi lascerete vedere il luogo in cui riposa l'uomo che abbiamo tanto amato, vero?».

E cadde sul prato, ansimante e priva di forze.

La viscontessa non rispose; riversa sul tronco di sicomoro al quale aveva chiesto sostegno, sembrava pronta a sua volta a spirare.

«Oh – esclamò Nanon – voi non mi rispondete, voi mi respingete! Ebbene, un solo tesoro mi rimane; voi magari non avete nulla di lui... Ebbene, io ho qualcosa: concedetemi quel che vi chiedo, e il tesoro sarà vostro».

E slegandosi dal collo un largo medaglione sorretto da una catena d'oro, il quale era sepolto nel petto, lo offrì a madame de Cambes. Il medaglione rimaneva aperto nella mano di Nanon de Lartigues.

Claire lanciò un grido e si avventò sulla reliquia, baciando con un trasporto così veemente quei capelli freddi e secchi che le parve che l'anima le risalisse fino alle labbra per prendersi la sua parte di quel bacio.

«Ebbene – riprese Nanon ancora in ginocchio, soffocando ai suoi piedi – credete forse di aver mai sofferto più di quanto non soffra io in questo momento?».

«Oh, siete voi ad avere la meglio», rispose la viscontessa di Cambes risollevandola e attirandola tra le sue braccia. «Venite, venite, sorella, poiché ora vi amo più di ogni altra cosa al mondo, voi che avete condiviso con me un tale tesoro».

E chinandosi verso Nanon, rialzandola dolcemente, la viscontessa sfiorò con le labbra la gota di colei che era stata la sua rivale.

«Oh, sarete davvero la mia sorella e la mia amica», disse. «Sì, vivremo e moriremo insieme parlando di lui, pregando per lui. Venite, avete ragione; dorme qui accanto, nella nostra chiesa: è il solo favore che ho potuto ottenere da colei alla quale avevo consacrato la mia vita. Che Dio la perdoni!».

A quelle parole Claire prese Nanon de Lartigues per mano, e passo dopo passo, così leggiadre che a malapena sfioravano l'erba, giunsero sotto il bosco di tigli e abeti dietro cui si celava la chiesa.

La viscontessa condusse Nanon a una cappella al centro della quale si innalzava, a un'altezza di quattro pollici, una semplice pietra: su tale pietra era incisa una croce.

Madame de Cambes si limitò, senza proferire una sola parola, a protendere la mano verso la pietra.

Nanon si inginocchiò e baciò il marmo. Madame de Cambes si appoggiò all'altare baciando i capelli. L'una tentava di abituarsi alla morte, l'altra tentava di sognare un'ultima volta la vita.

Un quarto d'ora dopo, le due donne rientrarono nella casa. Tranne che per parlare a Dio, non avevano infranto per un solo istante il lugubre silenzio.

«A partire da ora avete la vostra cella nel convento», disse la viscontessa. «Volete quella che è attigua alla mia? Saremo meno separate...».

«Vi rendo umilissimamente grazie – disse Nanon de Lartigues – per l'offerta che mi fate, e che accetto con riconoscenza. Tuttavia, prima di lasciare per sempre il mondo, permettetemi di dire un'ultima volta addio a mio fratello, che mi attende alla porta ed è anch'egli parecchio afflitto dal dolore».

«Ahimè», disse madame de Cambes, rammentando suo malgrado che la salvezza di Cauvignac era costata la vita al suo compagno di prigionia. «Andate, sorella».

Nanon uscì.

Il fratello e la sorella

Nanon aveva detto il vero: Cauvignac attendeva seduto su una pietra, a due passi dal cavallo, guardandolo mestamente, mentre il cavallo, brucando l'erba secca quanto gli permetteva la lunghezza della briglia, sollevando di quando in quando la testa, guardava complice il padrone.

Di fronte all'avventuriero passava la strada polverosa che, scomparendo a una lega di distanza fra gli olmi di una montagnola, sembrava dipartirsi dal monastero per perdersi nell'immensità.

Per quanto poco versata fosse la sua mente nei pensieri filosofici, il nostro avventuriero pareva pensare, o forse pensava realmente che laggiù fosse il mondo, e che i suoi rumori venissero umilmente a spirare a quel cancello in ferro sormontato da una croce.

In effetti Cauvignac era pervenuto a un grado di sensibilità tale che possiamo supporre pensasse cose simili.

Ma per un carattere da par suo, già da lungo tempo egli era assorto in quella fantasticheria sentimentale. Richiamò quindi a sé il suo senso della dignità d'uomo e, pentendosi di essere stato così debole:

"Cosa?", esclamò. "Io, che a tutti quelli a corte sono superiore nella mente, non sarei pari a costoro nel cuore, o piuttosto nella mancanza di cuore? Che diavolo! Richon è morto, è vero; Canolles è morto, è vero anche questo. Ma io sono vivo, e per quel che mi riguarda mi sembra sia l'essenziale.

Sì, ma proprio perché sono vivo penso, e pensando ricordo, e ricordando sono triste. Povero Richon! Un così prode capitano! Povero Canolles! Un così bel gentiluomo! Impiccati entrambi. E tutto ciò, corpo di mille fulmini, per colpa mia, per colpa di Roland Cauvignac. Uff, è triste, soffoco.

Senza contare che mia sorella, che non sempre ha avuto di che compiacersi di me, non avendo più alcun motivo di trattarmi con riguardo, giacché Canolles è morto ed ella ha commesso la stoltezza di bisticciare con monsieur d'Épernon... senza contare che mia sorella deve avercela a morte con me, e non appena avrà un momento per se stessa ne profitterà per diseredarmi ancora in vita.

È questa di certo la vera sventura, e non quei dannati ricordi che mi perseguitano. Canolles, Richon, Richon, Canolles... Ebbene, ma non ne ho forse visti morire a centinaia di uomini? E costoro erano forse altro se non uomini? Oh, è la stessa cosa. Parola d'onore, vi sono momenti in cui mi sembra di rimpiangere di non essere stato impiccato assieme a lui; sarei morto in buona società almeno, mentre chissà in compagnia di chi morirò".

In quel momento la campana del convento batté sette colpi. Il rumore richiamò a sé Cauvignac; costui si rammentò che la sorella gli aveva detto di attendere fino alle sette, che quel suono gli annunciava che Nanon sarebbe ricomparsa di lì a poco, e che doveva recitare fino in fondo il suo ruolo di consolatore.

Difatti la porta si aprì e Nanon ricomparve. Attraversò il cortiletto in cui Cauvignac avrebbe potuto attenderla qualora avesse voluto, giacché gli estranei avevano diritto a entrare in quel cortiletto che, pur non essendo un posto pienamente profano, purtuttavia ancora non era un luogo sacro.

Ma l'avventuriero non aveva voluto spingersi fin lì, sostenendo che la prossimità dei conventi, e soprattutto dei conventi femminili, gli originava sempre brutti pensieri, e si era tenuto, come abbiamo detto, sulla strada e al di fuori del cancello.

Al rumore dei passi che facevano stridere la sabbia Cauvignac si voltò e, scorgendo Nanon da cui era ancora separato dal cancello:

«Ah – disse con un enorme sospiro – eccovi allora, sorellina. Quando vedo uno di quei disgraziati cancelli richiudersi dietro una povera donna, mi sembra sempre di vedere la pietra del sepolcro chiudersi su una defunta, e non mi aspetto altro che l'una con l'abito da novizia e l'altra con il sudario da trapassata».

Nanon sorrise con mestizia.

«Bene – disse Cauvignac – voi non piangete più; è già qualcosa».

«È vero – disse Nanon – non posso più piangere».

«Ma potete ancora sorridere. Meglio così; con il vostro permesso ce ne andremo, non è vero? Non so come sia possibile, ma questo posto mi ispira ogni sorta di pensieri».

«Giovevoli?», chiese Nanon.

«Giovevoli, voi dite? Ebbene, non discuteremo al riguardo, e sono lieto che riteniate tali questi pensieri; ne avrete fatto una buona scorta, spero, sorella cara, e per lungo tempo non avrete bisogno di venirne a cercare qui».

Nanon non rispose. Meditava.

«Nel novero dei pensieri giovevoli – disse Cauvignac azzardando qualche domanda – spero che abbiate attinto l'oblio delle ingiurie».

«Ho attinto se non l'oblio, quantomeno il perdono».

«Preferirei l'oblio, ma non importa; non bisogna fare troppo i difficili quando si è in torto. Allora mi perdonerete le ingiurie nei vostri riguardi, sorellina?».

«Perdonate», rispose Nanon.

«Ah, mi rendete felice», disse Cauvignac. «E così dunque mi vedrete ormai senza ripugnanza».

«Non soltanto senza ripugnanza, ma persino con piacere».

«Con piacere?».

«Sì, amico mio».

«Amico vostro? Ebbene, Nanon, ecco un appellativo che mi delizia, giacché non siete costretta a farne uso con me mentre siete costretta a chiamarmi vostro fratello; e così mi tollererete al vostro fianco».

«Oh, non dico questo», rispose Nanon. «Vi sono delle impossibilità, Roland, entrambi le rispetteremo».

«Capisco», disse Cauvignac con un sospiro in crescenza rispetto al primo. «Esiliato? Mi esiliate, non è così? Non vi vedrò più. Ebbene, nonostante mi arrechi grande dolore non vedervi, parola d'onore, Nanon, so di meritare tutto ciò, e mi ero condannato io stesso. D'altronde cosa farei in Francia, giacché ecco la pace fatta, ecco la Guienna pacificata, ecco la regina e madame de Condé che torneranno a essere le migliori amiche del mondo! Ebbene, non mi illudo al punto di credermi nelle grazie dell'una o dell'altra principessa. Quel che di meglio possa fare quindi è esiliarmi, come dite voi; e allora, sorellina, dite addio all'eterno ramingo. Si guerreggia in Africa; monsieur de Beaufort combatterà gli infedeli, io andrò con lui. Non che gli infedeli non mi sembrino avere cento volte ragione sui fedeli, a dire il vero; ma non importa, ciò riguarda il re e non noi. Laggiù si può essere uccisi, e questo è tutto quel che mi occorre. Andrò: mi odierete meno quando mi saprete morto».

Nanon, che aveva ascoltato quel flusso di parole a capo chino, alzò i grandi occhi su Cauvignac.

«È vero?», chiese.

«Cosa?».

«Quel che meditate ora, fratello mio».

Cauvignac si era lasciato trasportare dal discorso al pari di un uomo avvezzo, in mancanza di reale sensibilità, a scaldarsi da solo alla litania delle sue parole: la domanda di Nanon lo richiamò alla concretezza. Vi rifletté egli stesso per vedere se da una tale enfasi sarebbe caduto in un calcolo un po' più volgare.

«Ebbene sì, sorellina – esclamò – lo giuro. Su che cosa? Non lo so. Vediamo, giuro, parola di Cauvignac, di essere realmente triste e infelice sin dalla morte di Richon, e soprattutto di... Insomma, ecco, poc'anzi, qui su questa pietra, mi facevo ragionamenti infiniti per indurirmi il cuore, di cui finora non avevo mai sentito parlare e che ora non si contenta più di battere ma parla, grida, piange. Ditemi, Nanon, sarebbe forse ciò che chiamano rimorso?».

Quel grido fu così naturale e doloroso, malgrado la burlesca rozzezza, che Nanon riconobbe che proveniva dal più profondo del cuore.

«Sì – rispose – il rimorso, e voi siete migliore di quanto credessi».

«Ebbene – proclamò Cauvignac – poiché rimorso è, vada per la campagna a Gigery. Mi darete di certo qualche cosuccia per le mie spese di viaggio e il mio equipaggiamento, non è vero, sorellina? E possa io portarmi via assieme ai miei tutti i vostri dolori!».

«Voi non partirete, amico mio – ribatté Nanon – e vivrete ormai in tutta la prosperità di cui può farvi godere un destino propizio. Da dieci anni lottate contro la miseria, e non parlo dei pericoli che avete corso, sono quelli di un soldato. Questa volta vi siete guadagnato la vita là dove un altro l'ha perduta: quindi era volontà di Dio che viveste, ed è mio desiderio, in accordo con tale volontà, che da oggi in poi voi viviate felice».

«Suvvia, sorellina, come parlate?», esclamò Cauvignac. «E che intendete dire con tali parole?».

«Intendo dire che andrete alla mia casa di Libourne prima che sia messa a sacco; lì troverete, nell'armadio segreto che si trova dietro il mio specchio di Venezia...».

«Nell'armadio segreto?», ripeté Cauvignac.

«Sì, lo conoscete, non è vero?», commentò Nanon con un debole sorriso. «Non è forse da quell'armadio che avete preso duecento pistole il mese corso?».

«Nanon, rendetemi giustizia. Avrei potuto prendere di più se avessi voluto, giacché tale armadio era ricolmo d'oro, e ho preso unicamente la somma di cui avevo bisogno».

«È vero – concesse Nanon – e se ciò può scusarvi ai vostri occhi, mi affretto a rendervene atto». Cauvignac si fece di porpora e chinò lo sguardo. «Eh, Dio mio – disse Nanon – non pensiamoci più, sapete bene che vi perdono».

«La prova?», chiese Cauvignac.

«La prova eccola. Andrete a Libourne, aprirete l'armadio, vi troverete tutto quel che ho potuto mobilitare del mio patrimonio: ventimila scudi d'oro».

«Che ne farò?».

«Li prenderete».

«Ma a chi sono destinati quei ventimila scudi?».

«A voi, fratello mio; è tutto ciò di cui posso disporre, giacché sapete bene che, non avendo io chiesto nulla per me al momento di abbandonare monsieur d'Épernon, le case e le terre mi sono state confiscate».

«Ma cosa dite, sorellina mia?», esclamò Cauvignac tutto sgomento. «E cosa vi passa per la mente?».

«Il fatto è, Roland, che come vi dicevo prenderete per voi i ventimila scudi».

«Per me? E voi allora?».

«A me quel denaro non occorre».

«Sì, capisco; ne avete dell'altro. Meglio così. Ma la somma è enorme, sorellina, riflettete; per me è troppo, quantomeno in un sol colpo».

«Non ho altra somma; mi tengo solo le pietre. Vorrei donarvele, ma è la mia dote per entrare in questo convento».

Cauvignac fece un balzo per la sorpresa.

«In questo convento?», esclamò. «Voi, sorella, volete entrare in convento?».

«Sì, amico mio».

«Ah, per l'amor del cielo, non fatelo, sorellina. Il convento! Non sapete quant'è tedioso. Ve lo posso dire io, giacché sono stato in seminario. Il convento! Nanon, non fatelo, ne morirete».

«Lo spero bene», disse Nanon.

«Sorella mia, non voglio il vostro denaro a un tale prezzo, capite? Diamine, mi brucerebbe».

«Roland – riprese Nanon – non è per farvi ricco che entro qui, ma per farmi felice io».

«Oh, è una follia», disse Cauvignac. «Sono vostro fratello, Nanon, e non lo tollererò».

«Il mio cuore è già qui, Roland. Cosa farebbe il mio corpo altrove?».

«È terribile da pensare», disse Cauvignac. «Oh, la mia sorella, la mia brava Nanon, per pietà!».

«Non una parola in più, Roland. Mi avete sentito? Il denaro è vostro, fatene buon uso, giacché la vostra povera Nanon non sarà più lì a darvene altro, volente o nolente».

«Ma qual bene avete mai ricevuto da me perché foste così sublime con me, povera sorella?».

«L'unico che potevo attendere, l'unico al quale ambisco, il più grande di tutti, quello che mi recaste da Bordeaux la sera in cui egli morì e io non potei morire».

«Ah sì – disse Cauvignac – ricordo, la ciocca di capelli...».

L'avventuriero chinò il capo; avvertiva negli occhi una sensazione sconosciuta.

Vi accostò la mano.

«Altri piangerebbero», disse. «Io non so piangere, ma in verità soffro parimenti, se non di più».

«Addio, fratello mio», aggiunse Nanon tendendo la mano al giovane.

«No, no, no!», esclamò Cauvignac. «Non vi dirò mai addio di mia piena volontà. È forse il timore che vi fa entrare in questo convento? Ebbene, lasceremo la Guienna, viaggeremo insieme per il mondo. Anch'io ho nel cuore uno strale che mi trascinerò dietro ovunque, e il cui dolore mi renderà sensibile al vostro dolore. Voi mi parlerete di lui, io vi parlerò di Richon: voi piangerete, e magari riuscirò a piangere anch'io, mi farà del bene. Volete che ci ritiriamo in un deserto? Vi servirò, e con rispetto, giacché siete una santa donna. Volete che mi faccia monaco? No, non potrei, lo confesso. Ma non entrate in convento; non mi dite addio».

«Addio, fratello mio».

«Volete rimanere in Guienna malgrado i bordolesi, malgrado i guasconi, malgrado tutti? Non ho più la mia compagnia, ma ho sempre Ferguzon, Barrabas e Carrotel. Noi quattro insieme possiamo fare parecchio. Vi proteggeremo, nemmeno la regina sarà protetta al pari vostro. E se qualcuno giungerà sino a voi, se qualcuno vi torcerà un capello, voi potrete dire: "Sono morti tutti e quattro. *Requiescant in pace*"».

«Addio», disse Nanon.

Cauvignac era sul punto di ribattere con qualche nuova supplica, quando si udì il rumore di un carrozza che avanzava lungo la strada.

Davanti alla carrozza galoppava un corriere con la livrea della regina.

«Che succede?», chiese Cauvignac voltandosi verso quel lato della strada ma senza lasciare la mano alla sorella, che gli stringeva la sua attraverso il cancello.

La carrozza, secondo la forma dell'epoca, con gli stemmi massicci e i portelli aperti, era trainata da sei cavalli e ospitava otto persone con tutto uno stuolo di lacchè e paggi.

Dietro la carrozza venivano guardie e cortigiani a cavallo.

«Fate largo! Fate largo!», gridò il corriere assestando un colpo di frusta al cavallo di Cauvignac, che si teneva tuttavia con un riserbo denso di modestia sull'altro lato della strada.

Il cavallo fece un balzo tutto sbigottito.

«Ehi, amico!», gridò Cauvignac lasciando la mano della sorella. «Badate a quel che fate, di grazia».

«Fate largo alla regina», disse il corriere tirando diritto per la sua strada.

«La regina! Ah, diavolo!», disse Cauvignac. «Non facciamo un altro cattivo affare a tal riguardo».

E si fece accosto alle mura più che poté, tenendo il cavallo per la briglia.

In quel momento una fune della vettura si spezzò e il cocchiere con un vigoroso strattone costrinse i sei cavalli a piegare le ginocchia.

«Che succede?», disse una voce sconcertante in virtù dell'accento italiano. «E perché vi fermate?».

«Abbiamo una fune rotta, mio signore», disse il cocchiere.

«Aprite! Aprite!», gridò quella stessa voce.

Accorsero due lacchè, aprirono la porta; ma prima che il predellino fosse abbassato, l'uomo dall'accento italiano era già a terra.

«Ah, Ah! *Il signor Mazarini*!», disse Cauvignac. «Non si è fatto pregare a scendere per primo, a quanto pare».

Alle sue spalle scese la regina.

Alle spalle della regina monsieur de La Rochefoucauld.

Cauvignac si sfregò gli occhi.

Alle spalle di monsieur de La Rochefoucauld monsieur d'Épernon.

«Ah! Ah!», esclamò l'avventuriero. «Perché mai non hanno impiccato questo cognato, in luogo dell'altro?».

Alle spalle di monsieur d'Épernon monsieur de La Meilleraie.

Alle spalle di monsieur de La Meilleraie il duca di Bouillon.

Quindi due dame d'onore.

«Sapevo bene che non si davano più battaglia – disse Cauvignac – ma non sapevo si fossero così ben racconciati».

«Signori – disse la regina – invece di attendere qui che la fune sia racconciata, il tempo è bello, l'aria serotina è fresca, gradite una passeggiata?».

«Agli ordini di Vostra Maestà», replicò monsieur de La Rochefoucauld con un inchino.

«Venite qui presso di me, duca, mi direte qualcuna delle vostre belle massime; ne avrete forgiate un bel po' dall'ultima volta che ci siamo visti».

«Datemi il braccio, duca – disse Mazzarino a monsieur de Bouillon – so che avete la gotta».

Monsieur d'Épernon e monsieur de La Meilleraie chiudevano il corteo conversando con le due dame d'onore.

Tutta quella gente rideva e si scialava ai caldi colori del sole al tramonto, al pari di un gruppo d'amici riuniti per una festa.

«V'è ancora molto da qui a Bourcy?», chiese la regina. «Di certo potrete dirmelo voi, monsieur de La Rochefoucauld, giacché avete studiato la regione».

«Tre leghe; giungeremo di sicuro entro le nove».

«Sta bene, e domani voi partirete di buon mattino per riferire alla nostra cara cugina, madame de Condé, che saremo assolutamente lieti di vederla».

«Vostra Maestà – intervenne il duca d'Épernon – vede quel bel cavaliere che si volta con il viso verso le mura, e la bella dama che a tale vista si è dileguata quando siamo scesi dalla vettura?».

«Sì – disse la regina – ho visto tutto; a quanto pare si fa gran baldoria al convento di Sainte-Radegonde de Pessac».

In quel momento la vettura racconciata passò al gran trotto per raggiungere gli illustri viandanti, i quali quando essa li raggiunse avevano già oltrepassato il convento di una ventina di passi.

«Andiamo, signori», predispose la regina. «Non affatichiamoci, sapete che questa sera siamo a concerto dal re».

E tutti risalirono in vettura con grandi risa che si persero ben presto nel rumore delle ruote della carrozza.

Cauvignac, assorto nel terribile contrasto tra un siffatto giubilo che passava rumoroso lungo la strada e il muto dolore chiuso nel convento, li guardò allontanarsi; poi, quando li ebbe persi di vista:

«Fa lo stesso», disse. «Sono contento di sapere una cosa: per quanto cattivo io sia, v'è un bel po' di gente che non mi vale. E per la morte di Maria! Farò in modo che non ci sia più nessuno che mi valga; sono ricco ora, sarà facile».

E si voltò per prendere congedo dalla sorella; ma, come abbiamo detto, Nanon si era dileguata.

Allora egli risalì in sella al suo cavallo sospirando, gettò un'ultima occhiata al convento, imboccò al galoppo la strada per Libourne e scomparve nell'angolo opposto della strada in cui era testé sparita la vettura con a bordo gli illustri personaggi che hanno recitato il ruolo principale in questa storia.

Forse un giorno li rincontreremo; giacché quella cosiddetta pace, mal rinsaldata dal sangue di Richon e di Canolles, altro non era che una tregua, e la Guerra delle Donne non era ancora terminata.

Indice